Knaur.

Knaur.

Im Knaur Taschenbuch Verlag sind bereits folgende Bücher des Autors erschienen:
Die Geheimloge
Der Judasfluch

Über den Autor:
Scott McBain lebt in London und Panama. Den großen Erfolg seiner Mysterythriller *Die Geheimloge* und *Der Judasfluch* setzt er nun in dieser erschreckenden Zukunftsvision fort, die die Gefahren des Computerzeitalters offenbart. Wiederum steht der Mut des einzelnen Menschen im Kampf gegen böse Mächte im Mittelpunkt der spannenden Handlung.

Scott McBain

Der Mastercode

Thriller

Aus dem Englischen von
Michael Benthack

Knaur Taschenbuch Verlag

Die englische Originalausgabe erschien 2005 unter dem Titel
»Final Solution« bei HarperCollins, London.

Besuchen Sie uns im Internet:
www.knaur.de

Deutsche Erstausgabe Mai 2005

Redaktion: Kirsten Reimers
Umschlaggestaltung: ZERO Werbeagentur, München
Umschlagabbildung: FinePic, München
Satz: Ventura Publisher im Verlag
Druck und Bindung: Clausen & Bosse, Leck
Printed in Germany
ISBN 3-426-62902-X

Macht ist kein Mittel, sie ist ein Endzweck.
George Orwell

PROLOG

Autorität und Macht sind nicht das Gleiche.
Macht ist die Kraft, mit der wir andere zum Gehorsam
zwingen können. Autorität ist das Recht,
von anderen Gehorsam zu verlangen …
Macht ohne Autorität ist Tyrannei.
Jacques Maritain

Die Welt dreht sich – doch *wie* sie sich dreht, ist nahezu unvorstellbar.

Denn die Welt ist eine Sammlung von Fäden, nicht wahr? Der Lebensfäden von Hunderten Millionen von Menschen und Ereignissen. Oft scheinen diese Fäden untrennbar miteinander verwoben, dann wieder gänzlich unverbunden. Doch manchmal treffen Geschehnisse zeitlich auf seltsame Art zusammen, und der dichte Nebel des Nichtverstehens lichtet sich, wenn auch nur für kurze Zeit. Dann wird erkennbar, wie sich anscheinend unzusammenhängende Ereignisse und einander fremde Menschen miteinander verbinden. Und nun kann man die gemeinsamen Ziele und Schicksale deuten, so dass sich der Blick in eine mögliche Zukunft öffnet.

Doch die unsichtbaren Hände hinter solchen Ereignissen zu entdecken, zu sehen, wie die Fäden gesponnen werden – die zugrunde liegenden Absichten und Wünsche der Weber zu erkennen –, das erfordert Genie vom Beobachter. Noch beeindruckender ist allerdings derjenige, der das Muster versteht, das gerade gewoben wird, und der ein wenig von seinem Faden in den Stoff einfügt, so dass die Zukunft sich grundlegend wandelt. Es war am 25. April, als Lars Pedersen beschloss, seinen Faden einzuweben, damit die Welt sich verändere.

* * *

»Nehmen Sie doch Platz.«

Eine Gruppe von neun Personen machte es sich in den großen Chromstühlen bequem, die um den Tisch in einem unscheinbaren Regierungsgebäude im Geschäftsviertel der Münchner Innenstadt standen. Es war später Freitagnachmittag an einem regnerischen Apriltag des Jahres 2020. Draußen hasteten die ärmeren Bürger und Diener, den aufgespannten Regenschirm in der Hand, durch die Straßen und versuchten, einen Platz in der heruntergekommenen U-Bahn zu ergattern, während ihre reicheren Mitbürger sich aufmachten zu den mautpflichtigen Schnellstraßen, deren Fahrspuren sie entsprechend ihrem Einkommen befahren durften. Beide Gruppen hegten denselben Wunsch: dem Regen zu entfliehen, nach Hause zu kommen, sich auszuruhen.

Doch für die am Tisch Versammelten waren derart banale Dinge von keinerlei Interesse. Den Bezug zum Leben des Durchschnittsmenschen, des Einzelnen, hatten sie längst verloren. Sie lebten auf einer anderen Ebene, ja auf einem anderen Planeten. Sie befassten sich mit den großen Themen der Menschheit – und damit, diese den eigenen Zielen dienlich zu machen.

»Fangen wir an.«

Doug Sullivan saß am Kopfende des Tisches. Er war hochgewachsen und schlank, ein Kettenraucher, hatte einprägsame Gesichtszüge, einen recht fahlen Teint, hohe Wangenknochen, eine niedrige Stirn und schmale Lippen. Jemand, dem man sich besser nicht widersetzte. Er wandte sich an den Mann zu seiner Rechten und fragte mit seiner herrischen Stimme:

»Wie lautet Ihre Entscheidung?«

Jeder interessierte Beobachter, selbst wenn er die Bewegungen dieser bekannten Persönlichkeiten bis ins Detail hätte verfolgen können, wäre davon überzeugt gewesen, dass alle einen zwingenden Grund hatten, an diesem Tag in München zu sein. Für den einen war es eine geschäftliche Verabredung, für den anderen eine Konferenz, für den dritten ein vertrauliches Gespräch über bürokratische Angelegenheiten: Alles stand mit ihrer Rolle im öffentlichen Leben in Einklang. Entgangen wäre diesem Beobachter jedoch der plötzliche und scheinbar unerklärliche Entschluss aller Verschwörer, ihren festgelegten Terminplan in letzter Minute so zu ändern, dass sie an diesem geheimen Treffen teilnehmen konnten. Die Chancen eines solchen Beobachters, das Treffen aufzudecken und am Leben zu bleiben, hätten schlecht gestanden. Wirklich sehr schlecht.

»Gut.« Doug Sullivan war zufrieden und nickte zustimmend. Sein Kollege, der Vorstandschef des größten europäischen Versicherungskonzerns, hatte gerade geendet. Sullivan strich sich durch das schwarz gefärbte Haar, dann richtete er seinen düsteren Blick auf einen anderen Anwesenden.

Jetzt war es an der Präsidentin des Ölkonzerns, der Chefin von BPShellTex, ihre Meinung zu vertreten: »Und wie haben Sie sich entschieden?«

Bald hatten alle Anwesenden ihre Ansichten vorgetragen. Als letzter tat selbstverständlich Anthony Stone seine Auffassung kund, der unmittelbar links neben Sullivan saß. Gewiefter Politiker, der er war, wartete er stets darauf, was andere zu sagen hatten, ehe er sich äußerte. Auf diese Weise konnte er vielleicht herausfinden, wer seine Freunde oder, besser noch, seine Feinde waren.

»Anthony?«

Alle beobachten Stone, wie er mit übertriebener Sorgfalt seine Hände auf dem Tisch faltete. Es war eine Freude, ihm zuzuschauen. Der Mann hatte das gewisse Etwas. Das lag nicht nur an seinem aristokratischen Äußeren, auch nicht an dem blonden Haar und seinen fein geschnittenen Gesichtszügen. Nein, das Schicksal hatte es einfach gut mit ihm gemeint – er war einer der besten politischen Redner seiner Zeit, kultiviert, ein Kenner mehrerer Sprachen und der schönen Künste. Wenn er das Wort ergriff, hörten ihm die Menschen zu. Diesmal fiel seine Rede allerdings überraschend kurz aus: »Er muss weg.«

»Gut, dann sind wir alle derselben Meinung. Dieser Mann wird ersetzt werden«, meinte Sullivan abschließend. Freudlos lächelnd lehnte er sich in seinem Stuhl zurück und trommelte mit den Fingern der rechten Hand leise auf dem polierten Marmortisch. »Und wir werden so schnell wie möglich mit der nächsten Phase beginnen. Alles wird erfolgreich verlaufen, das versichere ich Ihnen. Danke fürs Kommen und auf Wiedersehen.«

Damit schob er seinen Stuhl zurück und stand auf. Auch die anderen Anwesenden erhoben sich. Doch sie blieben nicht im Raum, um noch ein wenig zu plaudern, sondern verließen rasch das anonyme Gebäude durch verschiedene Ausgänge. Fast augenblicklich belegten ihre vollen Terminkalender und hektischen Reisepläne sie mit Beschlag. Sie begaben sich wieder in die Öffentlichkeit und wurden sichtbar.

Nur Anthony Stone blieb noch sitzen. »Das Ganze ist hervorragend gelaufen«, sagte er mit seiner angenehmen Stimme, während er an der Manschette seines Maßhemdes zog. Er war stets makellos gekleidet. Schließlich stand er fast ununterbrochen im Licht der Öffentlichkeit und wusste genau, worum es auf der politischen Bühne ging: um Verstellung und Schein.

»Wie ich vorausgesehen habe«, erwiderte Sullivan, dessen amerikanischer Akzent verglichen mit dem seines britischen Kollegen schärfer klang. Er rückte näher an seinen Mitverschwörer heran. »Wir stehen vor einer Schwierigkeit, Anthony. Ein Assistent von Pedersen hat Nachforschungen über die Sicherheitslücken angestellt. Und über die Entschlüsselung bestimmter Codes. Er macht uns Ärger. Er stellt ein Problem dar.«

»Sind Sie sicher?«

»Ja, natürlich.« Sullivan war sich absolut sicher, wie immer, wenn er die Absicht hatte, seinen Willen durchzusetzen.

»Glauben Sie, dass Pedersen von der Sache weiß?«, fragte Stone mit gespannter Aufmerksamkeit. Seine Gesichtszüge besaßen einen Glanz und eine Straffheit, die sich nur durch gekonnte Schönheitsoperationen herstellen ließen. Doch schließlich wurde heutzutage jeder, der reich oder mächtig sein wollte, vom Schönheitschirurgen gestylt. Wer man war, hing davon ab, wie man aussah. Man verkaufte sich wie ein Produkt. Man passte sich an, damit man sich in sein soziales Umfeld einfügen konnte.

»Nein, noch nicht.«

»Aber Sie glauben, wir sollten etwas unternehmen?«

»Ja.«

Der britische Außenminister nickte. »Wenn Sie es für notwendig erachten. Wir gehen besser keinerlei Risiken ein.« Er zeigte sein übliches breites Grinsen, das größtes Vertrauen in sich selbst und seinen Kollegen zum Ausdruck brachte. »Ich überlasse Ihnen die Sache, Doug.«

»Gut. Ich hoffe, Sie haben eine angenehme Unterredung mit

Ihrem deutschen Amtskollegen. Schade, dass er bald nicht mehr zu uns gehören wird.«
Stone grinste. Kurz darauf waren die letzten beiden Verschwörer gegangen. Es hatte kein Treffen stattgefunden.

* * *

Mitternacht. Nordostdeutschland.
Er riss noch einmal hektisch das Lenkrad herum, doch dann durchbrach der Wagen die Leitplanke auf der leeren Autobahn. Der Mercedes fuhr mit solch hoher Geschwindigkeit, dass er sich fast aufs Dach gedreht hätte, als er die steile Böschung hinabrutschte. Aber Arvi klammerte sich ans Lenkrad, und nach einer Reihe von Stößen, die ihm durch Mark und Bein gingen, fand der Wagen sein Gleichgewicht wieder. Das Fahrzeug raste einen Feldweg hinunter, auf einen Kiefernwald zu, und schleuderte dabei Schlamm und Schnee in den pechschwarzen Himmel. Arvi blickte in den zerbrochenen Rückspiegel.
»Paska!«
Einer der Jeeps, die ihn verfolgten, hatte sich überschlagen, nachdem er die Böschung zu steil hinuntergeprescht war, aber zwei weitere waren noch immer hinter ihm her, und sein Mercedes wurde von ihren Scheinwerfern erhellt. Er hoffte, sie im Wald abhängen zu können. Arvi trat aufs Gaspedal, und der Mercedes holperte weiter über die Furchen des Waldwegs. Unterdessen sprach jemand in einem der Geländefahrzeuge in ein Mikrofon; die Stimme klang entschlossen und professionell.
»Holt die Hubschrauber her!«
Die hintereinander dahinrasenden Wagen verschwanden zwischen den Kiefern. In der mitternächtlichen Stille hörte man den Klang aufheulender Motoren. Arvi verfluchte sich selbst;

seine Verfolger hatten genau den richtigen Ort für einen Hinterhalt gewählt. Er drosselte jäh das Tempo, der Mercedes schleuderte zur Seite und kam auf einer schmalen Waldlichtung mit quietschenden Reifen zum Stehen. Von hier ging es nicht mehr weiter. Baumstämme blockierten den Weg. Hastig stieg er aus. Der Finne zog eine speziell angefertigte Automatik aus dem Handschuhfach und zielte knapp über die herannahenden Scheinwerferlichter des ersten der beiden Jeeps, die hintereinander auf ihn zurasten. Dann drückte er zweimal ab. Der Fahrer des ersten Wagens verlor die Kontrolle über sein Fahrzeug, als eine Kugel sein Gesicht zerschmetterte. Das Auto landete auf dem Dach und begrub die anderen Insassen, Angehörige des Militärs, unter sich. Der zweite Jeep schoss nach vorn und verfehlte das völlig demolierte Fahrzeug, das ihm vorausgefahren war, nur um Haaresbreite.
Arvi blieb nicht stehen, um sich das Gemetzel genauer anzusehen, sondern floh in den Kiefernwald, hinein in eine noch größere Dunkelheit. Im Laufen hörte er sich atmen, hörte, wie der Atem rau und stoßweise aus dem verletzten Brustkorb drang. Hinter ihm ertönten wütende Schmerzensschreie seiner Verfolger.
Was konnte er tun? Nichts. Arvi wusste, dass seine Möglichkeiten erschöpft waren. Sie hatten ihn umzingelt, bald würde alles zu Ende sein. Trotzdem flüchtete er geduckt und im Zickzack durch die schneebeladenen Bäume, deren Zweige und Äste ihn schmerzhaft peitschten und seine Kleidung einrissen. Es war ein instinktives Fliehen, ein inbrünstiges Verlangen, das Leben noch um einige Minuten zu verlängern. Während er immer tiefer in den Wald eindrang, ließ er die Geschehnisse vor seinem inneren Auge Revue passieren: Jemand musste ihm nach München gefolgt sein und ihn aufgespürt haben, als er in nord-

östlicher Richtung aufgebrochen war. Aber wer? Hatte einer der anderen Assistenten ihn verraten? Noch wichtiger war allerdings: Würde seine Botschaft überhaupt bis zu Pedersen durchkommen? Das war das Entscheidende. Die ihm zugeteilte Aufgabe, sein Job.

Nein, da war noch etwas.

Er blieb kurz stehen, um Luft zu holen. Dann nahm er die Flucht durch das dichte Unterholz wieder auf. Einem Mann, der dem Tod ins Auge sah, war noch etwas anderes wichtig. Seine Familie. Aber außer Pia, seiner Schwester, lebte niemand mehr. Sie ahnte nicht, was er tat, und vermutlich interessierte es sie auch nicht. Er dagegen wusste alles über sie, obwohl sie ungeheuer weit weg lebte, in San Francisco. Die Art und Weise, wie sie ihren Lebensunterhalt verdiente, hatte schon immer einen bitteren Nachgeschmack bei ihm hinterlassen. Aber es war ihr Leben, ihre Wahl, ihre Entscheidung, genauso wie es sein Entschluss gewesen war, als Spion zu arbeiten. Ein Entschluss, der nun unweigerlich zum gewaltsamen Tod des Einunddreißigjährigen führen würde.

»Er ist da drüben«, ertönte eine Stimme.

Arvi änderte die Richtung, und weil er schon ziemlich erschöpft war, wurden seine Schritte langsamer. Neben ihm schlugen mehrere Kugeln in die Bäume ein. Die Verfolger verwendeten Nachtsichtgeräte und Infrarotwaffen. Über sich hörte er das Dröhnen eines Helikopters. Woran musste er noch denken? Er zwängte sich durch das Dickicht. Hätte er doch in letzter Zeit noch einmal mit Pia gesprochen. Hätte er ihr nur gesagt, wie sehr er sie liebte. Wäre er ihr doch ein besserer Bruder gewesen, nicht so beschäftigt mit den Angelegenheiten des Rates und Lars Pedersen. Aber dafür war es nun zu spät. Denn der Tod wartete auf niemanden, und tief im Inneren war Arvi bewusst,

dass er gescheitert war. Er würde umsonst sterben, die Botschaft würde nicht durchkommen. Sie würden auch Esko ermorden.
Eine Hochgeschwindigkeitskugel traf ihn mitten in den Rücken. Sie zerstörte seine Leber und durchschlug seinen rechten Lungenflügel, so dass er Blut spuckte. Vom Aufprall nach vorn geschleudert, versuchte er verzweifelt, sein Gleichgewicht wiederzufinden. Vergebens. Die folgende Kugel zertrümmerte ihm die rechte Kniescheibe, keuchend hielt er sich an dem Ast einer Fichte fest. Die Lebenskraft sickerte aus ihm heraus. Im Todeskampf wandte Arvi sich seinen Feinden zu. Sie würden kein Erbarmen zeigen, aber er warf es ihnen nicht vor. Sie mussten ihre Arbeit erledigen, und sie würden ihm sowieso kein Wort glauben, wenn er ihnen verriet, wer er in Wirklichkeit war.
Er starb in der nasskalten Dunkelheit, den Namen seiner Schwester auf den Lippen.
Die Jäger versammelten sich um den knienden Toten; seine Hand klammerte sich immer noch an den Zweig. Der Führer des Kommandos, ein deutscher Special-Forces-Hauptmann, tippte die Leiche mit dem Stiefel an, während seine Männer sie desinteressiert im Licht ihrer leuchtstarken Taschenlampen inspizierten. Dann senkte er die Stimme und wiederholte den Befehl, den ihm der Chef des deutschen Geheimdienstes erteilt hatte.
»Dieser Mann war ein Terrorist. Sein Tod unterliegt Artikel 12 der Verordnung zur Staatssicherheit. Dieser Einsatz hat nie stattgefunden, dieser Mann ist nie hier gestorben, Sie wissen von nichts. Und nun räumen Sie auf.«
Damit verließ er den Schauplatz des Verbrechens. Er wollte nach Hause. Er war müde und freute sich schon auf ein wenig Ruhe.

* * *

In Helsinki glitzerten die Lichter der Großstadt und nirgends heller als in dem riesigen pyramidenförmigen Gebäude, das Finnlands Hauptstadt wie ein moderner Turm zu Babel dominierte.
Hier befand sich das Herzstück des globalen Computersystems. Hier war die Zentrale des Rates von Mother untergebracht. Im 55. Stock, dem obersten Stockwerk des Gebäudes, hatte Lars Pedersen sein palastähnliches Büro. Ungewöhnlich war nur, dass er an diesem Abend nicht am Arbeitsplatz anzutreffen war, ja, er war schon seit mehreren Tagen nicht erschienen. Seit seiner Krankheit nicht mehr.
Stattdessen hielt sich der Vorsitzende von Mother in seinem kleinen Landhaus auf, das vor den Toren Helsinkis inmitten eines Militärcamps lag. Diese Vorsicht war wegen Pedersens einzigartiger Position und Bedeutung in der Weltpolitik unumgänglich, vor allem aber wegen der Terroristen und ihrer zunehmend verzweifelten Versuche, Mother zu zerstören. Wenn es ihnen gelänge, im Herzen des Systems zuzuschlagen, einen Anschlag auf seinen Vorsitzenden zu verüben, dann hätten sie einen großen Sieg errungen. Doch dies war eine vergebliche Hoffnung, denn er wurde so gut geschützt, dass selbst Staats- und Regierungschefs sowie seine ranghöchsten Mitarbeiter nur nach umfassenden Sicherheitsprüfungen zu ihm vorgelassen wurden.
Wenn aber Terroristen jemals bis zu seinem Landhaus vorgedrungen wären, hätten sie sich gewundert. Denn es war eine sehr einfache Unterkunft, die so gar nicht der Position entsprach, die er bekleidete. Doch Pedersen war ein bescheidener Mann; Anfang siebzig, ehemaliger Professor für Ethik unter anderem an der Universität Helsinki. Jemand, der entgegen allen Erwartungen Vorsitzender geworden war, ein Kompromisskandidat, der in Ermangelung anderer Bewerber gewählt wurde,

nachdem keines der mächtigsten Länder der Erde die anderen Staaten dazu bringen konnte, ihren Favoriten für die Position zu akzeptieren.

Es war spät am Abend. Pedersen war krank und saß in seinem Wohnzimmer. Aufmerksam hörte er seinem unerwarteten Gast zu, einem Assistenten namens Esko. Er durchforschte die Gesichtszüge des jungen Mannes nach Anzeichen von Heuchelei und Verlogenheit. Denn als Vorsitzender durfte er niemandem trauen. Es stand zu viel auf dem Spiel.

Als Esko geendet hatte, wurde es still. Der Assistent nutzte diesen Moment, um seinerseits den Menschen, der da im Sessel versunken vor ihm saß, zu mustern: Lars Pedersen war schmächtig, hatte ein zerfurchtes Gesicht und schütteres, schlohweißes Haar. Eigentlich etwas enttäuschend. Es war kein fotogenes, kein gebieterisches, kein stattliches Gesicht. Vielmehr eines, das in der gegenwärtigen Gesellschaft, in der alles zur Ware geworden war, keinerlei Wert besaß. Dahinter vermochte Esko jedoch nicht zu blicken. Er konnte die Gedanken seines Vorgesetzten nicht lesen, was aber ohnehin nur wenigen gelang. Denn Lars Pedersen, dieser eingebürgerte Finne mit schwedischem Vater, der hinter seiner außerordentlich scharfen Intelligenz eine Vielzahl von Geheimnissen verbarg, war selbst seinen eigenen Landsleuten ein Rätsel.

»Also«, meinte er abschließend, »Arvi ist gestern Abend bei einem Autounfall ums Leben gekommen. Sein Wagen kollidierte auf der Autobahn mit einem Lastwagen. Insgesamt starben drei Menschen. Das ist jedenfalls die offizielle Lesart, die kein Geringerer als der Leiter des deutschen Geheimdienstes bestätigt hat.«

»So ist es«, pflichtete Esko ihm bei. Auch er war Finne, dreißig Jahre alt, athletisch gebaut, mit blondem Haarschopf.

Pedersen überlegte. »Aber sechs Stunden *vor* diesem Unfall hat sich Arvi mit Ihnen in einem kleinen Dorf in der Nähe von München getroffen. Er bat Sie, mir eine Botschaft zu übermitteln, die nur zwei Namen enthält. Sind Sie sicher, dass es nicht mehr waren?«

Esko fühlte Pedersens forschenden Blick auf sich ruhen. Er zögerte. »Er hat mir nur zwei Namen genannt.«

»Sind Sie ganz sicher?«

»Ja.«

Erwartungsvolles Schweigen.

»Kann ich noch etwas tun?«

»Nein. Sie sollten jetzt nach Hause gehen. Gute Nacht.«

Der Vorsitzende von Mother sah zu, wie sein Mitarbeiter den Raum verließ. Dann schloss er die Augen und ließ sich von der Stille umhüllen. In letzter Zeit fühlte er sich nur in der Stille frei und unbeobachtet. Nur in ihr sah er den richtigen Weg vor sich, um seinen Feinden zuvorzukommen. Arvi war ermordet worden, das stand fest.

Und im Tausch gegen seinen niedergemetzelten finnischen Assistenten, der ihm besonders nahe gestanden hatte, erhielt er nur zwei Namen aus einer Gruppe von Personen, die in München zu einem geheimen Treffen zusammengekommen waren. Das war ein sehr hoher Preis.

Was sollte er tun?

Nach langem Nachdenken stand er auf und trat schwerfällig ans Fenster. Draußen war nichts zu erkennen, die Sterne verbargen sich hinter Wolken. Aber in seinem Inneren sah es anders aus. Zwei weitere Fäden hatten sich miteinander verknüpft. Endlich trat das Bild der Verschwörer aus dem Hintergrund unzähliger Interaktionen zwischen Individuen und Ereignissen hervor. Das war gut so. Aber diese Leute waren viel mächtiger und zahlreicher, als er angenommen hatte. Zu mächtig, als dass man sie durch einen Frontalangriff besiegen könnte.

Pedersen wandte sich vom Fenster ab und verließ das Wohnzimmer. Als er langsam die Holztreppe hinaufstieg, krümmte er sich vor Schmerz. Wann würde Doug Sullivan seinen Zug machen? Und welche Leute in den höchsten Machtpositionen steckten mit ihm unter einer Decke? Der Vorsitzende von Mother überquerte den Flur im ersten Stock.

Es war an der Zeit, eine endgültige Entscheidung zu fällen.

1

Jeder liebt, mehr oder weniger, die Macht;
doch denjenigen, die sich am stärksten danach sehnen,
sollte man sie nicht anvertrauen:
Sie sind kaum dazu geeignet, sie auszuüben.
Samuel Richardson

Es war als routinemäßiger Staatsbesuch angekündigt worden, wenn man derlei denn Routine nennen konnte. Die amerikanische Präsidentin und der britische Premierminister standen auf dem Rasen vor dem Weißen Haus und blickten in die Kameras. Der entspannten Atmosphäre konnte auch ein Regenguss nichts anhaben, der einsetzte, als beide Politiker mit den Texten ihrer Begrüßungsrede und der Erwiderung vor die Presse traten. Die Reden waren eine Woche zuvor entworfen worden, und es stand nichts Interessantes darin. Die unvermeidliche Betonung der besonderen Beziehungen zwischen den beiden Nationen, eine kurze Erwähnung des neu gegründeten Staates Sibirien, allgemeine wirtschaftliche Fragen.
Kurzum: Nichts, was gerade diesem Treffen der beiden angloamerikanischen Regierungschefs zu besonderer Aufmerksamkeit verholfen hätte, und das war auch so beabsichtigt. Seit Jahren schon vermieden es die Politiker, Themen, die für die Demokratie von zentraler Bedeutung waren, vor der Weltöffentlichkeit zu erörtern, wobei die Globalcoms – die globalen Konzerne, die den größten Teil des Welthandels beherrschten –

das Ihre dazu beitrugen, diese Unterlassung zu fördern und zu finanzieren. Es lag auf der Hand, welche Vorteile für die Globalcoms dabei heraussprangen. Demokratien halfen Monopolen nicht, korrupte Politiker sehr wohl. Das war doch klar, oder?
Die Folge: Im Jahre 2020 waren die meisten Politiker auf der Welt und alle Chefs der Globalcoms sehr reich, also A1- oder A2-Kreditnehmer, Milliardäre oder Multimillionäre. Mother hatte dazu beigetragen, dieses System zu begründen und fortzuentwickeln. Die Frage war nur, ob es *überhaupt noch* ehrliche Männer oder Frauen in Machtpositionen gab. Denn das war höchst zweifelhaft …
»Guten Tag.«
Die amerikanische Präsidentin Monica Dankwerts legte eine Pause ein, bis in die kleine Gruppe der Presseleute Ruhe eingekehrt und die Kameras in Position gebracht waren. Die Dreiundfünfzigjährige hatte schulterlanges schwarzes Haar und eine hellbraune Hautfarbe, ihre Züge wirkten hart und geschäftsmäßig. Sie trug ein modisches Kostüm, dazu ein Perlenhalsband und einen großen Brillantring – ein Outfit, das von Einfluss und Reichtum zeugte.
»Ich möchte den britischen Premierminister herzlich willkommen heißen …«
Dankwerts fuhr mit ihrer Rede fort. Mühelos gingen ihr die Worte über die Lippen, begleitet von jener Mimik und Gestik, die laut Aussage der Experten ausschlaggebend dafür waren, dass die weltweite Zuhörerschaft ihren Äußerungen auch tatsächlich Glauben schenkte.
»Wie Sie wissen, verbindet uns eine besondere Beziehung …«
Die US-Präsidentin war eine imposante Erscheinung, eine schwarze New Yorkerin, die aus kleinen Verhältnissen stammte und bis ins Weiße Haus aufgestiegen war. In der tödlichen

Arena der Politik hatte sie sich als geschickte Kämpferin erwiesen, wobei niemand von ihrer scharfen Intelligenz und ihrem gnadenlosen Charme verschont geblieben war. Die Politik bedeutete ihr Leben, und es schien klar, dass sie dafür bestimmt war. Monica Dankwerts verstand es, sich durchzusetzen, und wenn ihr jemand im Wege stand, musste er schnell seinen Posten räumen. So auch ihr Ehemann, als sie erkannt hatte, dass er für sie zu einer Belastung würde, wenn sie den Job als Präsidentin behalten wollte. Also hatte er sich nach Seattle zurückgezogen, um Immobilien zu verkaufen, während sie in die schönste Immobilie in Washington einzog. Wenigstens etwas hatte sie von ihm gelernt …

Sie setzte ihre kurze Ansprache fort. »Zusammenfassend …« Gleichzeitig blickte sie so in die Kameras, dass ihre rechte Gesichtspartie, die fotogenere, ins rechte Licht gerückt wurde. »Ich freue mich, Sie wiederzusehen, Herr Premierminister, und hoffe, dass dieser Besuch unseren beiden Ländern weiteren Nutzen bringen wird.«

Dann schenkte sie dem britischen Premier ihr offizielles Begrüßungslächeln, das er mit gut einstudiertem Entgegenkommen erwiderte. Alles für die Bürger der Welt, die sich schon so sehr an die Verlogenheit in der Politik gewöhnt hatten, dass es ihnen egal war, ob es noch einen Unterschied zwischen Schauspielerei und Politik gab. Es existierte keiner mehr.

»Vielen Dank für die freundlichen Worte …«

Sie musterte ihren britischen Amtskollegen, der jetzt seine kurze Ansprache hielt. James Reedon war Ende fünfzig, ein nachdenklicher Mann mit schwerem Gang und zurückhaltendem Auftreten, sanften Gesichtszügen, einer römischen Nase und silbrig glänzendem Haar. Er war wohlmeinend, zurückhaltender und weniger aggressiv als sie, doch kein Trottel. Der britische Premier hatte erst spät im Leben die Politik entdeckt, sich dann jedoch schnell nach oben gearbeitet. Was jedoch nicht besonders überraschend war, wenn man den fast vollständigen Mangel an politischen Talenten in seinem Land bedachte, abgesehen von Anthony Stone, dem britischen Außenminister, der mit ausdrucksloser Miene neben ihm stand und das politische Geschwafel über sich ergehen ließ.

»Es ist mir eine Freude, hier in Washington zu sein. Ich hoffe sehr, dass wir die Gelegenheit haben werden …«

Wie ein Schauspieler, der seinen Text mühelos beherrschte, begann Reedon mit seiner Rede. Dankwerts nickte hin und wieder, um aufmerksames Zuhören zu demonstrieren. In Gedanken war sie jedoch ganz woanders: bei einem anstehenden Gespräch und dessen Auswirkungen auf sie und den Premierminister.

»Wenn wir uns nun den bilateralen Fragen zuwenden, ist es wichtig zu erwähnen …«

Nach seiner Rede blieben sie noch hinter ihren Rednerpulten stehen, um den Medienvertretern die Gelegenheit zu geben, ein paar Fragen zu stellen und Fotos zu schießen. Mother, das globale Computersystem, würde die Bilder sofort um die ganze Erdkugel senden. Deshalb war es wichtig, dass sie beide weder Zeichen von Anspannung noch von Angst verrieten. Niemand durfte auch nur ahnen, was sie gleich erörtern wollten.

»Wollen wir ins Haus gehen …?«

Reedon warf der Präsidentin einen Blick zu. Vermutlich überlegte auch sie, wie viel Zeit ihnen für ein Gespräch unter vier Augen blieb. In ihrer Funktion als Regierungschefs ihrer Länder wurde jede Geste, jede Bewegung analysiert, jeder Moment registriert, der sie dem Blick der Öffentlichkeit entzog. Sie schlenderten auf das Weiße Haus zu.

Im Kabinettzimmer hatten sich ihre Berater bereits versammelt. Schnell kamen sie zur Sache. Dankwerts diktierte, entsprechend der vorausgegangenen Beschlüsse, große Teile der Tagesordnung. Nur über eines der in ihren banalen Reden erwähnten Themen wurde etwas länger debattiert. Die beiden Länder kamen überein, weiterhin mit aller Härte gegen Terrorismus vorzugehen und zu diesem Zweck das Militär und die Geheimdienste mit außergewöhnlichen Vollmachten auszustatten. Weder die US-Präsidentin noch der britische Premierminister hatte gegen ein solches Vorgehen irgendwelche Einwände. Mother half ihnen, an der Macht zu bleiben, und letztlich konnte die Gefährdung des Computersystems durch Terroristen auch für sie bedrohlich werden.

Dankwerts blickte auf die Uhr. »Wir können jetzt eine Mittagspause machen.«

»Gute Idee.« Die Berater und Ministerialbeamten beider Seiten verließen den Raum. Zeit, den Rest hinter sich zu bringen.

»Anthony?« Der Premierminister drehte sich in seinem Stuhl halb zu seinem Außenminister um. »Machen Sie weiter. Ich bin gleich wieder da.«

Die kleine, unerwartete Änderung im Plan verwirrte Stone. Er sah die US-Präsidentin an. Aber als sie seinen Blick freundlich erwiderte, wirkte ihr Gesichtsausdruck offen und unschuldig. Also nichts, worüber man sich Gedanken machen musste. Er zog leicht an der Manschette seines Maßhemdes. »Gut.« Dann erhob er sich, schlenderte zur Tür und ergriff den Arm seines amerikanischen Amtskollegen, als sie durch die Tür gingen. Stone begann mit ihm zu plaudern. Er war ein politisches Naturtalent, das sich mit jedem rasch anfreundete.

Nach einer weiteren Minute wurde die Tür geschlossen. Nur zwei Personen befanden sich noch im Raum, die US-Präsidentin und der britische Premierminister. Sie hatten nicht viel Zeit, außerdem war ihnen bekannt, dass Mother ihr Gespräch aufzeichnete. Wenn sie sich im Oval Office unterhalten hätten, wäre es nicht anders – eher schlimmer – gewesen angesichts der Spionage, die derzeit betrieben wurde. Mother hatte die Privatsphäre vernichtet. Eine Nebenwirkung, deren verheerende Folgen für die Demokratie noch niemand vollständig begriffen hatte.

»Ich muss Ihnen etwas Wichtiges mitteilen«, begann Dankwerts. Ihre Stimme klang zwar ein wenig harsch, aber ihre Sprechtherapeuten hatten bereits Abhilfe geschaffen.

Der Premierminister wartete darauf, aufgeklärt zu werden. Sie hatte auf der abhörsicheren, von ihnen beiden benutzten Leitung jeden Hinweis vermieden.

»James.« Sie notierte etwas auf einem Blatt Papier, während ihre Stimme das Geräusch des Kugelschreibers übertönte. »Ich möchte Sie vor einem möglichen Mordanschlag gegen ein Staatsoberhaupt warnen.« Sie hielt inne. »Wir kennen derzeit die Identität der Leute noch nicht, aber wir nehmen die Drohung sehr ernst.«

»Oh.« Reedon kratzte sich die Braue. Die Nachricht traf ihn unvorbereitet. Damit hatte er nicht gerechnet.

Dankwerts fuhr fort: »Wir glauben, dass es sich um eine Terrorgruppe handelt, verfügen bislang aber noch über keine Namen.«

»Verstehe.« Drohungen gegen Staatsoberhäupter waren an der Tagesordnung, doch es war höchst ungewöhnlich, dass die US-Präsidentin ihn persönlich davon unterrichtete. »Aber Sie haben nicht gesagt, gegen wen sich der Anschlag richtet.«

»Gegen mich«, erklärte die Präsidentin fest und ohne eine Spur von Nervosität. Aber noch während sie antwortete, warf sie ihm einen kurzen Blick zu, und er las, was sie geschrieben hatte. Reedon erbleichte. »Das ist alles, was wir wissen, aber ich halte Sie auf dem Laufenden. Bitte achten Sie darauf, ob es von Ihrer Seite irgendwelche Hinweise gibt.«

»Natürlich.«

In der nun folgenden Stille beurteilte jeder die Worte und die Schauspielkunst seines Gegenübers. Das Wahre und das Falsche. So war die Welt nun einmal. Plötzlich musste Dankwerts lächeln. Es war ein Lächeln der Zuneigung. Reedon war aufrichtig, das spürte sie. Auch Lars Pedersen vertraute seinem Wort.

»Gehen wir zum Lunch.« Dankwerts faltete das Blatt Papier und steckte es tief in ihre geräumige Handtasche.

»Gern.« Reedon erhob sich von seinem Stuhl. Das ganze Gespräch hatte nur wenige Minuten gedauert. Es war höchst unwahrscheinlich, dass die anderen sie vermisst hatten; allerdings hatte Mother ihr kurzes Gespräch aufgezeichnet, das gemäß der Internationalen Verordnung zur Freigabe geheimer Dokumente, Artikel 16, in zwanzig Jahren der Öffentlichkeit zugänglich gemacht werden würde.

»Und wie geht es Ihrer Tochter?« Dankwerts öffnete die Tür, und sie verließen den Raum. Während sie den Flur entlangschlenderten, umschwirrten sie sofort mehrere Personen wie Fliegen. Instinktiv rückte Reedon seine Seidenkrawatte zurecht, und Dankwerts strich ihre Satinjacke glatt. Es ging in ihrem Leben schließlich um Repräsentation, Präsentation, die Verpackung. Sie waren die Produkte einer modernen Politik, in der Hairstylisten, Stimmlehrer, Make-up-Künstler und Modeberater das Wesentliche gestalteten. Es war unvermeidlich. »Ich bin, was ich scheine«, lautete das Leitmotiv der globalen Gesellschaft.

»Meiner Tochter? Oh, der geht's gut«, antwortete Reedon, der in

Gedanken jedoch ganz woanders war. Denn was die Präsidentin niedergeschrieben hatte, zog ihm den Magen zusammen: *»Sie sind in großer Gefahr. Attentatsversuch von Leuten in Ihrem eigenen Kabinett. Warnung kam von Lars Pedersen.«*
Die Wölfe waren zum Fressen aus der Deckung gekommen.

2

Ein jegliches hat seine Zeit … herzen hat seine Zeit,
aufhören zu herzen hat seine Zeit.
Der Prediger Salomo

Rakastatko minua?«

Pia wäre an seinen Worten fast erstickt. Sie hatten miteinander geschlafen, und ihr Bettgenosse wälzte sich mit seinem behaarten Körper von ihr herunter. Das empfand sie zwar als große Erleichterung. Aber aus seinem Mund »Liebst du mich?« auf Finnisch zu hören, das war zuviel für sie, zu intim.

»Rakastatko minua?«

»Ich habe durchaus gehört, was du gesagt hast«, entgegnete sie schroff.

»Sagt man das so?«

»Nein.« Seine nichts sagende Vertraulichkeit hatte sie verletzt. »Du sprichst es völlig falsch aus.«

»Na klar.« Ihr Liebhaber aus San Francisco, ein erfolgreicher Banker, zuckte mit den Schultern. »War doch bloß ein Scherz.« Dann stemmte er sich grinsend von der Matratze hoch. »Ich gehe jetzt wohl besser. Hab noch zu tun.«

Pia gab ihm keine Antwort, sondern streckte sich auf ihrem Bett mit der weißen Bettwäsche und den seegrünen Kopfkissen aus und lauschte, wie er ins Bad tappte und die Dusche aufdrehte. Natürlich liebte sie ihn nicht. Wieso auch? Sie hatten nichts gemein. Absolut nichts. Sie war einundzwanzig, er vierzig. Ohne seine Bürgschaft wäre sie nur eine A7-Kreditnehmerin, er war ein A4er. Sie war gescheitert im Leben, eine Gespielin; er hatte Erfolg. Sie war der Scheck, den er mit seinem nackten Fleisch ausfüllte.

Pia seufzte und bedeckte ihr Gesicht mit einem Kissen. Wenn sie doch nur ewig schlafen könnte. Alles lief falsch in letzter Zeit. Schließlich nickte sie ein.

»Also bis heute Abend«, rief eine Stimme. Pause. »Vielleicht.«

Seine Abschiedsworte hatten sie geweckt. Sie schrak zusammen. »Wir treffen uns um sieben«, rief sie fröhlich zurück und wartete auf seine Antwort, vernahm aber nur das Klicken des elektronischen Schlosses der Wohnungstür. Wahrscheinlich hatte er sie nicht gehört. Oder es war ihm egal. Was ein und dasselbe war.

»Bis dann«, sagte sie, aber mit leiserer Stimme. Dann warf sie wütend die Bettdecke zur Seite und ging ins Bad. Wie üblich hatte ihr Freund ein Chaos angerichtet, überall lagen Handtücher und Seife herum. Sie hob die Hände und hätte aus Wut und Verzweiflung am liebsten geschrien. Plötzlich sah sie sich im Spiegel. Hier lag der Kern des Problems.

Es war dieses Gesicht. Dieser Körper. Die beiden richteten sie noch zugrunde.

Denn Pia war eine klassische finnische Schönheit. Lange blonde Haare und strahlende, achatblaue Augen. Dazu eine schlanke, geschmeidige Figur, flacher Bauch, straffer Po und Brüste, die schwer, aber fest waren und mit dem übrigen Körper harmonierten. Eine natürliche Schönheit, ohne jede kosmetische Nachbesserung oder Umwandlung. Der Körper eines Models. Aber obgleich ihr eigener Körper, war er doch nur, wie alles heutzutage, eine Ware, ein Produkt, das gekauft, verkauft oder für das gebürgt werden konnte. Denn in der schönen neuen

Welt des Jahres 2020 besaß alles einen Tauschwert, war alles käuflich. Die Kreditwürdigkeit allein zählte. Von A1 bis A9 staffelte sich der Wert eines Menschen, und Mother zeigte das auf einen Blick.

Sie wandte sich vom Spiegel ab, betrat die Duschkabine und stellte sich mitten unter den Wasserstrahl, um den Geruch ihres zwar eingeladenen, aber nicht willkommenen Geliebten loszuwerden. Schließlich kehrte sie, ein Handtuch um den Kopf geschlungen, ins Schlafzimmer zurück und ließ sich aufs Bett fallen. Was sollte sie tun? Entweder in der Wohnung bleiben oder einen Einkaufsbummel machen. Aber wenn sie einkaufen ging, würde sie Schulden machen. Was bedeutete, dass sie von ihrem jetzigen »Freund« noch abhängiger sein würde und ihn zufrieden stellen müsste, damit er ihre Schulden bezahlte. Entsetzlich. Das Leben war entsetzlich. Ein gemeiner Materialismus regierte, die Menschen verkauften sich, und zwar bereitwillig.

Sie ließ sich auf die grünen Kissen zurücksinken und schaute auf die dem Bett gegenüber liegende Wand, in die ein großer Computermonitor eingelassen war. Mit einem Blick auf die obere rechte Ecke aktivierte sie Mother.

»Die Nachrichten«, sagte sie laut.

Sofort erschien das Bild auf der Oberfläche, und sie sah die 24-Stunden-Nachrichtensendung, die geschickt ihr Netz aus Halbwahrheiten und Werbung spann.

»Durch die Fusion von WordPlan und SkyTech entsteht der größte Medienkonzern der Geschichte. 600 Tote bei einem Eisenbahnunglück in Indien. Massendemonstrationen in Brasilien und Argentinien gegen Mother. In Holland heiraten zwei Elfjährige. Prominenter deutscher Politiker tritt nach Sexskandal von seinem Amt zurück.«

Gleichgültig starrte sie auf den Bildschirm. Wer scherte sich darum, was in der Welt geschah, solange es einem selbst gut ging? Ständig wurden die Nachrichten von der unvermeidlichen Werbung unterbrochen, die den höheren Kreditnehmern ganz neue Möglichkeiten einflüsterte.

»*Begrenzte Anzahl von A5-Kreditnehmern erhält Arbeitsgenehmigung für die Schweiz. Sambia verkauft seine Naturreservate an PleasureDome, um neue Freizeitparks für die Reichen zu eröffnen. Kaufen Sie die Produkte der Top-Ten-Globalcoms – und bekommen Sie einen Rabatt von sechzig Prozent. Die USA erhöhen ihre Quote für burmesische und thailändische Dienstmädchen. Gehen Sie mit dem Trend – adoptieren Sie für drei Monate ein afrikanisches Kind. Rückerstattung der Kosten bei Nichtgefallen.*«

Wo war ihr Platz in diesem von frenetischer Gier und Ich-Bezogenheit bestimmten Leben? Sie war sowohl Nutznießerin des Systems als auch dessen Produkt, darüber täuschte sie sich nicht. Ein Objekt, das andere gleichfalls als Objekte behandelte. Warum also war sie unglücklich? Weil sie ersetzbar war?
»Das Wetter – San Francisco – heute.«
Auf ihren gesprochenen Befehl hin lieferte das globale Computersystem umgehend Einzelheiten über das Wetter in der Stadt. Ein Iris-Scan genügte, um sich in Mother einzuloggen, dann erfolgte über die Stimmerkennung der Zugang zu den Dateien. Alles war ganz auf das Individuum zugeschnitten. Und wenn man blind war? Dann genügte ein Daumenabdruck. Und wenn man blind war und keinen Daumen besaß? Wenn schon! Dann wurde eben ein Computerbild von deinem Schädel angefertigt. An alles war gedacht.
»Paska.«

In ein paar Stunden sollte es regnen. Es hatte also keinen Sinn, die Wohnung zu verlassen, um einzukaufen. Aber sie konnte ja Home-Shopping machen. Pia lehnte sich, absolut gelangweilt, zurück. Sie wusste, wonach sie suchte, wonach sie in den letzten fünf Jahren gesucht hatte. Aber genau das konnte Mother ihr nicht geben. Natürlich wusste das System einem jede Menge Gurus und »Selbstheilungsexperten« zu empfehlen, die erklärten, was man mit seinem Leben anfangen sollte; sie hatte auch schon einige aufgesucht. Aber der Erfolg war ausgeblieben, und außerdem kostete es einen Haufen Global. Denn den Sinn ihres Lebens zu entdecken, den »G-Punkt des Herzens« zu finden oder wie immer die Reklamefritzen und halsabschneiderischen Verkäufer es nannten, das gelang ihnen nicht. Ihr aber auch nicht. Oder doch?

»Persönliche Datei«, sagte sie laut.

Sofort änderte sich das Bild. Auf dem Monitor erschien ein Foto von ihrem Gesicht, von dem sie gemäß der Internationalen Registrierungsverordnung, Artikel 7, jedes Jahr ein Update anfertigen musste. Pia ließ den Blick über das Menü schweifen, das ihr Leben umfasste. Alles war da. Grundlegende Daten, ihr Kreditstatus, Haushaltsrechnungen, Grundbesitz, Krankenversicherung, Vorstrafenregister und so weiter. Alles digital gespeichert, Papier war nicht mehr nötig.

»Kreditstatus.«

Pia schaute fassungslos auf ihr Rating. Ihr jugendliches Gesicht verzog sich vor Abscheu und Empörung. »Das kann doch nicht wahr sein!«

Sie war auf den Status eines A7-Kreditnehmers zurückgestuft worden. Ihr reicher kalifornischer Liebhaber, noch heute Morgen ihr Bettgenosse, hatte sie verlassen und auch seine Kreditbürgschaft sofort zurückgezogen. Warum so gemein? Hätte er ihr nicht wenigstens noch ein paar Tage Zeit geben können? Lag es daran, dass sie ihn vorhin angeherrscht hatte, als er sie fragte: »Liebst du mich?« Oder daran, dass sie beim Sex nicht genügend Begeisterung gezeigt, nicht genug gestöhnt und mit den Hüften gekreist hatte?

Vier Monate waren sie zusammen gewesen. Vier Monate hatte sie ihn benutzt, so wie er sie benutzt hatte, und jetzt löste sich die ganze Beziehung in Luft auf. Sie war keine A4er mehr, sondern wieder abgerutscht auf den Status einer A7er, und zwar ganz einfach deswegen, weil es jemandem, der noch selbstsüchtiger war als sie, so gefiel. Müde nahm sie das Handtuch vom Kopf und ging zurück ins Bad, um sich die Haare zu föhnen. Wieder war sie gezwungen, ihr Gesicht zu betrachten und auf ihr Leben zurückzublicken.

Vor knapp fünf Jahren war sie nach San Francisco gekommen. Aber die Entscheidung für ihren derzeitigen Lebensstil hatte sie schon früher getroffen – als sie das kleine Dorf im hohen Norden Finnlands, in dem sie zur Welt gekommen war, verließ. Sie war aus dem Haus ihres Vaters ausgezogen, eine unschuldige Sechzehnjährige voller Hoffnung und Begeisterungsfähigkeit. Natürlich war sie – fasziniert von den hellen Lichtern der Hauptstadt – nach Helsinki gegangen, wohin es alle erfolgreichen Leute zog. Gewitztere Menschen als ihr Vater hatten ihre Schönheit gepriesen und so vieldeutig wie möglich gesagt: »Du solltest Schauspielerin werden« oder: »Du wirst es noch weit bringen«.

Pia musste aber in Helsinki rasch feststellen, dass man ein hohes Kreditrating benötigte, um sich »im Markt« erfolgreich durchzusetzen. Ach ja, die Kreditratings. Jedes Kind lernte sie in der Grundschule auswendig, gleich nach dem ABC. Sie waren der Schlüssel zum Erfolg – das Medium, in dem Menschen entsprechend der Weltwährungseinheit, dem Global, bewertet wurden.

A1 – Milliardäre
A2 – Multimillionäre
A3 – Millionäre

A4 – Akademiker; obere Mittelschicht
A5 – Mittelschicht
A6 – untere Mittelschicht

A7 – Diener; obere Kategorie
A8 – Diener; untere Kategorie
A9 – der Abschaum der Gesellschaft

Um ein hohes Rating zu bekommen, um in die Ränge der Reichen – das waren die A4er und darüber – aufzusteigen, musste man entweder selbst reich oder die Freundin oder der Freund von Männern oder Frauen sein, die es waren.
Es war nur eine Frage der Zeit, bis Pia in den Sog des Mahlstroms geriet. Sie wurde die Geliebte eines erfolgreichen Filmregisseurs aus Helsinki, der sie nach Kalifornien mitnahm und ihr unter Zuhilfenahme seines Kreditratings kleinere Rollen als Schauspielerin verschaffte. Denn natürlich bekam man als Ausländer keine Aufenthaltsgenehmigung für San Francisco – es sei denn, man war mindestens ein A6-Kreditnehmer. San Francisco City-Stadtverordnung, Artikel 25.
Eigentlich hatte sie in ihr Dorf zurückkehren wollen, aber schon bald war sie in den Lebensstil der A4-Kreditnehmer, der oberen Mittelklasse, hineingeglitten. Diese besaßen Häuser in geschützten Zonen, zahllose Diener, Pässe für das Geschäfts-

viertel im Zentrum, Zugang zu den mautpflichtigen Schnellstraßen. Dann war der Filmregisseur nach Finnland zurückgeflogen, wodurch sie in eine verzweifelte Lage geriet. Zwei Wochen nach Auslaufen ihres A6-Kreditratings wäre alles zu Ende gewesen, weil Ausländer dann das Land verlassen mussten. San Francisco City-Stadtverordnung, Artikel 32. Diese Vorschrift setzte Mother rigoros durch. Das System kam jedem auf die Spur.

Weil sie unbedingt in der Stadt bleiben wollte, hatte sie sich mit einem Computerexperten mittleren Alters liiert, der jedoch ziemlich rasch auf ihre Dienste verzichtete und sie gegen eine reifere Frau mit New Yorker Akzent und silikonverstärktem Körper eintauschte. Das hatte die neunzehnjährige Pia tief verletzt, denn sie war eine empfindsame junge Frau und nicht daran gewöhnt, wie eine Ware behandelt zu werden, wie eine Wegwerfwindel oder ein Sammelbecken für Körpersäfte. Aber so war es nun einmal, und man konnte die Welt nicht verändern. Man musste sich damit abfinden, der zu sein, der man war, und sich zu Markte tragen. Also war sie binnen zwei Wochen mit einem Bankmanager zusammengezogen, der ihr in einem Anfall von Großzügigkeit diese Wohnung gekauft hatte. Damals wurde ihr auch klar, dass sie zu einer Gespielin geworden war.

Na und? Das war doch nicht schlimm, oder? Millionen junger Leute auf der ganzen Welt, von China bis Patagonien, waren Gespielinnen und Gespielen. Die globale Gesellschaft akzeptierte das, die Werbeleute ermunterten dazu, und die Medien lebten sehr gut davon. Diese Menschen waren keine *Prostituierten*, das wäre eine Beleidigung und eine Lüge gewesen. Sie waren auch keine A9-Kreditnehmer – Sklaven, Abschaum der Gesellschaft. Sie schliefen mit niemandem auf Verlangen und

des Geldes wegen. Nein, Gespielinnen und Gespielen, das waren junge Männer und Frauen, die eine bessere Existenz anstrebten. Menschen ohne Vermögen, die sich nach den schönen Dingen des Lebens sehnten, die nur die Reichen besaßen. In gewisser Weise waren sie eine moderne Version der Konkubinen.
Pia begann, sich die Haare zu kämmen.
Nach dem Bankmanager war sie noch ein, zwei andere Beziehungen eingegangen. Schließlich hatte sie mit dem Typen geschlafen, der sie an diesem Morgen verlassen hatte. Jedes Mal, mit jedem Geliebten, stieg sie zwar höher in ihrem Kreditrating, aber nur, um desto tiefer zu fallen, wenn sie verlassen wurde. Warum sie den Männern gefiel, warum sie sie besitzen wollten, war ihr durchaus klar. Sie war etwas Neues, eine Finnin; sie war schön und in Mode, außerdem strahlte sie eine gewisse Verletzlichkeit aus, einen inneren Widerstand gegen den Lebensstil, in den sie unaufhaltsam hineingezogen wurde. Diesen Männern, ihren reichen Liebhabern, machte es Freude, ihren Widerstand zu brechen. Sie wollten, dass sie das System akzeptierte und unterstützte, und zwar mit Leib und Seele. Sie wollten sie zu einer Ware machen und anschließend wegwerfen, wie einen beschmutzten Gegenstand. Und sie ließ es zu. Warum?
»Dringende Nachricht.« Eine körperlose Stimme aus dem Monitor im Schlafzimmer hielt sie immer auf dem Laufenden.
Pia ignorierte sie. Ihr blieben zwei Wochen, um sich einen neuen Freund zu angeln, sonst musste sie San Francisco verlassen. Aber wen? Da war dieser abgedrehte Börsenmakler, der Anwalt mit dem Drogenproblem, der A3-Kreditnehmer, der so gern …
»Dringende Nachricht.«
Verärgert warf sie den Kamm auf den Badezimmertisch und sah, dass sie Bissspuren auf den Brüsten hatte. Bestimmt würde

es ein paar Tage dauern, bis die Kratzer verschwanden. Sie ging zurück ins Schlafzimmer.

»Nachricht lesen«, befahl sie.

Die körperlose Stimme übermittelte die Botschaft in Standardenglisch, der Sprache von Mother. Pia ließ sich auf ihr ungemachtes Bett fallen. Sie brach in Tränen aus, ihr Kopf sank in ihre Hände, während ihre hellblonden Haare sich fächerförmig ausbreiteten. Seit fünf Jahren hatte sie trotz aller Enttäuschungen nicht mehr geweint. Nun schluchzte sie bitterlich.

Ihr Bruder, Arvi, war gestorben. Während sie zwei Abende zuvor mit einem Mann geschlafen hatte, den sie nicht liebte, war Arvi bei einem Autounfall in Deutschland ums Leben gekommen. Und wer sorgte sich jetzt um sie? Wer liebte sie?

Niemand. Das war die Wahrheit, oder?

3

Die breite Masse einer Nation
fällt einer großen Lüge leichter zum Opfer
als einer kleinen.
Adolf Hitler

Mother. Entweder man liebte sie, oder man hasste sie, und um die Wahrheit zu sagen: Sie wurde inzwischen von einem großen Teil der Weltbevölkerung gehasst.

Das war nicht immer so gewesen, denn das globale Computersystem hatte nach seiner Installation im Jahr 2009 enorme Vorteile mit sich gebracht. Es reduzierte die Verbrechen und die Bürokratie, spürte vermisste Kinder und Terroristen auf, erweiterte die Handelsbeziehungen, übermittelte Informationen in unterentwickelte Länder und verband Regierungen und Völker wie nie zuvor.

»MOTHER ARBEITET FÜR EINE STABILE GESELLSCHAFT.«

So hieß es in einer der Werbeanzeigen, die Fromm & Terror, die führende PR-Agentur in New York, getextet hatte, nachdem die ersten nationalen Datenbestände erhoben worden waren. Und wie immer glaubten es die Leute, denn Leichtgläubigkeit ist die beständige Begleiterin der Menschheit. Doch wer war auf diese Idee verfallen? Jedes Schulkind auf der ganzen Welt kannte die Antwort. Der große Oswald Plevy, ein zurückgezogen lebender Milliardär und ehemaliger Investmentbanker. Das war die Wahrheit, oder?

Worin bestand also sein Geniestreich? In etwas ganz Einfachem.
Zu Beginn des neuen Jahrtausends, damals im Jahr 2005, hatte man Oswald von seiner New Yorker Investmentbank nach London geschickt, um einen der großen Telekommunikationskonzerne zu beraten, der dort in Schwierigkeiten geraten war. Ein komplizierter Auftrag, denn das Unternehmen hockte auf einem riesigen Schuldenberg, und das Management hatte den intellektuellen Schwung eines Gefrierschranks. Also saß Oswald eines späten Abends in seinen luxuriösen Büroräumen und erdachte einen Vorschlag nach dem anderen zur Rettung des Konzerns vor dem drohenden Konkurs. Was er natürlich, wie jeder gute Banker, dem Unternehmen in Rechnung stellte. Und da sei ihm (wie er seinen zahlreichen Bewunderern später erzählte), während er am Schreibtisch saß, etwas Seltsames aufgefallen.
Am folgenden Morgen stand er vor dem unter Druck geratenen Vorstand von UniTelecom, rückte seine Goldrandbrille zurecht (er brauchte sie nicht, aber sie gehörte nun mal zu seinem »persönlichen« Image) und nippte an einem Glas Wasser. Dann sagte er überaus ernsthaft, als verkünde er die Entdeckung eines neuen Planeten: »Ich sehe eine Möglichkeit, wie Sie aus dem ganzen Schlamassel herauskommen können.«
Der Vorsitzende von UniTelecom, ein älterer Herr, der nur in den Vorstand gewählt worden war, weil er die richtigen Leute kannte, setzte sich auf. Auch sein amerikanischer Vorstandschef, ein Rechtsanwalt aus Washington, der einen Groll gegen jeden hegte, der mehr verdiente als er selbst, wurde aufmerksam. Sie wussten, alle Investmentbanker waren Lügner. Aber in Oswalds Fall hatte schon allein das schiere Ausmaß der Unehrlichkeit etwas Beeindruckendes.

»Das Ganze ist ganz einfach.«

»Wie?«, riefen verschiedene Stimmen im Chor.

»Und es wird sehr wenig kosten.« Er machte ihnen den Mund wässrig. Aber man musste den Dummen ja nicht gleich alles verraten.

»Wie?«, steigerte sich der Chor.

»Wir können auf der Stelle anfangen.«

»Wie?«, fragte der Vorstandschef in spöttischem, herablassendem Tonfall zurück. Er kannte doch diese Investmentbanker. Das waren Finanzhaie, die kurzfristige Lösungen erfanden, das schnelle Geld verdienten und sich anschließend vor den katastrophalen Folgen ihrer Empfehlungen drückten. Er wäre vor vielen Jahren fast selbst einer geworden. Außerdem verkörperte Oswald den Typus, den er überhaupt nicht ausstehen konnte – auffälliger Anzug mit greller Krawatte, gegeltes, zurückgekämmtes Haar, sehr gepflegtes Gesicht, falscher transatlantischer Akzent, ein Mund, der es mit dem Maul eines Hais hätte aufnehmen können (die Zähne mit Jacketkronen versehen und geweißt von einem Prominenten-Zahnarzt), Augen, die ausdrückten, dass er auch mit Organen eines Kinderkörpers handeln würde.

»Ja, wie?«, wollte der Vorsitzende von UniTelecom wissen und wiederholte damit, was sein Vorstandskollege gesagt hatte. Das war typisch für ihn, da er auf diese Weise selten in Schwierigkeiten geriet und es den Anschein hatte, als nehme er regen Anteil am Gespräch.

»Nutzen Sie Ihre Kundenkartei, um für andere Unternehmen deren Rechnungen ausstellen zu können. Noch besser, bringen Sie die Banken dazu, dabei mitzumachen.« Oswald grinste.

Schweigen. Einem Abteilungsleiter entfuhr ein lauter Furz, worauf alle so taten, als hätten sie nichts bemerkt.

»Was ich meine«, fuhr Oswald mit großem Nachdruck fort, »ist *Folgendes*: Unternehmen stellen für ihre Produkte und Dienstleistungen Rechnungen aus, ja? Sie wissen schon, um die Leute mit Gas, Elektrizität, Wasser und so weiter zu versorgen. Diese Unternehmen schicken ihre Rechnungen an die Kunden Ihres Konzerns. Der Kundenstamm ist nahezu identisch.«

»Das stimmt.«

»Nun ja.« Oswald kratzte sich die Nase, was er immer tat, wenn eine Idee in Wirklichkeit nicht von ihm stammte. »Den Unternehmen entstehen dadurch sehr hohe Kosten. Sie müssen eigene Kundenlisten zusammenstellen und Personal bezahlen, um die Listen auf dem Laufenden zu halten, sie müssen die Rechnungen ausdrucken und versenden, sie müssen säumige Zahler mahnen.«

»Ja«, die Vorstandsmitglieder richteten sich gespannt auf.

»Also«, fuhr Oswald fort, »gestatten Sie den Unternehmen gegen eine Gebühr den *Zugriff* auf Ihren Datenbestand. Am Monatsende erhalten alle Kunden nur noch *eine* Rechnung, und zwar von Ihnen, und die verschiedenen Unternehmen müssen daher nicht jedem einzelnen Haushalt für jeden Einkauf, der getätigt wurde, auf dem Postweg eine Rechnung zukommen lassen. *Noch besser* wäre es allerdings«, hob er hervor, »wenn Sie die Banken zum Mitmachen bewegen könnten, so dass die Rechnungsbeträge automatisch abgebucht würden.«

Tiefes Schweigen.

Oswald betrachtete den Vorsitzenden, der nickte, was vermutlich auf irgendeine Art von Gehirnaktivität hindeutete. Es war höchste Zeit, das Ganze noch simpler darzustellen.

»Ihr Konzern gründet eine nationale Verrechnungszentrale mit allen großen Unternehmen und Banken, okay? Um die Rechnungen und Käufe aller Haushalte zu sammeln, ja? Die

Banken und Unternehmen nutzen Ihren Datenbestand gegen eine Gebühr, okay? Die sparen eine Menge, Sie verdienen eine Menge.«

Allgemeines Seufzen. »Oh.«

Oswald rückte seine Gucci-Krawatte zurecht, seine harten braunen Augen funkelten geradezu vor Gier. Er wusste genau, was er war: ein windiger Geschäftemacher, und er hatte seine wahre Freude daran. Dann setzte er dem Ganzen die Krone auf. »Anstatt nun drei Wochen darauf zu warten, dass die Leute ihre Rechnungen bezahlen, buchen Sie die fälligen Beträge am Ende eines jeden Tages ab. Auf diese Weise kommt das Geld *rund um die Uhr* herein, nicht nur alle dreißig Tage. Zeit ist Geld. Sie hätten also die Bezahlung um den Faktor dreißig beschleunigt.«

Der begriffsstutzige Vorstandschef von UniTelecom lieferte endlich die ersehnte Reaktion. Nachdem er den Kopf eine Zeit lang in die Hände gestützt hatte, blickte er auf.

»Das«, sagte er mit ernster Stimme, »ist eine brillante Idee.«

Und sie war es tatsächlich. Denn binnen kurzem gelang Oswald eine Einigung mit den Vorstandsetagen der größten britischen Banken. Man verständigte sich darauf, ein separates Unternehmen zu gründen – eine zentrale Verrechnungsstelle. Diese Entscheidung fiel den Banken leicht, da sie kaum zusätzliche Kosten verursachte und ihnen nicht nur die Möglichkeit bot, mit neuen Kunden in Kontakt zu kommen, sondern auch zusätzliche Informationen über ihre eigenen Kunden zu erhalten, indem sie sich der riesigen Datenbestände von UniTelecom bedienten. Nach einem weiteren Monat hatte Oswald Wasser-, Gas-, Telefon- und Elektrizitätsunternehmen mit ins Boot geholt. Später schlossen sich Supermärkte, Tankstellen, Einzelhandelsgeschäfte an – jeder, der regelmäßig Rechnungen schrieb. Am Ende des Jahres war das System komplett installiert

und in Betrieb genommen, wodurch der Schuldenberg von UniTelecom stündlich kleiner wurde, da das Unternehmen für jede Transaktion eine sehr geringe Gebühr einbehielt. In weiser Voraussicht hatte Oswald für sich eine Erfolgsprämie ausgehandelt, so dass er fast über Nacht zum Multimillionär wurde.
Wie sollte man das System nennen? Wieder war es Oswald, der die Antwort darauf wusste. Er hatte Arthur C. Clarke gelesen, und der Begriff war ihm nicht wieder aus dem Kopf gegangen. »Nennen wir es Mother«, sagte er listig, »denn es wird für uns alle sorgen.«
Oswald hatte allerdings unterschätzt, was die Zukunft noch alles bereithielt. Die Idee, Unternehmen und Geschäfte – wie auch sämtliche Banken – zu einem riesigen Datenverbund zu integrieren, genoss in der britischen Öffentlichkeit eine enorme Popularität. Endlich keine Rechnungen mehr, keine Schecks, keine Kreditkarten – einfach nur Schuldkonten gigantischen Ausmaßes, wobei die Details und der Kontostand von jedem Computer abrufbar waren. Und denjenigen, die dem System zustimmten, winkten tolle Rabatte. Wer sich im System registrieren ließ, erhielt Preisnachlässe von bis zu fünfzig Prozent auf Waren und Dienstleistungen. Denn die betreffenden Unternehmen mussten nun weder Rechnungen verschicken noch eigene Kundenkarteien führen, ja, sie mussten sich nicht einmal mehr um die Frage kümmern, ob ihre Kunden kreditwürdig waren. Ein Blick auf den Computerbildschirm verriet alles.
Bald hatte sich die gesamte Bevölkerung Großbritanniens im System registrieren lassen – abgesehen von einigen wenigen, die ihre Zweifel hatten. Wer waren diese Menschen? Man konnte es sich denken. Die üblichen Verlierer. Leute, die sich um die Auswirkungen auf die Privatsphäre und die Menschenrechte sorgten. Aber wen scherte das? Es waren einsame Rufer in der

Wüste, gemieden von einer gierigen Menge, die unbedingt Geld scheffeln wollte.

Ein Jahr darauf stand Oswald, dicker und arroganter geworden, vor einer Versammlung von Vertretern der Handelskammer in New York. Er ließ seine mit Goldfäden durchwirkten Hosenträger schnalzen und trank einen Schluck Wodka. Dann ließ er den Blick über seine Zuhörerschaft schweifen und zeigte ein breites Lächeln, machtbewusst und gierig.

»Meine Freunde, die kommerziellen Datenbanken haben voll eingeschlagen! Die Unternehmen und Banken, die sich unserer Verrechnungsstelle anschlossen, haben überlebt und stehen wirtschaftlich gut da. Warum? Weil sie auf einen Blick Echtzeit-Kreditinformationen über ihre Kunden bekommen können. Keine Rechnungen, keine Dateien mehr.« Er hielt bewusst inne und wartete, bis sich erwartungsvolles Schweigen im Auditorium ausbreitete. »Aber wie auch immer. Ich möchte eine *Prognose* wagen. Bald wird der Aufstieg der Globalcoms beginnen – multinationaler Konzerne, die die Märkte unter Verwendung unserer Datenbestände beherrschen werden. Wer Anteile an diesen Unternehmen erwirbt, wird Millionär. Machen Sie mit! Verdienen Sie eine Menge Geld! Retten Sie die Welt!«

Dieser Aufruf des Erfinders von Mother, der es zu einem der reichsten Männer der Welt gebracht hatte, löste eine wahre Fusionsorgie aus. In der Folge machten viele kleine Unternehmen, die sich bis dahin der Registrierung in Mother widersetzt hatten, Konkurs, während die Aktienmärkte dazu bewegt wurden, die Kampagne zugunsten der Kreditstandardisierung rückhaltlos zu unterstützen.

Unterdessen wurden weitere Fäden gesponnen, jedoch auf verschwiegenere Weise. Die Regierungen von Europa und Amerika beschlossen, ihre Datenbanken zu verstaatlichen. Den

Kreditinformationen und den persönlichen Daten, die bereits in das System eingespeist waren, fügte man weitere Aufzeichnungen hinzu: Sozialversicherungsdaten, medizinische Unterlagen, Steuerinformationen, Immobilien- und Fahrzeugbesitz, schlicht alles. Und um ihre Bürger zu ermuntern, dieses Vorgehen stillschweigend zu akzeptieren, bot man ihnen Rabatte von fünfundzwanzig Prozent auf ihre Steuerschuld an, vorausgesetzt, sie ließen sich im System registrieren. Die Leute begriffen schnell. Sei kein Spielverderber. Mach mit, und du sparst einen Haufen Geld.

Vier Jahre nachdem dem Erfinder von Mother seine großartige Idee gekommen war, im Juni 2009, stand er vor einem anderen Auditorium, diesmal in Genf. Diese Gruppe besaß ein größeres gesellschaftliches und intellektuelles Format als der frühere Vorstand der armen alten UniTelecom, ja selbst als die New Yorker Handelskammer. Zu ihr gehörten Vorstandschefs der Top-1000-Unternehmen, Staatsoberhäupter, Regierungsbeamte und Verwaltungsfachleute. Und in der Tat handelte es sich um eine der mächtigsten Versammlungen, die je in der Geschichte der Menschheit zusammengekommen war: das Universal Trade Forum.

Während der korpulente Oswald zum Podium schritt, rückte er seine Goldrandbrille zurecht. Dann strich er die Krawatte glatt und vollführte weitere kleine Übersprungshandlungen, um sein Publikum warten zu lassen. Schließlich wurde er melodramatisch (eine Marotte, die er beibehalten hatte, auch wenn das Kokain inzwischen den Klang seiner Stimme ziemlich beeinträchtigte):

»Meine Freunde, der Erfolg des Systems hat selbst meine kühnsten Erwartungen übertroffen. Jedes Land der Erde hat unser angloamerikanisches System kopiert und eine nationale Datenbank gegründet sowie die von uns ursprünglich installierten kommerziellen Datenbanken übernommen. Diese nationalen Datenbanken enthalten nun alle relevanten persönlichen Informationen einer Person – von der Geburts- bis zur Sterbeurkunde. So wurden Milliarden Dollar an Verwaltungsaufwand eingespart.« Oswald strahlte. »Das System ist vollkommen demokratisch, da es transparent ist. Jeder hat Zugang zu seinen Daten, bis auf die Geheimdienstinformationen natürlich« (hier wurde gelacht), »wobei der Einzelne sogar seine Einträge überprüfen und korrigieren lassen kann, falls sie unzutreffend sind. Sie sehen also, dass diese Datenbank der Demokratie *hilft* – statt sie zu untergraben.«

Dann holte er tief Luft und hob psalmodierend die Stimme: »Nun müssen Sie, die Führer von Nationen, entscheiden, ob diese nationalen Rechnersysteme vernetzt werden sollen, so dass man auf der ganzen Welt Zugang zu den persönlichen Daten jedes Einzelnen erhält. Denken Sie nur an die Vorteile und die Einsparungsmöglichkeiten! Überdies können wir eine bessere Gesellschaft für alle schaffen! Wir können Terroristen aufspüren, wir können den Wohlstand erhöhen, wir können die Bürokratie vereinfachen, wir können alle registrieren!«

Er hielt inne, um den Höhepunkt seiner Ausführungen hinauszuzögern. Dann breitete er die plumpen Arme in messianischer Pose aus (eine Hollywood-Schauspielerin hatte wirkungsvolle Gesten mit ihm einstudiert), während die unterdrückte Erregung seinen Bauch hin und her wogen ließ. »Werden wir ein globales Netzwerk erschaffen, oder werden wir den Fortschritt hinauszögern? Werden wir Helden oder Feiglinge sein?« Fast hätte er über seine eigene Kühnheit gelacht, aber inzwischen war er so reich, dass ihm alles egal war. »Es ist *Ihre* Entscheidung, auf die es ankommt.«

Und auf sie kam es tatsächlich an. Wenige entschieden für die Mehrheit, wie immer. Auf dieser Konferenz fällten die Führer der Menschheit folgende Entscheidung: Ein Netzwerk von nationalen Datenbanken sollte gegründet werden, ein Netz, das den Erdball umspann und Informationen über alle Menschen enthielt. Warum? Nun, das war offensichtlich: um den Fortschritt der Menschheit zu fördern, indem man alle Menschen registrierte und erfasste.

Später an diesem Aprilabend, an dem Oswald sein Bravourstück gelungen war, machte er es sich auf seinem Sofa bequem und schüttete Champagner in sich hinein. Er war in der Präsidentensuite des besten Hotels in Genf abgestiegen – seine Art, sich unter das Volk zu mischen. Es war drei Uhr morgens, und der Tag hatte ihm ziemlich zugesetzt. Da klopfte es plötzlich an die Tür. Ohne seine Aufforderung abzuwarten, schlenderten zwei Männer ins Zimmer. Oswald bemühte sich, die Frau eines Filmstars von seinem Schoß zu entfernen, dann spähte er zu seinen Gästen hinüber.

Der eine setzte sich auf eines der dick gepolsterten Sofas und zog sachte an der Manschette seines Maßhemds. Anthony Stone, ein britischer Politiker, der immer wichtiger wurde. Er sagte: »Wir sind nur gekommen, um Ihnen zu Ihrer Rede zu gratulieren, Oswald. Eine *tour de force.*« Dann wandte er sich zu seinem Begleiter um: »War die Rede nicht wunderbar, Doug?«

»Ein Meisterstück.« Doug Sullivan verzog keine Miene. Im Gegensatz zu seinem Kollegen hatte er einen ungesunden, fahlen Teint, vermutlich, weil er bis spät in die Nacht aufblieb und beständig Komplotte schmiedete. Der CIA-Direktor wartete, bis die Schauspielerin ihr in Unordnung geratenes Kleid geglättet und den Raum verlassen hatte, und sagte dann mit seiner rauen Stimme: »Oswald, wir glauben, dass Sie dabei sind, etwas zu vergessen. Wer hat Ihnen die Idee zu Mother und das nötige Geld zur Installation des Systems geliefert?«

Oswald schnitt eine Grimasse. Er mochte die Wahrheit nicht, hatte sie noch nie gemocht. Aber vor diesen beiden Männern sollte man sie besser aussprechen. Sie waren die extrem gefährlichen Produkte eines politischen Systems, dem die Macht über alles ging. »Das waren Sie, Doug. Das Militär und die Geheimdienste der Amerikaner und der Briten.«

»So ist es«, erwiderte Anthony Stone herablassend. Er hielt kurz inne. »Ozzy, alter Freund. Es ist Zeit für dich, in Pension zu gehen.«

Dies geschah im Jahr 2009. Und jetzt, elf Jahre später, präsentierte man ihm dafür die Rechnung.

4

Ich muss mein Schicksal tragen, so gut es geht, im Wissen, dass der Kraft der Notwendigkeit nichts widerstehen kann.
Aischylos

Pia zog ihre Wohnungstür hinter sich zu.

Dann ging sie zum Fahrstuhl, der ihren Augenabdruck erfasste und sich mit einem leisen elektronischen Piepen öffnete. Sie glitt hinein und trat sechs Stockwerke tiefer aus dem Gebäude in die helle Sonne San Franciscos. Die Limousine von WorldAirlines stand schon bereit, pünktlich wie immer. Der ältere Chauffeur verbeugte sich ehrerbietig und nahm ihr die Reisetasche ab. Ein A7- oder A8-Kreditnehmer, der wusste, wo sein Platz in der Gesellschaft war, wie alle in der Welt von heute.

»Vielen Dank, dass Sie mit WorldAirlines reisen. Wir freuen uns, Sie als Kundin begrüßen zu dürfen.«

Pia nickte abwesend. Die Limousine fuhr los. Heute Morgen, als sie aufwachte, war sie tief deprimiert gewesen. Nicht nur, weil sie zu Arvis Beerdigung nach Finnland zurückflog. Auch nicht, weil sie beschlossen hatte, die vorübergehende Bürgschaft ihres neuen Freundes – ein A3-Kreditnehmer – zu akzeptieren, obwohl sie über seine unappetitlichen Neigungen Bescheid wusste. Warum also dann? Weil sie sich innerlich so leer fühlte. Aber sah es draußen in der Welt so viel anders aus? Auch die kam ihr leer vor, so trostlos, so öde.

Während sie durch die geschützte Zone fuhren, sah sie aus dem Fenster der Limousine. Wie alle Wohnviertel für A4- und A5-Kreditnehmer in San Francisco war auch dieses mit Wohnungen und Häusern bebaut, die bis auf kleinere Elemente fast identisch aussahen. Alle geschützten Zonen verfügten über die gleichen makellos gepflegten Rasenflächen, den gleichen Asphaltbelag, die gleichen allgegenwärtigen Überwachungskameras auf den Straßen, die gleichen hohen Grundstücksmauern, um den Pöbel fern zu halten.
Hier, in den Vororten, konnte sich die Mittelschicht von Kriminellen und Drogendealern völlig abschotten. Dafür sorgte schon Mother. Täglich überprüfte das System das Kreditrating aller Bewohner des Viertels und meldete nicht erwünschte Elemente umgehend den Behörden. Denn Rassismus und Sexismus waren längst verschwunden und durch die neue Geißel der Epoche ersetzt worden: wirtschaftliche Apartheid. Diese Trennung der Schichten hatten die Gemeinden in Gesetzen festgeschrieben, die von Politikern verabschiedet worden waren, um die Wähler in Sicherheit zu wiegen. Verordnung der Gemeinde San Francisco, Artikel 23: »Es ist strafbar, in einer geschützten Zone zu wohnen, ohne über das dafür erforderliche Kreditrating zu verfügen.«
Pia hatte nichts dagegen einzuwenden. Wie alle anderen wollte auch sie in der Nähe von ihresgleichen leben, Menschen, die keine Straftaten begingen, Menschen, die ihre Rechnungen bezahlten, Menschen, die keine Terroristen waren, Menschen, die die Vorzüge des Systems zu schätzen wussten. Wie alle war sich auch Pia darüber im Klaren, was den Kern dieses Systems ausmachte, auch wenn sie es nie offen aussprach. Es war der Totalitarismus des Reichtums. Denn um Geld und Reichtum drehte sich heutzutage alles in der Welt.

»Kann ich sonst noch etwas für Sie tun, Madam?«
Pia schüttelte den Kopf und warf einen Blick auf den Bildschirm im Fond der Limousine. Mother zeigte ihr die Route, die geschätzte Uhrzeit ihrer Ankunft, ihre Flugnummer. Mother tat alles. Sie begrüßte einen bei der Geburt, sie half einem durchs Leben, sie beerdigte einen. Und sie zeichnete das Ganze für die Nachwelt auf.
Pia sagte laut:
»Nachrichten – USA.«
Sofort änderte sich der Bildschirm: *»Die amerikanische Präsidentin und der britische Premierminister sind gestern nach Camp David geflogen, um dort Themen der Weltpolitik zu erörtern.«*
Sie betrachtete die Fotos der beiden Regierungschefs auf dem Monitor. Wie unwirklich sie aussahen, fast wie Traumgestalten oder Marionetten. Kein normaler Bürger begegnete heutzutage je einem der Spitzenpolitiker, und sie zeigten sich auch nie in der Öffentlichkeit. Das wäre bei den ständigen Terrordrohungen zu riskant gewesen. Außerdem beschäftigten sich die Staats- und Regierungschefs nur mit den wichtigen Menschen der Welt, den A1ern und A2ern. Auf sie beschränkte sich ihr Interesse, sonst spielte niemand eine Rolle.
Unterdessen hatte der Chauffeur die Limousine auf die Schnellstraße gesteuert und fuhr jetzt auf der Überholspur, die Pias Kreditrating zugeordnet war. Die Werbung begann.

»Guten Tag Amerika! Heute ist Kindertag – gönnen Sie Ihren Kleinen etwas, das sie sich wirklich wünschen! PlanetGambler bietet in Zusammenarbeit mit TravelStar Tagesausflüge nach Kuba zur KidWorld – dem interaktiven Kinderurlaubsparadies. Das All-inclusive-Paket umfasst landesübliche Unterbringung, kubanische Spielgefährten, damit Ihre Kleinen Gesellschaft haben, sowie Besuche im

Kinder-Casino. Seien Sie nicht knauserig! Machen Sie Ihren Kindern eine Freude! Es sind nämlich kleine Erwachsene!«

Darunter stand klein gedruckt:

»*Nur für A5-Kreditnehmer und aufwärts. Solange der Vorrat reicht. Alle kubanischen Spielgefährten besitzen ein einwandfreies Gesundheitszeugnis, sind jünger als zehn Jahre und sprechen Englisch gemäß ISBN8604-Norm.*«

Pia seufzte. Sie fühlte sich erschöpft und lustlos, und sie sah keine Aussicht auf Besserung. So erging es ihr schon lange. Aber waren die anderen nicht in derselben Lage?

Zehn Minuten später erreichte die Limousine den Flughafen San Francisco Nr. 2. Ein kleiner Wagen fuhr Pia zur Premium-Lounge. Diener geleiteten sie zu einem Sofa und servierten ihr ein Getränk. Für A3er und darüber, also: Millionäre und die noch reicheren Leute, wurden weder Kosten noch Mühe gescheut.

Eine Minute später traf ihr persönlicher Flugbegleiter ein. Ein junger Mann mit hellbraunem Haar, der in der weißroten Uniform der Globalcoms sehr schick aussah. Er schenkte ihr ein unechtes Willkommenslächeln, wie es ihm die Fluggesellschaft beigebracht hatte; es verwandelte sich jedoch rasch in ein echtes Schmunzeln, als Pia von ihrer Zeitschrift aufblickte. Er hatte eine gute Wahl getroffen. Seine Kundin sah fantastisch aus. Ob sie ein paar Schönheitsoperationen hinter sich hatte? Ihre Gesichtszüge waren so regelmäßig, ihre Haut so hell und makellos. Fast alle Frauen über vierundzwanzig gingen heutzutage zum Schönheitschirurgen – der Markt für Alleinstehende war schließlich hart umkämpft –, deshalb fiel es oft schwer, das

Wahre vom Falschen zu unterscheiden. Aber diese Frau war einfach von Natur aus schön, und sie war noch jung.

»Mein Name ist Derek, Madam. Ich bin Ihr persönlicher Begleiter auf Ihrem Flug …«

Auch ihre blonden Haare wirkten natürlich, ebenso die Zähne und die achatblaue Augenfarbe. Sie war bestimmt ein Model. Allerdings war sie durchschnittlich groß und musste sich nicht hinunterbeugen, wenn sie ihn küssen wollte. Er schaffte es kaum, den Blick von ihr abzuwenden. Aber man konnte gefeuert werden, wenn man eine Kundin zu lange anschaute. Das gefiel der Firmenleitung gar nicht. Es galt als zu aufdringlich.

»Sie fliegen von San Francisco nach Helsinki, Finnland, Madam?«

»Ja.« Pia sah den Airline-Angestellten an. Ein junger Typ, wahrscheinlich so alt wie sie. Perfekt gekleidet, eine Kleiderpuppe in seiner knappen Uniform, ein starres Lächeln in seinem hellhäutigen Gesicht mit Grübchen. Unscheinbar und gehorsam. Nach solchen Kriterien wählte die WorldAirlines ihre Mitarbeiter aus. So hatten es die Reichen gern, und sie bekamen, was sie wollten.

»Bitte schauen Sie hierher.«

Pia warf einen Blick auf den kleinen Monitor, den der Airline-Mitarbeiter in der rechten Hand hielt. Sofort registrierte der Bildschirm, der mit Mother vernetzt war, ihren Augenabdruck und öffnete ihre persönliche Datei, so dass sie beide die Angaben lesen konnten. Auf diesen Augenblick hatte der Diener gewartet. Wie immer enthielt die Datei alles. Mit Interesse las er in aller Eile, dass die Frau Finnin war, ledig, Schauspielerin von Beruf und so alt wie er, einundzwanzig.

»Ein wunderschöner Tag, nicht wahr, Madam?« Er versuchte höflich, Konversation zu machen – das hatte er in der Schulung gelernt – und überflog währenddessen rasch die Einträge der Kundin. Nichts Problematisches. Eine A3-Kreditnehmerin, keine Vorstrafen, sie flog immer mit WorldAirlines. Dann tippte er das Reiseziel ein. Mehr brauchte er nicht zu tun. Seine Tätigkeit war nichts weiter als eine PR-Übung. Schalterbeamte, bei denen man die Flugtickets kaufte, wie es sie früher gab, existierten nicht mehr. Streng genommen war er überflüssig, aber die Reichen umgaben sich gern mit Bediensteten, und er brauchte unbedingt einen Job, sonst würde er sein Kreditrating verlieren und sein Status noch tiefer sinken. Das Leben war hart in der Welt von heute.

»Hmm.« Pia hatte weggehört. Sie hatte keine Lust, sich zu unterhalten. Sie war immer noch ziemlich deprimiert.

»*Kabine 22, kalorienarmes Essen, vorzugsweise Fisch, Champagner, Ganzkörpermassage, Schweizer Pralinen, die* Finnish Times, New Woman Magazine, *Freikarten für das Helsinki-Eislauf-Festival, Gratis-CD mit Georg Rotals neuesten Aufnahmen, 800 Reisepunkte*« – der Angestellte las nicht nur die Vorlieben der Frau ab, wie sie in Mother gespeichert waren, sondern auch die Gratisgeschenke, die die Fluggesellschaft in Zusammenarbeit mit anderen Globalcoms zur Verfügung stellte.

»Ja«, antwortete Pia und blickte wieder in ihre Zeitschrift. Ihr Gepäck hatte man bereits aus der Limousine geholt, gescannt und ihrem Flug zugewiesen. Verlorene Gepäckstücke gehörten seit zehn Jahren der Vergangenheit an, desgleichen Flugtickets, Pässe und das blödsinnige Schlangestehen.

»Wünschen Sie sonst noch etwas?«

»Nein.«

Ihr persönlicher Flugbegleiter blickte sie noch einmal verstohlen von der Seite an. Es war eine Freude, diese Frau anzuschauen. Mit ein wenig mehr Zeit hätte er sich ihre persönliche Datei gern gründlicher betrachtet. Innerhalb von Minuten hätte er herausgefunden, welche Körbchen- und Schuhgröße sie besaß, wo sie Urlaub machte, wie ihre Ärzte hießen, welche Pasta sie am liebsten aß, wo sie einkaufte, welche Tampons sie benutzte, welcher Rasse ihr Hund angehörte, welche Schriftsteller sie gern las und welche Weine sie schätzte. Alles hatte Mother gespeichert. Das war ein großer Fortschritt. Kein Papier mehr.

»Ach übrigens, könnten Sie mir für nächsten Dienstag einen Rückflug nach San Francisco buchen?«

»Selbstverständlich.« Dazu musste er nur das Reiseziel und das Datum eingeben; das Übrige erledigte Mother. Er musterte seine Kundin. Sie war genauso alt wie er, aber sie lebte in einer völlig anderen Welt. Da er nur ein A8-Kreditnehmer war, würde sie sich nicht für ihn interessieren. Bestimmt konnte nur ein A2er oder ein A3er sie und ihre extravaganten Wünsche befriedigen. Aber so schön sie auch war, sie war nur das Spielzeug reicher Männer. Ihrer persönlichen Datei war zu entnehmen, dass jemand für ihr Kreditrating bürgte, und so war ihm klar, wen er vor sich hatte. Derek seufzte.

Ein Gespielin. Für junge Leute heutzutage die beste Möglichkeit, um Geld zu verdienen und das eigene Kreditrating zu verbessern. Ein hohes Kreditrating legte fest, welchen Status man in der Gesellschaft einnahm, welches Viertel man bewohnte, den Partner, die Wahl des Urlaubsziels – und noch vieles mehr. In dieser Welt stand alles zum Verkauf, und was man hatte, verkaufte man, um zu überleben. Der Körper, der Mund, die Hände, die Beine, die Geschlechtsteile, der Geist – alles war zu einer Art Handelsware geworden, zu einem Produkt, das sich vermarkten ließ. Schade, dass er hässlich war.

Pia blickte erneut auf den Monitor; ihre Datei war geschlossen. Ihr persönlicher Flugbegleiter ließ abermals sein falsches Lächeln aufblitzen und sagte höflich und bescheiden: »Vielen Dank für Ihre Aufmerksamkeit, Madam.« Dann verbeugte er sich kurz, um seine Unterwürfigkeit zu unterstreichen. Das gefiel den Reichen. Sie wussten, ihr Platz in der Gesellschaft war am Kopfende des Tisches.

Einige Minuten darauf wurde Pias Flug aufgerufen. Sie trat aus der Lounge in einen hell erleuchteten Gang, der zu ihrem Flugzeug führte, und blickte durch eine große Glasscheibe in den Transitbereich. Etwas entfernt erkannte sie eine kleine Gruppe von Demonstranten, die lautstark gegen Mother und das System der Kreditratings protestierten. Die Sicherheitskräfte des Flughafens hatten mit ihren stählernen Schlagstöcken bereits einen alten Mann zu Boden geschlagen, und ein in Tränen aufgelöstes Mädchen versuchte, das Blut, das ihr aus der gebrochenen Nase lief, zu stoppen. Eine verlorene Schar, die einen aussichtslosen Kampf kämpfte.

Das sind zum größten Teil Studenten oder arme Leute, dachte Pia. A7- bis A9-Kreditnehmer; sie konnten nichts anderes sein. Pia wandte sich ab. Niemand interessierte sich für diese Menschen, alle erkannten sie als das, was sie waren: klägliche Versager. Oder etwa nicht? Die Behörden der USA ließen sie nur deshalb demonstrieren, weil das Recht auf freie Meinungsäußerung gesetzlich verankert war – im Unterschied zu anderen Ländern, die inzwischen solche Demonstrationen verboten. Das würden die Politiker von San Francisco und ihre Amtskollegen auf der ganzen Welt aber sicher bald ändern. Knisterten erst einmal die Geldscheine in ihren Taschen, würden sie tun, was man von ihnen verlangte, und zu Erfüllungsgehilfen der riesigen Globalcoms werden. Politiker rochen, wo es etwas zu holen gab – und setzten alles daran, es zu bekommen.

Pia seufzte. Dieser Protest hatte natürlich noch weniger Aussicht auf Erfolg als die anderen. Denn die WorldAirlines beförderte, wie die meisten Fluggesellschaften, nur A5-Kreditnehmer und höher, daran würde sich nie etwas ändern. Die Demonstranten würden die Flugzeuge höchstens zum Reinigen betreten. So ging es eben in der Gesellschaft zu. Im Grunde traf niemanden eine Schuld. Pia war das Kreditrating-System verhasst, aber was sollte sie tun? Sie profitierte schließlich davon mehr als die meisten.

»Hier entlang, Madam.«

Wieder erschien ihr persönlicher Flugbegleiter Derek und führte sie durch einen Gang zum Eingang des Flugzeugs. Pia betrat das Innere der Maschine. Da sie für Premium-Passagiere reserviert war, verfügte sie lediglich über dreißig Kabinen, denen je ein Diener zugeordnet war. (Es war völlig in Ordnung, den neutralen Begriff »Diener« zu verwenden. So stand es auch in den Gesetzen.) Wäre Pia eine A1er oder A2er gewesen, hätten die Dinge natürlich ganz anders gelegen; kleine Privatjets waren den Milliardären und Multimillionären vorbehalten, in ihnen gab es Kabinen für die persönlichen Leibwächter. Heutzutage traf in den Verkehrsmitteln niemand mehr auf Angehörige anderer Schichten. Das beruhte auf vernünftigen kommerziellen und sicherheitstechnischen Überlegungen. Die Top-Kreditnehmer verspürten keinerlei Verlangen, mit Terroristen, Demonstranten, Kriminellen, den Unterprivilegierten oder Armen in Berührung zu kommen. Schließlich zahlte man dafür, dass man ungestört fliegen konnte.

»Ihre Kabine, Madam.«

Derek begleitete sie zu ihrer Einzelkabine und öffnete die Tür. Innen befanden sich ein riesiger Sessel, ein Bett, ein Monitor, eine Mini-Bar und weitere Annehmlichkeiten. Sowie sich Pia gesetzt hatte, reichte er ihr die für den Flug vorbestellte Zeit-

schrift, dazu Champagner und Pralinen. Er beugte sich vor, um ihr die hochhackigen Schuhe auszuziehen. Ihre Beine waren, wie alles an ihr, schlank und bezaubernd schön.
»Kann ich bis zum Start noch etwas für Sie tun, Madam?«
»Nein.«
Derek räusperte sich und hielt seine einstudierte Ansprache. Die globale Fluggesellschaft hatte sie erst vor zwei Wochen eingeführt, da die Werbeleute fanden, dass ein neuer Text das Geschäft beleben würde. »Ich komme gleich nach dem Start wieder zu Ihnen, Madam. Bis dahin dankt Ihnen das Team von WorldAirlines, Sie als unsere Kundin begrüßen zu dürfen. Bitte seien Sie versichert, dass wir Ihre Entscheidung, mit uns zu fliegen, sehr zu schätzen wissen.«
Seine Stimme vibrierte fast vor gekünsteltem Enthusiasmus, während er die Sätze mit der Modulation eines gut programmierten Roboters vortrug. Die implizite Botschaft war jedenfalls klar. »Ich bin Ihr Sklave, Ihr Hund. Ich sage Ihnen nur, was Ihnen gefällt. Sie können mit mir machen, was Sie wollen.«
Pia blickte von ihrer Zeitschrift auf. »Wie heißen Sie?«
Er wiederholte, was er ihr bereits gesagt hatte. »Derek, Madam. Stets zu Diensten.«
Diesmal sah sie ihn richtig an, schaute ihm direkt in die Augen. Sie wirkten traurig und leer, wie die eines jungen Menschen, der gedrillt worden war, keinen weiteren Ehrgeiz zu haben, als die materiellen Forderungen anderer zu befriedigen, und zwar einfach deshalb, weil sie reicher waren als er. Im Grunde bestand zwischen diesem Diener und ihr gar kein Unterschied. Wenn sie mit reichen Männern schlief, geschah das aus dem gleichen Motiv. Aber würde er das jemals begreifen? Sie beide waren Gebrauchsartikel, die man auf Flügen oder im Bett benutzte. Was spielte es da für eine Rolle, dass sie ein höheres Qualitätssiegel

besaß? Plötzlich schenkte sie dem jungen Mann ein strahlendes Lächeln.

»Vielen Dank … Derek.«

Er wurde knallrot. Wenn sie doch nur seine Gedanken lesen könnte. Eine Nacht mit ihr, und er würde auf einen Platz im Himmel verzichten.

»Wir starten in zwei Minuten, Madam.«

Er schloss die Tür und blieb im Gang stehen, noch ganz von Pias Lächeln erfüllt. Aber noch etwas anderes machte sich in seinem Herzen Luft: ein lauter Aufschrei gegen die Ungerechtigkeit. »Lieber Gott, warum hast du mich als A8-Kreditnehmer erschaffen? Warum sind deine schönsten Kinder immer anderen vorbehalten?«

Er bekam keine Antwort. Sicherlich, weil er nicht dafür bezahlt hatte.

5

Wer einmal von der Macht infiziert wurde und irgendeine Art Gewinn daraus gezogen hat, und wenn auch nur für ein Jahr, kann nie mehr freiwillig darauf verzichten. Er mag trotz all seiner Macht in Not geraten, aber er wird, um sich daraus zu befreien, den Blick nie auf etwas anderes richten als auf die Macht.

Edmund Burke

Willst du einen Spaziergang machen, Dad?«

»Ja«, antwortete der britische Premierminister. Er bückte sich, um dem Golden Retriever der Familie die Leine umzulegen, und reichte sie dann seiner Frau, die neben ihm stand. »Möchtest du mitkommen?«

Natalie, seine vierzehn Jahre alte Tochter, überlegte einen Augenblick. Sie hatte Sommersprossen und die etwas füllige und ungelenke Figur eines Teenagers, aber das würde in ein, zwei Jahren verschwunden sein. Schließlich schüttelte sie das kastanienbraune Haar und grinste ihre Eltern an. »Nö. Ist mir zu langweilig.«

James Reedon nickte. Heute wollte er sie nicht davon überzeugen, dass es viel gesünder sei, sich zu bewegen, als den ganzen Tag vor Mother zu hocken und mit den Schulfreundinnen zu chatten. Er wandte sich seiner Frau zu und sagte: »Komm, gehen wir.« Seit seiner Rückkehr aus den Vereinigten Staaten gingen ihm viele Dinge durch den Kopf, und er wollte sie mit einem Menschen besprechen, der die Situation aus einem persönlichen Blickwinkel betrachtete.

»In einer Stunde sind wir zurück.«
Es war Wochenende, und sie waren in Chequers, dem Landsitz des britischen Premierministers. Da Reedon aber Gebäuden misstraute, weil man sie abhören konnte, wollte er lieber alles auf einem Spaziergang mit seiner Frau besprechen. Sie brachen auf, seine Leibwächter folgten in angemessener Entfernung. Es war neun Uhr an einem Sonntagmorgen, die Bodennebel hoben sich langsam von den Feldern. Die Luft war frisch und kühl. Nachdem sie eine Viertelstunde gegangen waren, kamen sie auf Natalies Probleme zu sprechen. Wie alle Kinder in ihrer exklusiven Schule für A1er und A2er war sie mit ihrem Äußeren unzufrieden. Sie hatte Sommersprossen, ihre Nase war zu groß, die Brüste waren zu klein – und was war eigentlich mit ihren Knien? Ihre Eltern hatten versucht, sie davon zu überzeugen, dass sie hübsch sei, so wie sie war. Aber gegen die Werbeleute anzukämpfen war ein mühseliges Unterfangen. Ununterbrochen verkündeten sie in Mother:

»Seid nicht hässlich! TeenCare kann euer Leben und eure Selbstachtung komplett verändern. Befreit euch von Pickeln und unreiner Haut, lasst eure abstehenden Ohren korrigieren, zieht euren Bauch ein, macht eure Oberschenkel schlanker, füllt eure Brüste aus, formt eure Beine neu, entfernt lästiges Körperhaar. Darlehen zu vernünftigen Zinsen. Lasst euch von euren Eltern bei der Bezahlung helfen. Erst ab dem zwölften Lebensjahr.«

Reedon und seine Frau hatten darauf bestanden, eine Operation frühestens in einem Jahr in Betracht zu ziehen. Aber Natalie wollte perfekt sein. Schließlich lebte sie in einer Gesellschaft, die den Drang zum Stereotyp zu einer Kunstform entwickelt hatte, und wollte den herrschenden Standards entsprechen. Sie glaubte, nicht gut genug zu sein, so wie sie war. Den Werbeleuten und ihren unterschwelligen Botschaften, die eine ständige Unzufriedenheit erzeugten, hatte sie nicht widerstehen können. »EUER ZIEL: BESSER WERDEN.« Mit ihrer aktuellen Werbekampagne hatten Fromm & Terror alles, wovon die moderne Gesellschaft wie besessen war, auf den Punkt gebracht.

Nachdem sie über Natalie gesprochen hatten, lenkte Reedon das Gespräch auf politische Themen, die ihm Sorge bereiteten. Eines davon waren die Zustände in Großbritannien. Das Kabinett hatte kürzlich den Beschluss gefasst, die freiwillige Registrierung des restlichen Teils der Bevölkerung voranzutreiben. Das ergab Sinn, denn mehr als fünfundneunzig Prozent der Bevölkerung waren inzwischen registriert. Dieser letzte Schritt würde kriminelle Vergehen wie Sozialbetrug und Steuerhinterziehung beenden und dazu beitragen, die übrigen, landesweit operierenden kriminellen Banden zu zerschlagen. Außerdem würde er die Fähigkeit der Regierung stärken, die Bedürftigsten in der Gesellschaft zu unterstützen, denn die Lücke zwischen Arm und Reich war, wie er zugeben musste, riesig geworden.

Doch es gab auch negative Entwicklungen – und die hatte er nicht ausreichend bedacht. Reedon hatte das Ausmaß des Widerstands in der Bevölkerung gegen die Regierungspläne einer vollständigen Registrierung unterschätzt. Obwohl man den Menschen große finanzielle Anreize angeboten hatte, waren sie auf die Barrikaden gegangen, als das Vorhaben verkündet wurde. Der Aufstand begann in entlegenen Teilen Schottlands, wo die so genannten »Verweigerer« scharenweise in die Städte einfielen und Verwüstungen anrichteten. Diese Menschen sahen in einer vollständigen Registrierung, selbst in einer freiwilligen, das Ende der Privatsphäre und den Zusammenbruch eines der Hauptbollwerke der Demokratie.

Mit einer solchen Rebellion konnte die Regierung fertig werden, denn sie verfügte über genügend Polizeikräfte und den schlagfertigen Apparat eines zunehmend repressiven Staates. Schwieriger war schon der Umgang mit dem Widerstand der Dienerschichten: den A7ern bis A9ern, die mehr als sechzig Prozent der Bevölkerung stellten. Ihr Aufstand kam unerwartet und war alarmierend. Große Menschenmengen waren auf die Straße gegangen und hatten lautstark ihre Rechte geltend gemacht – Rechte, auf die sie in den meisten Fällen freiwillig verzichtet hatten: das Recht, »geschützte Zonen« zu betreten, das Recht auf den Schutz ihrer persönlichen Daten in Mother, die Abschaffung des Kreditratings. Doch der Premierminister konnte ihnen diese Rechte nicht einfach wieder einräumen. Das war das Tragische. Alles war schon zu weit fortgeschritten; die Uhr ließ sich nicht mehr zurückdrehen.

Wie hätten die Globalcoms denn die Kreditratings abschaffen sollen? Alles, ihre gesamte geschäftliche Strategie und Aktivität, beruhte schließlich darauf. Und wie konnte die Regierung die geschützten Zonen abschaffen? Wenn wohlhabende Einzelne oder Unternehmen sich entschlossen, ihr Eigentum einzuzäunen und anderen den Zutritt zu untersagen, auf welcher Grundlage konnte der Gesetzgeber dies verhindern? Natürlich hatte niemand ahnen können, dass die geschützten Zonen schließlich ein Viertel des britischen Territoriums ausmachen würden. Ebenso wenig, dass die Unternehmen riesige landwirtschaftlich genutzte Flächen aufkaufen und in Grundstücke und Ferienparks umwandeln würden, die ausschließlich den Reichen vorbehalten waren.

Und der Schutz der persönlichen Daten in Mother? Auch das konnte nicht mehr geändert werden. Der Einzelne hatte dieses Recht an die Globalcoms abgetreten, im Tausch gegen riesige

Rabatte. Das konnte nicht rückgängig gemacht werden, ohne dass das Weltwirtschaftssystem zusammenbrach.

Sie befanden sich also in einer Krise, und zwar in einer, die die Gesellschaft zu spalten begann und sich immer gewalttätiger manifestierte. Die »Habenichtse« probten den Aufstand. Verspätet hatte das britische Volk erkannt, dass es der Schaffung eines Systems zugestimmt hatte, in dem ein großer Teil der Menschen ein Leben lang für andere arbeiten musste, ohne jede Hoffnung auf gesellschaftliches oder wirtschaftliches Fortkommen. Die Menschen hatten sich selbst verraten, weil sie glaubten, von diesem System profitieren zu können, obgleich dies immer nur für eine Minderheit galt. Denn es ist ja das Wesensmerkmal eines jeden hierarchischen Systems, dass nur sehr wenige jemals bis an die Spitze gelangen. Mother hatte die Schichtenbildung in der Gesellschaft bis zur Perfektion vorangetrieben.

Dies geschah nicht nur in Großbritannien. In den Ländern der Dritten Welt war die Situation noch viel schlimmer. Dort konnten die Regierungen die enorme – und wachsende – Ungleichheit von Herrschenden und Beherrschten nur durch Zwangsmaßnahmen aufrechterhalten: Terroristen wurden gefoltert und getötet, Demonstranten und Verweigerer inhaftiert, man rief das Kriegsrecht aus und machte die Registrierung in Mother zur Pflicht.

Schließlich spitzte sich die Lage immer mehr zu.

Der Vorsitzende des Rates, Lars Pedersen, hatte die internationalen Staatenlenker wiederholt vor den Gefahren gewarnt und sie aufgefordert, die Machtkonzentration radikal abzubauen. Andernfalls werde Mother den Politikern die Macht entziehen und in andere Hände legen – in die der Militärs, der Globalcoms und der Geheimdienste. Aber die Staats- und Regierungschefs, unter ihnen auch Reedon, hatten nicht auf ihn gehört. Sie

waren zu stolz, um seinen Rat anzunehmen. Waren sie denn nicht klüger als er?
Es war zwei Jahre her, seit Lars Pedersen und seine finnischen Assistenten eine gut organisierte Gruppe auffliegen ließen, die versuchte, Mothers Geheimcodes zu entschlüsseln, und zwar diejenigen, die die Kommunikation zwischen den Staats- und Regierungschefs gestatteten. Damals waren die ersten Risse und Zerwürfnisse zwischen den fünfzehn Mitgliedern des Mother-Rates aufgetreten – zwischen denjenigen, die argumentierten, das System könne nur überdauern, wenn Mother noch mehr Macht bekäme, und denjenigen, nach deren Auffassung dies zu einer globalen Diktatur führen müsse. Schließlich hatte Lars Pedersen, unter strengster Geheimhaltung, der amerikanischen Präsidentin und dem britischen Premierminister vor einigen Monaten das mitgeteilt, wovor sie am meisten Angst hatten: dass die Gruppe der Verschwörer *innerhalb*, nicht außerhalb des Systems agiere.
»James, worüber wolltest du dich mit mir unterhalten?«
Die Frage riss ihn aus seinen Gedanken. Er sah dem Hund zu, wie er übermütig und sorglos vor ihnen herumtollte. Es war an der Zeit, seiner Frau zu sagen, was ihm durch den Kopf ging, wobei ihm durchaus bewusst war, dass dies einen weiteren Sturm auslösen würde, dieses Mal innerhalb der Familie. Aber die Warnung der US-Präsidentin war zu eindeutig gewesen, als dass er sie ignorieren durfte.
»Susan«, hörte er sich sagen, und seine Stimme kam ihm in der Stille fremd vor. »Ich muss dir etwas sagen.«
Also erzählte er es ihr.
»Eine Morddrohung! Von Leuten im Kabinett!« Ihr Gesicht erstarrte vor Schreck. Die Hundeleine rutschte ihr aus der Hand und fiel zu Boden. Reedon lächelte matt und hob sie wieder

auf. »Hab keine Angst, Susan. Es hat auch schon früher solche Drohungen gegeben, aber hinterher ist nie etwas passiert.«
»Ja, Drohungen von Terroristen. Aber aus dem Kreis des Kabinetts! Noch nie.« Sie hielt inne und fragte voll Abscheu: »Wer?«
Er hob die Schultern. »Ich weiß es nicht.« Tränen sammelten sich in ihren Augen. »Glaub mir, es wird alles gut.«
Susan ging ein paar Schritte voraus, aber er holte sie ein und fasste sie beim Arm. »Leute, für die du alles getan hast, und trotzdem wollen sie dich verraten!«, rief sie wutentbrannt.
»Ich habe nicht vor, jetzt schon zu sterben.« Die Antwort sollte unbekümmert klingen, was ihm aber kläglich misslang.
Plötzlich brach sie in Tränen aus, und Reedon nahm sie in den Arm. Er hatte geahnt, dass sie so reagieren würde. Seine Frau war keine typische Politikergattin. Weder suchte sie das Scheinwerferlicht noch war sie fotogen, und sie ließ sich auch nicht chirurgisch verschönern, wie Anthony Stones Frau. Susan hatte kurzes dunkles Haar, eine Stupsnase und ein sanftes Gesicht; und wie er hatte sie sich geweigert, es verändern zu lassen, um dem herrschenden Schönheitsideal zu entsprechen. Doch in der Gesellschaft von heute wurden sie beide rasch zur Ausnahme. Integrität galt nichts mehr; eine Model-Figur, eine klangvolle Stimme, ein fein ziseliertes Gesicht, nur darauf kam es an.
Als Susan ihren Mann kennen lernte, arbeitete er noch als Manager in der Ölindustrie; das war lange bevor er sich entschloss, ins trübe Geschäft der Politik einzusteigen. Sie wollte ihm den Berufswechsel ausreden. Doch Mother hatte die Nation gespalten – in Arm und Reich, in diejenigen, die mit Hilfe der nationalen Datenbank zu enormem Wohlstand kamen und diejenigen, die auf ewig dazu verdammt waren, Kreditnehmer der unteren Kategorien zu bleiben. Reedon war fest davon überzeugt, dass das Land ehrliche Politiker brauchte. Mit äußerstem

Widerstreben hatte Susan seinem Eintritt in die Politik zugestimmt, sich aber so weit wie möglich im Hintergrund gehalten, während er die rutschige Karriereleiter hinaufstieg. Ihre Liebe hatte, allerdings mit Mühe, den Belastungen standgehalten, auch wenn er sich im Klaren darüber war, dass er in vielerlei Hinsicht sein Familienleben dem Wohl des Landes geopfert hatte. Dafür würde er eines Tages sicherlich einen schrecklichen Preis zahlen müssen.

»Wer ist es? Wer hat es dir gesagt?«

»Die amerikanische Präsidentin. Unter vier Augen. Offensichtlich dachte sie, dass uns die anderen abhören könnten.«

»Die anderen?« Susan blickte ihn aus ihren verweinten Augen an. »Wer kann die Präsidentin abhören?«

»Möglicherweise Mitglieder unseres Kabinetts oder diejenigen, die immer alles für das Archiv des Präsidenten mitschneiden.«

Sie waren an einem Wäldchen angekommen und gingen einen schmalen, aufgeweichten Pfad entlang. Alles war still.

»Sie hat also kein Vertrauen mehr in ihre eigenen Leute?«

»Das schließe ich daraus.« Reedon wandte den Blick vom Horizont ab und richtete ihn wieder auf seine Frau. »Sie hatte den Verdacht, dass jemand die Information weiterleitete.«

»Aber wer? Wer hat ihr die Nachricht über einen Attentatsversuch zugespielt?«

»Ein Mitglied des Rates«, log er. »Sie hat den Namen nicht genannt.«

Sie kamen an einen kleinen Bach und überquerten ihn. Der Retriever sprang in der Ferne herum, wo er nach Kaninchenfährten suchte. Reedon blickte sich nach seinen Leibwächtern um. Sie standen in der Nähe. Aber er brauchte sich keine Sorgen zu machen. Chequers war durch einen elektrischen Zaun gesichert, an dem regelmäßig Wachmannschaften patrouillierten.

Außerdem hatte er gleich nach der Rückkehr aus den Vereinigten Staaten seine Aufpasser gegen Männer seines Vertrauens ausgewechselt.

»Aber ich verstehe das alles nicht«, begann seine Frau noch einmal, um zu analysieren, was er ihr gesagt hatte. »Warum eine solche Geheimhaltung seitens der Präsidentin? Vertraust du ihr?«

Reedon blieb einen Moment stehen. Traute er ihr? Welchen Nutzen brächte es ihr, wenn sie ihm falsche Informationen zuspielte? »Ja«, antwortete er zögernd. »Jedenfalls mehr als irgendeinem anderen Politiker.«

An einem Gatter, hinter dem sich ein Feld erstreckte, blieben sie stehen und stützten die Arme darauf, um ein wenig zu verschnaufen. Susan blickte ihren Mann von der Seite an. In den Augen der Öffentlichkeit war er der Regierungschef eines wichtigen Landes, aber für sie war er vor allem ihr Mann, den sie von ganzem Herzen liebte.

War er ein bedeutender Premier? Nein. Das war die Wahrheit, tief im Inneren wusste sie es. Ihr Mann war keiner wie Anthony Stone, sein Außenminister, der sicherlich eines Tages seine Nachfolge antreten würde. Er besaß nicht das Charisma eines geborenen Politikers, diese Meisterschaft in der gewandten öffentlichen Rede und der geschickten Manipulation – alles Eigenschaften, die in der gegenwärtigen, technologisch fortgeschrittenen Gesellschaft als wesentlich galten. Nein, ihr Mann war viel einfacher, unkomplizierter, auch bedächtiger und vorsichtiger in seinen Entscheidungen. Als seiner Ehefrau war ihr – wie inzwischen auch vielen anderen im Land – klar, dass es ihm an einer gewissen Rücksichtslosigkeit mangelte, die nun schon so lange Teil der Politik war, und deren Fehlen ihn verletzlich machte. Er wurde von gewissenloseren Männern ausma-

növriert – solchen, die ihr Auftreten in der Öffentlichkeit ganz an den Erwartungen und Stimmungen ausrichteten, die die Medien erzeugten.
Dennoch hatte man ihren Mann und nicht Anthony Stone zum Parteichef gewählt. Warum? Weil ihm viele der eigenen Leute vertrauten, die fanden, dass Stone mit Anfang fünfzig noch zu jung für das Amt sei. Allerdings hatte niemand die Entwicklung von Mother während der letzten Jahre und die tiefe Kluft, die in der Folge in der Gesellschaft entstanden war, vorhersehen können. Inzwischen war ihr Mann seit vier Jahren Premierminister, und allmählich stellte man sich im Land die Frage, ob er seinem Amt gewachsen sei. In gleicher Weise zog man in den Vereinigten Staaten die Kompetenz von Monica Dankwerts in Zweifel. Doch es gab einen Unterschied. Dankwerts war eine geborene Politikerin und wehrte sich wie eine Tigerin. Susans Mann tat nichts dergleichen. Trotz wütender Kritiken seitens der Globalcoms und trotz der Ränkespiele von Politikern aus der eigenen Partei, die ihn aus dem Amt zu drängen suchten, war Reedon er selbst geblieben, entschlossen, das zu tun, was für die Nation und nicht nur für einzelne Gruppen oder Lobbyinteressen am besten war. Und nun trachtete ihm jemand nach dem Leben. Warum? Weil er versuchte, seine Arbeit zu tun?
»James, ist sich Dankwerts in dieser Sache wirklich sicher? Ihre Vermutung leuchtet mir nicht ein. Das größte Risiko eines Mordanschlags geht doch viel eher von Terroristen oder kriminellen Banden aus.«
»Natürlich, das weiß ich auch.«
»Wer im Kabinett? Einer oder mehrere?«
Reedon schwieg. Müde fuhr er sich mit den Händen übers Gesicht. Ihm war der Lauf der Dinge zuwider. In letzter Zeit hatte er sich oft gewünscht, er wäre nie in die Politik gegangen. Der

Preis war einfach zu hoch. Persönliche Eitelkeit war das Motiv gewesen, das ihn zum Weitermachen bewegt hatte.

»Ich glaube, es ist mehr als einer.« Er rief den Hund zurück; besser, sie gingen nach Hause.

»Was willst du also unternehmen?«

»Vorerst nichts Drastisches. Es ist nur eine Warnung. Susan, wir dürfen nicht in Panik verfallen. Bei allen größeren Anlässen werden wir zusätzliche Sicherheitsmaßnahmen ergreifen, und ich lasse den Geheimdienst diskret Nachforschungen anstellen.«

Sie musterte ihn genau. Er enthielt ihr etwas vor, das spürte sie. Er war immer ein sehr starker Mann gewesen, hatte nie an seiner Kompetenz gezweifelt. Doch in den letzten Monaten war er zögerlicher, unschlüssiger geworden – als ringe er mit einem Problem, das ihn und sein Land zu überwältigen drohte. Diese Belastung und ein zunehmendes Gefühl von Hilflosigkeit spiegelten sich inzwischen auch in seiner äußeren Erscheinung wider – das Haar war an vielen Stellen ergraut, und er ging ein wenig gebückt. Sein Gesicht wies inzwischen Falten auf, die das Leiden an der Welt hineingegraben hatte.

James Reedon wich dem Blick seiner Frau aus. Durfte er ihr etwas über die Verschwörer im Rat von Mother sagen? Oder darüber, dass gewisse Führer der westlichen Welt offenbar dabei waren, die Seiten zu wechseln? Nein. Diese Dinge waren zu vertraulich. Würden sie bekannt, brächte das den Verschwörern einen Vorteil, weil sie dann von ihrer Entdeckung wüssten. Lars Pedersen hatte darauf beharrt, und er und die amerikanische Präsidentin waren sich einig darin, dass man die Wölfe zum Fressen herauskommen lassen musste, weil sie nur so ihre Identität und mögliche Schwächen preisgeben würden. Das war jedoch eine höchst gefährliche Taktik.

Er blieb stehen, zog seine Frau an sich und nahm sie tröstend in die Arme. »Susan, ich weiß nicht, wie ich es sagen soll. Ich fürchte, es gibt keine einfache Lösung. Aber sollte man mich töten, dann möchte ich nicht, dass du daran zugrunde gehst. Kehre der politischen Szene einfach den Rücken, schau nicht zurück. Und kümmere dich bitte um Natalie, so gut du kannst. Lass sie sie selbst sein.«

Susan war ganz verzweifelt und löste sich von ihm. Er ließ sie weinen. Sie war stark, auf ihre Art, und er würde sich nicht in ihre Gefühle einmischen. Schließlich sagte er: »Lass es gut sein, ja? Die Dinge sind nie so schlimm, wie man glaubt.«

»Tritt zurück«, bat sie. »James, leg dein Amt nieder, bevor es zu spät ist.«

»Nein.«

»Wieso nicht?«

Mit hohler Stimme antwortete er: »Weil ich nicht zurücktreten kann. Frag mich nicht, warum, Susan, aber das ist unmöglich.«

Sie erreichten den makellos gepflegten Rasen vor dem Landsitz des Premierministers.

»Was wird aus Natalies Ferienreise, die wir ihr zum Geburtstag schenken? Sie möchte zum Skilaufen nach Österreich.«

»Das dürfte kein Problem sein. Die sind ja hinter *mir* her. In welchen Ort möchte sie denn?«

»Nach Garsten, wie immer.«

»Das ist eine geschützte Zone, aber ich weise euch trotzdem ein paar Begleiter zu. Alles wird gut.« Beruhigend legte er Susan den Arm um die Taille. Gemeinsam betraten sie das Haus.

Dennoch war ihm nach diesem Gespräch nicht leichter ums Herz. Es gab so vieles, was er ihr nicht sagen durfte. Unter anderem, dass Lars Pedersen, dem sie alle vertrauten, sehr krank war.

6

In dieser Welt der Lügen muss die Wahrheit gleich einer heiligen weißen Hirschkuh in die Wälder flüchten: und nur verstohlenen Blicken wird sie sich offenbaren.
Herman Melville

Pia streckte sich auf dem Bett ihrer Kabine aus. Draußen erklang das leise Dröhnen der Flugzeugmotoren. Sie lauschte dem Geräusch und gab den Versuch einzuschlafen schließlich auf. Sie stand auf, trat ans Fenster und schob die Sichtblende hoch, um die Sterne zu betrachten. Das Flugzeug überquerte gerade den Atlantik; in ein paar Stunden war sie in Helsinki. Was würde sie dort nach der Beerdigung ihres Bruders machen? Sie musste zu Geld kommen, und das schnell, denn in der heutigen Gesellschaft arm zu sein, war unglaublich anstrengend, eine Falle, aus der es kein Entrinnen gab. Aber wie? Sie kannte die Werbeanzeigen fast auswendig. Ihre Freundin Melanie, auch sie eine Gespielin, war ganz süchtig danach.

»MediVersal erzielt die besten Preise! Verkaufen Sie, was Ihnen gehört. Geben Sie anderen, was sie brauchen.«

Das war's. War sie bereit, sich zu verkaufen? Aber was von sich? In dieser materialistischen Welt ließ sich alles zu Geld machen. Verkauf eine deiner Nieren, einen deiner Lungenflügel. Verkauf dein Haar, deine Zähne, deine Haut, dein Blut, deine Eierstöcke, deine Plazenta, deine Gewebe, Teile deiner Leber. Genau das taten die Armen. Sie schlachteten sich aus, um zu überleben, damit die Superreichen ein paar Jahre länger leben konnten.

»MediVersal kümmert sich auch um Ihre Gesundheit!«

Oder sollte sie vielleicht ihren Körper verleihen? Als Gespielin war sie ja schon fast soweit gegangen. Vielleicht könnte sie sich als Leihmutter verdingen – für irgendeine A1er oder A2er, damit die sich über das Kind freuen und so tun konnte, als wäre es das eigene. Sie war zur Paarung bestens geeignet, ihre Hautfarbe war dafür ideal: »reinweiß«, entsprechend dem internationalen Haut-Code ISBN826. Kombinationen waren im Augenblick gefragt. Weiß-schwarz, gelb-schwarz, alle Schattierungen. Die Leute liebten die Abwechslung.
Pia seufzte. Sie hatte es ihrer Freundin Melanie nie gesagt, aber sie fand das alles ekelhaft. Dieses ganze genetische Engineering, die ständigen Schönheitsoperationen, das unnötige Herumschneiden am menschlichen Körper, nur um das Kreditrating und den eigenen Status zu verbessern. Aber sie musste darüber nachdenken, sicher. Seit Arvi tot war, gab es niemanden mehr, der sich um sie kümmern würde, wenn sie ernsthaft in Schwierigkeiten geraten sollte. Und wenn sie erst fünfundzwanzig war, hatte sie ihr Verfallsdatum als Gespielin schon überschritten.
Pia schaute weiter aus dem Flugzeugfenster auf die Sterne und sank in einen Zustand niedergeschlagener Geistesabwesenheit. Plötzlich klopfte es an der Tür. Erschrocken wandte sie sich vom Fenster ab. Es gab keinen Grund, sie zu dieser nachtschlafenden Zeit zu stören; sie hatte keine entsprechende Anweisung hinterlassen. Eine gedämpfte Stimme war zu hören. Ihr persönlicher Flugbegleiter.

»Verzeihen Sie bitte die Störung, Madam.«
Verärgert schaltete sie die Kabinenbeleuchtung an und blickte sich nach einem Kleidungsstück um, denn sie schlief immer nackt. Hastig streifte sie ein Kleid über und drückte den Sensor, um die Tür zu öffnen. Im Türrahmen stand dieser uniformierte Lakai. Verlegen trat er von einem Fuß auf den anderen. Es konnte durchaus passieren, dass man ihn feuerte, weil er seine Kundin auf diese Art belästigte.
»Verzeihen Sie.« Er zögerte. »Aber da ist ein Passagier, der mit Ihnen sprechen möchte. Er behauptet, Sie zu kennen.«
»Mich zu kennen?« Einen furchtbaren Augenblick lang glaubte Pia, es handele sich um den A3-Kreditnehmer, der für sie gebürgt hatte. Sie wäre nicht imstande, sich heute Abend mit ihm zu treffen.
»Ja, Madam. Ein Finne.«
»Finne?«
Der Airline-Angestellte trat zur Seite. Ein Mann stand vor Pia. Er bedeutete dem Diener zu gehen, der daraufhin auf dem breiten Mittelgang des Flugzeugs entschwand.
»Wer sind Sie?«
Zögernd zog sie sich in die Kabine zurück. Sie kannte den Mann nicht. Er war etwas größer als sie, hatte eine muskulöse Figur und kurzes, sandfarbenes Haar. Als er aus dem abgedunkelten Gang in die Kabine trat, konnte sie sein Gesicht deutlicher erkennen; es war gut geschnitten, mit einem starken Kinn, graublauen Augen und unverkennbar nordischem Teint.
»Pia.« Er sprach mit Helsinkier Akzent.
»Ich kenne Sie nicht.« Angsterfüllt berührte sie den Sensor, um die Tür zu schließen, doch der Mann reagierte schneller und betrat ihre Kabine.
»Sie kennen mich nicht. Aber ich kenne Ihren Bruder.«

»Arvi?«, rief sie verblüfft. Dann fragte sie, in besorgterem Tonfall: »Wer sind Sie?« Vielleicht war er ja ein Krimineller.

»Machen Sie sich keine Sorgen.« Seine Stimme klang freundlich und beruhigend. »Setzen Sie sich doch wieder.«

Pia schwankte, als sie merkte, dass er die Kabinentür versperrte, und trat zum Sessel, an dem eine Klingel angebracht war, mit der man den Flugbegleiter herbeirufen konnte. Sie richtete ihr Kleid und faltete die Arme schützend vor der Brust. Wer war dieser Mann? Er musste Millionär sein, ein A3er, sonst hätte er keinen Platz an Bord des Flugzeugs bekommen. Er war ungefähr Mitte dreißig, eher unscheinbar, wirkte ein wenig abgespannt, auf seiner Stirn prangte eine bläuliche Narbe. Kein besonders attraktives Gesicht. Schönheitsoperationen ließ er jedenfalls nicht machen, er gehörte nicht zu den Reichen und Schönen. Eigentlich nicht ihr Typ.

»Verzeihen Sie die Störung, aber es war notwendig.«

»Notwendig?«

»Ja. In Ihrer Kabine gibt es keine Überwachungskameras.«

»Wie bitte?« Pia streckte blitzartig die Hand zum Stuhl aus, um den Notfallknopf zu drücken, aber der Mann packte sie äußerst fest am Handgelenk. »Ich heiße Esko«, flüsterte er. »Ich war der beste Freund Ihres Bruders.«

Sie sah ihm in die Augen – die Augen eines Mannes, der sich völlig im Griff hatte. Ein Profi. Aber auf welchem Gebiet?

»Wieso sollte ich Ihnen glauben?« Aus irgendeinem Grund sprach auch sie jetzt leiser. Wütend flüsterte sie: »Sie könnten mich anlügen. Blicken Sie auf den Bildschirm dort drüben. Rufen Sie Ihre persönliche Datei ab. Dann kann ich sehen, wer Sie wirklich sind.«

»Nein.« Er merkte, dass sie gewandt und auf der Hut war.

»Und warum nicht?«

»Weil der Monitor Ihnen nicht die Wahrheit sagen wird.«
»Unmöglich! Mother kann nicht lügen!«
»Ich versichere Ihnen, sie kann.« Er ließ ihr Handgelenk los. Dann sagte er leichthin, als würde er sie schon lange kennen: »Pia, ich war ein enger Freund Ihres Bruders. Ein sehr guter Freund.«
»Beweisen Sie es, oder verlassen Sie den Raum.« Ihre Stimme klang jetzt kalt und unpersönlich. Sie wusste, wie man sich verteidigte.
»Also gut.« Er schenkte ihr ein lakonisches Lächeln. »Was hat Ihnen als Kind am meisten Freude bereitet?«
»Als Kind?« Pia erwiderte seinen Blick. Die eigenartige, intime Frage brachte sie etwas aus der Fassung.
»In einem Ruderboot zu träumen, nicht wahr? Sie fanden es ganz toll, in einem Boot zu sitzen, während Ihr Bruder ruderte. Auf dem See nahe des kleinen Holzhauses Ihres Vaters. Sie hätten immer ins Wasser geschaut und sich Ihren Tagträumen hingegeben, hat mir Arvi erzählt.«
Schweigen.
Langsam bildete sich eine Träne in Pias Auge und rollte die Wange hinunter. Dann noch eine. Sie wischte sie weg. Der Mann hatte ihren Bruder gekannt, das stimmte. »Was wollen Sie also von mir?«
Esko nickte. Jetzt, da sie sich etwas beruhigt hatte, konnte er anfangen: »Arvi und ich haben zusammengearbeitet.«
»Das kann nicht sein.« Ihr Bruder war ein unbedeutender Beamter in einem kleinen Finanzamt in Helsinki gewesen. Ein A7-Kreditnehmer. Ein Nichts, Abschaum, so wie sie. Was konnte er mit einem A3er, einem Millionär, zu tun gehabt haben?
»Es stimmt, Pia. Wir haben beide für den Rat von Mother gearbeitet. Und ein Mann aus diesem Rat möchte Sie gern treffen.

Deshalb hat er mich in geheimer Mission hierher geschickt, um mit Ihnen zu reden.«

Langsam hatte sich Esko auf sie zu bewegt, so dass er jetzt direkt neben ihr stand. Plötzlich erschauderte Pia, als sähe sie einen Geist vor sich. Ihre Warnglocken schrillten. Irgendetwas stimmte hier nicht. »Warum sollte der Mann mit mir sprechen wollen? Ich weiß doch überhaupt nichts.«

Esko zögerte kurz. »Weil Ihr Bruder ermordet wurde.«

»Das ist gelogen«, stieß sie hervor und schlug entsetzt die Hand vor den Mund.

»Es stimmt.«

»Es ist gelogen.«

»Es *stimmt*, Pia.«

Er packte sie noch rechtzeitig, als ihre Knie einknickten. Dann hielt er sie fest an sich gedrückt, während sie kaum noch Luft bekam und am ganzen Körper zitterte. Tränen strömten ihr übers Gesicht, sie keuchte und versuchte immer wieder, trotz ihrer Schmerzen regelmäßig zu atmen. Erst nach einigen Minuten gewann sie die Fassung wieder. Ihre angsterfüllten Gesichtszüge verrieten ihre Gedanken. Sie glaubte ihm und liebte ihren Bruder zutiefst. Trotzdem hatte sie ihren Bruder und ihren Vater in gewisser Weise verraten, als sie sich von ihnen lossagte.

Nachdem sie sich wieder etwas beruhigt hatte, wollte sie wissen: »Wer ist dieser Mann, der mich treffen möchte?«

»Das darf ich noch nicht sagen«, antwortete Esko, beinahe flüsternd. »Aber hören Sie zu, Pia. Zwei Tage nach der Beerdigung Ihres Bruders müssen Sie in den Norden Finnlands fahren: nach Inavi, wo das alte Häuschen Ihres Vaters steht. Arvi hat es in letzter Zeit genutzt. Ich werde dorthin kommen und die betreffende Person mitbringen. Erzählen Sie niemandem davon.«

»Aber warum sollte ich Ihnen vertrauen?«
»Weil ich Ihnen mein eigenes Leben anvertraue.«
»Sind Sie ein Terrorist? Ein Krimineller?« Sie traute ihm nicht. Er wollte etwas von ihr, das konnte sie spüren.
Im selben Augenblick klopfte es laut an der Kabinentür. Eine Stimme rief: »Bitte öffnen Sie die Tür. Hier spricht der Flugkapitän.«
Pia sah kurz zum finnischen Eindringling, dann zur Tür. Sie musste sich entscheiden.
»Bitte machen Sie auf.«
Sie ging zur Tür und betätigte den Sensor. Im Gang stand ihr persönlicher Flugbegleiter. Der Flugkapitän neben ihm, in schicker Uniform, musterte besorgt Pias verweintes Gesicht.
»Madam, verzeihen Sie bitte die Störung. Mein Assistent hat sich Sorgen gemacht, einer der Fluggäste könnte Sie belästigen. Benötigen Sie Hilfe?«
Keine Antwort.
»Madam?«
Pia zog einen Träger ihres Kleides hoch, der heruntergerutscht war und ihre linke Brust teilweise entblößte. »Nein, nein. Das ist nur mein Freund«, sagte sie leichthin.
Sofort verwandelte sich die Miene des Flugkapitäns, drückte jetzt nicht mehr Sorge, sondern tiefes Bedauern aus. Der Flugbegleiter hatte ihm mitgeteilt, dass die Frau eine Gespielin sei, für die ein A3er bürge. Und dieser andere Fluggast war ein A3er. Es handelte sich also nur um eine Beziehungskrise. »Ich bitte um Entschuldigung. Wir können Ihnen eine besondere Suite zur Verfügung stellen, wenn Ihr Freund und Sie …«
Esko trat ins Neonlicht. »Nein, lassen Sie nur«, sagte er in selbstbewusstem Tonfall. »Ich wollte gerade gehen.« Er drehte sich zu Pia um. Überraschend küsste er sie liebevoll auf den Mund.

»Also dann bis später, Liebling.« Anschließend wandte er sich zu den beiden Crew-Mitgliedern um. »Ist sie nicht reizend?« Aber einer Antwort bedurfte es gar nicht. Sie neideten ihm seinen Besitz. Sie war seine Sklavin. Er hatte die Rechte an ihr gekauft.

7

Diese Welt ist der Wille zur Macht – und nichts außerdem!
Und auch ihr selber seid dieser Wille zur Macht –
und nichts außerdem!
Friedrich Nietzsche

Die amerikanische Präsidentin Monica Dankwerts erhob sich von ihrem Schreibtisch im Oval Office.
Sie hatte eine grimmige Miene aufgesetzt, und ihr schlichtes blaues Kleid verstärkte noch den Eindruck entschlossener Kampfbereitschaft, den sie zu erwecken suchte. Sie kleidete sich immer passend zum Anlass, und ihre zahlreichen Image-Designer halfen ihr dabei. Sie wurden dafür bezahlt, sie zu vermarkten, genauso wie sie dafür bezahlt wurde, eine Rolle zu spielen. Letztlich regierten Geld und Macht die Welt, sonst nichts.
Die Weltaktionswoche gegen Mother. Die Staats- und Regierungschefs der Welt hatten sich schon seit Monaten darauf vorbereitet und Notfallpläne entworfen. Aber als der Sturm dann losbrach, war es trotzdem ein Schock gewesen. Jetzt, in der Nacht, fand sie die Zeit, die Vorgänge zu bewerten. Die Bürokraten und Hofschranzen lagen bereits im Bett, es wurde kaum noch telefoniert, und die Politiker waren mit sich und ihrem Gewissen allein, das sie tagsüber so oft hintergangen hatten.
Dankwerts setzte sich auf eines der großen Sofas im Oval Office. Sie hielt einen Geheimreport über Mother in der Hand,

verfasst von den Assistenten Lars Pedersens, wollte ihn aber nicht noch einmal lesen. Sie wollte sich ein eigenes Urteil bilden.

Zu welchem Zeitpunkt hatten die Regierungschefs den falschen Weg eingeschlagen? 2008, als der Euro und der Yen mit dem Dollar zusammengingen und man eine gemeinsame Währung, den Global, schuf? Oder 2012, als man sich darauf einigte, Angaben zur DNA einer Person in ihre persönliche Datei aufzunehmen? Oder vielleicht 2015, als das Supernet (eine Turbo-Version des Internets) mit Mother fusionierte? War dies der Zeitpunkt gewesen, als der Widerstand im Volk mit voller Kraft einsetzte, mit Demonstrationen, Sitzstreiks und dem Auftauchen von Terroristen und Verweigerern? Als einzelne Gruppen auf der ganzen Welt gegen die außergewöhnliche Machtfülle in den Händen von Mother lautstark zu protestieren begannen?

Oder fing alles 2017 an, als supranationale Parlamente für die jeweiligen Kontinente gebildet wurden? War den Politikern zu diesem Zeitpunkt die Macht entglitten und auf die Globalcoms, das Militär und den Rat übergegangen? Wann genau hatten die Verschwörer begonnen, das System als Ganzes zu übernehmen? Sie war die Präsidentin der Vereinigten Staaten, aber sie wusste es nicht, auch wenn sie alles dafür gegeben hätte, es zu erfahren.

Die Wahrheit war, dass sie, die Politiker, die Kontrolle über das Geschehen verloren. Lars Pedersens Warnung vor einem Jahr hatte sie in den Wind geschlagen. Dass er zudem glaubte, politische Blindheit hindere sie an einer richtigen Einschätzung der Lage, kränkte sie tief.

»Der Vizepräsident ist eingetroffen.«

»Bitten Sie ihn herein.«

Inzwischen war sie fast auf sich allein gestellt, und der einzige Mensch, dem sie völlig vertraute, war alt und krank. Und draußen, vor den streng bewachten Toren des Weißen Hauses? Dort spielte die Welt verrückt. Die Dienerschichten begannen zu rebellieren, das konnte sich durchaus zu einem Flächenbrand ausweiten.

»Mrs. President, er ist hier.«

Der Vizepräsident marschierte ins Oval Office. Pat Doherty war ein kleiner, untersetzter Mann von achtundfünfzig Jahren. Seinem kurz geschnittenen Haar und der kerzengeraden Haltung war zu entnehmen, dass er den größten Teil seines Lebens beim Militär verbracht hatte. Obwohl er vor einigen Jahren den Dienst quittiert hatte, um in die Politik zu gehen, zeichnete ihn immer noch eine straff militärische Einstellung und Denkungsart aus. Doherty war es gewohnt, Macht auszuüben und Befehle zu erteilen. Das gefiel ihm, und nicht zuletzt deshalb hatte Dankwerts ihn ernannt. Sie waren in vielerlei Hinsicht Gleichgesinnte. Außerdem war er ihr loyaler Beschützer.

»Mrs. President.«

Während sie zum Schreibtisch ging, um eine Akte abzulegen, bedeutete sie ihm mit einer Handbewegung, Platz zu nehmen. Er ließ sich aufs Sofa fallen und musterte sie. Das musste man Monica lassen, sie war beeindruckend: nur knapp einen Meter siebzig groß, eine Schwarze, geschieden, mit einer bewegten Vita und dem Willen, die amerikanischen Institutionen zu verändern. Sie besaß die Tatkraft und Durchsetzungsfähigkeit eines Mannes und kannte keine Skrupel. Er respektierte diese Eigenschaften, denn sie entsprachen zum großen Teil auch seinem Charakter. Außerdem waren sie unverzichtbar in der Gesellschaft, in der sie jetzt lebten, einer Gesellschaft, die mit Gescheiterten kein Erbarmen kannte. Wer im unerbittlichen

Konkurrenzkampf nicht mithalten konnte, war bedeutungslos. Ein Nichts.

Allerdings war ihr auch eine gewisse Müdigkeit anzusehen – die äußerst negative Stimmungsmache der Globalcoms gegen ihre Bürgerrechtspolitik war nicht spurlos an ihr vorbeigegangen. In den letzten Wochen hatten die Konzerne unmissverständlich zum Ausdruck gebracht, dass sie die Armee auf den Straßen der Vereinigten Staaten sehen wollten, damit man endlich gegen die Verweigerer und Demonstranten mit aller Härte vorgehen konnte, wozu die Polizei nicht in der Lage war. Die Globalcoms verloren Geld, und wenn sie sich äußerten, hörten die Politiker zu. Dafür wurden sie schließlich von ihnen teuer genug bezahlt. Normalerweise hätte sich Dankwerts diese Argumentation zu Eigen gemacht und sich der Weisheit der Realpolitiker – jener Männer hinter den Kulissen, die die Fäden zogen – angeschlossen. Doch als es darum ging, in den USA das Kriegsrecht auszurufen, hatte sie sich strikt geweigert. Immerhin war sie die Präsidentin, ihr oblag es, die Demokratie zu schützen. Das sahen die Globalcoms jedoch ganz anders, und es war nicht ratsam, sich mit diesen Leuten zu verfeinden. Aber wie auch immer, in dieser Woche würde sich die Situation zuspitzen. Und deshalb wollte Doherty noch einmal seine Einschätzung der Lage vorbringen.

»Gibt es etwas Neues?«, fragte sie energisch.

»Womit soll ich anfangen?«

»Mit einem aktuellen Bericht über die Aufstände.«

Er sagte mit der ihm eigenen kehligen Stimme: »Heute ist der erste Tag der Weltaktionswoche gegen Mother. Es ist überall zu Demonstrationen und Ausschreitungen gekommen. Wollen Sie wissen, in welchen Ländern?«

»Fangen Sie mit den USA an.«

»Okay, die nachrichtendienstlichen Erkenntnisse lauten folgendermaßen: Die gewalttätigsten Aufstände haben in New York stattgefunden. Am Spätnachmittag waren 300 000 Menschen auf den Straßen, tausend Verletzte, zwanzig Tote. Acht Bombenanschläge – darunter auf vier Regierungsgebäude und ein A2-Restaurant, alle stark beschädigt.«

»Chicago?«

»Ungefähr das gleiche Bild. Ebenso in San Francisco, aber dort sind fast 500 000 auf den Straßen. Ein Teil der südlichen Innenstadt wurde von Randalierern angegriffen. Geschätzter Schaden: fünf Millionen Global.«

Er ging die Liste der wichtigsten Städte durch.

»Zusammensetzung der Demonstranten?«

»Unterschiedlich, wie wir vermuteten. Diese Leute sind größtenteils A8er und A7er.«

»Wer organisiert das Ganze? Terroristen? Inländische oder ausländische?« Dankwerts strich sich über das schulterlange Haar. Ihre Stylisten frisierten sie zweimal täglich, damit sie in der Öffentlichkeit stets ein makelloses Bild abgab.

»Sowohl einheimische als auch ausländische Terroristen, aber nicht allzu viele«, erwiderte Doherty.

»Kriminelle Elemente?«

»Ja, einschließlich der großen Banden in den Städten. Aber diese Demonstrationen werden von unten organisiert, Monica. Die Armut treibt die Leute auf die Straße, es stecken keine umstürzlerischen oder kriminellen Beweggründe dahinter.«

Dankwerts ließ die Informationen auf sich wirken. Keine würde an Mother weitergeleitet und in den 24-Stunden-Nachrichten gesendet werden. Stattdessen würde man eine geschönte Version liefern. Das war wichtig, damit sich keine Panik im Land ausbreitete, darin waren sich die Regierung und die Globalcoms einig. Also wurde die Wahrheit ein bisschen retuschiert. So ging das nun schon seit über fünf Jahren, entsprechend gewissen Geheimabkommen, die zwischen der amerikanischen Regierung und dem Big Business vereinbart worden waren. Andere Staaten hielten es ebenso, ja, dort herrschten noch viel schlimmere Verhältnisse, vor allem in den totalitären. Das Ganze diente dazu, der Wirtschaft zu helfen, Geld zu verdienen und das Volk zu schützen – vor sich selbst.

Während seine Chefin über diese Hiobsbotschaften nachdachte, mahlten Dohertys Kiefer. Es war an der Zeit, erneut ein heikles Thema anzusprechen. »Monica, wir müssen die Soldaten aus den Kasernen holen, zum Schutz der wichtigsten öffentlichen Gebäude und der Firmensitze. Wenn das noch sechs Tage so weitergeht, könnte die Lage eskalieren und außer Kontrolle geraten.«

»Nein.«

»Warum nicht?«

»Weil wir die Demonstrationen immer noch eindämmen können.« Dankwerts glättete eine imaginäre Falte in ihrem blauen Kostüm, das sie bei Herrmann & Talx gekauft hatte, dem teuersten Modehaus der Welt. Sie war eine reiche Frau, dank ihres Amtes eine A1er, und ihr gefielen die damit verbundenen Annehmlichkeiten.

»Sind Sie sicher? Haben Sie die Lage in den anderen Ländern überprüft?«

»Natürlich …«, entgegnete sie gereizt. »Eine Million in London auf den Straßen, noch mehr in Paris, mindestens zwei Millionen Demonstranten in Moskau …«

»Wir müssen das Militär einsetzen …« Doherty und Dankwerts starrten einander streitlustig an. Zeit für eine Konfrontation.

»Nein.«

»Doch!«

»Nein!«

Angespanntes Schweigen. Doherty wirkte wie ein übler Rowdy – flache, eingedrückte Nase, Knopfaugen sowie eine rötliche Hautfarbe, vor der sogar die Schönheitschirurgen kapitulierten. Die Präsidentin mochte ihn nicht besonders, aber bei der Truppe war er beliebt gewesen wegen seiner geradlinigen, kompromisslosen Art. In einem Land, in dem die öffentliche Meinung in allen Bereichen von den Globalcoms und cleveren Werbestrategen manipuliert wurde, gehörte er zu den wenigen, die noch offen ihre Meinung sagten, nur deshalb hatte sie ihn zum Vizepräsidenten berufen. Außerdem konnte sie Leisetreter nicht ausstehen, und das war er weiß Gott nicht.

»Pat, ich möchte das Kriegsrecht nicht ausrufen, noch nicht. Sie kennen meine Gründe. Wenn wir es täten, würden sich andere Staaten unserem Beispiel sofort anschließen. Ein solches Vorgehen würde die Demokratie schwächen.«

Doherty räusperte sich. Sie hatte natürlich Recht, aber auch seine Argumente mussten gehört werden. Die Demokratie war sicher ein hehres Ziel, aber die Präsidentin verlor allmählich ihre politische Unterstützung, das konnte für sie beide gefährlich werden. Wenn man sein Amt verlor, stürzte das Kreditrating in den Keller. Man konnte zum A6er degradiert werden, saß nur noch zu Hause herum und war ein Niemand. Da konnte er sich etwas Schöneres vorstellen. Außerdem gefielen ihm, als A2er, die Golfplätze, die Mittagessen mit den Vorstandschefs der Globalcoms und den Generälen, die Gratisurlaube und Gespielinnen, die Weltreisen, die Bewunderung, der Respekt. »Also gut, dann entscheiden wir uns für die Zwangsregistrierung.«

»Man kann die Leute nicht zwingen, sich bei Mother registrieren zu lassen.«

»Nein, aber wir können größere Anreize schaffen und einen letzten Termin festsetzen ...«

»Ich bleibe bei meiner Meinung.«

Doherty hockte sich auf die Sofakante, sichtlich verärgert. »Monica«, seine Stimme klang jetzt härter, geradezu sarkastisch, »die Regierungen im Fernen Osten haben bereits mit der Zwangsregistrierung in Mother begonnen. Andere Staaten werden bald folgen, glauben Sie mir. Nur so ist die Situation in den Griff zu bekommen, Sie verkennen den Ernst der Lage. Die Unterschichten rebellieren, und wenn sie sich mit den Terroristen zusammentun, kann unser gesamtes Regierungssystem zusammenbrechen. Es könnten anarchische Verhältnisse entstehen.«

»Ich habe Sie um eine Analyse der aktuellen Lage gebeten, nicht darum, jetzt eine Entscheidung zu treffen«, herrschte sie ihn an. Dann strich sie sich mit der Hand über die Augen und fuhr fort: »Pat, lassen Sie uns die Situation beobachten. Morgen sieht alles vielleicht schon besser aus. Teilen Sie den Polizeikräften mit, sich bereitzuhalten. Sonst noch etwas?«

»Nein.«

Dankwerts nickte erleichtert. Die Müdigkeit war ihr deutlich anzusehen. Doherty war brüsk und rechthaberisch, aber er hatte während ihrer Präsidentschaft, als sich viele von ihr abgewandt hatten, zu ihr gehalten.

»Also dann bis morgen.«

Als er gegangen war, wandte sich die Präsidentin der Vereinigten Staaten zu einem der Fenster des Oval Office um und blickte in die Nacht hinaus. Was tun? Alle Staatsbürger in Mother registrieren lassen, wie Doherty und andere es unbedingt wollten? Das Militär einsetzen und mit aller Härte gegen die Demonstranten vorgehen? Oder sollte man ihnen das Feld überlassen und ein gewisses Maß an Gewalttätigkeit dulden? Eine

äußerst heikle Alternative, denn bei einer falschen Entscheidung lief sie Gefahr, die Demokratie um der Demokratie willen zugrunde zu richten.
Sie trat an ihren Schreibtisch und nahm den Geheimreport zur Hand. Eines stand fest: den Kongress um Rat zu bitten war ausgeschlossen. Den hatten die Globalcoms, genauso wie das panamerikanische Parlament, schon vor Jahren gekauft.
Dankwerts ging zur Tür. Sie musste ins Bett, sie war erschöpft. Trotzdem, ihre Probleme nahmen zu: Ausschreitungen und Demonstrationen weltweit, der Plan, den britischen Premier zu ermorden, Lars Pedersen krank. Es hätte nicht zu einem ungünstigeren Zeitpunkt kommen können. Oder zu einem günstigeren – für ihre mysteriösen Gegner, die Verschwörer.
Und für ihren Vizepräsidenten, Pat Doherty. Auf welcher Seite würde er stehen, wenn es drauf ankam?

8

Dem Weisen gilt Schweigen als Antwort.
Euripides

Während die amerikanische Präsidentin über die Zukunft ihres Landes nachgrübelte, stieg Pia in Helsinki aus dem Flugzeug und fuhr zur Beerdigung ihres Bruders.
Es war eine schlichte Feier, wie Arvi es sich gewünscht hätte. Pia hatte noch aus San Francisco alles via Mother organisiert. Der Globalcom, der auf den Lebenszyklus des Menschen – Geburten, Sterbefälle, Hochzeiten – spezialisiert war, kümmerte sich um jedes Detail. LifeTransition Corp hatte die Asche in München abgeholt, nach Helsinki geflogen, den Blumenschmuck bestellt, die Trauermusik ausgewählt, den Teilzeitpriester für eine zehnminütige Grabrede bezahlt und Arvis Tod ins System eingegeben. Jetzt fehlte nur noch die Trauergemeinde.
Pia sah sich um. Außer ihr saßen nur vier Personen in der kleinen Kirche. Zwei entfernte Cousinen und zwei Freundinnen aus Helsinki. Niemand sonst. Das war heutzutage nichts Ungewöhnliches, denn die Menschen waren zu beschäftigt, um an Beerdigungen teilzunehmen. Für die Toten hatte die moderne Gesellschaft keine Verwendung. Sie stellten ein Soll, kein Haben dar. Folglich verzichteten viele Leute auf Trauergottesdienste, da diese zu viel Zeit und Geld kosteten. Lasst die Toten die Toten begraben – in ökologisch verträglichen Plastiksäcken

oder Urnen, die LifeTransition Corp dankenswerterweise zur Verfügung stellte. Gesamtkosten 2000 Global.

»Wer war Arvi?«, begann der Priester. Mit dieser Frage begann er immer, für den Fall, dass die Leute den Namen des Verstorbenen vergessen hatten.

Eine gute Frage. Für Pia war er ein ferner Bruder gewesen, zehn Jahre älter als sie, großzügig und liebevoll ihr gegenüber, als sie klein war.

»Seine Freunde im Finanzamt werden ihn immer in guter Erinnerung behalten.«

Eine Lüge, aber auf Beerdigungen durchaus statthaft. Keiner seiner Arbeitskollegen war erschienen. Nicht ein einziger. Und während Pia auf der schmalen Kirchenbank diese betrübliche Tatsache zu verarbeiten versuchte, stieg ein schrecklicher, nagender Verdacht in ihr auf. Ihr Bruder war nicht das gewesen, was er zu sein vorgab. Er hatte auch nicht für den Rat von Mother gearbeitet, wie Esko behauptete. Nein, er war Terrorist gewesen.

»Arvi war ein guter Mensch.«

Wenn er ein Terrorist gewesen war, dann tat sie gut daran, ihn vollständig aus ihrem Gedächtnis zu streichen. Denn wer Kontakt zum Terrorismus aufnahm, ging enorme Risiken ein. Gemäß der Internationalen Verordnung zum Schutz gegen den Terrorismus, Artikel 7, konnte schon der flüchtige Kontakt zu einer Haftstrafe oder zumindest zum Verlust zweier Kreditratings führen.

Die Terroristen waren die Parias, die Leprakranken der modernen Welt. Wobei »Terrorist« ein Begriff war, der ziemlich weit ausgelegt wurde. Denn er umfasste nicht nur diejenigen, die einen Umsturz mit gewaltsamen Mitteln herbeizuführen suchten. Nein, praktisch wurde jeder so bezeichnet, der gegen die

nationalen Regierungen und – vor allem – gegen Mother opponierte.
Der Grabredner redete weiter, aber Pia war innerlich so aufgewühlt, dass sie gar nicht mehr hinhörte.
»Und so müssen wir Arvi nun Lebewohl sagen«, schloss der Priester. Die im Voraus bezahlten zehn Minuten waren abgelaufen. An diesem Morgen standen noch viele weitere »Lebensübergangsereignisse« auf seinem Programm. Wenn er dort nicht erschien, verlor er seinen Status als A8er. Dann säße er auf der Straße, genauso wie die Leute, denen er jeden Tag Trost zu spenden versuchte.
Lebewohl? Ja, das war wohl das Beste. Pia stand vor der Kirche. Sie hatte ihren Bruder geliebt und war am Boden zerstört, weil er ermordet worden war; aber sollte sie sich in unbekannte und offenkundig trügerische Gewässer wagen? Sie würde nicht nach Inavi fliegen, um Esko und diesen Mann zu treffen. Stattdessen würde sie nach San Francisco zurückkehren und ihr bisheriges Leben wieder aufnehmen, weil sie ihr Kreditrating und ihren Lebensstil zu schätzen wusste. Das war doch wohl der Grund? Als Gespielin, als unproduktives Individuum, war sie Teil des Systems, und es war zu spät, diese Rolle zu wechseln. Sie war keine Terroristin, keine Verweigerin; sie wollte mit diesen Leuten nichts zu tun haben.
Pia stieg die Treppe der Kirche hinunter. Sie hatte ihre Entscheidung getroffen.

1200 Kilometer von Helsinki entfernt, kurz unterhalb des Polarkreises, näherte sie sich ihrem Ziel. Die Kleinstadt Inavi hatte sie dreißig Kilometer hinter sich gelassen. Das kleine Häuschen lag versteckt mitten in der Wildnis, am Ende eines unebenen Sandwegs, der auf beiden Seiten in Marschland überging. Im

Winter war die Gegend undurchdringlich, und die Sommersaison war kurz, denn ab Juli schwirrten hier Mücken und anderes Getier herum.
Pia ahnte, warum dieser Landstrich ihrem Bruder Arvi, und vorher schon ihrem Vater, so gut gefallen hatte: Weil er friedlich und vollkommen abgeschieden war. Nichts konnte Arvi hier stören, abgesehen von den Rufen der Trompetenschwäne, die im Schilf nisteten. Er hatte sich immer nach Stille gesehnt und war im Sommer so oft es ging zum Angeln hierher gekommen. Für ihren Vater galt das Gleiche, auch er ließ sich von der Stille inspirieren. Als Kinder hatten Pia und Arvi ihm vom Holzsteg aus zugesehen: eine über ihre Angel gebeugte Gestalt, wie eine jener kleinen Elfenbeinfigürchen, die einen uralten chinesischen Fischer darstellen. Die Stille. Was hatten die beiden Männer in ihr gesehen? Pia wusste es nicht. Ihr war das immer wie ein unergründliches Mysterium vorgekommen.
Nachdem sie die Hauptstraße verlassen hatte, die nichts weiter als eine schmale, asphaltierte Piste war, fuhr sie in ihrem Geländewagen auf einem unebenen Sandweg weiter. Auf beiden Seiten wuchsen kurze, kräftige Gräser, und nach den Wintermonaten war der Weg voller Schlaglöcher, die den Wagen hin und her schaukeln ließen, wenn sie den tiefsten Radspuren nicht ausweichen konnte. Ihr Bruder hatte sich geweigert, den Weg instand zu setzen. Das hätte die unberührte Natur zerstört, meinte er.
Während des Fahrens ging Pia allmählich auf, warum ihr so seltsam zumute war. Hier, in dieser Einöde, gab es keine Mother, keine Kreditratings, keinen Glamour, nichts, was sie mit ihrer jetzigen Lebensweise verband. Stattdessen war sie in die Vergangenheit zurückgekehrt, in eine Welt, die zwar kaum noch existierte, aber nichtsdestoweniger Teil dieser Erde blieb.

Nach einer weiteren halben Stunde entdeckte sie hinter einer Kurve das kleine Blockhaus, versteckt zwischen einigen Bäumen, die sich im Licht des frühen Nachmittags deutlich abzeichneten. Etwas weiter entfernt lag ein ziemlich verrotteter Steg und dahinter der See, den immer noch eine dicke Eisschicht bedeckte. Ringsum erstreckten sich bis zum Horizont grobe Gräser und verkümmerte Fichten. Im Umkreis von mindestens fünfundzwanzig Kilometern traf man weit und breit keine Menschenseele. Diese kleine Welt gehörte ihr allein.
Schließlich erreichte sie das Haus und stieg aus. Es handelte sich um eine schlichte Blockhütte, die Farbe der Fensterrahmen war schon vor langer Zeit abgeblättert. Nachdem sie den Schlüssel gefunden hatte, dort, wo er auch schon früher versteckt lag, schloss sie die Eingangstür auf und trat ein. Angst vor Dieben brauchte man nicht zu haben in diesem weit abgelegenen Häuschen, das nichts Wertvolles enthielt. Als Erstes fiel ihr der Staub auf; er lag dick auf dem Holztisch und den anderen Möbeln. Pia ging in die Küche, dann in die beiden Schlafzimmer mit den zwei schmalen Betten, schließlich ins Arbeitszimmer, in dem Arvi ein paar Bücher und Angelgerätschaften verwahrte. Das war alles. Das Haus eines Armen, und genau das war Arvi – und vor ihm ihr Vater – gewesen.
Die Vergangenheit. Plötzlich kamen ihr viele schöne Erinnerungen in den Sinn. Einen Augenblick lang hätte sie am liebsten »Ich bin daheim« gerufen, so wie damals, als kleines Mädchen, wenn sie glücklich vom nahe gelegenen See zum Haus hinaufgelaufen war. Aber was würde ihr das jetzt nützen? Die Toten konnten ihr nicht antworten. Es gab keinen Platz für sie in dieser schönen neuen Welt; sie wollten weder etwas kaufen, noch hatten sie etwas zu verkaufen.

Pia schlief unruhig. Immer wieder wachte sie auf. Die Erfahrung der Einsamkeit, nach all den Jahren, in denen fast immer irgendjemand ihr Bett geteilt hatte, war beunruhigend. Sie setzte sich im Bett auf. Draußen rauschte der Wind in den Bäumen. Es gab nichts, wovor sie sich fürchten musste. Als Kind hatte sie diese Furcht überhaupt nicht gekannt; aber jetzt war sie da. Warum? Wieso zerrte das Alleinsein so sehr an ihren Nerven? Fürchtete sie, der Geist des ermordeten Arvi könnte hier herumspuken, ein Gefangener dieses Hauses? Nein. Sie fürchtete weder ihren Bruder noch seinen Geist. War es Angst vor dem Geist ihres Vaters? Nein, nach all dem Kummer, den sie ihm bereitet hatte, als sie sich seiner schlichten Lebensweise und der Armut entzog und mit sechzehn nach Helsinki ging, um ihr Glück zu machen, hatte sie jeden Gedanken an ihn verdrängt. Woher also kam die Angst? Weil ihr Bruder möglicherweise ein Terrorist gewesen war?

Ja, vielleicht war es das. Aber es gab wohl noch einen tieferen, schmerzlicheren Grund. Wie so viele Menschen hatte Pia Angst vor der eigenen Bedeutungslosigkeit; vor einem Leben, das so sinnlos war wie das Schlagen der Baumzweige gegen die Wände des Holzhauses. Sie lebte; sie starb; das war es dann gewesen. Schlimmer noch, bisher hatte sie ein zielloses, ganz dem selbstsüchtigen Genuss hingegebenes Leben geführt, ein Leben ohne Bedeutung.

Sie wälzte sich unruhig im Bett herum. Aber so erging es doch allen Menschen: Alle waren nur Rädchen in einem gigantischen Getriebe. Mother legte fest, welchen Kreditstatus sie hatten; Mother wies ihnen ihren Platz in der Gesellschaft zu; Mother webte ihr Schicksal. Die Menschen schickten sich in ihr Los. Sicher, vor der Erfindung des globalen Computersystems war das nicht anders gewesen, doch jetzt wurde die Identität der

Menschen in der Welt noch präziser fixiert und die Kontraste traten noch deutlicher hervor. Wie es schien, hatte sich im Inneren der menschlichen Psyche eine riesige Kluft aufgetan; der Mensch war nicht mehr der Meister der Schöpfung, sondern der Zauberlehrling seiner eigenen Technik, die ein Zerrbild von ihm entwarf, dem er sich immer mehr anglich.

Pia stöhnte, das Leben war so sinnlos; es gab kein Entrinnen. Weder für sie noch für die Millionen anderen jungen Menschen auf dem Planeten. Sie war noch jung, aber ihre Jugend würde bald dahin sein, und so geriet sie immer mehr in die Fänge einer unerbittlichen Welt, aus denen es offenbar kein Entkommen gab. Daran war sie selbst schuld. Als Gespielin hatte sie sich aus freien Stücken zur Ware gemacht. Ja, und noch nie hatte ich einen gleichaltrigen Freund, dachte sie unwillig; einen, dem sie ihre Liebe und Zärtlichkeit schenken und an dessen Seite sie sich in den dunklen Stunden sicher und geborgen fühlen konnte. Immer war sie mit reichen, älteren Männern liiert gewesen – eine Art Kleiderpuppe, mit der man spielte oder die man eine Zeit lang zur Schau stellte. Früher hatte sie das nicht beunruhigt, warum war ihr also jetzt so bang zumute? Ärgerlich setzte sich Pia in dem schmalen Bett auf. Jetzt war ihr klar, warum sie Angst vor der Stille hatte. Die Stille zwang sie, sich ihrem Ich zu stellen. Während der Kindheit war die Stille ein tröstender Freund gewesen, in ihrem Erwachsenenleben aber zum Feind geworden. Auf diese Erfahrung konnte sie gut verzichten.

Böse blickte sie auf die Uhr. Drei Uhr morgens. Morgen würde sie abreisen. Sie konnte, sie *wollte* nicht auf diese Leute warten. Sie konnten ihr nicht helfen. Pia streckte sich wieder im Bett aus. Aber was sollte sie machen, wenn sie die Flucht ergriff? Zurück nach San Francisco gehen und so weiterleben wie bisher?

Sich benutzen lassen und andere benutzen? Verfügbar sein wie ein Wegwerfprodukt?

Als Pia am nächsten Morgen in aller Frühe aufstand, ging es ihr etwas besser. Aber die bittere Melancholie, die der Erkenntnis entstammte, dass sie sich ihrem früheren Leben entfremdet hatte, schlummerte noch immer tief in ihrem Herzen. Sie aß ein wenig von dem mitgebrachten Vorrat und packte ihre Sachen. Dann trat sie auf die Veranda und stellte ihr Gepäck ab. Pias Entschluss stand fest. Nie mehr wollte sie an diesen Ort zurückkehren. Sie würde die Blockhütte verkaufen, auch wenn sie nur erbärmlich wenig wert war; sie konnte sie nicht gebrauchen. Während sie so über ihre Zukunft nachdachte, blickte sie zum Steg hinüber. Vielleicht sollte sie ihm noch einen letzten Besuch abstatten – ihren Kindheitserinnerungen und einem Glück Lebewohl sagen, das sie vor langer Zeit verlassen hatte.
Sie ging den schmalen Pfad zwischen den Fichten zum See hinunter. Nach zehn Minuten erreichte sie den Steg, eine wacklige Konstruktion, die mit jedem Jahr baufälliger wurde. Gemächlich stieg sie den kleinen Erdwall hinauf und setzte einen Fuß auf die fast verrotteten Bretter. Dann ging sie bis ans Ende, wobei sie einen Bogen um die morschen Planken machte. Schließlich lag der See ihrer Kindheit vor ihr, umgeben von Schilf und Gräsern. Die Natur war hier völlig unberührt; Vögel unterschiedlichster Art huschten über das stille Wasser. Der Himmel war bewölkt. Bald würde der Sommer kommen, und sie wäre weit weg, doch hier würde sich nichts ändern.
Das Haus verkaufen oder nicht verkaufen? Ihren Lebensstil ändern oder nicht? Nach San Francisco zurückfliegen oder in Finnland bleiben? Selbstquälerische, verworrene Gedanken stritten in ihr. Das war ein echtes Problem. Sie hatte sich in

einen großen inneren Kampf verstrickt, der ihr keine Ruhe ließ und der ihr den Seelenfrieden zu rauben drohte. In Wirklichkeit wusste sie weder, wer sie eigentlich war, noch was sie tun musste, um ihrem Leben einen Sinn zu geben; ihre Seele war aufgewühlt, konnte aber einfach nicht in die Tiefe dringen, um so der Flachheit ihrer Begierden zu entkommen. Wer konnte ihr die Antwort geben? Ihr Bruder? War *er* hinter das Geheimnis des Lebens gekommen? Und wenn nicht er – wer dann?

Vielleicht ihr Vater. Damals, als sie klein war, hatte er immer Rat gewusst. Plötzlich wünschte sich Pia von ganzem Herzen, dass er bei ihr wäre, noch immer auf *diesem* See angelte und im nächsten Augenblick den Kopf hob, ihr zuwinkte und ihr sagte, was sie zu tun hätte.

Stille.

Was hatten ihr Bruder und ihr Vater in der Stille entdeckt? Nichts. Das war die Wahrheit, oder? Da *war* nichts. Verzweifelt wandte sich Pia von dem Panorama ab; es war Zeit, nach San Francisco zurückzufliegen. Da lief ihr ein Schauer über den Rücken.

Am Ufer, neben dem Steg, standen zwei Männer.

9

In der Liebe liegt eine Kraft, die Bestimmung eines anderen treffender zu prophezeien, als dieser selbst es vermag, und ihn – durch heldische Verpflichtungen – bei seiner Aufgabe zu halten.
Ralph Waldo Emerson

Angsterfüllt blieb Pia am Ende des Stegs stehen. Sie war schutzlos in dieser Wildnis.
Die beiden Männer rührten sich nicht vom Fleck. Einer von ihnen war der Mann, der sie in ihrer Flugzeugkabine aufgesucht hatte. Esko. Der andere sah ihm in keiner Weise ähnlich. Ein älterer kleiner Mann, mit gebeugten Schultern und dünnem, weißem Haar. Stille. Nur das leise Flüstern des Windes. Es war der Ältere der beiden, Lars Pedersen, der das Wort ergriff. Besser gesagt, er gab ein trockenes Lachen von sich, als ob ihn etwas belustigte.
»Ich glaube, Sie mögen die Stille nicht, Pia.«
Sie war sichtlich verwundert. Wieso konnte er ihre Gedanken lesen? Pedersen fuhr fort: »Können wir miteinander reden? Wir gehen schon mal zum Haus zurück und warten dort auf Sie.«
Damit wandte er sich ab und ging mit seinem Begleiter zur Hütte; sein Gang wirkte langsam und zögerlich, so als hätte er gesundheitliche Probleme. Pia sah den beiden Männern nach. Vielleicht konnte sie ihnen ja entkommen und im Wagen fliehen. Aber als sie sich dem Häuschen näherte und sah, wie die

beiden hineingingen, erkannte sie, dass der Alte ihr bewusst die Möglichkeit zur Flucht eingeräumt hatte. Damit zeigte er ihr, dass er keine bösen Absichten hegte. Als sie das Haus betrat, war sie etwas zuversichtlicher gestimmt. Pedersen saß am Holztisch in der Küche und blickte auf, Esko saß neben ihm.

»Setzen Sie sich doch.«

Pia tat, wie ihr geheißen. Ihr Blick wanderte zu Esko, dem Mann, der sie so unerwartet geküsst hatte. Sein Haar war heller, als sie im Neonlicht des Flugzeugs hatte erkennen können, der Gesichtsausdruck entspannter, die graublauen Augen wirkten sanfter. Er lächelte. Sie wandte den Blick ab, der Vorfall war ihr peinlich. Er hatte sie in ihrer Verletzlichkeit weinen sehen, was sie im Beisein von Männern sonst immer vermied. In der Welt von heute Schwäche zu zeigen war gefährlich. Es wurde sofort gnadenlos ausgenutzt.

»Danke, dass Sie meinen Assistenten im Flugzeug nicht verraten haben«, sagte Lars Pedersen. »Dafür bin ich Ihnen sehr verbunden.«

Pia war auf diese Erwiderung nicht gefasst und antwortete betont selbstsicher: »Sie kannten meinen Bruder?«

»O ja, sehr gut.« Die Augen des Alten funkelten.

»Er hat Sie mir gegenüber aber nie erwähnt.«

»Nein«, sagte er in nachdenklichem Tonfall. »Aber er hat bis zum Tag seines Todes für mich gearbeitet.«

Sie hatte das Gefühl, einen Kloß im Hals zu haben. »Warum sind Sie hierher gekommen?«

Er schaute sie mit seinen blassblauen Augen an. Ein durchdringender Blick. »Einige Tage vor seinem Tod hat Ihr Bruder mich gebeten, jemanden für ihn ausfindig zu machen.«

»Wen?«

»Jemanden, den er sehr liebte.«

»Wen?«

»Jemanden, den er viel besser verstand, als die betreffende Person ihn.«

»Wen?« Sie schluckte mühsam.

Pedersen lachte leise; anscheinend war das eine Angewohnheit von ihm. »Lassen Sie es mich so ausdrücken: Ich suche nach einer unglücklichen jungen Schauspielerin, die mit reichen Männern schläft. Kennen *Sie* diese Frau?«

Pia spürte, wie ein scharfer Schmerz ihr Herz durchbohrte, denn die Charakterisierung des Alten war so zutreffend, dass sie ihre Gefühlsabwehr mühelos überwand. Tränen stiegen ihr in die Augen und liefen ihre Wangen hinunter.

Lars Pedersen legte seine lederne Hand auf ihre. Die junge Frau machte einen so zerbrechlichen, so unreifen Eindruck, dass sie ihnen vielleicht doch keine Hilfe sein würde. Trotzdem sagte er ganz ruhig: »Arvi hat Sie sehr geliebt. Er hat es mir gesagt.«

Sie blieben am Küchentisch sitzen. Nach seiner schonungslosen Frage gab er Pia Zeit, ihre Fassung wiederzugewinnen. Sie hatte Kaffee gemacht und hielt ihre Tasse umklammert, während sie ihren Gesprächspartner unverwandt ansah. Das war kein gewöhnliches Gesicht – nicht hübsch, ziemlich müde, mit einer hohen Stirn, weißen Brauen, Augen, die tief in den Höhlen lagen, und einer Haut, unter der sich deutlich die Knochen abzeichneten. Er muss in den Siebzigern sein, dachte sie. Aber trotz seiner tiefen Furchen strahlte das Gesicht eine gewisse Vitalität aus. Nicht die ungestüme Lebendigkeit einer jungen Frau wie Pia. Es hatte vielmehr einen tieferen, konzentrierten Glanz – die Ausstrahlung eines Menschen auf dem Scheitelpunkt seines Lebens, dessen inneres Feuer immer noch loderte.

»Mein Bruder hat für die Finanzbehörde gearbeitet.«

»Nein«, korrigierte Pedersen. »Arvi war für mich tätig.«
Pia zitterten vor nervöser Spannung die Hände.
»Und wer sind Sie?«
Er lächelte. Sie hatte keine Ahnung, wer er war; das war ein gutes Zeichen. »Ich bin der Vorsitzende des Rates von Mother.«
Sie musterte sein Gesicht. Jetzt fiel ihr ein, wo sie ihn schon einmal gesehen hatte. Sein Foto erschien manchmal in Mother, in Dokumentarsendungen über das globale Computersystem. Aber es zeigte einen viel jüngeren Mann. Unzählige Fragen kamen ihr in den Sinn, und jede beanspruchte ihre ganze Aufmerksamkeit. »Wie haben Sie von diesem Haus erfahren?«
»Ich habe gelegentlich Ihren Bruder hier besucht. Und vor ihm Ihren Vater.«
»Meinen Vater?! Sie haben meinen Vater gekannt?«
»Ja. Er war ein hervorragender Angler.«
Pia nickte unwillkürlich. Ein Bild tauchte vor ihrem inneren Auge auf: ihr Vater, wie er vom Steg in sein kleines Ruderboot stieg.
»Hat er auch für Sie gearbeitet?« Kaum hatte sie das gesagt, biss sie sich auf die Lippe. Was für eine dumme Frage. Ihr Vater war ein einfacher Arbeiter im Sägewerk von Inavi gewesen, ein Zimmermann, und dieser Mann war der Vorsitzende von Mother. Trotzdem nahm er ihr die Frage offenbar nicht übel.
»Nein. Er war einfach ein Freund.«
»Ach ja?« Das war merkwürdig. Sie konnte sich an diesen Mann nicht erinnern, sein Gesicht hätte ihr doch in Erinnerung bleiben müssen. »Warum wollten Sie mich treffen? Und wieso wussten Sie, dass ich hier im Häuschen sein würde?«
Lars Pedersen zögerte einen Moment. Es war an der Zeit, zum Kern der Angelegenheit vorzustoßen. »Ich habe nicht gewusst, dass Sie hierher kommen, Pia. Ich hatte es *gehofft*. Ihr Bruder hat

mir alles über Sie erzählt. Er war einer meiner Assistenten. Genau wie Esko hier, der mit ihm zusammengearbeitet hat. Vor einiger Zeit habe ich Arvi mit einem äußerst heiklen Projekt beauftragt. Nur ich und zwei Staatsoberhäupter wussten darüber Bescheid. Dann wurde Ihr Bruder ermordet.«

Pia zuckte sichtlich zusammen. »Wer hat ihn umgebracht?«, fragte sie mit hohler Stimme.

»Das kann ich Ihnen jetzt nicht sagen«, antwortete Pedersen, »aber Sie werden rechtzeitig erfahren, um wen es sich handelt.«

»Warum wurde mein Bruder ermordet?«

»Weil er etwas sehr Wichtiges herausgefunden hatte. Etwas, das mit Mother im Zusammenhang steht.«

»Und das wäre?«

Pedersen musterte sie. Sie war so jung und schön, aber er merkte auch, dass sich die Welt tief in ihr Wesen eingegraben hatte. Als wäre sie eine zertrampelte Blume, begann ihre Frische, innen wie außen, zu welken. Außerdem war sie unruhig, hin und her gerissen zwischen widerstreitenden Gefühlen, auch ihre Selbstsicherheit begann zu bröckeln. »Das spielt keine Rolle, Pia, und Sie müssen es auch nicht wissen. Wichtig ist nur, dass Sie mir *vertrauen*.«

»Warum sollte ich das tun?«

»Glauben Sie, dass ich Ihnen die Wahrheit sage?«

Sie dachte nach. »Wieso kannten Sie überhaupt meinen Vater? Haben Sie Holz bei ihm gekauft?«

Lars Pedersen lachte aus vollem Herzen. Offenbar hatte sie ihr verborgenes Temperament noch nicht ganz verloren. »Was hat Ihr Vater gern gegessen, Pia? Ich werde es Ihnen verraten: eingelegte Heringe. Darf ich Ihnen noch eine Frage stellen? Was war Ihr Lieblingsspielzeug als Kind?«

Als sie zögerte, sprach er weiter: »Ein kleiner weißer Teddy.«

Wehmütig lächelnd fügte er hinzu: »Den habe *ich* Ihnen geschenkt.«
Ihr blieb der Mund offen stehen. Der Mann hatte sie gekannt, als sie sechs oder sieben Jahre alt gewesen war, aber sie war ihm nie begegnet.
»Das glaube ich nicht!«
»Alles wird sich aufklären. Sie müssen nur daran glauben, Pia.«
»Was wollen Sie damit sagen?« Sie klammerte sich an Worte, deren Sinn sich ihrem Verstehen entzog. Sie war völlig durcheinander.
»Dass Sie mir helfen sollen, Pia. Ich brauche Ihre Hilfe.«
»Meine Hilfe? Aber ich kann niemandem helfen«, antwortete sie verzweifelt. »Ich habe selbst genug Probleme, ich kann Ihnen nicht helfen. Ich weiß weder irgendetwas über die Arbeit meines Bruders noch darüber, was ihm zugestoßen ist. Außerdem könnten Sie beide doch Terroristen sein.«
Mit fester Stimme antwortete Pedersen: »Pia, ich habe es Ihnen schon gesagt. Ich suche nach einer unglücklichen Schauspielerin, die mit reichen Männern schläft. Sind Sie diese Person?«
Langes Schweigen. Widerstrebend nickte sie und wischte sich wieder ein paar Tränen aus den Augenwinkeln. Sie würde ihren Bruder rächen. »Ja.«
»Gut. Also, ich habe eine Aufgabe für Sie. Ich möchte, dass Sie mit einem Mann ausgehen, dem reichsten Mann der Welt. Können Sie das?«
Wieder war sie sprachlos. Sie blickte Pedersen in die Augen und musterte seine Miene, um herauszufinden, ob er sie hinters Licht führte. Nein. Aus einem unerklärlichen Grund war sie sich sicher, dass er offen zu ihr war.
»Ja.«
»Gut. Ich verlange nur eins von Ihnen: dass Sie meinen Assis-

tenten Esko benachrichtigen, wenn eine bestimmte Person diesen Mann aufsucht. Würden Sie das tun?«

Sie nickte.

»Sehr schön, Pia, mehr möchte ich vorerst nicht von Ihnen.«

»Und wenn ich das für Sie erledigt habe, verraten Sie mir dann, wer meinen Bruder ermordet hat?«

»Ja.« Die Antwort klang aufrichtig. »Esko wird nach Ihrer Rückkehr in San Francisco Kontakt mit Ihnen aufnehmen, damit die Dinge in Gang kommen.«

Damit erhob er sich vom Tisch. Es war Zeit zu gehen, aber Pia hätte vor lauter Angst fast ihren Kaffeebecher umgestoßen.

»Halt! Was machen Sie denn da!« Sie ergriff seinen Arm. »Bitte, Sie haben mir doch noch gar nichts gesagt. Ich habe so viele Fragen. Ich begreife nicht, was das alles mit meinem Bruder zu tun hat. Ich ...«

»Pia«, unterbrach er sie leise. »Ich habe Ihnen alles gesagt, was Sie im Augenblick wissen müssen. Wirklich. Es dient Ihrer eigenen Sicherheit. Und Sie haben doch zugestimmt, mir zu helfen, oder?«

»Ja, aber ...« Die Enttäuschung trieb ihr das Blut ins Gesicht. »Aber Sie haben mir nicht einmal gesagt, wie Sie meinen Vater kennen gelernt haben. Oder meinen Bruder. Sie können doch nicht einfach aus dem Nichts auftauchen und mir solche Sachen erzählen.«

Er lachte sein typisches trockenes Lachen. »Ärgerlich, nicht wahr? Aber ich bin überzeugt, dass Sie mir helfen werden.«

»Aber warum? Und wieso ich?«

»Wieso?« Er zog sie leicht am Arm zu sich, damit sie durch die offene Tür der Blockhütte nach draußen auf den See blicken konnte. »Wieso sind Sie wirklich hierher zurückgekommen?«

»Ich weiß es nicht.«

»Sie sind zurückgekehrt, weil Sie nach etwas gesucht haben, nicht wahr?«

»Ja.«

»Sie waren auf der Suche nach etwas, das Ihrer Meinung nach Ihr Vater und Ihr Bruder entdeckt hatten, Sie aber nicht.«

»Ja«, gestand sie widerstrebend.

»Was haben die beiden Ihrer Ansicht nach wohl gesucht, Pia? Hier in dieser Stille?«

»Ich weiß es nicht.«

»Genau, Sie wissen es – noch – nicht.« Pedersen verstärkte den Griff um ihren Arm. »Aber die anderen haben *gefunden*, wonach sie gesucht haben. Begreifen Sie das denn nicht?«

»Nein! Ich kapiere überhaupt nichts«, rief Pia. »Ich verstehe kein Wort von dem, was Sie sagen.«

»Umso besser«, erwiderte Lars Pedersen und lachte. »Aber Sie werden es noch verstehen. *Alles wird gut werden*.«

Sie funkelte ihn in ohnmächtiger Wut an, dann blickte sie wieder auf den See. Es war der reine Irrsinn. Da tappte sie völlig im Dunkeln, und dann redete dieser alte Trottel auch noch in Rätseln. Etwas war ihr aber aufgefallen, das sie merkwürdig fand. In seinem Blick lag tiefes Mitgefühl.

Was sollte sie also tun? Ihm helfen oder – wieder einmal – davonlaufen?

10

Geld – Macht in ihrer flüssigsten Gestalt.
Cooley

In Florida, auf dem Gelände des Hotels *Marybelle*, ließ es sich der reichste Mann der Welt und Erfinder von Mother, Oswald Plevy, gut gehen. Wie immer.

»Ozzy, kommst du?«

Der Adressat dieser Frage lag in seinem Liegestuhl neben dem Pool. Sein aufgedunsener Leib breitete sich auf dem weißen Leinenbezug aus und hing an den Seiten schlaff herab, aber ihn störte das nicht. Wenn man so reich und so berühmt war wie er, war überschüssiges Fett kein Makel, sondern der Beweis außergewöhnlichen Reichtums. So rechtfertigte er seine Leibesfülle, und überhaupt scherte ihn die Meinung anderer Leute einen feuchten Kehricht. Immer schon. Das Geheimnis seines Erfolgs.

»Schätzchen, komm, wir gehen einkaufen.«

Verschlafen öffnete Oswald die Augen und schloss sie wieder. Die Aufforderung kam von seiner neuesten Gespielin, einem Import aus Deutschland. Nichts als – in aufsteigender Folge – Beine, Brüste, Zähne und glänzendes schwarzes Haar. Ihren Namen hatte er vergessen. Aber wen interessierte der schon? Auf den Körper kam es an, nicht auf den Namen. Sie lebten im 21. Jahrhundert, in dem alles danach bewertet wurde, wie es sich verwerten ließ, und nicht danach, was es war.

»Ich schlafe«, brummte er.

»Mein Kleiner, du hast es mir doch versprochen«, schmollte Stephanie und versuchte Enttäuschung in ihre Stimme zu legen. Aber vielleicht war es sogar besser, wenn er nicht mitkäme, dann hätte er noch weniger Kontrolle über ihre Ausgaben. Schließlich war sie imstande, zehntausend Global vor der Pause zum Nachmittagstee durchzubringen, und das an einem weniger guten Tag.
Widerstrebend öffnete Oswald ein Lid. Frauen waren lästig; er war ihrer einfach überdrüssig. Er sah auf die reingoldene Rolex. Es war erst zwei Uhr nachmittags, und er würde nirgendwohin gehen. Außerdem langweilte es ihn einzukaufen. Das hatte er die letzten acht Jahre getan, und inzwischen gab es nur noch eins, was ihn morgens dazu bewegen konnte, aus dem Bett zu steigen und abends wieder einzuschlafen: nicht nacktes Fleisch, sondern Kokain. Er lebte so gut, dass er nur noch Langeweile und Leere empfand.
»Ich bleibe hier«, sagte er gereizt. »Geh du nur einkaufen.«
»Worauf du dich verlassen kannst.«
Er blickte in ihr jugendliches Gesicht. Natürlich war es durch Schönheitsoperationen verändert worden, deshalb waren die Konturen auch etwas zu vollkommen, wie bei einer Barbie-Puppe. Aber heutzutage war schließlich alles Fälschung, sie war ein fester Bestandteil der Welt, in der er lebte, und die Menschen wollten es nicht anders. Sie wussten, was sie kauften, und wo es herkam.
»Kann ich den Helikopter nehmen?«
»Jaaah. Aber jetzt verschwinde.«
Einen Augenblick lang hielt Stephanie seinem Blick stand; in ihren germanischen Gesichtszügen lag Zorn, denn er hatte sie mit Geringschätzung behandelt. Dann entspannte sie sich. Eine Hand wusch die andere. Oswald bekam, was er sich wünschte,

Gesellschaft, und sie erhielt ebenfalls, was sie wollte: einen Batzen Geld, den sie ausgeben konnte, solange sie mit ihm zusammen war, sowie seine Finanzbürgschaft, die ihr Kreditrating von A5 auf A3 hob. Wer war also hier der Verlierer? Es war ein Geschäft: Körper für Cash; so ging das schon seit Urzeiten.

»Gut, dann geh ich jetzt einkaufen«, erwiderte sie zuckersüß. Wahrscheinlich blieben ihr noch zwei Wochen mit diesem Dreckskerl, dann würde er sicher Schluss machen. Sie stellte nur einen Gegenstand dar, dessen die Reichen überdrüssig wurden, nachdem sie sich eine Zeit lang damit gespielt hatten. Das wusste sie aus bitterer Erfahrung.

Oswald sah ihr zu, wie sie am Beckenrand entlang stöckelte; die Kellner blickten ihr gebannt hinterher, denn sie war eine ehemalige Miss-Soundso. Aber was interessierte ihn das? Mit Geld konnte man alles kaufen; sie war ersetzbar. Er brüllte: »Diener!« Binnen Sekunden stand ein junger Kellner neben ihm und verbeugte sich untertänigst, so wie das Hotel es ihm beigebracht hatte, denn die Superreichen kannten ihren Platz in der Gesellschaft und wussten, was die anderen ihnen schuldig waren.

»Etwas zu trinken, Sir?«

Oswald hob nicht einmal den großen Kopf. Warum sollte er sich verausgaben, nur um einer völlig bedeutungslosen Person zu antworten. In weniger als einer Minute wurde ihm ein großer Cocktail, ein Lightning Strike, an den Tisch gebracht. Oswald bedeutete durch ein Zeichen, man möge ihm das Glas reichen; in letzter Zeit hatte er kaum noch Lust, einen Finger zu rühren oder überhaupt etwas zu tun. Er fand alles zu anstrengend. Wo war er noch gleich?

Ach ja. In Florida, im *Marybelle,* dem besten Hotel der Welt, das nur A1- und A2-Kreditnehmer beherbergte, damit die Milliardäre und Multimillionäre unter sich blieben. Nicht dem menschlichen Abschaum ausgesetzt waren. Aber er hatte noch nicht einmal Lust, sich unter die Superreichen zu mischen, nicht jetzt. Deshalb hatte er eine riesige Suite mit direktem Zugang zum Hotel in Auftrag gegeben sowie einen eigenen Pool mit olympiareifen Ausmaßen, um sich ungestört jeden Tag von der Sonne braten zu lassen und sich dabei selbst zu beglückwünschen, dass er es im Leben so weit gebracht hatte.

Doch vieles hatte sich verändert. Er blickte zum Himmel und atmete langsam aus. Er war dreiundfünfzig Jahre alt, fühlte sich aber viel älter. Vor vierzehn Jahren hatte er noch Schwachköpfe wie die Führungskräfte von UniTelecom beraten. Und wie stand er heute da? Er war Oswald Plevy, das Genie hinter der Erschaffung von Mother, weltberühmt und steinreich. Durch die Idee eines anderen.

»Noch einen Drink, Sir?«

Oswald grunzte. Die Kellner hier waren die Sklaven der Neuzeit. Das war gut so, denn er war so viel reicher und wichtiger als sie. Er trank einen großen Schluck von seinem Lightning Strike, ein Gebräu aus Wodka und Whisky in Tomatensaft. Das reichte, um Tote zum Leben zu erwecken. Genau das, was er jetzt brauchte. Er lehnte sich zurück, um nachzudenken, die einzige anstrengende Tätigkeit, die er sich tagsüber gestattete. Natürlich verlief sein Leben nun anders, als er erwartet hatte. Sogar er war verblüfft über die rasante Entwicklung von Mother. Allerdings wussten das Militär und die Geheimdienste genau, was sie taten. Seit Kriege aus der Mode gekommen waren, mussten sie im Geschäft bleiben, und sich in das Leben anderer Leute einzumischen war schließlich kein schlechter Ersatz.

»Mein Kleiner.« Stephanie stand vor seinem Liegestuhl; anders als sonst war ihr Gesicht gerötet und verärgert. Ihre Designer-Brüste bebten förmlich vor unterdrückter Erregung.

»Was ist denn?«, brüllte Oswald sie an. »Ich ruhe mich gerade aus.«
»Die kriegen den Heli nicht in Gang.«
»Dann kauf einen neuen. Aber verzieh dich.« Er setzte sich auf, sein Mondgesicht nahm eine hochrote Farbe an, die Knopfaugen waren blutunterlaufen.
»Möchten Sie etwas trinken, Sir?« Die Kellner wussten genau, wie sie ihn beruhigen konnten.
»Ja, und ihr Gesindel verzieht euch ebenfalls.« Er begann mit den Armen zu fuchteln, so wie damals, als er versucht hatte, dummen Menschen ökonomische Sachverhalte, Aktien-Charts und Optionsgeschäfte zu erläutern. Seine Instinkte als Investmentbanker waren zwar noch immer intakt, jedoch inzwischen zur leeren Pose verkommen. Er ließ den Lightning Strike im Mund kreisen, während seine Freundin und die Speichellecker sich eilig davonmachten. Dann streckte er sich wieder bequem aus, um in Ruhe nachzudenken. Ansonsten hatte er nichts zu tun. Das Leben war unbeschreiblich langweilig.
Oswalds Leben stagnierte seit jenem Abend, an dem Anthony Stone und Doug Sullivan ihn nach seiner wunderbaren Genfer Rede aufgesucht und verkündet hatten: »Es ist an der Zeit, in Pension zu gehen, Ozzy, deine Arbeit ist getan. Hier sind ein paar hundert Millionen Global, damit du den Mund hältst. Geh und genieße dein Leben in vollen Zügen. Hey, du bist der Mann des Jahrhunderts!«
Natürlich stimmte das nicht. Ja, er war berühmt, das wusste Oswald, aber so berühmt nun auch wieder nicht. Immerhin kam es der Wahrheit ziemlich nahe. Aber wie auch immer, er hatte die beiden beim Wort genommen. Eine Zeit lang hielt er noch hier und da Vorträge und lernte dabei alle kennen – Könige, Königinnen, Präsidenten, Politiker und andere unangenehme

Typen. Von allen bekam er zu hören: »Sie waren wundervoll, Ozzy. Was für eine glänzende Idee.« Da war ihm klar geworden, dass alles *tatsächlich* seine Richtigkeit hatte. Diese Leute waren, genau wie er, Lügner und Betrüger. Was ihn ziemlich erleichterte, denn wenn sie es nicht gewesen wären, hätte er sich möglicherweise eingestehen müssen, dass er zu einer Art Monstrum geworden war: habgierig, grausam, selbstsüchtig, arrogant und stolz. Aber das war schon in Ordnung. Die anderen waren auch nicht anders; genauso übel wie er; das heißt, diejenigen, die überhaupt noch zählten: die A1-Kreditnehmer.

»Der Pool ist bereit, Sir.« Der stellvertretende Direktor hielt ein Thermometer in der Hand und verbeugte sich vor Oswald.

»Die Temperatur!«

»Beträgt genau 35,9 Grad Celsius, Mr. Plevy, entsprechend Ihrer Anweisung.« Das Hotel gab ein Vermögen dafür aus, den Pool Tag und Nacht exakt auf der gleichen Temperatur zu halten, außerdem wurde das Wasser aus einer Quelle in Frankreich eingeflogen. Aber für den reichsten Mann der Welt wurden weder Kosten noch Mühe gescheut. Die Leute hier wussten, was sich gehörte.

Oswald bedeutete der menschlichen Kakerlake, aus der Sonne zu gehen. »Mehr.« Er zeigte mit dem Finger vage auf sein Cocktailglas.

Nachdem er ein, zwei Jahre mit seinen Vorträgen getourt war, gab er die Sache auf. Zu ermüdend. Außerdem stellte ihm das Publikum immer wieder eine Menge unangenehmer Fragen, und zwar solche, die er auf Befehl der Militärs und der Geheimdienste nicht beantworten durfte. Also hatte er seine Zuhörer einfach mit ein paar Witzen abgespeist und war zum Hauptpunkt des Vortrags gekommen, der Präsentation seines überwältigenden Genies.

»Wir haben Ihnen den Plastiklido in den Pool gelegt, Sir.«
»Und?«
»Ihre sechs persönlichen Trainer stehen bereit, um Sie dorthin zu tragen, Sir.«
»Sonne?«
»Wir werden das automatische Dach ausfahren, Sir, damit der Flachwasserbereich besser vor Sonneneinstrahlung geschützt ist.«
»Getränke?«
»Die Poolmasseuse wird sie Ihnen reichen, Sir.«
»Essen?«
»Ihre Kaviar-Kanapees sind zubereitet, Sir.«
»Abtreten.«
Der stellvertretende Direktor huschte eilig davon. Und was kam nach den Vortragstourneen? Nun, um ehrlich zu sein (nicht dass er es jemals war), Oswald trat auf der Stelle. Die letzten acht Jahre waren ein Dauerurlaub gewesen – alle paar Monate ein neues Hotel in einem neuen Land mit einer neuen Gespielin und neuen Besitztümern –, ein Urlaub, der ein Ersatz für das Wesentliche im menschlichen Sehnen war. Hinzu kam ein wachsender Kokainkonsum, mit dem er die Leiden des Lebens zu lindern suchte. Aber was hätte er sonst tun können?
Missgelaunt betrachtete Oswald seine Umgebung. Vielleicht würde er doch nicht in den Pool steigen: zu anstrengend. Er döste ein. Unterdessen stellten sich die sechs persönlichen Trainer neben seinem Liegestuhl auf, und die junge griechische Masseuse wartete im Pool und versuchte vergeblich, ihre empfindliche Haut vor der heißen Sonne zu schützen. Die Diener kannten ihren Platz in der neuen Weltordnung, nämlich ganz unten. Sie waren A8er. Kanonenfutter. Oswald und Mother hatten es so bestimmt, dagegen waren sie vollkommen machtlos.

»Oswald!«

Der große Oswald wachte auf. Er lag noch immer im Liegestuhl, während seine Bediensteten geduldig um ihn herum standen, wie verwelkende Blumen in der Hitze. Aber nicht sie riefen ihm auf so vertrauliche Art etwas zu, das hätten sie nie gewagt. Es war Stephanie, seine Gespielin. Mit größtem Widerwillen öffnete er erst ein Auge, dann das andere, schließlich nahm er die von der NASA gefertigte Sonnenbrille ab. Er war wütend; sie hatte seine Ruhe gestört. Sie hing ihm zum Halse raus. Sie hatte einen deutschen Akzent, das war ihm Grund genug. Höchste Zeit für einen Wechsel; er war schon seit über einem Monat mit ihr zusammen. Nächste Woche würde er nach Brasilien fliegen und sich eine andere suchen. Ein neues Spielzeug.

»Oswald!«

»Was ist?«

Es bestand kein Zweifel, irgendetwas war passiert, denn Stephanie schrie hysterisch, und auf ihrem pinkfarbenen Tucchi-Kleid, für das man 30 000 Global auf den Tisch blättern musste, waren Blutspritzer zu sehen.

»Oswald!«

»Was ist denn!« Seine Kinnbacken zitterten. Jetzt war er wirklich verärgert.

»Oswald, ich habe gerade gesehen, wie Menschen ermordet wurden. Mich hätte man fast auch umgebracht.« Stephanies Stimme stieg noch um eine Oktave in die Höhe; sie zitterte wie eine verschreckte Qualle.

Der Erfinder von Mother seufzte. Er wusste, was er zu tun hatte. Er verabscheute Krisen, und Ausländer konnte er auch nicht besonders gut leiden. »Schafft sie weg.«

Die Bediensteten zerrten die schreiende und weinende ehemalige Miss Berlin fort. Andere Lakaien beeilten sich, die Blutspuren zu beseitigen. Schon kam wieder ein Diener, einen Lighting Strike in der Hand, herbeigeeilt. Oswald ließ sich von dem Spektakel nicht stören. Solange es ihm gut ging, spielte alles andere keine Rolle. Genauso sollte es zugehen in der Welt, nicht wahr? Die Reichen hatten die Erde gekauft, wen kümmerte es da, wer ihre rechtmäßigen Erben waren?

»Geschäftsführer!«

Binnen zwei Minuten stand der Direktor neben ihm. Ein älterer Schweizer, der mehrere Sprachen beherrschte und mit seinem illustren Gast und seinen exzentrischen Wünschen mühelos fertig wurde. Henri war der Hotelchef par excellence und seit vier Jahren im *Marybelle* tätig. Woher er kam, hatte Oswald nie erfahren. Eines Tages war er plötzlich da, kurz nachdem sein Vorgänger am Stress verstorben war – sehr zu Oswalds Ärger, weil niemand ohne seine Genehmigung aus seinem Umfeld zu verschwinden hatte.

»Wie können wir Ihnen behilflich sein, Sir?«

Oswald sah ihn an. »Henri, was geht hier vor sich?«

Mit ausgesuchter Höflichkeit klärte der Hoteldirektor ihn auf. »Die junge Dame ist ohnmächtig geworden, Sir. Wie es scheint, ist sie einkaufen gegangen. Zu diesem Zweck hat sie die geschützte Zone verlassen.«

Oswald brummte. Das Hotel lag in einer geschützten Zone, die mehr als hundert Quadratkilometer der Südspitze von Florida umfasste, und war umgeben von elektrifizierten Mauern und Zäunen, an denen Sicherheitskräfte patrouillierten, die alle Menschen bis auf die A1- und A2-Kreditnehmer sowie ihre Gäste vom Gelände fernhielten. Der *Marybelle*-Park unterschied sich in nichts von anderen geschützten Zonen in ganz Amerika, außer in einem: Er war selbst unter den exklusiven Zonen noch exklusiv. Dort verkehrte die Crème de la crème.

»Und?«

»Die junge Dame ist ins Zentrum von Miami geflogen, Sir. Bedauerlicherweise«, Henri hüstelte, da er gleich etwas Unangenehmes sagen musste und seinen Gast nicht beunruhigen wollte, »haben irgendwelche Terroristen versucht, während sie sich auf dem Weg ins Einkaufsviertel befand, den stellvertretenden Bürgermeister zu ermorden.«

Oswald verzog das Gesicht. Ständig waren auf der ganzen Welt Terroristen unterwegs und versuchten, Regierungsbeamte zu ermorden oder Mother zu sabotieren, und immer wurden sie für ihre Mühe umgebracht. Warum sie sich diesen Anstrengungen unterzogen, blieb ihm rätselhaft; es schien eine doch ziemlich kurzlebige Tätigkeit zu sein. Aber die Menschen waren eben pervers, wie er selbst am besten wusste. »Und?«

»Sämtliche Terroristen wurden getötet, Sir. Liquidiert von Spezialeinheiten, die sie erwartet hatten. Meines Wissens wurde einem auf der Flucht in den Rücken geschossen. Er stürzte neben der jungen Dame zu Boden, wodurch ein wenig Blut auf ihr Kleid spritzte.«

Oswald nickte.

»Besorgen Sie ihr ein neues.«

»Ja, Sir.« Henri wusste genau, was er zu tun hatte. Wenn Oswald alles anderen überdrüssig geworden war, stieg er meist im *Marybelle* ab. Das Hotel stellte dann jedes Mal fünfzig Sicherheitskräfte ein, um zu gewährleisten, dass ihm die Außenwelt mit ihren Störungen keine Unannehmlichkeiten bereitete. Oswald lebte sozusagen auf einem anderen Stern; er war ein Halbgott des Reichtums. So einfach war das.

»Kann ich sonst noch etwas für Sie tun, Sir?«

Oswald brummte; um im Pool zu schwimmen war es zu spät. Plötzlich blieb sein Blick an etwas Unerfreulichem haften.

Einem Blutstropfen. »Wechseln Sie das Wasser aus«, murmelte er und fügte geistesabwesend hinzu: »Und schaffen Sie mir die Dame aus den Augen.«
Henri verbeugte sich. Die Gespielin würde in zehn Minuten fort sein, der Austausch des Wassers würde jedoch etwas mehr Zeit beanspruchen – mehrere Stunden, um genau zu sein, da man den gesamten Pool abpumpen und eine neue Lieferung aus Frankreich einfliegen musste. Aber wenigstens wurde der Gast nicht mehr belästigt, das war die Hauptsache.
»Ist das alles, Sir?«
Oswald wurde ein Lightning Strike in die Hand gedrückt.
Nach einigem Überlegen fasste er einen sehr eigenartigen Entschluss – einen wie er ihn seit mindestens drei Jahren nicht mehr gefasst hatte.

Am späten Abend. Oswald saß behaglich in seinem Wintergarten auf einem thronähnlichen Marmorstuhl.
Der Wintergarten lag auf einem grasbewachsenen Hang an der Ostseite des Hotels. Von hier bot sich ihm ein Blick auf seinen Swimmingpool, den man fast zur Gänze wieder aufgefüllt hatte. Das Wasser schimmerte im weichen Licht der viktorianischen Laternen, die den Beckenrand säumten, aber Oswald nahm die Schönheit seiner Umgebung nie wahr. Er war blind dafür, so wie für die meisten schönen Dinge, denn die Gier hatte seine Seele überwuchert und alles andere verdrängt. Er war zur Karikatur seiner eigenen Lasterhaftigkeit geworden.
Das Hotel hatte den Wintergarten bauen lassen, weil Oswald während seines letzten Aufenthalts danach verlangt hatte. Er war ein Meisterwerk der Baukunst. Künstler und Steinmetzen waren aus Italien eingeflogen worden und hatten einen Bau im Stil eines römischen Tempels geschaffen, mit dorischen Säulen

und einem Kuppeldach, unter dem Cherubim und Amoretten an einem ätherischen Himmel umherflogen. Die Seitenwände waren aus Buntglas, und draußen vor den Wänden standen exotische Obstbäume in Terrakotta-Töpfen. Außerdem gab es kunstvoll zwischen den Bäumen verborgene Marmorstatuen, die antike Gottheiten darstellten. Zeus, der Persephone betrachtete; Apoll mit seiner Leier …

Und dann gab es da noch … ach, warum die Aufzählung fortsetzen. Das Hotel *Marybelle* hatte es sich zum Ziel gesetzt, auch die absonderlichsten Vorlieben der Reichen und Berühmten zu befriedigen; und für Oswald Plevy flog man sogar täglich Orchideen aus den brasilianischen Urwäldern ein, in dem irrtümlichen Glauben, sie gefielen ihm. Aber das taten sie nicht. Er bemerkte sie nicht einmal.

Denn er interessierte sich für überhaupt nichts und niemanden mehr. Er war so reich, dass nichts ihn beeindrucken konnte. Er wusste, dass die Welt nur aus Objekten bestand, materiellen wie menschlichen, und dass letztere ihm vollkommen glichen: Sie waren verlogen, habgierig, grausam – natürlich in unterschiedlichem Maße, aber vom selben Archetypus stammend, Späne vom selben minderwertigen Holz.

Er betrachtete die ins Zwielicht getauchte Szenerie und trank noch ein Glas 1945er Château Mouton Rothschild. Er bevorzugte Raritäten, aber selbst die langweilten ihn schon, meistens trank er die Flaschen nicht einmal aus, weil ihn seine Nieren plagten. Aber so wie man begonnen hatte, sollte man weitermachen. Voller Gier hatte sich Oswald Plevy ins Leben gestürzt, und er sah keine Notwendigkeit, das zu ändern. Die Welt da draußen kam ihm völlig unbedeutend vor. Nur er selbst war wichtig.

Warum saß er also vor einem Mother-Monitor? Eine gute Frage.

Was scherte ihn die Welt da draußen? Das Interesse an ihr hatte er schon vor Jahren verloren. Neuigkeiten bezog er aus dem Smalltalk mit den Geschäftsführern der A1-Hotels, in denen er abstieg, während er planlos auf der Erde umherreiste, satt, aber unzufrieden. Ein Mann, der alles und nichts besaß.

»Möchten Sie sonst noch etwas, Sir?«

Der Kellner stand neben ihm. Er verbeugte sich und katzbuckelte, wie immer. Bei der geringsten Missfallensäußerung seines Gastes wurde der Mann ausgewechselt. Aber das war in Ordnung. Diese Kellner waren schließlich nur A7- oder A8-Kreditnehmer, und er, na ja, er war brillant, der reichste Mann der Welt. Das sagte jedenfalls Mother, also musste es stimmen.

»Mehr Wein.«

»Selbstverständlich, Sir.«

Der Diener eilte davon. Drei weitere Kellner warteten geduldig vor dem Wintergarten, falls der Olympier noch etwas wünschte. Durch ihn waren sie in Lohn und Brot, und deshalb mussten sie ihm dankbar sein für die Krümel, die von seinem Tisch fielen.

Oswald schaute gedankenverloren in den Swimmingpool. Konnte es sein, dass ihn irgendetwas beunruhigte? Die Abreise seiner deutschen Gespielin sicherlich nicht; er hatte längst ihren Namen vergessen. Worum konnte es sich also handeln? Vor ihm stand der Monitor, der aussah wie Hunderte Millionen andere auf dem Planeten, abgesehen davon, dass er vergoldet war. Allerdings benutzte Oswald ihn nie. Warum also hatte er ihn hierher bringen lassen?

Er dachte nach. Plötzlich aktivierte er den Monitor, indem er den Blick auf die Mitte des Bildschirms richtete. Mother identifizierte ihn auf der Stelle, wie alle registrierten Menschen, und öffnete seine persönliche Datei. Aber die wollte er nicht sehen.

Er drückte auf ein Icon und gelangte zu den 24-Stunden-Weltnachrichten. Nach ein paar Minuten schloss er das Fenster wieder. Nichts hatte sich geändert. Es war immer der gleiche Einheitsbrei fürs Volk aus sorgfältig ausgewählten Schnappschüssen von Ereignissen auf der ganzen Welt, die entsprechend den Wünschen von Politikern und Globalcoms aufbereitet wurden. Was ihm bekannt war, er hatte ja mitgeholfen, das System zu installieren.

Nein, was er brauchte, waren präzisere Informationen. Er gab einen Geheimcode ein. Zu seinem Abschied vor Jahren in dem Hotel in Genf hatten ihm Doug Sullivan und Anthony Stone, als Ausgleich für seine Zwangspensionierung, außer den Hunderten Millionen Global, noch etwas geschenkt – die Fähigkeit, sich in jede Mother-Datei einzuloggen (außer den Dateien der Regierungschefs), sowie den Zugang zu jenem Nachrichtendienst, den ausschließlich Staats- und Regierungschefs und die Geheimdienste nutzten. Ein nützliches Geschenk, für das er sich in den Folgejahren jedoch kaum interessiert hatte. Warum auch? Denn welcher Staatenlenker konnte ihn beeindrucken? Welches globale Ereignis konnte ihn betreffen? Er war gefeit gegen die Sorgen und Nöte des Menschengeschlechts. Wie einst Caligula fragte er sich manchmal, ob er ein Gott sei.

»Ihr Wein, Sir?« Der Sommelier verharrte am Eingang des Wintergartens.

»Bringen Sie mir noch eine Flasche. Einen 47er.« Oswald machte sich nicht einmal die Mühe aufzublicken.

»Einen 47er, Sir. Gewiss.« Der Kellner nickte und zog sich zurück. Was hätte es genutzt, dem Gast zu erklären, dass das Mischen seltener Weine eine plebejische Geschmacklosigkeit darstellte? Aber der Gast wusste immer am besten, was gut für ihn war.

Oswald tippte einen Code auf der Tastatur ein und las, was der Nachrichtendienst für Staatsoberhäupter reserviert hatte. Zunächst überflog er die Schlagzeilen. Dann sah er sich die Zusammenfassungen der vergangenen Wochen an. Ringsum war es still, nur das leise Rauschen der Palmen war zu hören. Ein wunderschöner Abend, doch Oswald nahm nichts davon wahr.

»Weltaktionswoche gegen Mother, zweiter Tag. Zweihundert Demonstranten in China getötet, über hundert in Mexiko, achtzig in der Türkei. Aufstände in Spanien, Frankreich und Deutschland, alle mit Gewalt niedergeschlagen. In zahlreichen Städten patrouillieren Truppen.«

Oswald verzog das Gesicht, lehnte sich zurück und massierte sich vorsichtig die Nase. Interessierte ihn das alles? Überhaupt nicht. Die Armen und Aufsässigen waren ständig unzufrieden mit Mother, weil das Kreditrating-System sie zu Sklaven degradierte. Aber irgendjemand musste dienen, das lag auf der Hand. Wie sollten Menschen wie er denn sonst ihr Leben genießen?
Er las weiter:

»PlanetGambler wird die Vergabe und Überwachung der Prostitutionskonzessionen für Amerika übernehmen. Die Top-Ten-Globalcoms kontrollieren fast ein Viertel des Welthandels. Der Militäretat der Vereinigten Staaten steigt um weitere fünf Prozent. In Indonesien wird die Zwangsregistrierung eingeführt. Das indische Parlament erörtert die Einführung einer neuen Kreditkategorie – A10; die Sklavenschicht.«

Und so ging es immer fort.

»Mitglieder des italienischen und des türkischen Kabinetts werden mit Waffengeschäften der Mafia in Verbindung gebracht, an denen angeblich auch der russische Globalcom Svet beteiligt ist. Eine strafrechtliche Verfolgung erscheint unwahrscheinlich. Minister der kenianischen Regierung bieten kriminellen Vereinigungen politischen Schutz, die im Rahmen von Voodooritualen Kannibalismus praktizieren. Die jährliche Anzahl der Opfer wird auf dreihundert Frauen und Kinder geschätzt. Eine strafrechtliche Verfolgung erscheint unwahrscheinlich. Brasilianische und bolivianische Todesschwadronen operieren unter dem Schutz der Armee, um unerwünschte Immigranten und Verweigerer zu entfernen. Eine strafrechtliche Verfolgung erscheint unwahrscheinlich.«

Allerdings unterschied sich diese Zusammenfassung der geheimen Nachrichten erheblich von der, die in der 24-Stunden-Sendung von Mother gebracht wurde. Was nicht bedeutete, dass man Unwahrheiten verbreitete. Die Fakten waren in beiden Fällen korrekt, aber indem die Weltnachrichten bei der Präsentation der Informationen bewusst selektiv vorgingen, verzerrten sie das Gesamtbild. Sie veröffentlichten zwar die Wahrheit, aber nicht das ganze Ausmaß. Das Fragwürdige daran war natürlich, dass alles andere als die ganze Wahrheit eine Lüge darstellte. Darüber hatte sich Oswald jedoch noch nie den Kopf zerbrochen, und die Chefs der Globalcoms und die Politiker störte es ganz sicher auch nicht. Man sollte in diesen Dingen nicht allzu zimperlich sein.

»Ihr Wein, Sir.«

Ach ja, deshalb hatte ihn am Nachmittag das Blut des niedergemetzelten Terroristen auf Stephanies Bluse etwas beunruhigt. Das war ein Zeichen gewesen. Eine Warnung. Aber wovor? Er rülpste. Die Lage eskalierte, vermutete er. Er hatte von Anfang an geahnt, dass es so kommen würde. Hier wurde ein Kampf ausgefochten zwischen jenen, die wollten, dass Mother die Menschen kontrollierte, und jenen, die wollten, dass die Menschen Mother kontrollierten.

Als er sich ausstreckte, stieß er die Weinflasche versehentlich mit der Hand vom Tisch. Sofort säuberten die Diener auf den Knien den alten Marmorboden. Aber Oswald würdigte sie keines Blickes, als sie den Jahrgangswein hektisch mit ihren Geschirrtüchern aufwischten. Stattdessen richtete er den Blick in die Ferne, als wäre er ein blinder Seher.

Wer würde gewinnen?

Das stand bereits fest, daran zweifelte er nicht. Siegen würden Leute wie Doug Sullivan und Anthony Stone, mit Unterstützung des Militärs und der Geheimdienste. Sie planten die Sache, sorgfältig und im Verborgenen, schon seit Jahren. Und sie verdienten es zu gewinnen. Sie waren die Meistermanipulatoren der Macht und wussten, wie man die selbstsüchtige, in steilem Niedergang befindliche Menschheit zur Raison bringen und beherrschen konnte. Interessierte ihn das? Nein. Diese Leute würden jederzeit für ihn sorgen – das hatten sie bislang immer getan. Im Gegenzug konnten sie sicher sein, dass er ihnen, vorausgesetzt, er behielt seinen Reichtum und seine Gespielinnen, nicht schaden würde. Sein Ego würde unversehrt bleiben.

»Mehr«, knurrte er.

Man brachte ihm eine weitere Flasche. Aber noch während der Wein in seinem Mund kreiste, erkannte er, dass die Sache einen Haken hatte, einen winzigen Webfehler. Etwas, das sogar ihm, der sich in prachtvoller Isolation dem Kampf der Menschen entzog, schaden könnte. Etwas, worüber sie alle stürzen könnten. Doch um was es sich handelte, das war sein großes Geheimnis.

11

Macht und Gewalt sind Gegensätze;
wo die eine absolut herrscht, ist die andere nicht vorhanden.
Gewalt tritt auf, wo die Macht in Gefahr ist.
Das Ziel und Ende ungesteuerter Gewalt
ist das Verschwinden von Macht.
Hannah Arendt

Sind alle bereit?«

Im Halbdunkel spähte Ramon, der Anführer der terroristischen Gruppe, zu seinen Leuten hinüber, die rittlings auf diversen rostigen Teilen alter Maschinen saßen. Sie waren insgesamt elf, alle trugen Strumpfmasken über den Gesichtern. Es war mitten in der Nacht, und hier, in einem ausgedienten Lagerhaus am Rande von San Francisco, hatten sie sich versammelt. Sie gehörten einer der größten terroristischen Vereinigungen in den Vereinigten Staaten an, die sich dem Sturz von Mother verschrieben hatte. Alle – vor allem die vier Terroristen, die von außerhalb kamen – hatten umfangreiche Vorkehrungen treffen müssen, um sicherzustellen, dass ihnen auf dem Weg zu diesem Treffen niemand folgte. Das war schwierig und mühselig gewesen, da der lange Arm von Mother sehr weit reichte und die Überwachung täglich zunahm. Die Kameras, die man entlang der Hauptverkehrsadern in ganz Amerika installiert hatte, waren inzwischen mit dem globalen System vernetzt, ebenso die Kameras auf den Flugplätzen, Bahnhöfen und Häfen. Achtundneunzig Prozent aller großen und mittleren Städte hatten die Daten ihrer Bevölkerung in das globale Netzwerk eingespeist, und in spätestens zwei Jahren sollte das Registrierungsvorhaben in den Vereinigten Staaten abgeschlossen sein. Der Kreis schloss sich.

Sobald die Polizeibehörden einen Hinweis auf einen Terroristen oder einen Kriminellen erhielten, konnte man ihn daher im ganzen Land aufspüren – jede Kamera, jede finanzielle Transaktion verriet, wo sich der Betreffende gerade aufhielt. Das Ganze war zu einem Katz-und-Maus-Spiel geworden, wenngleich zu einem tödlichen, denn auf Terrorismus stand die Todesstrafe. Gerichtsurteile wurden allerdings nicht mehr gefällt – kostspielige Prozesse gehörten längst der Vergangenheit an. Artikel 10 der Internationalen Konvention war ganz eindeutig: Es war erlaubt, Terroristen zu erschießen, wenn es einen Grund zu der Annahme gab, dass sich der oder die Betreffende der Verhaftung widersetzen könnte. Diese Gesetzesvorschrift wurde von den Geheimdiensten und dem Militär sehr weit ausgelegt. Das war nicht verwunderlich, denn diese Organisationen gewannen in den meisten Ländern zunehmend an Einfluss. Sie wollten das Spiel gewinnen – nicht nur gegen die Terroristen, auch gegen die Politiker.

»Hatte jemand Probleme, hierher zu kommen?«

Ramon, ihr maskierter Führer, war ein Mann in den mittleren Jahren. Er hatte einen leichten spanischen Akzent, der aber falsch sein konnte. Nur zwei Personen in der Gruppe kannten seine wahre Identität. In der Vergangenheit waren so viele von ihnen verraten worden, dass sie sich gezwungen sahen, ihre Taktik zu ändern und in kleinen Zellen zu operieren, die einem leitenden Komitee unterstanden.

»Was ist unser Zielobjekt?«, fragte eine Frau, die schnell die Versammlung verlassen wollte, weil sie sich hier nicht sicher fühlte. Sie nahm zum ersten Mal an einem Einsatz teil, und jetzt kamen ihr Zweifel. Vielleicht war es doch besser, den Rest ihres Lebens als Verkäuferin und A8-Kreditnehmerin zu fristen.

Ramon legte seine Waffe auf den schmutzigen Boden der Lagerhalle, was ein leises, metallisches Geräusch erzeugte.

»Wir befinden uns mitten in der Weltaktionswoche gegen Mother. Es ist höchste Zeit, dass wir logistische Unterstützung bieten.«

Brütendes Schweigen senkte sich auf die Terroristen, die in dem rußigen Dunkel dasaßen und darauf warteten, dass man ihnen das Zielobjekt nannte. Instinktiv senkte ihr Chef die Stimme. Doch das Mini-Abhörgerät im hohlen Zahn eines seiner Anhänger zeichnete alles genau auf.

»Das Komitee hat beschlossen, Büros von GlobalCorp in ganz Amerika anzugreifen. Unser Kommando wird eine Zweigstelle hier in San Francisco zerstören. Der Befehl lautet, das Gebäude in die Luft zu sprengen und dabei so viele Personen wie möglich zu töten. Das wird unserer Sache eine enorme Publicity verschaffen.«

Der Gruppenführer begann den Plan zu skizzieren. Viele Mitglieder seines Kommandos waren mit ihren Gedanken jedoch ganz woanders. Sie dachten angestrengt nach. Lohnte es, sein Leben zu riskieren, nur um eine Bank in die Luft zu sprengen – auch wenn dies ein Teil der Gesamtstrategie zur Vernichtung von Mother war?

Früher hatten sie andere Ziele angegriffen. Ihre Anschläge galten jenen militärischen Einrichtungen in den Vereinigten Staaten, die ihrer Ansicht nach die zentralen Computerdatenbestände beherbergten. Die Folgen waren katastrophal gewesen. Obwohl im Laufe von vier Jahren Dutzende Kämpfer umka-

men, war es nicht gelungen, den exakten Standort des amerikanischen Ablegers von Mother zu ermitteln. Deshalb hatte man die Taktik geändert und versuchte nun, die Hauptquartiere der amerikanischen Globalcoms zu treffen. Als Antwort darauf verwandelten die Konzerne ihre Zentralen in gewaltige Festungen, zu deren Schutz sie Sonderkommandos der Armee einstellten.
Als Nächstes richteten die Terroristen ihre Aufmerksamkeit auf die Regierungsgebäude. Im Zuge der Weiterentwicklung von Mother wurden die Ämter jedoch eins nach dem anderen geschlossen. Die Zuteilung staatlicher Sozialleistungen hatte die Registrierung in Mother zur Voraussetzung, und sobald das geschehen war, musste niemand mehr in einer Amtsstube diese Vorgänge bearbeiten. Dasselbe galt für die Bearbeitung von Pässen, Steuern und Bußgeldern. Im Jahr zuvor war ein Erlass der Präsidentin ergangen, demzufolge der gesamte Publikumsverkehr der Behörden über Mother stattzufinden hatte. Alle öffentlichen Gebäude, einschließlich des Weißen Hauses, wurden für die Öffentlichkeit gesperrt. Ein genialer Schachzug, weil man auf diese Weise den persönlichen Kontakt mit den gewählten Volksvertretern schrittweise reduzieren konnte.
Die wichtigen Personen des öffentlichen Lebens, wie zum Beispiel die Präsidentin der Vereinigten Staaten oder ein Kongressmitglied, als Attentatsziel zu wählen, hatte sich als viel zu schwierig erwiesen. Sie umgaben sich mit unzähligen Geheimdienstagenten und Leibwächtern und wechselten jäh ihre Reiserouten, weshalb sie den Terroristen bislang entkommen waren. Wen konnte man also abschlachten, um darauf hinzuweisen, dass Mother ungerecht war und vernichtet werden musste? Die Terroristen in den Vereinigten Staaten wie auch in anderen Ländern sahen sich einem großen PR-Problem gegenüber. Manche Gruppen hielten es für sinnvoll, sich auf kleinere Einrichtungen

wie Kraftwerke, Eisenbahnlinien oder Banken zu konzentrieren. Andere dagegen sahen in der Ermordung bekannter Persönlichkeiten die vordringlichste Aufgabe.
»Warum gerade GlobalCorp?«, fragte ein Mitglied der Gruppe, dessen Stimme jung und nervös klang.
Ramon erläuterte seine Gründe und bezog sich dabei auf die Anweisungen, die er vom Führungskomitee erhalten hatte. »GlobalCorp ist die größte Bank der Welt; ein US-japanischer Konzern, der viele Regierungen wie auch A1- bis A4-Kreditnehmer finanziert. Die Zerstörung einiger ihrer Filialen wird ein Schlaglicht auf unseren Kampf werfen.«
Bedrücktes Schweigen. Seine Leute waren mit diesem Zielobjekt nicht einverstanden. Die Zweigstelle einer Bank in die Luft zu jagen, das würde Mother auch nicht vernichten, außerdem wurden die Banken rund um die Uhr von bewaffneten Sicherheitskräften geschützt, so dass einige Mitglieder der Gruppe zwangsläufig ums Leben kommen würden.
»Warum bringen wir nicht jemanden um, der stärker im Rampenlicht steht, beispielsweise den Gouverneur von Florida?«
»Zu gut geschützt.«
»Wie steht es mit dem Chef von GlobalCorp?«
»Keiner weiß, wo er lebt.«
»Oder dem amerikanischen Vertreter im Rat von Mother?«
Der Gruppenführer schüttelte skeptisch den Kopf. »Zu schwierig.«
»Warum sprengen wir nicht den Rat selbst in die Luft?«, fragte eine Frauenstimme. »Wieso helfen unsere finnischen Brüder uns nicht?«
Ramon schüttelte den Kopf. Die Qualität seiner Kämpfer hatte beängstigend nachgelassen; hoffentlich traf das nicht auf das ganze Land zu. Früher hatte es sich um Intellektuelle und Idea-

listen gehandelt oder um Leute, deren Kreditrating zusammengebrochen war. Jetzt sah die Mischung anders aus, die Gruppen bestanden weitgehend aus Opfern des Systems: A8- und A9-Kreditnehmer, ehemalige Straftäter und Leute mit schlecht bezahlten Jobs, Kellner, Lehrer, Klempner, Reinigungskräfte, Diener – Menschen, die dazu verdammt waren, für immer am äußersten Rand der Gesellschaft zu leben.
Einen Augenblick lang hätte er der Frau am liebsten eine sarkastische Antwort erteilt und gesagt: »Sei nicht dumm. Warst du schon mal in Helsinki? Weißt du überhaupt, über was für einen Sicherheitsstandard die da verfügen?« Aber eine solche Antwort wäre hartherzig und sinnlos gewesen, er wusste es. Die Frau hatte sicher noch nie das Land verlassen, sie würde nie ein eigenes Haus besitzen, nie in einer geschützten Zone leben, nie auf einer der mautpflichtigen Hochgeschwindigkeitsstraßen fahren, nie in den schicken Boutiquen und Restaurants einkaufen oder essen gehen. Was nutzte es also, sie obendrein an ihre mangelhafte Schulbildung zu erinnern, indem er ihr erklärte, was jeder Erstklässler wusste: dass das Gebäude, das den Rat von Mother in Helsinki beherbergte, eine uneinnehmbare Festung war?
»Einige Kommandos in Finnland haben versucht, uns zu helfen«, log Ramon, »aber wie sich herausstellte, ist es nicht möglich, einen Anschlag auf den Rat zu verüben. Wir müssen uns auf realistischere Ziele konzentrieren. Also, lasst uns weitermachen.«
»Ich habe gehört, dass es gestern in der Innenstadt einen Anschlag gegeben hat. Stimmt das?«, meldete sich eine Stimme.
»Die Nachrichten haben nichts darüber gebracht.«
»Jemand hat gesagt, man habe versucht, einen hohen Regierungsbeamten zu töten, aber ohne Erfolg.«
Ramon hob die Hand, damit Ruhe einkehrte. »Darüber habe

ich keine Informationen. Möglicherweise handelte es sich um die Aktion einer anderen Terrorgruppe.«
»Alle sind dabei umgekommen«, fügte eine Stimme melancholisch hinzu.
Ramon seufzte. Hier lag das Problem. Seine Kämpfer waren nicht in der Lage, so lange zusammenzuarbeiten, bis sie etwas erreicht hatten. Und wie jeder andere Mensch fielen auch sie auf Falschinformationen herein. Sie weckten Furcht in anderen und lebten selbst in Angst. Lohnte sich das alles? Er sah auf die Uhr. Heute Abend kehrte er in seine heruntergekommene Mietwohnung zurück, und morgen würde er wieder seinen Job als Parkplatzwächter ausfüllen. Er war Lehrer gewesen, aber finanziell in Not geraten; daraufhin war sein Kreditrating so tief gefallen, dass man ihm keine Stelle als Lehrer mehr anbot. Auf was konnte er sich also für den Rest seines Lebens freuen? Auf das Bewachen von geparkten Autos oder eine ähnlich perspektivlose Beschäftigung? Bei den übrigen Gruppenmitgliedern lagen die Dinge nicht anders. Aus diesem Grund waren sie auch hier. Nur als nebenberufliche Terroristen konnten sie ihre Fantasie, die Welt über Nacht zu verändern, ausleben. Aber das war eine gefährliche Vorstellung: In der nächsten Woche würde womöglich keiner von ihnen mehr am Leben sein – nach einem weiteren fehlgeschlagenen Versuch, ihre Ideen in die Wirklichkeit umzusetzen.
Geduldig erläuterte Ramon noch einmal seinen Plan. Seine Leute hörten ihm zu. Doch in ihre Herzen hatte sich ein beklemmender Gedanke eingeschlichen – sie waren drauf und dran, für etwas zu sterben, das selbst dann, wenn der Anschlag glückte, das System nicht verändern würde. Unterdessen wurden sie von dem Mini-Abhörgerät im Zahn eines der Kämpfer weiter belauscht.

Eine halbe Stunde später stahlen sich die Mitglieder der Gruppe im Dunkeln davon. Als Letzter machte sich Ramon auf den Nachhauseweg. Wie alle Armen benutzte auch er das heruntergekommene U-Bahn-Netz. Neben ihm standen erschöpfte Fahrgäste, die sich an die Metallstangen des Waggons klammerten und gelegentlich einnickten.

In nur wenigen Stunden würden sie in der gleichen U-Bahn wieder zur Arbeit fahren, um sich abzurackern, damit andere Leute reich wurden, während es ihr Los war, ewig arm zu bleiben. Denn sie konnten das System nicht schlagen, nicht in der gegenwärtigen Gesellschaft. Nicht solange die Reichen alles sechzig Prozent billiger bekamen als die Armen, nicht solange die meisten nationalen und internationalen Politiker sich ihre Ämter kaufen konnten, nicht solange das Rechtssystem hoffnungslos korrupt war. Hier lag die Krux des Problems. Wer bewachte die Wächter? Die Antwort lautete: Niemand.

Ramon stand in dem klapprigen U-Bahn-Waggon und sah hinaus auf die Silhouette von San Francisco. Die Stadt war stolz auf ihre fantastischen Wolkenkratzer, doch wegen seines miserablen Kreditratings hatte er noch nie einen betreten. Sie brüstete sich mit einigen der besten Museen der Welt, aber er konnte es sich nicht leisten, sie zu besuchen. Sie verfügte über einige der größten geschützten Zonen im Land, doch nie würde er dort spazieren gehen. Er war ein A8er, und das kam einem verhängnisvollen Fluch, einem Todesurteil gleich.

Er blickte hinauf zu den Sternen. Waren er und seine Frau einem Irrtum erlegen? Sie hatten sich gegen die permanente Verhütungsinjektion entschieden und ein Töchterchen in die Welt gesetzt. Doch Kinder waren kostspielig und wirkten sich negativ auf das Kreditrating der Eltern aus, was wiederum deren Zukunftschancen zunichte machte. War es gerecht, dass seine

Tochter, so wie er, dazu verdammt war, ihr Dasein als A8-Kreditnehmerin zu fristen und die niedersten Tätigkeiten in der Gesellschaft zu verrichten? Oder die Gespielin von moralisch verkommenen Kreditnehmern höherer Schichten zu werden? War Gott gerecht? Wusste er, was für eine Welt Mother hervorgebracht hatte? Dass das globale Kreditrating-System die Menschen in Herrscher und Beherrschte gespalten hatte, in Herren und Diener? Und wenn er es wusste, warum tat er nicht etwas dagegen? Reichte etwa sein eigenes Kreditrating nicht aus, um den Menschen zu helfen?

Die U-Bahn ratterte mit dem vom Glauben abgefallenen Ramon über die Schienen dahin bis zur unvermeidlichen Endstation.

* * *

Andernorts hatten diejenigen, die insgeheim das weltweite Unterdrückungssystem finanzierten, viel zu tun.

In allen Ländern gaben Tausende von Geheimdienstagenten das Rohmaterial ihrer Arbeit in Mother ein: geheime Mitschnitte von Gesprächen, Informantenberichte, von Doppelagenten erschlichene Beweismittel, Aussagen, die unter Folter erpresst worden waren (eine in den meisten Ländern legitime Methode), wobei das Ganze in der Einheitssprache von Mother abgewickelt wurde: Englisch. Ähnlich wie die Spreu vom Weizen wurden diese Daten anschließend getrennt, gesiebt, noch einmal überprüft und mit den Informationen verglichen, über die das System bereits verfügte. Schließlich wurden sie in der den Geheimdiensten vorbehaltenen Sektion der Personendateien gespeichert, dem einzigen Teil des Systems, der nicht transparent war. Bei dem Teil der Datenauswertung leistete Mother die Hauptarbeit; sie identifizierte ihre eigenen Gegner.

Ursprünglich hatte man das nicht beabsichtigt – dies jedenfalls behaupteten die Politiker. Im Laufe der Zeit wurde dann jedoch zwischen dem Speichern von Wirtschaftsinformationen und dem Aufzeichnen geheimer Informationen nicht mehr unterschieden, und so konnte Mother auf alles zugreifen, wie das Militär und die Geheimdienste es geplant hatten. Deren Ziel war es von Anfang an gewesen, Mother zu einer technologischen Wunderwaffe zu machen, mit deren Hilfe man alle diejenigen vertilgen konnte, die kein Existenzrecht besaßen – die Feinde des Systems. Und das waren alle, die gegen den Staat opponierten. Der Staat und Mother waren eins.
Diese Logik war ebenso klar wie erbarmungslos. Die Menschheit machte Fortschritte im Bereich der Technik. Hierfür war es unerlässlich, dass Macht und Informationen weltweit in einer Hand konzentriert wurden. Wer dagegen opponierte, stand der Menschheit im Wege. Deshalb mussten diese Leute liquidiert werden. Hinter diesem kalten Schluss verbarg sich eine weitere Lüge. Denn bei denjenigen, die sich Mother widersetzten, handelte es sich nicht nur um gewalttätige oder die Gewalt befürwortende Personen, sondern auch um solche, die nur gegen Mother *demonstrierten*. Der Demonstrant von heute war der Terrorist von morgen, wie es jener wunderbare Slogan von Fromm & Terror ausdrückte:

»MOTHER ARBEITET FÜR EINE GERECHTE GESELLSCHAFT.
WER SICH MOTHER WIDERSETZT, IST UNGERECHT.«

Diese Argumentation wurde von der Bevölkerung der Vereinigten Staaten zunächst mit Skepsis betrachtet. Nachdem man den Werbespruch jedoch immer wieder gezeigt hatte, mit beruhigender Hintergrundmusik, während hübsche Kinder der Mittel-

schicht über manikürte Rasenflächen hüpften, setzte er sich allmählich im Bewusstsein der Gesellschaft fest. Die Wahrheit war eine Frage der Erziehung.
Und außerdem, wenn man A1- bis A6-Kreditnehmer war, dann war man ein Sieger – man konnte sich Diener leisten, man bekam Bankdarlehen, man konnte ins Ausland reisen, man lebte in geschützten Zonen, man besaß einen hohen gesellschaftlichen Status. Wieso sollte man also jenen helfen, die weniger Glück im Leben hatten? Damit ließ sich kein Geld verdienen. Sollten sie sich selbst aus ihrem Elend herausarbeiten, und wenn ihnen das nicht gelang, dann musste die Politik diese Aufgabe lösen. Die meisten reichen Bürger wollten nichts damit zu tun haben oder waren selbst Teil des Systems.
Gleichzeitig setzten das Militär und die Geheimdienste, angesichts einer größer werdenden gesellschaftlichen Kluft zwischen Besitzenden und Besitzlosen, ihre vereinte Macht zur Ausrottung der Terroristen ein. Obwohl das Volk einer solchen Politik im Prinzip zustimmte, gab es doch unerwünschte Nebenwirkungen, wenn man dem Staat gestattete, seine Feinde zu liquidieren. Aber was sollte man tun, wenn Staaten wie Pakistan, Indonesien oder die Länder im Nahen Osten begannen, jeden als Terroristen einzustufen, der gegen ihre Staatsführung opponierte? »Gehen wir doch vernünftig an diese Frage heran«, krähten die westlichen Politikaster, die schon längst ihre Ideale verraten hatten. »Wir sollten andere Länder und ihre Praktiken nicht allzu sehr kritisieren. Wir sind jetzt eine Brüderschaft der Nationen, und wenn einige unserer Brüder für unseren Geschmack etwas zu autoritär sind, dann müssen eben wir unsere Präferenzen ändern, um keinen Anstoß zu erregen.«
Während jeder Staat seine eigenen Geheimdienstinformationen verarbeitete und anderen nur mitteilte, was er glaubte mitteilen

zu können, gab es eine Zentralbehörde, die das gesamte globale Netzwerk beaufsichtigte, einschließlich der nachrichtendienstlichen Informationen. Dies war der Rat von Mother mit Sitz in Helsinki. Wie nicht anders zu erwarten, war das Gebäude, das diese erhabene Institution beherbergte, in architektonischer Hinsicht so beeindruckend wie nur möglich. Das riesige pyramidenförmige Bauwerk ragte hoch in den Himmel, gleichsam ein Loblied auf das Zusammengehen von Information und Macht. In diesem neuen Turm zu Babel landeten die Zusammenfassungen sämtlicher weltweiter Antiterroraktivitäten auf dem Schreibtisch des stellvertretenden Vorsitzenden von Mother, Doug Sullivan. Er besaß einen sehr ausladenden Schreibtisch, aber schließlich verlangte sein Ego auch nach Großem.

»Die neuesten Daten sind abrufbar, Sir.«

Es war schon recht spät am Abend. Sullivan gähnte und lehnte sich in seinem Ledersessel zurück; seine ungesunde Gesichtsfarbe wirkte in dem künstlichen Licht noch grauer. Er sog kräftig an einer Zigarette und fragte in gebieterischem Tonfall: »Sind die Berichte aus den USA schon hereingekommen?«

»Ja, Sir.«

»Und die Updates der Geheimdienste?«

»Auf Ihrem Monitor, Sir.«

Sullivan nickte. Sorgfältig legte er seine halb abgebrannte Zigarette in einen Aschenbecher. Er war ein äußerst gewissenhafter Mensch, wie sein makelloser Geschmack in Sachen Kleidung und die penibel gebügelte Krawatte bewiesen. Alles musste seine Ordnung haben – das war schon als Kind seine feste Überzeugung, mit der er es sehr weit gebracht hatte. Nachdem er eine leitende Stellung in der CIA bekleidet hatte, war er erst einer der fünfzehn Vertreter im Rat und dann dessen stellvertretender Vorsitzender geworden.

»Darf ich jetzt nach Hause gehen, Sir?«
Widerstrebend nickte er seiner Sekretärin zu, die die graue Dienstuniform des Rates trug. Es machte ihm Spaß, andere mit Arbeit zu überhäufen und so seinen eigenen Ehrgeiz zu befriedigen. Insofern war er der geborene Herrscher – und Tyrann.
»Gute Nacht, Sir.«
Er nahm keine Notiz von ihrem Abschiedsgruß, sondern lehnte sich in seinem Sessel zurück und überlegte. Hinter ihm glitzerten die Lichter von Helsinki in der Dunkelheit. Der vierte Tag war gut gelaufen. Die Weltaktionswoche gegen Mother entwickelte sich im Grunde so, wie er es vorausgesehen hatte. Auf der ganzen Welt herrschte Chaos – allerdings kein so großes, dass das Militär und die Geheimdienste es nicht mehr beherrschen konnten. Die hatten das System mittlerweile fest im Griff. Jetzt musste man nur noch ein oder zwei weitere Globalcoms an Bord holen.
Er beugte sich vor und aktivierte per Augenabdruck den Monitor auf seinem Schreibtisch. Dann las er die täglichen Geheimdienstberichte, Land für Land. Schließlich gelangte er zum Report über die Vereinigten Staaten. Sein Blick glitt über den Text. Plötzlich stieß er auf etwas, das ihm nützlich zu sein schien. Eine der größten Terrorgruppen war im Begriff, die Bürogebäude von GlobalCorp anzugreifen. Ein Lächeln umspielte seine Lippen. Ein törichtes Vorhaben, das bewies, wie verzweifelt diese Leute inzwischen waren. Wie dem auch sei, ihre Todessehnsucht kam ihm gelegen.
»GlobalCorp«, sagte er laut.
Sofort änderte sich die Bildschirmoberfläche.
»Präsident – persönliche Datei.«
In seiner Funktion als Mitglied des Rates waren Sullivan die Dateien aller Menschen zugänglich, ausgenommen diejenigen der

Staatsoberhäupter und anderer Ratsmitglieder sowie bestimmter Geheimdienste. Er sah auf die Uhr. Es war Zeit, jemanden aufzuwecken. Zum Nutzen der guten Sache.

Zehntausend Meilen entfernt räkelte sich der Vorstandschef von GlobalCorp in seinem prunkvollen Bett. Schließlich konnte er im Dunkeln etwas erkennen. Der Monitor auf dem Nachttisch zeigte an, dass es sich um einen dringenden Anruf handelte, der von einem Mitglied des Rates von Mother kam. Sofort richtete sich Ross Gordini im Bett auf. Auch wenn er wie ein Pharao über eine Million Angestellte herrschte, gab es doch zwei Personen, deren Anrufe er mitten in der Nacht entgegennahm. Die Präsidentin der Vereinigten Staaten war die eine, der stellvertretende Vorsitzende des Rats die andere. Sie waren ihm ebenbürtig, wie er in aller Bescheidenheit glaubte.

»Mr. Gordini?«

»Mr. Sullivan.«

Sie betrachteten einander auf ihrem jeweiligen Monitor.

»Entschuldigen Sie, dass ich Sie geweckt habe«, sagte Doug Sullivan. »Aber ich habe hier eine wichtige Information, die Sie interessieren dürfte.«

»Und die wäre?« Der Vorstandsvorsitzende von GlobalCorp rieb sich die müden Augen.

»Auf die Büros Ihres Konzerns in den Vereinigten Staaten ist ein größerer Terrorangriff geplant.«

Der Mund des Präsidenten öffnete sich wie eine Falle, in der etliche Goldzähne schimmerten.

»Unseren Geheimberichten zufolge wird der Angriff am Freitag erfolgen«, fuhr Sullivan fort. »Aber Ihr Unternehmen wird natürlich geschützt werden. Ich habe die Information an die CIA und an das US-Militär weitergeleitet. Deren Spezialeinheiten werden Ihnen Hilfestellung leisten, gegen die übliche Gebühr.«

Sullivan wartete, bis seine wertvollen Informationen ins Gehirn seines Gegenübers gesickert waren, der jetzt sein Toupet nicht trug, was diesen Prozess hoffentlich beschleunigte.

»Unglaublich«, murmelte er. »Haben Sie noch jemanden davon informiert?«

»Nur Sie.«

»Ich danke Ihnen.« Der Chef von GlobalCorp nahm sich vor, am Tag vor dem Angriff ein größeres Aktienpaket seiner Bank zu kaufen. Schlug der Terroranschlag fehl, würde er ein Vermögen verdienen.

»Gern geschehen«, fuhr Sullivan kurz angebunden fort. »Als der amerikanische Vertreter im Rat von Mother bemühe ich mich, Ihre Interessen in größtmöglichem Maße zu berücksichtigen.«

»Wie kann ich Ihnen nur dafür danken? Ich werde Ihnen das nie vergessen.«

Sullivan lächelte sarkastisch und richtete seinen durchdringenden Blick auf seinen neuen Freund. Gordini würde ihm das sicher nie vergessen; dafür würde er schon sorgen. Für jeden Gefallen, den er jemandem erwies, musste sich dieser fürstlich revanchieren. Das war nun einmal der Lauf der Welt. »Es hat mich gefreut, Ihnen helfen zu können. Also dann, gute Nacht.«

»Gute Nacht«, stotterte der Vorstandschef von GlobalCorp. Dann legte er sich ganz ergriffen wieder in sein aus Walnussholz geschnitztes Bett. Dieser Sullivan war einfach unglaublich; er hatte ihn soeben vor einer drohenden Tragödie bewahrt. Leute wie ihn brauchte man auch im Vorstand von GlobalCorp.

»He!« Er stieß die schlafende Gestalt neben sich an. »Rate mal, wer mich gerade angerufen hat!« Sein russischer Gespiele würde bestimmt beeindruckt sein. Aber dafür wurde er ja auch bezahlt.

Sullivan schaltete derweil seinen Monitor ab. Er stand auf und trat ans Fenster, vor dem sich seine hochgewachsene, schmale Gestalt als Silhouette abhob. Unter ihm glitzerten die Häuser von Helsinki in der Dunkelheit wie kostbare Edelsteine. Doch die echten Juwelen lagen nicht dort draußen, sondern in diesem grandiosen pyramidenförmigen Gebäude: Geheimnisse, denn in der Geheimhaltung lag die wahre Macht.

Sullivan verließ sein Büro. Sobald die Tür sich hinter ihm schloss, ging auch das Licht aus. Der stellvertretende Vorsitzende von Mother grübelte immer noch, als er den Fahrstuhl betrat. Eigentlich waren doch alle Menschen gleich. Sie alle begehrten irgendetwas, Dinge, die andere besaßen – Häuser, Ehefrauen, Autos, Besitztümer, Gesundheit, Schönheit. Er, Doug Sullivan, war da nicht anders als der Rest der Menschheit, nur dass er eben Macht begehrte. Das war schon immer so gewesen. Sie übte eine unwiderstehliche Anziehung auf ihn aus.

Federnden Schrittes trat er aus dem Lift und begab sich zu der riesigen Eingangstür aus verstärktem Stahl. Für ihn gab es nur noch eines, was er zu erlangen hoffte. Nicht die Präsidentschaft der Vereinigten Staaten – denn der Einfluss der Politiker nahm allmählich ab. Nicht den Chefposten eines Globalcoms – denn der war schnell wieder zu besetzen. Nicht das Leben eines Krösus wie Oswald Plevy – denn Besitz konnte leicht verloren oder beschädigt werden.

Sullivan stieg in seine Stretchlimousine. Nein, er begehrte etwas ganz anderes, etwas Faszinierenderes. Eine Position, die ihm Zugang zu jeder Datei in Mother verschaffte, Zugang zu jedem kleinen Geheimnis, das sich ausbeuten ließ, und zwar zu seinem eigenen Nutzen. Das war wahre Macht.

Sullivan wollte Vorsitzender des Rates werden. Und was immer er begehrte, er bekam es.

12

Immer liegt die große Schlange, eingerollt und halb wach, auf dem Boden der Grube der Welt, bis sie vor Hunger erwacht, den Kopf nach rechts und links bewegt und sich auf die Stunde vorbereitet, ihre Beute zu verschlingen.
T. S. Eliot

Nach dem Treffen in der Hütte flog Pia aus Finnland zurück nach San Francisco.
Sie kehrte in das Mietshaus am Stadtrand zurück, in dem sie wohnte, und wartete. Doch alles entwickelte sich anders als erhofft. Die Tage verstrichen, aber Esko setzte sich nicht mit ihr in Verbindung. Schlimmer war jedoch, dass ihr neuer A3-Freund sie nach einigen Tagen wieder verließ, noch ehe sie sich überhaupt mit ihm getroffen hatte. Nichts blieb, wie es war. Finninnen waren nicht mehr en vogue. Der letzte Schrei waren junge Burmesinnen, und die Reichen waren ohnehin die Ersten, die jedem Trend hinterherliefen.
Pia saß tief deprimiert in ihrer Wohnung. Aber sie wusste, dass sie eigentlich gar keinen Grund hatte, niedergeschlagen zu sein. Sie lebte eben in einer materialistischen Welt, in der der Mensch als ein Produkt neben anderen betrachtet wurde. Wechsle dein Waschmittel, wechsle die Person, mit der du schläfst, es war einerlei. Abwechslung war das Salz in der Suppe des Lebens, und so kümmerten sich alle nur um sich selbst und frönten ihrem Vergnügen, ohne sich für die anderen zu interes-

sieren. Warum sollte das in ihrem Fall anders sein? Sie war ja nur eine Gespielin, ein Körper, den man benutzte.

»Kopf hoch, sonst kriegst du nie einen neuen Mann.« Ihre beste Freundin, Melanie, eine gleichaltrige Gespielin, saß in Pias Wohnung, kaute Kaugummi und gab dabei ihre Weisheiten zum Besten. »Komm, wir gehen shoppen.«

»Aber ich habe kein Geld.«

»Du *musst* ja nichts kaufen. Was soll's, heute darfst du ein wenig von meinem Kredit leben.« Melanie kicherte. Die langbeinige Brünette mit ihrer voluminösen Figur, dem breiten Hinterteil und großen Mund war schon lange mit ein und demselben Freund liiert, einem älteren Politiker, dem sie half, sein illegal erworbenes Geld unter die Leute zu bringen.

Kaum war der Entschluss gefasst, verschwendeten Pia und ihre Busenfreundin keine Zeit. Sie fuhren mit dem Taxi zum San Francisco Boulevard, an dem die teuersten Modegeschäfte lagen. Natürlich war der Eingang zu der Straße abgeriegelt, da nur Personen mit einem A5-Kreditrating oder darüber dieses Gebiet betreten durften. Die Ladenbesitzer hatten nicht die Absicht, ihre Zeit mit Kunden zu vergeuden, die sich die irrsinnig teuren Sachen ohnehin nicht leisten konnten.

»Nein, nicht schon wieder!«, rief Melanie.

»Was ist denn?«

»Diese Demonstranten. Die halten den ganzen Verkehr auf. Ich hab ganz vergessen, dass die Aktionswoche gegen Mother läuft.«

Pia blickte aus dem Fenster. Vor der Absperrung hatte sich eine Menschentraube gebildet, die Leute hielten Plakate hoch. Sie waren relativ gut gekleidet, und es befanden sich Frauen mittleren Alters, Kinder und Studenten unter ihnen. Die Polizisten trieben sie mit ihren elektronischen Gummiknüppeln zurück. Über der Menschenmenge drehten sich Überwachungskameras in ihren Gewinden, so dass Mother die Demonstranten identifizieren und wegen Verstoßes gegen das Versammlungsgesetz mit einem Bußgeld belegen konnte.

»Weißt du, vor ein paar Tagen, als ich noch in Mexiko im Urlaub war, ist mir genau das Gleiche passiert«, sagte Melanie und zupfte ihren winzigen roten Minirock glatt. »Überall auf den Straßen waren Demonstranten; die haben sogar versucht, die Straße zu meinem Hotel abzusperren. Das Militär und Spezialeinheiten mussten die meisten von ihnen verhaften. Das Ganze wurde ziemlich gewalttätig. Jede Menge Blut.« Sie erschauerte vor Entzücken. »Ich hab gesehen, wie ein Mann zu Tode geprügelt wurde.«

»Auf dem Flughafen von Helsinki war auch eine Gruppe«, fügte Pia hinzu. »So was scheint jetzt überall zu passieren. Aber in den 24-Stunden-Nachrichten wird kaum darüber berichtet.«

»Nein? Na, jedenfalls muss man diesem Treiben Einhalt gebieten«, befand Melanie, als das Taxi gezwungen wurde, das Tempo zu drosseln. Sie bohrte in der Nase. »Diese Leute nehmen keinerlei Rücksicht auf andere. Das sind doch Schmarotzer der Gesellschaft.« Sie betätigte einen Knopf, um das Fenster des Taxis herabzulassen.

»Lass das.«

Melanie beachtete sie gar nicht, sondern steckte ihr stark geschminktes Gesicht aus dem Taxi und schrie den Demonstranten entgegen: »Ihr Faulpelze, besorgt euch lieber einen Job.«

Während sich die Demonstranten ihrem neuen Widersacher zuwandten, las Pia die Aufschriften auf ihren Plakaten. Es handelte sich um eine Gruppe von Lehrern, deren Besoldung der Staat festlegte. Das bedeutete, dass alle A7-Kreditnehmer waren oder noch weniger.

»Was fällt diesen Leuten eigentlich ein, zu protestieren? Sie sind

doch *freiwillig* Lehrer geworden.« Melanie war in voller Fahrt. »Die sollten sich lieber einen Zweitjob suchen, wie alle anderen auch. Was erwarten sie denn von der Regierung? Soll sie ihnen etwa noch mehr zahlen?«
Das Taxi hielt vor der Absperrung. Melanie und Pia blickten in die Monitore, die zu jeder Seite des Wagens angebracht waren. Sie registrierten automatisch den Augenabdruck der beiden Frauen, die daraufhin durchgelassen wurden.
»Komm, wir gehen zuerst zu Renee's. Danach versuchen wir es bei Saccardi's.«
Lachend stiegen sie aus. Sie hatten nichts anderes im Kopf als teure Kleider und gutes Essen, sie waren sorglos und unbekümmert. Warum auch nicht? Die Probleme anderer Leute brauchten sie nicht zu interessieren. Die mussten sie nicht teilen.

* * *

Am selben Morgen war der Terrorist Ramon in aller Frühe aufgestanden, völlig versunken in seine Mission, die Welt zu retten.
Während er sich langsam vor dem Spiegel rasierte, gingen ihm die verschiedensten Gedanken und taktischen Überlegungen durch den Kopf. Als er seinen Schnurrbart in Angriff nahm und geradeaus blickte, konnte er nicht umhin, sein Spiegelbild zu betrachten. Was zeigte es? Einen leicht olivenfarbenen Teint, dunkle Augen, schwarzes, an den Schläfen ergrautes Haar, ein kräftiges Kinn. Was sonst noch? Sah er Furcht in seinen Gesichtszügen? Hatte er Angst? Er musterte sich genau. Nein, da war keine Angst, aber ein gesteigertes Bewusstsein, eine erhöhte Aufmerksamkeit. Ja, das war's.
Während er sich weiter rasierte, wurde ihm klar, dass er sein

Gesicht vielleicht nie mehr wiedersehen würde. Ein ziemlich bizarrer Gedanke, und beinahe hätte er gegrinst. Er war fast vierzig, aber hatte er sich in all den Jahren wirklich einmal richtig angeschaut? Sein ganzes Leben war ein Kampf gewesen, ein Kampf ums Überleben, doch was er an Eigenschaften und Qualitäten besaß, darüber hatte er kaum einmal nachgedacht. Und jetzt, genau an diesem Tag, an dem er seine Mitmenschen niedermetzeln würde, war er gezwungen, sich im Spiegel zu betrachten. Er konzentrierte sich auf seine Augen. Was verrieten sie ihm? Waren es die eines Siegers oder eines Verlierers?

Ein geradezu unwiderstehlicher Gedanke kam ihm in den Sinn. »Ich kann das nicht durchziehen. Es ist Wahnsinn.« Doch fast sofort machte sich sein Wille wieder geltend, und er dachte: »Du bist der Anführer der Gruppe, du darfst die anderen nicht im Stich lassen. Außerdem kämpfst du für eine gute Sache.«

Er beendete die Rasur und putzte sich die Zähne. Gleichzeitig begann alles, was er tat, eine eigenartige, fast surreale Qualität anzunehmen. Eine Art Taubheit trennte ihn von seinen Sinnen, so dass seine Wahrnehmung dessen, was später am Tag geschehen würde, wie in einem Nebel verschwand.

Nachdem er seine Notdurft verrichtet hatte, öffnete er die Badezimmertür. Der Augenblick der Wahrheit war gekommen; er musste seiner Familie gegenübertreten, ohne ihr Adieu zu sagen. In der beengten Küche beugte sich seine Frau über einen Stuhl und versuchte, ihr gemeinsames Töchterchen zu füttern. Es weinte bitterlich und wehrte mit der kleinen Hand das angebotene Essen ab. Ramon wich dem Blick seiner Frau aus, dann stellte er sich neben die Spüle und aß sein Brot mit Käse, das er mit einem Becher Kaffee hinunterspülte. Er wollte die Wohnung so schnell wie möglich verlassen. Hier, im Schoß der Familie, waren die Gefühle zu mächtig, gab es zu viele widerstreitende Gedanken. Heute würde er, der ehemalige Lehrer, so wie an jedem anderen Tag, zur Tür hinausgehen und eine Zeit lang als Parkwächter arbeiten. Dann aber würde sich alles radikal ändern.

»Wann kommst du zurück?«

Er wandte sich um. Entgegen seinem Wunsch sah er in die dunklen Augen seiner guatemaltekischen Frau. Sie hatte sich aufgerichtet, ihr Gesicht wirkte so angespannt wie immer und drückte ihre täglichen Sorgen und Nöte aus. Sie musste sich um das Kind kümmern, als Reinmachefrau arbeiten, sein Abendessen vorbereiten, schlicht überleben.

»Wann kommst du zurück?«, wiederholte sie ihre Frage.

Ramons Herz tat einen kleinen Sprung. Er sah seiner Frau ins Gesicht. Ahnte sie irgendetwas? Kannte sie den anderen Mann, zu dem er geworden war, die dunklere Seite seiner Persönlichkeit? Aber da war nichts, das merkte er. Sie vertraute ihm.

»Zur üblichen Zeit.« Plötzlich schnürte ihm eine überwältigende Traurigkeit die Kehle zu, so dass er kein Wort mehr herausbrachte. Mit gesenktem Blick drängte er sich hastig an seiner Frau vorbei.

»Vergiss nicht, Essen einzukaufen.«

Er brummte nur eine kurze Antwort, außerstande, noch etwas zu sagen. Da startete er in den gefährlichsten und bedeutendsten Tag seines Lebens, und sie dachte nur daran, was sie ihm zum Abendessen servieren könnte – obwohl er zu dem Zeitpunkt aller Wahrscheinlichkeit nach schon nicht mehr unter den Lebenden weilen würde. Er griff nach der grünen Uniformjacke, dem Symbol seiner Abhängigkeit. Kurz bevor er die Küche verließ, blickte er sich unwillkürlich um. Seine Frau hatte sich abgewandt und eine Milchpackung zur Hand genommen; sie sagte ihm nicht auf Wiedersehen.

Plötzlich wandte sein Töchterchen den Kopf, und strahlende Augen voller Unschuld schauten ihn an. Normalerweise zeigte sich in ihrem Gesicht ein Lächeln des Erkennens. Diesmal aber nicht. Stattdessen zeugte es von größter Sorge, und einen winzigen Moment lang erblickte Ramon darin mit absoluter Klarheit die Wahrheit. »Tu's nicht«, warnten ihn ihre Augen, »denn du wirst dabei dein Leben verlieren.«
Ramon zögerte, dann wandte er sich ab und eilte aus der Küche. Draußen war es kalt, ein Wintermorgen, und zusammen mit all den anderen Kreditnehmern der unteren Schichten drängelte er sich in die U-Bahn-Station, um zur Arbeit zu fahren. Er sah auf seine Uhr; sie wollten die Bank kurz vor der Mittagszeit angreifen. Zu diesem Zeitpunkt konnten sie den größtmöglichen Schaden anrichten. Den Gedanken an die unschuldigen Passanten versuchte er zu verdrängen.
Während die U-Bahn auf den ungenügend gewarteten Gleisen dahinratterte, starrte er auf die übrigen Fahrgäste und auf die mautpflichtige Straße draußen vor den Fenstern. Zwei Welten. Hier, in der U-Bahn, die Armen – und dort die Reichen, die auf den privaten Straßen dahinrasten. Während er über die Ungerechtigkeit der Welt nachgrübelte, verschwand das Bild seines Töchterchens aus seinen Gedanken. Er würde dazu beitragen, dass sich das änderte. Es musste eine Möglichkeit geben, Mother zu vernichten. Dieses Leben voller Leid und Demütigungen, das auch Millionen andere führten, musste ein Ende haben.

* * *

Pia und ihre Freundin setzten sich in einem Restaurant an den Tisch.

»4000 Global! Gar nicht schlecht für den Anfang«, krähte Melanie und warf diverse Einkaufstüten auf einen Stuhl in der Nähe. Eigentlich war es ihr egal, was sich in den Tüten befand, das Vergnügen lag vielmehr im Erwerb, in der Befriedigung ihrer Besitzgier. Aber sie wusste um eine der großen Wahrheiten der weiblichen Psyche: Einkaufen war besser als Sex; am Ende war man immer befriedigt.

»Was möchtest du essen?«, fragte Pia. Sie hatte sich an diesem Vormittag nichts gekauft, fühlte sich aber trotzdem nicht mehr ganz so deprimiert. Ihre lebhafte Freundin hatte ihr neue Energie und Hoffnung gegeben. Sie war doch nicht ganz allein. Sie würde eine Möglichkeit ersinnen, wie sie etwas Geld verdienen konnte. Am besten sie verkaufte irgendetwas, etwas von sich selbst.

»Weiß ich noch nicht. Zeig mal die Speisekarte.«

Sie bestellten das Essen, dazu eine Flasche Weißwein. Bald zeigte der Alkohol seine belebende Wirkung, und sie fingen an zu kichern. Auf der anderen Straßenseite lag die örtliche Filiale der GlobalCorp.

* * *

Ramon trat aus seinem Wärterhäuschen und ging die Reihen der protzigen Autos entlang. Sie waren nicht für ihn bestimmt; auch wenn er ein Leben lang arbeitete, würde er sich kaum eines davon leisten können. Die Luxuskarossen gehörten A3- und A4-Kreditnehmern, wohlhabenden Akademikern und Geschäftsleuten.

»He, du! Wo willst du hin?« Eine befehlende, gefühllose Stimme.

»Ich hole mir etwas zum Mittagessen, Sir.«

Widerstrebend gab der Vorarbeiter seine Einwilligung. »Aber komm bald zurück.« Er war ein unwirscher Typ, der nichts lieber tat, als andere dafür verantwortlich zu machen, dass es ihm schlecht ging im Leben.

»Ja, Sir.«

Ramon ging weiter und verließ den Parkplatz. Sowie er das Stahltor des Globalcom hinter sich gelassen hatte, für den er sich abrackerte, war ihm klar, dass es keinen Weg mehr zurück gab. Würde sein raffgieriger Arbeitgeber ihn vermissen? Wohl kaum. Binnen einer Stunde hätte der Konzern einen anderen gefunden – einen neuen Sklaven, der sich vor den jungen Börsenmaklern verbeugen, ihre Autos polieren und beschwichtigend »Verzeihen Sie, Sir« murmeln würde, wenn sie sich über einen kleinen Schmutzfleck auf der Motorhaube beschwerten, bevor sie in ihren Maseratis davonrasten …

Ramon bog um eine Häuserecke und gelangte auf eine breite Einkaufsstraße, den San Francisco Boulevard. Seine Frau hatte dies alles noch nie gesehen, und daran würde sich auch nichts ändern, denn nur die höheren Kreditnehmer hatten Zutritt zu diesem Einkaufsviertel. Vielleicht war das gut so. Ein Geschäft voll teurer Kleider reihte sich an das andere; es würde seine Frau nur traurig stimmen, wenn sie sah, was sie sich nie leisten konnte. Plötzlich trat ein Mann an ihn heran, einer aus seiner Gruppe. Ramon blickte nach links; zwei weitere folgten in kurzem Abstand.

»Passen Sie doch gefälligst auf!«

»Verzeihung, Madam.«

Ramon entschuldigte sich automatisch bei der reichen Matrone, die in ihn hineingerauscht war. Er kannte seinen Platz in der Gesellschaft so gut, dass sogar seine Ausdrucksweise von einem System beherrscht wurde, das ihn stärker als jede Zwangsjacke fesselte. Er beschleunigte seinen Schritt. Es war fast Mittagszeit. Was seine Frau im Augenblick wohl tat? Schrubbte sie die Böden der Apartments, in denen sie als Reinmachefrau arbeitete? Hörte sie sich die endlosen Klagen gelangweilter Hausfrauen an? Versuchte sie, dem Grabschen und Kneifen ihrer Ehemänner auszuweichen? Sagte seine Frau so wie er »Verzeihung, Sir« oder »Madam«, auch wenn man sie wie einen Gegenstand behandelte, wie ein Spielzeug, das man kontrollieren und manipulieren konnte?

Ramon betrat eine ruhige Seitenstraße. Ein Mitglied seiner Gruppe, bekleidet mit dem gelben Overall eines Müllwerkers, hatte ein Metalltor geöffnet und schob gerade einen Müllcontainer heraus. Ramon ging neben dem Eingang in die Hocke. Es war die einzige Nebenstraße der prächtigen Einkaufsmeile, in der es keine Videoüberwachung gab. Sowie sie aus der Seitenstraße traten, würde Mother sie entdecken und die bewaffneten Polizeikräfte alarmieren, wodurch ihnen nur eine Minute Zeit blieb, zur Bank zu gelangen und ihren Widerstand zu demonstrieren. Schon bald umgab ihn das eilige Durcheinander von Männern und Frauen, die sich umkleideten. Ramon zog sich eine schwarze Maske übers Gesicht. Vorher befahl er noch:

»Auf geht's!«

Die Sklaven revoltierten. Bald würde das in ganz Amerika passieren. Davon war er überzeugt.

* * *

»Wie war's in Finnland?«

»Ganz gut.«

»Was hast du da gemacht? Ist das Land nicht sterbenslangweilig?«

Pia zuckte mit den Schultern. »Na ja, dort ist natürlich alles ganz anders als hier. Es gibt nicht so viele Läden und Unternehmen. Und im Norden ist alles ziemlich rückständig. Da gibt es noch nicht einmal Mother.«

»Keine Mother?« Melanie ließ sich ihre Fettuccine, mit Walnüssen, Oregano und einer kleinen Tomate schmecken. Alles stammte, wie die Speisekarte verkündete, von einem Biobauernhof in Italien und war darum von allen bekannten Insekten unberührt. »Das ist doch nicht dein Ernst! Das kann doch gar nicht sein.«

»Doch. Die Gegend ist sehr entlegen. Mein Bruder besaß dort ein Häuschen.«

»Davon hast du mir nie etwas erzählt.«

»Es gibt im Umkreis von Kilometern keine anderen Häuser.«

Melanie sah sie verwundert an. Die kleine Tomate verharrte noch kurz zwischen ihren aufgespritzten Lippen, dann verschwand sie in ihrem Mund. »Aber welchen Sinn hat es, da zu leben, wenn niemand sonst dort wohnt?«

»Es ist ruhig.«

»Verrückt.« Melanie schüttelte den Kopf. Pia war schon merkwürdig, und in vielerlei Hinsicht reagierte sie immer noch wie eine Ausländerin, obwohl sie schon seit Jahren in San Francisco wohnte. Warum man in einer dermaßen abgeschiedenen Gegend leben wollte, war Melanie ein Rätsel. Was unternahm man denn dort, ohne Leute und Geschäfte? Das machte doch keinen Sinn. Das war ein Anti-Leben.

»Was ist denn so passiert, während ich fort war?«

»Nicht viel.« Melanie legte ihre Gabel auf den Tisch zurück. »Ich bin nach Mexiko geflogen. Ein Gratistrip für Politiker. Sieh mal, ich hab mir permanente Fingernägel implantieren lassen.« Sie spreizte die Finger. »Gefallen sie dir? Sind jetzt sehr en vogue.

Auf Titanbasis. Die halten ewig, und man muss sich nie mehr die Nägel schneiden.«

»Ja, die sehen großartig aus.«

Melanie lachte. »Als Nächstes lasse ich eine Ganzkörper-Epilierung machen. Eine permanente, weißt du. Die verwenden Laser. Kostet nur 8000 Global. Zusätzlich kriegt man noch fünf Einläufe umsonst. UniversalDrug bietet das als Paket an. Oh, schau dir die mal an. Da drüben!«

Eine Frau ging an dem Restaurant vorbei, in dem Pia und Melanie saßen. Sie war schon über sechzig, aber ihr kosmetisch verschönertes Gesicht sah aus wie das einer Dreißigjährigen. Ihre Haut hatte etwas Gespanntes, Straffes, das in höchstem Maße unnatürlich wirkte. Neben ihr trottete ein kleiner Junge, dessen Nase und Lider chirurgisch verändert worden waren, damit sie dem aktuellen globalen Trend in Sachen körperlicher Schönheit entsprachen.

»Der Junge ist Chinese. Bestimmt hat sie ihn vorübergehend als eine Art Modeaccessoire adoptiert. Er passt ganz gut zu ihrem Image und zu ihrer Kleidung. Aber schau dir mal den Teint an.«

Pia sah genauer hin. Die Frau hatte sich die Gesichtshaut unterspritzen lassen, um den Auswirkungen des Alters entgegenzuwirken. Nur war da irgendetwas schief gegangen, so dass sich ihr weißer Teint zu einem aschfahlen Grau verfärbt hatte. Pia wandte sich angewidert ab. Aber das war noch gar nichts in der Welt von heute. Viele Leute ließen sich am ganzen Körper rasieren, Augenbrauen und Augenlider inklusive. Andere hatten sich so oft unters Messer begeben, dass sie androgyn oder Hermaphroditen geworden waren. Übergangsmenschen, in ständigem Wandel begriffen.

»Ich hab auch noch Brust und Oberschenkel operieren lassen«, fuhr Melanie fort und ging dabei ziemlich ins Detail. »Außerdem muss ich noch was unternehmen, um die Ohren und Brustwarzen neu zu modellieren.« Pia versuchte wegzuhören. Warum waren die Menschen so unzufrieden mit ihrem Äußeren? Zeigte das nicht, dass ihr tiefstes Inneres von Ängsten und Ausflüchten erfüllt war? Vor wem wollten sie fliehen? Vor sich selbst?

Schließlich war es Zeit zu zahlen. Ein alter Kellner mit wässrigen Augen brachte ihnen den Hand-Monitor. In vielen Branchen, beispielsweise im Einzelhandel und in der Gastronomie, wurden Diener mit fünfundvierzig in den vorzeitigen Ruhestand geschickt, weil sie nicht mehr gut genug aussahen, um den reichen Kunden zu gefallen; dieser aber musste durchs Netz geschlüpft sein, denn sein Gesicht war von tiefen Falten zerfurcht. Aber zumindest war sein Gesicht originell.

»Ich zahle. Ich bin sowieso dran.« Pia blickte auf den Bildschirm.

»In Ordnung!« Ihre beste Freundin freute sich, dass sie ein Mittagessen umsonst bekam; es erforderte heutzutage erhebliches Geschick, vom Geld anderer Leute zu leben.

Der Kellner hustete vernehmlich. »Ihr Kreditrating ist auf A7 gefallen.«

»Das kann nicht sein!« Pia errötete. »Heute Morgen war es noch A3. Da muss ein Irrtum vorliegen. Ich habe noch zwei Tage A3.«

»Mother macht keine Fehler«, erwiderte der Kellner spöttisch. Die Frau war jetzt nur noch eine Kreditkategorie höher eingestuft als er, und deshalb war es auch nicht mehr nötig, sich ihr gegenüber diensteifrig zu zeigen.

»Könnten Sie das noch mal überprüfen?«

Der Kellner schüttelte den Kopf. Er war Ende fünfzig. Früher hatte er als angestellter Bauingenieur gearbeitet, aber dann verlor er seinen Arbeitsplatz, was den Zusammenbruch seines Kreditratings nach sich zog. Dadurch hatte sich seine Haltung dem Leben gegenüber grundlegend gewandelt. Außerdem wusste er genau, mit wem er es zu tun hatte: käuflichen Frauen, Gespielinnen, für die er nur Verachtung empfand. Er hatte eine Tochter im Teenageralter, und er und seine Frau machten so viele Überstunden, wie sie nur konnten, damit sie nicht in die gleiche Falle geriet. Bissig sagte er: »Diese Einkaufsstraße steht ausschließlich A1- bis A5-Kreditnehmern offen. Ich schlage Ihnen vor, woanders hinzugehen.«

»Sie Schwein!« Melanies selbstgefälliges Gesicht verwandelte sich in eine Miene der Empörung. »Ich zahle. Komm Pia, verschwinden wir von hier.«

Sowie sie das Restaurant verlassen hatten, blieb Melanie in der Arkade stehen. »Pia, überprüf noch mal dein Kreditrating. Eine Zurückstufung um drei Kategorien – das ist eine ernste Angelegenheit. Ich muss schon sagen, dein letzter Freund scheint dir ziemlich schnell den Laufpass gegeben zu haben.«

Pia musterte die besorgte Miene ihrer Freundin. Eine Kategorie zu fallen, war schlimm, vier zu fallen, war eine Katastrophe. Sie wurde arm und – in den Augen der anderen – billig. Sie schlenderten weiter die Einkaufsmeile entlang. Pia war äußerst niedergeschlagen, sie kam sich wie eine Ausgestoßene vor. Jetzt würden sich alle Freunde von ihr distanzieren, es sei denn, sie unternahm etwas, und zwar schnell. Sie musste unbedingt mindestens in Kategorie A6 aufsteigen.

»Oh, sieh dir mal dieses Höschen an!«, rief Melanie und blieb vor einem der protzigsten Geschäfte stehen. »So *winzig*. Ich geh mal rein.« Sie packte ihre Freundin am Arm.

»Ich bleibe draußen«, antwortete Pia deprimiert. Der Monitor im Laden würde ihr Rating auf der Stelle identifizieren. Vielleicht würde man sie sogar auffordern, das Geschäft zu ver-

lassen. Noch eine Demütigung könnte sie nicht ertragen. Der schöne Morgen war ihr gründlich verdorben.
»Ach jaaa«, meinte Melanie gelassen, bot Pia jedoch nicht an, ihr mit ihrem eigenen Kredit auszuhelfen, so wie sie es versprochen hatte. »He, da drüben ist eine GlobalCorp. Lass uns da mal nachschauen. Du *musst* doch noch Geld auf dem Konto haben.«
Sie gingen zu der Bankfiliale hinüber, nun aber nicht mehr Arm in Arm, denn auch Melanie war ins Grübeln gekommen. Wenn Pia sich nicht bald einen neuen Freund zulegte, wären sie die längste Zeit Freundinnen gewesen. Sie musste ihr Image wahren, so wie alle anderen. Denn ein kluger Rat in der Welt von heute lautete: Umgib dich nicht mit Leuten, die weniger Geld haben als du. Das ist schlecht für deinen Status und schlecht fürs Geschäft.
SEI REICH, SEI ERFOLGREICH, DANN WIRST DU GELIEBT!
Die Automobilwerbung sagte alles. Sie formulierte das höchste Ideal menschlichen Strebens.

* * *

Ramon rannte.
Er hatte eine Waffe in der Hand. Als die Passanten ihn erblickten, schrien sie und wichen ihm in heller Aufregung aus. Bei diesem Anblick verspürte er tief im Herzen eine Art Jubel und brennenden Stolz. Er war kein Parkplatzwächter mehr, sondern eine wichtige Person, ein Terrorist, jemand, der den Lauf der Welt verändern konnte. Endlich hatte er seine wahre Bestimmung im Leben gefunden – andere Menschen zu ermorden.
Binnen dreißig Sekunden hatte er zusammen mit seiner Gruppe die gläserne Eingangstür der GlobalCorp-Filiale erreicht. Wäre Ramon noch ganz bei Sinnen gewesen, hätte er sich ge-

fragt, warum keine bewaffneten Sicherheitskräfte vor dem Gebäude standen. Doch der heftige Adrenalinschub in seinen Adern hatte seinen gesunden Menschenverstand außer Kraft gesetzt. Er riss die Tür auf und sprang ins Gebäude, die übrige Gruppe dicht hinter ihm. Das Wichtigste war, irgendjemanden umzubringen – damit würde die Aktion starten. Er hob seine Automatik. Tod oder Ruhm.

»Ich hab mir überlegt, ob ich vielleicht dieses neue Verfahren ausprobieren soll, bei dem das Blut revitalisiert wird.« Melanies Begeisterung kannte keine Grenzen. Sie befanden sich auf halber Höhe der Einkaufspassage, die zur Bank führte und von Orangenbäumen gesäumt war. »Du weißt schon, diese Technik, mit der …« Plötzlich drehte sie sich ohne ersichtlichen Grund um. »O mein Gott … Pia!« In höchster Panik packte sie ihre Freundin am Arm. Auch Pia wirbelte herum, und so fiel ihr Blick auf eine Gestalt, die den Gang heraufgerannt kam. Ihr folgten andere Vermummte. Sie sahen aus wie große, in Schwarz gekleidete Ameisen.

Dann verschwamm ihr alles vor Augen. Im nächsten Moment lockerte sich der Griff um ihren Arm, während Melanie zu Boden stürzte und ein Blutstrahl aus ihrem Körper schoss. Die Sicherheitskräfte nahmen die Terroristen ins Visier, die als letzte durch die Tür in die Bank rannten. Plötzlich bot sich ein grausiges Schauspiel, und die schwarze Kleidung der Terroristen verfärbte sich dunkelrot, während ihr Blut die Wände und die Bäume bespritzte.

Ramon hatte den Finger am Abzug, als die Kugeln seine Beine und Hüften durchsiebten. Trotzdem taumelte er noch ein paar Schritte weiter. Als er sterbend zu Boden stürzte, erblickte er in ein oder zwei Metern Entfernung sein einziges Opfer vor sich. Die in Todesangst geweiteten Augen der Frau sahen ihn an. Um zu morden, zu diesem Zweck war Ramon hierher gekommen, das war der Grund seines Daseins. Oder nicht? In den letzten Augenblicken seines Lebens auf Erden dachte er daran, was es bedeutete, Menschen zu opfern. War dies der geeignete Weg, Mother zu vernichten, den Menschen dabei zu helfen, ihrem Leid zu entkommen? Er fasste einen letzten Entschluss. Sein Finger löste sich vom Abzug. Dann brach sein Blick.

Eine Minute später war alles vorbei. Auch wenn es in der Bank aussah wie in einem Schlachthaus, die Spezialeinheiten waren höchst effizient gewesen. Eine solche Situation hatten sie schon oft bewältigt, sie waren in fünfzig anderen Banken Amerikas stationiert. Es dauerte nicht lange, und die Leichen der Terroristen wurden in biologisch abbaubaren schwarzen Säcken abtransportiert, ebenso der Leichnam der Passantin. Dann schloss die Filiale der GlobalCorp ihre Tore, damit die Reinigungskräfte und Dekorateure sich an die Arbeit machen konnten. Morgen früh würde die Bank zur üblichen Zeit öffnen, und schon bald würde der Zwischenfall in die örtliche Folklore eingehen. Pech war nur, dass zwei Frauen zufällig im selben Moment die Zweigstelle betreten hatten, als die Terroristen angriffen. Aber so war das nun einmal. In jedem Krieg gab es auch Tote unter der Zivilbevölkerung.

Sie fuhren Pia nach Hause. Rasch entfernten ihr die Armeekrankenschwestern und -psychologinnen, die sich im Notarztwagen um sie kümmerten, die blutverschmierte Kleidung. Noch während sie Pia in einer Duschkabine abspritzten, redeten sie mit ihr über ihre tote Freundin. Sie werde schon darüber hinwegkommen, versicherten sie ihr. Terroristenangriffe seien typische »Lebensübergangsereignisse« und daher ganz normal. Sie solle ein paar Tage etwas kürzer treten. Vielleicht werde man ihr eine Entschädigung zahlen.

Am Abend wurde dann gefeiert und getrauert. Der Präsident von GlobalCorp rief Doug Sullivan an, um ihm die frohe Botschaft mitzuteilen. Zweihundert Terroristen waren niedergemetzelt und nur ein paar Unschuldige getötet worden. Das sei eine großartige Bilanz; die Aktien der Globalcoms seien in die Höhe geschossen, er werde für immer in Sullivans Schuld stehen. Also, gab es sonst noch etwas, was er für ihn tun könne ...?

In einer beengten Wohnung am Stadtrand von San Francisco fütterte eine junge Ehefrau ihr Töchterchen und wartete darauf, dass ihr Mann nach Hause kam.

13

Die Gier ist ein Fass ohne Boden.
Der Gierige erschöpft sich in der nie enden wollenden Anstrengung, seine Bedürfnisse zu befriedigen, ohne dass ihm dies je gelingt.
Erich Fromm

Oswald Plevy saß an seinem Swimmingpool; die glitzernde Sonne warf ein monotones Muster auf das Wasser. Es war heiß an diesem Nachmittag in Florida, dem ersten Dienstag im Monat und einem der seltenen Tage, die sich ein wenig von allen anderen unterschieden. Heute machte Oswald Geschäfte mit Signor Lombardi, einem Hehler und Zuhälter der Spitzenklasse, der sich vor ein paar Jahren an ihn gehängt hatte und ihm inzwischen so eng verbunden war wie ein Egel seinem Wirtstier.

»Armbanduhren.«

»Ja, gern.« Signor Lombardi stimmte stürmisch zu und verschüttete dabei seinen Cappuccino auf dem Tischtuch. Jetzt also Armbanduhren. Er hielt Oswald eine Liste hin. Sie war in dunkelrotes Leder eingebunden und ähnelte mit ihrer Schönschrift und protzigen Aufmachung der Speisekarte eines Edelrestaurants. Oswald bedeutete seinem Domestiken mit einer winzigen Bewegung des Zeigefingers, ihm die Einzelheiten vorzulesen. Er selbst las seit einiger Zeit überhaupt nicht mehr, weil das eine Art von Arbeit war.

»Hier haben wir eine einzigartige Schweizer Uhr, mit Brillanten eingefasst, dazu sorgfältige Goldarbeit auf Platinbasis, ein Kunstwerk, das früher einmal im Museum von …«

Oswald stoppte ihn mit einem Fingerzucken. Signor Lombardi begriff den Hinweis sofort; er kannte diesen äußerst egozentrischen Kunden aus dem Effeff. Sein Blick huschte über die Liste.

»Nein? Nun gut, dann hätte ich da eine fantastische in Gold gefasste Taschenuhr für den Herrn aus dem 18. Jahrhundert, die früher einmal dem König von Neapel gehörte, mit edelsteinbesetztem Zifferblatt aus Rubinen, Smaragden und …«

Wieder eine kurze Fingerbewegung. Nervös strich sich Signor Lombardi über das fettige Haar, das schweißnass war, weil Oswald ihm keinen Platz im Schatten anbot. Er war ein kleiner, rundlicher Mann, trug einen weißen Anzug und hatte Vogelaugen, die unruhig hin und her flitzten.

»Aha!«, rief Signor Lombardi ganz entzückt, als hätte er soeben erfahren, dass seine Ehefrau von ihm schwanger war. »Also, das hier ist eine sehr seltene, reich verzierte Sportarmbanduhr aus dem 20. Jahrhundert, die früher einmal der berühmte Yachtsegler Dan Dor …«

Oswald hob eine Braue. »O nein!«, seufzte Signor Lombardi im Tonfall eines Mannes, dem man mitteilte, dass es die Frau seines Nachbarn war, die er geschwängert hatte.

»Keine Armbanduhren.«

»Keine Armbanduhren«, wiederholte Signor Lombardi. Es war zwar schwierig, den reichsten Mann der Welt zufrieden zu stellen, doch er gab sein Bestes und nahm die höchste Provision, die er bekommen konnte. »Hm, also dann. Yachten?«

»Keine Yachten.« Vor einigen Jahren hatte sich Oswald für die schönste Yacht entschieden, die je gebaut worden war, aber weil er so viel Übergewicht hatte, wäre er auf der Gangway fast stecken geblieben. Yachten kamen also nicht mehr in Frage.

»Hmm. Dann sehen wir mal.« Geschickt zog der ehemalige Ex-Autoverkäufer einen blauen, ledergebundenen Band aus der Aktentasche. »Wie wär's mit geschützten Zonen?«

»Europa.«

»Ah ja, gut.« Signor Lombardi nippte an seinem Cappuccino und plapperte munter weiter drauflos. »Ganz zufällig hätte ich da eine absolut einmalige Immobilie in Frankreich. In der Dordogne, das Grundstück umfasst 5000 Hektar sanft gewellter Hügellandschaft …« Er zog ein Gesicht, als hätte er gerade eine selig machende Vision.

»Mehr.« Oswald trank seinen Lightning Strike aus. Der nächste wurde ihm sogleich in die gut gepolsterte Hand gedrückt.

»Zu der Anlage gehören ein Schloss aus dem 14. Jahrhundert sowie 18 Nebengebäude und …«

»Mauern?«

»Äh, ja.« Lombardi kannte diese besondere Obsession seines Kunden. »Hm, nun ja, wir könnten einen Elektrozaun um das Schloss ziehen, obwohl es noch über Originalmauern verfügt, die 600 Jahre alt sind, dazu Türmchen und einen Wassergraben.«

»Mauern.«

»Ja, natürlich. Wir könnten die alten niederreißen und ersetzen.«

»Das wäre eine Möglichkeit.«

Lombardi strahlte. Sein Kunde würde diese Immobilie kaufen. Der Kaufpreis spielte bei Oswalds Reichtum keine Rolle. Er besaß bestimmt 60 Häuser auf der ganzen Welt und ebenso viele Landgüter. Allerdings wurden sie vom großen Mann nie persönlich besucht. Warum auch? Besitz zu erwerben war eine

Sache, aber mit seinen Mitmenschen zu verkehren, das war in Oswalds Lebensplanung nicht mehr vorgesehen. Außerdem konnte seine Sicherheit nie garantiert werden.

»Weiter.«

Signor Lombardi wischte sich über die Stirn. Im vorigen Monat hatten sie über Ikonen aus dem 16. Jahrhundert und etruskische Töpferwaren verhandelt (die Oswald mit der Töpferkunst der australischen Ureinwohner verwechselt hatte). Was konnte er ihm also jetzt noch anbieten? Da waren Diamant- und Uranminen in Südafrika, Teile der Landmasse von Gambia, ein ganzes mittelalterliches Dorf in Rumänien, Alkoholkonzessionen in Brasilien, Stahlwerke in Ägypten, Glücksspielkonzessionen in Südchina, sechs französische Schlösser mit Weinbergen in …«

»Gespielinnen.«

»Ja, ja, selbstverständlich.« Signor Lombardi wischte sich fieberhaft die Stirn. Hoffentlich kamen sie bald zum Ende ihres Verkaufsgesprächs, sonst kippte er in dieser Hitze noch um. Noch ein Lederband wurde aus der Tasche gezogen, diesmal in Gelb. Er kannte die Liste auswendig, tat aber so, als studiere er ihren Inhalt.

»Keine deutschen.«

»Oh.« Damit waren zwei der Damen aus dem Rennen. »Also, wir hätten da eine entzückende junge Dame aus Spanien, eine A5-Kreditnehmerin, Absolventin einer der dortigen Spitzenuniversitäten, achtundzwanzig Jahre alte, vorzügliche Figur, keine Schönheitsoperationen im Gesicht, liebt gutes Essen und …«

Oswald sah sich die Fotos an und überlegte, während Lombardi weiter die wichtigsten Angaben verlas.

»Die Nächste.«

Nach zehn weiteren entschieden sie sich schließlich für eine ehemalige Miss Mailand, eine vierundzwanzigjährige Leistungssportlerin mit gewinnendem Lächeln und ebensolchem Körper. Signor Lombardi wollte am Abend mit ihr sprechen. Alle Spesen würden bezahlt und der Kreditstatus der Frau auf A3 erhöht werden, solange sie mit Oswald zusammen war. Außerdem einigte man sich auf eine Abfindung im Fall der bedauerlichen Möglichkeit, dass ...

»Fertig!« Lombardi klappte das Buch zu. Dabei glitt ein Foto aus den Seiten. Hastig beugte er sich vor, um es aufzuheben.

»Was ist das?«

»Nichts Besonderes.« Er lächelte entschuldigend, während er Oswald, wie unbeabsichtigt, das Foto zur Begutachtung hinhielt. »Nur«, er seufzte, »eine reizende junge Dame aus Finnland. Von einer natürlichen Schönheit, Sie wissen schon ... Ganz erstaunlich.«

»Zeigen Sie mal.«

Lombardis Miene spiegelte seine Verwirrung wider. »Oh, das tut mir sehr leid, Mr. Plevy, aber sie ist schon vergeben. Sie hat es auf den Präsidenten von Brasilien abgesehen, und ich ...«

»Das Foto!«

»Aber ...«

»Das Foto!«

Verängstigt reichte Lombardi es ihm. Sein Kunde ließ überhaupt nicht locker. Oswald betrachtete das Foto der jungen Frau – ihre Schönheit, ihre strahlenden achatblauen Augen, wie von Gott erschaffen.

»Besorgen Sie sie mir.«

»Das ist nicht möglich«, stammelte Signor Lombardi. »Verstehen Sie doch, sie ist etwas ganz Besonderes. Nicht so wie die anderen ...«

»Besorgen Sie sie mir!«

»Das kann ich nicht.«

Oswald rührte sich in seinem Liegestuhl. Hatte er da gerade einen Satz gehört, der in seinem Beisein bislang noch nie geäußert worden war?

»Ich will sie haben.«

»Ich …«

»Ich *will* sie haben!«

Lombardi hielt inne. Er tat völlig konsterniert. Schließlich krächzte er heiser: »Nun gut. Ich werde es versuchen.«

Darauf erhob er sich sofort von seinem Stuhl und eilte mit raschen Schritten davon. Nachdem er mehrere Verbindungstüren durchschritten hatte und in der Hotelhalle ankam, wäre er vor Erschöpfung fast zusammengebrochen. Schließlich schaffte er es aber doch noch bis in die Bar.

Während er an seinem Mineralwasser nippte, beglückwünschte er sich zu seinem Erfolg.

14

Das Herz hat seine eigenen Gründe, die der Verstand nicht begreift; dies ist uns auf unzählige Weisen bekannt.
Blaise Pascal

Tod.
Pia saß im unaufgeräumten Wohnzimmer ihres Apartments in San Francisco und machte sich nicht einmal die Mühe, die Vorhänge zurückzuziehen. In den letzten Tagen hatte sie das kein einziges Mal getan. Was gab es da draußen schon zu sehen? Eine scheußliche, anscheinend vom eigenen Schöpfer verlassene Welt. Inmitten der Freude schlug die Tragödie zu. Warum war ihre Freundin Melanie umgekommen, sie selbst dagegen verschont geblieben? Wieso hatte der Terrorist in der letzten Sekunde seines Lebens absichtlich daneben gezielt und ihr das Leben geschenkt? Leicht alkoholisiert grübelte Pia über dieses Rätsel und das Mysterium der menschlichen Existenz nach. Hätte der Terrorist doch nur gewusst, wie unglücklich sie war, und dass sie dem Tod, hätte er sie gerufen, bereitwillig gefolgt wäre. Hätte er doch nur gewusst, wie sehr sie von dem Gefühl des Versagens und der Selbstverachtung durchdrungen war. Und wenn er es gewusst hätte, hätte er sie dann verschont? Oder hätte er sie, in einem Akt menschlicher Barmherzigkeit, mitgenommen auf seinen letzten Weg – in den Tod?
Stille.
Merkwürdig, wie Stille sich ausbreiten konnte. Sie hatte Pia in

Finnland umgeben, und jetzt hatte sie, wie eine ansteckende Krankheit, die große Entfernung überbrückt und hockte neben ihr, in ihrer Wohnung in San Francisco. Stille war etwas Seltsames. Sie war keine Anwesenheit, kein Bettgefährte, den man packen, an den man sich klammern konnte. Sondern eine Abwesenheit, das Nichtvorhandensein von Geräuschen, von Gelächter, von zwischenmenschlicher Nähe. Sie trieb den Geist fort von allen Zerstreuungen der Außenwelt und zwang den Menschen, über das Eine nachzudenken, über das er nicht nachdenken wollte – das eigene Selbst.

Pia trank noch einen Schluck. Die ersten beiden Tage hatte sie um ihre Freundin geweint. Geweint, weil die üppige, selbstsüchtige, vom Einkaufen und Essen besessene Melanie plötzlich vom Leben abgeschnitten worden war – wie ein Zweig, den eine gefühllose Hand von einem Baum bricht. Doch noch während sie weinte, erkannte Pia das tiefe Selbstmitleid, das sie für sich hegte. Denn Melanie war keine wahre Freundin gewesen. Sie hatte sich an Pia gehängt, um ihre eigenen Unzulänglichkeiten zu verdecken, und hätte sie ohne Bedenken fallen lassen, wenn es die Umstände erfordert hätten. Sie kam Pia vor wie ein Schiff, das im Dunkeln dicht an ihr vorbeigefahren, aber sie nur leicht und kurz berührt hatte.

Pia streckte sich aus und stieß dabei die leere Wodkaflasche auf den hellroten Teppich. Ungeschickt hob sie sie auf. Es war zehn Uhr morgens, und sie war betrunken. Wie sollte es weitergehen? Sie lehnte sich wieder im Sofa zurück und starrte an die Decke, ein leeres Glas auf dem Schoß. Es ging rapide bergab mit ihr, sie war jetzt eine A7-Kreditnehmerin. Es würde ziemlich schwierig werden, auf diesem Niveau einen reichen Freund zu finden; die Männer mussten ihren eigenen Status, ihre Selbstachtung bewahren, sogar bei der Auswahl ihrer Gespielinnen.

Tränen liefen ihr die Wangen hinunter. Sie konnte es einfach nicht mehr ertragen, wie sie lebte.
Stille.
Mit lethargischer Langsamkeit brachte Pia sich in eine Position, aus der sie einen Blick auf den Wandmonitor werfen konnte. Dann hob sie ihr jammervolles Gesicht. Aktiviert durch ihren Augenabdruck, erschien das Bild von Mother, das einzige Wesen, das anscheinend überhaupt noch Notiz von ihr nahm. In ihrem umnebelten Zustand sah sich Pia die 24-Stunden-Nachrichten an.

»Eine fünfzigjährige Französin hat nach einer misslungenen Gebärmutterverpflanzung Schadensersatzklage eingereicht. Ihr wurde versehentlich statt der Gebärmutter einer Europäerin die einer einundzwanzigjährigen Thailänderin implantiert. Die A2-Kreditnehmerin verweist auf Schmerzen, Unwohlsein und Nervenschock und behauptet, sie sei nicht nur über das Operationsverfahren, sondern auch über die ästhetischen Auswirkungen der Implantation einer schmaleren Gebärmutter, zumal einer aus einer anderen ethnischen Kultur, falsch beraten worden.«

»Mother.«

»Einen weiteren Meilenstein ihrer Geschichte hat Mother heute mit der Aufnahme von über sechsundneunzig Prozent der Bevölkerung Argentiniens in ihre Datenbank erreicht. Dies ist prozentual die höchste Registrierungsquote in ganz Lateinamerika. Allerdings …«

»Terroristen.«

»Gestern hat die russische Regierung eine Verordnung erlassen, die die Zwangsregistrierung aller Staatsbürger vorsieht …«

»Gespielinnen.«

»Der Gesamt-Amerikanische Kongress erörtert derzeit, ob die Einwanderungsvorschriften bezüglich der Zulassung ausländischer Gespielinnen verschärft werden sollen. Der Senator für Kanada bekräftigte, dass die derzeitigen Bestimmungen Schlupflöcher enthielten, die einer großen Anzahl von Prostituierten die Einreise ins Land ermöglichten …«

»Religion.«

»Der Vorsitzende von WorldChurches weilt auf Einladung der Geschäftsführung des Globalcom TotalHousing in Paris. Unter anderem wurde über die Frage der Verwendung von Kircheneigentum in Europa gesprochen, mit dem Ziel, neue Möglichkeiten zur Errichtung von Einkaufszentren, Zweitwohnungen und Single-Studios zu erschließen. Beide Seiten haben die Gespräche als ›positiv und konstruktiv‹ bezeichnet.«

Genug. Pia schaltete den Monitor aus und begab sich langsam ins Bad. Sie öffnete ein Stahlschränkchen und nahm eine Schere heraus. Einen Augenblick lang verspürte sie einen fast unwiderstehlichen Drang, sich die Schere ins Gesicht zu stoßen. Schließlich legte sie sie ins Waschbecken. Dann griff sie nach einem Tablettenfläschchen. Mit zitternden Händen begann sie, mehrere Pillen in die Handfläche zu schütten.

Sie hatte den Glauben an diese Welt verloren, die sie nur noch abstieß. Heute war sie eine A7-Kreditnehmerin; morgen sank sie vielleicht noch tiefer und saß auf der Straße. Außerdem würde der Vorsitzende des Rates sie nicht einstellen, um mit dem reichsten Mann der Welt auszugehen. Dafür musste man mindestens eine A3-Kreditnehmerin sein. Sie war alldem nicht gewachsen. Lars Pedersen hatte gelogen, er hatte sie umgarnt und benutzt – wie alle anderen auch.

Pia besah sich im Spiegel, während sie die Hand mit den Pillen zum Mund führte. Die Person, die ihr entgegenblickte, war jung und schön, hatte einen hellen Teint und honigfarbene Lippen. Aber ihre natürliche Anmut war ohne Wert, denn die Augen straften diese körperlichen Vorzüge Lügen. Es waren die Augen eines sehr zerbrechlichen Menschen – einer Frau, der klar geworden war, dass sie eine Lüge gelebt hatte, und die nun dafür bestraft wurde. Aber Scheitern und Verzweifeln gehörten anscheinend zusammen; ein Messer, das sich tief in die Seele bohrte. Ihr Verfallsdatum war überschritten.

Es gelang ihr, eine Handvoll Pillen zu schlucken, auch wenn sie ein paar Mal würgen musste. Nach dieser Anstrengung hielt sie kurz inne, um Luft zu holen. Dann schob sie die zweite Handvoll in den Mund.

Zwei Minuten später fiel das Pillenfläschchen klirrend auf den Badezimmerboden. Kurz darauf folgte der dumpfe Aufprall eines menschlichen Körpers.

15

Das Universum erscheint mir wie ein riesiger, unerbittlicher Garten der Qualen … Leidenschaften, Gier, Hass und Lügen … sind seine scheußlichen Blumen und seine grässlichen Werkzeuge ewigen menschlichen Leids.
Octave Mirbeau

Sie saßen rings um einen ovalen Tisch. Draußen regnete es in Strömen, aber niemand nahm davon Notiz. Das britische Kabinett war zu einer Krisensitzung in der Downing Street zusammengekommen. Nur ein Punkt stand auf der Tagesordnung.

»Wir müssen das Kriegsrecht ausrufen.«

»Nein.«

»Wir müssen es!«

Mit grimmigem Gesichtsausdruck betrachtete der britische Premierminister James Reedon die versammelten Kabinettsmitglieder. Nach und nach kam alles ans Licht, genauso wie Lars Pedersen es vorausgesagt hatte. Aber man musste noch weitere Verschwörer identifizieren, und die Zeit drängte. Er hob die Hand, um die zornig anschwellenden Stimmen zum Schweigen zu bringen.

»Der Verteidigungsminister hat das Wort.«

Unter dem Gemurmel der anderen begann der Minister mit seinem Vortrag: »Die Aktionswoche gegen Mother ist soeben zu Ende gegangen. Diesem Land sind dadurch enorme Kosten entstanden. In den meisten Städten ist es zu Krawallen gekommen, mit schätzungsweise drei Milliarden Global Sachschaden und über 250 Toten. Unsere Polizeikräfte wurden bis zum Äußersten gefordert. Die Berichte der Armee und der Geheimdienste deuten darauf hin, dass von terroristischen Organisatoren noch eine weitere Aktionswoche geplant ist.«

»Aber Sie sind dafür, das Kriegsrecht auszurufen?«, meldete sich jemand zu Wort.

»Ja. Das wird uns nämlich in die Lage versetzen, eine Reihe von Schutzmaßnahmen zu ergreifen, wie zum Beispiel die Festnahme mutmaßlicher Demonstranten, die Aufhebung verschiedener gesetzlich verankerter Rechte, Leibesvisitationen auf der Straße …«

»Warum erschießen wir die Leute nicht gleich auf der Stelle«, rief eine Frau mit schneidender Stimme.

Die Debatte artete erneut in gegenseitige Beschuldigungen und Gezänk aus. Reedon strich sich durch das weiße Haar. Sein Kabinett war genauso gespalten wie das Land. Damit hatte er gerechnet. Wenn man das Kriegsrecht ausriefe, wäre ein weiteres Bollwerk der Demokratie gefallen. Er bat abermals um Ruhe. Dann wandte er sich seinem engsten Verbündeten im Kabinett zu. »Anthony?«

Der Außenminister schenkte seinen Zuhörern ein Lächeln. Er war mit allen befreundet. Er kannte ihre Gedanken fast besser als sie selbst.

»Wir haben vom stellvertretenden Vorsitzenden von Mother, Doug Sullivan, einen Bericht erhalten. Die Lage ist folgende: Nach den Demonstrationen der letzten Woche haben zwanzig Staaten das Kriegsrecht ausgerufen, acht weitere haben den Rat von Mother davon unterrichtet, dass sie in naher Zukunft diesem Beispiel folgen werden.«

Er begann, die Liste zu verlesen. Seine Zuhörer lauschten still und respektvoll. Er war eine beeindruckende Persönlichkeit, der Busenfreund des Premiers, ein überaus geschickter Politiker, der Liebling der Kameras, der die Stimmung im Land einzufangen vermochte wie kein anderer. Er war der Mann der Zukunft. Sie wussten es – und er vermutlich auch.

»So sieht es aus.« Stone hatte geendet und zog leicht an der Manschette seines Maßhemdes. Alles, was er tat, unterstützte kalkuliert sein Image eines vielseitigen Politikers. Der Teint eines älteren (und blonden) John F. Kennedy, straff, aber jugendlich. Die Kleidung modern und teuer, ohne extravagant zu sein. Der Gesichtsausdruck aufrichtig und nachdenklich, doch imstande, jählings ein sympathisches Lächeln zu zeigen. Die Art zu reden gewichtig, präzise, mit oberflächlichem Tiefgang. Stone arbeitete schon seit Jahren an seinem Bild. Er wusste genau, wie er auftreten musste, um die Erwartungen anderer zu erfüllen. Darin war er seinen Politikerfreunden um Längen voraus, denn er hatte die Alchemie der Macht gründlich studiert und perfektioniert. Er besaß das Gesicht der Zukunft, für die Gesellschaft der Zukunft.

»Danke.« Die bleiche Gesichtsfarbe des Premiers spiegelte den großen Druck wider, unter dem er stand. »Die Entscheidung, die wir heute fällen müssen, ist von größter Bedeutung. Seit fast hundert Jahren wurde in diesem Land nicht mehr das Kriegsrecht ausgerufen. Wenn wir dies tun, wird das ungeheure Auswirkungen auf die Bürgerrechte sowie die Reisefreiheit haben. Viele Länder werden vermutlich unserem Beispiel folgen.« Reedon hielt kurz inne. »Wir sollten in dieser Frage abstimmen. Ich werde als Erster meine Stimme abgeben.«

Seine Erklärung löste bei den Kabinettsmitgliedern verblüfftes Gemurmel aus. Sie erwarteten, dass man ihnen weitere Rede-

zeit einräumen und der Premierminister zuletzt seine Meinung abgeben würde, so wie es üblich war.
Aber Reedon war klar, wie das Ergebnis ausfallen musste, wenn er dies zuließ. Es war an der Zeit, seine Autorität als Regierungschef geltend zu machen und festzustellen, wer noch auf seiner Seite stand. Entschlossen sagte er: »Ich stimme mit Nein. Ich bin kategorisch gegen die Einführung des Kriegsrechts zum jetzigen Zeitpunkt.« Sofort wandte er sich nach rechts. »Anthony?«
Schweigen.
Ausnahmsweise hatte er den Außenminister auf dem falschen Fuß erwischt. Ein Ausdruck der Verärgerung huschte über sein Gesicht. Doch ebenso rasch hatte er die Fassung wiedergewonnen. »Ich stimme dem Premierminister zu.« Stone legte die Stirn in Falten. »Wir sollten das Kriegsrecht nicht ausrufen. Noch nicht.«
Reedon beobachtete jeden am Tisch bei seiner Stimmabgabe. Als sich das Abstimmungsergebnis abzeichnete, seufzten alle in der Runde erleichtert auf. Der Premierminister hatte mit zwei Stimmen Vorsprung gewonnen.
»Hiermit ist die Krisensitzung des Kabinetts geschlossen«, erklärte Reedon. Einer nach dem anderen erhoben sich die Minister von ihren Stühlen und verließen den Raum. Sie wussten, dass ein bedeutender Beschluss verschoben worden war. Allerdings war auch allen klar, dass er nicht endlos hinausgezögert werden konnte. Denn noch etwas war deutlich geworden. Die Autorität des Premiers in seinem Kabinett schwand, und zwar rapide.
»Wir sehen uns später, James.« Anthony Stone lächelte verbindlich. Er verließ den Kabinettssaal nach dem Verteidigungsminister. Kaum war er draußen, wandelte sich sein Gesichtsaus-

druck. Er war vorübergehend ausmanövriert worden. Das würde ihm nicht noch einmal passieren.
Nachdem alle gegangen waren, blieb Reedon, tief in Gedanken versunken, allein an dem großen ovalen Tisch sitzen. Doch er dachte nicht über den Beschluss nach, den das Kabinett soeben gefällt hatte. Vielmehr fragte er sich, wie viele Personen in dieser Runde ein Attentat gegen ihn planten. Und wenn sie ihn umbrächten, was würde dann aus seiner Frau und seiner Tochter? Susan wollte morgen mit Natalie nach Österreich in den Skiurlaub fliegen. Sollte er sie davon abhalten? Eigentlich gab es dafür keinen Anlass.
Reedon seufzte und betätigte einen Knopf zu seiner Rechten. Aus der Platte des ovalen Konferenztischs schob sich ein Monitor herauf. Mit einem Blick aktivierte Reedon ihn. Als seine persönliche Datei erschien, gab er mit Hilfe der unten am Monitor angebrachten Tastatur einen Geheimcode ein, der ihm Zugang zur Datei von Lars Pedersen verschaffte. Nur Staats- und Regierungschefs verfügten über diese Form von direktem Kontakt mit dem Vorsitzenden von Mother. Und niemand sonst konnte ihre Nachrichten lesen. Reedon hoffte, dass dies nach wie vor der Fall war. Trotzdem war er vorsichtig bei dem, was er schrieb. Er tippte.
»Mit knapper Mehrheit hat das Kabinett beschlossen, das Kriegsrecht nicht auszurufen. Mein Einfluss lässt jedoch rapide nach. Ich schlage vor, eine Sitzung des Rates einzuberufen.«
Dann lehnte er sich zurück und wartete. Da er seiner Nachricht die höchste Prioritätsstufe – absolute Dringlichkeit – verliehen hatte, konnte er damit rechnen, dass Pedersen umgehend antwortete. Wenige Minuten später kam die Antwort.
»Halten Sie durch, solange Sie können.«
Der Premierminister tippte: »Noch weitere Personen?«

Eine lange Pause entstand, als ob es dem Empfänger widerstrebte, etwas schriftlich zu fixieren. Als die Antwort eintraf, las Reedon sie starr vor Entsetzen.

»Ihr Verteidigungsminister und noch ein anderer.«

Die Verschwörer kamen immer näher.

16

Das Schicksal vereint alle, und wenn sie Tausend Meilen voneinander getrennt sind; aber ohne das Schicksal werden sie einander verfehlen, auch wenn sie sich von Angesicht zu Angesicht gegenüberstehen.
Chinesisches Sprichwort

Pia lag auf dem Boden ihres Badezimmers.

In ihrem relativ kurzen Leben hatte sie nie darüber nachgedacht, was es für ein Gefühl wäre, zu sterben. Und jetzt, in den kurzen Phasen, in denen sie bei Bewusstsein war, erlebte sie es. Mal nahm sie ihre Umgebung verschwommen wahr und übergab sich heftig, der zusammengekrümmte Körper eine einzige schmerzende Fleischmasse. Dann wieder stand sie außerhalb ihrer selbst, jenseits allen körperlichen Leidens, fühlte nur noch eine überwältigende Traurigkeit, die der Einsicht entsprang, dass sie ihre Fehler und Schwächen nicht hatte überwinden können, und diese schließlich die Oberhand gewonnen hatten. Die Stunden verstrichen. Sie glitt ins Koma. Jedes Mal, wenn sie vorübergehend wieder zu sich kam, plagten sie unerträgliche Schmerzen in Kopf und Magen. Aber sie konnte nichts dagegen tun. Sie lag auf dem blau gefliesten Fußboden, außerstande aufzustehen, außerstande zu schreien, außerstande sogar, sich auszustrecken. Ihre Körperfunktionen versagten, Darm und Blase entleerten sich. Nur hin und wieder trat eine Träne aus ihren Augen.

Stille.
In dieser Stille, und während der Tod nahte, erforschte Pia endlich die verborgenen Winkel ihres Selbst. Denn in der Stille – in der Stille ihres eigenen Herzens – lag die Wahrheit. Und diese Wahrheit übermittelte ihr etwas Seltsames: dass die Dinge nicht so sein *mussten*, wie sie waren. Dass ihr Leben doch einen Sinn hatte, dass sie selbst entscheiden konnte, ob sie ihm ein Ziel geben oder aber es fortwerfen wollte, so dass es von den Winden der Ewigkeit in alle Himmelsrichtungen zerstreut wurde. Sie klammerte sich an den Rand einer Klippe.
»Pia.«
Eine Stimme drang wie ein fernes Echo aus einem undurchdringlichen Nebel zu ihr.
»Pia!«
Jählings fühlte sie wieder ihren Körper, einen übel riechenden Haufen aus Erbrochenem, Exkrementen und erstarrten Gliedern. Als Nächstes wurde sie gewahr, dass ihr jemand gewaltsam die Kleidung vom Leib riss.
»Aufwachen. Wachen Sie auf!«
Der auf Finnisch erteilte Befehl ließ keine Widerrede zu. Begleitet wurde er von einem kräftigen Klaps auf ihre Wange. Dann noch einem und noch einem. Sie stöhnte und erbrach sich, dann wurde sie ohnmächtig. Äonen später kam es ihr vor, als fühlte sie etwas Neues, Angenehmes – etwas Warmes. Es war die herrliche Wärme von Wasser, in dem sie ausgestreckt lag, während ein Arm ihren Nacken stützte, als wolle er sie beschützen. Dann umhüllte sie wieder das Dunkel.
»Trinken Sie das hier. Legen Sie sich hin. Bewegen Sie Arme und Beine.«
Die Anweisungen erfolgten in Abständen, manchmal tagsüber, dann wieder nachts. Während Pia so dalag, halb noch in dieser

Welt, halb schon in der nächsten, wurde sie ununterbrochen von Ängsten und Befürchtungen, den Bewohnern ihrer selbst erzeugten Hölle, heimgesucht. Was hatten Pedersen und seine Leute mit ihr vor? Handelte es sich um kriminelle Elemente, die sie hinters Licht führen und ihr dann alles entreißen wollten, was sie besaß, ihre Organe eingeschlossen? Waren es Terroristen, die von ihr verlangten, andere niederzumetzeln, um bestimmte Quoten zu erfüllen? Gehörten sie dem Militär oder den Geheimdiensten an, die sie zu ihren ruchlosen Zwecken benutzen und dann fallen lassen wollten? Konnte sie Pedersen trauen, einem Mann auf dem höchsten Gipfel der Macht? Woher kannte er ihren Vater und Arvi?
Pia durchforschte jeden Winkel ihres Seins, aber ihre Seele fand keinen Frieden. Das irdische Leben kam ihr vor wie ein monströses Gefängnis aus Gier, Unterdrückung, Missbrauch und Grausamkeit. Eine Hälfte ihres Selbst drängte zum Tode, die andere zum Leben. Was war das größere Übel? Vor dem Hintergrund dieser bodenlosen Verzweiflung vernahm sie von Zeit zu Zeit die Stimme eines Mannes, der sie aufforderte zu leben, während er sich um ihren Körper kümmerte, der ihrem Willen überhaupt nicht mehr gehorchte. Schließlich kam Pia wieder zu sich. Sie lag nackt in ihrem Bett, alles tat ihr weh, aber sie war gewaschen und sauber. Ein Mann saß neben ihr auf der Bettdecke. Sie sah sein Gesicht in der abendlichen Dämmerung.
»Sie sollten noch ein wenig schlafen.«
»Wie viele Tage?«, ächzte sie.
»Vier«, antwortete Esko. »Vier Tage haben Sie sich in diesem Zustand befunden.« Er strich ihr über das verletzte Gesicht und wischte eine Träne fort. »Pia, Sie wären fast gestorben.«
Sie nickte kurz, dann betrachtete sie den Mann. Er hatte sie gerettet. Schließlich schloss sie die Augen. Ringsum war alles still,

aber sie hatte keine Angst mehr vor der Stille. Denn tief in ihrem Herzen machte sie die seltsame Entdeckung, *dass die Wahrheit allein in der Stille liegt*. Und tief auf dem Grund des Brunnens der Wahrheit fand sich nur eines: Liebe. Sie hatte wiedergefunden, was sie einst verloren hatte. Ein kleiner Funken Hoffnung war zu ihr zurückgekehrt.

* * *

»Wieso haben Sie das gewusst?«

»Ich habe es nicht gewusst«, antwortete Esko. »Lars Pedersen hat mich hergeschickt. Ich hatte versucht, Kontakt mit Ihnen aufzunehmen, aber Sie haben nicht geantwortet.«

Sie blickte in sein Gesicht, registrierte die tiefe Narbe auf der Stirn und die etwas schiefe Nase. Seine Makel. Aber war ihre Wahrnehmung richtig? Oder handelte es sich um ein ganz normales Gesicht in einer zunehmend anormalen Welt? »Wie sind Sie in meine Wohnung gekommen?«

»Mother hat es mir erlaubt.« Er entspannte sich neben ihr auf dem Bett; die leidvollen Umstände hatten sie zusammengeschmiedet. »Ich habe Zugang zu den persönlichen Dateien und bin befugt, Anweisungen außer Kraft zu setzen.«

»Haben Sie mir aus diesem Grund im Flugzeug die Einsicht in Ihre persönliche Datei verweigert?«

Esko nickte. »Ja. Mother schützt uns. Sie entwirft Identitäten für uns und versteckt uns, wenn nötig. Lars Pedersen als der Vorsitzende verfügt über diese Befugnis. Sämtliche Dateien stehen ihm offen. Mother arbeitet mit ihm zusammen.«

Pia setzte sich auf und strich sich durch das blonde Haar, das er ihr gewaschen und geföhnt hatte. Sie fühlte sich noch immer schwach und hilflos. »Wie viele Assistenten gibt es?«

»Sehr wenige«, antwortete Esko, der plötzlich nicht mehr ganz so zuversichtlich wirkte. »Alle von uns sind Finnen, denn Lars vertraut niemandem sonst. Früher waren wir eine große Gruppe. Arvi gehörte dazu. Aber wir werden nach und nach ausgeschaltet.«

»Ausgeschaltet? Durch wen?«

»Ich werde versuchen, es Ihnen zu erklären …« Er wollte es kurz machen, denn er musste nach Finnland zurückfliegen. Er hielt sich schon zu lange hier auf, und Pedersen hatte ihn gebeten, sobald wie möglich zurückzukehren.

»Warten Sie!« Pia packte ihn am Arm, blickte in sein wenig attraktives Gesicht. »Esko, ich habe so viele Fragen. Sie müssen mir helfen«, flehte sie. »Ich begreife überhaupt nichts. Wann hat Pedersen meinen Vater kennen gelernt?«

»Vor langer Zeit, als Sie noch klein waren. Die beiden haben sich im Blockhaus Ihres Vaters getroffen. Lars Pedersen war im Urlaub. Er suchte jemanden.«

»Jemanden, der mit Mother zu tun hatte?«

»Ja.«

»Hat er mir wirklich den Teddy geschenkt?«

»Ja. Erinnern Sie sich nicht mehr?«, fragte Esko belustigt.

»Nein.« Sie durchstöberte ihre Erinnerungen, aber vergebens. »Warum wurde Arvi ermordet?«

»Weil er herausgefunden hatte, dass gewisse Leute drauf und dran waren, Mothers geheimste Codes zu entschlüsseln: diejenigen, die die Staatsoberhäupter zur Verständigung untereinander benutzen. Auch solche, die uns schützen. Arvi wurde umgebracht, um zu verhindern, dass Lars Pedersen davon erfährt, aber mir konnte er die Botschaft noch zukommen lassen.«

»Ihnen?«

»Ich war der letzte Mensch, der ihn lebend sah«, sagte Esko wehmütig. »Sie haben ihm sehr viel bedeutet, Pia. Er hat Sie geliebt. Er hat mir viel von Ihnen erzählt.«

»Wie ist er gestorben?«

Er schüttelte bekümmert den Kopf. »Fragen Sie nicht, es würde Ihnen nur sehr wehtun.«

»Aber warum hat er mich nie in San Francisco besucht?«

»Wegen seines Jobs und wegen seines Arbeitgebers.«

Stille.

Pia hätte ihrem Retter gern einige persönliche Fragen gestellt, zum Beispiel: »Haben Sie eine Frau oder eine Freundin? Wie haben Sie sich die Narbe zugezogen? Haben Sie schon einmal einen Menschen getötet?« Aber sie fürchtete sich zu sehr vor den Antworten.

Esko hatte sich inzwischen vom Bett erhoben. »Als Sie Lars Pedersen trafen, hat er Sie gebeten, ihm zu helfen. Wären Sie immer noch dazu bereit, Pia?«

Sie nickte. Sie war den Leuten um Pedersen einen Gefallen schuldig.

»In zwei Wochen werden Sie nach Florida fliegen. Dort werden Sie dem reichsten Mann der Welt vorgestellt.«

»Wer ist das?«

»Der Schöpfer von Mother, Oswald Plevy.«

Obwohl sie geschwächt war, beugte sie sich vor. »Aber das ist unmöglich! Er lebt doch völlig zurückgezogen. Niemand weiß, wo.«

»Pedersen weiß es. Nichts ist unmöglich. Sie werden Plevy kennen lernen. Aber Sie dürfen ihm weder etwas von mir noch von Pedersen erzählen.«

»Aber Plevy ist unheimlich berühmt ... er ist ... ich dagegen bin nur ein Niemand ... vielleicht gefalle ich ihm gar nicht.« Pia breitete lächelnd die Hände aus. Das Ganze war zu absurd.

»Sie werden ihm bestimmt gefallen. Oswald Plevy mag Schauspielerinnen, vor allem, wenn sie bildhübsch sind.«
»Darum haben Sie mich ausgesucht?«
»Unter anderem.«
»Als Gespielin?«, rief sie niedergeschlagen.
»Das habe ich nicht gesagt.«
Sie schwieg. Jetzt war ihr klar, warum man sie ausgewählt hatte. Nun, immerhin waren sie bei ihr an der richtigen Adresse. Bereitwillig fuhr sie fort: »Ich soll Plevy ausspionieren und euch verraten, wer ihn besucht?«
»Wenn eine gewisse Person ihn besucht, das ist alles. Pia, Sie *müssen* das nicht tun. Die Entscheidung liegt bei Ihnen. Und Oswald Plevy ist kein angenehmer Mensch.«
»Inwiefern?«
»Er ist ganz anders als das öffentliche Bild, das Mother von ihm zeichnet. Er hat Alkohol- und Drogenprobleme. Er ist extrem egozentrisch und arrogant. Und er vertraut niemandem.«
»Das ist gar nichts«, sagte Pia mitleidlos. Welcher reiche Freund, mit dem sie zusammen gewesen war, hatte diese Probleme nicht gehabt? Das gehörte alles zu ihrem Job. »Damit werde ich schon fertig.«
»Wirklich?«
Sie schaffte es einfach nicht, den Blick von seinen graublauen Augen abzuwenden, und empfand auf einmal einen Hauch von Freude. Esko war ihr zugetan, das spürte sie. Oder bildete sie sich das nur ein? Vielleicht gab es ja eine Freundin, die ihn liebte? »Aber ich kann Plevy nicht treffen. Ich habe nur ein A7-Rating. Ich werde niemals Zutritt zu seinem Wohnort bekommen.«
»Wir haben das alles bereits geregelt«, antwortete Esko. »Sie müssen nur eines tun: uns absolut vertrauen, denn wir setzen unser ganzes Vertrauen in Sie.«

»Aber warum?« Sie war perplex. »Sie wollen Oswald Plevy doch nicht umbringen, oder?«
Er schüttelte den Kopf. »Nein.«
»Aber warum brauchen Sie dann meine Hilfe? Weshalb setzt sich Pedersen nicht einfach mit Plevy in Verbindung? Er ist doch der Vorsitzende des Rates, der wichtigste Mann der Welt.«
Jetzt kamen sie zum Kern der Sache. Esko blieb abrupt stehen. »Das ist eine sehr gute Frage, Pia. Ich werde Ihnen die Antwort verraten: weil wir langsam die Kontrolle über das System verlieren.«
»Wir? Die Kontrolle verlieren?« Pia erschrak. »Über was verlieren Sie die Kontrolle? Was meinen Sie damit?«
»Wir, Lars Pedersen und diejenigen im Rat, die ihn unterstützen, verlieren die Kontrolle über Mother.«
»Verlieren ...« Ihre Augen weiteten sich, als ihr aufging, was er da gesagt hatte. »Aber das kann nicht wahr sein.«
»Ich fürchte doch, Pia. Das Militär und die Globalcoms übernehmen die Macht, verstehen Sie? Die Demokratie wird abgeschafft.«
»Aber ...«, erwiderte sie. »Warum tut dieser alte Mann, Pedersen, denn nichts, warum unternimmt er nichts dagegen? Er ist schließlich doch der Leiter von all dem, oder?«
»Pia, er tut, was er kann. Aber er braucht Ihre Hilfe.«
»Ich ... ich kann doch gar nichts machen. Ich bin nur ein Niemand.« Eine große Welle der Angst und der Unentschlossenheit schlug über ihr zusammen. Sie war wieder genauso verängstigt wie zuvor.
»Pia, genau deshalb brauchen wir Sie.«
»Ich verstehe das alles immer noch nicht.« Ihre Hände fuhren in die Höhe. »Ich begreife einfach nicht, was Sie damit sagen wollen.«

»Das ist mir klar. Aber Sie müssen uns vertrauen.« Esko ergriff ihre Hand. Er verstand, wie verletzlich sie in dieser erbarmungslosen Welt war. »Vertrauen Sie uns einfach, dann werden Sie erfolgreicher sein, als Sie es sich in Ihren kühnsten Träumen vorstellen können.«

17

Macht über jemanden zu bekommen,
heißt ihn zu beschmutzen.
Zu besitzen heißt zu beschmutzen.
Simone Weil

Hier entlang bitte«, ertönte die Stimme eines Bediensteten. Vor lauter Aufregung hatte Pia vergessen, einen Blick aus der Limousine zu werfen. Sie waren am Eingang des *Marybelle*-Parks angekommen, der schönsten geschützten Zone der Welt. Sie lag unweit der Südspitze Floridas und umfasste den größten Teil der Everglades.

»Vielen Dank, Madam.« Noch ein Angestellter verbeugte sich vor dem einzigen Fahrgast, nachdem er seine Personendaten überprüft hatte. »Wir wünschen Ihnen einen angenehmen Aufenthalt.«

Hinter den Bediensteten, am prunkvollen Eingangstor, standen bewaffnete Sicherheitsleute. Weitere hielten sich außer Sichtweite versteckt. Angesichts der Demonstrationen in letzter Zeit und der Furcht vor terroristischen Aktivitäten wollte man keine Risiken eingehen. Es wäre furchtbar, wenn in diese Zone, in der einige der reichsten Menschen der Welt lebten, Unbefugte eindringen würden. Das musste man unter allen Umständen verhindern. Ganz gleich, wie viel Blut auf den makellosen Rasenflächen dort draußen vergossen wurde, die Superreichen mussten ungestört bleiben, damit sie ihre wesentlichen Aufgaben erfüllen konnten, das heißt, zu herrschen und noch mehr Geld zu verdienen.

»Wir erreichen das Hotel *Marybelle* in ungefähr vierzig Minuten, Madam«, sagte der Chauffeur.

Pia nahm die Bemerkung gar nicht wahr, denn sie konnte ihre Blicke und Gedanken nicht von den Sehenswürdigkeiten lösen, die hier vor ihr lagen, während die Limousine in dieses irdische Gegenstück des Gartens Eden einbog. Viele Leute hatten ihr davon erzählt, aber die Wirklichkeit übertraf jede Schilderung bei weitem.

Der *Marybelle*-Park war die luxuriöseste, prächtigste, exklusivste geschützte Zone der Welt. Bei ihrer Erschließung waren weder Kosten noch Mühe gescheut worden. Auf zweihundert Quadratkilometern hatten die berühmtesten Architekten, Ingenieure, Bauunternehmer, Gartenbaukünstler und Stadtplaner aus aller Herren Länder ein wahrhaft atemberaubendes Gelände erschaffen. Als sich diese Anlage nun vor Pia erstreckte, stockte ihr schier der Atem.

Überall Blumen und Bäume, Seen und Wasserfälle. Große Vogelschwärme zogen über freilaufende Tierherden. Die Wirkung war so zauberhaft, als wäre ein Engel mit dem Bauplan des Himmelreichs auf die Erde herabgestiegen. Der Park war das Produkt einiger der fähigsten Köpfe und eines ungeheuren Reichtums, wobei die aufgewandte Summe das Bruttosozialprodukt mancher Staaten übertraf. Sinn und Zweck war es gewesen, ein menschliches Paradies zu schaffen. Dank ausgefeilter technischer Einrichtungen gelang es keinem ungebetenen Gast, die äußere Umzäunung zu überwinden. Hier gab es keine Gewalt, keine Morde, kein Blutvergießen. Hier gab es keine Armut. Alle diese Übel waren verbannt worden. Zwangsläufig waren jedoch andere an ihre Stelle getreten. Vor allem eines: die Gier.

Während die Limousine mit hoher Geschwindigkeit auf der Hauptstraße durch den Park fuhr, blieben Pia die riesigen privaten Gebäude verborgen, die sich am Ende von Seitenstraßen und auf Inseln, natürlichen wie künstlichen, versteckten. Da gab es Villen mit zweihundert und mehr Zimmern, in denen die Dienerschaft, diverse Swimmingpools und Fitnessstudios sowie Ausstellungsräume für grandiose Kunstschätze untergebracht waren. In ihrer Habgier vereint, hatten hier die vierhundert reichsten Menschen der Welt eine Enklave des Wohlstands geschaffen, angesichts derer Kaiser Nero selbst seinen goldenen Palast in Rom mit Verachtung gestraft und gesagt hätte: »Das will ich haben.«

»Atemberaubend, was?«, kommentierte der Chauffeur.

»Ja.« Pia war tief beeindruckt.

»Hier gibt's viel zu sehen«, fuhr der Fahrer leichthin fort. »Der Park beherbergt die weltweit größte Sammlung von Schmetterlingen, Kolibris und Orchideen – was immer man sich nur wünschen kann. Die Leute hier haben alles. Ganz für sich allein.«

»Aber wo kaufen sie ein? Zum Beispiel Essen und Kleidung? Wie es scheint, gibt es hier nur Seen und Wälder.«

Der Chauffeur lachte und machte eine ausholende Armbewegung. »Dort drüben, Richtung Osten, hinter dem Wald. Man kann die Gebäude nur aus der Luft sehen. Dort gibt es Restaurants, Einkaufszentren, alles gut versteckt. Die Leute müssen den Park nie verlassen, wenn sie nicht wollen; es wird alles von außerhalb geliefert.«

Pia schluckte. Sie war durchaus schon mit reichen Leuten zusammen gewesen, aber das hier hatte ein ganz anderes Niveau. Es war ein Quantensprung, der ihr Angst machte. Nie hätte sie sich träumen lassen, dass es Menschen gab, die in solchem

Überfluss lebten; ebenso wenig wie die meisten ihrer Mitmenschen, denn Mother erwähnte den *Marybelle*-Park niemals. Die märchenhaft Reichen wachten über ihre Privatsphäre ebenso streng wie über ihren Reichtum.

»Aber warten Sie, bis Sie das Hotel *Marybelle* gesehen haben; ein wahres Schmuckstück. Dort dürfen nur First-Class-Kreditnehmer absteigen – und ihre Gespielinnen.« Letztere erwähnte er ganz unbefangen, weil offensichtlich war, welchem Beruf diese Dame nachging. Sie war ein Spielzeug der Reichen, genauso wie er deren Sklave.

Sie fuhren durch die laue Nachmittagsluft, während die wunderschöne Landschaft Kilometer um Kilometer an ihnen vorbeizog. Pia schlief ein.

»Wir nähern uns jetzt dem Hotel, Madam.«

Sie schreckte hoch und schlug erstaunt die Hände vor den Mund.

Die Krone aller Hotels der Welt, das *Marybelle*, glich im Baustil dem viktorianischen Landsitz eines englischen Aristokraten, wenn auch ins Gigantische gesteigert. Mit seiner weiß getünchten Fassade und der hufeisenförmigen Anlage kopierte es sämtliche architektonischen Merkmale einer historischen Epoche, die hundertfünfzig Jahre zurücklag: Erkerfenster, Kieswege, Gaslaternen, Springbrunnen, Gartenpavillons und Kräutergärten, in denen Gärtner mit hölzernen Schubkarren umhergingen. Pia hatte einen Schritt in die Vergangenheit getan, in ein anderes Zeitalter.

»Ist das alles echt?«, platzte sie heraus.

Der Chauffeur lachte. »So echt, wie sich das mit viel Geld machen lässt.«

Einen Augenblick später wurde der Schlag der Limousine von einem Diener in der Livree eines viktorianischen Dienstmannes geöffnet. Weitere Diener eilten herbei, um Pias Gepäck aus dem Wagen zu holen. Ihnen war klar, wer sie war, und sie wussten auch, zu wem sie gebracht werden sollte – zu ihrem berühmtesten, exzentrischsten Gast.

»Willkommen im Hotel *Marybelle*«, riefen die Bediensteten im Chor und verbeugten sich ehrerbietig, während Pia die breite Treppe zum Eingang hinaufschritt.

»Willkommen im Hotel *Marybelle*«, wiederholten die stellvertretenden Direktoren den Gruß, als sie durch eine Eichentür mit erlesenen Buntglas-Intarsien trat.

»Willkommen, willkommen«, klang es im Chor. Schließlich stand sie unter dem riesigen Lüster einer Hotelhalle, die vor Marmor, vergoldeten Flächen, Gemälden und Blumen nur so strotzte. Nun war es an Henri, dem Hoteldirektor, sie zu begrüßen. »Willkommen im Hotel *Marybelle*, Madam.«

Pia sah ihn an wie im Traum. Henri war mittelgroß, Ende fünfzig, hatte weißes Haar und lächelte sie auf sanfte, freundliche Art an. Er trug die makellose Kluft eines viktorianischen Majordomus, einschließlich der Taschenuhr am Band, und reichte Pia die Hand. Er wusste, wer sie war, aber er behandelte alle Menschen gleich – abgesehen von Oswald Plevy, der sozusagen ein Wesen von einem anderen Stern war. »Gestatten Sie mir, Sie auf Ihr Zimmer zu bringen. Wenn Sie mich bitte begleiten wollen.«

Gemeinsam schlenderten sie durch den Empfangsbereich und weiter in den überdachten Innenhof. Pia kam sich vor wie auf einer fantastischen Reise durch alle Sinnesempfindungen. Sie gab sich so gefasst wie möglich, doch insgeheim musste sie zugeben, dass das Ambiente sie schier überwältigte. Überall natürliches Licht, Bäume, Kübelpflanzen, Springbrunnen, Marmorböden, Gärten – sogar ein Hauch von Veilchenduft lag in der Luft. Ein Heer von Bediensteten verneigte sich vor ihr wie ein Kornfeld in einer leichten Brise. Sie hatte das Gefühl, in den Gefilden der Seligen zu wandeln. Es war unglaublich, einfach unglaublich. Kunst und Schauspiel waren eine Verbindung eingegangen und hatten eine neue Wirklichkeit unter dem Diktat des Geldes erschaffen.

Während sie weitergingen, machte Henri sie auf einige besondere Merkmale des Hotels aufmerksam.

Sie blickte ihn von der Seite an. Seine weichen Gesichtszüge wirkten gesund und kräftig. Er zeigte sich respektvoll, aber nicht im Geringsten untertänig; seine freundliche Zuvorkommenheit war die eines Mannes, der einen alten, hochverehrten Freund zu Hause willkommen heißt. Er wusste natürlich, wer sie war, eine billige Gespielin, nichts weiter, aber seine Blicke und sein Benehmen verrieten nichts davon. War das echt oder nur vorgetäuscht? Welche Gedanken verbarg dieses sanfte Gesicht? Wahrscheinlich schauspielerte er nur, genau wie sie. Und das Hotel war bestimmt auch nichts anderes als eine riesige Kulisse, die diese Halbgötter des Reichtums aufgebaut hatten, um ihren Launen und egoistischen Lüsten frönen zu können.

»Hier ist Ihr Apartment, Madam.«

»Apartment« war eine völlig unzureichende Beschreibung dessen, was sich Pias Blicken darbot. Sie betrat eine Flucht von Räumen, die die Größe einer Luxusvilla in Manhattan oder San Francisco hatten. Die beiden schlenderten durch die Eingangstür in einen Flur, dann durch zwei weitläufige Salons, bis sie in einen Innenhof mit großem Garten gelangten. Pia blickte nach oben. Auf der zweiten Ebene befanden sich – mindestens – vier Schlafzimmer, von denen jedes über einen Balkon mit Blick auf den Innenhof verfügte. Das Ganze wirkte wie eine Szene aus Romeo und Julia, und genau das war beabsichtigt.

»Wie viele Gäste haben Sie?«
»Maximal fünfzig gleichzeitig.«
»Verstehe.« Das bedeutete mindestens fünfzehn Diener pro Gast, schätzte Pia.
»Und die Räume?«
»Wir haben sie für Sie ausgesucht.« Henri lächelte. »Wir dachten uns, dass Ihnen vielleicht etwas Italienisches gefallen würde, aber selbstverständlich können wir es in jedem Stil einrichten, den Sie wünschen.«
Ihr gefiel die Suite. Genau eine solche hätte sie sich gewünscht, wenn man sie gefragt hätte. Sie liebte alles, was mit Italien zu tun hatte. »Wenn ich mir nun ein chinesisches Zimmer mit Originalmöbeln aus dem 18. Jahrhundert gewünscht hätte?«
»Dann hätten wir es natürlich nach Ihren Wünschen eingerichtet. Wir sind hier, um Ihnen zu *dienen*.«
Pia lächelte. Sachkundig führte Henri sie durch einen weiteren Anbau in einen von einer Mauer umgebenen Außengarten. Das war das Entscheidende an diesem Luxus – das *Marybelle* konnte alles beschaffen. Es hatte Exklusivverträge mit jenen Globalcoms geschlossen, denen die großen Museen auf der ganzen Welt gehörten. Ganz gleich, was ein Gast sich wünschte – das Hotel konnte es ihm besorgen. Welcher Einrichtungsstil sollte es sein? Ein griechischer, römischer, ägyptischer, russischer, französischer …? Welche Epoche? Welches Land? Für die Reichen gab es keine Grenzen, ihnen würde man zu allem verhelfen. Denn welchen Gelüsten die Gäste auch frönten, man war in der Lage, sie zu befriedigen. Nicht umsonst, natürlich.
In dem ummauerten Garten befand sich ein Swimmingpool. Pia und der Hoteldirektor gingen daran entlang. Schließlich stiegen sie ein paar Stufen hinauf und standen auf einem Bal-

kon. Pia ließ den Blick über einen Wald schweifen. Weit und breit waren keine Menschenseele, keine Gebäude zu sehen. Der Ausblick – seine Tiefe, seine Ruhe – war atemberaubend.

»Ist alles zu Ihrer Zufriedenheit, Madam?«

»Es ist unglaublich! Unfassbar!« Ihre Augen funkelten vor Aufregung und einer gewissen kindlichen Unschuld. Henri freute sich darüber.

»Und Mr. Plevy?«

»Ah.« Er hielt inne, als empfände er Ehrfurcht bei der Erwähnung dieses Namens. »Mr. Plevy wohnt nicht im eigentlichen Hotel. Er hat ein großes Apartment nebst Garten bezogen, das durch einen Anbau mit dem Hotel verbunden ist. Beides befindet sich im Ostflügel.«

Pia drehte sich um. Zehn Diener, männliche wie weibliche, kamen aus ihrer Suite und stellten sich in einer Reihe auf. »Willkommen im Hotel *Marybelle*, Madam.« Pflichtschuldig machten sie einen Knicks oder einen Diener.

»Unsere Mitarbeiter werden sich während Ihres Aufenthalts um Sie kümmern«, fuhr Henri zuvorkommend fort. »Wenn Sie wünschen, können wir Ihnen weiteres Personal zur Verfügung stellen.«

Dann zerstreute sich die Hoteldienerschaft, und Pia und Henri wandten sich wieder der Landschaft zu. »Sollten Sie etwas benötigen, Madam, was es auch sei, brauchen Sie nur zu fragen.« Dann, langsamer: »Mr. Plevy wird heute Abend vermutlich um acht Uhr dinieren. Die genaue Zeit kann sich aber noch ändern. Ich hole Sie dann in Ihrer Suite ab.«

»Vielen Dank …?«

»Henri.«

»Vielen Dank, Henri.«

Er verbeugte sich kurz und ging. Pia lehnte sich mit dem Rücken

gegen die künstlich verwitterte Natursteinbalustrade und dachte: »In was bin ich nur hineingeraten?« Sie blickte auf ihre Hände – sie zitterten. Um ehrlich zu sein, war sie völlig ratlos.
Unterdessen ging Henri die Treppe hinunter. Seine Gedanken kreisten um Pia. Alles bewegte sich auf eine Lösung zu. Das freute ihn sehr.

* * *

»Getränke!«
Es war Abend. Oswald saß in seinem Wintergarten, wie ein gestrandeter Wal. Er hatte am Tag eine halbe Stunde geschwommen und sich dabei fast erkältet, weil das Wasser nicht genau temperiert war. Umfangreiche Tests widersprachen dem allerdings. Wie dem auch sei, das Wasser hatte sich kalt *angefühlt,* und deshalb wurde die Temperatur erhöht. Dann war der eigens für ihn angefertigte Krypton-Lido im Pool zu klein. Er hatte sich darin nicht *wohl gefühlt.* Also wurde ein neuer in Auftrag gegeben.
Später hatte ihm die Masseuse den leicht schmerzenden Nacken nicht sachgemäß massiert, da war er in die Luft gegangen. Und schließlich hatte man für ein Jucken in seiner linken Gesäßhälfte kein entsprechendes Insektenschutzmittel gefunden. Warum schwirrte so ein Getier überhaupt in seiner Nähe herum? Wurde das Hotel nicht dafür bezahlt, es auszumerzen? Warum war das Leben so schwierig? Warum machten alle immer alles falsch, so dass am Ende immer *er* alles wieder in Ordnung bringen musste?
»Wann dürfen wir Ihnen das Abendessen servieren, Sir?«, fragte der Direktionsassistent und verbeugte sich vor ihm.
Oswald überlegte. Er liebte es, boshaft zu sein, und demütigte

seine neuen Gespielinnen gern beim ersten Treffen, indem er sie warten ließ.
»Acht Uhr.«
»Wie Sie wünschen, Sir.«
»Besorgen Sie ihr ein Kleid.«
»Ja, Sir.«
Pia beendete zur selben Zeit in ihrer Suite gerade ihre Toilette. Das Kleid, das sie für ihr erstes Treffen ausgewählt hatte, war eng, aus weißer, mit Pailletten bestickter Seide, es brachte ihre Figur und ihr Dekolleté höchst vorteilhaft zur Geltung. Es war auch das bei weitem teuerste Kleid, das sie besaß. Als sie sich im Spiegel besah, wurde ihr etwas bang zumute. Wenn sie ihm nun nicht gefiel? Sie seufzte. Unter diesen Umständen war das ein Problem; bei anderen Männern hätte sie sich nicht so viele Gedanken gemacht. Aber bei ihm, dem reichsten Mann der Welt, lagen die Dinge anders. Außerdem hatte sie eine Aufgabe zu erledigen. Sie war als Spionin hier.
»Madam?«
Sie wandte sich vom Spiegel in dem großen Schlafzimmer ab. In einiger Entfernung stand ein Hausmädchen in der Tür. Eine magere Chinesin, sie war vielleicht ein Jahr jünger als Pia und von geradezu sklavischer Beflissenheit.
»Mr. Plevy möchte, dass Sie dieses Kleid hier tragen.«
Überrascht rief Pia aus: »Aber ich habe mich schon angezogen. Wird ihm mein Kleid nicht gefallen?«
Das Zimmermädchen errötete, doch sie wiederholte die Anordnung, die der stellvertretende Direktor ihr erteilt hatte. »Mr. Plevy möchte, dass Sie dieses Kleidungsstück tragen.«
Stille. Mit einiger Mühe schluckte Pia ihre Scham und ihre Wut hinunter. Dieser Mann wollte also allen demonstrieren, dass sie sein Besitz, sein Spielzeug war. Sie rang sich ein Lächeln ab,

auch wenn die offenkundige Bosheit sie tief gekränkt hatte. »Ja, gern.« Esko hatte sie immerhin gewarnt.
»Ich helfe Ihnen beim Ankleiden, Madam.«
»Das mache ich schon selbst.« Pia nahm das Kleid entgegen. Ein smaragdgrünes Tucchi, eine der teuersten Marken, die es gab. Aber es saß zu eng und kniff unter den Armen. Sie fühlte sich unwohl darin. War das von ihm beabsichtigt?
Acht Uhr verstrich. Dann neun. Dann zehn. Pia wurde schläfrig. Sie wollte schon ins Bett gehen.
Da stand Henri vor ihr. »Madam. Mr. Plevy bittet jetzt zu Tisch.«
Gemeinsam machten sie sich auf den langen Weg durch das Hotel. Es kam ihr vor wie eine kleine Ewigkeit. Tatsächlich nahmen sie einen Umweg, den Oswald immer anordnete, um seinen Gespielinnen mit seiner Wichtigkeit und seiner Macht zu imponieren. Schließlich verließen sie das Hotelgebäude und gingen einen langen, erlesen dekorierten Flur entlang. Am Ende befand sich eine schwere Stahltür, die sich per Augenabdruck öffnete. Direkt davor blieb der Direktor stehen.
»Ich bin sicher, dass Sie ein köstliches Mahl genießen werden, Madam.« Er sah sie von der Seite an. »Mr. Plevy ist heute Abend ein wenig müde.«
Sie war verwirrt. Was meinte er bloß damit? Durch die Tür gelangten sie in das Wohnzimmer von Oswalds Reich. Es war prunkvoll eingerichtet, mit seltenen Antiquitäten und Kunstwerken. Ebenso deutlich war allerdings auch, dass der Dekor und sämtliches Mobiliar *für* ihn, nicht *von* ihm ausgewählt worden waren, denn Oswald konnte keine zwei Farben aufeinander abstimmen und hätte mit seinem unterentwickelten Geschmack ein ausgestopftes Kaninchen neben eine Ming-Vase gestellt. So viel zur Banalität des ästhetischen Sinns der Super-

reichen. Sie kauften sich ihren guten Geschmack, so wie alles andere.
Auf dem Balkon mit Blick auf einen herrlich gepflegten Englischen Garten, der nachts erleuchtet wurde, saß der große Mann mit dem Rücken zu Pia und dem Hoteldirektor. Schon beim Näherkommen fiel ihr auf, dass er übergewichtig war und etwas zusammengesunken in seinem Stuhl saß. Er trug eine weiße Hose und ein kariertes Hemd.
»Mr. Plevy, Ihr Gast für den heutigen Abend.«
Oswald hob kaum den Kopf. Das kannte Henri schon. Mit eleganter Geste geleitete er Pia zu ihrem Stuhl gegenüber dem Gastgeber. Sofort stand der Weinkellner vor ihnen.
»Den 1946er.« Oswald machte eine kleine Handbewegung.
»Gewiss, Sir.« Krug-Champagner, Jahrgang 1946. Nicht der beste, aber die Frau beeindruckte ihn nicht besonders, und das wollte er die Dienerschaft wissen lassen.
Pias Blick wanderte über den Tisch zum reichsten Mann der Welt. Er wirkte älter als auf dem Foto, das Mother des Öfteren zeigte. Das schwarze Haar über dem aufgedunsenen Gesicht und den Hamsterbacken war unverkennbar gefärbt. Aus dunkelbraunen Augen schaute er sie gierig an, ohne das freundliche, offene Lächeln, das Mother immer zeigte. Außerdem wirkte Oswalds Nase ein wenig gerötet und vergrößert, was darauf hindeutete, dass er sie eher dazu benutzte, gewisse Stoffe hineinzuziehen, anstatt sie auszuschnauben. Das erklärte vielleicht auch den Hinweis des Hoteldirektors auf Mr. Plevys Müdigkeit an diesem Abend. Während sie Oswald so musterte, sank ihr Herz. Er war kein netter Mann; plötzlich wünschte sie, sie wäre wieder in Inavi.
»Pia«, Henri sprach ihren Namen mit Nachdruck aus, damit Oswald ihn sich merken konnte, »es ist mir ein Vergnügen, Sie

mit unserem erlauchtesten Gast bekannt zu machen: Mr. Oswald Plevy.«
Henri zog noch den Stuhl zurück, damit sie Platz nehmen konnte, dann verließ er den Raum.
Schweigen.
Oswald musterte Pia ebenso rüde, als wenn er einen Hund oder ein Pferd taxiert hätte. Während er sie anstierte, erkannte er allerdings auch, dass diese Gespielin sich von den anderen unterschied. Hier erblickte er wahre Schönheit, etwas, das er seit vielen Jahren nicht mehr gesehen hatte. Pias Haar war naturblond, kein Silikon vergößerte die Brüste, die Beine waren nicht geschwollen oder übermäßig muskulös infolge von Pharmazeutika oder übertriebener körperlicher Betätigung, die Lippen nicht mit Collagen unterspritzt, und kein Skalpell hatte ihre Nase geformt. Sie trug kein Make-up, nichts an ihr war künstlich verschönert. Sie war vielmehr so, wie Gott sie geschaffen hatte. Ausnahmsweise sah er in dieser Welt voll Lug und Trug eine wahrhaft schöne junge Frau. Er war wie verzaubert, und einige Sekunden lang bewunderte sein Herz sie ganz selbstlos. Dann aber setzte sich wieder seine Gier durch, und er nahm nichts anderes mehr wahr.
»Erzählen Sie von sich.«
Der Satz klang eher wie ein Befehl denn wie eine Aufforderung. Nervös begann Pia ein wenig von ihrer Herkunft zu erzählen. Währenddessen nahm Oswald den ersten von vielen Gängen in Angriff, ohne ihr zuzuhören. Es ging ihm nicht besonders gut, seine Nieren machten ihm wieder einmal arg zu schaffen. Aber schließlich musste der Mensch ja essen und trinken.
»Stellen Sie mir Fragen über mich.«
Sie tat es, und dann hob er zu seinem üblichen Monolog an, während sie an ihrem Champagner nippte. Ihr war in der Nähe

dieses Mannes unbehaglich zumute. Ihm fehlten viele Eigenschaften, die andere Menschen besaßen, zum Beispiel Mitgefühl und Humor, wie sofort zu erkennen war. Während sich das Mahl hinzog, wurde Pia immer verzagter. Wieder spürte sie die Einsamkeit, die sie in Finnland beunruhigt hatte. Für diesen Mann war sie ein völliges Nichts, ein Stück junges Fleisch. Früher hätte sie das nicht sehr getroffen, doch jetzt machte sich aus unerfindlichem Grund ihr Gewissen mit einem stechenden Schmerz bemerkbar, der ihr das Herz durchbohrte und sie besonders empfindlich reagieren ließ. Sie beschloss, bald in ihre Suite zurückzukehren. Dieser Mann würde sie doch nur schlecht behandeln.

Schließlich lehnte sich Oswald, recht angeheitert, in seinem Stuhl zurück und unterdrückte einen Rülpser. Für ein paar Tage oder Wochen schien ihm das junge Ding ganz brauchbar. Aber er hatte Lust, sie noch ein wenig zu demütigen.

»Die Rechnung!«

Er musste niemals selbst bezahlen. Er besaß so viel Geld, dass es sich erübrigte, seinen Kontostand abzufragen. Allerdings war er immer für eine Boshaftigkeit gut. Er beugte sich zu Pia vor und sagte:

»Sie zahlen.«

Seine Worte zeigten die beabsichtigte Wirkung, denn Pias Miene spiegelte sichtlich Verlegenheit und wahrscheinlich auch mangelnde Finanzkraft wider. Endlich nickte sie ihm kurz zu, stand auf und ging ins Bad. Oswald grinste. Natürlich würde er die Rechnung begleichen – sie würde sich das Essen kaum leisten können, sie war nur eine A5- oder A6-Kreditnehmerin. Trotzdem gefiel es ihm, sie seinen überlegenen Reichtum und seine größere Wichtigkeit spüren zu lassen. Sie war sein Spielzeug, nichts weiter.

In dem überdimensionierten Marmorbad spritzte sich Pia Wasser ins Gesicht, um ihre bitteren Tränen zu kaschieren. Sie hatte Esko und Lars Pedersen versprochen, ihnen zu helfen. Jetzt war sie sich nicht mehr so sicher. Was ihr früher überhaupt keine Mühe gemacht hatte, bereitete ihr plötzlich heftige Kopfschmerzen. Warum? Welches Desaster der letzten Zeit hatte diesen psychischen Zusammenbruch ausgelöst? Der Tod Melanies? Das Wissen um den Mord an ihrem Bruder? Ihr eigener Selbstmordversuch? Sie fühlte sich derart schwach, dass sie sich an das Waschbecken klammern musste.

Was jetzt kam, war abzusehen. Oswald würde zuschauen, wie der Kellner ihre persönliche Datei öffnete. Dann würden sie bei der Durchsicht entdecken, dass man einen großen Fehler gemacht hatte, weil sie nur eine A7-Kreditnehmerin oder vielleicht sogar noch weniger war. Das wäre ein Skandal. Man würde sie verspotten, sie vor die Tür setzen.

Sie trocknete sich das Gesicht und verließ das Bad. Jetzt musste sie stark sein und durchstehen, was sie sich eingebrockt hatte. Das hätte zumindest ihr Bruder getan. Aber er war auch immer viel tapferer und klüger gewesen als sie.

»Wo waren Sie?«

Oswald betrachtete sie eingehend, als sie zurückkam. Ebenso der Hoteldirektor. Pia nahm wieder am Tisch Platz. Sie wollte sich dafür entschuldigen, mit ihrer Gegenwart lästig gefallen zu sein. Ihr Körper war wohl doch nicht so viel wert, wie sie angenommen hatte.

»Bezahlen Sie!«, nuschelte Oswald herablassend.

Verzweifelt sah sie zu Henri hinüber. Fast hatte es den Anschein, als ob er nickte. Plötzlich packte sie der Mut der Verzweiflung und sie sagte laut, fast flapsig: »Kein Problem.«

Sie blickte auf den Monitor, damit die Zahlung erfolgen konnte. Dann erhob sie sich vom Tisch. »Mir ist nicht wohl, ich möchte mich zurückziehen.«

Der Hoteldirektor winkte einen Diener herbei, der sie durch die labyrinthischen Flure begleiten sollte.

»Gute Nacht.« Pia lächelte ihren Gastgeber an.

»Äh …«

Oswald sah zu ihr auf. Sein stark gerötetes Gesicht zeigte höchste Verwirrung. Pia bemerkte es. Aber warum? Wieso war er nicht wütend? Weshalb beschimpfte er sie nicht? Was war da schief gegangen? Dann fiel ihr Blick auf den Monitor und den Inhalt ihrer Datei. Eine Riesenwelle der Erleichterung überflutete sie. Sie fühlte sich wie ausgewechselt, ihr war nicht mehr elend zumute, sondern sie freute sich unbändig. Der alte Mann, Lars Pedersen, hatte sie nicht im Stich gelassen.

Er hatte sie zur A2-Kreditnehmerin gemacht. Zu einer Multimillionärin.

»Wie ist das möglich?«

Einen Augenblick lang gab Henri keine Antwort. »Wer weiß das schon, Sir?«

Oswald rieb sich die Knollennase. Mother machte keine Fehler; so etwas kam einfach nicht vor. Und dennoch – diese Frau war immens reich. Sie hatte es gar nicht nötig, mit reichen Männern zu schlafen, nicht einmal mit dem reichsten Mann der Welt. Warum also war sie dann hier? »Haben die Sicherheitsleute am Eingangstor das Kreditrating der Frau überprüft?«

»Dazu sind sie verpflichtet, Sir.«

»Warum hat man mir dann nicht mitgeteilt, dass sie eine A2er ist?«

»Es dürfte sich um ein bedauerliches Versehen handeln.«

Oswald grübelte über die Ereignisse dieses Abends nach. Da behandelte er eine Frau, die ihm fast ebenbürtig war, wie seine Sklavin, und trotzdem setzte sie sich mit keinem Wort dagegen zur Wehr. Auch das von ihm für sie ausgesuchte Kleid hatte sie nicht verschmäht. Warum?

»Lassen Sie Lombardi morgen zu mir kommen.«

»Haben Sie sonst noch einen Wunsch, Sir?«

»Gehen Sie.«

Henri verbeugte sich. Dann sagte er überaus ehrerbietig und mit wehmütigem Lächeln: »Was für eine wunderschöne Frau.«

Oswald saß allein da und blickte auf seinen Englischen Garten. Ausnahmsweise schämte er sich. Er hatte sie wie Abschaum behandelt, aber sie hatte nicht Gleiches mit Gleichem vergolten, als sich ihr die Gelegenheit dazu bot. Manchmal war das Leben wirklich rätselhaft. Warum? Wie kam dieses anmutige Kind an die Schwelle seiner Tür? Langsam und schwerfällig ging er alle Möglichkeiten durch. Es musste einen Grund für dieses bemerkenswerte Vorkommnis geben. Dann hielt er inne. Vielleicht versuchte jemand, ihm eine Botschaft zu übermitteln.

Aber wer?

18

Der Mensch ist unersättlich in seinem Streben nach Macht, er ist kindisch in seinen Begierden, immer unzufrieden mit dem, was er hat, liebt nur das, was er nicht hat.
Joseph de Maistre

Bei Gesprächen, die sich um die Übertragung von Macht drehen, werden nie Fruchtsaft oder Limonade ausgeschenkt. Aus irgendeinem Grund muss es immer etwas Hochprozentiges sein. Wenn es um sehr viel Macht geht, ist ein viergängiges Menü, mit reichlich Wein und einer Havanna nach dem Essen, offenbar ein Muss.

Der Vorstandsvorsitzende von PlanetGambler, dem größten Kasino- und Unterhaltungskonzern der Welt, lehnte sich in seinem Stuhl zurück. Er war kein glücklicher Mensch. Gewiss, unter ihm arbeiteten mehr als zwei Millionen Menschen auf der ganzen Welt – fleißige Ameisen, die die Kundenwünsche (geistige wie materielle) befriedigten oder Hotels leiteten, Kreuzfahrten arrangierten, Fluggesellschaften und Bahnen betrieben –, aber er war trotzdem nicht glücklich. Er wusste nicht genau, was ihm fehlte. Innerlich war er blind, deshalb nahm er an, dass es sich bei diesem Mangel um ein Zuwenig vom immer Gleichen – sprich: Geld und Macht – handelte. Daher verdoppelte er seine hektischen Anstrengungen, wobei sein Verlangen, wie sein Magen, immer größer, und seine Einsichtsfähigkeit, wie seine Augen, immer schwächer wurden.

»Wir müssen etwas tun«, sagte er schleppend.
Um den Tisch auf seiner riesigen Ranch in Wyoming saßen mehrere Männer und Frauen. Die meisten waren ebenfalls Chefs von Globalcoms – Amerikaner, Deutsche, Franzosen, Russen und ein paar Briten. Doch ihre Staatsangehörigkeit war genauso nebensächlich wie ihre Haarfarbe; sie besaßen eine transnationale Identität. Diese perfekten Produkte der Konzernkultur wollten die Welt erobern. Ihre Mitarbeiter waren ihre Armeen, die Politiker ihre Lakaien und das Ziel ihres Spiels war die Macht.
Sie warteten, während junge Kellner den Brandy und lange Zigarren hereinbrachten. In diesem Moment nickte Doug Sullivan, der stellvertretende Vorsitzende des Rates von Mother, seinem Freund und Mitverschwörer, dem britischen Außenminister Anthony Stone, über den Tisch hinweg unmerklich zu.
»Was schlagen Sie vor?«, fragte er, inhalierte tief und blies den Rauch lässig aus.
Der Chef von PlanetGambler kam sofort zum entscheidenden Punkt. »Wegen der anhaltenden Unruhen und Demonstrationen auf der ganzen Welt verlieren wir Hunderte Millionen. Das stört unsere Geschäftsvorhaben, verursacht Disziplinlosigkeit unter den Mitarbeitern und schadet den Märkten. Das muss ein Ende haben.«
»Ganz meine Meinung«, pflichtete der Schweizer Chef von UniversalDrug bei, ein älterer Herr mit welkem Gesicht, dem anzusehen war, dass er ein Leben lang Pillen- und Kosmetikfabriken inspiziert hatte. »Die Dinge laufen aus dem Ruder.«
»Ich habe mit anderen Globalcoms gesprochen«, fuhr der Chef von PlanetGambler fort. »Erstens müssen die Terroristen beseitigt werden, und zwar ein für alle Mal. Zweitens brauchen wir die Zwangsregistrierung in Mother. Sie muss kommen.«

Inbrünstig zustimmendes Gemurmel. Demokratie war das eine, Geschäfte waren etwas ganz anderes.
»Wie wollen Sie an die Sache herangehen?«, fragte Sullivan und streckte behaglich die Beine aus. Sollten diese Amateure doch die Arbeit erledigen, aus der die Profis dann ihre Schlussfolgerungen zogen.
Die Chefin von FexCourier ergriff das Wort. »In Ländern wie Indien und Japan hat man das Kriegsrecht ausgerufen«, blaffte sie, »und dort ist es zu keinerlei ernsthaften Schwierigkeiten gekommen. Es gab zwar viele Tote, aber die Menschen haben erkannt, dass die Regierung es ernst meint. Sie haben *gehorcht*. Das muss auch hier geschehen.«
Kopfnicken rund um den Tisch. Alle Anwesenden waren Ende fünfzig oder Anfang sechzig. Sie wussten, was der Tod bedeutete, aber solange er sie nicht traf, war er für sie kein Problem.
Der Chef von PlanetGambler stellte weiter seine geistige Potenz zur Schau. »Lasst uns die Armee aus den Kasernen holen. Zerquetschen wir die Rädelsführer«, er öffnete und schloss die Faust, »und sorgen wir dafür, dass sich die Welt wieder an die Arbeit macht.«
»Interessant«, murmelte Sullivan und faltete seine Serviette zusammen. »Wie Sie wissen, muss ich in meiner Funktion als stellvertretender Vorsitzender von Mother natürlich einen neutralen Standpunkt einnehmen. Der Rat kann sich nur mit dem Wohl der Menschheit im Allgemeinen befassen«, fuhr er in distanziertem Tonfall fort, »aber als amerikanischer Staatsbürger kann ich mich Ihrer Ansicht durchaus anschließen.« Er hielt inne. »Was meinen Sie, Anthony?«
Er blickte ihn über den Tisch hinweg an. Es war an der Zeit, dass Anthony sein Genie unter Beweis stellte. Der ließ sich nicht zweimal bitten.

Alle sahen zu, wie der britische Außenminister das Weinglas mit größter Sorgfalt auf den Tisch stellte. Er verkörperte das alte England, und sein Gespür für den richtigen Zeitpunkt war ebenso perfekt wie seine Manieren. Er besaß zweifellos die seltene Gabe, die unausgesprochenen Wünsche der Menschen zu artikulieren und sich zugleich jeden moralischen Kommentars zu enthalten. In der Tat war Anthony Stone in vieler Hinsicht das größte politische Talent der Gegenwart. Mit seiner so einnehmend vorgetragenen Aufrichtigkeit, die bei allen Schichten der Bevölkerung gut ankam, überzeugte er die Menschen nicht nur von seinem tiefen Mitgefühl für sie, sondern auch davon, dass sie ihm kostbare Einsichten verdankten, die nirgendwo anders zu finden waren.

Stone bedachte sein Publikum mit beifälligem Schmunzeln. Da er es hier mit Amateuren und nicht mit Politikern zu tun hatte, hielt er Schmeicheleien und knappe Sätze diesmal für durchaus angemessen. Er wandte sich an den Chef von PlanetGambler.

»Was Sie soeben gesagt haben, hätte auch ich nicht besser formulieren können. Wir sind an einem Punkt angekommen, an dem schwierige Entscheidungen getroffen werden müssen, und wie mir scheint«, er hielt fast entschuldigend inne, »müssen *Sie* diese Beschlüsse fassen.«

Das gefiel diesen Narren. Natürlich durchschaute Sullivan das Manöver, aber beeindruckend war es trotzdem. Ein paar Worte genügten, dann hatten die Fische angebissen. Gleich würden sie auch noch Blinker und Schnur schlucken.

»Mir scheint«, fuhr Anthony fort, »dass der politische Prozess, sowohl hier in diesem Lande als auch im Vereinigten Königreich, inzwischen gelähmt ist. Was unsere Völker brauchen, ist Sicherheit und Gewissheit. Aber nichts davon wird von unseren derzeitigen Führern gewährleistet.«

Wie verzaubert saßen sie da. Lag es am messianischen Blick, den er ihnen schenkte, an der einnehmenden Stimme, an der zarten Gestik, die der eines Künstlers glich, der eine Leinwand bemalte? Spielte das eine Rolle?

»Wir *dürfen* nicht zurückweichen«, stellte Anthony mit sanftem Tonfall fest. »Mother *ist* unser größtes Bollwerk gegen die Kräfte der Rebellion und der Anarchie. Durch sie haben wir den meisten Menschen der Erde Frieden und Wohlstand gebracht. Wir müssen voranschreiten. Wir müssen uns der Zukunft mit großer innerer Stärke stellen.«

Sullivan trank einen Schluck Brandy. Er wusste genauso gut wie Tony, wie sich die Dinge entwickeln würden. Die Schwierigkeit war nur, diese wenig intelligenten, aber enorm habgierigen Leute ins Boot zu holen. Sie hatten bereits fast die Hälfte der Vertreter des Rates und mehrere Militärs auf ihrer Seite, und wenn noch die letzten Globalcoms dazustießen, war alles perfekt.

»Aber *wie* schreiten wir voran?«, fragte Anthony rhetorisch, als versuchte er, eines der tiefsten Geheimnisse der Menschheit zu lüften. Dann beantwortete er die selbst gestellte Frage. »Indem wir zulassen, dass die Aufstände und Demonstrationen weitergehen.«

Die Anwesenden hielten vernehmlich den Atem an. Stand das nicht in völligem Widerspruch zu dem, was der Chef von PlanetGambler soeben gesagt hatte? Aber nein.

»*Warum?*« Anthonys feines Gesicht verzog sich zu einer schmerzvollen Grimasse, wie ein Harvard-Professor, der sich beim Schließen seines Hosenschlitzes verletzt hatte und nun die Konsequenzen dieses Aktes für das Universum analysierte. »Der Grund ist, dass wir unsere Staats- und Regierungschefs von der Dringlichkeit der Lage und unseren legitimen Forderungen überzeugen müssen.«

»Ah.« Mehrere der Anwesenden konnten sich ein Lächeln nicht verkneifen. Was nun kam, war Musik in ihren Ohren. Jetzt brachte er ihre geheimen Begierden zur Sprache.

»Sehen Sie«, sagte Anthony, »nur Sie allein haben die *Macht*, im Namen des Volkes zu handeln. Denn eines kann nicht bezweifelt werden: Die Menschen wollen Frieden und Sicherheit, sie wollen ein Ende des Terrorismus und des fruchtlosen Aufruhrs!« Fast hätte er noch die Worte »und der Demokratie« hinzugefügt, aber dann wäre allzu deutlich ans Licht gekommen, was in diesem Stadium besser noch im Dunkeln blieb.

Nun folgte Sullivans Auftritt. Als Kind hatte er bei Schulaufführungen geglänzt, insbesondere in kleinen Rollen. Er spielte meistens den Gefolgsmann, der die Schwerter nach dem Meuchelmord einsammelte und die blutverschmierte Leiche hinaustrug. »Was schlagen Sie also vor?«, fragte er höchst interessiert.

»Es ist an der Zeit. Es ist wirklich an der *Zeit*«, Stone wiederholte den Schlüsselbegriff, »unseren Staats- und Regierungschefs ein Ultimatum zu stellen, und sie«, er hob eine Hand, als hielte sie einen mörderischen Dolch, »durch geeignetere Männer und Frauen zu ersetzen, falls sie nicht einwilligen.«

In diesem dramatischen Augenblick brachten die Bediensteten, wie auf ein Stichwort, die Crème Caramel. Anthony fügte noch einige letzte Bemerkungen an, dann beanspruchte das Dessert die begrenzte Konzentrationsfähigkeit der Gäste.

»Wir sollten uns nicht mit den *Mitteln* befassen. Wir müssen den Blick auf den *Zweck* unserer Bemühungen richten.«

Schweigen. Die Mächtigen dieser Welt nickten und grinsten. Der Kreis der Verschwörer hatte sich soeben erweitert. Entscheidend war, was dieser Stone zwar nicht gesagt, aber doch angedeutet hatte. Die Demokratie musste jetzt politisch durch eine

Oligarchie des Reichtums ersetzt werden. Und zwar eine, in der sie, ihre Kinder und ihre Kindeskinder für immer am oberen Ende der Tafel saßen.

»Die Schwachen müssen aus dem Weg geräumt werden«, sagte der Chef von PlanetGambler schroff. Wenn Gewalt angewandt werden musste, war er der Letzte, der einer solchen Forderung im Wege stehen würde.

Anthony Stone bedachte die Runde mit einem süffisanten Lächeln, als wollte er sagen: »Mein Guter, ich hätte es auch nicht besser formulieren können.«

19

Habsucht, der Schließmuskel des Herzens.
Matthew Green

Eine Erklärung!«

Mr. Lombardi, der Hehler und Zuhälter, stand neben Oswalds Liegestuhl und schwitzte. Nicht nur, weil er mit seinem penibel gebügelten Anzug in der prallen Sonne stand, sondern auch, weil da ganz eindeutig etwas schief gelaufen war. Es konnte sein, dass er im nächsten Augenblick einen höchst lukrativen Job verlor.

»Handelt es sich um die Armbanduhren?«

Oswald brauchte nur eine Grimasse zu ziehen, und schon ließ Lombardi diese völlig unsinnige Vermutung fallen. Um was sonst konnte es gehen? In Lombardis spitzen Gesichtszügen malte sich ein Schreck, der einem Mann durch die Glieder fahren konnte, wenn er seine Mutter betrunken in der Öffentlichkeit sah.

»Die Immobilie in Frankreich. Haben Sie sich dagegen entschieden?«

Henri, der Direktor des Hotels *Marybelle*, der neben Oswalds Liegestuhl stand, kam ihm zur Hilfe. Er hüstelte und sagte leise: »Die junge Dame.«

»Die junge Dame, oh, wie schrecklich.« Jetzt zeigte Lombardis Gesicht den Ausdruck eines Mannes, der entsetzliche Qualen litt. »… war sie nicht reif genug … hatte sie Silikonkissen im

Körper … hat sie sich nicht die Zähne geputzt … hatte sie gefärbte Haare?« Ganz klar, es gab hier eine Krise. Wie auf Verlangen traten ihm Tränen in die Augen, und er kramte sofort in seiner Aktentasche. Zum Glück hatte er da eine ehemalige Madam Sibirien, eine sehr …

»Warum ist sie eine A2-Kreditnehmerin?«

Eine kurze Pause entstand. Plötzlich ging Lombardi ein Licht auf. »Aber wie können Sie so etwas fragen, Mr. Plevy. Ich hatte Ihnen doch gesagt, dass sie etwas ganz Besonderes ist.«

»Eine Erklärung!« Oswald wollte endlich zum Kern der Angelegenheit vorstoßen. Und verlor langsam die Geduld. Er kippte seinen frühmorgendlichen Lightning Strike hinunter.

Mr. Lombardi lächelte. »Pia ist eine ganz besondere Frau. Sie ist keine Gespielin, Mr. Plevy. Sie ist von Hause aus sehr reich, das Geld entstammt einem Treuhandvermögen, wenn ich recht informiert bin.«

»Warum ist sie hier?« Oswald gurgelte die Frage förmlich hervor.

»Weil sie einen Makel hat, eine kleine Schwäche.«

»Eine kleine Schwäche? Einen Makel?«

»Ja«, log Lombardi, was für ihn die natürlichste Sache der Welt war, »sie begehrt nur sehr erfolgreiche Männer. Sie mag Ihre Gesellschaft und unterhält sich gern mit Ihnen. Sie wollte Sie kennen lernen, Sie, den reichsten Mann der Welt. Als Sie mir gesagt haben, dass Sie sie treffen wollen, da habe ich …«, jetzt machte er einen guten Eindruck, den eines Mannes, der den Sinn des Lebens gefunden hatte, »da habe ich mir gesagt: Wie schön, dass sie einen so guten Menschen, wie Sie es sind, erwählt hat …!«

»Sie hat mich erwählt?«

»Ja. Warum fragen Sie?«

Schweigen. Oswald strengte seinen Grips an, was schon seit

einigen Jahren nicht mehr passiert war und was ihm erhebliche Mühe bereitete. Unerhörtes war geschehen. *Er* suchte seine Gespielinnen aus, nicht sie ihn. Er hatte doch sonst immer alles unter Kontrolle, war immer obenauf. Was ging hier vor?
»Ist sie nicht sensationell?«, fuhr Mr. Lombardi fort.
»Ja«, räumte Henri ein und nickte in Oswalds Namen.
»Ist sie nicht eine Frau von Charakter?«
»Doch«, gab Henri zu und nickte erneut stellvertretend für Oswald. Denn sie hatte den reichsten Mann der Welt als schrecklichen Geizhals entlarvt, der versucht hatte, ihr eine Rechnung aufs Auge zu drücken, die er selbst hätte begleichen müssen.
»Welche Beschwerde haben Sie dann gegen sie vorzubringen?« Mr. Lombardi war nicht umsonst einmal Scheidungsanwalt gewesen.
Schweigen. Oswald ließ sich die Frage durch den Kopf gehen – doch es fiel ihm keine Antwort darauf ein. Sie war keine Deutsche, sie hatte die Rechnung bezahlt, und sie war nett zu ihm gewesen, obwohl er sie absichtlich mies behandelt hatte.
»Verschwinden Sie.«
Mr. Lombardi schob die Liste mit den Gespielinnen in seine lederne Aktentasche zurück und ging zufrieden von dannen. Etwas Seltsames lag in der Luft. Etwas, das mit Spinnweben und frischer Luft zu tun hatte. Etwas, das mit Demütigung zu tun hatte.
Oswald räusperte sich. Ausnahmsweise wusste er nicht, was er tun sollte. »Holen Sie die Frau her.«
Im selben Augenblick holte Henri zu seinem Gnadenstoß aus, so meisterlich wie ein Samurai. »Die junge Dame, Sir, hat mich gebeten, Sie zum Frühstück in ihre Suite einzuladen. Sie hat gesagt, sie werde es Sie wissen lassen, wann sie Sie empfangen könne.«
Oswald sah auf. Er war völlig entgeistert. »Aber es ist halb zehn«, stammelte er nach einem kurzen Blick auf seine goldene

Rolex. »Ich frühstücke immer um diese Uhrzeit, und zwar, wenn *ich* es will.«
»Dessen ist sich die Dame durchaus bewusst, Sir.«
»Trotzdem lässt sie mich warten!«
Hierauf gab Henri keine Antwort. Pia würde ihn zappeln lassen, dessen war er sich gewiss. Ungefähr so lange, wie Oswald sie hatte warten lassen. Verschmähte Frauen sind die wahre Hölle.

* * *

Pia ließ den Blick über den Wald schweifen, der sich in der Ferne vor ihrer Suite erstreckte. Heute war einer der glücklichsten Tage in ihrem Leben, dabei hatte sie sich vor wenigen Wochen noch das Leben nehmen wollen. Wie rasch sich das Schicksal doch wendete. Schon am Morgen, als sie aufwachte, war sie ganz ausgelassen gewesen, voll Eifer und Tatendrang, und hatte fröhlich gelacht. Sie hätte sich vor lauter Freude, am Leben zu sein, selbst umarmen können. Sie wandte sich von der spektakulären Aussicht ab und sah zum Swimmingpool.
Sie war nicht nur glücklich, weil Lars Pedersen sie zur Multimillionärin gemacht hatte. Auch nicht, weil ihr Leben auf den Kopf gestellt worden war und sie nach all den Jahren, in denen sie anderen als Lustsklavin gedient hatte, endlich ihr eigener Herr war. Sondern einfach, weil jemand »Vertrauen Sie mir« zu ihr gesagt und sie nicht im Stich gelassen hatte. Aber war dieses Vertrauen gerechtfertigt? Konnte sie sich auf einen alten Mann verlassen, den sie kaum kannte, der aber Einblick in die Geheimnisse ihres Herzens hatte? Mit einem Schlag hatte er ihr das zurückgegeben, was sie verloren zu haben glaubte: Respektabilität, Hoffnung und – vor allem – die Fähigkeit, sich zu ändern. Sie schaute in den strahlend blauen Himmel und dankte Lars Pedersen dafür,

dass sie hier war. Dann ging sie zum Pool hinunter. Es war alles so absurd, so unbeschreiblich komisch. Nun, sie würde den älteren Herrn nicht enttäuschen. Sie würde ihm seine Bitte erfüllen, aber auf ihre Art. Sie war als Spionin hier, nicht als Bettgespielin. Es war höchste Zeit, den Spieß umzudrehen.

»Champagner!«

Eine Hotelkellnerin eilte mit einem Glas in der Hand nach draußen auf den Balkon, gerade als sie den Morgenmantel von den Schultern gleiten ließ. Dann machte sie einen Kopfsprung, ganz weit ins Tiefe, wo sie sich verstecken und ausschütten konnte vor Lachen.

»Die junge Dame ist bereit für Sie!«

Da explodierte Oswald, wie ein Vulkan, und er wurde tiefrot im Gesicht. »Es ist halb zwölf. Wie stellen Sie sich das eigentlich vor – Frühstück um halb zwölf? Ich esse, wann es *mir* beliebt. Die Antwort lautet Nein.«

»Das ist schade.« Henri sah ihn bedauernd an. »Die junge Dame hat mir nämlich gesagt, dass sie, wenn Sie nicht mit ihr frühstücken, noch heute Morgen das Hotel verlässt. Sie ist eine vielbeschäftigte Frau.«

Oswald traf fast der Schlag. »Aber *ich* will mit ihr reden.« Er musste herausfinden, ob sie eine Botschaft für ihn hatte.

»Nun … vielleicht wäre es dann das Richtige, mit ihr zu frühstücken, Sir.« In Henris Stimme lag ein Hauch von Ironie.

Einige Minuten schmorte Oswald im eigenen Saft. Dieses Aas spielte mit ihm, und das schmeckte ihm gar nicht. Das war *sein* Vorrecht. Irgendwie würde er sich schon revanchieren.

»Was für Forderungen hat sie sonst noch?«, fragte er missmutig und rieb sich die Nase.

»Sie hätte gern ein Geschenk von Ihnen, Sir.«

»Was meinen Sie damit – ein Geschenk? *Ich* mache keine Geschenke. Niemals.« Oswald fuchtelte vor lauter Wut mit den Händen. »Was für ein Geschenk? Was will sie? Eine Uhr, ein seltenes Gemälde? Was?«, brüllte er.

»Sie möchte eine Blume, Sir.«

»Eine Blume?« Hilflos sah er Henri an. An diesem Morgen zerbrach seine Welt in tausend Scherben.

»Eine Rose aus Ihrem Garten, Sir.« Henris Stimme troff vor Ironie.

»Eine Rose? Was soll das heißen – eine Rose?«

»Das ist eine Blume.«

»JA, das weiß ich selbst, Sie Kretin. Ist das alles?«

Henri nickte. »Die Dame ist sehr reich. Alles andere hat sie schon.«

»Nein. Nein. NEIN.« Oswald hatte noch nie im Leben eine Blume gepflückt und wusste nicht genau, wie man das anstellte. Außerdem war nur *er* wichtig, nur er spielte eine Rolle. Das lag doch auf der Hand. »NEIN. Ich weigere mich.«

Henris Erwiderung war überhaupt nicht tröstlich. »Dann wird die junge Dame wohl leider nicht mit Ihnen frühstücken können.«

»Aber *ich* will mit ihr sprechen …«

»Ich fürchte, Sir …« Jetzt streute Henri auch noch Salz in seine offene Wunde.

Eine Stunde später blickten die versammelten Dienerinnen und Diener aus den Fenstern, tuschelnd und leise lachend. Denn sie wurden soeben Zeuge eines außergewöhnlichen Anblicks, von etwas, von dem sie nie geglaubt hätten, dass sie es je erleben würden.

Ein dicker Mann stand in seinem Garten und pflückte eine Rose. Und fluchte heftig dabei.

* * *

»Wie hübsch!«

Pia lachte voll kindlicher Freude, als Henri ihr, im Namen des reichsten Hotelgastes, die Rose überreichte. »Wie schön, dass Sie daran gedacht haben ...« Dann sah sie Oswald an, schaute ihm in die mitleidlosen Augen, während er an ihrem Tisch Platz nahm. »Nun, ich ...« Dann entgegnete er: »Sie haben nach einer verlangt!«

»Habe ich das?« Sie sah ihn ganz unschuldig an. »Tatsächlich?«

»Wer sind diese Leute?« Oswald wandte sich um, was ihm im Nacken wehtat. Sie saßen auf dem Balkon mit Blick auf den Wald. Hinter ihm lag der Swimmingpool, in dem sich eine Horde junger Leute lauthals vergnügte.

»Das sind Diener, sie amüsieren sich nur ein wenig.«

Der fröhliche Lärm machte ihn fuchsteufelswild.

»Diener!«

»Dürfen andere Leute denn nicht in Ihrem Pool schwimmen, wenn Sie ihn gerade nicht benutzen?« Pia biss in eine große Pflaume, sie liebkoste die Frucht mit ihren Lippen und schlürfte genüsslich den Saft. Fasziniert sah Oswald ihr zu: wie natürlich und sinnlich das bei ihr wirkte.

»Natürlich nicht.«

»Warum nicht?«

»Weil es mein Pool ist!«

»Ach so.« Pia zuckte mit den Schultern. Sie lächelte Henri zu, der sich verbeugte und sie mit ihrem Gast allein ließ. Kurz darauf schenkte sie Oswald ein Glas Orangensaft ein. Er rutschte unruhig auf seinem Stuhl herum.

»Wo ist mein Champagner? Ich trinke zum Frühstück nur Krug 24.«

»Und ich nur Orangensaft«, erwiderte sie. »Außerdem ist es *mein* Frühstück.«

»Aber …«, stammelte er.
Pia ignorierte ihn und schenkte ihm noch mehr Orangensaft ein. Anschließend servierte sie ihm Eier mit Speck. Er betrachtete sie hasserfüllt. Hatte diese Frau nun eine Botschaft für ihn oder nicht? Hielt sie ihn zum Narren, oder lebte sie wirklich auf so großem Fuß? Er war völlig durcheinander. Aber er würde sich revanchieren, irgendwie. Wusste sie überhaupt, wie mächtig er war? Reine Bosheit schäumte in ihm auf, wie sein Cappuccino.
Sie frühstückten, Oswald mit größtem Widerwillen. Pia schwieg. Allerdings sah sie ihn hin und wieder an, so dass er ihren Blick erwidern musste. Und dann war er wie verzaubert von ihren achatblauen Augen.
»Also, Mr. Plevy, ich wollte Sie schon immer mal kennen lernen«, sagte sie, nachdem sie zu Ende gefrühstückt hatten. »Ich mag reiche, erfolgreiche Männer. Wie man mir sagte, haben Sie alles.«
»Was immer Sie wollen, ich habe es.«
»Bis auf eines.«
»Und das wäre?«
»Mich.« Sie lachte ganz unbeschwert, was bewies, dass sie sich überhaupt nicht darum scherte, welch bedeutender Mann er war. Was sie eben gesagt hatte, schnitt ihm ins Herz. Ausnahmsweise fiel ihm keine passende Antwort dazu ein. Die Wahrheit tat weh.

20

Jede Übertretung der Wahrheit ist nicht nur eine Art Selbstmord für den Lügner, sondern auch ein Schlag gegen das Wohl der menschlichen Gesellschaft.
Ralph Waldo Emerson

Seltsam, wie schnell manchmal alles auseinander bricht. James Reedon dachte über diese Perle der Weisheit nach, die sein Außenminister Anthony Stone so oft und gern zum Besten gab. Obwohl es spät am Abend war, saß der Premierminister noch im Arbeitszimmer seiner Londoner Amtswohnung in der Downing Street. Großbritannien war in Aufruhr: Die Ausschreitungen hatten von den großen auf die mittleren Städte übergegriffen, und die Kräfte der Polizei und der Armee waren bis aufs Äußerste strapaziert. In einer weiteren Notsitzung hatte sich das Kabinett schließlich darauf geeinigt, das Kriegsrecht auszurufen. Das Land steckte in einer tiefen Krise. Doch hier saß er, der Premier, das Oberhaupt seiner Nation, in seinem Arbeitszimmer und grübelte – weil er sich vorkam wie ein Kind, das zum Kern einiger simpler Fragen vorzudringen suchte, auf die er als Mann eine Antwort hätte haben müssen.

Vieles dessen, von dem James Reedon stets angenommen hatte, dass es wahr sei, hatte sich als Lüge erwiesen.

So hatte er beispielsweise immer geglaubt, dass Regierungen, weil sie über das Machtmonopol verfügten, in der Lage wären, bedrohliche Situationen zu ihrer Zufriedenheit zu steuern.

Schließlich standen ihnen Armee und Polizei zur Verfügung, sie hatten Mother, sie konnten Gesetze verabschieden, Gesetzesverstöße ahnden und die Straftäter festnehmen. Doch all diese Machtbefugnisse waren wirkungslos, wenn die Nation sich erhob. Zudem hatte er immer angenommen, dass die unterschiedlichen Teile der Regierung eine Art zusammenhängendes Ganzes bildeten und die verschiedenen Zweige zusammenarbeiteten, um sicherzustellen, dass der Baum der Politik gedieh. Aber dem war nicht so. Jetzt war ihm klar, dass alle Bäume der Politik, so wie der biblische Feigenbaum, im Kern verrottet waren, denn in ihnen hausten Menschen, die kein anderes Interesse verfolgten, als zu herrschen, und dass sich diese geheime Fäule immer weiter ausbreitete und am Ende alles zerstören würde.

Es war zum Verzweifeln. Wie kam es, dass er, obwohl er nun schon so lange in der Politik war, diese schlichten Wahrheiten übersehen hatte? In gewisser Weise hatte er sie schon immer gekannt – mit dem Verstand waren sie ja leicht zu begreifen –, doch hatte er sie nie als noch heute lebendige Wahrheiten betrachtet. Sie waren versteckt gewesen hinter einer Art Schleier, verschwunden im Treibsand seines Geistes.

Und die Demokratie? Wie oft hatte er dieses Wort nicht schon im Munde geführt. Sie war sein täglich Brot. Wie leicht es ihm über die Lippen ging, wie auch die anderen herabgewürdigten Wörter: Freiheit, Gleichheit, Menschenrechte – die die Menschen zitierten, nach denen sie aber nie lebten. Der tote Buchstabe und das lebendige Wort. Wieso hatte er nie begriffen, dass die Demokratie nur dann überlebte, wenn die Macht verteilt wurde, und nicht, wenn sie sich in den Händen weniger konzentrierte?

Warum war er so klug und so töricht zugleich?

Er fuhr sich durch die Haare. Was konnte die Politik tun? Wie konnte man ein System verändern, das so starr, so sklerotisch geworden war, dass die Fundamente anzugreifen, auf denen es mittlerweile ruhte – zügelloser Materialismus und die Globalisierung aller kommerziellen Aktivitäten –, das Risiko eines Abgleitens in den Bürgerkrieg barg? Ihm war sehr wohl bewusst, wie die Globalcoms argumentieren würden. Wie ein Ungeheuer der griechischen Mythologie, dessen Bauch immer dicker wurde, konnten sie höhere Profite nur dadurch erzielen, dass sie sich immer mehr einverleibten. Seid gierig, lautete ihr Schrei auf dem menschlichen Marktplatz. Autos, Yachten, menschliches Fleisch, Lebensmittel – was spielten die Kosten für die Menschheit schon für eine Rolle? Wecke einen Wunsch und sorge dann dafür, dass er befriedigt wird, darum ging es den Konzernen in Wirklichkeit. Doch dafür musste eine Gesellschaft existieren, in der das Kreditrating das Kriterium für den Wert eines Menschen und seinen Anspruch war, überhaupt etwas zu bekommen.

Die Globalcoms aufzufordern, sie sollten sich ändern, war ungefähr so, als ob man ein Krokodil bitten würde, auf seine Zähne zu verzichten. Der Magen wäre zwar immer noch vorhanden, doch die Fähigkeit, die Beute zu verschlingen, wäre für immer beschädigt. Dennoch, wenn man zuließ, dass die Globalcoms in ihrer derzeitigen Gestalt überlebten, würde die Gesellschaft sich spalten und auseinander brechen, während die Menschheit an ihrer tödlichen Krankheit – der unersättlichen Gier – zugrunde ging.

Wo befand *er* sich in diesem Chaos? Wann war der Punkt erreicht, an dem er diesen Weg nicht mehr weiter beschreiten konnte? Er wusste es nicht. Eines war ihm aber völlig klar: Seine Politikerkollegen waren in ihrer überwältigenden Mehrheit

nicht mehr Herr der Entwicklung, sondern mittlerweile Diener dieses zwanghaften Triebs zur Selbstauslöschung. Wie konnte man diesem Dilemma entrinnen?
»Sir. Jemand möchte Sie dringend sprechen.«
Ein Staatsbeamter stand in der Tür. Es war nach Mitternacht, und der Premierminister hatte gebeten, nicht gestört zu werden; doch Anordnungen galten nichts mehr in einer Welt, in der die Dinge in ihre entscheidende Phase traten.
»Wer ist es?«
»Der amerikanische Botschafter.«
Weitere Hiobsbotschaften also. Oder erwarteten ihn gute Neuigkeiten, nur eben zur ungelegenen Zeit?
»Herr Premierminister.«
Reedon bedeutete dem Botschafter, Platz zu nehmen. Er war mit der Präsidentin befreundet, und sicherlich hatte sie ihn nur geschickt, weil sie ihm etwas Wichtiges mitteilen wollte. Er setzte sich. Er war groß und schlank und verfügte über all das Geschick und die ganze Gerissenheit eines vollendeten Staatsdieners. Er war der Letzte in der langen Reihe einer Familie von Regierungsbeamten und wusste, wie man etwas im gleichen Ton präsentierte wie seine Chefin. In diesem Fall, kurz und bündig. Das war ihr Stil, und er hatte sich danach zu richten.
»Es tut mir Leid, dass ich Sie zu einer solch späten Stunde noch störe. Aber die Präsidentin hat mich angewiesen, Ihnen diesen Brief persönlich auszuhändigen. Sie bittet darum, das Schreiben unmittelbar nach Erhalt zu vernichten.«
Damit überreichte er dem britischen Premier einen versiegelten Briefumschlag. Reedon erkannte die große Handschrift von Monica Dankwerts wieder und sah, dass sie das Schreiben offenbar in großer Eile verfasst hatte.
»Wann hat die Präsidentin Sie entsandt?«

»Vor sechs Stunden. Nachdem sie mir den Brief ausgehändigt hat, bin ich sofort mit der Airforce One hierher geflogen.«
»Verstehe.« Er öffnete den Briefumschlag und las den Inhalt des Schreibens.

»James, Lars Pedersen hat sich mit mir in Verbindung gesetzt. Ihr Code auf der gesicherten Leitung ist entschlüsselt worden. Kommunizieren Sie weder mit mir noch mit Lars via Mother.«

Er erhob sich von seinem Stuhl und steckte den Brief in einen Aktenvernichter.
»Sonst noch etwas?«
Der Botschafter rutschte etwas unruhig auf seinem Stuhl herum. Reedons Gesichtsausdruck und sein eigentümliches Gebaren ließen erkennen, dass er unter enormem Druck stand. Dem er vermutlich nicht mehr lange standhalten konnte.
»Wie ist die Lage in Großbritannien im Hinblick auf die Unruhen?«
Reedon öffnete den Mund, schloss ihn dann aber wieder. Sollte er dem Botschafter die Wahrheit sagen? »Die Situation ist äußerst explosiv. Wir hatten gehofft, dass sich die Verhältnisse nach der Aktionswoche beruhigen würden, aber stattdessen hat sich alles nur noch verschlimmert. In fünfundzwanzig Städten ist es zu größeren Ausschreitungen gekommen, die sich bis in die Nacht hingezogen haben. Mehr als achtzig Tote, überall ist es zu Plünderungen und Sachbeschädigungen gekommen. Wir setzen bewaffnetes Militär ein.«
»Wie viele Menschen sind heute auf die Straße gegangen?«
Reedon zögerte. Das war eine höchst sensible Information. Nur er und ein, zwei andere hochrangige Beamte kannten die Zahlen. »Wir gehen von über einer Million aus.«

Der amerikanische Botschafter zuckte leicht zusammen; die Briten verloren die Kontrolle. »Die Präsidentin«, fuhr er fort, »macht sich Sorgen, dass die Aufstände auf die Vereinigten Staaten übergreifen könnten. Bei uns gab es nach der Weltaktionswoche gegen Mother zwar zahlreiche spontane Ausbrüche von Gewalt, doch keine landesweiten Demonstrationen.«

Kühl antwortete Reedon: »Ihr Land sollte sich auf das Schlimmste vorbereiten. Was wir hier erleben, ist nur die Spitze des Eisbergs.«

»Was soll das heißen?«

»Dass Menschen auf der ganzen Welt erkannt haben, was geschieht, wenn Mother in ihrer jetzigen Form fortgeführt wird. Für die unteren Kreditnehmer ist das nicht mehr hinnehmbar.«

Der Botschafter schwieg. Er würde das alles an seine Chefin weiterleiten.

»Sonst noch etwas?«, erkundigte sich Reedon.

»Nur eines noch: Als Sie letztes Mal mit der Präsidentin zusammentrafen, hat sie mit Ihnen da über eine Privatsache gesprochen?«

»Wie bitte?«

»Über eine absolut *private* Angelegenheit?«

Reedon runzelte die Stirn. Was wollte der Botschafter damit sagen? Plötzlich wurde es ihm klar. »Ja, durchaus.«

»Die Präsidentin ist im Besitz des Namens, um den Sie sie gebeten haben. Es handelt sich um Ihren Außenminister, Anthony Stone. Er ist der fragliche Mann.«

Entsetzen malte sich in Reedons Gesicht. Er hatte das Gefühl, als hätte ihm jemand einen Dolch tief zwischen die Rippen gebohrt.

»Herr Premierminister, geht es Ihnen nicht gut? Herr Premierminister?«

Bestürzt erhob sich der Botschafter von seinem Stuhl. Hatte der Premier einen Herzanfall erlitten?
»Keine Sorge, es ist alles in Ordnung. Aber Sie sollten jetzt gehen«, antwortete Reedon matt.
Der Botschafter verließ sein Arbeitszimmer, und Reedon blieb regungslos auf seinem Stuhl sitzen. Die Präsidentin hatte ihm soeben den Namen jener Person verraten, die ein Attentat auf ihn plante.
Es handelte sich um seinen engsten politischen Verbündeten.

21

Von der obersten bis zur untersten Sprosse der Leiter
wird Gier erregt, ohne zu wissen, wo sie ihren letzten Halt findet.
Nichts kann die Gier stillen, denn ihr Ziel
liegt weit jenseits dessen, was sie erreichen kann.
Emile Durkheim

»Noch mehr, Sir?« Der Kellner wich ihm nicht von der Seite. Es war Abend, und Oswald saß in seinem Wintergarten. Er war nachdenklich und missmutig – was ihm gar nicht ähnlich sah. Da ihm im Laufe des Tages meist nur sehr wenige Gedanken durch den Kopf gingen, war sein Hirn jetzt ein wenig überlastet. Er empfand dies als ziemlich beängstigend, und so fühlte er sich ausnahmsweise verletzlich.

»Noch etwas Wein, Sir?« Henri, der Manager des *Marybelle* wiederholte die Frage des Kellners.

»Nein.«

Henri konnte verstehen, warum sein Gast so verwirrt war. Er sah in die Richtung, in die Oswald blickte. Zusammen mit Pia planschten mehrere Personen in seinem Swimmingpool. Die meisten von ihnen waren seine Diener und genossen das Leben in vollen Zügen, und zwar ausnahmsweise mit jemandem, der genauso alt war wie sie. Das war keine Situation, die Oswald gewünscht oder vorausgesehen hatte. Sein Pool gehörte ihm. Leider hatte Pia die Benutzung seines Pools zur Bedingung dafür gemacht, dass sie am Abend mit ihm dinierte.

»Ich will die Frau loswerden. Sie muss gehen.«
»Selbstverständlich, Sir«, pflichtete Henri ihm bei. »Allerdings ist auch sie Gast in unserem Hause.«
Oswald verkniff sich eine Antwort. Er konnte es nicht ausstehen, wenn man ihm Steine in den Weg legte. Dieses Weib wusste nicht zu schätzen, wer er war: Das war das Problem. »Morgen reise ich ab.« Selbst wenn sie irgendwelche Informationen für ihn hatte, er konnte gut darauf verzichten.
»Wie Sie wünschen, Sir.« Henri hielt kurz inne und sagte dann: »Würde es die Höflichkeit vielleicht gebieten, dass Sie sich vor Ihrer Abreise von ihr verabschiedeten?«
Oswald schnaubte verächtlich. Ja, das würde er schon tun. Langsam erhob er sich aus seinem Stuhl, wobei Henri ihm half. Er würde ihr in aller Deutlichkeit sagen, was er von ihr hielt. Er würde kein Blatt vor den Mund nehmen. Sie war austauschbar, so wie alle anderen. Abgesehen von ihm, natürlich.
»Ich mache das selbst.«
»Wie Sie wünschen, Sir«, sagte Henri leise.
Oswald trat aus seinem Wintergarten. Vor ihm erstreckte sich ein von Bäumen gesäumter und beleuchteter Weg, der sich zum darunter gelegenen Swimmingpool hinabschlängelte. Es war ein herrlich lauer Abend, doch weil er anstrengende Fußmärsche nicht mehr gewohnt war, musste er alle paar Schritte stehen bleiben und tief durchatmen.
Unter ihm, am Pool, waren die Diener gegangen, sie wollten sich umkleiden und auf das Abendessen vorbereiten. Pia war allein im Wasser, sie hatte sich auf den Rücken gedreht und betrachtete den Himmel, an dem eine stattliche Menge von Sternen glitzerte. Es war ein perfekter und sehr lustiger Tag gewesen. Ringsum war es still. Gehalten und getragen vom Wasser, ohne einen Gedanken an das Morgen, verlor sie langsam das

Gefühl für ihren Körper. Er löste sich auf und verschmolz mit der Umgebung, so dass ihr Geist nicht mehr von ihm gestört wurde. Als sie sich ganz auf den Sternenhimmel konzentrierte, kam sie sich vor wie ein Blatt, das in einem Bach dahintrieb. Eine große Ruhe senkte sich über ihre Seele, und allmählich entschwanden die innerlichen Verletzungen der Vergangenheit, als wären sie vom Wasser des Pools fortgeschwemmt worden.

Geschützt durch den Schatten der Orangenbäume, die auf einer Böschung neben dem Pool standen, sah Oswald ihr zu. Er hatte sich auf eine Steinbank gesetzt, um zu verschnaufen. Jetzt beobachtete er Pia, wie sie fast regungslos im Wasser lag. In dem dämmrigen Licht hatte der Anblick etwas Magisches, so als ob sie, gleich einer Jungfrau aus der Artus-Sage, wie von Zauberhand bewegt im Wasser dahinschwebte. Diese seltsame Erscheinung faszinierte ihn so sehr, dass sich all seine Rachegelüste aufzulösen begannen. Stattdessen schlich sich ein bislang unbekanntes Gefühl in sein Herz, weshalb er sitzen blieb und Pia weiter zuschaute.

Schließlich schwamm sie zum Beckenrand, legte die Hände auf die Betoneinfassung und stemmte sich schwungvoll aus dem Wasser. Dann blieb sie einen Augenblick stehen, hob die Hände zum Nacken und drückte das Wasser aus den langen, blonden Haaren. Es war eine so natürliche, so kindliche Geste, dass Oswalds Herz einen kleinen Sprung tat. Ein winziger Lichtstrahl fiel in seine eiserne Welt voller Falschheit. Er hatte geglaubt, die junge Frau sei gekommen, um ihm eine Botschaft zu übermitteln. Konnte es sein, dass sie selbst die Botschaft war? Aber wenn dem so war, dann konnte nur *einer* sie zu ihm geschickt haben.

Lars Pedersen.

* * *

»Was möchten Sie essen?« Oswald versuchte, höflich Konversation zu machen. Wenigstens sein Eröffnungszug war schlüssig. Pia warf einen abschätzigen Blick auf den Weinkellner und die sechs weiteren Bediensteten.
»Einen Salat mit Hühnchenfleisch und gekochtem Schinken, dazu einen Weißwein.«
»Wie bitte?«
»Salat mit Schinken und Hühnchen.«
»Aber was ist mit der Delfinsuppe? Mit dem Pfau mit Spargel ...«, er griff nach der Speisekarte.
»Ach, so etwas schmeckt mir nicht, das ist zu fett.«
Er sah sie an, konsterniert und wütend. Was sollte er tun? Wieso gehorchte sie ihm nicht einfach so wie alle anderen? Er wusste immer, was zu tun war, verdammt noch mal. Man musste sich doch nur einmal ansehen, wie reich er geworden war – eben weil er seine eigenen Ratschläge befolgt hatte.
»Das ist kein Problem, Madam«, erwiderte Henri seelenruhig. »Und was für einen Weißwein möchten Sie?«
»Einen süßen«, antwortete Pia lächelnd. Sie fand Henri sehr sympathisch, er war so sanft. Wie konnte er es nur mit einem Monstrum wie Oswald aushalten? Vermutlich des Geldes wegen. Es war doch immer dasselbe. Alle versuchten Glück im Reichtum zu finden. Hatte sie das nicht bis vor kurzem auch gewollt?
»Und für Sie, Sir?«
»Eine Flasche 1955er«, grummelte Oswald.
»Nein, das geht nicht«, sagte sie ganz ruhig, während sie die Serviette auseinander faltete und sich auf die Oberschenkel legte. Oswald lief puterrot an. Er hatte die Nase voll. »Ich trinke, was immer ich möchte. *Wagen Sie es nie wieder, ...*«
Sie machte eine wegwerfende Handbewegung. Er sah sie an,

ihre achatblauen Augen fixierten ihn ebenso fest. »Nun hören Sie mir mal gut zu: Wenn Sie mit mir schlafen wollen, dann reißen Sie sich gefälligst zusammen. Ich schlafe mit reichen Männern, aber nicht mit dicken oder solchen, die Kokain schnupfen, weil ich das nämlich nicht mag. Haben Sie mich verstanden?«

Schweigen. Oswald war zumute, als hätte man ihm ein rostiges Messer in die Eingeweide gebohrt. Vor lauter Entsetzen und Scham blieb ihm der Mund offen stehen. Die Schar der Bediensteten stand noch immer wie versteinert neben ihm.

Pia trank einen Schluck Eiswasser und sagte leichthin: »Könnten Sie uns bitte solange allein lassen, bis Ozzy sich überlegt hat, was er essen möchte.« Lässig blätterte sie in der Speisekarte, ohne dass es sie im Geringsten scherte, welch große seelische Verheerungen sie bei ihrem Tischnachbarn dadurch anrichtete. Angeführt von Henri, verließen die Diener hintereinander den Speisesaal. Heute Abend herrschte zwischen den beiden ein anderer Ton. Wahrheit lag in der Luft.

Oswalds Mund zuckte ein paar Mal. Es fiel ihm schwer, all die Gefühle auszudrücken, die wie ein Sturzbach über ihn hereinbrachen. Im Vordergrund standen Wut und Scham. Doch in die dunklen Winkel seines Seins war auch ein neues Gefühl eingedrungen. Er war gekränkt. Sie hatte ihm wehgetan.

»Gefällt Ihnen mein Kleid?«

Pia trug ein einfach geschnittenes weißes Kleid, das ihre Figur sehr vorteilhaft zur Geltung brachte. Es gehörte ihr.

»Ja«, brummte er schließlich. Es stimmte; er mochte das Kleid tatsächlich.

»Besser als dasjenige, das Sie mir gestern aufgezwungen haben?« Sie schmunzelte. Wie schnell sich die Dinge doch änderten. Oswald war seiner eigenen Lasterhaftigkeit zum Opfer gefallen. Er war noch nie einer Frau begegnet, die so reich war, dass sie keinerlei Interesse an ihm zeigte. »Was möchten Sie essen?«

»*Ich* möchte …« Er hielt inne.

Ja, was wollte er denn? Er begann die Speisekarte zu lesen. Gleichzeitig überlegte er, ob er wirklich so großes Übergewicht hatte.

Am Ende entschieden sie sich für ein einfaches Mahl. Pia plauderte über die Eindrücke, die sie vom Hotel gewonnen hatte, da es ihr Los war, Oswald zu bitten, sich mit ihr zu unterhalten, denn diese Kunst beherrschte er nicht mehr. Während sie redete, musterte Oswald sie. Sie war sicher nicht die kultivierteste Frau, mit der er je zusammen gewesen war, auch nicht die brillanteste. Und dennoch: Als er Pias anmutige Bewegungen, ihre Natürlichkeit und Lebensfreude sah, begann er zu grübeln und dachte, dass sein Leben auch ganz anders hätte aussehen können.

»Höchste Zeit, dass ich zu Bett gehe.« Das Mahl war beendet; nach dem Sonnenbad und dem Schwimmen fühlte sich Pia etwas schläfrig.

»Und – reisen Sie nun morgen ab?« Oswalds Stimme klang fast ein wenig verzagt.

»Nein, nicht morgen.« Sie krauste die Nase. »Nein, morgen gehen wir einkaufen.«

»Einkaufen?« Er war hocherfreut. Jetzt hatte er eine Schwäche bei ihr entdeckt, und die würde er weidlich ausnutzen. Kauf ihr etwas zum Anziehen, und sie ist dein, mit Leib und Seele.

»Aber ja doch«, fuhr Pia verträumt fort. »Du bist ja so schlecht angezogen, Ozzy. Wer wählt eigentlich deine Kleidung aus?«

Wieder kam es ihm vor, als wühlte ein rostiges Messer in seinen Innereien. Zum Glück sprang Henri für ihn ein und erklärte Pia, warum er darauf keine Antwort geben könne. »Ein gewisser Mr. Lombardi, Madam, ein italienischer Herr.«

Sie lachte vergnügt. »Das ist ein Gauner, Oswald. Wie du dein Geld verschleuderst ...«

Nachdem sie gegangen war, blieb er noch am Tisch sitzen und dachte nach. Aber es ergab keinen Sinn. Der einst so agile Investmentbanker kam nicht auf die Antwort, ganz gleich, wie sehr er sich das Hirn auch zermarterte. Schließlich rief er Henri. Dem entging nichts, deshalb war er der Manager des Hotels. Er wurde schließlich dafür bezahlt, über alles Bescheid zu wissen.

»Was soll ich mit dieser Frau, diesem Monster, tun?«

Henri seufzte leise auf. Wenn sein Gast doch nur ein einziges Mal eine eigene Meinung haben würde. »Ich glaube, sie kann Sie gut leiden, Sir.«

»Wieso können Sie so etwas behaupten?«, fauchte Oswald. Sie hatte ihn fortwährend attackiert, hatte ihm Stiche versetzt, dort, wo es ihm am meisten wehtat, ins Herz.

»Weil sie Ihnen die Wahrheit sagt.«

22

Streng, erbarmungslos führt das Schicksal
einen jeden von uns.
Iwan Turgenjew

Österreich. Sechs Uhr morgens, der Wecker klingelte. Die Ehefrau des britischen Premierministers Susan Reedon wachte auf.

Sie regte sich in ihrem warmen Hotelbett, sträubte sich aber dagegen aufzustehen. Doch an diesem Morgen wollte sie noch ein letztes Mal Ski laufen; das hatte sie sich selbst versprochen. Schlaftrunken streckte sie sich und schob ein Kissen in den Nacken. Noch ein paar Minuten schlummern, dann würde sie aufstehen. Heute war ein wichtiger Tag in ihrem Leben, ein freudiger. Ihre Tochter Natalie wurde fünfzehn. Das Hotel hatte eine Überraschungs-Geburtstagsparty für sie vorbereitet.

Außerdem war es ihr letzter gemeinsamer Urlaubstag. Morgen würden sie nach Großbritannien zurückkehren – wo weitere düstere Nachrichten sie erwarteten. Die Krawalle der unteren Kreditnehmer hatten sich fortgesetzt. Schließlich war die Armee doch aus den Kasernen ausgerückt, um den Polizeikräften bei der Wiederherstellung der öffentlichen Ordnung zu helfen. Ihr Mann hatte sich entschieden gegen den Beschluss zur Wehr gesetzt, aber es war einfach nicht möglich, den Gewalttätigkeiten auf andere Weise Einhalt zu gebieten. Das Land versank im Chaos. Doch was in Großbritannien geschah, war nur die

Spitze des Eisbergs, in anderen Ländern herrschten bestimmt bald ähnliche Zustände.

In den vergangenen Tagen hatte sich in Susan ein tiefes Gefühl der Vorahnung festgesetzt. Als sei ihr unbewusst klar geworden, dass die Welt unaufhaltsam auf eine globale Katastrophe zusteuerte und die Politiker nicht mehr Herr der Lage waren. Und ihr eigener Mann? Seine Tage als Premierminister waren sicherlich gezählt. Er war nicht mehr in der Lage, die Interessen der herrschenden Elite mit der zunehmenden Not der Armen zu versöhnen. Dennoch, er hatte ihr nochmals versichert, nicht von seinem Amt zurückzutreten.

Was war zu tun? Wie viele britische Staatsbürger war auch Susan verwirrt, konsterniert und versucht, die Hände zu ringen. Das Problem war nur, dass weder sie noch die anderen genug über Mother wussten. Trotz der großen Publicity und der »offenen Dokumentation« hinsichtlich des weltumspannenden Computernetzwerks war den Menschen nicht klar, wie der Rat tatsächlich funktionierte; sie kannten weder die tatsächlichen Standorte der Einzelsysteme, aus denen Mother bestand, noch die Abkommen zum Informationsaustausch zwischen den einzelnen Staaten. Kurzum, so wie die Öffentlichkeit kannte auch die Ehefrau des britischen Premierministers die Wahrheit nicht und würde sie nie erfahren; denn diese zu enthüllen würde ebenjenes Fundament zerstören, auf dem Mother errichtet worden war. Susan drehte sich im Bett um. Warum wachte sie seit einigen Tagen immer mit einem solch bedrückenden Angstgefühl auf? Weil sie dem Premierminister am nächsten stand und erlebte, wie er sich wegen dieser Fragen den Kopf zerbrach? Oder weil sie, wie so viele, tief im Inneren spürte, dass Mother das Problem und nicht die Lösung war?

Sie stand auf und redete den ganzen Weg zur Dusche mit sich

selbst. Und die Zukunft? Ihr Mann musste zurücktreten, das stand fest. Nötigenfalls würde sie ihn dazu zwingen. Die Situation erforderte jemanden anders, einen Mann von anderem Kaliber. Nachdem James zurückgetreten wäre, würden sie ins Ausland gehen. Vielleicht nach Garsten. Die Gegend um den Ort war eine geschützte Zone, und die Österreicher waren freundliche Leute. Hier würden sie Ruhe und Frieden finden, während der Sturm über die Welt der Politik hinwegfegte. Das alles wollte sie ihm sagen, wenn sie ihn morgen traf, und er würde bestimmt auf sie hören.

Sie duschte, trocknete sich Arme und Beine ab, dann ging sie ins Schlafzimmer zurück und zog ihren hellroten Skianzug an. In Wirklichkeit war die Zwangsregistrierung der Bevölkerung in Mother unausweichlich. Doch was wäre so schlimm daran? Die Aktivitäten der Terroristen würden unterdrückt; die Geldströme könnten besser zu den Armen und Benachteiligten der Welt dirigiert werden. Und die Reichen, so wie sie? Die würden noch reicher werden. Wofür allerdings nicht Mother verantwortlich war. Ungleichheit und Ungerechtigkeit würde es immer geben, daran konnten auch Computer nichts ändern. Natalie würde selbstverständlich ein schönes Leben haben. Sie würde das viele Geld ihrer Eltern erben, ihr Leben würde immer erfüllt sein – mit Dienern, geschützten Zonen und grenzenlosen Chancen. Sie war eine Siegerin von Geburt an. Aber die Kinder der Armen? Susan Reedon wanderte unruhig im Zimmer umher. Warum machte sie sich wegen derlei Gedanken? Sie konnte ohnehin nichts dagegen tun. Niemand konnte den Lauf der Welt aufhalten, nicht einmal ihr Mann, der Premierminister.

Konnte er denn verhindern, dass die albanische Regierung verkündete, sie werde in ihrem Land ausschließlich die pharmazeutischen Produkte von UniversalDrug zulassen – im Tausch gegen den Erhalt von Milliarden Global Entwicklungshilfe? Konnte er verhindern, dass PleasureDome den Rest des brasilianischen Regenwaldes aus Gründen der wirtschaftlichen Nutzung und des Tourismus erwarb? Oder dass Gambia die Volljährigkeit auf zwölf senkte? Das waren unabhängige Staaten. Wer konnte ihnen das souveräne Recht verweigern, ihre Staatsbürger zu verkaufen oder ihre Kinder zu verraten? Das Geld *war* der Gott. Das war die große Wahrheit des 21. Jahrhunderts, und nichts vermochte das zu ändern.

»Ich muss jetzt los«, murmelte Susan. Vollständig bekleidet, verließ sie ihre Suite und ging den Flur entlang zum Hotelzimmer ihrer Tochter. Ein Leibwächter, der davor stand, öffnete ihr die Tür.

»Komm schon, du Faulpelz, Zeit zum Aufstehen.«

Sie stieß Natalie an. Sie lag fast vollständig unter der Bettdecke, seufzte kurz und fragte: »Darf ich noch ein bisschen länger schlafen, Mum?«

»Willst du denn nicht Ski laufen?«

Natalie drehte sich widerstrebend um und verzog das sommersprossige Gesicht, als sie ihre Mutter sah. »Kann ich heute Morgen im Bett bleiben? Alles ein wenig ruhig angehen lassen?«

Sie zögerte. »Ja, natürlich. Ich gehe Skilaufen, bin aber vor zwölf wieder zurück. Und vergiss nicht, zu packen.« Dann stieß sie ihre Tochter noch einmal an. »Hast du nicht etwas vergessen?«

Natalie regte sich. Endlich setzte sie sich auf und schenkte ihr ein fröhliches Lächeln. »Nö.«

»Wenn du Zeit hast, aufzustehen, findest du dein Geschenk auf dem Tisch. Happy Birthday, Liebling.«

»Du bist die größte, Mum.«

»Um zwölf bin ich wieder da.«

Damit verließ sie das Zimmer. Wenn Natalie endlich aus dem

Bett gekommen wäre, würde sie ihr Geburtstagsgeschenk vorfinden: Ferien in einer geschützten Zone in Südafrika. Sie hatte ihre Eltern während des ganzen letzten Jahres immer wieder darum angebettelt. Hoffentlich bekam sie gute Zeugnisnoten.
Susan stieg die Treppe zum Rezeptionsbereich des Hotels hinunter. Da es noch früh am Morgen war, waren nur wenige Hotelgäste in der Nähe. Aber ihre Leibwächter warteten bereits auf sie.
»Fertig?«
Die beiden Männer grinsten. Sie waren Soldaten eines britischen Sondereinsatzkommandos, und das hier war ein einfacher Auftrag. Normalerweise schützten sie Chefs von Globalcoms oder A1-Kreditnehmer und nicht die hochangesehene Ehefrau des britischen Premiers. Genau genommen machten sie Urlaub hier, und sie hatten vor, die Zeit genauso zu genießen wie sie.
Kurz vor der Hoteltür wandte sich Susan noch einmal um. Hätte Natalie vielleicht doch mitkommen sollen?

23

Die Macht erschafft Götter, die Tugend Märtyrer.
Charles Horton Cooley

Im modernen Turm zu Babel in Helsinki, dem pyramidenförmigen Gebäude, das den Rat von Mother beherbergte, begann ein ganz normaler Werktag, und in allen Räumen herrschte geschäftiges Treiben.
Die anfallenden Daten wurden von über dreitausend Angestellten verarbeitet, wobei die meisten von ihnen in diesem Gebäude und nur wenige in dem riesigen unterirdischen Bunker arbeiteten, in dem die finnische Datenbank von Mother, hundert Kilometer nördlich von Helsinki, untergebracht war. Zum Datenmaterial gehörten unter anderem sämtliche täglichen Aktivitäten der Bürgerinnen und Bürger Finnlands, bei denen sie ihren Augenabdruck benutzten, zum Beispiel Zugfahrscheine, Benzin, Eier und Milch kaufen, den Kontostand überprüfen, die neuesten Nachrichten anschauen, sich die Resultate der Eishockeyspiele vom Vorabend ansehen.
Außerdem umfasste das Datenmaterial, das verarbeitet wurde, die Tätigkeiten auf kommerziellem Gebiet im ganzen Land: die automatische Abbuchung von Rechnungsbeträgen, der Kauf und Verkauf von Aktien, das Verschicken von geschäftlichen Nachrichten sowie Gespräche mit Kollegen. Das alles wurde in Mother gespeichert, und zwar dank der global vernetzten Monitore. Fernsehen, Telefon, Fax, Radio, das Internet, diese

einstigen Mittel der Kommunikation waren längst zu einem einzigen verschmolzen (mehr noch: diese früheren Bezeichnungen waren ganz aus dem Wortschatz gestrichen). Alles war ersetzt worden durch eine nationale Datenbank, die mit anderen weltweit vernetzt war, und alles wurde durch Steuern finanziert. Was wollte man mehr, außer einem Monitor?
MOTHER IST EINE SÄULE FINNLANDS.
Noch ein Werbespruch, den Fromm & Terror, der riesige global operierende Werbekonzern, ersonnen hatte. Dieser und ähnliche Slogans, die als Erstes auf den Bildschirmen in Finnland erschienen, wurden alle zwei Wochen entsprechend dem weltweiten Abkommen zwischen der New Yorker PR-Agentur und dem Rat von Mother ausgewechselt.
Natürlich *bearbeitete* das finnische Personal weder private noch geschäftliche Transaktionen. Dies geschah an der Quelle, dort, wo der betreffende Monitor die Transaktion aufzeichnete – ob diese nun in einem Geschäft, einem Büro, einem Ministerium oder einem Privathaushalt erfolgte. Zudem mussten die Angestellten des Rates kaum einmal etwas überprüfen. Das erledigte Mother automatisch, denn durch den Augenabdruck ließ sich jeder Nutzer zweifelsfrei identifizieren. Infolgedessen gab es so gut wie keine Kriminalität mehr, zumal nachdem auf allen Straßen (und in allen öffentlichen Gebäuden und Büros) Überwachungskameras installiert worden waren sowie aufgrund der Tatsache, dass praktisch alle wichtigen Transportmittel wie Automobile, Flugzeuge, Yachten per Augenabdruck betrieben wurden. Was also *taten* die Angestellten von Mother? Sie überprüften alle Abweichungen, die das System ausspuckte. Außerdem stimmten sie sich mit den anderen nationalen Datenbanken ab, um sicherzustellen, dass auf der Welt alles bestens war, und berichteten ihren Chefs davon.

Für den stellvertretenden Vorsitzenden von Mother, Doug Sullivan, hatte die frühmorgendliche Sitzung mit seinen Helsinkier Abteilungschefs stets den gleichen Ablauf. Sie war längst zum Ritual geworden. Sullivan saß am Kopfende eines langen, rechteckigen Tisches und nippte an seinem Kaffee ohne Milch und Zucker, während er den Berichten der Abteilungsleiter, die ihm am Granittisch gegenübersaßen, mit halbem Ohr zuhörte. Hin und wieder richtete er den Blick auf den riesigen Bildschirm an der Wand, über den die Berichte der Mitarbeiter aus aller Welt und anderen Orten in Finnland hereinkamen.
»Der Betrieb aller zweihundert nationalen Datenbanken verläuft einwandfrei, Sir.«
Sullivan wandte den Blick von dem hageren Globalen Datenbankenkoordinator ab, der auf dem Bildschirm zu sehen war.

»Mit der finnischen Mother-Datenbank gibt es keinerlei Probleme. Drei Terroristen sind bei dem Versuch, einen Militärstützpunkt in der Nähe von Kuukso anzugreifen, ums Leben gekommen.«

Er grinste. Reine Zeitverschwendung. Die finnische nationale Datenbank war gar nicht dort versteckt. Er nickte dem Abteilungschef zu, der ihm direkt gegenüber saß.

»In wenigen Monaten wird Island als erstes Land der Welt alle Bürgerinnen und Bürger in Mother registrieren. Schweden, Norwegen, Portugal und Deutschland werden in Kürze folgen.«

Der Organisationschef für die globale Registrierung sagte sein Sprüchlein auf. Sullivan biss in einen Doughnut. Alle diese Titel waren bedeutungslos, aber die Leute ließen sich leicht blenden.

Immer mehr Berichte kamen herein. Sobald alle mit den Datenbanken zusammenhängenden Angelegenheiten erledigt waren, ging er zu anderen Themen über, die Mother betrafen. Dazu gehörten die Auswechslung politischer Führungskräfte, Geheimdienstinformationen sowie die weltweite Lage hinsichtlich der Demonstrationen.

»Vielen Dank.«

Inzwischen war es zehn Uhr morgens, und die tägliche Berichterstattung war beendet. Nichts von Interesse. Bis auf die eine Sache, über die er die Abteilungsleiter in Kenntnis setzen musste. Sullivans schmales Gesicht nahm einen düsteren Ausdruck an, der dem Thema entsprach. Dann schob er seinen Kaffeebecher beiseite.

»Ich habe Ihnen eine traurige Mitteilung zu machen.« Die Mitarbeiter betrachteten den stellvertretenden Vorsitzenden respektvoll. Ihr Chef war hager, kleinlich, arbeitssüchtig, reizbar. Ein typisches Produkt der amerikanischen Geheimdienste, sehr geschäftsmäßig, ohne Zeit für geselliges Geplauder. Autoritär, das war sein Führungsstil. Skrupellos, und das auf kalkulierende Art und Weise.

»Es tut mir leid, Ihnen mitteilen zu müssen«, fuhr Sullivan fort, »dass unser Vorsitzender, Lars Pedersen, schwer erkrankt ist. Wir wissen noch nicht, ob er seine Arbeit wieder aufnehmen kann.«

»Was ist mit der nächsten Ratssitzung?«, fragte der finnische Büroleiter.

»Ach ja, die Ratssitzung«, erwiderte Sullivan vage, als sei auch ihm diese Frage gerade in den Sinn gekommen. »Wie Sie wissen, tagt der Rat in zwei Wochen hier in Helsinki. Wir bezweifeln, ob es Lars dann schon wieder so gut geht, dass er daran teilnehmen kann. Ich vertrete ihn deshalb, und wir machen so normal wie möglich weiter.«

Es herrschte aufmerksames Schweigen. Deshalb schob Sullivan noch weitere wichtige Informationen nach. »In einer Stunde wird in Mother ein ärztliches Bulletin zu Lars' Gesundheitszustand veröffentlicht.«
»In welchem Krankenhaus liegt er?«, fragte die Direktorin der Telekommunikation, die Lars besuchen wollte.
»Ach, er befindet sich gar nicht im Krankenhaus«, antwortete Sullivan ruhig. »Wissen Sie, er wollte zu Hause sterben.«
Besorgtes Gemurmel. Sullivan lächelte eisig. Endlich hatten sie es begriffen. Die übrigen Mitarbeiter im Gebäude würden es auch noch kapieren. Der alte Kaiser lag im Sterben, der neue hielt Einzug. »Also, das wär's dann für heute Morgen«, schloss er die Sitzung.
Die Abteilungsleiter erhoben sich von ihren Stühlen. Sie dachten beinahe das Gleiche. Am besten stellten sie sich auf ihren neuen Chef ein; er war viel abgebrühter als Pedersen, ein Technokrat, der Loyalität und Ergebnisse verlangte, und zwar in dieser Reihenfolge. Was konnte man also tun, um bei ihm gut angeschrieben zu sein?
Die Tür zum Konferenzraum schloss sich. Sullivan zog ein Päckchen Zigaretten aus der Tasche und zündete sich eine an. Das Ganze war ein Kinderspiel gewesen, wie immer. Weil er wusste, wie man mit solchen Leuten umging. Denn im Kern ging es bei Macht um Kontrolle, und der Kern von Kontrolle war Dominanz. So *drehte* sich die Welt. Dass sie diese schlichte Wahrheit nicht begriffen, das war der Grund, warum so viele Menschen keinen Erfolg im Leben hatten. Sie waren nicht bereit, ihren Willen so kraftvoll durchzusetzen, dass sie bekamen, was sie wirklich wünschten. Kurzum, sie waren nicht bereit zu dominieren.
Sullivan lehnte sich behaglich in seinem Stuhl zurück. Alle

Wahrheiten über den Menschen, sagte er sich, sind im Grunde ganz einfach. Es sind Axiome, die das menschliche Verhalten festlegen. Zum Beispiel lag es auf der Hand, dass alle Gesellschaften auf die Zentralisierung und Globalisierung der Macht zusteuerten. Warum? Weil in der Menschheitsgeschichte eine innere Tendenz vorherrschte, die Strukturen der Macht auf die ganze Welt auszudehnen, um so ihre maximale Effizienz sicherzustellen und jeden Widerstand dagegen zu brechen. Er hatte das schon vor langer Zeit begriffen.

Er tat einen tiefen Zug an seiner Zigarette und blickte mit seinen schlammgrauen Augen zur Decke.

Vor langer Zeit hatte er aber auch noch etwas anderes verstanden, nämlich dass es für einen Einzelnen sehr schwierig sein würde, in einer globalen Gesellschaft zu herrschen. Wenn aber *zwei* Männer ihre Fähigkeiten zusammenlegten in ihrem Streben nach Macht – ah! –, dann konnte man die Blume exakt zur richtigen Zeit pflücken. Zukünftig würde die Globalisierung der Informationen – und die Rolle der Geheimdienste und des Militärs bei deren Verarbeitung – für die Machtausübung auf supranationaler Basis ausschlaggebend sein, das hatte er längst erkannt.

Und der britische Außenminister Anthony Stone war so genial gewesen, zu erkennen, dass sich durch die Globalisierung die Achse der Macht grundlegend fort von den Politikern und hin zu den Globalcoms verschieben würde.

Doug Sullivan sog noch einmal an seiner Zigarette. Was man jetzt, in diesen modernen Zeiten, erlebte, war eine Verschiebung mitten im Flussbett der Macht. Wer sicherstellen konnte, dass die Macht *weg* von den Politikern und *hin* zu den Globalcoms und *weg* von den nationalen Parlamenten und *hin* zum Militär floss, der war von den Göttern gesegnet, denn er musste nur mit dem Strom schwimmen, um an das gewünschte Ziel zu gelangen.

Aber eines musste man Anthony Stone lassen: Seiner Redegewandtheit und seinem Geschick war es zu verdanken, dass sie die Ziele größtenteils erreicht hatten. Stone hatte als Erster vorgeschlagen, sich Oswald Plevy als Tarnung zu bedienen, damit man die personenbezogenen Informationen der nationalen Computer in alle Rechner einspeisen und diese dann miteinander vernetzen konnte. Er selbst hatte für die notwendige Ausstattung durch die britischen und amerikanischen Militärs und Geheimdienste gesorgt, und Oswald, dieses Lügenmaul, hatte die Bevölkerungen und Regierungen davon überzeugt, dass Mother im Grunde demokratisch sei.

Doug, Tony, Oswald – was für ein Team!

Nicht dass sie beide Oswald völlig vertraut hätten. Sie hatten ihn schleunigst ausbezahlt, damit er kriegte, was er am meisten wünschte – Macht in ihrer flüssigsten Form, das heißt Geld. Bald würde auch Anthony bekommen, was er am heißesten begehrte – Macht in ihrer politischen Gestalt. Damit blieb nur noch er selbst übrig – und konnte Macht in ihrer reinsten Form anstreben: Macht über andere durch Informationen. Denn als Vorsitzender des Rates würde er sämtliche kleinen Geheimnisse und Schwächen aller kennen.

Es klopfte an der Tür des Konferenzraumes. Sullivan hob den Kopf. Seine atemberaubende Sekretärin kam herein. Es fehlte nicht viel, und sie hätte ihr Bett gleich mitgebracht.

»Ihre Gäste sind eingetroffen, Sir.«

»Bringen Sie mir eine Flasche finnischen Wodka.«

Während die Gäste in den Konferenzraum geleitet wurden, probte Sullivan ein Lächeln. Dazu waren zwar einige Lockerungsübungen der Gesichtsmuskulatur nötig, aber heute war ja

auch ein ganz besonderer Anlass. Ein Treffen unter alten Freunden.
»Gentlemen, schön, Sie zu sehen.«
Die Formalitäten waren schnell erledigt, dann kamen sie auf die Angelegenheit zu sprechen, um die es ging. Die Gründe für ihren Besuch waren ihm durchaus bekannt. Wenn ein Hund starb, suchten sich die Flöhe immer einen neuen Pelz.
Die Gäste stellten sich im Halbkreis um ihn auf und nickten traurig. Es sei ja so traurig, dass Lars Pedersen derart schwer erkrankt sei. Sie seien ihm ja so dankbar, dass er sie im Voraus darüber in Kenntnis gesetzt hatte, dass sich Pedersens Gesundheitszustand verschlechtert habe.
»Ja, es ist *tragisch*«, erwiderte Sullivan und trank einen kleinen Schluck Wodka.
Ihm gefiel dieses Wort, er würde es in Zukunft sicherlich noch sehr oft verwenden.
Falls Pedersen sterben sollte, musste man einen neuen Vorsitzenden des Rats wählen. Aber wen? Mr. Zhang, der chinesische Vertreter im Rat, blickte zu Boden, tief in Gedanken versunken.
Es gab da ein Problem. Sie brauchten jemanden, der begriff, dass das Militär die Geißel des Terrorismus ein für alle Mal ausmerzen musste, ja, dass es galt, all jene zu eliminieren, die sich der weiteren Ausdehnung von Mother widersetzten.
Sullivan stieß mit ihnen an.
Es müsse sich um jemanden handeln, empfahl der syrische Vertreter, der die Zwangsregistrierung aller Staatsbürger in Mother vorantreiben werde. Syrien benötige stabile Verhältnisse, und zwar für einen langen Zeitraum, mit den richtigen Leuten an der Regierung.
»Genau.«
Jemanden, dem klar sei, dass die Macht nunmehr beim Rat

liege anstatt bei den Parlamenten der einzelnen Länder, sagte der Vertreter Pakistans.
»Ich bin absolut derselben Meinung.«
Aber auch jemanden, betonte Mr. Zhang, der aus dem Westen stamme, damit es nicht so aussehe, als richteten sich diese »Säuberungs«-Aktionen in irgendeiner Weise gegen die Demokratie, denn inzwischen sei ja jedes Land demokratisch.
»Natürlich.«
Und, na ja, Mr. Zhang und seine Amtskollegen hätten da bemerkenswertes Glück gehabt, erst gestern sei ihnen der richtige Kandidat eingefallen.
Doug Sullivan versuchte, sich nichts anmerken zu lassen. »Tatsächlich? Wer könnte das sein?«
»Nun, der stellvertretende Vorsitzende, Mr. Sullivan persönlich.«
»Ja, ich weiß nicht.« Sullivan gestattete sich einen Anflug von Bescheidenheit.
»Würde Mr. Sullivan vielleicht darüber nachdenken? Er könnte im Rat auf sechs oder sieben Ja-Stimmen zählen.«
»So viele? Ich bin erstaunt.« Sullivan tat ganz durcheinander, wie eine Jungfrau, die soeben eine nackte Männerstatue erblickt hatte. Nun, er wolle sich das zumindest durch den Kopf gehen lassen. Welche Ehre. »Möchte jemand noch etwas Wodka?«
Zwanzig Minuten später waren die politischen Handlanger gegangen. Sullivan trank sein Glas aus. Wie hieß noch gleich das Wort, mit dem er Lars Pedersens Erkrankung umschrieben hatte? Ach ja, *»tragisch«*, also das war wirklich ein treffendes Wort. Es gefiel ihm; es klang so nach Beerdigung. Er würde es sicher noch einmal verwenden, und zwar noch heute.

24

Der Tod löscht alles aus, die Wahrheit nicht.
William Hazlitt

Susan Reedon, die Ehefrau des britischen Premierministers, stand oben an einer Skipiste. Ihre beiden Leibwächter waren neben ihr. Sie sog die frische Luft ein und ließ den Blick über die Landschaft schweifen. Sie war perfekt. Tausend Meter tiefer, ganz weit zu ihrer Rechten, lag Osburg, eingebettet in eine Bergflanke. Links von ihr erstreckte sich ein großer schneebedeckter Hang, in der Ferne zeichnete sich kaum erkennbar der Skilift ab, aus dem sie alle drei vor einer halben Stunde ausgestiegen waren. Hinter ihr erhob sich tausend Meter höher das Felsmassiv eines Bergs, dessen Gipfel noch von wirbelnden Nebelschwaden bedeckt war. Die Sonne ging auf, alles glitzerte in jungfräulichem Weiß.

Es war ein magischer Augenblick, Susan kam es vor, als schwebte sie hoch in den Lüften und blickte auf die Menschen hinab. Wie klein alles wirkte vor dieser majestätischen Kulisse der Natur, wie kleinlich die täglichen Sorgen und Nöte. Da erlebte sie einen Moment der Transzendenz. Sie befand sich nicht mehr in ihrem Körper, sondern weit über ihm. Plötzlich hatte sie das Gefühl, dass auf Erden nichts so war, wie es schien, und sie in einen Traum, besser gesagt, in einen Albtraum hineingeglitten wäre. So als ob sie in den Grenzen der Welt eingesperrt wäre, jedoch schon bald freikommen und sich zu ihrem ewigen

Schicksal erheben würde wie ein unsterblicher Geist. Dann verschwand dieses Gefühl genauso schnell, wie es gekommen war, und sie stand wieder oben am Berg, atmete die frische Luft ein und ordnete ihre Skistöcke.

»Was für eine Aussicht!«

Die beiden Leibwächter, die neben ihr standen, pflichteten ihr bei, und sie wandte sich in Gedanken weltlicheren Dingen zu. Schade, dass sie ihre Tochter Natalie nicht mitgenommen hatte. Wie toll sie das hier gefunden hätte. Aber sie hatte Geburtstag heute, und es lag noch so vieles vor ihr, worauf sie sich freuen konnte.

»Wer fährt als Erster?«

Susan besichtigte den steilen Skihang, der sich vor ihnen erstreckte. Er gehörte zu den schwierigeren Pisten um Osburg, und es waren keine anderen Skiläufer zu sehen. Das war nicht überraschend, denn zu dieser frühen Stunde lagen die Gäste des Wintersportortes noch in ihren Betten – oder in denen fremder Leute –, bevor sie aufstanden, um die Natur zu erobern.

»Ich«, antwortete Stephen. Er war der ranghöhere der beiden Soldaten, die beide erst Anfang dreißig waren. Sein Kollege, Dave, war der etwas bessere Skiläufer und wäre in der Lage, der Frau des Premiers zu Hilfe zu eilen, sollte sie in Schwierigkeiten geraten. Was aber natürlich nicht passieren würde, denn sie war eine gute und auch vorsichtige Skiläuferin. Er musste sich keine Sorgen machen. Es war ein einfacher Auftrag. Besser, als in den Urwäldern von Bolivien Terroristen zu töten oder Sondereinsätze im westlichen China durchzuführen.

»Nein, ich fahre als Erster«, warf Dave ein.

»Okay. Wir treffen uns dann unten«, erwiderte Susan.

Sie beide sahen zu, wie Dave sich abstieß und gekonnt die Felsen umfuhr, die hier und da aus dem Schnee ragten. Bald war er nicht mehr zu sehen, nur noch die Spur im Schnee, die er hinterließ.

»Tschüs, Steve.« Susan setzte sich die Skibrille richtig auf. Ihr Leibwächter grummelte einen Abschiedsgruß. Der untersetzte, wortkarge Mann war ihr erst kürzlich zugeteilt worden, und sie empfand ihn als kompetent, unaufdringlich und bescheiden. Seine Gedanken kreisten allerdings nicht um sie, die Ehefrau des Premierministers, sondern um sein Töchterchen, das erst einige Tage zuvor zur Welt gekommen war. Ob er wohl Urlaub bekommen würde, damit er sie gleich nach seiner Rückkehr sehen konnte? Vielleicht.

Susan stieß sich ab. Als ihr der Wind ins Gesicht blies, beugte sie sich vor, um weniger Angriffsfläche zu bieten. Während sie so den Hang hinuntersauste, gingen ihr Fetzen müßiger Gedanken durch den Kopf: Natalies Geburtstagsfeier am Nachmittag, das Gespräch, das sie morgen mit ihrem Mann führen wollte, ihre gemeinsame Zukunft. Wie stets handelte es sich um ein Durcheinander von zusammenhangslosen Wahrnehmungen, die einen Teil ihres einzigartigen Seins ausmachten. Ein Bild von Natalie, sommersprossig und glücklich, erschien vor ihrem inneren Auge. Susan lächelte. Schade, dass sie sich den Spaß entgehen ließ.

Plötzlich hörte sie ein mächtiges Grollen. Als sie instinktiv den Kopf wandte, überkam sie eine ungeheure Angst.

Die Lawine hatte sich hoch oben am Berg gelöst. Nun donnerte sie mit wahrhaft erschreckender Geschwindigkeit zu Tal, eine riesige weiße Decke aus Schnee, die sich ausrollte und ausbreitete, während die Natur ihre Ehrfurcht gebietende Kraft zeigte. Unaufhaltsam brandete die Lawine auf Susan zu. Ihr verschwamm alles vor Augen, und sie versuchte mit all den schmerzerfüllten Gedanken und Eindrücken Schritt zu halten, die ihr Bewusstsein durchrauschten. Unwillkürlich fuhr sie langsamer, dann nahm sie ihre Umgebung wieder deutlicher wahr.

Als sie jetzt, fast träge, den Kopf nach links wandte, sah sie, dass ihr Leibwächter Steve mit voller Fahrt auf sie zufuhr, er wollte bei ihr sein, sobald die Lawine sie beide erreichte –, aber sie erkannte auch, dass er es nicht schaffen würde. Die Gedanken an sein Töchterchen waren durch das überwältigende Verlangen verdrängt worden, ein Menschenleben zu retten, auch wenn er dies mit seinem eigenen Leben bezahlen musste. Immer hektischer stürzte er vorwärts, grub die Skistöcke in den Schnee wie ein Verrückter. Susan erlebte noch diesen außergewöhnlichen Akt des Mutes und der Selbstaufopferung, dann rief sie aus tiefstem Herzen: »O mein Gott, nein.«

Die riesige Lawine erreichte ihn und schleuderte ihn hoch in die Luft wie eine Lumpenpuppe, dann schob sie ihn mit Tausenden Tonnen Felsgestein und Schnee vor sich her. Wie gebannt sah sie zu, wie sich die Tragödie entfaltete, noch während sie den Berg weiter hinabfuhr. Doch sollte sie selbst zur Akteurin in diesem gewaltigen Drama werden.

Plötzlich blieb sie stehen. Sie würde es nicht schaffen, das war ihr klar. Sie wandte sich um – und blickte ihrem Feind ins Gesicht.

Während die Schneemassen auf sie niedergingen, überschwemmte Furcht ihr Sein. »Ich sterbe«, rief sie in ihrem tiefsten Selbst. Dann wurde sie von etwas gepackt, sie konnte ihre Gliedmaßen nicht mehr beherrschen, und die Lawine zermalmte sie in ihrer tödlichen Umarmung. Susan fühlte einen ungeheuren inneren Frieden, endlich war sie frei. Ihre letzten Gedanken galten ihrem Mann und Natalie.

Dann war alles vorbei.

* * *

Die Privatsekretärin des Premierministers, eine lebhafte Kanadierin, nahm den Anruf entgegen. Der Manager des Hotels in Osburg hatte sofort angerufen, noch bevor die Nachricht an die Öffentlichkeit drang. Einen Augenblick lang stand Carla neben dem Monitor in ihrem Büro in der Downing Street und brachte vor lauter Entsetzen kein Wort heraus, dann ließ sie sich auf einen Stuhl in der Nähe fallen. »Wissen Sie das genau? Sind Sie sich absolut sicher?«

Als er diese Frage bejahte, rief sie den ranghöchsten Beamten im Dienst zu sich. Binnen Minuten hatten ihm andere Quellen die Fakten bestätigt. »Der Leiter der österreichischen Rettungsmannschaft hat es bestätigt. Sie und ein Leibwächter sind bei einem Lawinenunglück ums Leben gekommen. Der andere Leibwächter hat sie identifiziert. Man bringt sie gerade ins Dorf hinunter.«

Er hielt inne und fuhr leise fort: »Ich habe mit dem Außenminister gesprochen. Er war zufällig hier, um an der Kabinettssitzung am heutigen Nachmittag teilzunehmen. Wir meinen, dass *Sie* es ihm sagen sollten. Unserer Ansicht nach ist hier weibliches Fingerspitzengefühl nötig, außerdem hat sie Sie sehr gemocht. Könnten Sie das übernehmen?«

Als er ihren leidgeprüften Gesichtsausdruck sah, sagte er mit etwas mehr Nachdruck: »Sie müssen es dem Premier beibringen. Tun Sie es für mich, bitte.« Carla kam der Bitte ihres Vorgesetzten nach und stand auf, sie fühlte sich ganz schwach auf den Beinen. Während sie sich zu einem der großen Konferenzräume begaben, stützte er sie und flüsterte ihr zu, was sie tun sollte: »Gehen Sie mit ihm in ein Nebenzimmer. Bringen Sie ihm die Hiobsbotschaft so schonend wie möglich bei. Ich kümmere mich um alles andere.«

Sie standen neben der Tür. Der Raum war voller Menschen, James Reedon stand in der Mitte, umringt von Mitgliedern des britischen Unterhauses. Das Klirren von Gläsern und lautes Stimmengewirr. Er schob Carla nach vorn. »Nur Mut, gehen Sie.« Sie durchquerte den Raum. Zunächst bemerkten die Gäste sie gar nicht. Dann aber wurde sie von einigen erkannt, die ihr Gespräch daraufhin unterbrachen. Als ob eine seltsame, schreckliche Gedankenübertragung wirkte, wurde es ganz still im Raum, als sie langsam auf den Premierminister zuging.

James Reedon war in ein Gespräch mit einem Abgeordneten vertieft, der sich darüber beklagte, dass die Unruhen in seinem Wahlkreis große Kosten verursachten. »Ich verstehe, was Sie meinen«, sagte der Premierminister und drehte sich langsam um. Da sah er Carla – und ihren Gesichtsausdruck. Er blickte ihr in die Augen, die von Tränen überquollen. Einen Augenblick lang glaubte er, sie habe einen furchtbaren Schicksalsschlag erlitten, und seine Miene drückte Mitgefühl und tieferes Verstehen aus. Wortlos ging er mit ihr auf eines der Nebenzimmer zu. Es war völlig still, während hundert Menschen zusahen.

»Geht es um Natalie?«

Sie standen allein in dem abgedunkelten Nebenraum da. Carla brachte kein Wort heraus, sondern schüttelte nur stumm den Kopf.

»Um meine Frau?«

Sie nickte

»Sie ist tot?«

»Ja.«

»Wie ist es passiert?«

»Sie ist bei einem Lawinenunglück ums Leben gekommen.«

Eine Weile brachte Reedon kein einziges Wort heraus. Schließlich entrang sich ihm ein schmerzerfülltes Stöhnen. Die US-Präsidentin hatte sich geirrt. Die Verschwörer hatten sich entschlossen, zuerst seine Frau ins Visier zu nehmen.

25

Es gibt nichts so Mächtiges wie die Wahrheit –
und oft auch nichts so Seltsames.
Daniel Webster

Trotz aller Attraktionen des Hotels *Marybelle* war Oswald deprimiert.

Er saß in seinem Wintergarten und wartete auf seinen Arzt. Danach war ihm zwar gar nicht zumute, und er hatte sogar versucht, dem Mann so weit wie möglich aus dem Wege zu gehen; aber nach seiner Nierentransplantation vor einem Jahr war es nötig geworden, sich hin und wieder untersuchen zu lassen, insbesondere weil ihm seine Nieren erneut Beschwerden bereiteten. Dabei war der Arzt ihm gegenüber durchaus servil. Wofür er schließlich bezahlt wurde, und er machte seine Sache bewundernswert gut. Wenn Oswald plötzlich verkündet hätte, er sei Gott, dann hätte der gute Dr. Ortiz zweifellos auch dies rasch und begeistert bestätigt, denn er besaß ein überentwickeltes Verlangen nach Geld. Geld war die Quelle allen Übels – und Ortiz zapfte sie außerordentlich gern an.

»Ihr Arzt ist da, Sir.«

Oswald brummte vor sich hin und bedeutete dem Bediensteten, ihm einen Lightning Strike zu reichen.

»Oh, mein lieber Mr. Plevy, Sir!«

Dr. Ortiz kam den Weg vom Pool heraufgelaufen. Der großgewachsene Kalifornier war Ende vierzig, seine Gesichtszüge wirkten wie vom Schönheitschirurgen gemeißelt, außerdem hatte er eine ganze Reihe Goldkronen im Mund, die er von Hollywood-Zahnärzten hatte anfertigen lassen. Alles – vom modischen Arztkittel bis zum dicken Siegelring aus Platin am Zeigefinger – ließ an ein Wort denken: unecht. Aber Oswald war so etwas gewohnt.

»Na … wie geht's unserem Patienten denn heute?«

Der Satz schwebte in Oswalds Richtung, der ihn jedoch an sich vorbeiziehen ließ.

»Oh, was für ein herrlicher Morgen.« Dr. Ortiz blieb stehen, während einer der Diener flugs einen Stuhl brachte. Dann stellte der Arzt die Kalbsledertasche auf den Boden und fuhr sich mit der Hand durch das transplantierte Haar, das früher einmal auf der Kopfhaut eines mexikanischen Arbeiters gesprossen war und an seinem neuen Ort recht deplatziert wirkte. »Also«, bemerkte er in seinem ernsten, rauchigen Tonfall, »Mr. Plevy, nun sagen Sie mir doch einmal … *wie* geht es Ihnen?«

»Schlechter, seit ich sie sehe.«

Ortiz lachte, was eher an ein hohes Kreischen erinnerte. Natürlich machte Oswald nur Witze. Was für ein merkwürdiger Humor. Aber den konnte sich sein Patient ja leisten.

»Na, dann wollen wir mal Ihren Blutdruck messen.«

Er klappte seine Tasche auf und zog das Designer-Blutdruckmessgerät hervor, das mit einer kleinen Batterie ausgestattet war, damit es sich erwärmte, bevor es mit der Haut eines Patienten in Berührung kam. »Hm, nun ja, Ihr Herz arbeitet noch.«

Er ließ immer so geistlose Bemerkungen fallen, denn er mochte zwar ein falscher Fuffziger sein, aber dumm war er nicht. Er hatte Karriere gemacht, indem er auf die Launen seiner äußerst reichen Patienten einging, und wusste genau, dass ihnen aufrichtige Diagnosen Angst einjagten. Deshalb fand er es am besten, ein wenig zu lügen – aber natürlich nur bis kurz vor dem Exitus, wenn man, ja, wenn man dem Patienten endlich sagen musste, dass er im Sterben liege, es einem eine Freude gewesen sei, ihn zu behandeln, und ob er wohl dafür sorgen könne, dass die Rechnung bezahlt werde, bevor ihn das Zeitliche segne?

»Wie hoch ist mein Blutdruck?«

»Wie bitte?

»Mein Blutdruck, Sie Kretin.«

Er war irritiert. Dass Oswald eine medizinische Frage an ihn richtete, hatte er noch nie erlebt. »Na ja, 120 zu 180.«

»Das ist hoch.«

»Ja, höher als normal. Aber nicht *zu* hoch.«

Oswald schaute Ortiz fassungslos an. Der Mann hätte Investmentbanker werden sollen. Er war wie geboren dafür.

»Also, was machen Ihre Nieren? Arbeiten sie einwandfrei?« Er strahlte Oswald immer noch an. Wenn er so viel Geld wie sein Patient hätte – gar nicht auszudenken, was man alles damit anfangen könnte.

»Ich habe Mühe beim Wasserlassen und erhebliche Schmerzen in der rechten Niere.«

»Das ist die transplantierte Niere, richtig?« Mit professionellem Aplomb zog Ortiz einen makellos weißen Handschuh über die manikürte Hand. Plötzlich konnte Oswald seine Mätzchen nicht mehr ertragen und fragte ihn:

»Wie oft waren Sie eigentlich verheiratet?«

Ortiz beäugte ihn misstrauisch. Was war heute eigentlich los? Im Allgemeinen trank Oswald nur einen Lightning Strike und forderte ihn auf, zu gehen, nachdem er selbst ein paar nichts sagende medizinische Bemerkungen gemacht hatte.

»Nun ja, äh, fünfmal.«

»Die Frauen hatten Sie wohl alle satt, nehme ich an.«

Er zögerte. »Ah, ha, sehr komisch!« Er entblößte seine Zähne, wie ein Nudist. »Ich hatte kein Glück in der Ehe. Habe nie die richtige Frau gefunden.«

»Umgekehrt: die Frauen fanden nie den richtigen Mann.«

Sein Lächeln gefror. »Nun ja, also, das stimmt, Mr. Plevy!«

»Haben Sie es genossen?«

»Was?« Ortiz konzentrierte sich auf Oswalds Bauch, einen wahren Fleischberg.

»Zu heiraten?«

»Hm.« Der Arzt lehnte sich in seinem Stuhl zurück. Was *war* denn heute los? »Tja.« Er hielt inne. Das war eine gute Frage, die ihm selbst noch nie gekommen war. »Na ja, ich glaube nicht.«

»Haben Ihre Ehefrauen Sie als Blender empfunden?«

Ortiz hatte das Gefühl, als hätte ihm jemand einen Boxhieb verpasst. Er wurde knallrot. Endlich begriff er, dass sein Patient böswillig war. Langsam änderte sich sein Gebaren. Eine Spur kühler entgegnete er: »Das weiß ich nicht.«

»Ich habe beschlossen, mit dem Koksen aufzuhören und weniger zu trinken.«

Ortiz nickte. Irgendetwas steckte dahinter. Und er kannte die Gründe dafür. Sein Patient zeigte die ersten Symptome des »Todesangst«-Syndroms. »Ja, das wäre sehr hilfreich.«

»Habe ich Übergewicht?«

»Nun ja, ich …«

Oswald funkelte ihn wütend an. »Wie viel Übergewicht habe ich?«

»Hm, etwa fünfzig Kilo, vielleicht …«

»Mehr?«

»Ja, vielleicht.« Ortiz brachte ein Grinsen zustande, so breit wie ein Surfbrett. Er wollte einen solch reichen Mann auf keinen

Fall als Patienten verlieren, egal, wie unausstehlich er war. Am besten, man hielt ihn bei Laune.

Oswald nickte. Inzwischen war Henri eingetroffen und stand neben seinem Stuhl. Er wandte den Blick von Ortiz ab und blickte in den Himmel. »Gehen Sie.«

»Wie bitte?«

»Hauen Sie ab, Sie Trottel.«

»Aber ich …«

»Raus!«

In der nun folgenden, unangenehmen Stille musste Ortiz seine kalbslederne Tasche packen. Vor lauter Nervosität ließ er dabei sein Blutdruckmessgerät fallen, das zerbrach. Als er niederkniete, um die Einzelteile zusammenzusuchen, kochte er innerlich vor Wut. Was bildete sich diese Eiterbeule eigentlich ein, dass er sich derart aufführte? Nach vier Jahren, in denen er seinem Patienten unzählige ärztliche Ratschläge, wenn auch unaufrichtige, gegeben hatte, wie konnte er es da wagen … Aber er verfluchte auch sich selbst. Warum hatte er nicht schon längst widersprochen? Wieso hatte er sich wie ein Fußabtreter behandeln lassen? Natürlich kannte er die Antwort: des Geldes wegen, aber die strich er am besten aus seinem Gedächtnis.

Also verabschiedete er sich und ging den Weg schneller hinunter, als er ihn heraufgekommen war, mit Wut und beschädigtem Ego. Als er am Swimmingpool vorbeikam, Flüche und Drohungen vor sich hin murmelnd, stand am Beckenrand eine junge Frau, bereit zu einem Kopfsprung. Sie trug einen knappen Badeanzug, der ihre makellose Figur kaum verhüllte.

Ortiz wusste genau, wer sie war. Das musste die neue Freundin seines Patienten sein, ein käufliches Objekt, genau wie er. Normalerweise wäre er zu Kreuze gekrochen und hätte sich sein Honorar in Erinnerung gerufen, diesmal aber wurmte es ihn zutiefst, dass er einen ähnlichen Status hatte. Im Grunde war er etwas Besseres. Er verriet seine moralische Integrität, sie dagegen verkaufte ihren Körper. Also verlangsamte er seinen Schritt und ließ sich vom Teufel reiten. Als sich Pia zu ihm umwandte und sah, wer an ihr vorbeiging, flüsterte er ihr lüstern zu: »Hier ist meine Karte. Besuchen Sie mich doch mal, wenn er mit Ihnen fertig ist.«

»Was war das?« Oswald wandte sich zu Henri um. Sie hatten beide vom Swimmingpool her einen Aufschrei gehört.

Henri runzelte die Stirn und schickte einen Diener los, der umgehend zurückkam. »Dr. Ortiz ist in den Pool gefallen, Sir. Die junge Dame hat ihn hineingestoßen.«

»Ist er herausgekommen?«

»Er sucht noch nach seinem Gebiss, Sir. Sein Selbstwertgefühl ist stark beschädigt.«

Oswald lachte aus vollem Herzen, etwas, was ihm schon seit sehr langer Zeit nicht mehr passiert war. Sie hatte Stil, diese Frau.

* * *

Am Nachmittag gingen Pia und Oswald einkaufen. Nur in den Geschäften innerhalb der Zone und mit dem Helikopter. Doch für Oswald war es trotzdem ein bedeutendes Ereignis. Er lebte schon so lange in den besten Hotels der Welt, und Lombardi hatte ihm alles beschafft – Kleidung, Frauen, Schmuck, Gemälde –, dass es ihm gar nicht mehr in den Sinn gekommen war, irgendwo hinzugehen. In Wirklichkeit machte ihm der Einkaufsbummel ein wenig Angst, aber Pia hatte ihn nicht ernst genommen, so waren sie schließlich losgeflogen.

Vom Helikopter bot sich ihnen ein Panoramablick auf das *Ma-*

rybelle-Einkaufscenter. Das riesige, kreisförmige Gebäude war von einem Wassergraben und Bäumen umgeben, so dass es fast wie eine befestigte Burg wirkte. Es war großzügig ausgestattet mit den exklusivsten Geschäften der Welt.

Als sie auf dem Hubschrauberlandeplatz inmitten dieses Paradieses landeten, salutierte ein Diener in Admiralsuniform. Neben ihm stand eine Art Golf-Caddy, bei dem es sich um ein speziell entwickeltes Fahrzeug handelte, mit dem man die Superreichen von einem Geschäft zum anderen beförderte. Denn wie jedes andere menschliche Streben wurde auch der Wunsch nach Reichtum von einer eigenen Dynamik beherrscht. Die Schlauberger der Geschäftswelt hatten festgestellt, dass wachsender Wohlstand stets damit verbunden war, dass kaum noch jemand zu Fuß ging. »Wohin möchten Sie, Sir?«

Oswald hielt inne. Ja, wohin denn? Zum Immobilienshop, um Burgen in Spanien, Inseln in Griechenland, unberührte Landschaften in der Antarktis zu kaufen – alle gefilmt und zugänglich in Mother, damit die reichen Müßiggänger sie erwerben konnten, ohne die Unannehmlichkeit der Besichtigung auf sich zu nehmen? Zum Weinladen, um seine Vorräte an altem Champagner, Napoleon-Cognac, edlem Portwein aufzustocken? Zum FullBody-Centre – um sich die Zehennägel schneiden, die Brusthaare trimmen, die Ohren reinigen, die Nasenlöcher absaugen, den Darm spülen zu lassen? Zum berühmten Restaurant *Angelinos*, geführt von einem verrückten einbeinigen schottischen Chefkoch, um einen Hummer, der am Morgen noch am Meeresgrund gegründelt hatte, am Nachmittag zu verspeisen? Ah, was für schwierige Entscheidungen. Die Reichen bekamen schon Bluthochdruck, wenn sie nur versuchten, Antworten auf solche Fragen zu finden.

»Na, Ozzy?«

Ihm war nichts eingefallen. Er drehte sich zu Pia um. »Wohin willst du?«
Sie warf ihm ob der unerwarteten Frage einen verwirrten Blick zu. Nicht dass sie Oswald nicht sowieso ignoriert hätte. »Ich gehe zu den Boutiquen. Und du?«
Weil er schwieg, sagte sie zum Chauffeur: »Bringen Sie ihn in ein Restaurant.«
Nachdem sie Oswald an einen der Tische gesetzt hatte, machte sich Pia auf den Weg zu den Bekleidungsgeschäften. Wenn doch Melanie noch leben würde, dann hätte sie sie begleiten können, und sie hätten sich herrlich amüsiert. Seltsam, die Shopping-Tour machte ihr gar keinen Spaß. Sicher, sie ging zu Hermann & Talx, dem berühmtesten Modehaus der Welt – jedem Kleidungsstück war ein Verkäufer zugeordnet, der dessen Vorzüge in den höchsten Tönen lobte; aber sie konnte sich für die Sachen nicht so begeistern, dass sie die irrsinnig hohen Preise zu zahlen bereit war. Das waren zwar alles kostbare, glanzvolle Kleider, doch war es recht, das Geld auszugeben, das Lars Pedersen ihr gegeben hatte? Pia bekam ein schlechtes Gewissen. Und was sollte sie Oswald kaufen?
Wenige Stunden später kehrte sie ins Restaurant zurück. Über eine Rolltreppe gelangte sie ins oberste Stockwerk, das aus einer riesigen Glaskuppel mit Blick auf den irdischen Garten Eden bestand. Bis auf einen jungen Mann, der in der Bluse seiner Freundin nach Erleuchtung suchte, und einen ziemlich dicken Mann mit graumeliertem Haar, der einsam in einer Ecke saß und aus dem Fenster starrte, waren keine weiteren Gäste zu sehen. Pia ging zu Oswald hinüber. Plötzlich blieb sie abrupt stehen. Etwas stimmte nicht mit ihm, da war sie ganz sicher. Seit der Arzt ihn heute besucht hatte, war er launisch und geistesabwesend. Was konnte der Grund dafür sein?

»Hi!«

Oswald nickte.

»Komm, gehen wir nach unten und trinken einen Kaffee. Es ist so einsam hier.«

Zusammen fuhren sie auf der Rolltreppe ein Stockwerk tiefer, wo Pia einen Coffeeshop fand, in dem mehr Gäste saßen. Dort liefen auf einem Monitor die 24-Stunden-Nachrichten von Mother, und weil sich kein längeres Gespräch entspann, sahen sie sich die Meldungen an. Aus dem Augenwinkel beobachtete sie Oswalds Miene. Die Nachrichtensendung beendete ihren halbstündigen Sendezyklus mit einer Zusammenfassung verschiedener Ereignisse rund um den Globus.

»PlanetGambler kauft acht staatliche Museen in Frankreich, darunter den Louvre. Wie ein Sprecher des Konzerns mitteilte, sollen die Museen zu kommerziellen Zwecken umstrukturiert werden. Niederländerin bringt zum zweiten Mal Sechslinge zur Welt, nachdem sie die beliebte, von UniversalDrug entwickelte ›Do-it-Yourself!‹-Befruchtungstechnik angewandt hatte. Bert Diggins, der bekannte australische Filmstar, kommt bei einer Hai-Attacke während der Dreharbeiten zu seinem neuesten Kinohit ums Leben.«

Alles Quatsch. Banalitäten und Blödsinn, dazu war die Berichterstattung über das Weltgeschehen verkommen. Dann kehrte die Sendung zum Hauptthema zurück.

»Bei einem Lawinenunglück oberhalb des österreichischen Wintersportortes Osburg ist die Ehefrau des britischen Premierministers ums Leben gekommen.«

Die Nachrichten zeigten Fotos des Skidorfes, den Berg, an dem das Unglück geschah, und einen verzweifelt wirkenden Premierminister, der die Hand seiner Tochter hielt. Nichts von Interesse. Der Nachrichtensprecher ging zur nächsten Meldung über.

»Der Vorsitzende des Mother-Rates, Lars Pedersen, hat einen Herzinfarkt erlitten.«

Pia und Oswald erschraken gleichermaßen. Mother brachte ein recht veraltetes Foto von Pedersen, dann eine Luftaufnahme der pyramidenförmigen Zentrale von Mother in Helsinki. Schließlich erschien Doug Sullivan auf dem Bildschirm und kommentierte die Erkrankung seines Chefs. Pia betrachtete die schlanke, energische Gestalt. Das also war der Mann, auf den sie Acht geben musste. »Kennst du ihn?«
»Wen?« Oswalds Neugier war geweckt. Warum war Pia denn plötzlich so aufmerksam? Seine Instinkte erwachten zum Leben.
»Ihn. Den stellvertretenden Vorsitzenden, Doug Sullivan.«
Er nickte. »Klar kenne ich die beiden«, prahlte er.
»Natürlich, du bist ja auch der Erfinder von Mother.« Sie stellte ihre Kaffeetasse ab und versuchte, begeistert zu klingen. »Wie sind die beiden denn so?«
Er zuckte mit den Achseln. »Sullivan ist ziemlich mächtig. Er sorgt dafür, dass Dinge erledigt werden.«
»Und der Vorsitzende, wie hieß er noch gleich?«
»Lars Pedersen. Er ist ein seltsamer Kerl.«
»Warum sagst du das?«
»Keine Ahnung.« Misstrauisch forschte er in ihren achatblauen Augen. »Er ist schwer zu durchschauen, findest du nicht?«

Sie errötete. »Woher soll ich das wissen? Ich bin ihm ja nie begegnet.« Sie wechselte schnell das Thema. »Übrigens, ich habe dir etwas gekauft.«

»Was denn?«

Sie legte eine Plastiktüte auf den Tisch. »Mach doch mal auf.«

Er tat es.

»Na, gefällt es dir?«

Oswald befingerte das Hemd ziemlich desinteressiert; es hätte genauso gut ein Waschlappen sein können. Was interessierten ihn denn Klamotten? »Ja, ich glaub schon.«

»Gut.«

»Worüber lachst du?«

»Es war das billigste, was ich finden konnte. Ich hab's in einem Geschäft gefunden, das Bekleidung für Diener verkauft.«

»Warum?« Er war überrascht.

»Weil ich wusste, dass du mein Geschenk nicht annimmst.«

* * *

Oswald war mitten in der Nacht aus dem Schlaf hochgefahren, weil ihm die Nieren wehtaten. Schlimmer noch, er war ausnahmsweise allein; das hatte er noch nie ausstehen können, seit seiner Kindheit nicht. Was für einen Sinn hatte es, allein zu sein und die Stille ertragen zu müssen? Warum war sie überhaupt erfunden worden? Sie war Zeitverschwendung, sie besaß keinerlei Wert, und kaufen oder mit Gewinn verkaufen konnte man sie auch nicht.

»Weil ich wusste, dass du mein Geschenk nicht annimmst.«

In seinem halbwachen Zustand grübelte er über Pias Worte nach. Er kam sich vor wie einer, der, nachdem er tausend Jahre in einen stillen Teich geblickt hatte, plötzlich aufschreckte, weil jemand einen Kiesel hineingeworfen hatte. Dadurch änderte sich seine ganze Wahrnehmung. Er hatte doch alles. Er besaß doch alles, was die Welt zu bieten hatte. Es gab nichts anderes, oder? Oswald kratzte sich den Kopf, während er im Dunkeln dalag; irgendwie fühlte er sich nicht ganz auf der Höhe. Was geschah mit ihm? Dieses junge Ding brachte ihn ganz durcheinander. Sie war gar nicht die Gespielin, die er bestellt hatte, und machte sich gar nichts aus ihm. Was bedeutete das alles?

Stille.

Warum geschah das alles? Ich verlange eine Antwort! Oswald wütete in Gedanken gegen sich selbst. Bestimmt lagen sämtliche Einzelteile vor ihm, aber es gelang ihm einfach nicht, sie zusammenzufügen. All diese merkwürdigen Ereignisse, alles, was diese Frau sagte und tat, all die Schmerzen, die er im Herzen spürte, als bohrten sich unsichtbare Messer in ihn hinein – das musste doch etwas bedeuten! Aber was? Der so genannte Erfinder von Mother, der Exinvestmentbanker, der reichste Mann der Welt kam einfach nicht dahinter. Schlimmer noch, jetzt konnte er auch nicht wieder einschlafen.

Er grübelte erneut nach. Was waren die Einzelteile dieses Rätsels? Die Welt da draußen war in hellem Aufruhr. Es fand ein Kampf statt – zwischen jenen, die eine globale Diktatur auf der Grundlage von Reichtum errichten wollten, und jenen, die die Demokratie zu verteidigen suchten. Lars Pedersen war erkrankt, und die Frau des britischen Premierministers war umgekommen, scheinbar bei einem Unfall. Pia war gar keine Gespielin, sondern eine Multimillionärin, und sie *hatte* Pedersen getroffen. Die schuldbewusste Miene hatte sie verraten. Aber offenbar hatte sie keine Botschaft für ihn. Stattdessen war auf irgendeine ungewöhnliche Weise sie selbst die Botschaft. Doch das Puzzle hatte noch mehr Teile, oder? Oswald fluchte. Bestimmt waren

da noch mehr Teile, aber er konnte sie einfach nicht finden. Er wühlte in seinem Gedächtnis, doch es war aussichtslos.
Kurz darauf stand Henri vor seinem vergoldeten Bett. Er wirkte abgespannt und verbeugte sich.
»Wie kann ich Ihnen helfen, Sir?«
Oswald ballte die Fäuste vor unterdrückter Wut. Es war sinnlos, alles erklären zu wollen, was ihm gerade im Kopf herumging.
»Wie lautet die Antwort?«
Henri musterte ihn leidenschaftslos. Merkwürdig, dass Lügner nie von sich aus die Wahrheit erkennen konnten. Das war das Problem. Oswald log schon so lange, dass er nicht mehr in der Lage war, ein klares Urteil zu fällen. Henri unterdrückte ein Gähnen.
»Wie ist die Antwort? Ich will sie wissen!«, brüllte Oswald. Dieser Hotelmanager musste doch begreifen, was er meinte.
»Sie haben etwas entdeckt, was Sie nicht haben, Sir.«
»Aber ich habe alles, Sie Idiot! Ich kann alles bekommen.«
Großer Gott, dachte Henri. Aber man musste den Dummen ja nicht gleich alles verraten. Das war Oswalds Wahlspruch, nur hatte er nie begriffen, dass der Satz auch auf ihn zutraf. Henri hielt inne. Also gut, er würde seinem Herrn und Meister die Antwort verraten, aber nur einen Teil davon. Aber selbst wenn er sie ihm ganz verriet – Oswald würde doch nicht begreifen, was er, Henri, meinte. Wer war hier der Trottel?
»Sie sind verliebt, Sir.«
Oswald zog ein Gesicht, als wäre er soeben auf eine Landmine getreten.

26

*Gleich einer verheerenden Pestilenz beschmutzt Macht alles,
was sie berührt.*
Percy Bysshe Shelley

Richten Sie der Präsidentin aus, dass wir angekommen sind.«

Die Sekretärin des Weißen Hauses verließ den Konferenzraum und eilte den Gang entlang. Es war acht Uhr abends, doch auf den Korridoren der Macht ging es so hektisch wie immer zu. Das war auch der Grund, weshalb sie so selten gereinigt wurden – vom Geruch der Verderbnis und Korruption.

»Mrs. President, die Herren sind bereit.«

Im Oval Office hatte Monica Dankwerts soeben ihr Telefongespräch mit dem Staatspräsidenten von Argentinien beendet, in dem sie vergeblich versucht hatte, ihn dazu zu bewegen, die Zwangsregistrierung in seinem Land abzuwenden. Sie musste an diesem Abend noch viele weitere Telefonate tätigen und konnte deshalb auf diese Sitzung sehr gut verzichten. Doch sie ließ sich nicht vermeiden, das wusste sie. Sie schnippte ärgerlich mit den Fingern und ordnete an: »Führen Sie sie herein.«

In ihrem Konferenzraum erhoben sich die Männer in grauen Anzügen vom Tisch. Als Erster verließ Pat Doherty, der Vizepräsident, den Raum. Während sie alle hintereinander den Flur entlang gingen, setzten sie eine Miene grimmiger Entschlossenheit auf. Unterdessen bereitete Dankwerts ihre Taktik vor. Sollte sie auf olympischer Verachtung gründen, oder sollte sie es auf die leutselige Tour versuchen? Aber spielte das eine Rolle? Am Ende würde es sowieso zu einer Konfrontation kommen. Die Macht dieser Leute gegen ihre Macht.

»Hi, Pat«, begrüßte sie den Vizepräsidenten umgänglich. Dann hieß sie die Vorstandsvorsitzenden der sieben wichtigsten amerikanischen Globalcoms mit festem Händedruck und breitem Lächeln willkommen. Sie erwiderten das Lächeln der schwarzen Dame im roten Power-Kostüm, die perfekt frisiert, lebhaft und streitlustig war und sich gut vorbereitet hatte. Sie kannte alle einschlägigen Tricks und besaß vermutlich mehr Mumm als sie alle zusammen.

»Nehmen Sie Platz.«

»Mrs. President, Sie müssen unbedingt etwas gegen die …«

Geschickt wandte sie den Kopf zur Seite und ignorierte dadurch den Vorstandschef von PlanetGambler. Er war ein ganz übler Bursche. »Was möchten Sie trinken?« Die Frage beruhigte die anderen Sitzungsteilnehmer und ließ seine Bemerkung gleichzeitig zu aggressiv erscheinen. »Kaffee und etwas Stärkeres?«

»Ein Whisky wäre nicht schlecht«, sagte einer aus der Runde.

»Gute Idee.« Gemeinsam mit einer Sekretärin stellte Dankwerts die Getränkewünsche zusammen. Danach legte sich die Anspannung der Sitzungsteilnehmer ein wenig.

»Wie geht's Ihnen, Ted? Wie war's in Moskau?«

»Großartig.« Der Chef von WorldAirline erwiderte ihr Lächeln. Es freute ihn, dass sie ihn vor allen anderen angesprochen hatte. Sie waren eben doch alte Freunde. Bei der Präsidentschaftswahl hatte er ihr geholfen. Er durfte nicht zu hart mit ihr ins Gericht gehen.

Schließlich kamen sie zur Sache. Inzwischen hatte sich Dankwerts ihre Argumente zurechtgelegt.

»Mrs. President«, blies der Chef von GlobalCorp zum Angriff, »wir sind hierher gekommen, um unserer Sorge über die sich verschlechternde Lage in den Vereinigten Staaten Ausdruck zu verleihen. Täglich erleben wir Sabotageakte gegen unsere Unternehmen ...«

»Wie viele wurden heute denn gegen Ihre Bank verübt?«, unterbrach ihn die Präsidentin und trank einen Schluck Whisky.

»Äh.«

»Kein einziger«, erwiderte sie. »Vor zwei Wochen ist es zu einigen kleineren Anschlägen gekommen, aber keiner davon hatte Erfolg, stimmt's?«

»Mag sein«, warf einer der anderen Konzernchefs ein, »aber Sie können nicht bestreiten, dass die Zahl der Demonstrationen zunimmt.«

»Mrs. President ...«, mischte sich der Chef von PlanetGambler ein.

Wieder nahm sie keine Notiz von ihm, sondern richtete den Blick auf jene, mit deren Unterstützung sie noch am ehesten rechnen konnte. »Ich habe Ihnen einige vertrauliche Mitteilungen zu machen.«

Sofort wurde die Runde aufmerksam. Sie liebten Geheimnisse. Es war ein wesentlicher Teil ihrer Persönlichkeit: dominant, manipulierend, streitlustig. Männer und Frauen, verzehrt von Gier und Stolz, mit einer tiefsitzenden Neigung zur Gewalttätigkeit.

»Die Lage ist folgendermaßen.« Dankwerts zählte die einzelnen Punkte an den Fingern ab. »Weil die Armee aus den Kasernen ausgerückt ist, ist die Zahl der Demonstrationen und Terrorangriffe erheblich zurückgegangen. Von den terroristischen Anschlägen – gegen Energieeinrichtungen, Regierungsgebäude und einige Banken – war nur eine Handvoll erfolgreich.«

»Aber …«
»Lassen Sie mich ausreden. Die Zahl der terroristischen Zwischenfälle ist gesunken, der Umfang der Demonstrationen geringer geworden. Wir gewinnen den Kampf.«
Der Chef von AstralCorp sagte sein Sprüchlein auf. »Das kann ja sein, aber die Kundgebungen werden immer ausgeklügelter und immer professioneller organisiert.«
»Ja und? Wir wissen, wer die Anführer sind, und werden uns mit einem nach dem anderen von ihnen befassen.«
Die Chefin von UnitedDrinks schüttelte den Kopf. Dankwerts war hart im Nehmen, aber sie würden sie schon kleinkriegen.
»Mrs. President, wir verstehen ja, was Sie sagen wollen, aber wir repräsentieren fast fünfundzwanzig Prozent des amerikanischen Bruttosozialprodukts.«
»Na und? Was wollen Sie denn? Sie haben den Wunsch geäußert, dass die Armee ausrückt, und den haben wir Ihnen erfüllt.«
»Aber wir brauchen die Zwangsregistrierung«, riefen mehrere Stimmen im Chor. »Wir müssen das Übel an der Wurzel packen.«
»Nein.« Dankwerts blieb fest. »Ich erkläre Ihnen auch, warum.« Sie hielt möglichst viel Augenkontakt aufrecht und mäßigte ihren Ton, damit sie sympathischer wirkte. Die Sprechtherapeuten hatten ganze Arbeit geleistet. »Von den zweihundert Ländern auf der ganzen Welt haben lediglich fünfundzwanzig die Zwangsregistrierung eingeführt.«
»Einige der bedeutendsten Staaten …«
»Nicht alle«, konterte sie. »Das bedeutet, dass sich 175 nach wie vor in der gleichen Lage befinden wie wir. Die Zwangsregistrierung ist nicht notwendig. Noch nicht. Wenn wir diesen Weg beschreiten, wird sich die Welt zwangsläufig in Richtung Diktatur bewegen.«

»Aber das ist nicht unsere Absicht«, protestierte der Chef von UniversalDrug. Er konnte Dankwerts nicht leiden, er mochte überhaupt keine Frauen. »Sie begreifen nicht, worum es hier geht.«

»Ich verstehe sehr wohl«, erwiderte sie kurz angebunden. »Ich weiß, dass Sie die wirtschaftlichen Interessen von Millionen von Amerikanern repräsentieren, aber ich vertrete das Volk dieses Landes. Die Zwangsregistrierung wird die Demokratie zerstören.«

»Ach was!«, rief der Chef von GamblerCorp dazwischen. »Das ist doch zu simpel gedacht.« Er versuchte sich zu erinnern, was Doug Sullivan ihm gesagt hatte. »Wenn wir nicht voranschreiten, werden wir die Terroristen niemals besiegen und keinen Frieden schaffen.«

»Zu simpel?« Dankwerts wandte sich zu ihm um und sah ihn vernichtend an. »Und wer sind Sie? Sie sind nur der Chef eines Globalcom. Ich sage Ihnen, als Präsidentin dieses Landes, wir können die Terroristen und die Verweigerer besiegen, ohne dass wir die Registrierung verpflichtend machen.«

Drohung lag nahezu greifbar in der Luft. Die Anwesenden waren es nicht gewohnt, dass man sich ihnen in den Weg stellte, und jetzt bekamen sie es mit einer durchsetzungsstarken Präsidentin zu tun, die sich angegriffen fühlte.

»Was schlagen Sie also vor?«, fragte Pat Doherty. Die Diskussion nahm einen katastrophalen Verlauf. Dankwerts machte sich diese Leute zu Feinden.

Sie holte tief Luft – und entschloss sich, zu lügen. Das war zwar eine Gotteslästerung, aber eine höchst willkommene Hilfe in schwierigen Zeiten. »Die Demonstrationen werden abflauen. Vertrauen Sie mir, alles wird gut.« Sie musste die Konzernchefs überzeugen; wenn ihr das nicht gelang – und Leute wie Sullivan

sie auf ihre Seite zogen –, würde dies das Ende von allem bedeuten – auch von ihr.
»Und wenn die Demonstrationen nun nicht nachlassen?«, warf der Chef von PlanetGambler ein.
»Dann müssen wir die Lage neu überdenken.«
Alle nickten, das war klug. Sie waren zufrieden. Sie hatten die Präsidentin in die Ecke getrieben, und das wusste sie. Am Ende würden sie bekommen, was sie wollten.
»Was ist mit Lars Pedersen?«
»Es geht ihm nicht gut«, sagte Dankwerts. »Aber«, sie hob die Stimme, »entgegen den Verlautbarungen in den Nachrichtensendungen ist er nicht so schwer erkrankt. Als ich das letzte Mal mit ihm gesprochen habe, hoffte er, am zweijährlichen Treffen des Rates in der nächsten Woche teilnehmen zu können.«
»Werden Sie daran teilnehmen?«
»Ich habe mich noch nicht entschieden.« Sie hatte nicht vor, diesen Leuten ihre künftigen Schritte zu enthüllen, alles war im Fluss. Als hätte sie sich anderen, wichtigeren Themen zugewandt, strich sie lässig eine Falte im roten Power-Kostüm, eines ihrer Lieblingskleidungsstücke, glatt.
Weiteres Nicken. Jemand sagte: »Das wäre dann wohl erst einmal alles.«
»Ich danke Ihnen für Ihr Kommen, meine Herren.« Sie stand auf. »Sie sind stets willkommen. Ich verstehe Ihre Sorgen durchaus.« Sie drehte sich zu ihrem Vizepräsidenten um. »Pat, können Sie bitte noch kurz hierbleiben?«
Sie sahen den anderen zu, wie sie zur Tür hinausgingen. Dankwerts merkte, dass sie nicht ganz zufrieden waren, doch sie akzeptierten noch immer ihre Autorität – was sich allerdings bald ändern würde. Ihre Tage waren gezählt.
Sie wandte sich ihrem treuesten Anhänger, dem untersetzten,

straffen Vizepräsidenten, zu. Plötzlich fiel ihr auf, dass etwas anders an ihm war. Aber was? Das markante Gesicht war unverändert, sie konnte keine Schönheitsoperation erkennen, und er hatte auch noch immer denselben Pitbull-Gesichtsausdruck, dasselbe vorgereckte Kinn. Aber wie seltsam – er hatte das Haar ein wenig wachsen lassen. Warum? »Was ist Ihre Meinung?«

Doherty schüttelte mürrisch den Kopf. Als ehemaliger Militär merkte er, wenn das Fußvolk desertierte. »Wir verlieren die Unterstützung der Globalcoms. Viele Leute im Land stehen hinter ihnen. Der größte Teil der höheren Kreditnehmer. Schließlich ist ihr Reichtum aufs Engste mit dem Erfolg dieser Unternehmen verknüpft.«

»Das weiß ich selbst«, sagte sie.

»Wie weit sind Sie bereit, in dieser Angelegenheit zu gehen?«

»Ich bin willens, meine Präsidentschaft davon abhängig zu machen.«

Er stieß einen leisen Pfiff aus. Sie wechselte das Thema. »Pat, um Pedersen steht es viel schlimmer, als ich eben gesagt habe. In Wirklichkeit liegt er im Sterben. Ich habe mich entschlossen, nach Finnland zu fliegen und mich mit ihm zu treffen. Übermorgen geht mein Flug.«

Er schwieg dazu. Sicher, sie mochte den Vorsitzenden sehr, aber Pedersen war naiv, das war sein Fehler.

»Das wär's für heute Abend. Kämpfen wir weiter.«

Kurz darauf verließ Pat Doherty das Weiße Haus. Bald überquerte seine Limousine die Potomac-Brücke und brachte ihn nach Hause. Seine Villa lag in einer exklusiven geschützten Zone. Er war A2er und hoffte, eines Tages zum A1er aufzusteigen. Leise glitt der Wagen auf einer der privaten, mautpflichtigen Straßen durchs Geschäftsviertel von Washington. Eine der

vielen elektronischen Werbetafeln entlang der Strecke verkündete:
»DIE ZWANGSREGISTRIERUNG DECKT DEN TERRORISMUS AUF.«
Die Anzeige von Fromm & Terror sprang sofort ins Auge. Darauf waren Frauen und Kinder zu sehen, die vor dem Hintergrund der amerikanischen Nationalflagge von waffenstarrenden Marinesoldaten beschützt wurden. Die Werbung bringt es auf den Punkt, dachte Doherty wehmütig. Denn letztlich wurde Amerika heute von den Globalcoms und vom Rat von Mother regiert, nicht von der Präsidentin. Was sie sagten, galt, und selbst Dankwerts müsste sich am Ende dem Willen der Konzerne beugen, egal, wie heftig sie sich ihnen widersetzte. Es war nur eine Frage der Zeit. Und wenn sie nicht nachgab, dann würde sie eben durch jemand anderen ersetzt werden.
Er unterdrückte den Gedanken, um wen es sich dabei handeln könnte; er bereitete ihm einfach zu viel Vergnügen.

* * *

Im Oval Office kehrte Monica Dankwerts an ihren Schreibtisch zurück. Sie fühlte sich müde und erschöpft. Sie hatte zwar einen kurzen Aufschub in der Auseinandersetzung mit den Globalcoms erreicht. Allerdings hatte sie deren Chefs angelogen. Sie hatte ihnen gegenüber gesagt, dass ihrer Einschätzung nach die Demonstrationen und Unruhen abflauen würden, doch sie selbst glaubte kein Wort davon. Sie hatte ihr Versprechen gegenüber Pedersen eingehalten und getan, was sie konnte, um Zeit zu gewinnen. Was sollte sie jetzt tun? Sie hatte keine Ahnung, und allmählich fragte sie sich, ob der Vorsitzende des Rates es vielleicht auch nicht wusste.

Eines musste sie noch erledigen, bevor sie zu Bett ging. Sie richtete den Blick auf die rechte untere Ecke des Monitors auf ihrem Schreibtisch. Auf dem Bildschirm erschien der Satz »Stets zu Diensten, Mrs. President«. Sie gab einen Code ein und erhielt dadurch Zugang zur persönlichen Datei von Lars Pedersen. Er hatte ihr eine Nachricht von höchster Priorität hinterlassen, eine Antwort auf ihre dringende Bitte um weitere Informationen. Sorgfältig las sie die – streng vertrauliche – Mitteilung durch.

»Reedons Ehefrau ist ermordet worden. Einer ihrer Leibwächter hat die Lawine bewusst ausgelöst.«

Das Auge des Sturms rückte immer näher.

27

Ehe wir große Macht erwerben, müssen wir,
um sie besonnen zu gebrauchen, Weisheit erlangen.
Ralph Waldo Emerson

Der Arme.« – »Welch furchtbarer Schock.« – »Wer hätte gedacht, dass …«

Kaum hatten die führenden Kreise in Großbritannien vom Tod Susan Reedons erfahren, da änderten sie auch schon ihr Gebaren. Vor dem entsetzlichen Ereignis hatten alle – die Politiker, die Vorstandschefs der Globalcoms, die Protestler – den Premierminister heftig angegriffen. Das Ableben seiner Frau befreite ihn zumindest vorübergehend von den Attacken. Das geschah natürlich nicht um seiner selbst willen, sondern um Vorteile aus der Trauer in der Bevölkerung zu schlagen und um Anerkennung dafür zu bekommen, dass man so viel Anteilnahme zeigte. Zum Glück gab es GlobalInterFlora, um die politischen Krokodilstränen glaubwürdiger zu machen. Das Unternehmen bot Designer-Sträuße zu erschwinglichen Preisen (je nach Größe des erlittenen Verlusts) nebst Kondolenzkarten an, die so groß waren, dass die Fernsehkameras die Schrift darauf einfangen konnten. Denn Tod und Lügen lagen nah beieinander.

Während sich diese ganze Unaufrichtigkeit wie Kot auf dem Bürgersteig vor der Downing Street anhäufte, konnte derjenige, der am stärksten davon betroffen war, nicht schlafen. Es war frühmorgens, und James Reedon konzentrierte sich ausnahmsweise nicht auf die Probleme der Nation, sondern auf seine eigene Unzulänglichkeit. Was war seiner Frau in ihren letzten Augenblicken durch den Kopf gegangen? Hatte sie ihm die Schuld an ihrem Tod gegeben? Oder war sie gestorben, ohne sich darüber im Klaren zu sein, dass man ihren Mord im Geheimen geplant hatte? Aber wer wusste das schon? Er war jetzt neunundfünfzig, Witwer, Vater einer Tochter. Außerdem war er der Premier seines Landes. Trotzdem, außer Natalie vertraute er niemandem. Nicht Anthony Stone, nicht Doug Sullivan, nicht der US-Präsidentin. Vermutlich nicht einmal Lars Pedersen.

Zudem stand er, James Reedon, als Nächster auf der Liste. In ihrem unersättlichen Verlangen nach Macht würden sie auf ihn losgehen, und niemand anderer als Anthony Stone würde ihm den Todesstoß versetzen. Beweise dafür hatte er allerdings nicht. Nichts außer der Bestätigung von Pedersen, dass seine Frau ermordet worden war. Alles andere war reine Spekulation, ein wirbelnder Nebel aus Intrigen und dunklen Wolken.

»Susan, was soll ich tun?«

Er richtete die Frage an eine Tote und bekam keine Antwort. Noch nie im Leben hatte er sich so schwach gefühlt. Er musste mit einem Bösen ringen, das immer näher rückte, von dem er aber, bis die Hydra schließlich erschien, nicht wusste, welche Gesichter es tragen würde. Und wenn die US-Präsidentin, Monica Dankwerts, nun beschloss, mit Anthony Stone und Doug Sullivan gemeinsame Sache zu machen? Wenn sie das tat, konnte sie sich in den folgenden Jahren auf Amt und Würden freuen, sicherlich eine weitere Amtszeit regieren. Die Globalcoms würden Dankwerts unterstützen, Mother sie in den höchsten Tönen preisen und das Militär sowie die Geheimdienste ihre Feinde zermürben und vernichten. Sie selbst bliebe unangetastet. Die Mächtigen dieser Welt würden sie im

Geheimen wählen und das amerikanische Volk die längst gefallene Entscheidung absegnen.

»Susan, was soll ich machen?«

Morgen musste er zahllose Beileidsbezeigungen entgegennehmen. Emotionale Abwässer aus der ganzen Welt würden über ihm ausgeschüttet werden. Alle würden mit ihm – und für ihn – weinen. Nichts als Verlogenheit. Doch hinterher, wenn der Tod seiner Frau durch irgendeine andere Katastrophe in den Hintergrund gedrängt worden war, würde sich niemand mehr an Susan erinnern oder sich für sie interessieren. Wie schlau die Verschwörer die ganze Sache eingefädelt hatten. Sie hatten das angegriffen, was er am meisten liebte, und ihm den vergifteten Pfahl dorthin gerammt, wo er am verletzlichsten war – in seinem Herzen.

»Dad?«

Er setzte sich im Bett auf. Seine Tochter Natalie stand im Nachthemd in der Schlafzimmertür. Sie betätigte einen Lichtschalter und erschrak, als sie im grellen Licht das hagere, verhärmte Gesicht ihres Vaters sah.

»Ich konnte nicht schlafen.«

Sie setzte sich neben ihm aufs Bett, und er nahm ihre Hand. Einige Minuten lang brachte er kein Wort heraus, wischte sich nur die stillen Tränen aus dem Gesicht. Er hatte den Preis für seinen politischen Ehrgeiz bezahlt, aber er war zu hoch. Morgen würde er sich zusammen mit Natalie dem Ansturm gegenübersehen: dem Lärm und dem Gerangel der Presseleute aus aller Welt, die das beste Foto schießen wollten, den hohlen Lobreden, der geheuchelten Anteilnahme – und das alles zum Ergötzen von Menschen aus aller Welt, die seine Tochter und ihn weder getroffen hatten noch kannten. Sie würden der Welt allein gegenüberstehen.

»Dad.« Natalie zögerte, doch sie war fest entschlossen, zu sagen, was ihr auf dem Herzen lag. Das hätte auch ihre Mutter gewollt. »Dad, du musst zurücktreten.«

Er wandte den Blick ab, seine Augen waren tränennass. »Das kann ich nicht.«

»Warum nicht?«

»Es ist nicht möglich, Natalie. Glaub mir …«

»Wieso nicht?«

Er schwieg. Die Antwort war einfach, aber er konnte sie seiner Tochter gegenüber nicht preisgeben. Denn er musste, als Premierminister, eine weitreichende Entscheidung treffen. Und indem er sie fällte, würde er sein eigenes Todesurteil unterschreiben. Das wusste er jetzt.

28

Die Gier ist, wie die Liebe zum Komfort,
eine Art von Angst.
Cyril Connolly

Im Paradies war alles still und ruhig. Das war im Hotel *Marybelle* immer so. Dafür bezahlten die Reichen – und sie bekamen stets alles für ihr Geld.

Pia streckte sich im Bett aus und blickte träge im Zimmer umher, bis sich ihre Augen an das Morgenlicht, das durch die Jalousien ins Zimmer fiel, gewöhnt hatten. Für einen Moment hätte sie dem Wunsch, aufzustehen, fast nachgegeben, aber dann war sie doch zu träge und döste wieder ein. Noch eine Stunde verging. Schließlich brachte sie genügend Energie auf, die pinkfarbene Seidendecke beiseite zu werfen. Ein Zimmermädchen eilte mit einem Bademantel ins Zimmer. Pia zog ihn an, beschloss dann aber, erst einmal zu frühstücken.

Nachdem sie das Bad verlassen hatte, ging sie einen Flur entlang und eine spiralförmige weiße Marmortreppe hinab, die ins erste ihrer Wohnzimmer führte. Der große Raum war, wie das ganze Apartment, im Stil eines italienischen Landhauses eingerichtet: Bodenvasen, gusseiserne Kerzenhalter, antike Schränke mit handbemaltem Glas darin und mittelalterliches Florentiner Kunsthandwerk. Das Zimmer zeugte von gutem Geschmack, die gesamte Einrichtung war von Experten aus italienischen Museen ausgesucht worden, den Dienern des Eigen-

tümers PlanetGambler, der an die Top-Hotels antike Einrichtungsgegenstände vermietete. Alles war perfekt, es fehlten nur genügend urteilsfähige Gäste, um die Einrichtung gebührend würdigen zu können.
Pia schlenderte durch den Raum und weiter durch eine große Walnusstür zum Swimmingpool. Geduldig standen die Diener neben einem Frühstückstisch und warteten auf ihre Herrin. Deren Zeit, Schufterei und Anstrengungen, das nahmen die Reichen gern in Anspruch, nur mit deren Demut und Bescheidenheit, damit konnten sie nichts anfangen.
»Guten Morgen, Madam.«
Pia nahm Platz, während sich die Bediensteten vor ihr verbeugten. Sie fühlte sich unbehaglich in solchen Situationen, diese akribische Aufmerksamkeit und übertriebene Diensteifrigkeit waren ihr schon immer zuwider gewesen. Sie kam sich wie eine Aufschneiderin vor. Aber war sie es denn nicht, in vielerlei Hinsicht?
Während die Angestellten ihr das Frühstück brachten, machte Pia es sich auf ihrem Stuhl bequem und gähnte. Plötzlich fiel ihr Blick auf ein Geschenk. Jemand hatte auf einen der Beistelltische eine Vase mit einem riesigen Strauß roter englischer Rosen gestellt. Sie lachte vor Entzücken. Da sie bereits ahnte, wer die Blumen geschickt hatte, bat sie den Direktor zu sich.
»Danke für die Rosen, Henri, sie sind wunderschön.«
»Die sind nicht von mir, Madam, sondern von Mr. Plevy.«
»Aber auf Ihre Anregung hin. *Sie* haben die Rosen ausgewählt, nicht wahr?«
Henri schwieg, taktvoll wie immer. Er war der ideale Diener, loyaler als jeder Freund. Pia stand auf. »Ich möchte, dass Sie mir etwas verraten.« Nebeneinander schlenderten sie am Swimmingpool entlang und dann zur Steinveranda mit Blick auf den

großen Wald hinauf. Eine junge Frau mit einem alten Mann an ihrer Seite, Herrin und Diener. Pia wandte sich von der atemberaubenden Landschaft ab, nippte an ihrem Früchtecocktail und fragte Henri: »Wie lange kennen Sie Ozzy eigentlich schon?«

»Seit ich vor vier Jahren hierher kam, Madam. Mr. Plevy steigt regelmäßig in unserem Hotel ab.«

»Wenn er sein Geld nicht mit anderen Frauen in anderen Hotels auf der ganzen Welt verschwendet?«

Henri schwieg.

»War er schon immer so?«

»Ja.«

»Warum macht er dann im Moment einen so unglücklichen, deprimierten Eindruck?«

Henri hielt kurz inne.

»Sie sind ihm gegenüber sehr fürsorglich, nicht wahr?« Sie lehnte sich mit dem Rücken gegen die Balustrade und strich über den Troddel ihres goldgelben Bademantels.

»Mr. Plevy ist ein sehr einsamer Mann.«

Die Antwort war so treffend, dass Pia leicht zusammenzuckte. Ob Henri wohl ahnte, wie einsam *sie* war? Wie leer sich *ihr* Herz anfühlte? »Hm. Ja, das glaube ich auch. Es ist sicher schwierig, anderen Menschen zu vertrauen, wenn man so reich ist. Und zu wissen, was man will, wenn man schon alles hat.«

»Und wenn man Angst vor dem Tod bekommt, spitzen sich alle Sorgen zu.«

»Ah.« Plötzlich wusste sie, was er ihr sagen wollte. Sie blickte auf den makellos gepflegten Garten, der unter ihnen lag. »Aber wieso sagt ihm niemand die Wahrheit, Henri?«

»Weil er Angst vor sich selbst hat und andere ihn fürchten.«

»Und?«

»Deshalb lügt er, und die andern auch.«

»Aber er muss doch die Wahrheit kennen.«

»Keineswegs«, sagte Henri mit Nachdruck.

Schweigen. Was er soeben gesagt hatte, traf in erheblichem Maße auch auf sie zu. Die Grundlage von allem war Furcht. Oswald hatte Angst vor sich selbst. Weil er fürchtete, wahrhaft er selbst zu sein, lebte er eine Lüge und blieb in seinem falschen Ich gefangen, das andere bestärkten, weil sie Angst davor hatten, es in Frage zu stellen. Und so hatte er ein – blindes – Ungeheuer geschaffen, das andere am Leben hielten. Doch was bedeutete das für sie? Einen schrecklichen Augenblick lang meinte Pia, nicht mehr neben dem Direktor im exklusivsten Hotel der Welt zu stehen, sondern auf dem Boden ihres Badezimmers in San Francisco zu liegen, umgeben von Exkrementen und Erbrochenem, und zu sterben. Was hatte *sie* in ihrem Leben gelernt? Esko fiel ihr ein.

»Könnten Sie mir einen Gefallen tun?«, fragte sie mit erstickter Stimme.

»Gewiss.«

»Benachrichtigen Sie einen Arzt, jemanden, der ehrlich ist, sobald wie möglich.« Sie wischte sich mit der Hand übers Gesicht. »Würden Sie das mir zuliebe tun?«

»Ja, Madam.«

Sie hatte Angst, noch mehr zu sagen. »Danke für die Rosen, Henri.«

Er verbeugte sich. »Es war mir ein Vergnügen.«

* * *

Oswald saß in seinem Wintergarten und versuchte, sich zu konzentrieren. Das kostete ihn erhebliche Mühe, da er längeres Nachdenken überhaupt nicht mehr gewohnt war. Er schlug sich mit einem Puzzle herum, dessen Teile einfach nicht zusammenpassen wollten. Trotzdem, er musste es lösen.

Warum hatte Pedersen Pia hierher geschickt? Wieso hatte er eine Frau zu ihm entsandt, eine als Gespielin verkleidete Multimillionärin? Es musste doch eine Antwort darauf geben. Oswald kratzte sich die Glatze, runzelte die Stirn, knabberte an seinen Fingernägeln. Nach längerem Nachdenken dämmerte es ihm. Nichts war, wie es schien. Hastig schaltete er den Monitor an.

Normalerweise war der Zugang zu einer persönlichen Datei in Mother nur per Augenabdruck (oder Fingerabdruck) der betreffenden Person möglich. Allerdings hatten die Leute schon vor langer Zeit das Zugangsrecht zu ihren Dateien verkauft – an die Globalcoms, die ihnen Rabatte gewährten im Tausch gegen die Verwendung dieser Informationen, an Pharmakonzerne, die sich für ihre medizinischen Daten interessierten, an Marktforschungsinstitute, die wissen wollten, was sie kauften, an Politiker, die herausfinden wollten, wen sie bisher gewählt hatten. Dies galt mittlerweile für fast die gesamte Bevölkerung, so dass die große Mehrzahl der persönlichen Dateien in Mother nicht mehr geschützt war. Wie Esau hatten die Menschen ihr Erstgeburtsrecht gegen einen Teller Linsen verkauft.

Was Pia betraf, so hätte er sie bitten können, ihre Datei für ihn zu öffnen, aber das wollte er nicht; sie sollte keinen Verdacht schöpfen. Außerdem standen ihm andere Wege offen, um an ihre Daten heranzukommen. Als er bei UniTelecom gekündigt hatte, hatten Doug Sullivan und Anthony Stone ihm die Möglichkeit verschafft, sich in fast jede persönliche Datei einzuloggen, wozu er einen Spezialcode verwendete, den sonst nur Staats- und Regierungschefs und Geheimdienste nutzten. Oswald hatte sich nie darum gekümmert, weil er sich nie für

irgendjemanden interessierte. Inzwischen lagen die Dinge jedoch anders.
Binnen einer Sekunde zeigte ihm der Monitor seine Datei, so wie auch alle anderen in Mother registrierten Personen als Startseite zunächst ihre eigenen Dateien sahen. Er tippte einen Code ein. Ein Fenster erschien. Der Text verlangte Angaben über die gesuchte Person. Er gab Pias Vor- und Nachnamen ein, die Henri ihm, neben ihrer Staatsangehörigkeit, genannt hatte. Da Pia Finnin war, würde er die Auskünfte über die finnische Datenbank erhalten. Kurz darauf erschien ihre persönliche Datei auf dem Bildschirm. Er begann darin zu lesen.
»Eine kleine Erfrischung gefällig, Sir?« Henri stand neben ihm.
»Nein«, erwiderte Oswald nervös. »Ich bin beschäftigt, gehen Sie.« Niemand sollte mitbekommen, was er gerade tat.
Er klickte Pias Rechnungen, Belege und die anderen Icons in ihrer Datei durch, aber er war enttäuscht. Die Belege spiegelten ihren Lebensstil wider: Sie war eine immens reiche Frau, die einen Haufen Geld für Kleidung ausgab und sich gern amüsierte. Da gab es sogar Informationen über ihre Treuhandgesellschaft, gegründet nach dem Tod ihres Vaters, sowie die Namen verschiedener finnischer Anwälte, die das Vermögen verwalteten. Er setzte seine Suche fort, stieß aber auf nichts Ungewöhnliches. Schließlich gab er einen anderen Code ein, um in Pias Geheimdienstdatei hineinzukommen. Solche Dateien waren in drei Kategorien unterteilt, mit einem zunehmend eingeschränkten Zugang versehen und auf dem Bildschirm durch kleine farbige Icons gekennzeichnet. Dies entsprach den Protokollen, die die Staaten unterzeichnet hatten, um den Austausch derartiger Informationen in Mother zu regeln. *Grün* bedeutete, dass den Geheimdiensten aller Länder Zugang zur persönlichen Datei der jeweiligen Person gewährt wurde. *Blau* schränk-

te den Zugang auf die Geheimdienste des Landes ein, aus dem der Betreffende stammte. Und die Kategorie *Rot,* die äußerst selten vorkam, bedeutete, dass ausschließlich Staats- und Regierungschefs Zugang zu der jeweiligen Datei erhielten.

»Da stimmt doch was nicht«, rief Oswald aus und wiederholte seine Eingabe. Die Antwort blieb dieselbe. Pias Geheimdienstdatei war mit Rot markiert. Daneben war das Symbol für Amerika abgebildet.

Er atmete ganz langsam aus. Warum durften die Geheimdienstdaten einer ganz normalen Frau lediglich von der Präsidentin der Vereinigten Staaten gelesen werden? Wusste Dankwerts davon?

»Was hat das zu bedeuten?« Oswald drückte sich die dicken Finger.

Das rote Icon bedeutete nicht nur, dass die amerikanische Präsidentin Zugang zu Pias Datei hatte. Sondern auch, dass noch eine weitere Person, der Vorsitzende des Rates, Lars Pedersen, sie öffnen konnte. Das brachte ihn auch nicht weiter.

Schließlich begriff Oswald die Zusammenhänge. Angenommen, jemand wollte ihn sprechen, konnte das aber nicht auf persönlichem Wege tun. Was würde derjenige machen? Er würde ihm jemanden schicken, den er zu sich vorlassen würde. Dies müsste eine Gespielin sein, denn außer Gespielinnen wollte Oswald niemanden sehen. Aber diese Frau müsste *so tun,* als sei sie eine Gespielin. Eine, die er vermutlich akzeptierte. Und weil er eine Vorliebe für Schauspielerinnen hatte, würde man ihm eine ... schicken.

»Lombardi!«

Sein Hehler hatte ihn an der Nase herumgeführt. Er hatte Pia auf eine Weise angepriesen, dass er Gefallen an ihr finden *musste.* Lombardi hatte ihr Foto fallen lassen, damit er sah, wie hübsch sie war. Anschließend hatte er gesagt, sie stehe nicht zur Verfügung, um sein Begehren noch stärker zu wecken. So weit, so gut. Aber warum eine Multimillionärin, die sich als Gespielin ausgab? Das war doch ein offensichtlicher Widerspruch, wenn auch nicht der springende Punkt. Trotzdem, ihm war die Unstimmigkeit aufgefallen, und deshalb würde er sich nun jenen Abschnitt in Pias Datei ansehen, den ohne ihre ausdrückliche Genehmigung nur er lesen konnte. Aber was würde er dort entdecken? Dass sie irgendeine Verbindung zur Präsidentin der Vereinigten Staaten und zu Pedersen unterhielt?

Worauf liefen diese neuen Hinweise hinaus? Jetzt war ihm alles klar. Pedersen war krank, und darum hatte er Pia als Botin zu ihm geschickt. Aber ihre Geheimdienstdatei war ein Hinweis, und zwar darauf, dass Pedersen in ernsthaften Schwierigkeiten steckte, und dieser und die US-Präsidentin zusammenarbeiteten. War das alles? Oder gab es da noch mehr, etwas, das ihn selbst betraf? Ja! Pedersen versuchte außerdem, ihn davor zu warnen, dass seine Sicherheit zwar gefährdet sei, er Pia und der Präsidentin der Vereinigten Staaten jedoch vertrauen könne.

Doch warum sollte seine Sicherheit gefährdet sein? Oswald kam heftig ins Schwitzen. Es konnte nur einen Grund geben. Die Natter, Doug Sullivan, steckte dahinter.

Er war im Begriff, hinter Oswalds großes Geheimnis zu kommen.

* * *

»Der Arzt ist da.«

Pia stieg aus dem Swimmingpool und griff nach einem Handtuch. Einen Augenblick lang fragte sie sich, ob es richtig gewesen war, Henri zu bitten, einen Arzt zu holen, der Oswald untersuchen sollte. Henri stellte sie dem Mediziner vor. Er war ein Mann mittleren Alters, mittelgroß und hatte kurzes, schwarzes Haar und ein von Aknenarben übersätes Gesicht. Es war unübersehbar, dass er nie genug Geld für Schönheitsoperationen besessen hatte. Er arbeitete in einem Krankenhaus in einem der ärmsten Distrikte von Florida und hatte offenbar auch nur wenig Zeit, da er immer wieder auf die Uhr sah.

»Hallo.« Pia schüttelte ihm die Hand. »Danke, dass Sie gekommen sind.«

»Kein Problem.« Die Antwort klang brüsk.

»Darf ich Ihnen etwas zu trinken anbieten?«

»Nein.« Er gab ihr deutlich zu verstehen, dass ihm die ganze Angelegenheit äußerst lästig war. »Also, über was für Beschwerden klagt der Patient?«

Sie wurde ganz rot und rang nervös die Hände, dann erklärte sie es ihm mit gedämpfter Stimme.

»Ist das alles? Und er lebt immer noch?«, fragte er sehr schroff. »Wie alt ist er?«

»Fünfundfünfzig.«

»Und Sie sind seine Gespielin?«

Pia wand sich vor Verlegenheit. »Nein, nur eine Freundin.«

»Verstehe.« Er zuckte mit den Schultern, schien aber nicht überzeugt zu sein. Die junge Frau sah hinreißend aus – blond, schlank, unschuldig wirkend –, doch eine Beziehung mit ihr könnte er sich bestimmt nie leisten. »Na, dann bringen Sie mich mal zu diesem Schwerkranken …«

Oswald saß am Pool. Er hob kaum den Blick, als sie näher kamen. »Wer ist das?«

Henri lieferte ihm die Antwort. »Der Doktor, Sir. Sie haben nach dem unglücklichen Abgang von Dr. Ortiz um einen anderen Arzt gebeten.«

Oswald trank seinen Lightning Strike aus. Er beschäftigte sich im Moment mit ganz anderen Dingen, deshalb war er so abgelenkt. Inzwischen war ein Diener mit einem Hand-Monitor ins Freie geeilt. Nachdem Oswald einen Blick auf den Bildschirm geworfen hatte, öffnete sich seine Datei. Sorgfältig las der Arzt sein medizinisches Profil durch. Die junge Frau und der Direktor hatten Recht, er hatte es hier mit einem Patienten mit sehr geringer Lebenserwartung zu tun. Am besten sagte er ihm ganz unverblümt, wie es um ihn stand; nur so bestand die Hoffnung, dass der Mann noch etwas länger lebte. Nachdem der Arzt sich aufgerichtet hatte, sagte er kühl: »Möchten Sie die Wahrheit erfahren?«

»Was?«

»Wollen Sie wissen, *wie krank* Sie sind?«

Da ihn diese rüde Bemerkung gekränkt hatte, wollte sich Oswald mit einer gemeinen Antwort revanchieren. Doch ohne diese abzuwarten, fuhr der Arzt fort: »Sie haben Übergewicht, ein Alkohol- und Kokainproblem und leiden an erhöhtem Blutdruck. Ihr Herz und Ihre Nieren sind in äußerst schlechtem Zustand. Mit anderen Worten: Sie sind schwer krank, Mr. Plevy. Sie liegen praktisch im Sterben.«

Eisiges Schweigen. Das unbarmherzige Urteil war ergangen; es konnte nicht zurückgenommen werden.

»Verschwinden Sie.«

Der Arzt zuckte die Achseln. »Na gut. Aber meiner Einschätzung nach haben Sie nur noch drei bis sechs Monate zu leben.«

Das Todesurteil war ausgesprochen. Sie trennten sich. Oswald saß allein da. Er hatte Angst. Die Probleme wuchsen ihm über den Kopf. Selbst hier im Paradies.

29

Und die einfache Wahrheit fälschlich Einfachheit genannt.
William Shakespeare

Die Maschine der amerikanischen Präsidentin Monica Dankwerts war in Helsinki gelandet. Vom Flughafen wurde sie im Auto zum Wohnhaus des Vorsitzenden von Mother gefahren, das vierzig Kilometer außerhalb des Stadtzentrums lag.

Einst hatte es sich um das Häuschen gehandelt, in dem Lars Pedersen regelmäßig seine Ferien verbrachte, damals, als er noch an der Universität von Helsinki einen Lehrstuhl innehatte – in jenen ruhigen Zeiten, bevor Oswald Plevy seine großartige Idee entwickelt und die Welt verändert hatte. Nun stand es auf einem militärischen Gelände, das von finnischen Soldaten streng bewacht wurde. Diese Sicherheitsmaßnahmen hatte man ergriffen, als Pedersen seine Stelle als Vorsitzender antrat. Sie waren unvermeidlich gewesen. Den Mitgliedern des Rates war von Anfang an klar gewesen, dass seine Position im System entscheidend war, so dass er von vielerlei Seiten Angriffen ausgesetzt sein würde – von Terroristen, die ihn umbringen wollten, Politikern, die Protektion suchten, Leuten, die ihre persönliche Interessen verfolgten. Daher brauchte der Vorsitzende einen Ort, an dem er sich verstecken konnte.

Nach langen Diskussionen entschied der Rat, dass es nur eine Möglichkeit gab: Man musste das Haus von Pedersen mit

einem Armeestützpunkt umgeben. Pedersen war natürlich dagegen gewesen, da ihn diese Lösung im Grunde zu einem Gefangenen machte. Trotzdem war er der Aufforderung des Rates nachgekommen, jedoch nur unter der Voraussetzung, dass man als Wachpersonal ausschließlich finnische Soldaten einstellte. So geschah es, und heute lebte der Vorsitzende von Mother, dessen Leben sich überwiegend im monotonen Pendelverkehr zwischen seinem Ferienhaus und seinem Büro in der Zentrale von Mother in Helsinki abspielte, in einem goldenen Käfig.
Aber uns allen ergeht es ja nicht anders, dachte Monica Dankwerts. Sie und die anderen Staats- und Regierungschefs waren ebenfalls Gefangene in ihren Amtssitzen, jeder Schritt wurde überwacht, jede Geste analysiert. Während ihre reale Macht dahinschmolz und auf die Chefs der Globalcoms, das Militär, die Mitglieder des Rates überging, waren sie immer mehr zu Marionetten geworden. Lars Pedersen hatte die Staats- und Regierungschefs der wichtigsten Nationen zwar oft davor gewarnt, doch aus lauter Arroganz und Verblendung hatten sie nicht auf ihn gehört. Nun stand ihnen eine wirkliche Katastrophe ins Haus. Andere waren im Begriff, das globale System von Mother unter ihre Kontrolle zu bringen, und man wusste noch nicht einmal, um wen es sich handelte.
Die Limousine der Präsidentin näherte sich den ersten Toren. Ein Bodyguard beugte sich zu ihr vor. »Mrs. President, Sie müssen sich ausweisen.«
Ein finnischer Major des Heeres trat auf die Limousine zu und salutierte. Sie standen an einem Checkpoint der Armee. Rings um sie herum befand sich eine Umzäunung, an der Tag und Nacht Hunde und Wachen patrouillierten und die durch diverse elektronische Einrichtungen gesichert war. Der arme Lars Pedersen, dachte Dankwerts. Man hatte ihm seinen Posten aufge-

zwungen, und zum Dank dafür, dass er ihn angenommen hatte, verdammte man ihn zu einem gespenstischen Dasein. Ihr Gefängnis war zumindest das Weiße Haus.

»Blicken Sie bitte hierher.«

Sie besaß eines der bekanntesten Gesichter der Welt, doch den üblichen Kontrollen, die Mother vorschrieb, musste sich jeder fügen, und zwar ausnahmslos. Dankwerts blickte auf den kleinen Monitor in der Hand des finnischen Majors. Sofort identifizierte das Gerät ihren Augenabdruck. Sie war die amerikanische Präsidentin. Daran bestand kein Zweifel.

»Weiterfahren.«

Die Limousine passierte zwei weitere Kontrollpunkte, an denen sich der gleiche Vorgang wiederholte. Am zweiten trat ein finnischer General vor. Er sollte sie zu Lars Pedersens Ferienhaus begleiten. Sie gingen los, nebeneinander, auf einem schmalen Betonweg. Wegen der zahlreichen Sensoren und Sicherheitseinrichtungen war es ausgeschlossen, dass ein Terrorist oder eine nicht befugte Person auf das Gelände gelangte. Dankwerts war hier fast so sicher, als wenn sie sich in dem Atomschutzbunker befunden hätte, in dem Mother in den Vereinigten Staaten untergebracht war.

»Es sieht nach Regen aus, finden Sie nicht?«

»Ja.« Dankwerts blickte zum schiefergrauen Himmel empor. Sie hatte keine Lust, sich mit dem General zu unterhalten, sondern wollte lieber über das kommende Gespräch mit Pedersen nachdenken.

Der Betonweg führte durch ein kleines Wäldchen. Nach der technologischen Sterilität des Militärcamps kam ihr der jähe Anblick von Bäumen geradezu grotesk vor. Doch Pedersen hatte darauf bestanden. Er wollte am Morgen nicht auf endlose Meter Stacheldraht, sondern auf eine ländliche Landschaft blicken. Deshalb hatte der Rat sein Häuschen mit einem Wäldchen umgeben. Die Wirkung auf Besucher war merkwürdig, wenn nicht gar verwirrend. Als entdeckte man einen Edelstein in einer Dornenkrone. Während Dankwerts und der General schweigend voranstrebten, fiel smaragdgrünes Licht durch das Blätterdach. Einen Augenblick lang spürte sie die gleiche Verwunderung, die sie als kleines Kind gefühlt hatte, als sie zum ersten Mal einen Wald betrat. Die Außenwelt spielte keine Rolle mehr, und nichts war, wie es schien. Doch weil sie ganz in Gedanken versunken war, verschwand die Erinnerung ebenso schnell, wie sie in ihr aufgestiegen war.

Vor der Tür des zweistöckigen Holzhauses blieb der General stehen. »Bitte gehen Sie allein ins Haus, er hat mich nicht eingeladen.«

Typisch Pedersen. Immer auf seine Eigenständigkeit bedacht. Auf diese Weise hatte er auch die Politiker zum Narren gehalten. Als die fünfzehn Mitglieder des Rates ihn ernannt hatten, erklärten sie gegenüber ihren Staats- und Regierungschefs, Pedersen sei ein guter Kompromisskandidat. Schließlich sei er Bürger eines Landes, das seine Neutralität erklärt hatte, er habe keine Vorurteile, sei allem Anschein nach anpassungsfähig und für Argumente zugänglich. Kurzum, ein Einfaltspinsel, den die mächtigeren Staaten wie die USA und Großbritannien, Russland und Deutschland, China und Japan mühelos einschüchtern könnten.

Doch das stimmte nicht, wie diese Länder zu ihrem eigenen Schaden herausfinden sollten. Denn wie sich schon bald nach seiner Ernennung zum Vorsitzenden des Rates herausstellte, imponierte ihm niemand, und er ließ sich auch nicht durch parteiische Überlegungen umstimmen oder bestechen, ob nun direkt oder indirekt. Das hatte den Mitgliedern des Rates, unter denen es zu Beginn zudem viele Meinungsunterschiede gab – vor allem als Mother so dramatisch expandierte – einen gehörigen Schrecken versetzt, aber Pedersen hatte dem Druck standgehalten. Wie er es abgelehnt hatte, sein Haus einfach von Stacheldraht umzäunen zu lassen, hatte er sich auch geweigert, sich mit Vertretern von Nationen zu umgeben, die ihren Willen zum Nachteil anderer Länder durchzusetzen suchten. Womit er glänzende Erfolge erzielt hatte. Jedenfalls eine Zeit lang. Eine Weile hatte er eine Gruppe mit kolossaler Macht befehligt, aber nun entglitt sie ihm.

»Herzlich willkommen.«

Zwei Soldaten salutierten zackig. Dankwerts betrat das Haus.

»Er ist gleich so weit«, sagte ein Assistent. »Warten Sie bitte im Wohnzimmer.«

»Selbstverständlich.« Ihre Antwort klang zwar recht locker, doch eigentlich gab es niemanden, auf den sie wartete. Sie war sich ihrer herausgehobenen Rolle in der globalen Gesellschaft sehr wohl bewusst – sie war die zweitwichtigste Person der Welt. Aber bei Pedersen machte sie eine Ausnahme. Und das nicht nur weil er der Vorsitzende des Rates war, sondern auch, weil sie ihn ausgesprochen freundlich und umgänglich fand. Sie konnte ihn sehr gut leiden. Er war klug, auch wenn sie nicht genau sagen konnte, inwiefern.

Sie wurde ins Wohnzimmer geführt, das mit einem polierten Dielenboden ausgelegt war. Die Einrichtung war ein typisches Beispiel für das Zuhause eines Professors. Auf allerhand Regalen stapelten sich Bücher, und es herrschte eine gewisse Unordnung. Sie nahm auf einem der Sessel in finnischem Design Platz, wobei sie darauf achtete, dass ihr Kostüm keine Falten warf. Vor ihr erstreckte sich ein Panoramafenster, durch das man in den Garten blickte. Dahinter sah man Bäume, und dahinter wiederum lag – vor neugierigen Blicken geschützt – der Stacheldraht mit den Sensorvorrichtungen. Lars Pedersen wusste alles über die Welt da draußen, und doch hatte er alles darangesetzt, dass nichts seine Ruhe störte.

»Er ist jetzt bereit, Sie zu empfangen, Madam.«

Als Dankwerts die geschwungene Wendeltreppe hinaufstieg, kam sie an einem Alkoven mit einer kleinen Vase voller getrockneter Blumen und an mehreren Zeichnungen vorbei, die finnische Schulkinder gemalt hatten. Alles machte einen so natürlichen, bescheidenen Eindruck, dass es ihr fast unwirklich erschien.

Doch Pedersen war ein einfacher Mann in einer äußerst komplizierten und gepeinigten Welt. Er hatte zu Hause sterben wollen. Es war sein ausdrücklicher Wunsch gewesen, und sosehr Doug Sullivan oder die Ärzte des Rates ihn auch dazu gedrängt hatten, sich in eine Klinik zu begeben, er hatte sich geweigert. Insofern war er sehr clever gewesen, wie ihr jetzt klar wurde. Er hatte von Anfang an geahnt, dass man versuchen würde, ihn mit illegalen Mitteln von der Macht zu verdrängen; daher die finnischen Sicherheitskräfte, daher der Rückzug in diese Festung. Pedersen hatte viele Schachzüge der Verschwörer vorausgesehen. Aber konnte er das jetzt auch noch? Konnte er sie alle vor dem Abgrund retten?

Sie betrat das Schlafzimmer; eine Krankenschwester blickte kurz auf und verließ dann das Zimmer. Die Präsidentin und der Patient blieben allein im Raum zurück; die mächtigsten Personen der Welt. Als Dankwerts aus dem Fenster blickte, sah sie den Wald, dessen Bäume jedoch so niedrig waren, dass man darüber noch ein Stück des Stacheldrahts erkennen konnte. Vollständig hatte Pedersen die Welt also doch nicht aus seinem Zuhause fernhalten können.

»Sind Sie gekommen, um hier Ferien zu machen?« Pedersen lachte so leise, dass sie es kaum hörte.
Er lag halb aufgerichtet im Bett, gestützt von mehreren Kopfkissen; seine linke Gesichtshälfte war gelähmt, die Folge seines letzten Schlaganfalls. Er sah entsetzlich blass und ausgemergelt aus, auch sein Haar war inzwischen spärlicher geworden. Vor einem halben Jahr hatte sie ihn das letzte Mal getroffen, jetzt war er nur noch ein Schatten seiner selbst.
»Nein, kein Urlaubstrip diesmal.« Ihre Antwort sollte munter und unbeschwert klingen. »Ich bin gekommen, um zu erfahren, wie es Ihnen geht.«
»Ich liege im Sterben.«
Sie zuckte leicht zusammen. So war er immer gewesen, von einer alles durchdringenden Ehrlichkeit.
»Lars.« Sie setzte sich neben ihn auf einen Stuhl. »In den Staaten ist die Lage kritisch. Es ist nur eine Frage der Zeit, bis ich die Zwangsregistrierung verkünden werde. Ich kann mich nicht mehr lange im Amt halten.«
»Und Reedon?«
»Ich habe ihn gewarnt, dass man seinen Code entschlüsselt hat. Sind Sie sicher, was den Mord an seiner Frau betrifft?«
»Ja.« Mit großer Mühe bewegte er den Kopf so, dass er sie ansehen konnte. Seine Stimme klang brüchig. »Sie kommen immer näher, schließen den Kreis.«
»Haben Sie weitere Informationen? Welche Vertreter im Rat außer Sullivan sind daran beteiligt?«
»Die aus China, Indonesien, vermutlich auch Pakistan. Möglicherweise noch mehr.« Er bekam nur schwer Luft, seine Stimme klang heiser. »Die Zahl der Verschwörer ist sehr groß. Größer, als Sie und ich glauben. Und sie gehen nach einem Plan vor. Sie wollen zwei weitere Personen entfernen – und zwar bald.«

»Wen?«
»Den britischen Premierminister und Sie.«
Dankwerts stockte der Atem. Vor zwei Jahren hatte sie ihm nicht geglaubt. Jetzt entfaltete sich dieses Albtraumszenario direkt vor ihren Augen. »Lars«, ihre Stimme klang gepresst, »wir müssen sofort handeln. Wir dürfen keine Zeit verlieren.«
»Richtig. Aber noch ist es nicht zu spät.« Er blickte in ihre dunkelbraunen Augen. »Wenn die Mitglieder der Ratsvollversammlung erfahren, wie krank ich bin, werden sie Sullivan, den stellvertretenden Vorsitzenden, auf meine Stelle setzen.«
»Das hatte ich mir gedacht.«
»Tun Sie alles in Ihrer Macht Stehende, um das zu verhindern, auch wenn Sullivan der amerikanische Vertreter ist. Verstehen Sie?«
Dankwerts nickte zustimmend, doch sie fühlte sich unwillkürlich einsam und verlassen, so als befände sie sich auf stürmischer hoher See. Plötzlich erkannte sie mit Schrecken: Ohne Pedersen waren sie verloren. Er allein war imstande, die Schatten zu durchdringen. »Aber was ist mit Oswald Plevy? Es könnte notwendig sein, ihn zu töten.«
»Nein. Lassen Sie ihn unter allen Umständen in Ruhe. Wir müssen unseren Teil der Abmachung einhalten.«
»Und wenn Plevy ihnen sein Geheimnis verrät?«
Pedersen blickte sie forschend an. Wonach suchte er? Sie war ratlos. Er war ein so merkwürdiger Mann, so geheimnisvoll. Konnte es sein, dass er nicht einmal ihr vertraute? »Alles wird gut«, murmelte er.
»Aber Lars, Sie verstehen nicht. Diese Leute befinden sich beinahe im Zentrum des Systems.«
»Ja«, bestätigte er kaum hörbar.
»Lars«, sagte sie mit Nachdruck, »die sind in Mothers geheimste

Codes eingedrungen. Bald werden sie sogar Zugang zu meinen Nachrichten an Sie haben. Wenn sie die letzten Codes entschlüsselt haben, stehen wir nicht nur am Rande des Abgrunds, sondern drohen hineinzustürzen. Unsere Autorität wäre für immer untergraben.«

»*Alles wird gut.*«

»Ich muss mich sofort mit Sullivan befassen«, beharrte sie. »Sonst wird er zu mächtig für mich.« Ihre Stimme klang eine Spur panisch.

»Nein.«

»Warum nicht?«, schrie sie Pedersen beinahe an.

Doch er schwieg. Er empfand eine tiefe Traurigkeit. Wieso begriff sie es nicht? Sullivan und die anderen waren bereits *zu* mächtig für sie; sie waren es schon seit einiger Zeit. Mit einer kleinen Handbewegung winkte er Dankwerts zu sich. Sie beugte sich so weit vor, dass ihr Ohr fast seine Lippen berührte. Sehr leise flüsterte er ihr zu: »Die Wahrheit schneidet Holz.«

»Wie bitte?«

»Die Wahrheit schneidet Holz.« Erschöpft und mit großer Mühe wiederholte er den Satz.

»Ich verstehe nicht«, antwortete sie, wütend und verwirrt. »Was wollen Sie damit sagen?«

»Wenn Sie diesen Satz hören, wird alles gut sein. Aber Sie *müssen* Ihre Entscheidung vorher treffen.«

Angsterfüllt schaute sie ihn an. Jetzt war ihr klar, was Pedersen vorhatte. Er würde sie nicht an den Rand des Abgrunds führen – sondern darüber hinweg.

30

Gewalt kann nur durch eine Lüge verborgen werden,
und die Lüge kann nur durch Gewalt aufrechterhalten werden.
Wer Gewalt zu seiner Methode erkoren hat,
ist unweigerlich gezwungen,
die Lüge als sein Prinzip anzuerkennen.
Alexander Solschenizyn

Der britische Premierminister war gemeinsam mit seiner Tochter Natalie zum Begräbnis seiner Frau aufgebrochen. Susan hätte es am liebsten gesehen, wenn sie in der Nähe von Garsten beerdigt würde, in Sichtweite der schneebedeckten Berge, die sie so sehr geliebt hatte. Es war eine ruhige Feier, im engeren Kreis. Die österreichischen Behörden hatten die Familie unterstützt, indem sie allen Journalisten und Touristen den Zutritt nach Osburg verweigerten. Mit Hilfe von Mother, die den Trauerprozess begleitete, wie so viele andere Dinge auch.

James Reedon verharrte am Grab seiner Frau. Neben ihm standen einige Trauergäste: seine Tochter, entfernte Familienangehörige, verschiedene Staatsbeamte. Natürlich auch ein paar Mitglieder der Regierung, beispielsweise sein Außenminister Anthony Stone. Wie immer war es Stone, der im Rampenlicht stand. Selbst hier, wohin ihm die Presseleute und die Kameras, die sein Lebenselixier waren, nicht folgen konnten. Dank seines immensen administrativen Könnens hatte er dafür gesorgt, dass alles glatt ging, als der Sarg in die kleine Kapelle hinein- und nach der Trauerfeier wieder hinausgetragen wurde; er hatte das größte Blumengesteck geliefert; er sprach die Worte, die in allen englischen Nachrichtensendungen gesendet werden sollten. »Keine Ehefrau war ihrem Mann treuer ergeben. Keine Frau war eine bessere Mutter.« James Reedon, der Ehemann des Opfers, hätte es nicht schöner formulieren können.

Der Priester sprach sein Gebet und warf eine Handvoll Erde auf den Sarg. Dann war alles vorbei.

»James, du bist sicherlich tief erschüttert.« Stone fasste ihn am Ellbogen und führte ihn weg von den anderen.

Sie setzten sich auf eine kleine Holzbank und betrachteten die Landschaft.

»Was für ein gewaltiges Panorama!« Stone fuhr sich durch die dünnen blonden Haare. Er ließ nie eine Gelegenheit aus, sich ins rechte Licht zu setzen, denn es könnte ja eine Kamera auf ihn gerichtet sein. »Ich weiß, wie sehr Susan diesen Ort geliebt hat. Was kann ich sagen, James? Sie war ein wundervoller Mensch. Sie wird uns ungeheuer fehlen.« Seine feinen Gesichtszüge drückten Schmerz aus. »Ach, *warum* müssen solche Dinge geschehen?«

Reedon beachtete ihn nicht weiter. Seine Tochter stand ein wenig abseits und wurde von einer Freundin der Familie getröstet.

»James.« Anthony zog an der Manschette seines Maßhemds. »Wir wissen, welch schreckliches Leid du gerade durchmachst. Wenn wir etwas für dich tun können – du musst es nur sagen.«

»Vielen Dank«, antwortete Reedon. Demnach war er zum Bittsteller seines eigenen Außenministers geworden. Er lebte wirklich in einer verkehrten Welt. Aber so war es nun einmal. Die Erben Machiavellis waren im Aufstieg begriffen, so wie er auf dem Weg nach unten war. Weil Sullivan und Stone die Macht liebten. Sie begehrten die Macht und beherrschten das Spiel auf ihrer Klaviatur in hohen Graden, wie virtuose Musiker.

»Darf ich dir einen Vorschlag machen?«

Reedon wandte sich leicht um: Stones eidechsenähnlichen Augen erwiderten standhaft seinen Blick. Sie wirkten freundlich, besorgt, aber ihnen entging nichts. »James.« Jetzt klang seine Stimme seidenweich. »Ich finde, du solltest dich ein wenig ausruhen. Es war ein furchtbarer Schlag, ein tragisches Unglück. Das ganze Land wird dich verstehen.«

Reedon strich sich durch die Haare; ihm war selbst klar, was er tun musste. Hatte er nicht sein Leben lang danach gehandelt? Das falsche und das wahre Selbst. Wer war er? Und wer war Anthony Stone wirklich? Ein Monstrum, das einem mit der Intensität seiner verborgenen Begierde Angst einjagen konnte.

»Aber wer würde mich vertreten?«

»Ich könnte das machen.« Stone hob die Hände zu einer ausdrucksstarken Gebärde. Wollte er um etwas bitten oder etwas packen? »Wenn etwas Entscheidendes passiert, würde ich mich natürlich mit dir in Verbindung setzen.« Fast hätte er sich verraten. »Aber das Wichtigste ist, dass du eine Ruhepause einlegst. Das sehen viele von uns genauso.«

»Ich mache weiter …«

»James.« Stone beugte sich in gespannter Haltung vor. »Ich wollte es eigentlich nicht erwähnen – aber es ist offensichtlich, dass deine Tochter wegen des Todes ihrer Mutter verzweifelt ist. Du musst jetzt viel mit ihr zusammen sein.«

»Sollte ich vielleicht zurücktreten?«

Stone dachte darüber nach, als wäre ihm diese Idee selbst noch nie gekommen, und nickte zustimmend. »Das Land würde das verstehen.« Dann schien er irgendwie bedauernd weiter darüber nachzugrübeln. »Die Politik ist ein seltsames Spiel, was,

James? Wir sind die Akteure auf der Bühne der Welt. Wir machen eine Arbeit, die nie zufrieden stellend erledigt werden kann, und« – er ließ die Hand fallen – »sterben immer, bevor wir beenden können, was wir angefangen haben. Wie auch immer«, sein Gesicht hellte sich auf, »so ist nun mal das Leben. Obwohl es uns niemand dankt.«

»Du hast Recht«, sagte Reedon abschließend. »Du warst großartig, Anthony, und ich danke dir für deinen Rat. Ich werde dir das nie vergessen. Aber nein, ich glaube nicht, dass ich zurücktrete.«

»Nein?« Stones fein geschnittene Gesichtszüge wurden härter. »Nun, ich lasse dich jetzt eine Weile allein.« Reedons engster politischer Freund stand auf und legte ihm freundschaftlich die Hand auf die Schulter. »Freunde bis zum Ende, was?«

Reedon lächelte sarkastisch. »Bis zum Ende.«

Schließlich saß er allein auf der Steinbank und betrachtete die jungfräulich weiße Berglandschaft.

»Dad, ich glaube, wir sollten jetzt gehen.«

»Komm, Natalie, setz dich zu mir.«

Sie nahm neben ihm Platz. Sie war erst fünfzehn, doch in den letzten Tagen war sie gealtert. Diesen Eindruck erweckte nicht nur ihr Gesicht, das vom vielen Weinen aufgedunsen war. Nein, auch ihre Augen wirkten älter, die jugendliche Kraft war daraus entwichen, denn ihr war klar geworden, dass Freude und schweres Leid auf dieser Welt oft eng beieinander lagen.

»Wie geht es dir?«

»So einigermaßen.«

Er nahm sie in die Arme. »Natalie, du weißt gar nicht, wie stolz deine Mutter auf dich war.«

»Wirklich?«

»Ja.«

»Dad, was passiert jetzt?«
»In welcher Hinsicht? Was mit *mir* geschieht?« Vielleicht hatte sie seine Gedanken gelesen.
»Nein, ich meine, was in Großbritannien passieren wird.« Ihre Hände zuckten ein wenig, die Ereignisse hatten sie sichtlich mitgenommen. »Meine Freundinnen in der Schule behaupten, dass alles noch viel schlimmer kommt, jetzt, da so viele Menschen bei den Demonstrationen getötet wurden. Es heißt, Mums Tod sei ein böses Omen, und dass es möglicherweise zum Bürgerkrieg kommt.«
Damit hatte Natalie genau das ausgesprochen, was so vielen Menschen – auch ihm – auf der Seele brannte. In weiten Teilen der Bevölkerung gab es die tief sitzende Furcht, dass die Politiker die Kontrolle verloren hatten.
»Es wird wieder besser werden«, versicherte er ihr und nahm ihre Hand in seine. »Ich weiß es einfach. Aber jetzt müssen wir gehen.«
Gemeinsam schritten sie auf das Friedhofstor zu. Er ging langsam, um Natalie Zeit zu geben, die Fassung wiederzugewinnen. Nachdem sie das Tor passiert hatten, wandte er sich noch einmal um. Es war eine spektakuläre Landschaft, die hoch ragenden Berge mit ihren weißen Spitzen, und im Vordergrund das frisch ausgehobene Grab mit dem Kreuz. Voller Bedauern wandte er sich ab. Er würde diese Landschaft nie wieder sehen. Davon war er überzeugt.

31

Geld kann nicht kaufen, was das Herz begehrt.
Meng-tzu

Ein weiterer Morgen im Garten Eden. Aber das Leben darin verlor allmählich seinen Reiz.
Pia wälzte sich im Bett herum, in dem bequem fünf Personen Platz gefunden hätten – was den Wünschen mancher Hotelgäste wahrscheinlich entgegenkam. Die Wandschränke waren groß wie Flugzeughangars. Überall Spiegel und kostbare Gemälde. Noch vor wenigen Wochen hätte Pia das alles ungeheuer faszinierend gefunden. Jetzt aber hatte es etwas fast allzu Banales. Es war einfach zu übermäßig, zu opulent, zu entseelt. Am liebsten wäre sie wieder in ihrem gemütlichen kleinen Apartment zu Hause in San Francisco. Sie ging ins Bad, das beinah eine kleine Wohnung für sich war. Dazu gehörten unter anderem eine Dusche, eine Badewanne, Whirlpool, Sauna, Eisbecken sowie ein Ruheraum. Hinter den endlosen Kachelflächen und Handtuchschränken befanden sich die Toilette mit Bidet, Waschbecken, Massageraum und Maniküre-Bereich. Es war einfach zu viel. Was gab es in dem kleinen Blockhaus, da oben in Finnland? Eine Sauna mit einem Ofen darin, der mit Holz befeuert wurde.
»Guten Morgen, Madam!«
Drei Zimmermädchen, nicht älter als sie selbst, begrüßten sie mit einer tiefen Verbeugung. Eines beeilte sich, ihr die Tür

zur Duschkabine aufzuhalten, ein anderes beschäftigte sich mit einem Trolley mit Seifen und Shampoos, und das dritte lief zu einem Schrank, in dem sich bergeweise verschiedenfarbige Handtücher stapelten. Pia musterte die jungen Frauen in ihren makellosen pink-weißen Uniformen. Sie waren ihre Untertanen, das war die Wahrheit. Wenn sie von diesen A8ern verlangte, dass sie ihr den Rücken schrubbten und ihr sämtliche Köperöffnungen wuschen, dann würden sie dies sofort tun.

»Möchten Sie das französische Shampoo mit wilden Aprikosen, Kokosnuss und Avocado, Madam? Oder das japanische mit Basilikum, Oregano und Reishülsen?«

Pia überlegte. Als sie klein war, hatte der Vater ihr die Haare mit Kernseife gewaschen. Jetzt wurde sie von vorne bis hinten bedient, wenn nur ihr Haar ein wenig in Unordnung geraten war. Es war so sinnlos. Als sie das junge chinesische Zimmermädchen Handtücher, dick wie Bettdecken, in Händen halten sah, fragte sie bekümmert:

»Sind Sie eigentlich nie deprimiert?«

Die Teenagerin sah sie aus jadegrünen Augen an und antwortete fast flüsternd: »Nein, Madam.« Was hätte sie auch sonst sagen sollen? Sie fürchtete, ihre Kundin zu enttäuschen. Wenn das passierte, würde sie ihre Stelle verlieren, was den Zusammenbruch ihres Kreditstatus zur Folge hätte. Wer keine Familie hatte, die ihn unterstützte, dem konnte es durchaus passieren, dass er binnen einer Woche auf irgendeiner Straße in der Innenstadt bettelte. Als A9er endete, als Abschaum der Gesellschaft. Als Obdachloser, ohne Wahlrecht, Kredit, Würde.

»Ich möchte mich gern selbst waschen.«

Erschrocken schauten sie Pia an. Jetzt hatten sie sie beleidigt. Pia lächelte etwas gequält. »Wirklich, ich bade selbst. Helfen Sie den anderen, mein Frühstück zuzubereiten.«

Niedergeschlagen verbeugten sie sich tief vor Pia, die nackt vor ihnen stand. Da schon vier andere Zimmermädchen ihr das Frühstück bereiteten, wurden sie nicht weiter gebraucht. Sie verließen das Badezimmer in melancholischer Stimmung. Die Frau hatte sie von der Arbeit weggeschickt, die für sie als Dienerinnen der einzige Grund zu leben war.

Pia setzte sich auf ein Bänkchen und schloss die Augen. Was war in letzter Zeit mit ihr los? Als Multimillionärin besaß sie alles, wovon ein Mensch nur träumen konnte. Trotzdem war es einfach zu viel. Sie hatte den Scheitelpunkt ihrer Selbstsucht erreicht, und nun wollte sie umkehren. Aber wohin? Wo war ihr Zuhause? Wo war sie je glücklich und unbeschwert gewesen?

Plötzlich kam ihr ein Bild ihres Vaters in den Sinn. Sein langsamer, gemessener Gang, wenn er den Weg hinunter zum See entlangging. Die Leichtigkeit, mit der er einen Fisch an den Haken bekam, nachdem er Stunde um Stunde geduldig gewartet hatte. Als sie jung war, waren sie einander sehr nahe gewesen, sie hatte ihn angehimmelt, aber mit der Pubertät war so vieles zu Ende gegangen. Sie hatte mit ihrer Vergangenheit gebrochen und war von zu Hause weggegangen; das war *ihr* Entschluss gewesen. Ihn traf keine Schuld.

Sie betrat die Duschkabine und regelte die gewünschte Temperatur an der Armatur, die sie wie ein Robotor aus einer Autofabrik umschlang.

Warum war sie von zu Hause fortgegangen? Ganz einfach. Um reich zu werden, um in den Kreisen berühmter Leute zu verkehren, um geliebt zu werden. Aber es hatte da noch mehr gegeben, oder? Pia versuchte das Gefühl festzuhalten, aber es verschwand genauso schnell, wie ihr das Wasser durch die Haare rann. In Wirklichkeit hatte sie ihren Vater verachtet. Verachtet war vielleicht das falsche Wort, aber sie hatte auf ihn herabgeschaut. Denn er war arm gewesen, ungebildet, ein Arbeiter in einem Sägewerk, ein Zimmermann. Wenn er in Mother registriert gewesen wäre, wäre er – höchstens – ein A8er gewesen. Ein Diener, ein Leibeigener, so wie die Angestellten, die sie hier im *Marybelle* bedienten.

Pia dirigierte eine Düse, die ihr die Kopfhaut, und eine andere, die ihr das Rückgrat massieren sollte. Was hätte ihr Vater über das alles hier gedacht? Hätte er sich in solch eine Duschkabine gestellt? Nein, er hätte sich schlicht geweigert. Da lag das Problem. War sie ihres Vaters Tochter? Oder hatte sie sich ein falsches Selbstbild zurechtgelegt, an dem sie mit aller Macht festhalten wollte – und das sie auf die gleiche Weise fesselte, wie Oswalds Selbstbild ihn gefangen hielt?

Sie stellte die Dusche ab und trat aus der Kabine. Sie hatte ihr Elternhaus verlassen auf der Suche nach Reichtum, Ruhm und Liebe. Den ersten beiden war sie nahe gekommen, aber würde sie je das dritte Gut erhalten?

»Es tut mir so leid, wenn ich Sie beleidigt haben sollte, Madam.« Die kleine Chinesin kniete vor ihr und weinte bitterlich. Sie hatte Angst um ihre Zukunft.

»Aber Sie haben mich doch nicht beleidigt.« Pia wurde noch verlegener.

»Bitte erlauben Sie, dass wir uns um Sie kümmern, Madam.«

Widerstrebend erklärte sich Pia einverstanden. Die anderen beiden Mädchen erschienen und begleiteten sie zum Maniküre-Bereich. Plötzlich ging ihr auf, dass sie das dritte, so schwer fassbare Gut hier im *Marybelle* nie finden würde. Dabei hatte sie es einmal sogar besessen. Ihr Vater hatte es ihr gegeben. Umsonst. Er hatte sie zutiefst geliebt, doch dieses Gefühl des gegenseitigen Wohlwollens und der wechselseitigen Fürsorge war ihr verloren gegangen, bis Esko es ihr zurückgebracht hatte. Während die Mädchen ihre Finger und Zehen polierten, die Haare kämmten, die Ohren entwachsten, die Beine massierten, die Haut einölten, Achseln und Beine rasierten und all das taten, was man auch selbst tun konnte, wozu man aber oft nur zu träge war, stand ihr sein Bild ständig vor Augen.

Schließlich war ihre tägliche Körperpflege fast beendet, und die Zimmermädchen verließen den Raum. Sie legte sich auf den Massagetisch aus weißem Marmor, der wie eine Bahre geformt war. Reiner Sauerstoff strich über sie hinweg, das leise Rauschen eines Amazonas-Wasserfalls drang ihr ans Ohr, sanfte Beleuchtung beruhigte ihre Sehnerven, ein parfümierter Hauch stieg ihr in die Nase. Aber sie war trotzdem nicht glücklich.

Und so traf Pia, das arme reiche Mädchen, eine Entscheidung. Nach Oswald und dem *Marybelle* würde es keine reichen Freunde mehr geben, kein Zur-Verfügung-Stellen ihres Körpers, kein San Francisco. Die Zeit der Knechtschaft war vorbei. Sie kehrte nach Finnland zurück, in die Holzhütte, und in der Stille würde sie – egal wie lange es dauerte – etwas wiederfinden – ihre Identität.

* * *

»Ozzy, komm doch rein.«

Also, wer kannte die Wahrheit? Wer behauptete, im Besitz der Wahrheit zu sein, war mit Sicherheit selbst ein Lügner, denn eben weil er sein Urteil von dieser hohen Warte aus fällte, blieb sie ihm verborgen. Die Wahrheit ließ sich nur erkennen, wenn das menschliche Dasein in seiner Ganzheit ausgebreitet vor einem lag und man ihre Feinheiten, ihre labyrinthischen Wege begriff. Doch konnte man über der Welt stehen und diese von dort oben beurteilen? Nein, das war nicht möglich.

»Ozzy, sei kein Spielverderber.« Pia winkte ihm aus dem Pool zu.

»Gleich.«

Er hatte einen Faden zu fassen bekommen, dem er jetzt, fast wie unter Zwang, folgte. Lombardi hatte ihn betrogen, Ortiz hatte ihn belogen. Warum hatte er das nicht schon längst erkannt? Es war unglaublich. Er war selbst ein solcher Erzlügner, dass es ihm gelungen war, alle Welt von den Vorzügen von Mother zu überzeugen, und trotzdem hatte er sich von seinem Hehler und seinem Arzt zum Narren halten lassen. Fast die ganze Zeit hatte er ihren Lügen Glauben geschenkt. Warum? Weil er es *gewollt* hatte.

»Die Wassertemperatur beträgt 35,9 Grad, Sir.« Der Direktionsassistent verbeugte sich vor ihm. Ungeduldig wedelte Oswald ihn weg. Wer sonst hatte ihm die Wahrheit gesagt? Er kramte in seinem Gedächtnis. Praktisch niemand.

Alle hatten etwas von ihm gewollt, oder vielmehr: Er hatte etwas von ihnen gewollt, und deshalb hatten sie gelogen, oder besser: Er hatte gelogen.

»Ihr Plastiklido ist bereit, Sir.«

Oswald schüttelte den Kopf; er fand alles sterbenslangweilig.

»Ihre sechs Trainer sind soweit, Sir.«

Mit einer knappen Handbewegung bedeutete er den Bediensteten zu gehen. Merkten sie denn nicht, dass er beschäftigt war? Und zwar damit, herauszufinden, was Pedersen ihm mitteilen wollte. Was die jüngsten Ereignisse bedeuteten.

»Die Masseuse ist eingetroffen …«

Im Grunde konnten sie nur eines ankünden: dass alles auf einen Schluss, ein großes Finale zusteuerte. Und dass er eine Entscheidung treffen musste. Einen letzten Part zu spielen hatte.

»Ozzy, ist alles in Ordnung mit dir?« Während er wie betäubt in

seinem Liegestuhl saß, kam Pia herüber und berührte sanft Oswalds schlaffe Schulter. Offenbar ging es ihm nicht gut. »Kann ich dir helfen?«
Plötzlich wurde ihm klar, was ein weiteres Stück des Puzzles bedeutete. Alles, sämtliche Informationen, die er haben musste, waren da; sie waren rings um ihn herum. Die Wahrheit lag direkt vor seinen Augen, aber er hatte sie nicht erkannt. Er blickte jählings auf. »Pia, sag Henri, er soll hierher kommen. Ich will mit ihm sprechen, allein.«
Nachdem der Hoteldirektor eingetroffen war, wartete Oswald, bis Pia zum Pool zurückgegangen war. Dann richtete er das Wort an seinen treuen Diener. »Werfen Sie Lombardi hinaus.«
»Ja, Sir.«
»Und schicken Sie Mother eine Nachricht, von mir. Hier, das ist der Code. Versehen Sie sie mit dem Zeichen ›höchste Dringlichkeit‹. Sie soll einfach lauten: ›Ich weiß‹.«
»Ja, Sir.«
»Und richten Sie Pia aus, dass wir heute Abend im Hotel essen.«
Die Stunde der Entscheidung nahte. Danach würde es zu spät sein. Aber wie würde Oswald sich entscheiden?

* * *

Sie saßen in einem der Restaurants im *Marybelle* – das war endlich einmal eine angenehme Abwechslung nach Oswalds Wintergarten. Der Raum war wie der Salon eines russischen Adligen am Ende des 19. Jahrhunderts eingerichtet – mit polierten Samowars, Chaiselongues, Deckengemälde, erhellt vom Schein der Kerzen, Ikonen. Alles in allem handelte sich um eine wundervolle Reproduktion, eine perfekte Kopie, ein kleines Kunstwerk – aber es war eben nicht echt.

Oswald blickte umher. Nachdem er seine unmittelbare Umgebung so lange vernachlässigt hatte, betrachtete er diese Bühnenkulisse voll Neugier. Hotel nach Hotel, Dinnertable nach Dinnertable, Champagnerflasche nach Champagnerflasche, Gespielin nach Gespielin, so hatte er sein Leben durchmessen, doch jetzt, da ihm klar war, dass sein Ende nahte, kam ihm alles ungenügend vor. Es fehlte an echter Lebendigkeit. Es kam ihm alles tot vor, so tot, wie er sich Jahr für Jahr gefühlt hatte. Er sah über den Tisch hinweg Pia an. Sie trug ein elegantes blaugrünes Kleid, das gut zu ihren Augen passte. So wollte er sie in Erinnerung behalten.

»Woran denkst du?«, fragte er neugierig.

»Ans Essen. Ich komme um vor Hunger!« Sie biss in einen Toast.

Er stocherte in seinem Essen herum. Kurz darauf sagte er unwirsch: »Ich bin fast sechsundfünfzig Jahre alt.«

»Und ich einundzwanzig. Wolltest du nie heiraten, Kinder haben?«

»Nein.« Hätte sein Leben anders ausgesehen, wenn er Kinder gehabt hätte? Was hätte er ihnen beigebracht? Dass sie genauso gierig und selbstsüchtig sein sollten wie er? »Und du?«

»Ja, ich möchte irgendwann heiraten. Und Kinder haben.«

»Warum?«

»Weil ich nicht einsam sein möchte.«

Einsamkeit. Das Gefühl, verloren zu sein. Das hatten sie gemein. Nicht das Alter, nicht den Sex, nicht das Treffen zweier verwandter Seelen, nicht Reichtum, sondern Einsamkeit.

»Hast du keine Familie?«

Pia war überrascht. Zum ersten Mal stellte Oswald ihr eine einigermaßen persönliche Frage. »Meine Mutter starb, als ich noch ein Säugling war, mein Vater ist vor einigen Jahren an Krebs gestorben.«

»Was hat dein Vater beruflich gemacht?«
Sie zögerte. Dann log sie, um den Schein zu wahren. »Er war Anwalt, in Finnland.«
Oswald brummelte etwas, das sie nicht verstand. Er verachtete Anwälte, aber im Grunde verachtete er alle Menschen, deshalb spielte Pias Antwort keine Rolle.
»Mein Bruder ist kürzlich bei einem Autounfall ums Leben gekommen.«
Er hörte weiter zu. »Fehlen sie dir?«
»Ja.« Sie löffelte weiter ihre Suppe. »Weil ich sie gern so viel gefragt hätte.«
»Worüber?«
»Über das Leben.« Sie zuckte die Achseln. Es war schwierig, ihm das zu erklären. »Darüber, wie man leben soll. Mein Vater war in gewisser Weise ein merkwürdiger Mensch«, fuhr sie fort, »im Grunde gefiel ihm nur eines: zu angeln. Mein Bruder war genauso. Sie liebten beide die Stille.«
»Wo haben sie geangelt?«
»Ach, ganz oben im Norden Finnlands.«
Irgendwo ganz weit hinten in Oswalds Bewusstsein machte es Klick. »Wo?«
»Die Gegend ist sehr abgelegen. Du kennst sie bestimmt nicht.«
»Wo?«
Seine Neugier wunderte Pia. »Nahe der Ortschaft Inavi, ganz im Norden Finnlands.«
Er blickte auf sein Essen und bemühte sich angestrengt, seine Gefühle zu verbergen. Ja, das war der entscheidende Punkt; er hatte es geahnt. Es ging um das kleine Holzhaus am See. Er war vor vierzehn Jahren mit Lars Pedersen dort gewesen.
»Hast du deinen Vater geliebt?«
»Ja.«

»Hat er dich geliebt?« Seine Stimme klang ein wenig heiser.
Sie bekam ein schlechtes Gewissen, als ihr einfiel, wie herzlos sie ihn behandelt hatte. »Ja.«
»Woher weißt du das?«
Sie lächelte, blickte in Gedanken auf ihre ferne Vergangenheit zurück. »Weil er es mir gesagt hat, viele Male.«
»Pia, weißt du noch viel von damals, von deiner Kindheit?«
Ihr Blick ging nach innen, und sie fühlte sich zurückversetzt in jene Zeit, als sie sich noch geschützt und geborgen fühlte. »Natürlich.«
»Erzähl mir davon, vor allem von deinem Vater.«
Sie lächelte und setzte an. Doch fast im selben Augenblick wurden sie unterbrochen.
»Sir. Mr. Plevy, Sir!« Der leitende Direktionsassistent, ein aufgeblasener Wichtigtuer mit hellbraunem Vollbart und einer übertrieben hohen Meinung von sich, eilte an ihren Tisch. »Eine Nachricht für Sie. Höchst dringend.«
»Ich nehme Nachrichten entgegen, wann es mir beliebt.« Oswald sah ihn wütend an, weil er im entscheidenden Moment gestört worden war.
»Ach ja?«, stammelte der Direktionsassistent ganz fassungslos. »Was soll ich also tun?«
Oswald schlug mit der Faust auf den Tisch. Der Trottel hatte seine Unterhaltung mit Pia unterbrochen; er würde dafür sorgen, dass man ihn auf der Stelle hinausschmiss. »Wer will mich sprechen?«
»Der stellvertretende Vorsitzende des Rates von Mother. Douglas Sullivan.«
Oswald warf Pia einen kurzen Blick zu, dann brüllte er durch das ganze Restaurant: »Und *ich* bin Oswald Plevy und nehme keine Nachrichten entgegen.«

Aber es war nun einmal passiert. Jetzt würde Pia bestimmt nicht mehr mit ihm über ihre Vergangenheit sprechen.

* * *

Oswald setzte sich im Bett auf.

Es ging ihm alles furchtbar auf die Nerven. Es war das reinste Fegefeuer. Die Hitze, die Luft, das Licht, die Dunkelheit, sein Magen, seine Gedanken. Ein Diener nach dem anderen war zu ihm ins Zimmer geeilt, um ihm behilflich zu sein, aber nichts war ihm recht, nichts konnte verbessert werden. Er war nervös, wütend und müde. Morgen reiste er ab. Er würde nach Australien fliegen, ein neues Hotel kaufen und sich eine neue Gespielin zulegen, in ein paar Tagen wäre alles wieder paletti. Dennoch, tief im Inneren wusste er, dass dem nicht so war. Er konnte zwar das Blaue vom Himmel lügen, doch selbst ihm war klar, dass der Tod ihn sehr schnell ereilen konnte. Kein Flugzeug konnte ihm davonfliegen; auch mit den schnellsten Beinen konnte er nicht davonlaufen. Der Tod war etwas, dem sich alle Menschen, die guten wie die bösen, stellen mussten. Eines Tages klopfte er an, und es würde die letzte Begegnung sein.

Unterdessen breitete sich in seinen Gedanken ein schreckliches Durcheinander aus. Es kam ihm vor wie ein strudelnder, aufgewühlter Fluss. Wie hingen die Dinge zusammen? Mehr wollte er nicht wissen. Aber er war noch immer außerstande, das Wahre vom Falschen zu scheiden. Er war ein ungeschickter Angler, er fischte in den Gewässern seines Geistes und versuchte die Antwort zu fangen, doch sie entglitt ihm. Wie einen großen Fisch packte er sie mit seinen dicken Fingern, doch sie entschlüpfte ihm, und am Ende bekam er nicht einmal das Schwanzende zu fassen.

Sosehr er auch nach der Antwort suchte, er kam einfach nicht darauf.
Was hielt ihn davon ab, zu einer Schlussfolgerung zu gelangen? Inzwischen müsste die Antwort doch klar sein – so klar und rein wie der See, in dem Pias Vater gefischt hatte. Aber das war nicht der Fall – es kam ihm alles völlig dunkel und verschwommen vor.
Vierzehn Jahre zuvor war Oswald nach Finnland geflogen. Lars Pedersen hatte ihn eingeladen, und widerstrebend hatte er die Einladung angenommen. Aber er konnte das Angebot des Vorsitzenden von Mother zum gemeinsamen Urlaub nicht einfach ausschlagen; außerdem schmeichelte es seinem Ego, mit Pedersen gesehen zu werden – er war der einzige Mensch, den Oswald, der reichste Mann der Welt, als ebenbürtig anerkannte. Trotzdem, er fand diese eine Ferienwoche grässlich. Finnland war langweilig. Es gab keine First-Class-Hotels wie das *Marybelle*, keine anständigen Spielbanken, keine ordentlichen Diener, die vor einem katzbuckelten und einem die launenhaften Wünsche von den Lippen ablasen. Kurzum, der Urlaub war ein totales Desaster. Und Pedersen hatte sich nur für eines interessiert: über Mother und deren Zukunft zu reden.
Aber wie auch immer, am letzten Tag dieses Martyriums, als sie dort im Norden Finnlands hockten, war Pedersen zu einem kleinen Blockhaus hinausgefahren, das irgendwo am Ende der Welt lag. Dort hatte er auf Finnisch mit einem Fischer geredet, dessen IQ nach Oswalds fester Überzeugung niedriger war als der der Fische, die er fing. Zweifellos handelte es sich um einen entfernten Verwandten von Pedersen – was Oswald nur in seiner Meinung bestätigte, dass er es mit einem alten Trottel zu tun hatte.
Pedersen hatte ihn dem Fischer vorgestellt. Ein typisches Pro-

dukt Nordfinnlands, und doch war ihm der Mann im Gedächtnis haften geblieben: graues Haar, müder Gesichtsausdruck, hellblaue Augen, und eine Hand, die sich rau anfühlte, als er sie schüttelte. Der Alte sagte etwas auf Finnisch, aber Oswald verstand kein einziges Wort und erwiderte nicht einmal sein Lächeln; er war müde und gelangweilt und hatte die Nase voll davon, in der Landschaft herumzuspazieren, selbst wenn sein Begleiter der Vorsitzende von Mother war.

Nichts von diesem jämmerlichen Treffen lohnte jedenfalls die Erinnerung, bis auf zwei seltsame Geschehnisse. Das außergewöhnlichere fand statt, als er und Pedersen gerade wieder abfahren wollten. Oswald stand vor diesem erbärmlichen Häuschen und wollte unbedingt in die Zivilisation zurückkehren. Denn er war zu dem Schluss gekommen, dass er sich am gottverlassensten Ort auf Erden befand.

Vom See kam ein Junge im Teenageralter herauf, eine Angel in der Hand. Neben ihm ging ein kleines Mädchen, das ihn bei der Hand gefasst hielt. Es war etwa sieben Jahre alt und so schön, dass selbst Oswald das erkannte. Gleichzeitig verließ Lars Pedersen mit seinem Gast die Hütte.

Als Pedersen das Mädchen sah, tat er etwas Ungewöhnliches. Er kniete sich vor die Kleine hin und schenkte ihr einen Teddybären, den sie fest an sich drückte. Als er sich zu Oswald umwandte, standen ihm Tränen in den Augen. Dann hatte Pedersen ihn fest angeschaut und ganz ruhig gesagt: »Dieses kleine Mädchen wird viel bedeutender werden, als Sie oder ich es je sein können.«

Und dieses Mädchen war Pia.

32

... die Liebe zur Macht ist der Dämon der Menschen.
Man gebe ihnen alles ... sie sind und bleiben
unglücklich und grillig: denn der Dämon wartet und
wartet und will befriedigt sein.
Friedrich Nietzsche

Doug Sullivan hatte zu tun.

Die Sitzung des Rates von Mother war um eine Woche vorverlegt worden, was eine gewisse Umorganisation seines Zeitplans erforderlich gemacht hatte. Allerdings nichts, was er nicht in seine geheimen Pläne einfügen konnte. Er saß im Konferenzsaal der Zentrale von Mother in Helsinki und ließ die tägliche Litanei über sich ergehen, die ihm fast wie Kirchengesang in den Ohren klang.

»Alle zweihundert nationalen Systeme sind in Betrieb ... Abkommen zum Informationsaustausch zwischen Thailand und Ägypten unterzeichnet ... Die Chefs der Geheimdienste von hundert Staaten treffen sich im Juni in Finnland ... Verschiedene afrikanische Staaten wollen die nationalen Parlamente auflösen, um die demokratischen Verfahren zu vereinfachen ...«

Aber er hörte nicht hin, denn er besaß kein Ohr dafür. Gute Nachrichten fand er uninteressant. Schlechte Neuigkeiten, die interessierten ihn, denn sie gaben ihm die Möglichkeit festzustellen, ob das System Schwachstellen aufwies. Und falls ja, diese auszumerzen.

»Massaker an Verweigerern in Paraguay … Bürgerrechtsaktivisten irrtümlich in Russland getötet … Deutsche und amerikanische Militär-Globalcoms fusionieren … El Salvador und Guatemala beabsichtigen, ihre Indiovölker unter Androhung von Gewalt zu registrieren.«

Alle Menschen streben und sehnen sich nach Vollkommenheit. Doch die Wahrnehmung von Perfektion unterliegt selbst Ungewissheiten und Irrtümern. Für Menschen wie Doug Sullivan stellten sich die Dinge ganz einfach dar. Es gab nur eine Möglichkeit, Ordnung und Frieden auf dem Planeten zu schaffen: indem man alle Elemente ausmerzte, die den technologischen Fortschritt in der Geschichte der Menschheit zu stören suchten. Opposition, Protest, Widerstand, diese Handlungen waren ihm ein Dorn im Auge. Sie wurden von Menschen ausgeführt, die unter gestörter Wahrnehmungsfähigkeit litten – von jenen, die die natürliche Ordnung der Dinge zu vernichten trachteten.

Worin bestand die natürliche Ordnung der Dinge für Sullivan? Das war ebenso offensichtlich. Es gab nur zwei Klassen von Menschen auf der Welt. Herrscher und Beherrschte. Das war doch ganz einfach, oder? Der ganze Zweck im Leben eines Einzelnen bestand darin, herauszufinden, welcher Schicht er angehörte, und sich ihr anzuschließen. Nur dann würde es Harmonie in der Gesellschaft geben und Friede herrschen.

Was Leute wie ihn und Anthony Stone betraf, so lag auf der Hand, dass sie geborene Herrscher waren. Instinktiv wussten sie, wie man andere befehligte und welcher Kategorie der Einzelne zugeordnet werden musste. Sie erkannten die Dinge klar und deutlich, wobei sie anderen bei deren Entscheidungen halfen – notfalls mit Gewalt.

»*Es folgen die Berichte einzelner Geheimdienste*«, sagte eine Stimme.

»Weiter«, antwortete Sullivan ganz automatisch, ohne genau hinzuhören.

Natürlich würde es immer Menschen geben, die eine andere Ansicht vertraten. Lars Pedersen zum Beispiel. Aber das spielte keine Rolle, denn diese Leute zeigten Schwäche, wenn es darum ging, schwierige Entscheidungen zu treffen. Entscheidungen, bei denen es um Leben und Tod ging, Entscheidungen, die unbedingt gefällt werden mussten, um Ordnung auf dem Planeten zu halten. Lars Pedersen hatte mit Sicherheit noch nie einem anderen Menschen nach dem Leben getrachtet, doch Doug Sullivan hatte noch nie solche Skrupel gekannt. Nicht dass er böse war. Gut und böse, diese Begriffe waren doch nur Werkzeuge, mit denen man eine anstehende Aufgabe erfolgreich bewältigte.

Er trank einen Schluck aus seinem Glas. »Nächster.«

Darüber befinden zu können, wer leben und wer sterben sollte, das war einer der Gründe, weshalb er überhaupt in den Geheimdienst der Vereinigten Staaten eingetreten war. Die Sanktionierung der ersten, von der Regierung abgesegneten Morde war ihm schwer gefallen, so wie das jedem erging, doch er hatte sich schnell daran gewöhnt. Das war etwa so, wie wenn man einen Abwasserkanal von Ratten säuberte – wobei die Kloake für die Welt stand und die Ratten für die Terroristen und alle, die gegen die bestehende gesellschaftliche Ordnung opponierten. Aber das Gute war, dass es in der Welt, wie in einer Kloake, nur eine bestimmte Anzahl von Ratten gab, und dass man stetig daran arbeitete, sie endgültig auszurotten. Eine befriedigende Aufgabe, an der er seine Freude hatte.

»Die Sitzung ist beendet, Sir«, erklärte der Chef der Operativen Abteilung.
»Gut«, sagte Sullivan abschließend, er war hochzufrieden. Er sah auf die Uhr. Zehn vor neun. Sie waren früh dran. Jetzt zu den Ankündigungen.
Da Lars Pedersen im Sterben lag, wäre es gar keine schlechte Idee, sich bei der finnischen Regierung einzuschmeicheln. Denn aufgrund törichter Beweggründe, die nur er selbst kannte, hatte Lars die vollständige Registrierung aller finnischen Staatsbürger in Mother verschoben. Na ja, das würde er bald ändern.
»Meine Damen und Herren, ich möchte hiermit erklären, dass der Rat zweihundert Millionen Global anweisen wird, damit bis zum Ende des Jahres die Registrierung aller Finnen in Mother vollzogen werden kann.«
Er strahlte die beiden finnischen Mitglieder seines Teams an. Natürlich erwiderten sie sein Lächeln. Es war doch immer erfreulich, Geld auszugeben, das einem nicht gehörte. Was war noch mal die zweite Sache gewesen? Ach ja.
»Wie Sie wissen, wird der Rat in zwei Tagen zu einer Sitzung zusammenkommen. Es werden nicht nur die Vertreter der fünfzehn Mitgliedsstaaten, sondern auch deren Staats- und Regierungschefs anwesend sein. Zum Schutz dieser außerordentlichen Sitzung werden außergewöhnliche Sicherheitsmaßnahmen ergriffen.«
»Warum kommen die Staats- und Regierungschefs?« Davon hatte niemand etwas gewusst. Sie waren alle überrascht, so wie er es geplant hatte.
»Gute Frage.« Er nickte dem dänischen Bürochef zustimmend zu. »Der Gesundheitszustand von Lars Pedersen hat sich so sehr verschlechtert, dass die Vollversammlung des Rates möglicherweise einen Nachfolger bestimmen muss.« Seine schwarz ge-

wandete Gestalt erhob sich vom Stuhl. »Okay, Herrschaften, das war's dann.«

Die Teilnehmer der Sitzung gingen auseinander. Nachdem Sullivan den Konferenzsaal verlassen hatte, betrat er seinen privaten Fahrstuhl und zündete sich eine Zigarette an. Das Rauchen in Aufzügen war zwar verboten, aber wer sollte es wagen, ihm Vorschriften zu machen. Er drückte den Knopf, um zum Büro des Vorsitzenden zu gelangen. Ganz oben in der riesigen Glaspyramide, im 55. Stock, hielt der Lift an. Kaum hatte er die Kabine verlassen, salutierten zwei finnische Wachleute in Galauniform. Er schenkte ihnen einen wohlwollenden Blick. Sobald er zum Vorsitzenden ernannt worden war, würde er sie auswechseln. Man musste immer die eigenen Leute reinholen, um sich den Rücken freizuhalten – eines seiner kleinen *bon mots*.

Vor ihm lag ein Meer aus Marmor, aus dem verschiedene Granitskulpturen ragten, Beispiele der modernen finnischen Kunst. Er verzog das Gesicht. Das alles würde er rausschmeißen.

»Kann ich Ihnen behilflich sein, Herr Stellvertretender Vorsitzender?«

Durch die Halle kam ihm Pedersens Privatsekretärin entgegen. Eine Frau mittleren Alters, mit derangiertem Gesicht und platter Nase. Warum umgab sich Pedersen immer mit hässlichen Leuten und Nullen? Mochte er denn keine hübschen, erfolgreichen Leute, die man benutzen und manipulieren konnte?

»Ja, Ulla. Ich wollte mich gerade erkundigen, wie es dem Vorsitzenden heute geht.«

»Sein Gesundheitszustand hat sich verschlechtert.«

»Ah ja.« Sullivan setzte eine kummervolle Miene auf, doch innerlich war er überglücklich. »Ulla, ich denke, ich sollte ihn heute Morgen besuchen, nun ja, nur für den Fall der Fälle.«

»Der Vorsitzende hat gebeten, keine Besucher in sein Haus vorzulassen«, antwortete sie mit fester Stimme. »Er bittet um Entschuldigung.«
»Oh, natürlich, ich verstehe vollkommen.« Seine Augen verengten sich vor Wut. Er hätte sich über die Anweisungen der Privatsekretärin von Pedersen hinwegsetzen können, aber das hatte noch Zeit. Am besten wartete er einen passenden Moment ab, demütigen konnte er sie später immer noch. Er schlenderte zu den Fenstern, sie begleitete ihn.
»Ich mag diesen Ausblick sehr, er ist wunderschön, finden Sie nicht?«
»Ja.«
»Der Vorsitzende hat die Tagesberichte bekommen?«
»Ja. Er arbeitet noch immer am Schreibtisch, aber nur morgens, für zwei Stunden.« Ihre Stimme klang wehmütig. Wenn Lars starb, würde sie ihre Stelle mit Sicherheit verlieren. Aber sie verspürte keinerlei Verlangen, mit diesem Mann zusammenzuarbeiten – er hatte etwas an sich, das sie fürchtete und verabscheute. Wie Lars je mit ihm hatte zurechtkommen können.
»Vielleicht sollte ich mich mal in seinem Büro umschauen, um zu sehen, ob etwas Außergewöhnliches passiert ist.«
Sullivan warf einen Blick durch die Halle auf die große Bronzetür. Es kribbelte ihm in den Fingern, das Büro des Vorsitzenden zu betreten. Nicht wegen der Einrichtung, die war eine einzige Katastrophe: Bücher an den Wänden, alles voller Orchideen und törichter Kinderzeichnungen. Sein eigenes Büro sah ganz anders aus: Stahlrohrmöbel, harte Kontraste, geprägt durch seine Vorliebe für Schwarz.
»Es ist nichts Außergewöhnliches passiert.« Die Stimme von Pedersens Sekretärin klang höflich, aber fest.
»Großartig! Da bin ich aber froh.« Er bedachte sie mit einem Lä-

cheln – was höchst selten vorkam. Sie würde er als Erste hinauswerfen – und sich dann köstlich amüsieren, wenn er nach der Kündigung den Ausdruck in ihrem derangierten Gesicht sah. »Haben Sie nochmals vielen Dank, Ulla.«
Er ging ein Stockwerk tiefer. Aus irgendeinem Grund war er schlecht gelaunt. Das war das Problematische an der Macht, sie rief eine Vielzahl körperlicher und psychischer Symptome hervor: Wut, den Wunsch zu dominieren, feuchte Hände, das unersättliche Verlangen, zu nehmen, was andere besaßen. Doch damit konnte er leben. War schon immer so gewesen.
Kaum war er in seinem Büro, aktivierte er den Monitor. Warum hatte dieser Fettwanst Oswald Plevy seinen Anruf nicht beantwortet? Wahrscheinlich weil er festgeklemmt in seinem Liegestuhl am Pool döste. Nun, es war höchste Zeit, ihn aufzuwecken. Und herüberzuziehen.
Auf *ihre* Seite.

33

Die Menschen streben danach, groß zu sein:
Sie wollen Büros, Reichtum, Macht und Ruhm.
Sie glauben, groß zu sein, bedeute, eine Seite der Natur zu besitzen – die süße ohne die andere: die bittere.
Ralph Waldo Emerson

Lars Pedersens Assistent, Esko, wusste nicht, was er sagen sollte.

Neben ihm lag der Mann, den er zutiefst bewunderte und für den er nun schon seit vielen Jahren gewissenhaft arbeitete. Früher hatte er vor Energie und Weisheit gestrotzt, doch jetzt sah er geschrumpft und ausgemergelt aus. Auch sein Gesicht wirkte maskenhaft grau.

Vor Pedersens kleinem Haus senkte sich die Abenddämmerung herab, ein Spiegelbild der düsteren Stimmung, in der Esko sich befand. Arvi war tot, viele der anderen Assistenten hatten ebenfalls den Tod gefunden, und nun ließ Pedersen auch ihn im Stich. Was würde geschehen, wenn das Ende nahte? Sowie Sullivan den Geheimcode in Mother aufgedeckt hätte, der Esko schützte und ihm die Möglichkeit bot, andere Identitäten anzunehmen, würde er seinem Untergang entgegensehen. Er würde seinem Meister folgen, und zwar bald.

Sich Menschen widersetzen, die Macht begehrten. Denjenigen sich entgegenstellen, die zu herrschen trachteten. Diejenigen besiegen, die Gewalt als wesentliches Mittel in ihrem Streben nach Herrschaft einsetzten. Die Aufgabe war einfach zu schwierig gewesen, selbst für einen solch genialen Mann wie Lars Pedersen.

Aber was für ein bemerkenswerter Mann er war. Esko tätschelte die Hand des Alten. Was für ein wunderbarer Mensch. Pedersen hatte wirklich gekämpft. Er hatte darum gekämpft, die Welt vor dem Abgrund zu bewahren – vor dem Triumph des Materialismus und der damit einhergehenden Verdinglichung, Objektifizierung und kulturellen Verarmung des Menschen. Trotzdem hatte er paradoxerweise auch den Vorsitz über Mother gehalten, genau das Instrument, mit dessen Hilfe die Sklaverei – durch den Totalitarismus des Reichtums – in die moderne Gesellschaft wieder eingeführt worden war. Eine ziemlich bittere Einsicht. Denn die Politiker hatten Pedersen im Stich gelassen. Sie hatten Verrat an ihm geübt. Und ehrlich gesagt, hatte es inzwischen den Anschein, als sei Lars am Ende seiner Aufgabe überdrüssig geworden und hätte den Politikern erlaubt, zu nehmen, was sie wollten.

»Esko?«

Pedersen bewegte ganz leicht die aufgesprungenen Lippen, seine Gedanken schweiften ab. Esko hielt seine Hand. Dieser Mann hatte sich zeit seines Lebens bemüht, der Menschheit zu helfen, und nun war niemand da, der ihm in seinen letzten Stunden beistand. Pedersen war dem Tod sehr nahe, aber Esko würde ihn niemals im Stich lassen, denn er liebte den alten Mann, und zwar um dessentwillen, was er war: ein von Grund auf guter Mensch.

Esko saß im Halbdunkel. Fünf Jahre lang hatte er für Pedersen gearbeitet. Es war ein einsames Leben gewesen, es hatte darin keine Frau, keine feste Freundin gegeben, immer nur Untertauchen und Ausweichen, immer im Verborgenen operieren,

Verschwörer aufspüren, die sich daraufhin nur noch tiefer im Dunkel versteckten. Arvi war sein bester Freund gewesen, und seine Ermordung hatte Esko einen schweren Schlag versetzt. Manchmal hatte Arvi von seiner Schwester erzählt und gesagt, wie traurig ihr Leben als Gespielin ihn stimme. Jetzt hatte Esko sie kennen gelernt. Sie war noch viel schöner, als Arvi sie ihm beschrieben hatte. Aber Pia würde sich bestimmt nie für ihn interessieren. Sie gehörte zum Jetset, zu den Reichen und Schönen, sie wurde von anderen geprägt, geliebt und benutzt. Sie lebte in einer Welt der Arglist und Täuschung – die in großem Maße zum Leid der Menschen beitrug. Wie auch immer, er war weder attraktiv noch reich noch mächtig, und er würde es auch nie sein. Er war ein *loser* – ein Mann auf der Verliererstraße, dessen Tage und Träume bald zu Ende gingen.
Esko seufzte und betrachtete Pedersens reglose Gestalt. Warum hatte Pedersen in seinen letzten Tagen nicht versucht, sich den Verschwörern entgegenzustellen? Wieso hatte er Pia zu Oswald Plevy entsandt, ein Lamm zum Wolf, statt sie zu beschützen, so wie er es Arvi versprochen hatte, kurz bevor dieser zu seiner letzten Mission aufgebrochen und dabei umgekommen war? Nichts ergab einen Sinn, nicht einmal für seinen engsten Assistenten. Warum hatte Pedersen niemandem davon erzählt, was er vorhatte? Vertraute er denn keinem Menschen mehr auf dieser Welt?
Eine Stunde später wachte Pedersen auf. Er blickte sich um und betrachtete forschend die ängstliche Miene seines Assistenten. Seinem Eindruck nach war der junge Mann der Verzweiflung nahe. Alle glaubten, er hätte sie im Stich gelassen, und hatten Angst. »Hören Sie«, er wollte Esko die Hand drücken, um ihn zu trösten, aber er schaffte es nicht, denn er war schon zu geschwächt. »Alles wird gut.«

Esko schwieg. Wie unterschiedlich die Lebenden und die Sterbenden die Dinge sahen. Das Wahre und das Falsche.

»Die Wahrheit schneidet Holz.«

Esko sah ihn entgeistert an. Mit Mühe wiederholte Pedersen die Worte.

»Aber was bedeutet der Satz? Ich verstehe ihn nicht.«

»Ich weiß.« Pedersen begann, ihm alles zu erklären. Esko staunte. Bislang hatte er das wahre Genie seines Mentors, diese tiefe Weisheit, die auf dem Fundament der Demut ruhte, auch nicht ansatzweise erkannt. Schließlich sagte Pedersen: »Sie müssen jetzt gehen.«

»Nein, ich möchte bleiben.«

»Es ist zu gefährlich. Finden Sie Pia und kümmern Sie sich um sie. Warten Sie bis zum letzten Moment, bevor Sie sie einweihen. Verstehen Sie? Bis zum letzten Augenblick.«

»Und Oswald Plevy?«

»Lassen Sie ihn in Ruhe.«

»Und hinterher?«

»Wenn Sullivan Vorsitzender wird, dürfte er vieles erfahren. Aber das spielt keine Rolle.«

Schweigen. Esko wischte sich, überwältigt von seinen Gefühlen, die Tränen aus den Augen. »Adieu, Lars.«

»Adieu, Esko. Vielen Dank für Ihre Hilfe.«

Er stand auf. Pedersen versuchte zu lächeln, aber es gelang ihm kaum. »Alles wird gut, ich verspreche es Ihnen. *Alles – sogar für Sie*.«

Esko nickte. Pedersen schloss erschöpft die Augen. In seinen Händen hielt er nur einige Fäden, so wenige. Doch er hatte alles nur Erdenkliche versucht. Pias Vater fiel ihm ein. Zwischen ihnen gab es so wenig Gemeinsamkeiten, fast gar keine. Und doch hatten sie die Wahrheit gemein, und sie war mächtiger als alles andere. Mit ihrer Kraft würden sie sich allen Armeen dieser Welt, den Sullivans, den Globalcoms und dem Militär entgegenstellen. Aber würden sie obsiegen?

Lars Pedersen kannte die Antwort. Doch wie alles ausgehen würde, sollte er nicht mehr erleben.

34

Macht ist etwas, dem meiner festen Überzeugung nach ganz und gar nichts Unschuldiges anhaftet.
Nadine Gordimer

Das britische Kabinett war zu einer Krisensitzung in der Downing Street zusammengekommen.

Susan Reedon war seit einigen Tagen tot, die Politiker hatten die Trauer weidlich für ihre Zwecke ausgenutzt, der Premierminister war erneut eine legitime Zielscheibe, und das Wolfsrudel stand bereit.

»Wir müssen mit der Zwangsregistrierung der britischen Bevölkerung fortfahren.«

»Nein.«

»Es ist entscheidend.«

»Nein.«

»Herr Premierminister«, hob eine Ministerin ihre durchdringende Stimme, »es ist die einzige Möglichkeit, die Aufstände zu stoppen. Schulen und Geschäfte sind geschlossen. Die Menschen haben Angst, auf die Straße zu gehen. Selbst die Armee ist nicht mehr in der Lage, die öffentliche Ordnung aufrechtzuerhalten.«

»Nein, noch nicht.«

»Die Zwangsregistrierung ist unsere einzige Möglichkeit«, rief ein anderer Kabinettsminister dazwischen. »Die A1er bis A4er fordern sie. Es wäre politischer Selbstmord, die Zustimmung zu

verweigern. Frankreich und Deutschland beginnen bereits damit.«
»Nein.« Reedon fühlte sich wie ein verwundeter Stier, der, verletzt und blutend, ins Torkeln geriet. »Nein«, sagte er geduldig. »Sie wird die demokratischen Rechte des Volkes einschränken. Diese Rechte sind durch den Einsatz der Armee ohnehin schon stark eingeschränkt. Meine Antwort lautet Nein.«
»Herr Premierminister ...«
»Nein.«
Schweigen. Mehrere Kabinettsmitglieder wandten den Blick von Reedon ab und sahen Anthony Stone an, der ihnen gegenübersaß. Anthony gelang es bestimmt, den Premier zu überzeugen. Er würde wissen, wie man ihm die Sache am besten näher brachte. Schließlich war er sein bester politischer Freund.
»Herr Premierminister ...« Stone hielt kurz inne, damit er möglichst viel Aufmerksamkeit erhielt, und fuhr dann fort: »Wir alle, *alle*, die wir hier um diesen Tisch sitzen, sind mehr als beunruhigt über die gegenwärtige Lage. Wir sind zutiefst besorgt.« Melodramatisch fügte er hinzu: »James, das Land steuert auf einen *Bürgerkrieg* zu ...«
Bürgerkrieg. Endlich war das beängstigende Wort gefallen. Stone sprach weiter: »Tag für Tag kommt es zu gewalttätigen Ausschreitungen. Zahlreiche Städte stehen zum Teil in Flammen, Geschäfte wurden geplündert, die Polizei wurde in ihren Wachen angegriffen, Kinder auf offener Straße ermordet. Wir befinden uns momentan in der schwierigsten Lage seit Jahrhunderten ...«
Sein glattes Gesicht strahlte etwas so Intensives und Kraftvolles aus, dass es fast gnomenhaft wirkte. »James, uns bleiben zwei Möglichkeiten. Entweder wir schreiten voran und vollenden Mother, oder wir kehren um. Wir *können* aber nicht umkehren,

sondern nur vorwärts gehen, denn alles ist inzwischen mit dem System vernetzt, und zwar in globalem Maßstab. Wir können nur vorwärts gehen – und wir haben die Pflicht, den Staat zu schützen. Die einzige Möglichkeit, mit der wir diese Orgie der Gewalt stoppen können, besteht darin, die Zwangsregistrierung zu verordnen. Die Verweigerer und anderen Protestler müssen sich dem Willen der Mehrheit beugen. Es gibt *keine* Alternative.«

Es wurden immer mehr zustimmende Stimmen laut. Anthony Stone hatte die Wahrheit ausgesprochen, und sie selbst hätten sie nicht besser formulieren können. Unterdessen betrachtete der Premierminister die erhitzten Gesichter seiner Kabinettskollegen. Sie glaubten tatsächlich, was dieser charismatische Mann sagte. Vielleicht hatte er Recht. Vielleicht war eine zunehmende Konzentration der Macht wirklich der einzige Weg, auf dem eine moderne Gesellschaft voranschreiten konnte.

»Ich bin anderer Ansicht«, sagte James Reedon, »Sie reden vom Staat. Wir sind der Staat«, er deutete auf die Minister, die rund um den Tisch saßen. »Wir sind der Staat, wir repräsentieren das höchste Gremium der Regierung. Aber wir sind nicht das Volk … Die Entscheidung liegt allein beim Souverän, dem Volk.«

»James …«

Reedon hob die Hand, um den Strom der fadenscheinigen Argumente abzuwehren. »Sie, die Millionen Bürgerinnen und Bürger draußen im Lande, Anthony, sind das Volk. Und sie sagen uns etwas. Nämlich, bis hierher und nicht weiter. Wir dürfen nicht fortfahren, ohne dass sie ihre Zustimmung gegeben haben. Wir haben bereits die Privatsphäre in diesem Land vernichtet, wir haben das Recht der Bürgerinnen und Bürger eingeschränkt, zu leben, wo sie wollen, aber wir dürfen ihnen auf keinen Fall die Freiheit nehmen, zu entscheiden, ob sie in Mother registriert sein wollen oder nicht. Wenn wir das tun – gleichgültig, aus welchen kurzfristigen Überlegungen –, zerstören wir die Grundfeste der Demokratie selbst.«

»James, ich glaube, du bist nicht bei klarem Verstand.« Anthonys Augen glitzerten, er kreiste sein Opfer ein, wollte ihm den Todesstoß versetzen. Er hob bereits das Tuch, wie ein Stierkämpfer, wog das Schwert in der Hand.

»Ich bin *sehr wohl* bei klarem Verstand«, widersprach Reedon, dessen Gesicht vor Zorn noch blasser geworden war. »Letztlich muss in einer Frage von so großer nationaler Bedeutung das Volk abstimmen und entscheiden. Seine Ansicht ist objektiver als unsere. Wir alle sind A1er oder A2er. Wir profitieren alle enorm von dem System, so wie es ist, Millionen andere dagegen nicht.«

Stone verzog den Mund. Nun ja, das war ganz gut gesagt, aber Reedon hätte eine Träne im Augen habe oder sich irgendeines anderen Kunstgriffs bedienen müssen, um diese Pappkameraden zu überzeugen. Worte allein, ohne andere Überredungsmittel, reichten heutzutage nicht mehr aus. Reedon war nicht mehr zeitgemäß, sein Verfallsdatum war überschritten. »James, uns bleibt keine Zeit. Wir müssen den Menschen die Entscheidung abnehmen. Das Mandat dazu haben wir.«

Die Wahrheit. Da war sie. Wer sprach sie aus?

Stone hob das Schwert. »James, du hast mit dem Tod deiner Frau eine schreckliche persönliche Tragödie erlitten. Du bist nicht mehr du selbst …« Er beobachtete die Todesqualen, der Hieb hatte sein Opfer getroffen. Weiteres zu sagen, erübrigte sich.

»Stimmen wir ab!«, rief eine Stimme.

»Wir verlangen eine Abstimmung.«

Reedon spürte einen sauren Geschmack im Mund. Er hatte sie alle ernannt. Zu Beginn seiner Amtszeit, da hatten sie ihn noch unterstützt und hofiert. Aber wie sie dann das Mäntelchen nach dem Wind gedreht hatten. Wie viele waren von den Globalcoms gekauft worden, und zu welchem Preis?
Der Verteidigungsminister sagte mit fester Stimme: »Wer für die Zwangsregistrierung ist, der hebe die Hand.«
Zögernd hoben einige die Hand. Gleichzeitig wurde Reedon klar, dass sein Amt als Premierminister auf dem Spiel stand. Schließlich blieb noch ein Minister übrig.
»Anthony?«
Er blickte über den Tisch hinweg zu seinem ehemaligen Verbündeten. Stone wirkte ganz ruhig und gelassen. Er legte die perfekt manikürten Hände auf die lederne Schreibunterlage. »James. Wir stehen vor einem Bürgerkrieg. Wenn wir keine drastischen Maßnahmen ergreifen, versinkt die Nation in Anarchie. Es tut mir so leid.« Er hob die elegante Hand.
Reedon hatte verloren. »Die Kabinettssitzung ist beendet«, sagte er mit stockender Stimme.
Stone nickte, als wolle er dem Satz zustimmen, und verließ als Erster den Raum. Die übrigen Kabinettsminister eilten hinter ihm hinaus. Kaum standen sie vor der Tür, da begannen auch schon die Intrigen.
»Eine wundervolle Rede von Anthony.«
»Er hätte ihn auf der Stelle stürzen können.«
»Es wird höchste Zeit, einen Misstrauensantrag zu stellen.«

* * *

Sie hatten ihn betrogen, Verrat an der eigenen Nation geübt. Reedon war am Tisch sitzen geblieben. Er dachte nicht mehr über sich selbst nach, denn die Abstimmung war im Grunde so ausgefallen, wie er vorausgesehen hatte. Stattdessen kreisten seine Gedanken um den weisen Alten, Lars Pedersen. Vor einigen Jahren hatte er den Vorsitzenden von Mother in dessen Landhaus in Finnland besucht. Es war Frühling gewesen, die Kirschbäume hatten in voller Blüte gestanden. Sie hatten gemeinsam das Haus verlassen und sich in den Garten gesetzt. Im Laufe ihres Gesprächs hatte Pedersen wie nebenbei bemerkt:

»Alle Politiker sind Lügner.«

Eine außergewöhnliche Äußerung, die Reedon erheblich geärgert hatte, da sie auch ihn zum Lügner stempelte. Aber er hatte nicht widersprochen. Pedersen hatte ihm erklärt, warum er zu dieser Einschätzung gekommen sei.

»Politiker machen Versprechungen, die sie niemals einlösen können. Sie lügen. Und zwar wissentlich, um Macht, Status und Geld für sich selbst zu erlangen. Doch ihr Verhalten hat eine Kehrseite, die sie kaum einmal in Betracht ziehen. Jede Lüge, die jemand ausspricht, verbiegt und verzerrt seinen inneren moralischen Kompass – genau das Instrument, mit dem sich Wahrheit und Lüge unterscheiden lassen. Infolgedessen belügt der Lügner auch sich selbst. Deshalb sind Politiker moralisch blind.«

»Was sind die Folgen?«, fragte Reedon sarkastisch.

»Dass sie immer mehr zu der Überzeugung gelangen, sie allein wären im Besitz der Wahrheit. In Wirklichkeit aber ist für sie eine Lüge zur Wahrheit geworden und die Wahrheit zur Lüge. Daher *lösen* Politiker keine Probleme, sondern *schaffen* oder *vergrößern* diese. Weil sie nicht mehr klar sehen, betrügen sie sich selbst und andere. Irgendwann wird diese Blindheit so groß, dass sie überzeugt sind, ihrem Land zu helfen, selbst wenn sie ihm schaden.« Pedersen zuckte mit den Schultern. »Manchmal entwickelt sich bei einem Politiker das nächste Krankheitsstadium, und dann wird er zum Diktator oder staatlich legitimierten Mörder – zum Lügner, der mordet oder den Mord an jenen sanktioniert, die sich seinen Lügen widersetzen, bei denen es sich seiner Behauptung nach um die Wahrheit handelt. Das Endstadium besteht darin, dass der Diktator Selbstmord begeht, um für alle Zeiten den letzten Rest an Ehrlichkeit in sich zu unterdrücken. Das Lügen führt zu einer Art Krankheit – moralischer Blindheit –, und sie ist ein unsichtbares, aber furchtbares Leiden.«

»Ich bin da anderer Ansicht«, hatte Reedon gereizt entgegnet.

Worauf Pedersen ihn melancholisch anlächelte. »Natürlich – aber ich sage Ihnen das, weil Mother insgesamt auf einer Lüge beruht. Das System wurde nicht geschaffen, weil man die Wirtschaft oder die Demokratie fördern wollte. Das Militär und die Geheimdienste haben es entwickelt, um Terroristen aufzuspüren und die bestehenden Überwachungstechniken zu verbessern. Und weil dieses System auf einer Lüge gründet, wird es sich bald zu einem Unterdrückungsapparat entwickeln und jene versklaven, die nach Aussage der Politiker vom System geschützt werden. Schlimmer noch: Diejenigen, die am Ende das System kontrollieren, werden nicht Politiker wie Sie sein, James, sondern die wahren Erben des Systems – amoralische, gewalttätige Leute, die lügen und töten, weil es ihr Streben nach Macht befriedigt. Sie sind die Kinder der Lüge, des Willens zur Macht. Und sie werden Sie ausmanövrieren.«

»Das wird nicht passieren«, hatte Reedon spöttisch abgewehrt.

»Dafür sorge ich schon persönlich. Wir Politiker wissen das zu verhindern. Auf uns kann man sich verlassen!«

»Schön wär's«, hatte Pedersen leise gesagt. »Aber meiner Einschätzung nach übersehen Sie, dass sich dieser Prozess bereits direkt unter Ihren Augen abspielt, James, Sie können nicht Ihre eigene Nemesis sehen, die Leute, die Sie ersetzen werden.«

»Warum nicht?«

»Weil alle Politiker Lügner sind.«

Hatte Pedersen ihn damals angelogen, oder hatte er die Wahrheit gesagt? Diese Frage würde Reedon beim nächsten Treffen des Rates, das in zwei Tagen stattfand, erörtern. Danach wollte er Pedersen über die Probleme informieren. Ihnen blieb noch Zeit; noch war nicht alles verloren. Er würde Anthony Stone und Doug Sullivan entlarven, selbst wenn jetzt noch keine konkreten Beweise gegen sie vorlagen.

Aber noch während er seinen Entschluss fasste, kam ein ranghoher Beamter in sein Büro geeilt und überbrachte ihm die nächste Krisenmeldung. »Lars Pedersen liegt im Sterben. Er wird die Nacht nicht überleben.«

Die Verschwörer und ihre Lügen rückten immer näher.

35

Es gibt nichts am Leben, was Wert hat,
außer dem Grade der Macht – gesetzt eben,
das Leben selbst der Wille zur Macht ist.
Friedrich Nietzsche

Wir können die Situation nicht mehr eindämmen.«
Die amerikanische Präsidentin Monica Dankwerts blickte mit wohlüberlegtem Gleichmut nach links. Sie stand unter enormem Druck, doch sie versuchte, es nicht zu zeigen. Zum Glück hatten sich kurz vor der Sitzung die Visagisten ihrer angenommen und einige tiefe Stirnfalten mit Puder verdeckt. Alles hing davon ab, wie man sich nach außen präsentierte, und das galt umso mehr für das Staatsoberhaupt einer Nation.
»Wie lautet Ihre Meinung dazu?«
Der Leiter der nationalen Polizeikräfte schnalzte bedauernd mit der Zunge. »Die Lage gerät allmählich außer Kontrolle. Uns stehen keine weiteren Kräfte mehr zur Verfügung.«
»Pat?« Dankwerts warf ihrem untersetzten, sichtlich kampfeslustigen Vizepräsidenten einen kurzen Blick zu. Es war unübersehbar, wie er sich entschieden hatte. Die Sache war unumgänglich, er hatte es ihr im letzten halben Jahr immer wieder gesagt.
»Lassen Sie die Armee ausrücken, und zwar sofort.«
Der Oberkommandierende der Streitkräfte, der Chef der Polizeikräfte, ihr Vizepräsident – sie alle saßen im Oval Office und gaben ihr Urteil ab. Der Aufschub, den sie unbedingt hatte er-

wirken wollen, ließ sich nicht mehr halten, das merkte sie selbst. »Bringen Sie mich auf den neuesten Stand.«
Der Leiter der Nationalpolizei räusperte sich. »Ausschreitungen in mehr als hundert amerikanischen Städten. Bei manchen handelt es sich lediglich um kleinere Proteste, beispielsweise die Blockade von Straßen, andere dagegen sind viel größer und gewalttätiger. In New York streiken die Lehrer und die Feuerwehrleute, in San Francisco die Angestellten der Elektrizitätswerke, in Chicago hat eine Demonstration mit über einer Million Teilnehmern stattgefunden. Die Schulen sind geschlossen, und der Bürgermeister hat den Notstand ausgerufen ...«
»Mich interessieren nur die Gesamtzahlen.«
»Über hundert Städte und sechs Millionen Menschen.«
Das war ein schwerer Schlag, ihre Körperhaltung brachte es zum Ausdruck. Trotz ihres Versprechens gegenüber den Globalcoms hatte sich die Lage inzwischen extrem verschlechtert. Steckten die Globalcoms dahinter? »Pat, wie sieht es in den anderen Ländern aus? Wie steht's mit dem Kriegsrecht?«
»Bislang haben es fünfzig Länder ausgerufen.«
»Und mit der Zwangsregistrierung in Mother?«
»Dreißig Länder haben angekündigt, dass sie damit beginnen wollen. Deutschland und Island haben bereits fast alle Bürgerinnen und Bürger auf freiwilliger Basis registriert und ihnen riesige Steueranreize geboten.«
Dankwerts runzelte die Stirn. Die Welt war so stark vernetzt, dass alles, was auf der anderen Seite des Globus geschah, hier in den Vereinigten Staaten tiefgreifende Auswirkungen hatte und umgekehrt. Sie saßen alle im gleichen Boot ... und gingen unter.
»Wie viele Leute benötigen wir, um die Demonstrationen zu überwachen?«
»Weitere sechzigtausend.«

»Verstehe.« Sie blickte ein wenig unsicher über den Tisch, dorthin, wo der ordenbehängte Oberkommandeur des Heeres saß. »Ich unterzeichne eine Anordnung zur Ausrufung des Kriegsrechts und hebe die Bürgerrechte auf. Für einen Zeitraum von zehn Tagen.«

»Eine kluge Entscheidung, Mrs. President.« Der Militärchef legte die Hände auf den runden Bauch. Gewalt und Tod, das war die Sache des Militärs, und man war schon viel zu lange untätig geblieben. Es war zwar bedauerlich, dass man gegen die eigene Bevölkerung vorgehen musste, doch wenn die Sicherheit des Landes auf dem Spiel stand, durfte die Staatsangehörigkeit keine Rolle spielen.

Die vier Männer lehnten sich in ihren Stühlen zurück. Auf ihren Gesichtern malte sich Erleichterung. Endlich hatte die Präsidentin den Ernst der Lage erkannt und begriffen, dass alles noch viel schlimmer kommen konnte. Zudem hatten die Globalcoms sie schon während der ganzen Woche gedrängt, endlich etwas zu unternehmen. Wenn sie untätig blieben, dann war es aus mit den Golfwochenenden und Angelausflügen, vorbei mit den diskreten Tipps, welche Aktien man kaufen sollte, vorbei mit den privaten Telefonaten mit Topmanagern in schwierigen Zeiten, vorbei mit den Absprachen mit korrupten Anwälten und Richtern, vorbei mit den hilfreichen Händen, die ihre politischen Gegner in Schach hielten.

»Jedenfalls«, betonte Dankwerts, »handelt es sich um eine zeitlich begrenzte Maßnahme, außerdem erteile ich lediglich die Genehmigung für den Einsatz von dreißigtausend Soldaten.«

»Das ist zu wenig«, protestierte der Leiter der Polizeikräfte.

»Ich habe die Zahl genannt«, herrschte sie ihn an, da sie sich darüber ärgerte, dass die Männer sie in einem fort drängten. »Und ich lasse mich nicht umstimmen.«

»Was unternehmen wir als Nächstes, Mrs. President?«, erkundigte sich Doherty und strich sich mit der Handfläche die Haare zurück. Sie waren etwas länger, als er es eigentlich wollte, aber mehrere befreundete Kommunikationsberater hatten ihm geraten, sie wachsen zu lassen, damit er nicht wie ein Exmilitär aussah. Er hatte sich mit ihnen unterhalten, über die Zukunft.

»Als Nächstes verkünden wir ein weiteres Gesetzespaket mit Steuererleichterungen für die unteren Kreditnehmer. Wir stoppen eine Zeit lang den Bau weiterer geschützter Zonen ...«

»Das kommt nie durch den Kongress ...«

»Ich beabsichtige, das Gesetzespaket trotzdem zu verkünden«, fuhr Dankwerts unerbittlich fort. Am wichtigsten war, dass sich die Demonstrationen nicht ausweiteten, damit sie eine Verschnaufpause bekam.

»Und?«

»Ich werde eine grundlegende Überprüfung des Kreditrating-Systems ankündigen.«

Das gefiel den Männern gar nicht. Sie alle waren A2- oder A3-Kreditnehmer und mit dem Status quo zufrieden, vielen Dank.

»Mrs. President, ich fürchte, die Globalcoms werden große Probleme mit Ihrem Vorschlag haben«, meinte der Oberbefehlshaber des Heeres.

Während sie die vier Männer, zwei Weiße, zwei Schwarze – allesamt raffgierige Kerle – anschaute, wäre sie vor Wut und Enttäuschung fast aus der Haut gefahren. Am liebsten hätte sie sie öffentlich gedemütigt und mit den Worten abgekanzelt: »Auf welcher Seite stehen Sie? Wer hat Sie gekauft?« Aber dafür war jetzt nicht der richtige Zeitpunkt. »Wie gesagt, es wird eine fundamentale Überprüfung des Kreditrating-Systems geben. Dafür demonstrieren die Menschen, das fordern sie.«

Ein unbehagliches Schweigen breitete sich aus. Sie hatten bekommen, was sie wollten, aber ihnen war auch klar, dass die Präsidentin eine Linie in den Sand gezogen hatte. Weiter würde sie nicht gehen. Das Kriegsrecht, ja. Doch unter keinen Umständen würde es eine Zwangsregistrierung geben. Nicht solange sie im Amt war.

»Vielen Dank, meine Herren.«

Dankwerts stand auf. Gehorsam verließen die Männer den Raum, insgeheim jedoch dachten alle das Gleiche: Begriff sie denn nicht, dass die Globalcoms einer Änderung des Kreditrating-Systems niemals zustimmen würden? Wollte sie etwa das Huhn, das goldene Eier legte, schlachten? Ihre Freunde und Verbündeten würden nicht glücklich darüber sein.

Die Präsidentin blickte den Männern hinterher. Unmittelbar nachdem der Letzte den Raum verlassen hatte, ging sie zum Monitor und aktivierte ihn. Bevor die Weltöffentlichkeit von ihrer Entscheidung erfuhr, musste sie noch eine bestimmte Person informieren. Sie verschaffte sich Zugang zu Lars Pedersens persönlicher Datei und tippte eine Nachricht.

»Ich muss das Kriegsrecht ausrufen. Mir bleibt keine andere Wahl.«

Sie las den Text zweimal und wunderte sich selbst über das, was sie geschrieben hatte. Vor einem Jahr noch wäre es undenkbar gewesen, dass sie Pedersen über eine solche Lage berichtet und sich mit ihm derart verstohlen in Verbindung gesetzt hätte. Wie sich die Zeiten änderten. Sie verlor ihre Macht und war, politisch betrachtet, so gut wie tot. Und sie hatte Angst, was sie nur höchst ungern vor sich selbst eingestand.

Die Situation geriet immer mehr außer Kontrolle.

36

Nennst du die Wahrheit blind,
weil dein Auge es ist?
Franz Grillparzer

Der britische Premierminister betrat das Schlafzimmer von Lars Pedersen. Was er dort vor sich sah, hatte kaum noch Ähnlichkeit mit einem Menschen. Pedersen schien geschrumpft, die Haut lag straff über den Knochen, die Lippen waren rissig, als litte er großen Durst, die Augen hatten etwas merkwürdig Stumpfes und Abwesendes. Nichts erinnerte mehr an den Mann, den Reedon einst kannte und dessen klugen Rat er und viele andere verschmäht hatten.

»Lars, können Sie mich hören?«

Eine Krankenschwester injizierte Pedersen ein wenig Morphium, damit er wieder zu Bewusstsein kam. Dann verließ sie das Zimmer und schloss die Tür hinter sich.

»Können Sie mich hören?«

Müde bewegte er seine Lippen zu einem klanglosen »Ja«.

Reedon rückte seinen Stuhl näher ans Bett. Was sollte er sagen? Wie konnte er aus dem Strom verwirrter und ängstlicher Gedanken, die ihm durch den Kopf gingen, einige herausfischen, damit Pedersen ihn verstand und ihm sagte, was er wissen musste. Er könnte die Ereignisse draußen in der Welt aufzählen, von der großflächigen Einführung des Kriegsrechts und der Zwangsregistrierung berichten, den umfassenden Verletzungen der Menschenrechte, die inzwischen in globalem Maßstab geschahen. Er könnte ihm sagen, dass seine Tage als Premierminister fast gezählt waren. Doch was konnte dieser Sterbende tun? Er beugte sich zu ihm hinunter.

»Lars, wir schweben in größter Gefahr.«

»Warten Sie.«

Schweißperlen traten Reedon auf die Stirn. Auf seinem blassen Gesicht zeigte sich eine zunehmende Angst. Nervös kratzte er sich die Braue. »Lars, wir können nicht mehr warten. Morgen findet das Treffen des Rates statt, und Sie werden daran nicht teilnehmen.«

»Warten Sie.« Wenn die Wölfe sich zusammenrotteten, versammelten sich auch die Adler.

Reedon stöhnte. Er war zu spät gekommen. Pedersen hatte nicht die leiseste Ahnung, was sie tun sollten. Sie hatten ihr ganzes Vertrauen in den Rat eines Alten gesetzt, und nun stellte sich heraus, dass dieser ebenso wenig begriff wie sie. Und er selbst? Er wusste auch nicht mehr weiter. Seit Wochen schon überlegte er fieberhaft, wie man sich den Verschwörern entgegenstellen könnte. Doch offenbar gab es keine Lösung des Problems. Jedenfalls konnte er keine erkennen.

Plötzlich öffnete sich die Tür. Lars Pedersens Privatsekretärin, die Frau mit den etwas entstellten Gesichtszügen, betrat das Zimmer und ging zum Bett hinüber. »Lars, Doug Sullivan wird bald hier eintreffen. Wir können ihn nicht mehr abweisen.«

Pedersen sah sie an; in seinen Augen funkelte ein erlöschendes Feuer. Kaum hatte sie den Raum verlassen, flüsterte Reedon ihm verzweifelt ins Ohr:

»Wenn der Rat Sullivan ins Amt wählt, wird er Vorsitzender von Mother. Dadurch erhält er Zugang zu sämtlichen Codes. Außerdem bekommt er Zutritt zu Ihrem Büro und diesem Haus.

Dann ist es unvermeidlich, dass Oswald Plevys Geheimnis aufgedeckt wird. Wir *müssen* etwas dagegen unternehmen.«

Pedersen bewegte sich. Es war Zeit zu gehen. Reedon spürte es.

»Warten Sie.«

»Nein! So begreifen Sie doch! Wir haben einen Fehler begangen. Wir haben zu lange gezögert ...«

Plötzlich sagte Pedersen etwas, sehr leise und schwach. Reedon beugte sich vor, um es zu verstehen. »Die Wahrheit schneidet Holz.«

Reedon strich sich durch die verschwitzten weißen Haare. Pedersen hatte völlig den Verstand verloren; sein Hirn war umnebelt. Er hatte sie alle an den Abgrund geführt, jetzt gab es kein Zurück mehr.

»Kann ich Dankwerts vertrauen? Ich muss es wissen.«

Keine Antwort.

»Lars, wer sind Ihre übrigen Assistenten? Ich muss mich mit ihnen in Verbindung setzen.«

Schweigen. Wieder öffnete sich die Tür. Pedersens Sekretärin war zurückgekehrt. Zwei finnische Ärzte begleiteten sie.

»Sullivan ist auf dem Gelände eingetroffen.«

Verzweifelt packte Reedon die Stuhllehne. »Lars, Sie müssen mir den Namen der dritten Person verraten. Sie müssen ihn mir nennen. Sofort!«

»Herr Premierminister«, unterbrach ihn einer der finnischen Ärzte heftig. »Bitte haben Sie ein wenig Erbarmen. Keine weiteren Fragen. Schauen Sie sich den Mann doch an! Sein Ende naht.«

Reedon warf einen Blick auf Pedersens Gesicht. Langsam entwich das Blut daraus, die Seele verließ den Körper, trat ihren langen Heimweg an. Pedersen rang darum, noch einige letzte Worte auf Erden zu sagen. Tröstende Worte.

»Die Wahrheit …«
Reedon sah ihn an, verzweifelt und verwirrt. Dann erinnerte er sich. »Die Wahrheit schneidet Holz?«
Mit einem winzigen Blinzeln bestätigte Pedersen es.
»Was bedeutet der Satz?«
Doch es war zu spät. Ein violetter Hauch glitt über Pedersens Gesicht, die Augen wurden trüb, die Kinnmuskeln lockerten sich. Im Erdgeschoss erklangen laute, zornige Stimmen, als ein ungebetener Gast mit seinen Leibwächtern das Haus betrat. Dann schwere Schritte auf der Treppe. Douglas Sullivan riss die Tür auf und betrat das Krankenzimmer.
»Warum hat mir niemand gesagt, dass er im Sterben liegt?«
Alle blickten Lars Pedersen an, als warteten sie auf eine Antwort. Doch es kam keine. Nur ein ruhiges Lächeln lag auf dem Gesicht des Toten.

37

Wenn wir nur den Mut aufbrächten, unser Schicksal dem Zufall zu überlassen und das grundlegende Mysterium unseres Lebens anzunehmen, dann könnten wir vielleicht auch jener Art von Glück näher kommen, das mit Unschuld einhergeht.
Luis Buñuel

Ihr Handtuch, Gnädigste.«
Pia stieg aus dem Swimmingpool und drückte sich die nassen Haare aus. Dann blickte sie auf die Uhr. Sie musste sich gleich umziehen und mit Oswald frühstücken. »Bringen Sie mir ein Glas Fruchtsaft und einen Monitor.«
»Ja, sehr gern.« Der Hotelangestellte lief los, um ihre Wünsche zu erfüllen. Pia nippte an ihrem Apfel-Aprikosen-Saft. Der Himmel erstrahlte in wolkenlosem Blau. Es würde wieder einmal ein perfekter Tag werden, wie immer im *Marybelle*. Nichts konnte das ändern. Es kam ihr schon fast so vor, als ob man mit Geld alles kaufen könnte. Sowie man ihr den Monitor gebracht hatte, aktivierte sie ihn per Augenabdruck.
»Die 24-Stunden-Nachrichten.«

»TravelLinx, der Touristik-Globalcom, bietet Flüge zum Gipfel des Mount Everest für 2000 Global an. Der Globalcom BodyWorld, Spezialist für den Verkauf und den Austausch humaner Körperteile, hat festgestellt, dass die kürzliche Auktion der Geschlechtsteile von Verstorbenen …«

Plötzlich entglitt ihr das Glas und zersprang auf dem Boden, denn auf dem Bildschirm erschien eine Eilmeldung.

»Der Vorsitzende des Rates von Mother Lars Pedersen ist verstorben.«

»Geht es Ihnen nicht gut, Madam?« Die Diener umschwärmten sie, beflissen wie immer.
Sie bemühte sich, die Fassung wiederzugewinnen, was ihr jedoch kläglich misslang. »Lassen Sie mich allein«, stieß sie hervor.
Dann saß sie allein unter dem Sonnensegel am Swimmingpool und haderte mit ihrem ängstlichen, grüblerischen Ich. Ihr Beschützer war tot, und damit war all sein Einfluss, all seine Macht ausgelöscht. Er hatte keine weiteren Anweisungen geschickt und Esko doch nicht zu ihr entsandt. Zweifellos waren Pedersen wichtigere Dinge durch den Kopf gegangen – die eigene Sterblichkeit –, aber sie fühlte sich trotzdem von den beiden Männern betrogen. Sie war in etwas hineingeraten, das ganz furchtbar schief laufen würde. Sie wusste es einfach. Es war höchste Zeit, die Flucht zu ergreifen.
Sie stand von ihrem Stuhl auf und ging am Swimmingpool entlang. Ihr hing das alles zum Halse heraus. Was tat sie hier überhaupt? Es hatte keinen Sinn zu bleiben. Oswald brauchte sie nicht mehr. Was spielte es noch für eine Rolle, ob Doug Sullivan ihn besuchte oder nicht? Sie ging die Gartentreppe hinunter und betrat ihr Wohnzimmer, den palastartigen Raum, der wie ein italienisches Landhaus eingerichtet war. Als Henri ihr das Zimmer gezeigt hatte, hatte sie gleich großen Gefallen daran gefunden; jetzt konnte sie es nicht mehr ausstehen. Es machte einen unechten, käuflichen, unsoliden Eindruck, so wie alles andere auch, Männer inbegriffen.
»Verzeihen Sie, Madam.« Der leitende Direktionsassistent

schlich sich von hinten an sie heran. Klapperdürr, mit rotblondem Haar und starrem Lächeln, benahm er sich gegenüber den Hotelgästen immer äußerst beflissen, jedoch erbarmungslos gegenüber den Angestellten. Er brachte es fertig, Kriecher und Tyrann in einem zu sein und schwankte ständig zwischen Überlegenheits- und Minderwertigkeitsgefühlen.

»Ja?«

»Könnten Sie bitte die Rechnung unterschreiben?« Der Direktionsassistent verbeugte sich vor Pia. Weil sie nicht regelmäßig im Hotel abstieg, musste er bei ihr jeden Monat abrechnen, so wie es der Normvertrag für alle Einrichtungen des Gaststätten- und Hotelgewerbes vorschrieb, Florida-Verordnung, Artikel 3 (d)(i). »Würden Sie bitte in den Monitor schauen?«

Sie warf einen Blick darauf.

»Vielen Dank.«

Langes Schweigen, dann sagte er in verständnislosem Ton: »Da scheint ein Fehler vorzuliegen, Madam. Der Monitor verzeichnet Sie als A8-Kreditnehmerin.«

Ihr Herz setzte beinahe aus.

»Aber das kann nicht sein«, überlegte der Direktionsassistent laut. »Das ist nicht möglich.« Wie war es ihr nur gelungen, in diese geschützte Zone zu gelangen? Man hätte sie am Tor abweisen müssen. Aber Mother machte nie Fehler. »Es sei denn, bitte verzeihen Sie, wenn ich danach frage.« Sein Ton wurde hörbar schärfer. »Aber hat jemand für Ihr früheres Arrangement gebürgt?«

Sie nickte.

»Ein Mann?«

Sie nickte stumm.

»Ach so.« Er grinste. »Ich verstehe. Sie sind also *tatsächlich* eine Gespielin, und Ihr Freund hat Sie verlassen, nicht wahr? Das ist das Problem, oder? Und mit ihm ist auch Ihr Status verschwunden, stimmt's?«

Sie gab ihm keine Antwort.

Er kostete ihre Scham aus. Oh, wie tief die Mächtigen doch fielen. Sie hatte Oswald Plevy an der Nase herumgeführt und das Hotel *Marybelle* ebenso; sie war gar keine Multimillionärin. Und noch eben hatte er sich wie ein Sklave tief vor ihr verbeugt. Aber warum? Sie war eine A8-Kreditnehmerin, nicht einmal eine richtige Gespielin. Was der mächtige Oswald Plevy wohl dazu sagen würde? Er verlangte nur das beste menschliche Material, keinen Abschaum. Er reckte sich zu voller Größe, dann sagte er laut und wütend: »Sie Hure.«

Damit ließ er die Frau stehen, die in Tränen ausbrach. Sie hatte das Hotel in die Irre geführt, sie hatte dessen besten Kunden betrogen, sie hatte sie alle angelogen. Aber selbst er, als A7-Kreditnehmer, würde sie nicht mehr anrühren.

»Warum kommt sie denn nicht?«

Oswald betrachtete missmutig sein Frühstück: Die Cornflakes sahen verdächtig nach Katzenstreu aus. Es war nicht mehr wie in den guten alten Tagen, erst einen Lightning Strike, um bedächtig in den Tag zu starten, dann noch einen, damit der Erste leichter runterging. Jetzt musste er auch noch mit Grütze vorlieb nehmen. Es war so schwierig, am Leben zu bleiben. Aber diese ständigen Ermahnungen, »auf die Gesundheit zu achten«, das waren auch nichts weiter als der verzweifelte Versuch, den Tod abzuwehren.

»Sie ist verärgert.«

»Worüber?« Oswald machte sich Sorgen. »Reist sie ab?«

»Ja, Sir«, antwortete Henri.

»Tatsächlich?« Er rutschte nervös auf seinem Liegestuhl herum.

Eigentlich wollte er nicht, dass sie abreiste. Demnach war also sie schließlich seiner überdrüssig geworden, nicht umgekehrt. So etwas war ihm noch nie passiert. »Aber warum reist sie ab?«
»Weil sie ein A8-Kreditrating hat.«
Wie bei einem Vulkan dauerte es einige Augenblicke, bis er explodierte, aber als es dann aus Oswald hervorbrach, als wäre er der Krakatau, war die Wirkung ebenso eindrucksvoll. »Das ist eine Lüge!«, schrie er. »Sie und ich, wir haben beide das Kreditrating in Mother gesehen. Sie ist eine A2, eine Multimillionärin.«
»Sie ist es gewesen. Aber der Mann, der dafür gesorgt hat, hat das Arrangement beendet.«
Oswalds Miene verfinsterte sich. Ein ungeheurer Zorn staute sich in ihm auf. All seine Annahmen waren falsch gewesen. Dieses Weib hatte ihn betrogen; sie hatte vorgegeben, etwas zu sein, was sie nicht war. Schlimmer noch: Sie war doch nur eine Gespielin! Er hatte sich selbst erniedrigt, sich zum Narren halten lassen, sich selbst klein gemacht.
»Werfen Sie sie hinaus«, zischte er.
Henri rührte sich nicht vom Fleck.
»Was stehen Sie da so herum, Sie Trottel. Nun machen Sie schon!«
»Ich glaube, Sie sollten mich fragen, wer für sie gebürgt hat, Sir.«
Eindringliches Schweigen. »Wer?«, krächzte Oswald.
»Lars Pedersen.«
Oswald wischte sich mit der Hand übers Gesicht. Plötzlich fühlte er sich schwach und desorientiert. Offenbar begriff er nicht einmal mehr die einfachsten Dinge. »Wieso wissen Sie das?«
»Weil ich für Lars Pedersen arbeite.«
»Sie arbeiten für Lars Pedersen!«
»Ja, Sir. Er hat mich hierher geschickt, um Sie zu beschützen.

Andernfalls hätte Doug Sullivan Sie schon längst umbringen lassen.«

Der reichste Mann der Welt legte die Hände vors Gesicht, vor Scham. Wieso war er so schwer von Verstand? »Wer ist Pia?«

»Ich denke, Sie sollten auch darauf eine Antwort bekommen, Sir.«

Als blicke er in einen tiefen Teich, in dem sich seine Seele widerspiegelte, sah Oswald schließlich den wahren Zustand seines Daseins. Seit Jahren schon war er außerstande, die Wahrheit zu erkennen, und deshalb hatte Pedersen Leute zu ihm geschickt, die sie ihm näher bringen sollten. Wer war hier eigentlich der Trottel? Vor lauter Gier hatte er sich selbst die Augen ausgestochen. Der Gott des Reichtums war blind. »Sonst noch etwas?«

»Mr. Pedersen hat Pia hierher geschickt, damit Sie sie beschützen, Sir. Außerdem hat er mir mitgeteilt, dass Sie Ihre endgültige Entscheidung treffen müssen. Und zwar bald.«

»Ist das alles?«

»Ja, Sir.«

»Ich habe noch eine Frage.« Oswald beäugte seinen Diener, der sichtlich beschämt war. »Sie haben mir gesagt, ich sei in Pia verliebt. Wie haben Sie das gemeint?«

»Dass Sie, wenn Sie je eine Tochter gehabt hätten, Sir, wahrscheinlich gewollt hätten, dass sie wie Pia ist.«

* * *

Das Personal des Hotels *Marybelle* hatte sich in einem der Nebenräume zur Küche versammelt und sich, gehorsam und erwartungsvoll, um seinen Direktor gruppiert. Henri winkte den vier leitenden Direktionsassistenten, nach vorn zu kommen. Er hob seine Stimme nicht. Das war auch gar nicht erforderlich,

denn seine Mitarbeiter gehorchten ihm um dessentwillen, was er war: ein bescheidener Mann. Auf einem Tisch neben ihm stand ein großer Monitor.
»Wie Sie wissen«, begann Henri, »steigen viele reiche und berühmte Gäste in diesem Hotel ab. Unser reichster und berühmtester Gast ist Mr. Oswald Plevy. Was seine Person betrifft, sollte Ihnen zweierlei bewusst sein.« Tiefes Schweigen.
»Zum einen, dass Mr. Plevy der Eigentümer dieses Hotels ist.«
Noch tieferes Schweigen. Dann fuhr er fort: »Es ist unsere Pflicht, dem Gast auf höchstem Niveau zu dienen und seinen Wünschen so gut es geht nachzukommen. In diesem Hotel gibt es eine junge Dame, die ebenfalls zu unseren Gästen zählt. Pia ist ihr Name. Manche von Ihnen werden sie kennen. Es hat da ein bedauerliches Missverständnis gegeben, was ihre Identität und finanzielle Situation betrifft. Mr. Plevy möchte deshalb, dass ihr Status unmissverständlich klargestellt wird. Bitte schauen Sie auf den Monitor.«
Der Bildschirm öffnete sich; sie sahen ein Bild von Pia und ihre persönliche Datei. Doch nicht dies rief die Seufzer der Verwunderung hervor.
»Wie Sie sehen«, sagte Henri, »hat Mr. Plevy sich entschlossen, für Pia mit seinem Gesamtvermögen zu bürgen. Er hat beschlossen, sie zur reichsten Frau der Welt zu machen.«
Danach war nur ein Laut zu hören: der Aufprall des Direktionsassistenten auf dem Boden.

* * *

Pia stieg die Wendeltreppe aus ihrem Badezimmer hinunter. In den Händen hielt sie ihre Koffer. Sie betrat das Wohnzimmer. Es würde ihr nicht fehlen. Es war nur eine Kulisse – unecht –, der sie genauso leicht Ade sagen konnte, wie wenn sie sich am Schluss eines Theaterstücks von ihrem Sitz erhob. Der Raum hatte jeden Reiz für sie verloren; die jüngsten Ereignisse hatten ihr Verlangen nach solchen protzigen Dingen vollends zerstört. Sie würde jetzt zu Henri gehen und sich für den ganzen Ärger, den sie ihm bereitet hatte, entschuldigen. Außerdem wollte sie ihn bitten, in ihrem Namen bei Oswald um Verzeihung zu bitten und ihm Adieu zu sagen. Das wäre wohl das Beste. Sie würde nach Hause zurückkehren und ihr Leben ändern. Wie, das wusste sie zwar selbst noch nicht, aber sie würde es tun. Sie war erst einundzwanzig und hatte ja noch so viel zu lernen. Wahrscheinlich würde sie zum Häuschen am See zurückkehren.

Sie betrat den Innenhof. Dann blieb sie stehen. Henri und fünfzig Mitarbeiterinnen und Mitarbeiter des Hotels hatten sich in Reih und Glied vor ihr aufgestellt. In einer synchronen Bewegung verneigten sich alle vor ihr. Es war so überwältigend, dass sie nicht wusste, was sie tun sollte.

»Unsere Angestellten stehen Ihnen stets zu Diensten, Madam.«

»Henri, was geht hier vor sich? Was ist denn los?«

Er betrachtete ruhig ihre besorgte Miene. »Ich glaube, Sie sollten bleiben, Madam. Es ist Mr. Plevys Wunsch. Es ist sein überaus starker Wunsch, dass Sie bleiben.«

»Aber das geht nicht«, stammelte sie. »Haben Ihre Angestellten Ihnen denn nicht gesagt, was passiert ist?«

Er nickte ernst. »Doch, Mr. Plevy persönlich hat mich darüber informiert. Er hat beschlossen, Sie zur reichsten Frau der Welt zu machen.«

Sie sah ihn völlig entgeistert an, und es dauerte eine Weile, bis sie ihre Sprache wiedergefunden hatte. »Aber ich will sein Geld nicht. Er sollte es lieber verschenken.«

»Ja«, antwortete er, »genau das sollte er tun.«

38

Der Kontakt mit Männern, die Macht und Autorität ausüben,
hinterlässt ein ungreifbares Gefühl des Abscheus.
Das ist so, als ob man sich in großer Nähe zu Fäzes befindet,
der fäkalen Verkörperung von etwas Unaussprechlichem,
während man sich fragt, woraus es besteht und wann es
seinen historisch geheiligten Charakter erwarb.
Jean Baudrillard

MOTHER BRINGT FREIHEIT.
So lautete einer der Werbesprüche von Fromm & Terror, und er prangte auf der riesigen Reklametafel, die auf dem Gelände der Zentrale des Rates von Mother in Helsinki stand. Die Botschaft sollte am heutigen Morgen auf allen Monitoren auf der ganzen Welt aufblitzen, um die Leute daran zu erinnern, was Mother alles für sie getan hatte.
Doug Sullivan blickte aus seinem Büro in der gigantischen Pyramide hinunter, und ihm gefiel, was er da sah. Er fand den Slogan gut. Natürlich hätte er es lieber gesehen, wenn er gelautet hätte: »Mother *ist* Freiheit«, aber das wäre zum jetzigen Zeitpunkt vermutlich ein bisschen zu ehrgeizig formuliert. Die Menschen mussten noch immer manipuliert werden, damit sie die Prämisse akzeptierten. Danach musste man fortfahren, sie dazu zu bewegen, bereitwillig auch den zweiten Satz hinzunehmen. Es war der Grundpfeiler einer jeder politischen Überzeugungsarbeit, eine Beweisführung zu wählen, die auf einer

Prämisse beruhte, die zwar unzutreffend war, die Wünsche und Begierden der Leute jedoch mit einschloss. Sobald sie die erste Lüge geschluckt hatten, war der Rest ganz einfach.

Freiheit, Wahrheit, Demokratie, das waren doch nur »Zahnpasta«-Vokabeln, Begriffe, die man kneten und ziehen konnte, bis sie in jeden Zusammenhang passten. Aber er wollte nicht völlig zynisch klingen. Sogar eine Lüge enthielt einen Kern Wahrheit, etwas, das im Zusammenhang der Lüge richtig war. In diesem Fall entsprach es der Wahrheit, dass Mother eine freiere Gesellschaft hervorbrachte: Terroristen, internationale Gangster, Drogenhändler – dieses ganze Ungeziefer würde man ausmerzen. Der Kelch, der die Gifte der Menschheit enthielt, musste ausgeschüttet, das Furunkel geöffnet werden. Durch Mother würde eine disziplinierte Gesellschaft entstehen, eine, in der die Leute ihre Stellung in der sozialen Hierarchie akzeptierten, in der sie gezwungen waren, die Rolle zu spielen, die das Kreditrating ihnen zuwies.

Gewiss, und Doug akzeptierte dies aus tiefstem Herzen, der Demokratie würde damit ein schwerer und, wie er hoffte, tödlicher Schlag versetzt. Doch wann hatten je wahrhaft demokratische Verhältnisse geherrscht? Niemals. Selbst die so genannten demokratischen Länder hatte immer ein Klüngel regiert, der sich stets einen Platz am Kopfende der Tafel gesichert und die Neuankömmlinge weggedrängt hatte. Mal handelte es sich bei diesem Tisch um die Kabinettsrunde, mal um den Schreibtisch des Chefs, dann wieder um die Werkbank eines Vorarbeiters – doch diejenigen, die daran saßen, waren immer vom selben Schlag. Es waren Leute, die Macht begehrten.

Sullivan blickte auf die Kolonnen von Limousinen hinab, die soeben durch das Eingangstor auf das Gelände des Rates fuhren; er war zufrieden. Heute würde sich einmal mehr erweisen, wie Recht er mit seiner Meinung hatte. Wenn es zum Schwur kam, würden die Leute, die an seiner Tafel saßen – dem Konferenztisch des Rates –, nicht anders handeln als sonst. Was sie sagten, war ohne Bedeutung, denn was sie *taten*, war immer das Gleiche. Instinktiv würden sie alles unternehmen, was ihrer Ansicht nach die eigene Macht vergrößerte und die ihrer Feinde verringerte. Das war nun mal die menschliche Natur.

Der arme Lars Pedersen, der arme, vertrauensselige Lars. Er war ein brillanter Mann gewesen, doch er besaß eine furchtbare Schwäche, einen verhängnisvollen Fehler. Er begriff nicht, was die Menschen im Herzen bewegte – es war ihm entgangen, dass ihr innerer Antrieb, das Streben nach Kontrolle und Herrschaft, niemals gebremst werden konnte. Selbst wenn sie versuchten, diese Besessenheit, diese sich windende Schlange im Innern zu leugnen: Das Schicksal diktierte etwas ganz anderes. Macht erzeugte Wahrheit, Wahrheit war Macht. So einfach war das. Und jedes Wesen brachte Nachkommen der eigenen Art hervor.

Sullivan strich sich das schwarz gefärbte Haar nach hinten. Er und Anthony, sie waren die Kinder von Mother, ihre legitimen Söhne. Lars hatte nie begriffen, dass sie ihn Schritt für Schritt ausgetrickst hatten und dass all seine Hoffnungen auf eine egalitärere Gesellschaft von Anfang an zum Scheitern verurteilt gewesen waren. Aber was konnte man von einem Finnen mit schlichtem Verstand auch anderes erwarten? Dagegen waren es die Leute mit dem Willen zur Macht, die wussten, wie man die globale Wirtschaft, die globalen Unternehmen und die globale Technik führte. Deshalb war es nahezu selbstverständlich, dass Mother in ihre Hände überging – sie hatten das System schließlich auch erfunden.

Nachdem er noch einige Minuten auf diese Weise sinniert hatte, wandte er sich vom Fenster ab. Genug der müßigen Betrachtungen, es war höchste Zeit, etwas zu unternehmen, denn Handlungen waren die Instrumente der Macht.

»Sir.«

Seine umwerfend hübsche Privatsekretärin kam auf ihn zugeeilt, gelehrig wie ein Schoßhündchen, was darauf hindeutete, dass sie genau das tun würde, was er von ihr wollte.

Er hatte eine gute Wahl getroffen, so wie Pedersen eine schlechte. Pedersen suchte sich Mitarbeiterinnen aus, er Dienerinnen.

»Sir, sie sind eingetroffen.«

Er zündete sich, ganz entspannt, eine Zigarette an. »Lassen Sie sie eine Weile warten.«

Schließlich musste er sich auf seinen großen Auftritt vorbereiten. Als Vorsitzender.

* * *

Im Eingang der gläsernen Pyramide des Rates versammelten sich die Staats- und Regierungschefs der Welt, ohne dass ihnen bewusst war, dass sie gleich geschoren werden sollten wie Schafe. Wie immer zeigten sie die gleichen, sich wiederholenden Verhaltensweisen, die sich bei allen Politikern finden: das zwanghafte Bedürfnis, Hände zu schütteln, der Gesichtstick, das ständige Sichumdrehen, um sich zu vergewissern, dass man neben einer wichtigen Persönlichkeit stand, der obsessive Wunsch, im Rampenlicht zu stehen. Alle Facetten ihres geringen Selbstwertgefühls, unter dem sie von klein auf litten, funkelten und zeigten sie als das, was sie waren – Lügner, die Produkte ihres eigenen Selbstbetrugs. Nur gut, dass Pedersen nicht anwesend war, denn er hatte immer mit den unwichtigsten von ihnen gesprochen, in der Annahme, sie seien am wenigsten abartig.

»Mrs. President!«

Kaum hatte Dankwerts, flankiert von ihrer Entourage aus Männern in schwarzen Anzügen, das Gebäude betreten, da eilte die blökende Herde auch schon auf sie zu. Der französische Staatspräsident kam als Erster bei ihr an, ein breites Grinsen in seinem faltigen, aschgrauen Gesicht. Er konnte zwar kaum ein Wort Englisch, doch hielt ihn dies nicht davon ab, Dankwerts' Hand zu ergreifen, um die Präsidentin in Richtung der Kameras zu manövrieren. Alles nur für die Öffentlichkeit, für die Selbstverherrlichung, für das schäbige Foto, das er neben die übrigen auf seinen vergoldeten Schreibtisch stellen wollte.

»Ich freue mich, Sie wiederzusehen!« Er hatte ein wenig Englisch gelernt, das ihm mit dem Feingefühl von jemandem über die Lippen kam, der Weintrauben stampfte.

»Ebenso«, erwiderte Dankwerts. Doch sie empfand größten Widerwillen. Sie verachtete ihn, nur seine Haut hielt den Eiter seiner Verkommenheit zurück.

Recht weit hinten in der Gruppe zog James Reedon seinen chinesischen Amtskollegen ins Gespräch. Gleichzeitig gingen ihm ganz andere, düstere Überlegungen durch den Kopf, Gedanken an seine Frau, an den Tod von Lars Pedersen, daran, dass die Welt sich dem Abgrund näherte. Warum fühlte er sich so schwach, und das gerade in dem Augenblick, da sein Land ihn am meisten brauchte?

Als Letzter betrat – und zwar absichtlich – der britische Außenminister Anthony Stone das Foyer. Alle liefen auf den Spätankömmling zu. Er beherrschte sechs Sprachen und stand mit allen Anwesenden auf vertrautem Fuß. Hatte er denn nicht schon so vieles mit ihnen geteilt – Vertraulichkeiten, Geheiminformationen, Essen, Gastfreundschaft? Wenn es sich als vorteilhaft erwiesen hätte, hätte er selbst das Bett mit ihnen geteilt.

Aber Regierungschefs waren in solchen Dingen seltsam zurückhaltend – zumindest während ihrer Amtszeit.
»Herr Präsident!« Stone schüttelte dem indonesischen Staatspräsidenten die Hand. Dieser Mann wusste alles über Diebstahl, so wie er sich bestens in Sachen Unehrlichkeit auskannte. Sie waren Virtuosen der gleichen Kunst: Sie spielten die erste Geige. »Wie geht es Ihnen?«
»Sehr gut«, antwortete der indonesische Präsident. Hatte er am Morgen denn nicht erneut 50 Millionen Global aus dem Staatshaushalt abgezweigt, um eines seiner Lieblingsprojekte zu finanzieren, an dem seine Frau, sein Schwager und sein Finanzminister beteiligt waren?
»Meine Damen und Herren«, rief der Protokollchef des Rates. »In Kürze werden wir Sie zu den Aufzügen und von dort zum unterirdischen Bunker bringen. Doch als Erstes stellen Sie sich bitte zu einem Gruppenbild auf.«
Oh, das gefiel ihnen; sie wären fast in Laufschritt verfallen. Natürlich eilte der italienische Staatspräsident vorneweg, auf seinen wunderschön gearbeiteten Florentiner Stiefeletten. Der französische Staatspräsident wollte da nicht zurückstehen. Mit einer Wendigkeit, die selbst einen Rugby-Profi beeindruckt hätte, kurvte er erst um den russischen Präsidenten herum, umschiffte dann den deutschen Kanzler und traf im letzten Moment auf seinem Markierungspunkt in der Mitte ein.
Aber ach, welche Bestürzung! Monsieur Le Président hätte sich vor Schreck fast in die Hosen gemacht, denn man hatte seinen Markierungspunkt verlegt, der sich nun nicht mehr neben dem der US-Präsidentin befand, weshalb er mit dem belgischen und dem griechischen Staatschef vorlieb nehmen musste. Was tun? Standhaft bleiben, das war die einzig richtige Taktik; er blieb, wo er war, und rührte sich nicht vom Fleck. Schließlich hatte er

seine Prinzipien. Er zog ein langes Gesicht, wie ein magenkrankes Kamel.

Monica Dankwerts betrachtete die Szenerie, die sich ihr darbot. Sie konnte sich gut vorstellen, warum Pedersen eine so große Verachtung für die Macht und ihre Insignien gehegt hatte. Hier war der Beweis dafür, die trampelnde Herde, die gierige Horde. Was hätte Lars getan? Er hatte einmal gesagt, dass die Plätze in der Hölle immer hart umkämpft seien, die im Himmel dagegen nie. Sie zögerte. Dann stellte sie sich in die dritte Reihe, neben den dänischen Premierminister, einen sanftmütigen Mann, der zwischen den anderen Egozentrikern ein wenig untergegangen war.

»Madam, Ihr Markierungspunkt ist dort!«, rief der Protokollchef.

»Ich bleibe hier stehen«, erwiderte sie in eisigem Ton.

Dann posierten alle für das Gruppenfoto. Das Letzte, das je gemacht werden würde. Während die Kameras aufblitzten und Mother Live-Bilder rund um den Globus sandte, hörte Reedon in seinem Inneren einen trauervollen Ruf: »Heute ist der Tag, an dem die Demokratie starb.«

* * *

»Zu den Aufzügen!«

Doug Sullivan hatte alles organisiert. Gehorsam ließen sich die fünfzehn Staats- und Regierungschefs und ihre Vertreter im Gebäude des Rates zum Foyer dirigieren. Es war ein guter Beginn; sie taten, was man ihnen sagte. Die Lifts fuhren zehn Stockwerke hinunter, unter die Erde. Sowie sich die Türen geöffnet hatten, gingen die Gäste mit Stahlplatten verstärkte Flure entlang, vorbei an einer Phalanx bewaffneter Sicherheitskräfte. Angesichts der chaotischen Situation auf der ganzen Welt hatte man sich entschlossen, das Treffen in jenem Konferenzraum abzuhalten, der sich im Atombunker befand. Wer das entschieden hatte, wusste zwar niemand, doch jetzt traf Sullivan die Anordnungen.

»Mrs. President! Kommen Sie doch bald einmal nach Italien.«

Dankwerts verzog das Gesicht. Der italienische Staatspräsident tänzelte um sie herum, als wäre er ein Hund in Hitze. In Italien standen Wahlen ins Haus, und er brauchte internationale Unterstützung.

»Hier entlang.«

Der Protokollchef winkte sie durch eine ebenfalls mit Stahlplatten verstärkte Tür in den Konferenzsaal. Die vierzig Stühle in dem großen Raum waren aus feinstem italienischen Leder angefertigt und standen um einen Granittisch. An den Wänden hingen vier große Bildschirme, auf denen die Lüge für den Tag flimmerte. »Mother bringt Freiheit.«

Es dauerte einige Minuten, bis man allen ihre Plätze zugewiesen und den französischen Staatspräsidenten davon überzeugt hatte, dass sein Platz nicht am Kopfende des Tisches war. Den hatte bereits der chinesische Staatschef eingenommen. Als schließlich etwas Ruhe einkehrte, betrat Doug Sullivan die Bühne.

»Willkommen!«

Sein Timing hätte nicht besser sein können, alle Blicke richteten sich auf den Gastgeber: den Mann, der nach dem Ableben von Pedersen der amtierende Vorsitzende des Rates war. Sullivan ging um den Tisch herum, schüttelte jedem Gast die Hand und blickte dabei auf ihn hinab. Einige Minuten später stand er an dem Platz, den er für sich reserviert hatte.

»Meine Damen und Herren«, er schürzte die dünnen Lippen

noch stärker, »lassen Sie uns eine Schweigeminute für Lars Pedersen einlegen, unseren bedauerlicherweise verstorbenen früheren Vorsitzenden.«

Auf einem der Bildschirme erschien ein großes Foto von Lars. Sein Gesichtsausdruck wirkte nachdenklich und melancholisch; die Aufnahme war einige Tage vor seinem Tod gemacht worden. Dankwerts senkte niedergeschlagen den Blick. Wenn er doch etwas länger gelebt hätte. Aber es hatte nicht sein sollen, und durch sein Ableben waren sie nun stark ins Hintertreffen geraten. Sie hatten den Dingen zu lange ihren Lauf gelassen. Pedersen hatte sich verkalkuliert.

Eine halbe Minute später durchbrach Sullivan das Schweigen. »Bevor er starb, war unser Kollege zu krank, als dass er eine Tagesordnung für die Sitzung aufstellen konnte« (Pedersen *hatte* eine Tagesordnung entworfen, aber Sullivan hatte sie vernichtet.) »... ich habe jedoch eine erarbeitet, die sich sicher als geeignet erweisen wird.«

Als erster Punkt stand auf der Tagesordnung die Wahl des neuen Vorsitzenden.

»Lars ist gerade erst gestorben.« James Reedon richtete das Wort an alle Anwesenden. »Es ist noch zu früh, heute über die Ernennung eines neuen Vorsitzenden zu debattieren. Das können wir auch noch auf der nächsten Sitzung erledigen.«

»Ich stimme dem britischen Premierminister zu«, sagte Dankwerts. »Wir haben wichtigere Fragen zu diskutieren.«

»Ganz recht«, fügte der dänische Premier hinzu. »Wir müssen uns auf eine konzertierte Aktion gegen die Unruhen und Aufstände einigen. Das ist vordringlich.«

»Nein, nein!« Der italienische Staatspräsident hatte sich halb von seinem Stuhl erhoben und schlug mit seiner beringten Hand auf den Tisch. »Wir müssen einen Vorsitzenden haben.«

Zufrieden mit seinem bombastischen Einspruch, setzte er sich wieder. Er konnte nicht nur große Worte schwingen, er konnte sich auch Gehör verschaffen.
In den darauffolgenden Minuten kam es zu einem heftigen Meinungsaustausch. Entscheidend war, dass man Sullivan draußen hielt, auch wenn er der Vertreter der Vereinigten Staaten war. Aber wie konnten Dankwerts und Reedon den anderen dies klar machen? Wenn sie ihren Verdacht enthüllten, würde das einen politischen Sturm auslösen, und Pedersen hatte unmissverständlich gesagt, dass sie erst dann etwas unternehmen durften, wenn sie bestimmt hatten, wer für sie und wer gegen sie war. Doch welche Gründe steckten hinter Pedersens Ermahnung? »Meine Damen und Herren.« Der französische Präsident hob die Stimme und rief beinahe drohend: »Mr. Sullivan sollte der Vorsitzende sein.«
Ein Meisterstück. Es war undenkbar, dass ein Franzose für einen Amerikaner stimmte – doch genau dies hatte er soeben getan. Warum auch nicht? Denn Monsieur Le Président hatte sich vor drei Wochen mit Sullivan über die Bedingungen geeinigt: der stellvertretende Vorsitz für einen Franzosen, nach Ende der Amtszeit der Direktorposten des Universal Trade Forum; Niederschlagung des laufenden Verfahrens wegen Steuerhinterziehung, Einstellung seiner Geliebten als Beraterin beim Rat, und was sonst noch – herrje! –, hatte er erwähnt, dass er zwei Wochen auf einer Gesundheitsfarm benötigte, die Honorare für die Vasektomie, die unseligen strafrechtlichen Ermittlungen gegen ihn wegen Amtsmissbrauchs in der Sache …
Dankwerts rief dazwischen: »Sosehr ich Doug als unseren eigenen Vertreter auch respektiere, ich meine, dass jemand aus Europa Vorsitzender werden sollte. Ich schlage deshalb den dänischen Premierminister vor.«

Die anderen Staats- und Regierungschefs blickten sie verwundert an. Was machte die Frau denn da – lehnte sie den Vertreter ihres eigenen Landes ab? Sie musste verrückt sein. Sie gab Macht ab. Wie konnte man so etwas tun?
»Aber ich habe nichts gegen einen amerikanischen Vorsitzenden einzuwenden«, sagte der indonesische Präsident und grinste breit. Doug war es schließlich gewohnt, unter dem Tisch zu arbeiten und ihm dabei etwas zuzuschieben. Und seine Hand war groß genug, dass er es packen konnte.
Der chinesische Staatspräsident nutzte die günstige Gelegenheit. »Stimmen wir ab.«
Als Dankwerts sah, wie die Hände in die Höhe gingen, wandte sie sich zu Sullivan um. Ihre Miene war unerschütterlich, ebenso Anthony Stones, der neben James Reedon saß. Vielleicht erkannte sie in diesem Augenblick, dass die Macht den Politikern entglitten war – genau wie Lars Pedersen dies prophezeit hatte. Denn ebendiese Leute schickten sich in ihrer moralischen Blindheit an, einen Mann zu wählen, der ihnen ihren größten Schatz entreißen und denjenigen aushändigen würde, die keine Verwendung dafür hatten – den Militärs, den Geheimdiensten, den Globalcoms. Was für Männer waren Sullivan und Stone eigentlich? Die größten Manipulatoren der Macht, und selbst Lars Pedersen hatte einsehen müssen, dass sie auf ihrem eigenen Terrain nicht zu schlagen waren. Und eben deshalb hatte er aufgegeben. Sie wurden zermalmt.

»Bis zur nächsten Sitzung!« Der französische Staatspräsident drückte Monica Dankwerts kurz die Hand und ging dann weiter. Endlich hatte er das Foto mit ihr bekommen, aber jetzt war es höchste Zeit für ein Mittagessen mit guten Getränken.
»Denken Sie an Italien!«, rief der italienische Staatspräsident

und eilte davon. Einkaufen und ein paar sizilianische Freunde treffen, das stand als Nächstes auf seinem Programm. Selbst wenn ihn diese Leute, politisch gesehen, im Sack hatten.

James Reedon stand wie benommen da. Rings um ihn herrschte Unruhe und Lärm. Lars Pedersens Privatsekretärin, die Frau mit dem unschönen Gesicht, kam auf ihn zu. »Ich habe eine Nachricht für Sie.«

Inmitten dieser burlesken Gespräche und Selbstbeweihräucherungen konnte er sie kaum verstehen. »Eine Nachricht?«

»Von Lars Pedersen.«

»Pedersen?« Ungläubig wandte er sich zu ihr um. »Wer sind Sie?«

»Lars Pedersens Sekretärin, Sir.« Sie zog ihn zur Seite. »Sie und die amerikanische Präsidentin müssen zu seinem Häuschen fahren und in seinem Garten mit ihm sprechen. Es ist der einzige Ort, der vor Lauschangriffen geschützt ist.«

»Warum?«

»Weil Lars Pedersen gewusst hat, was auf dieser Versammlung des Rates passieren wird.«

»Alles?« Reedon war fassungslos. »Und das hat er Ihnen gesagt?«

»Ja.«

»Aber wieso gerade Ihnen?«

Sie lächelte ihn an, in aller Bescheidenheit. »Weil er mir vertraut hat.«

39

Um sein Gemüt zu bilden, gibt es nichts Besseres,
als seine Wünsche zu zügeln.
Meng-tzu

Im Licht der Morgendämmerung suchte Oswald nach seinem Morgenmantel. Schließlich fand er ihn. Er konnte also immer noch Dinge selbst erledigen – eine alte Gewohnheit aus seiner Jugendzeit kehrte zu ihm zurück, wenngleich langsam. Dann ging er in sein Arbeitszimmer. Selbstverständlich handelte es sich um einen riesigen Raum von der Größe eines Tennisplatzes, vollgestopft mit Antiquitäten, alten Teppichen und seltenen Gemälden, doch er hatte sich nie darin aufgehalten. Trotz all seines fabelhaften Reichtums hatte er sich in den letzten Jahren überwiegend in Liegestühlen neben Swimmingpools gefläzt. Er setzte sich an den Schreibtisch aus dem 15. Jahrhundert, der früher einmal einem türkischen Potentaten gehört hatte, und aktivierte per Augen-Scan den Computermonitor. Er suchte nach einer einzigen Nachricht. Kurz darauf betrachtete er forschend Lars Pedersens Gesicht auf dem Bildschirm. Man hatte ein vergleichsweise neues Foto ausgewählt. Der Kopf war, in meditativer Pose, leicht zur Seite geneigt. Die Augen verrieten nichts, doch sie bargen geheime Tiefen.

Lars Pedersen. Dieser Mann hatte Oswalds Leben um viele Jahre verlängert und ihn vor seinem »Freund« Sullivan beschützt, aber erst jetzt wusste er das wirklich zu schätzen. Was sollte er nun tun? Mit ihm zusammenarbeiten oder ihn betrügen? Oswald seufzte, brummte, stöhnte, kratzte sich die Knollennase. Er kannte seine eingefleischten Neigungen. Es war so schwierig, lebenslange Gewohnheiten abzulegen und anderen zu helfen. Doch die Augen auf dem Foto blieben auf ihn gerichtet und ließen ihn nicht wieder los, zwangen ihn dazu, weiterzumachen. Schließlich rief er den Hoteldirektor zu sich. »Ich fliege zum Konferenzzentrum. Besorgen Sie mir einen Helikopter.«

»Wie lange werden Sie fort sein, Sir?«

»Zwei Tage. Geben Sie mir fünfzig Diener mit. Ich möchte von niemandem gestört werden, Sie verstehen schon.«

»Ja, Sir.«

»Und passen Sie auf Pia auf.«

Das Konferenzzentrum war ein riesiges Gebäude und lag auf dem Gelände des *Marybelle*-Parks. In den alten Zeiten waren Oswald und andere Milliardäre aus der ganzen Welt häufig dort zusammengekommen, um die Finanzmärkte zu manipulieren, damit sie sich noch mehr Geld in die eigenen Taschen stopfen konnten. Doch schließlich hatte ihn das gelangweilt – als er so reich geworden war, dass er es schon als Belastung empfand, über seinen Reichtum auch nur nachzudenken.

Das Konferenzzentrum lag inmitten eines Waldes. Zum Komplex gehörte unter anderen ein Bau aus Chrom und Glas, der sich wie eine Kathedrale gen Himmel erhob und von Hubschrauberlandeflächen und Nebengebäuden umgeben war. Wie alles im *Marybelle*-Park war auch das Konferenzzentrum wenigen vorbehalten, so opulent wie ein Kaiserpalast eingerichtet und dem Durchschnittsbürger unbekannt. Deshalb waren die vierzig Anwälte, die sich in einem der Räume versammelt hatten, auch ziemlich nervös und ein wenig überwältigt von dem Ambiente. Sie waren an diesem Morgen um zehn vor sieben von ihrem überaus besorgten Seniorpartner aus den Betten geklingelt und umgehend aus New York hierher geflogen worden.

Sie wurden noch nervöser, als sich die Glastür zum Konferenzsaal öffnete und der Direktor ihren Ehrengast hereingeleitete. Das also war Oswald Plevy, der zurückgezogen lebende Multimilliardär, die berühmteste Gestalt der Finanzwelt auf dem Planeten, die Inkarnation unsagbaren Reichtums. Ehrfürchtig sahen sie dem korpulenten Mann zu, wie er über den blutroten Teppich schlenderte. Vor ihm liefen seine Diener, hinter ihm huschten mehrere Zofen, neben ihm ging der Geschäftsführer des gesamten Komplexes.

Henri begleitete den erlauchten Gast zum Kopfende eines ausladenden rechteckigen Eichentischs, an dem schon Heinrich VIII. gesessen hatte. Unterdessen strömten weitere Diener in den Konferenzraum, sie trugen Tische und Stühle sowie mehrere Monitore und Wanduhren herein, die sie in einer Ecke des Saals aufzustellen begannen. Oswald nahm Platz. Die Anwälte warteten, und er ließ sie warten – man musste den Dummen ja nicht gleich alles verraten.

Einige Minuten später hatten die Diener den Saal verlassen. Alle Blicke waren auf Oswald, den Guru, gerichtet. Im selben Moment hatte er ein Déjà-vu-Erlebnis. Er war wieder da. Zurück in der schönen Zeit, als die Marktteilnehmer ihm förmlich an den Lippen hingen, zurück in den Tagen, als Topmanager schoben und drängelten, um ihm die Hand zu schütteln, zurück in den Zeiten, als er allein mit seiner Anwesenheit große Säle füllte. Wie ein gealterter Mime wollte er noch einmal eine große Rolle spielen, bis zum letzten Akt. Er hob die Hand und bat um Ruhe.

»Ich bin Oswald Plevy«, verkündete er.

Sein Publikum lauschte fasziniert. Nach einer ehrfürchtigen

Pause trat der Seniorpartner der Kanzlei vor seinen Monarchen. Ein hagerer Mann mit wenig großzügigem Mund. Er hüstelte und rückte seine Lesebrille mit Goldfassung zurecht, die er zwar nicht brauchte, aber die doch zu seinem Image gehörte.

»Mr. Plevy, es ist mir eine Ehre, Sir, Sie kennen zu lernen. Vielleicht erinnern Sie sich, dass wir uns vor ein paar Jahren einmal kurz begegnet sind.«

»Nein.«

Der Seniorpartner errötete, seine Juniorpartner schmunzelten nur. Natürlich erinnerte sich der Erfinder von Mother nicht mehr an seinen Namen. Er stand über solchen Dingen. Er lebte sozusagen auf dem Olymp.

»Nun, äh, Sir, wir verwalten sämtliche Treuhandvermögen, die in Ihrem Namen eingerichtet wurden.«

»Das weiß ich«, entgegnete Oswald mit kaum überhörbarer Ironie, »sonst hätte ich Sie nicht hierher zitiert.« Er hatte sich in den Investmentbanker zurückverwandelt, der er einmal gewesen war, und die ganze Sache würde ihm einen riesigen Spaß machen.

»Ja.« Unterdessen hatte der Seniorpartner einen roten Kopf bekommen und seine Halbmondbrille abgenommen. »Wie können wir Ihnen helfen?«, fragte er mit gepresster Stimme.

Oswald betrachtete die Anwesenden, bat sie aber nicht, Platz zu nehmen. Er wusste, wie man Macht ausübte – aus der Distanz.

»Wie groß ist mein Vermögen?«

»Wir schätzen es auf 105 Milliarden Global, Sir, plusminus ein, zwei Milliarden.«

»Wie viel davon in liquiden Mitteln?«

»Das meiste, mindestens 80 Milliarden. Angelegt auf Tagesgeldkonten, in Gold, Aktien der fünfzig Top-Globalcoms, Anleihen, Platin, Silber ...«

»Das reicht.« Oswald blickte auf seine massivgoldene Uhr: Die New Yorker und die Londoner Börse waren geöffnet. »Ich möchte, dass Sie das alles so schnell wie möglich verkaufen. Verkaufen Sie Tag und Nacht, und wenn eine Börse schließt, steigen Sie auf die nächste um.«

»Alles?« Der Seniorpartner quiekte beinahe.

»Bis ich Ihnen sage, dass Sie aufhören sollen.«

Oswald kramte in der Tasche seiner hellblauen Hose und zog eine Liste hervor, die er am Morgen handschriftlich zusammengestellt hatte. »Kaufen Sie mit dem Geld Staatsanleihen folgender Länder: Mongolei, Marokko, Honduras, Sudan, Belize, Malawi, Paraguay, Benin, Nepal, Kuba, Albanien.«

»Aber das sind die Anleihen mit dem niedrigsten Rating!«, rief einer der Juniorpartner verächtlich.

»Halten Sie den Mund!«, rief der Seniorpartner dazwischen. Er wusste, wo sein Brot gebuttert wurde, und wenn der Kunde verrückt sein wollte, dann war das sein Problem – vorausgesetzt, dass er die Rechnungen bezahlte.

»Und warum?«, fragte er mit furchtsamer Stimme. »Wieso, wenn ich fragen darf, möchten Sie das?«

Oswald grinste. »Um Geld zu verdienen, Sie Kretin.«

Einige Minuten darauf setzten sich vierzig Anwälte mit einer Vielzahl von Börsenmaklern, Edelmetallhändlern, Immobilienfirmen, Juwelieren und anderen Händlern auf der ganzen Welt in Verbindung. Gleichzeitig sickerte die Information in die Finanzmärkte, wo sie sich in Windeseile verbreitete.

»Kaufen Sie Anleihen! Oswald Plevy weiß etwas! Verdienen Sie ein Vermögen.«

Oswald ließ sich derweil auf seinem Stuhl nieder. Ah, sie waren wieder da, die guten alten Zeiten. Diese Trottel.

40

Wer im Besitz absoluter Macht ist, kann nicht nur prophezeien und seine Prophezeiungen wahr werden lassen, sondern er kann auch lügen und seine Lügen wahr werden lassen.
Eric Hoffer

Die Präsidentin der Vereinigten Staaten und der britische Premierminister gingen auf eine Holzbank zu.
Sie befanden sich im Garten von Lars Pedersens kleinem Landhaus. Ein seltsames Gefühl, denn ihr Gastgeber war nicht zu Hause, auch wenn das eine oder andere auf seine Anwesenheit hindeutete – ein paar Gartengeräte, eine Gießkanne, ein Vogeltisch mit Futter darauf. Sie erwarteten fast, dass er sie begrüßte und mit seinem leicht schwankenden Gang zu ihnen herüberkam, doch aus dem Land der Toten kehrte niemand zurück.
Dankwerts setzte sich auf die Bank. Sie trug ein dunkelgrünes Kostüm von Hermann & Talx, dazu ein Halstuch, in dem eine goldene, mit Brillanten besetzte Brosche in Gestalt eines Phönix steckte. Sie sollte ein Zeichen ihrer Macht sein, doch allmählich hatte sie das Gefühl, als trüge sie geborgte Kleider. Müde begann sie das Gespräch. »Ich glaube, Pedersen hat uns gesagt, dass wir hierher kommen sollen, um die Ereignisse zu erörtern und eine Entscheidung zu fällen.«
»Ganz recht.«
»Was bedeutet, dass er fast niemandem sonst vertraut hat. Und

wenn dies zutrifft, sind unsere Feinde viel mächtiger, als wir denken.«

»Das schließe ich daraus.«

Sie blickten in den kleinen Garten, der vor ihnen lag, und woben in Gedanken verschiedene Fäden.

»Also«, fuhr sie fort, »inzwischen haben sich weitere der Verschwörer zu erkennen gegeben. Es handelt sich nicht nur um Sullivan und Stone. Die beiden haben die Unterstützung von mindestens acht Mitgliedern des Rates und, wie ich glaube, auch von einigen Globalcoms.«

»Damit bleiben das Militär und die Geheimdienste übrig – Ihres und meines Landes.«

Dankwerts zögerte. »Ich bin nicht sicher, ob ich meinen Leuten vertrauen kann.«

»Mir geht's genauso«, antwortete Reedon.

»Ich frage mich, ob Lars selbst überhaupt das ganze Ausmaß der Verschwörung gekannt hat. Er hat uns immer wieder gesagt, dass wir warten sollen. Es scheint fast so, als hätte er gewollt, dass die Situation eskaliert, weil dies die übrigen Verschwörer dazu zwingen würde, die Karten offen auf den Tisch zu legen. Worauf läuft das Ganze also hinaus?«

Über sich hörten sie einen Specht stakkatoartig gegen einen Baumstamm trommeln.

»Darauf«, antwortete Reedon, »dass Lars uns zeigen wollte, dass das *ganze* System durch und durch verkommen ist. Es kann nicht reformiert werden. Als er mir sagte, ›Alle Politiker sind Lügner‹, meinte er damit, dass selbst wir dies nicht klar erkennen können, weil wir im Zentrum des Geschehens stehen.«

»Was sollen wir tun?« Dankwerts blickte ihrem britischen Amtskollegen forschend ins Gesicht. Konnte sie ihm voll und ganz vertrauen? Wenn Lars sich geirrt hatte und dieser Mann ebenfalls ein Verschwörer war, bedeutete dies, dass sie ihr Land verriet.

»Ich weiß, was Sie denken.« Reedon grinste ein wenig schief.

»Was denn?«

»Kann ich dem Mann vertrauen? Oder ist er zum Verräter geworden?«

Dankwerts nickte. Plötzlich brach sie in ein gekünsteltes Lachen aus. »Wissen Sie, ich glaube, dass Lars uns beiden so wenig gesagt hat, weil selbst er nicht genau wusste, ob wir mit den Verschwörern zusammenarbeiten. Kann ich Ihnen vertrauen, James?« Sie sah ihn liebevoll an, ebenso bittend wie unsicher.

Reedon nickte. »Ja. Und kann ich Ihnen vertrauen?«

»Das können Sie. Ich werde Sie nicht verraten.«

»Also gut. Dann müssen wir uns nur noch gegenseitig unsere Geheimnisse enthüllen.«

Dankwerts blickte in den Fischteich, der direkt vor ihnen lag. Das Wasser war relativ klar. »Also, wer fängt an?«

»Sie.«

»Einverstanden.« Sie holte tief Luft. »Ich möchte Ihnen etwas höchst Vertrauliches verraten. Wenn Sie es einem anderen Menschen offenbarten, würde dies dem nationalen Interesse der Vereinigten Staaten schweren Schaden zufügen. Pedersen hat es mir mitgeteilt, aber ich weiß nicht, ob er es auch Ihnen gesagt hat.«

»Fragen Sie doch mal.«

»Hat Lars Ihnen gegenüber etwas von einem Briefumschlag erwähnt? Darüber, wer die dritte Person ist?«

Der britische Premierminister beugte sich vor und lächelte. »Erzählen Sie weiter.«

* * *

Doug Sullivan war bester Laune. Und er hatte allen Grund dazu. Das Treffen des Rates war genau so verlaufen, wie er vorausgesehen hatte. Seine Ad-hoc-Ernennung hatte Dankwerts und Reedon überrascht und sie auf dem falschen Fuß erwischt. Endlich hatten sie begriffen, dass der Rat in Zukunft nicht mehr derselbe sein würde. Das Triumvirat aus Pedersen, Dankwerts und Reedon war zerbrochen, und aus der Asche des alten würde eines neues aufsteigen. Das war der Weg. Der Weg, wie Reiche aufstiegen und fielen – der Weg der Macht. Der König ist tot, lang lebe der König!

»Auf die Zukunft!«

Sullivan lächelte dem französischen Staatspräsidenten über den Tisch hinweg zu: Monsieur Le Président war ein wenig betrunken. Das konnte ihm keiner verdenken, denn der Rat bezahlte das Essen – und außerdem sollte man immer so viel mitnehmen wie nur irgend möglich. Das war schon immer Monsieurs Motto gewesen, und in den acht Jahren seiner Präsidentschaft hatte er seinen Leib mit allen nur erdenklichen Genüssen verwöhnt. Was sich auch an seinem geröteten, fleckigen Gesicht zeigte, das alle Symptome eines ungezügelten Verfalls aufwies. Doch Gier und Selbstsucht hatten Sullivan noch nie gekümmert – jedem das seine Gift – und außerdem stimmte es ihn immer glücklich und zufrieden, wenn er großzügig verteilen konnte. Auch wenn er sich stets darüber wunderte, wie wenig nötig war, dass sich Politiker korrumpieren ließen. Ein paar Tropfen Habgier, ein bisschen Geld auf den Boden verstreut, und schon kamen sie herbeigerannt wie die Hyänen, um die Krümel aufzulesen. Was waren sie doch für Amateure.

»Auf unseren neuen Vorsitzenden.«

Sullivan musterte die Staats- und Regierungschefs der acht führenden Industriestaaten mit herrischem Blick. Im selben Augenblick, da ihre Länder von Streiks, Armut und Rebellion erschüttert wurden, saßen sie hier im teuersten Restaurant in Helsinki und schlugen sich die Mägen voll. Doch so war es nun einmal – und er hätte es auch nicht anders gewollt: unaufrichtige Gedanken, falsche Zähne, verlogenes Grinsen, dicke Bäuche, das hier waren die Männer im Rampenlicht, die Marionetten. Hinter ihnen standen die wahren Intriganten, die die Macht in Händen hielten, diejenigen, die die Strippen zogen.

Die Glückwünsche setzten sich fort, aber Doug Sullivan hörte nicht hin. Interessierten ihn diese Leute? Ganz und gar nicht. Ebenso wenig wie die Chefs der Globalcoms oder des Militärs. Wenn Mother vollendet war, würde es eine Nacht der langen Messer geben. Begriff der französische Präsident überhaupt, dass sein Amt bereits dem Chef eines französischen Militär-Globalcoms versprochen war? Erkannte der italienische Staatspräsident, dass ihm nur noch ein paar Monate im Amt blieben, bis sein Geheimdienstchef es übernahm? Sie wussten es nicht, und er hatte nicht vor, ihnen den Spaß zu verderben. Er schaute gern in die Mienen von Leuten, die er hereingelegt hatte. Sobald ihnen dämmerte, dass sie nicht so schlau waren, wie sie geglaubt hatten, würde es ihm großes Vergnügen bereiten, ihre langen Gesichter zu sehen.

»Wie schade, dass die US-Präsidentin nicht bleiben konnte.«

»Ja.« Sullivan machte eine bedauernde Geste.

»Wie …« Der italienische Staatspräsident suchte nach den passenden Worten und gestikulierte. Doch weil er sich den Mund voll gestopft hatte wie eine überladene Waschmaschine, bereitete ihm das Sprechen einige Mühe.

»*Furchtbar*«, lieferte ihm Doug dankenswerterweise das Stichwort. Er wusste immer, was andere sagen wollten, noch ehe sie es ausgesprochen hatten.

»Wie furchtbar, dass die Frau ihn nicht unterstützt hat«, fuhr der italienische Präsident fort und rülpste. »Wie illoyal.«
»Ich versuche, den Gedanken daran zu verdrängen«, erwiderte Sullivan mit geheuchelter Bescheidenheit. Aber natürlich dachte er daran. Er würde ihr diese Beleidigung heimzahlen. Die Mahlzeit zog sich in die Länge. Um drei Uhr nachmittags erhob er sich vom Tisch. Nur gut, dass die Nachrichten in Mother zensiert wurden. Wenn die Öffentlichkeit erfuhr, auf welche Art und Weise ihre Staatenlenker ihr dienten, würde man sie an Laternenpfählen aufhängen. Aber so etwas passierte nur denen, die nicht schnell genug laufen konnten, und diese Kerle hier wussten genau, wie man sich in Sicherheit brachte. »Ich muss jetzt los«, erklärte er seinen Gästen. »Bis zum nächsten Treffen des Rates in einem Monat.«
Alle verabschiedeten sich überschwänglich von ihrem »Freund«. Doch dieser hatte bereits die meisten von ihnen verraten; sie würden an keiner weiteren Sitzung mehr teilnehmen.
Sullivan verließ das Restaurant, das für A1- und A2-Kreditnehmer reserviert war, und ließ sich zur Zentrale des Rates zurückfahren. Bevor er nach Florida flog, um sich mit Oswald Plevy zu treffen, musste er noch ein paar Dinge in Ordnung bringen. Das würde nicht lange dauern, aber ihn enorm befriedigen. Er fuhr mit dem Lift zu seinem neuen Büro im obersten Stock hinauf.
»Guten Tag, Herr Vorsitzender.«
Die finnischen Sicherheitskräfte salutierten, sowie er aus dem Aufzug trat. Er übersah sie. Er hatte die Anweisung gegeben, sie binnen einer halben Stunde durch amerikanische Spezialtrupps zu ersetzen. Die finnischen Wachleute waren überflüssig geworden, wie auch eine Menge anderer Leute.
»Guten Tag, Herr Vorsitzender«, begrüßte ihn die Sekretärin

von Lars Pedersen. Er merkte, dass ihr unbehaglich zumute war – das war ein gutes Zeichen.

»Ah, Ulla.« Abschätzig musterte er ihre derangierten Gesichtszüge. »Ist das Büro endlich bereit für mich?«

»Ja, Sir.«

Sie begaben sich zum Büro des Vorsitzenden. Bewaffnete Wachmänner traten vor und öffneten die Bronzetür mit großem Aplomb. Triumphierend betrat Sullivan das Allerheiligste der Macht. Es war ein wunderschöner Raum. Was allerdings nicht am Schreibtisch lag, den Büchern, die überall herumlagen, dem ganzen Krempel, der diesem gescheiterten Professor für Ethik, diesem kleinen Mann, Lars Pedersen, gehörte. Sondern am Ausblick. »Ist er nicht überwältigend?«

»Ja.«

Er hob die Hände, als wollte er die Gemeinde segnen, und blickte auf die Stadt hinab. Dann wandte er sich um. Das Messer lag bereits in seiner Hand.

»Ulla, wie Sie sich vorstellen können, wird es hier einige Veränderungen geben, jetzt, da ich Vorsitzender bin.« Seine Stimme wurde strenger. »Ihre Dienste werden nicht mehr benötigt.«

»Wie Sie wünschen, Sir. Wann soll ich gehen?«

»In den nächsten fünf Minuten.« Er spürte, dass er sie gedemütigt hatte, und empfand eine klammheimliche Freude. Aber er wollte nicht grausam sein.

»Verstehe.«

»Und noch etwas, Ulla, ich möchte, dass hier nichts angerührt wird. Kein einziger Gegenstand. Gar nichts.«

»Aber was soll mit Mr. Pedersens persönlichen Dingen geschehen, seinen Büchern?«

»Gar nichts.« Seine Stimme klang jetzt noch bedrohlicher. »Der Rat fürchtet, dass hier illegale Geschäfte getätigt wurden.«

»Illegale Geschäfte?«

»Ja. Die Mitglieder des Rates befürchten, der ehemalige Vorsitzende könnte in einen Korruptionsskandal verwickelt sein, den Schacher mit Ämtern und Ernennungen. Es handelt sich um eine sehr ernste Angelegenheit. Aber informieren Sie noch niemanden darüber.« Er kostete seine Sätze aus, liebkoste sie förmlich, ließ sie sich auf der Zunge zergehen. Er hatte Ulla gekränkt, das sah er, denn sie war Pedersen sehr zugetan.

»Verstehe. Dann gehe ich jetzt. Vielen Dank, Sir.« Sie verließ den Raum, eine verängstigte Frau.

»Vielen Dank für Ihre Arbeit, Ulla«, rief er ihr noch hinterher, wandte aber kaum den Kopf. Dann schritt er in seinem riesigen, neuen Büro umher. Er hatte schon alles geplant. Die Bücher, die Möbel, die Pflanzen, der Schreibtisch, den ganzen Plunder würde er hinauswerfen und durch Stahlrohr, schwarze Möbel und dunkle Jalousien ersetzen. Den Dingen von Anfang an seinen Stempel aufdrücken.

»Die Wachleute sind ersetzt worden, Sir.« Ein Unteroffizier der Spezialkräfte stand neben ihm.

»Ich möchte, dass in zehn Minuten alle Sekretärinnen von hier verschwunden sind und alles versiegelt ist.«

»Ja, Sir.«

Er reichte dem Hauptmann einen schriftlichen Befehl, den er ausgegeben hatte. »Gehen Sie zu Pedersens Häuschen. Die finnischen Soldaten an den Toren müssen ersetzt werden, im Haus selbst darf nichts angerührt werden. *Nichts*, verstehen Sie? Keine Vernichtung von Papieren, Dokumenten oder Andenken, nichts.«

»Verstehe.«

Sullivan schlenderte zum Schreibtisch des Vorsitzenden und aktivierte den Monitor, der darauf stand.

Kurz darauf sprach er mit einem wahren Freund.
»Anthony.«
»Doug!« Die Stimme erfüllte den ganzen Raum, sie klang tief und vertrauensvoll. Wenn er wollte, konnte Stone den Teufel überreden, Mönch zu werden.
»Ich dachte, ich rufe Sie einmal aus dem Büro des Vorsitzenden an.«
»Ah ja.« Stone machte es sich in seinem Sessel im Foreign Office in London bequem. »Nochmals herzlichen Glückwunsch, eine *wunderbare* Überraschung.«
Er fand Stones lakonische Art herrlich, das war der wahre Anthony.
»Ich werde Oswald Plevy einen Besuch abstatten.«
»Jetzt schon? Warum?«
»Er weigert sich, meine Anrufe entgegenzunehmen. Haben Sie die Nachrichten über ihn gesehen – dass er sein ganzes Vermögen einsetzt, um Regierungsanleihen zu kaufen? Das verursacht erhebliche Turbulenzen an den Märkten. Den Globalcoms gefällt es überhaupt nicht, dass ihre Aktien verschleudert werden.«
»Das sieht Oswald gar nicht ähnlich«, antwortete Stone. »Er macht sich bestimmt Sorgen, er könnte sterben.«
Sullivan lachte sarkastisch. »Das habe ich mir auch gedacht. Im Falle seiner Nichtkooperation wäre es am besten, dass wir unsere Verbindung beendeten.«
»Gut.« Stone zeigte sich gleichgültig. Was scherte sie der Tod von Plevy? Der Mann war überflüssig. Entbehrlich.
»Wie läuft es so in Großbritannien?«
»Das Land versinkt im Chaos, im absoluten Chaos. In ein, zwei Tagen werden wir eine weitere Krisensitzung des Kabinetts einberufen.« Stone zog leicht an der Manschette seines Maßhemds.

»Und es kann sein, dass man mich bittet, das Amt des Premiers zu übernehmen.«

»Aber warten Sie nicht zu lange damit.« Er musste auf der Hut sein. Anthony hatte die Geheimdienste zwar in der Hand, aber ein angeschlagener Premierminister konnte durchaus gefährlich werden.

»Grüßen Sie Oswald von mir.«

»Natürlich.«

Sullivan schaltete den Monitor aus.

»Ihr Wagen steht bereit, Sir.«

Er warf einen Blick auf die Uhr. In neun Stunden war er in Florida. Es würde angenehm sein, wieder einmal im *Marybelle* zu wohnen; bester Service der Welt. Als Vorsitzender von Mother, als mächtigster Mann der Welt, musste er sich zwar an die übertriebene Gier, den übermäßigen Luxus erst noch gewöhnen. Aber … das würde ihm schon gelingen, da war er ganz sicher.

41

Macht ist kein Mittel, sie ist ein Endzweck.
Eine Diktatur wird nicht eingesetzt, um eine Revolution
zu sichern; sondern man macht eine Revolution,
um eine Diktatur einzusetzen.
George Orwell

»Also?«

Der Seniorpartner der Kanzlei, die sich um Oswalds Vermögenswerte kümmerte, legte seine Halbmondbrille auf den Tisch und rieb sich die Augen; er war hundemüde. Er hatte für diesen Arbeitstag – mindestens – sechsundzwanzig Stunden in Rechnung gestellt. »Wir haben über fünfhundert Leute rund um den Globus laut Ihren Anweisungen arbeiten lassen. Wir haben den letzten …«

Oswald wischte die Sätze mit knapper Handbewegung beiseite. Er musste sich so was nicht anhören, diese Leute wurden schließlich für ihre Arbeit bezahlt. »Wie viel besitze ich noch?«

»Der Trust enthält nur noch acht Milliarden Global. Was die Sachen betrifft, die auf Ihren Namen lauten, sind nicht mehr als zwei Milliarden übrig. Das heißt: Yachten, Häuser, Gemälde, Antiquitäten, Kunstwerke, Uhren, kleinere Gegenstände. Wir haben für annähernd 91 Milliarden Global Staatsanleihen jener Länder gekauft, die Sie uns genannt haben.«

Oswald nickte. »Verkaufen Sie alles andere, um noch mehr Staatsanleihen zu kaufen. Ich nenne Ihnen weitere Staaten.«

»Alles?«
»Ja, alles. Jeden Global.«
»Sind Sie sicher, dass das eine kluge Entscheidung ist?«
Oswald sah ihn wütend an. »Ich weiß, was ich tue.«
»Natürlich, Sir«, antwortete der Anwalt gehorsam. »Aber die Märkte sind stark erschüttert. Es finden Streiks statt, Aufstände, bürgerkriegsähnliche Unruhen in vielen …«
»Genug.« Mit knapper Handbewegung erstickte Oswald jeden weiteren Widerspruch. *Er* hatte das Sagen. »Machen Sie weiter. Wann können Sie frühestens damit fertig sein?«
»Sehr bald. Die Grundstücke, die Schiffe, die Flugzeuge und die Kunstwerke sind alle in Datenbanken registriert. Und Ihr Anteil am Hotel *Marybelle*, Sir?«
»Überschreiben Sie ihn dem Trust. Alles, wie ich gesagt habe.« Er trank einen kleinen Schluck Apfelsaft. Schmeckte wie Abwaschwasser. Aber mit den Lightning Strikes war es vorbei. »Holen Sie mir einen Monitor.«
Er setzte sich in ein Nebenzimmer und aktivierte den Computer.
»24-Stunden-Nachrichten – Finanzmärkte.«

»Heute war ein Tag voller außergewöhnlicher Turbulenzen an den Finanzmärkten. Es wurden die Aktien von Globalcoms in großem Stil verkauft und Regierungsanleihen gekauft. Insbesondere heißt es, dass der Multimilliardär Oswald Plevy …«

Schließlich ging er ins Bett. Morgen würde er ins *Marybelle* zurückfliegen.

* * *

»Wie geht's ihm? Was machen seine Nieren?«

»Es geht ihm gut, Madam«, antwortete Henri. »Ich habe vor einer Weile mit ihm gesprochen, er ist im Konferenzzentrum.«

»Was tut er da?«

»Er verkauft Aktien.«

Pia stellte ihr Weinglas ab. Oswald fehlte ihr, ohne seine majestätische Anwesenheit war das Hotel nicht mehr das gleiche.

»In den 24-Stunden-Nachrichten heißt es, dass er Regierungsanleihen kaufe und die Märkte unglaublich volatil seien. Henri, was geht da vor sich?«

Er zögerte. »Ich weiß es nicht genau, Madam.«

Sie legte die Gabel auf den Tisch. Plötzlich hatte sie keinen Appetit mehr. Sie fühlte sich unwohl. »Glauben Sie, dass Oswald sich Sorgen macht, er könnte bald sterben? Benimmt er sich deshalb so merkwürdig?«

»Das ist einer der Gründe, Madam.«

Sie war fast sicher, dass Henri mehr wusste, als er zugab, aber vielleicht irrte sie sich auch. Schließlich war er nur der Direktor des Hotels und nicht Oswalds Vertrauter. Oswald besaß keine Vertrauten. »Ich gehe heute früh zu Bett.« Als sie sich vom Tisch erhob, fühlte sie sich leer und deprimiert. »Wann kommt er denn zurück?«

»Morgen, glauben wir. Gute Nacht, Madam.«

»Gute Nacht.«

Pia schlenderte in ihre Suite und betrat ihr zweites Wohnzimmer. Es war, wie nicht anders zu erwarten, äußerst prunkvoll eingerichtet: cremefarbene Sofas, Beistelltische, moderne Kunst und ein riesiger Monitor an der Wand. Sie ließ sich auf eines der Sofas fallen; den Dienern hatte sie bis morgen früh freigegeben. Mit einem kurzen Blick auf den Bildschirm aktivierte sie Mother. Mit wachsender Sorge sah sie sich die 24-Stunden-Nachrichten an. Mittlerweile entsprachen die Meldungen über die politischen Ereignisse rund um den Globus annähernd der Wahrheit, da Doug Sullivan und seine Mitverschwörer Vorteil daraus zogen. Jage den Bevölkerungen aller Länder Angst ein, dann tritt als Retter auf. Alles nach Plan.

»In Großbritannien wurde der Notstand ausgerufen. Es ist zu gewalttätigen Ausschreitungen gekommen. Zusätzliche Truppen wurden nach …«

»Vereinigte Staaten.«

»Um Plünderungen zu vermeiden, hat die Präsidentin der Vereinigten Staaten für Los Angeles, New York und Chicago eine Ausgangssperre verhängt …«

»Frankreich.«

»Das nationale Wahrzeichen, der Eiffelturm, wurde heute am späten Nachmittag Ziel eines Anschlags. Große Gruppen von A6ern bis A9ern haben sich versammelt …«

»Russland.«

»Eine Serie von Explosionen hat die Innenstädte von Moskau und St. Petersburg erschüttert. Die Verantwortung hat eine Terrororganisation übernommen, die sich …«

Pia schaute fassungslos auf die Bilder des Blutvergießens, die grellen Echtzeitbilder. Die Vorstellung war Teil der Wirklichkeit geworden; die Welt geriet aus den Fugen. Oswald spielte dabei sicherlich eine Rolle. Er hatte gewusst, dass so etwas passieren würde, und jetzt schlug er Kapital aus dem Leid von Millionen Menschen. Wenn sie sein Geld angenommen hätte, dann wäre sie Teil dieses Unterdrückungsapparats geworden. Plötzlich hasste sie all diese Leute: die Geldscheffler, die Unterdrücker, die Politiker. Sie nutzten nur das Leid und die Armut anderer aus und ließen es dann auch noch so aussehen, als täten sie ihren Opfern einen Gefallen.

Wo würde das alles enden? Was konnte sie tun?

* * *

»Verzeihen Sie bitte, dass ich störe, Sir.«

Die Stewardess stand in der Tür der Luxuskabine. Sie befanden sich im Privatjet des Vorsitzenden von Mother. Doug Sullivan regte sich. Er konnte es gar nicht leiden, wenn man ihn nachts weckte; für dergleichen war er mittlerweile zu wichtig. Seine Augen funkelten sichtlich irritiert. »Wo sind wir?«, fragte er verärgert.

»Wir überfliegen gerade die Bermudas, Sir, in einer Höhe von vierzigtausend Fuß. In drei Stunden dürften wir in Florida eintreffen.«

»Und? Was ist das Problem?«

»Ich habe mehrere Topmanager von Globalcoms auf dem Monitor, Sir, sie machen sich Sorgen wegen der Finanzmärkte. Die Aktienkurse ihrer Unternehmen sind abgestürzt.«

»Die Leute können warten. Was gibt's sonst noch?«

»Die Staatsoberhäupter von Frankreich und Italien möchten mit Ihnen sprechen, Sir. Die politische Lage in ihren Ländern wird allmählich instabil. Man bittet dringend um Ihren Rat.«

»Morgen.« Diese beiden Herren näherten sich mit rasender Geschwindigkeit ihrem Untergang. Er musste sich langsam von ihnen distanzieren.

»Ja, Sir. Kann ich sonst noch etwas für Sie tun, Sir?«

»Schicken Sie mir eine Gespielin.«

»Ja, Sir.« Die Stewardess hatte die Frau bereits im Flugzeug entdeckt. Eine junge Lettin. Sie war im Voraus ausgewählt worden, neben dem Essen und dem Wein, in dieser Reihenfolge. »Ich hole sie, Sir.«

Sullivan lehnte sich ins Kissen zurück und begann, Pläne zu schmieden. Er dachte an die Welt da draußen. Chaos. Möge es sich noch lange hinziehen. Denn aus dem Chaos kam die Ordnung. Und die würde *er* schaffen.

42

Der Wille zur Macht kann sich nur an Widerständen äußern;
er sucht also nach dem, was ihm widersteht.
Friedrich Nietzsche

Wie lauten die neuesten Nachrichten?«

»Die Stadtzentren von Cambridge und Edinburgh stehen in Flammen. Über zwei Millionen Menschen sind auf den Straßen. Manchester und Liverpool stehen unter Belagerung. In Schottland sind bei der Kollision eines gepanzerten Fahrzeugs mit einem Schulbus zwanzig Kinder ums Leben gekommen. Einheiten der Armee haben irrtümlich das Feuer auf eine Gruppe von Verweigerern eröffnet, die Krankenhäuser können die große Zahl der …«

Immer wieder drängten Staatsdiener in den Kabinettssaal in der Downing Street und überbrachten James Reedon noch mehr Hiobsbotschaften. Doch er hörte kaum zu. Er fühlte sich körperlich angeschlagen. Auf einem Wandmonitor, direkt vor seinen Augen, entfaltete sich eine Szene der Zerstörung nach der anderen – gewaltige Flammen, die in den nächtlichen Himmel emporschlugen. Das geschah tatsächlich, in diesem Augenblick, in diesem Land, das er so sehr liebte. Was normalerweise nur in der kranken Fantasie von Gewalttätern und geistesgestörten Kriminellen brodelte, war Wirklichkeit geworden. Weil die

Menschheit sich ihre eigene Zukunft erschuf – aus den Ereignissen der Vergangenheit und dem kollektiven Unbewussten der Gegenwart. All die Korruption, all die Gier, all die Unterdrückung, die die Mächtigen und Oligarchen in den letzten Jahren gesät hatten, mussten sie nun ernten. Endlich hatten sich die A6- bis A9-Kreditnehmer erhoben.

»Sir?«

Keine Antwort.

»Sir?«

Der Premierminister wandte den Kopf, wie ein Mann, der zu viele Schläge eingesteckt hat.

»Sir, eine aufgebrachte Menge marschiert auf London zu. Was sollen wir tun?«

Reedon wandte sich zu dem Oberkommandierenden der Streitkräfte, der rechts neben ihm am Kabinettstisch saß – ein kräftiger, untersetzter Mann, brüsk, jeder Zoll ein Soldat, das Produkt lebenslangen militärischen Drills. Noch immer konnte der Premierminister auf seine Loyalität zählen – das hoffte er jedenfalls.

»Also?«

»Wir bitten um die Genehmigung, in Sichtweite das Feuer zu eröffnen.«

»Bereiten Sie einen Befehl vor, ich unterschreibe dann.«

Der Beamte verließ den Raum. Ruhig sagte Reedon: »Ich glaube, wir sind am Ende der Straße angelangt.«

Hierauf gab ihm sein Oberbefehlshaber keine Antwort.

»Und die Londoner Innenstadt?«

»Ich empfehle, sie abzusperren, Sir. Wir verhängen eine Ausgangssperre und stellen zum Schutz Panzer auf.«

»Wie lange können wir die City noch halten?«

»Im Grunde genommen auf unbestimmte Zeit, aber nur, wenn

wir das Feuer eröffnen und die Plünderer auf der Stelle erschießen dürfen.«

Innerlich zutiefst zerrissen, senkte Reedon den Kopf in die Hände, die auf dem Tisch lagen. Seine breiten Schultern waren gebückt, seine Haare fast weiß, seine Miene drückte tiefste Betrübnis aus. Sein Stabschef fuhr fort: »Herr Premierminister, es herrscht große Unruhe in der Truppe. Eine erhebliche Anzahl unserer Soldaten verweigert den Dienst an der Waffe und läuft zu den Verweigerern und Demonstranten über. In anderen Fällen …«

»Ich weiß«, entgegnete Reedon.

Es klopfte, laut und vernehmlich. Der ranghöchste Ministerialbeamte betrat den Kabinettssaal. »Mehrere Minister haben mich angerufen, Sir. Sie fordern die Einberufung einer Krisensitzung des Kabinetts.«

»Noch nicht.«

»Der Außenminister besteht darauf.«

»Noch nicht«, schrie Reedon.

Er forderte die Beamten auf, den Kabinettssaal zu verlassen, dann wandte er sich zu seinem Oberkommandierenden um. Er musste sich entscheiden, jetzt, bevor man ihn stürzte. »Tom, ich frage Sie als Premierminister: Sind Sie mir und Ihrem Land gegenüber noch loyal?«

Fast schien dieser zu zögern, dann aber antwortete er mit fester Stimme: »Ja, Sir.«

»Gut.«

Reedon senkte die Stimme. »Ich muss heute Abend die zentrale Datenbank von Mother aufsuchen. Wie schnell können Sie mich dorthin bringen?«

»Innerhalb von drei Stunden, aber zuerst müssen Sie hier herauskommen. Wir müssen Sie zu einem Militärflugplatz bringen, im Hubschrauber; einen Wagen können wir nicht nehmen, dafür ist es auf den Straßen zu gefährlich.«

Reedon schob ein paar Papiere zusammen und fingerte daran herum. »Während ich fort bin, müssen Sie Downing Street abriegeln und dürfen niemanden ins Gebäude hineinlassen. Und Sie dürfen keinem sagen, wohin ich geflogen bin. Das ist ein Befehl.«

»Ja, Sir.« Diesmal klang ein wenig Widerstreben in der Antwort des Militärs durch. Der Premierminister stand eindeutig am Rande eines Nervenzusammenbruchs. Sollte man andere davon in Kenntnis setzen?

Reedon fuhr fort: »Tom, während ich fort bin, werden gewisse Personen versuchen, mich zu erreichen. Doch Ihre Loyalität liegt weder bei den Globalcoms noch bei den Geheimdiensten, nicht einmal beim Außenministerium. Ihre Loyalität liegt beim Volk dieser Insel und bei mir, seinem gewählten Vertreter.«

»Ja, Sir.« Der Premierminister kannte also die Gerüchte, dass er abgesetzt werden sollte?

Reedon hielt kurz inne. »Ich spreche noch ein paar Minuten mit meiner Tochter und verlasse dann London. Wenn ich bis fünf Uhr morgen früh nicht zurück bin, müssen Sie eine Krisensitzung des Kabinetts einberufen und seinen Mitgliedern Handlungsvollmacht erteilen.«

»Ich verstehe vollkommen.«

Der Premierminister blickte im Kabinettssaal umher und verabschiedete sich innerlich davon. Nachdem er den Raum verlassen hatte, stieg er die Treppe zu seiner Privatwohnung im obersten Stock des Gebäudes hinauf. Seine Tochter Natalie sah sich gerade die 24-Stunden-Nachrichten in Mother an. Als Reedon ihr Zimmer betrat, erhob sie sich sofort. »Dad, hast du gesehen, was gerade passiert?«

»Ja.« Er gab ihr einen Kuss. »Komm mal mit«, flüsterte er ihr ins Ohr. Zusammen stiegen sie die Treppe hinunter. Reedon führte seine Tochter in den Garten hinter seinem Amtssitz. Im Dunkeln, neben einer großen Ulme, blieben sie stehen.

»Dad?«

Sie zitterte vor Angst, als er ihre Hand ergriff. »Natalie, ich muss wegfahren, an einen geheimen Ort, für drei oder vier Stunden. Du musst hier bleiben. Es wird dir nichts geschehen. Du bist hier absolut sicher.«

»Wohin fährst du?«

»Das darf ich dir nicht verraten. Aber ich komme noch heute Abend zurück, das verspreche ich dir.«

»Dad, was hat das alles zu bedeuten?«

»Dass ich morgen von meinem Amt zurücktrete.«

Als Natalie in Tränen ausbrach, drückte Reedon sie fest an sich. Einige Sekunden lang war er versucht, bei ihr zu bleiben. Vielleicht gab es ja doch noch einen Ausweg, aber tief im Inneren wusste er, dass dem nicht so war. Er war den Millionen Menschen im Land verpflichtet, die von ihm abhingen. Und dennoch: Indem er seine Pflicht tat, ließ er seine Tochter allein – und das zu einer Zeit, da sie ihn am meisten brauchte.

»Bleib hier.«

»Ich muss jetzt los.« Er küsste sie inbrünstig. »Aber vergiss nicht, dass ich dich immer lieb haben werde, Natalie, immer.«

Sie war verzweifelt und riss sich von ihm los. »Lebwohl, Dad.«

Er war derart überwältigt von seinen Gefühlen, dass er kein Wort herausbrachte.

Es dauerte über eine Stunde, bis der Premierminister die Strecke von der Downing Street bis zum Militärflugplatz zurückgelegt hatte. Schließlich hob das Flugzeug ab, mit ihm und seinen Leibwächtern als einzigen Passagieren an Bord. Während die

Maschine in den Himmel emporstieg, spähte er nach draußen in die Dunkelheit; sie spiegelte seinen düsteren Gemütszustand wider.

Die Regierung hatte lange gebraucht, bis sie sich auf einen Standort für den britischen Ableger von Mother festgelegt hatte. Dieser musste in einem entlegenen Teil des Landes angesiedelt werden, tief unter der Erde, in einer Gegend, in der man die Einrichtung gegen jede Art von Angriff – ob zivil oder militärisch – verteidigen konnte. Deswegen hatte man zunächst Attrappen-Orte gebaut, um alle, Terroristen inbegriffen, zu täuschen. Schließlich hatte man eine abgeschiedene Region im Norden von Wales ausgewählt, in der die Briten und Amerikaner bereits ein Kommunikationszentrum errichtet hatten und die schon seit langem für die Öffentlichkeit gesperrt war. Hier, dreihundert Meter in der Erde, hatte man die britische Version von Mother installiert. Sie nahm nicht viel Raum in Anspruch, da alle Monitore andernorts aufgestellt waren, und es gab nur wenige Angestellte in der Anlage, die ausschließlich per Fernverbindung auf das Gesamtsystem zugriffen. Neben dem handverlesenen Überwachungspersonal arbeiteten daher nie mehr als hundert Techniker dort.

Das Risiko, dass Terroristen Mother entdeckten und zerstörten, war gleich null. Das Areal wurde von Kameras, Sensoren und Satelliten überwacht, der Zutritt zur Anlage war lediglich per Augenabdruck möglich; in den Kernbereich des Systems gelangte man nur in einem speziell bewachten Aufzug, der ausschließlich befugtes Personal beförderte. In allen diesen Fällen verwendete Mother ihre geballte Computerkraft, um jede Art von Angriff abzuwehren. Und schließlich tauschten die Briten gemäß Geheimprotokollen die Informationen, die »ihre« Mother lieferte, jeden Abend mit den Vereinigten Staaten und vier weiteren Ländern aus – für den Fall, dass das eigene System zerstört wurde. Alles war perfekt organisiert. Bis auf eines – ein größerer Fehler –, wie Reedon jetzt erkannte, während er in dem Militärflugzeug saß.

Mother war auf Lügen aufgebaut.

Lügen. Eigentlich schienen sie ganz harmlos zu sein, kleine Verzerrungen der Wirklichkeit, Täuschungen. Im Entstehen waren sie unbedeutend, und doch konnten sie enorme Folgen haben. Denn so wie die amerikanische Öffentlichkeit hatte man auch die britische Bevölkerung nie darüber aufgeklärt, dass die Finanzmittel zur Entwicklung von Mother, und zwar selbst während ihres rein kommerziellen Stadiums, vom Militär und von den Geheimdiensten zur Verfügung gestellt worden waren. Zudem hatte man den Menschen nie gesagt, dass der wahre Grund für die Errichtung des Systems darin lag, alle zu registrieren – damit Terroristen und Kriminelle, als wären sie Ungeziefer, aus der Bevölkerung entfernt, isoliert und schließlich liquidiert werden konnten.

Damals schienen diese Lügen relativ harmlos zu sein. Denn warum sollte man die Menschen mit Fragen behelligen, die sie doch nicht verstanden? Doch als Mother langsam, aber unaufhaltsam immer größer wurde, verstärkten sich die Auswirkungen dieser Lügen, weil der Staat selbst ein wachsendes Interesse an der Verschleierung der Wahrheit entwickelte. Alle Premierminister wurden sofort nach ihrem Amtsantritt über diese Lügen informiert. Darüber hinaus erklärte man ihnen, die Abhängigkeit Großbritanniens von Mother sei inzwischen so groß, dass man nur auf einem Weg fortfahren könne – indem man das System noch mehr festige. Allerdings hatte Lars Pedersen vierzehn Jahre zuvor in einem Gespräch mit dem amerikanischen Präsidenten und dem britischen Premierminister unmissverständlich klargemacht, dass alles, was auf einer Lüge beruhte, unweigerlich pervertiert werden würde. Es könne gar nicht anders sein. Auf diesem Humus werde keine Blume wachsen, sondern nur Unkraut wuchern.

»O nein«, hatten die Schlauberger ihn damals verspottet. »Sie missverstehen uns. Das sind keine *Lügen*, sondern nur *Halbwahrheiten*. Vertrauen Sie uns. Alles wird gut.«

Aber genau das war der Kern des Problems. Da alle Politiker logen, waren sie innerlich blind gegenüber den Folgen ihres Handelns. Darum hatte Lars Pedersen den Machthabern noch eine Frage gestellt: »Wie wollen Sie Mother im Notfall vernichten?«

»Ganz einfach«, hatten der damalige Präsident der Vereinigten Staaten und der britische Premier ihm unisono geantwortet. »Jedes Land, das mit dem System vernetzt ist, kann die Informationen, die es in seiner Mother aufbewahrt, vernichten – vorausgesetzt, das Kabinett spricht sich per Mehrheitsentscheid dafür aus. Das ist wahre Demokratie!«

Leider konnte Pedersen diesem rosigen Bild der Zukunft, das die beiden Regierungschefs zeichneten, nichts abgewinnen. »Wie groß ist die Aussicht, dass ein Politiker dafür stimmt, genau das zu zerstören, was ihn ernährt?«, fragte er. »Welches Lebewesen tötet jemals sein Wirtstier?«

»Das ist nicht sehr wahrscheinlich«, pflichteten sie ihm bei. »Aber Mother ist nun einmal da. Verstehen Sie doch, wir schützen die höchsten Rechte des Volkes.«

»Wann wurde dieses System der Zerstörung und Unterdrückung entwickelt?«, fragte Pedersen.

»Wir haben dasjenige übernommen, das die UniTelecom entwickelt hatte, als Mother noch von Wirtschaftsunternehmen geführt wurde. Der Vorstand hat es gleich zu Beginn installiert, für den Fall, dass das System – aus welchen Gründen auch immer – abgeschaltet werden muss.«

»Mit wem soll ich darüber sprechen?«

»Äh, mit Oswald Plevy.«

»Verstehe.« Pedersen hatte daraufhin das Gespräch beendet und sich anschließend mit dem reichsten Mann der Welt unterhalten, der schon damals ein überaus entspanntes Verhältnis zur Wahrheit unterhielt. Rund zwei Wochen später bat er den US-Präsidenten und den britischen Premier zu einem geheimen Treffen. Die Begegnung ließ sich ohne Mühe arrangieren, da ihre Bewegungen in jener Zeit noch nicht so streng überwacht wurden.

»Also, was soll diese ganze Geheimniskrämerei?«, hatten die beiden Regierungschefs ihn gefragt, wie üblich voller Selbstgewissheit. »Was haben Sie uns mitzuteilen?«

Was er ihnen darauf antwortete, erschreckte sie zu Tode, denn er war hinter die Wahrheit gekommen.

Hinter Oswalds großes Geheimnis.

* * *

»Wir sind gleich da, Sir.«

Die Ankündigung des Piloten riss Reedon aus seinen Gedanken. Die Landelichter glommen in der stockfinsteren Nacht. Die Maschine hatte ihr Ziel erreicht, ein entlegenes, windgepeitschtes Fleckchen Erde im hohen Norden von Wales. Er war erst ein einziges Mal hier gewesen, eine Woche nach seiner Wahl zum Premierminister.

»Haben Sie den Leiter der Anlage informiert?«

»Ja, Sir.«

Einige Minuten darauf landete das Militärflugzeug. Begleitet von seinen Leibwächtern, betrat Reedon die Gangway. Unten blieben sie stehen. Sofort wurden sie von Soldaten einer Spezialeinheit in schwarzen Uniformen und Kapuzenmützen umringt. Taschenlampen blitzten in der Dunkelheit auf.

»Stehen bleiben!«, befahl eine Stimme. Ein bärtiger, untersetzter Mann schritt auf sie zu. Der Direktor der Anlage. Er hielt einen kleinen Monitor in der Hand. »Herr Premierminister, bevor Sie weitergehen, müssen wir Ihre Identität überprüfen.«

Reedon atmete erleichtert auf. Einen Augenblick lang hatte er gefürchtet, das Kabinett wäre zusammengetreten, während er sich auf dem Flug befand, und hätte per Mehrheitsentscheid beschlossen, ihn aus dem Amt zu jagen.

»Bitte auch Ihren Fingerabdruck.«

Nach Erledigung der Kontrollen sagte der Leiter der Anlage: »Vielen Dank. Ihre Leibwächter und die Piloten müssen hier bleiben. Bitte begleiten Sie mich.«

In der unwirtlichen Dunkelheit schritt Reedon mit dem Leiter der Anlage über das Rollfeld – eine kleine Prozession, von Wachleuten eskortiert. Hundert Meter weiter näherten sie sich einem unscheinbaren Gebäude, das einem Lagerschuppen glich. An der Tür zogen sich die Männer des Sonderkommandos zurück, um ihre Posten wieder einzunehmen.

»Bitte geben Sie Ihren Augenabdruck noch einmal ein.«

Der britische Premier folgte der Aufforderung, dann betraten sie einen Empfangsbereich. Der Direktor führte seinen hohen Gast einen Flur entlang, dessen Wände gänzlich aus kugelsicherem Glas bestanden. Alle paar Meter drehten sich kleine Überwachungskameras in ihren Gelenken und zeichneten alles in ihrem Blickfeld auf. Am Ende des Gangs befand sich eine überdimensionierte Tür.

»Wir beide müssen abermals unseren Augenabdruck und unseren Fingerabdruck eingeben.«

Der Fahrstuhl öffnete sich, sie traten ein.

»Wohin möchten Sie, Herr Premierminister?«

»In den 30. Stock.«

»Wie Sie wünschen.« Der Aufzug glitt in den Raum hinunter, in dem der Großrechner stand. Währenddessen musterte der Direktor das Gesicht des Regierungschefs seines Landes. Es war das eines zutiefst besorgten Mannes, voller Falten, grau, angsterfüllt. Natürlich hätte er ihn angesichts des Zustands der Nation gern nach dem Zweck seines außerplanmäßigen Besuchs gefragt, aber das traute er sich nicht.

Als sie im 30. Stock ankamen, blieb die Fahrstuhltür so lange geschlossen, bis die beiden Männer sich erneut ausgewiesen hatten. Mother analysierte und überprüfte ihre Besucher und suchte gleichzeitig in ihrem riesigen Gedächtnis, um festzustellen, ob es sich bei einer bestimmten Person um Freund oder Feind handelte. Sie traten aus dem Aufzug und gingen durch eine weitere Tür. Schließlich standen sie vor dem technischen Meisterwerk selbst, dem größten der Menschheit.

Wie eine Spinne lag Mother in all ihrer Macht ausgebreitet vor ihnen da: Datenbank um Datenbank, geschützt durch Rauchglaswände, hinter denen winzige Lämpchen blinkten, das leise Summen elektronischer Aktivität, alles in steriler Sauberkeit. Hier wurden die persönlichen Dateien fast aller Bürgerinnen und Bürger des ganzen Landes aufbewahrt. Hier lag das metallene Herz der Nation, ein Triumph des menschlichen Genies, der jüngste Versuch des Menschenehrgeizes, Gott zu spielen. Der Premierminister ließ das Bild kurz auf sich wirken.

»Bringen Sie mich zum Hochsicherheitsraum.«

Vorsichtig überquerten sie den Boden aus Keramik. Er war über und über mit Sensoren versehen, so dass sich automatisch Schutzwände aufstellten, die Mother verteidigen würden, sollte ein unbefugter Besucher wagen, sich ihr zu nähern.

»Hier entlang.«

Der Direktor führte Reedon zu einer Seite des Raumes. Dann blieb er stehen. Vor ihnen lag ein schmaler Steg. Nur der Premierminister durfte ihn überqueren. Wenn irgendeine andere Person dies versuchte, zog sich der Steg – das moderne Pendant zu einer Zugbrücke – sofort zurück, noch während sie sich anschickte, einen Fuß auf ihn zu setzen.

»Ich kann Sie nur bis hierher begleiten, Sir«, sagte der Direktor. »Am Ende des Stegs befindet sich, wie Sie sehen, eine Tür. Sie wird sich auf Ihren Iris-Scan und Ihren Fingerabdruck hin öffnen. Das kann ein paar Minuten dauern, denn Mother überprüft erst abermals alle über Sie verfügbaren Daten, bevor sie Ihnen den Zutritt gestattet. Darüber hinaus wird sie einen Gesichts-Scan vornehmen.«

Reedon überquerte die Brücke, unter der eine tiefe stählerne Grube lag. Er tat dies nicht ohne Angst, denn Stone und die anderen Minister waren inzwischen wahrscheinlich über sein Verschwinden informiert worden. Er gelangte vor die Titantür, die nach einem Zeitraum, der ihm endlos lang schien, mit einem Klicken aufsprang. Dann betrat er eine kleine, kreisförmige Kammer, die in das Felsgestein gebohrt worden war. In diesem gesicherten Raum war man selbst dann geschützt, wenn unmittelbar darüber eine Atombombe explodierte.

In dieser Kammer befanden sich ein Schreibtisch mit einem Stuhl davor, außerdem ein Monitor und ein Tresor. Reedon war erst einmal hier gewesen. Alle Premierminister kamen nach ihrem Amtsantritt hierher an diesen Ort, um sich über die innersten – die düstersten und deprimierendsten – Geheimnisse ihres Landes zu informieren. Er aktivierte den Monitor und befahl Mother, den Tresor zu öffnen. Das tat sie, allerdings mit erheblicher Verzögerung. Offenbar widerstrebte es dem System, seine Funktionsweise preiszugeben.

Im Safe befanden sich Dokumente, denn die geheimsten aller Geheimnisse Britanniens wurden nicht in Mother gespeichert – für den Fall, dass sich Unbefugte Zugang zu dem System verschafften. Das war eine kluge Entscheidung gewesen; Lars Pedersen hatte darauf hingewirkt und damit schon früh seine Weitsicht bewiesen. Eilig las Reedon die Unterlagen durch. Darunter befanden sich auch handschriftliche Dokumente, die andere Premierminister an ihre Nachfolger adressiert hatten, aber es waren nur recht wenige. Außerdem lag da noch ein Briefumschlag, der mit der Unterschrift von Lars Pedersen versehen war. Reedon erbrach das Siegel.

Endlich, zur mitternächtlichen Stunde, würde er die Wahrheit erfahren.

43

Jeder von uns trägt das Seine zur Verderbnis der Zeit bei.
Michel Montaigne

Willkommen im Hotel *Marybelle,* Sir.«

Devot verbeugten sich die versammelten Lakaien und Diener. Der Ruf, dass man ihn vor kurzem zum Vorsitzenden des Rates ernannt hatte, war Doug Sullivan so weit vorausgeeilt, dass sich vor dem Hotel bereits eine Schar von Bediensteten versammelt hatte, um dem neuen Führer der Welt, der soeben die künstlich verwitterte Sandsteintreppe hinaufstieg, die gebührende Achtung zu erweisen.

»Willkommen im Hotel *Marybelle,* Sir.«

Alle vier Direktionsassistenten verbeugten sich vor Sullivan.

»Willkommen im Hotel *Marybelle,* Sir.«

Henri schüttelte Sullivan die etwas feuchte Hand, aber der sah geradewegs an ihm vorbei. Der Direktor selbst dieses Hotels war in seinen Augen völlig ohne Bedeutung. »Erwartet mich Plevy schon?«

»Ja, Sir. Er ist am Pool.«

Gemessen schritten sie durch die große Lobby voller Palmen, exotischer Orchideen und anderer seltenen Pflanzen. Sullivan zündete sich eine Zigarette an. Er machte inzwischen, was er wollte, er war der Herrscher der Welt.

»Wie geht's ihm?«

»Mr. Plevy ist kein gesunder Mann.«

»Zu viele Gespielinnen und zu viel Alkohol«, entgegnete Sullivan knapp und blies einen Rauchring. Schließlich konnte er Krankheiten besser als jeder Arzt diagnostizieren. »Was treibt er den ganzen Tag?«

»Er sitzt am Pool.«

»Und niemand besucht ihn?«

»Das weiß ich nicht, Sir«, antwortete Henri in respektvollem Ton.

Sullivan verzog das Gesicht. Seiner Erfahrung nach wussten Hotelmanager über alles Bescheid. Sie waren die besten Spione der ganzen Branche, und Geld war eine Versuchung, der noch keiner von ihnen widerstanden hatte. Die hatten mehr Hände als eine indische Göttin.

Sie gingen weiter durch das palastartige Hotel. Widerwillig bewunderte Sullivan die Pracht. Es war ein herrliches Kunstwerk, besser gesagt, eine wunderschöne Kopie. Aber wenigstens besaß Oswald so viel gesunden Menschenverstand, dass er andere dafür bezahlte, ihm all die Arbeit und das Einrichten abzunehmen. Das imponierte dem Ratsvorsitzenden durchaus. Noch beeindruckender fand er jedoch, andere Leute dazu zu bringen, für einen tätig zu werden, ohne dass man ihnen überhaupt etwas zahlte. So würde es auch den Staats- und Regierungschefs ergehen, sobald sie ihre neuen Rollen unter ihrem neuen Vorsitzenden spielten. Sie kamen am Swimmingpool an.

»Oswald!«, begrüßte Sullivan ihn über das Wasser hinweg.

Der Adressat seines Ausrufs würdigte sie keines Blickes. Der neue Vorsitzende von Mother blickte mürrisch und beschloss, von dieser kleineren Majestätsbeleidigung keine Notiz zu nehmen. Schließlich kamen sie vor der massigen Gestalt an. Oswald hob flüchtig den Kopf und musterte seinen ungebetenen Gast durch die von der NASA entwickelte Sonnenbrille, die eigentlich Astronauten zur Erforschung des Weltraums vorbehalten war. Aber er wähnte sich ja ohnehin in ungeahnten Höhen.

»Oswald!«

»Doug.« Oswald machte keinerlei Anstalten, ihm die Hand zu schütteln.

Sullivan setzte sich in einen Liegestuhl und taxierte sein Opfer. Der reichste Mann der Welt war fülliger als vor vier Jahren, als sie sich das letzte Mal begegnet waren, aber auch viel weniger gesund. Die schlaffen Gesichtszüge und die blaugrauen Kinnbacken zeugten von seinen Ausschweifungen und seinem Selbstmissbrauch. Ganz klar, Oswald würde nicht mehr lange unter den Lebenden weilen. Sollten die Dinge doch ihren Lauf nehmen. Aber vielleicht war es besser, einen Arzt aus einem der Geheimdienste zu ihm zu schicken, um der Natur ein wenig nachzuhelfen. Das könnte man als Akt der Nächstenliebe deuten, oder?

»Wie geht's dir, Ozzy?«

Oswald setzte seine übliche aufsässige Miene auf. »Wie immer.«

»Genießt noch immer deinen Ruhestand, was?«

»Und wie läuft es bei dir, Doug?«

»Na ja, mal abwarten.« Sullivan lehnte sich in seinem Stuhl zurück und griff nach dem Cocktail, der ihm gebracht worden war. Sie waren allein, genauso wie er es gewollt hatte. »Ich hatte ziemlich viel zu tun.«

»Man hat dich zum Vorsitzenden gemacht?« Oswald musterte die Natter, die da neben ihm saß: hager, kantig, cholerisch, mit einem verlogenen Ausdruck der Sorge im Gesicht. Sullivan war der tödlichste Mensch, dem er je begegnet war, sogar noch übler als Anthony Stone. Er kannte weder Mitleid noch Erbarmen, konnte aber beides perfekt heucheln, wenn der Anlass es erforderte.

»Hm.« Sullivan nippte an seinem Drink. »Oswald, warum hast du meine Anrufe nicht beantwortet?«

»Ich hatte zu viel zu tun.«

Sullivan lachte, ein zufriedenes, ironisches Lachen. »Immer noch ganz der alte Ozzy, was? Hast nie Lust, jemanden zu treffen.«

»Nein.« Oswald gähnte. »Leute interessieren mich schon lange nicht mehr.«

»Das kann ich mir denken.« Sullivan stellte sein Glas ab. »Aber ich bin gekommen, um mit dir zu reden, als dein Freund. Als einer, der sich Sorgen macht um dich.«

Oswalds Miene spiegelte größte Langeweile wider. »Warum bist du hier?«

»Weil ich jetzt Vorsitzender bin. Anthony wird britischer Premierminister, und die anderen kriegen auch ihren Anteil.«

Oswald zuckte mit den Achseln. Was kümmerte ihn dieser Plunder?

»Was bedeutet«, fuhr Sullivan mit leiser Stimme fort, »dass wir alle bekommen haben, was wir wollten.«

»Warum bist du hergekommen?« Oswald schloss die Augen.

Sullivans Miene erstarrte. Oswald benahm sich ihm gegenüber mit einer geradezu beispiellosen Unhöflichkeit. Er verspürte den starken Drang, ihn zu schlagen. Trotzdem, dass Oswald sich nie ändern würde, sich nie ändern konnte, das konnte ihm durchaus nützlich sein. Er war das verlässlichste Konzentrat aus Habgier und Eigeninteresse, dem Sullivan jemals begegnet war.

»Verschließ nicht die Augen vor den Realitäten, Oswald. Ich bin gekommen, um dich an etwas zu erinnern.«

»An was?«

»An die großen Veränderungen, die draußen in der Welt vor sich gehen. Hast du nichts davon gehört?«

»Sollte ich?« Oswald trank einen Schluck von seinem Lightning Strike. Er hatte den Drink schon vor einer Stunde bestellt, und seitdem stand er unangerührt auf dem Tisch.

»Nein«, entgegnete Sullivan und rückte seine Krawatte mit goldenen Pünktchen zurecht. »Und ich möchte, dass das auch so bleibt. Es wird noch sehr viel mehr Demonstrationen, Blutvergießen und Aufruhr geben, jedenfalls eine Zeit lang. Man muss das geschehen lassen, dann wird alles gut.«

»Na großartig.«

»Was hat das zu bedeuten – dass du Anleihen kaufst?«

Oswald verlagerte sein Gewicht im Liegestuhl und knurrte leise: »Ich hatte angefangen, mich zu langweilen.«

»Na, hoffentlich weißt du, was du tust, denn der Rat beabsichtigt keineswegs, die Regierungsschulden verarmter Länder zu begleichen. Und die G12-Nationen werden das auch nicht tun. Ich gebe dir das als nützliche Information, nur zwischen uns. Damit du nicht dein ganzes Vermögen verlierst.«

Oswald schlug die Augen auf und grinste. Grinste, als ob er sich über einen Witz amüsierte. »Aber wenn ich es nun doch verloren habe, Doug? Du würdest mir doch Geld leihen, oder? Als alter Freund.«

»Ja, natürlich. Ich kümmere mich immer um meine Freunde«, erwiderte Sullivan gleichmütig. Oswalds Gier war unersättlich, aber damit konnte er sich abfinden, vorausgesetzt allerdings, sie kam nicht seinen eigenen Wünschen in die Quere. »Es gibt da nur noch eine Frage.«

»Hmm.« Oswald wäre fast eingeschlafen.

»Als Vorsitzender von Mother bekomme ich Zugang zu fast all ihren internen Codes. Ich hoffe nicht, etwas zu finden, das mir Sorgen bereiten könnte. Das siehst du doch auch so, oder? Denn wenn ich doch etwas finde …«

Äußerst widerwillig setzte sich Oswald auf und ließ einen lauten Furz. Er stand wieder vor Publikum; er war der beste Investmentbanker von allen. »Doug«, er öffnete beinah flehentlich die Hände, »würde ich dich jemals belügen?«

Sullivan musterte ihn. Die offenen Hände, das breite Grinsen, der ehrliche, evangelikale Gesichtsausdruck. Spöttisch, aber aufrichtig. Oswald würde sie niemals betrügen. Er gehörte noch immer zum alten Team. »Ozzy, du hast dich keinen Deut verändert. Das freut mich wirklich.«

»Und du bist den ganzen Weg hierher gekommen, um mir eine so dumme Frage zu stellen?«

»Jaaah.« Sullivan erhob sich. Warum hatte er sich nur solche Sorgen gemacht? Das lag nur daran, dass ihm sein Verstand manchmal einen Streich spielte. Was in letzter Zeit allerdings immer öfter passierte. »Wer ist das denn?«

Sie beide sahen Pia in einem winzigen Badeanzug auf sie zukommen. Auf Oswalds Stirn bildete sich eine kleine Schweißperle.

»Ach so, deine neueste Gespielin«, spöttelte Sullivan anerkennend. Sie war jung und schön: schlank, schmale Fesseln, sehr helle Haut, blondes Haar, mit sanft wirkenden Gesichtszügen und hohen Wangenknochen. Ein Lamm für die Jäger. Blondinen gefielen ihm. »Die ist doch viel zu jung für dich, Oswald.«

»Pia, das ist Doug Sullivan, der neue Vorsitzende von Mother.«

»Wer?«

Sullivan verkniff sich eine Antwort auf diese billige Retourkutsche, die ziemlich unerwartet von einer kam, die so unschuldig wirkte. Dann aber zeigte er sich von einer anderen Seite, damit es dem Anlass entsprach. »Wie lautet Ihr Kreditrating? Woher stammen Sie?«

Der kalte Wortwechsel zeitigte eine überraschende Wirkung.

Denn Oswald stellte eine bemerkenswerte Behändigkeit zur Schau und katapultierte sich aus dem Liegestuhl, wobei er Sullivan fast unter sich begraben hätte. Dann pflanzte er sich vor ihm auf. »Verschwinde von hier.« Und rief lauthals nach Henri.

»Aber ich bleibe über Nacht.«

»Nicht in meinem Hotel.«

»Oswald? Was ist denn los mit dir?«

»Hau ab.« Oswalds Gesichtszüge drückten offenen Hass aus.

Doug Sullivan dachte darüber nach und beschloss, den Angriff zu übergehen. »Na gut, aber pass auf dich auf, wir sind jetzt nicht mehr gleichgestellt. Und vergiss nicht, was ich dir gesagt habe.«

Damit ging er. Ausnahmsweise hatte Oswald ihn tatsächlich verärgert. Das würde er sich merken und sich revanchieren, und zwar bald.

»Es tut mir leid, dass Sie nicht bei uns bleiben können, Sir.« Henri begleitete ihn auf dem Weg zurück durch das Hotel.

»Das hatte ich auch nicht vor.« Sullivan zuckte unverbindlich mit den Schultern. »Ich wollte sowieso zurückfliegen.« Nach einer kurzen Pause fügte er boshaft hinzu: »Sie sollten Oswald sagen, dass es gut für ihn wäre, wenn er sich besser im Griff hätte. Er könnte sonst an Herzversagen sterben.«

»Ich werde ihn daran erinnern, Sir.«

Sullivan stieg in seine Limousine. Sämtliche Lakaien verbeugten sich vor dem Gott der Macht, aber er nahm keine Notiz von ihnen. Oswalds aufbrausendes Benehmen hatte ihn verärgert. Er hatte sich seinem alten Freund gegenüber eine Spur zu unhöflich erwiesen. Und überhaupt: Oswald hatte sich noch nie besonders für Gespielinnen interessiert. Warum jetzt?

44

Figuren eines Schachbretts, willenlos
Von fremder Hand geleitet, das sind wir.
Omar-e Chajjiam

Während die Menschen – und die Finanzmärkte – verrückt zu spielen begannen, saß der britische Premierminister in einem Hochsicherheitsraum, tief unter der Erde, und las Oswalds großes Geheimnis.

Sowie die amerikanische und die britische Regierung Mother verstaatlicht hatten, nahmen sie eine gründliche Überprüfung des Systems vor, um sicherzugehen, dass es verlässlich war und keine versteckten Mängel enthielt. Außerdem änderten sie die gesetzlichen Bestimmungen zur Zerstörung von Mother in den einzelnen Ländern, so dass dies per einfachen Mehrheitsentscheid geschehen konnte, und zwar nicht im Vorstand der Uni-Telecom, sondern im Kabinett jedes einzelnen Landes. Oswald Plevy hatte die Regierungen bei dieser Aufgabe unterstützt und Macht wie Ansehen genossen, die ihm durch den persönlichen Umgang mit Präsidenten und Premierministern zufielen. Er liebte es, und sie liebten ihn, Lügner allesamt.

Doch Oswald hatte sie über den Tisch gezogen, und da sie selbst Lügner waren, war ihnen das nicht aufgefallen.

Weil Plevy so geldgierig und ein derart unverbesserlicher Lügner war, hatte er aus reiner Gewohnheit gleich nach dem Start des Systems einen Code eingefügt, mit dessen Hilfe er den anderen stets um eine Nasenlänge voraus sein konnte. Schließlich hatte Oswald vor, steinreich zu werden, und wollte seine Beute nicht aufs Spiel setzen. Zudem war Oswald klar, dass das Militär und die Geheimdienste die hässliche Gewohnheit besaßen, Leute zu betrügen und zu liquidieren, sobald diese ihren Zweck erfüllt hatten. Deshalb hielt der Erfinder von Mother seine Trumpfkarte geheim – bis zu dem Tag, an dem er Kapital daraus schlagen konnte. Außerdem übersahen sämtliche Kryptographen und Computerprogrammierer der Regierungen seinen Code, da er ihnen versicherte, dass es keinerlei Hintertüren gäbe; als sie nichts finden konnten, glaubten sie ihm. Doch er hatte sie belogen.

Nachdem Lars Pedersen zum Vorsitzenden des Rates gewählt worden war, traf er sich mit Oswald Plevy. Anders als so viele andere hatte ihn der reichste Mann der Welt jedoch nicht besonders beeindruckt. Doch er spürte, dass da etwas nicht stimmte, und ahnte, dass das ganze System auf einer Lüge beruhte. Das Schwierige war nur, hinter das zu kommen, was Oswald verbarg. Die näheren Umstände, wie es Pedersen dennoch gelungen war, wurden dem amerikanischen und dem britischen Regierungschef nie mitgeteilt. Der Finne hatte Oswald geduldig und hartnäckig befragt, bis er die Wahrheit schließlich preisgab. Es war eine erschütternde Nachricht.

Irgendwo tief unten in Mother hatte Oswald einen Mastercode versteckt, mit dem sich das gesamte System zerstören ließ.

Dies hatte er mit Hilfe eines Kryptographen bewerkstelligt, und zwar gleich am Anfang, als die UniTelecom die ersten Datenbanken einrichtete. Also war er doch nicht so dumm. Oswald hatte sich mühelos als der größte Lügner der Welt erwiesen.

Was war zu tun? Die britische und die amerikanische Regierung wagten es nicht, den Betrüger umbringen zu lassen, bevor sie nicht genau herausgefunden hatten, was passieren würde, wenn Oswald den Code aktivierte. Und sie wagten auch nicht, die Staats- und Regierungschefs anderer Länder davon zu unterrichten, da inzwischen fast alle Staaten der Erde via Mother miteinander vernetzt waren. Mehr noch: Je länger sie darüber nachdachten, umso mehr glaubten die Regierungschefs der USA und Großbritanniens, dass Oswalds Betrug ihnen sehr nützlich sein könnte, denn es handelte sich ja um ein Geheimnis, das nur sie kannten. So taten die beiden Spitzenpolitiker das Einzige, was ihnen unter diesen Umständen möglich war: Sie verabredeten ein Geschäft. Man würde Oswald noch mehr Geld geben und ihn in Ruhe lassen. Im Tausch dafür würde er es ermöglichen, dass der amerikanische Präsident, der britische Premierminister und Lars Pedersen an seine Stelle traten. Nun waren – wenn sie sich auf eine gemeinsame Linie einigen konnten – drei Personen imstande, Mother zu vernichten –, und zwar von überall.

Zu ihrer Verwunderung stimmte Oswald dieser Abmachung zu. Kaum hatten sie die Vereinbarung getroffen, bekamen der US-Präsident und der britische Premierminister jedoch kalte Füße. Wäre es nicht am besten, Oswald zu beseitigen? Er war so unzuverlässig und ein solcher Prahlhans, dass er den Telecoms oder ausländischen Regierungen das Geheimnis zwangsläufig irgendwann verraten würde. Das wäre eine absolute Katastrophe. Es könnten Kriege ausbrechen, denn die ausländischen Regierungen müssten erkennen, dass sie nun den Vereinigten Staaten und Großbritannien auf Gedeih und Verderb ausgeliefert waren.

Doch Pedersen weigerte sich, irgendeine Form von Gewalt gegen Oswald anzuwenden. Er sagte ihnen: »Lassen Sie ihn in Ruhe, denn eines Tages wird er Ihnen helfen.« Natürlich glaubten die Regierungschefs von Großbritannien und Amerika kein Wort, aber weil er der Vorsitzende von Mother war und Oswalds kleines Geheimnis als Erster entdeckt hatte, stimmten sie seiner Forderung, wenn auch widerstrebend, zu.

Schließlich wurde das System in Betrieb genommen. Und drei Personen waren nun in der Lage, Mother vollständig auszulöschen, sofern sie gemeinsam handelten. Keine anderen Staaten wurden jemals darüber informiert. Naiverweise glaubten die Kabinette dieser Länder noch immer, dass sie notfalls ihre Version von Mother beenden könnten, zumal die amerikanische und die britische Regierung nie etwas anderes angedeutet hatten. Doch was würde geschehen, wenn der amerikanische Präsident, der britische Premierminister oder der Mother-Vorsitzende ersetzt wurde? Eine schriftliche Erklärung, die den Master-Code beinhaltete, würde alles verraten. Folglich musste dieses Dokument in einem gesicherten Raum verwahrt werden, zu dem nur ihre Nachfolger Zugang hatten.

Die Jahre vergingen, Präsidenten und Premierminister kamen und gingen, und über Oswalds Geheimnis wurde nie mehr ein Wort verloren. Jeder neue Amtsinhaber las das Dokument, das in dem gesicherten Safe lag, und nur er – und Pedersen – wusste darüber Bescheid. Und alles war gut ..., bis etwas Unerwartetes geschah.

Denn Pedersen entdeckte, dass die Verschwörer damit begonnen hatten, die Geheimcodes von Mother zu entschlüsseln, und dass es sich bei einem dieser Leute möglicherweise um Doug Sullivan handelte – einen Mann, der nach dem Ableben oder der Abwahl von Pedersen durchaus der nächste Vorsitzende des Rates werden konnte. Dadurch ergab sich ein Problem – denn wenn Sullivan hinter Oswalds Geheimnis käme, würde er unweigerlich Nutzen daraus schlagen. Deshalb entschloss sich

Pedersen, für den Fall seines Todes oder wenn Sullivan ihn ersetzte, jemand anders zu ernennen. Diese Information ließ er James Reedon und Monica Dankwerts getrennt voneinander zukommen, um sicherzugehen, dass sie dieses Thema nur dann gemeinsam erörterten, wenn die Situation eskalierte. Also teilte er beiden – unabhängig voneinander – mit, dass er in den gesicherten Tresoren je einen Brief hinterlegen werde, der im Falle seines Todes geöffnet werden sollte und der einen Hinweis auf den Namen der dritten Person enthielt – seinen Nachfolger.

Reedon spähte in den Safe und holte einen dünnen Briefumschlag hervor. Es war Pedersens Handschrift. Zitternd vor Aufregung erbrach er das Siegel.
Der Umschlag enthielt nur zwei Dinge. Ein altes Foto und ein Blatt Papier, auf dem ein paar Wörter standen. Auf dem Foto kniete Pedersen, in jüngeren Jahren, vor einem kleinen Mädchen, dem er ein Stofftier reichte. Hinter dem Mädchen standen zwei Männer. Der eine hielt eine Angel in der Hand und trug eine Angeltasche über der Schulter. Neben ihm stand ein dicker Kerl, teuer gekleidet und allem Anschein nach Amerikaner.
»Lars, was bedeutet das?«
Reedon geriet ins Schwitzen. War der teuer gekleidete Mann womöglich Oswald Plevy? Er war ihm noch nie begegnet, aber er hatte in Mother Fotos von ihm gesehen. Doch wer war die dritte Person – und wer war derjenige, der dabei helfen würde, das System zu zerstören? Plevy? Der Angler? Oder vielleicht sogar das kleine Mädchen? Er überflog das Blatt Papier. Nur ein Satz stand darauf, in Pedersens Handschrift. Er lautete: »Die Wahrheit schneidet Holz.« Denselben Satz hatte Pedersen unmittelbar vor seinem Tod geäußert.
Er konzentrierte sich auf das Foto, dann auf den Satz. Einige

45

Bei manchen Dingen fühlen wir uns ganz sicher.
Dann macht es in uns klick, und es ertönt eine Art Glocke,
sobald sich die Zeiger unseres Schicksals
zur Mittagsstunde treffen.
Amelie Barr

Im Hotel *Marybelle* schliefen die Gäste tief und fest. Doch selbst hier, in der letzten Bastion unsagbaren Reichtums, vollzogen sich allmählich Veränderungen. Nicht lange, und ein Sturm würde losbrechen.

Pia lag allein in ihrem riesigen Bett und begann zu träumen. Es war ein merkwürdiger Traum. Sie stand am Ufer eines einsamen Sees. Der Himmel war bedeckt und tauchte das Bild in ein merkwürdiges Zwielicht. Die ganze Szenerie strahlte eine gewisse Jenseitigkeit aus, denn sie konnte keine irdischen Wahrzeichen darin erkennen, und auch die Farben waren gedämpfter als auf der Erde. Aber ihre Träume hatten immer schon dazu geneigt – stets hatten sie das, was ihr bereits bewusst war, erhellt oder verdunkelt.

Auf dem See war ein kleines Boot zu sehen. Ein Mann saß darin. Die Gestalt hockte vornübergebeugt da und starrte in die Tiefe, während sie den Kopf in stiller Kontemplation neigte. Die Oberfläche des Sees war völlig glatt. Nach einer Zeit, die Pia wie eine kleine Ewigkeit vorkam, hob der Fischer den Kopf und blickte zu ihr herüber. Sie bekam einen Schreck.

Das war ihr Vater.
Fasziniert blickte sie auf den Menschen, den sie so gut kannte. Die schlanke Figur, das tief zerfurchte Gesicht, die schrundigen Hände, die hellblauen Augen. Einen Augenblick lang war sie überzeugt, dass ihr Vater einfach ihrem Traumgedächtnis entsprungen sei. Dann aber war sie nicht mehr so sicher.
Während Pia ihn betrachtete, überkamen sie ganz unterschiedliche Gefühle. Die Freude, die sie als Kind empfunden hatte, wenn sie in seiner Nähe war; die Traurigkeit und die Scham am letzten Tag, als sie ihr Zuhause verließ. Damals hatte sie mit all der Überheblichkeit und Selbstgewissheit einer Sechzehnjährigen mit ihm geredet, es schlicht abgelehnt, sich etwas sagen zu lassen, eine, die alles besser wusste als die Eltern. Voll Stolz hatte sie ihm gesagt, dass sie mehr Raum für sich benötige, dass sie kein stumpfsinniges Leben im hohen Norden Finnlands führen wolle, dass sie ein besseres Leben verdiene. Kurzum: Pia hatte ihrem Vater deutlich klargemacht, dass sie ihn für einen Versager hielt. Dann war sie in das Auto ihrer Freundin gestiegen und losgefahren – um ihren Vater zu vergessen und sich aufzumachen in die helle, neue Welt kultivierter Menschen.
Pia hatte keinen Blick zurückgeworfen, als sie den unebenen Sandweg dahinfuhr, doch ihr war klar, dass sie noch immer dort stehen würde, wenn sie zurückgeschaut hätte. Sie hatte ihren Vater tief gekränkt, seine Liebe und Fürsorge gefühllos zurückgewiesen. Tief im Herzen wusste sie, dass sie ihn an jenem Tag begraben hatte, und als er zwei Jahre darauf an einer Krebserkrankung verstarb, war sie nicht einmal zu seiner Beerdigung nach Hause zurückgekehrt, weil ihr die Freunde in San Francisco wichtiger schienen. Was nützten die Toten?
Im Traum brodelten Pias Gedanken so intensiv wie selten. Sicher, sie hatte Unrecht getan, und Arvi, ihr Bruder, hatte ihr

nicht verziehen. Wenn sie könnte, würde sie die Vergangenheit mit Freuden ändern, aber wer konnte das schon? Während der Vater ihr im Traum vor Augen stand, hinterfragte sie sich. Wer war hier der Versager? Doch wohl eher sie, nicht er. Er hatte im Einklang mit seiner wahren Natur gelebt, sie nicht. Sie hatte sich in den letzten Jahren ein falsches Selbst zugelegt – das nun wie ein auf Sand gebautes Haus einstürzte, und zwar mit all den damit verbundenen Ängsten und Nöten.

Während sie weiter das Traumbild ihres Vaters betrachtete, sah er zur Seite. Pia folgte der Richtung seines Blicks. Am Ufer des Sees tauchten nach und nach Menschen aus dem Nebel auf. Gespensterhafte Wesen, die aus der Dunkelheit herausschritten; es mochten hundert sein, aber sie konnte nur einige der Gesichter erkennen: Oswald Plevy, Henri, Pedersen, Sullivan. Im Näherkommen verschwanden sie, bis nur noch ein Mann übrig blieb, der erst kurz vor ihr stehen blieb. Doch im selben Augenblick, als Esko die Hand nach ihr ausstrecken wollte, verschwand er.

Pia wandte den Blick vom Seeufer ab und konzentrierte sich wieder auf das Traumbild ihres Vaters. Zweifellos wollte er ihr etwas Entscheidendes mitteilen. Aber was? Handelte es sich um eine Warnung oder um eine gute Nachricht? Sie versuchte, ihn im Geiste zu befragen. Doch der Traum verschwand ebenso schnell, wie er gekommen war.

»Pia!«

Sie spürte, wie eine Hand sie berührte. Sie schreckte auf. Im Halbdunkel zeichneten sich die Umrisse eines Mannes ab.

»Wer ist da?«, rief sie, benommen und verängstigt.

»Esko«, antwortete er leise. Wieder fasste er sanft ihre Hand.

»Wie spät ist es?«

»Fast Mitternacht.«

Es dauerte einige Sekunden, bis sie sich orientieren konnte. Ein tiefes Gefühl der Schwere lastete auf ihr.
»Ich muss mit Ihnen sprechen.«
»Holen Sie mir meinen Morgenmantel.« Er tat es. Pia stieg aus dem Bett und öffnete eines der Bleiglasfenster. Mondlicht fiel ins Zimmer. Dann wandte sie sich zu ihm um. »Warum sind Sie hier? Wieso sind Sie nicht früher gekommen?«
»Sprechen wir draußen weiter.«
Sie betraten den großen Balkon vor dem Schlafzimmer. Vor ihnen lag die dunkle Silhouette des Waldes. Der Vollmond verlieh der Szenerie eine zauberische Atmosphäre. Doch im Inneren fühlte sich Pia ganz anders. Sie war besorgt, verstört, die Worte sprudelten nur so über ihre Lippen. »Sullivan ist heute Morgen hierher gekommen. Oswald hat sich mit ihm gestritten und ihn fortgeschickt. Esko, was geschieht mit der Welt? Überall kommt es zu Unruhen und Ausbrüchen tödlicher Gewalt. Und Oswald kauft wie ein Verrückter Anleihen. Was wird passieren, jetzt, da Pedersen tot ist?«
Die junge Frau betrachtete Eskos Gesicht, das vom Mondlicht erhellt wurde. Die Narbe auf der Stirn, das markante Kinn, das blonde Haar. Kein hübsches Gesicht, sondern ein ganz normales – eines, das nicht chirurgisch verschönert worden war, eines, das in der Menge untergehen würde. Er war ein Niemand, genau wie sie, aber auf eine andere Weise.
»Eine große Gruppe, angeführt von Sullivan, plant heimlich, das System zu übernehmen. Diese Leute haben vor, die Politiker zu ersetzen und eine globale Diktatur zu errichten. Sie besitzen inzwischen fast die völlige Kontrolle über Mother.«
»Warum hat Pedersen sie nicht gestoppt?«, wollte Pia wissen.
»Weil es sich um eine sehr große Verschwörung handelt. Die Militärs und die Politiker vieler Länder sind daran beteiligt.

Auch Globalcoms. Pedersen hat darauf gewartet, dass diese Leute ihre Schlachtordnung enthüllen.«

»Aber Pedersen ist tot, er ist gescheitert.«

»Das stimmt nicht, Pia«, widersprach Esko. »Aber die Dinge stehen auf des Messers Schneide. Jetzt, da Sullivan hier ins *Marybelle* gekommen ist, müssen Sie nach Finnland zurückkehren.«

»Und Oswald? Was ist mit ihm? Ist er einer von denen, einer der Leute um Sullivan?«

Esko zögerte. Es gab vieles, was er ihr gern verraten hätte, aber es musste noch geheim bleiben. »Ich weiß es nicht, und Sie dürfen nichts tun, was ihn darauf aufmerksam machen könnte, warum Sie hierher gekommen sind. Er hat sicher seine Vermutungen, aber Lars Pedersen hat angeordnet, ihn in Ruhe zu lassen.«

»In Ruhe zu lassen?«

»Damit er seine eigene Entscheidung treffen kann. Wir müssen das Hotel verlassen, noch heute Nacht.«

»Ich bleibe hier«, flüsterte sie aufgebracht. »Ich muss Oswald Lebewohl sagen.«

»Warum?«

Sie zögerte. »Weil er ein sehr unglücklicher Mann ist. Es geht ihm nicht gut. Ich schulde es ihm. Er hat mir nie wehgetan.«

Esko packte sie an den Schultern. »Pia, Sie verstehen mich nicht. Alles steuert auf ein Ende zu. Wir *müssen* fort von hier.«

»Nein.«

»Nein?«

»Nein.« Ihr Gesicht war erhellt vom Mondlicht. Er sah, dass sie fest entschlossen war: die Lippen geschürzt, den Blick fest auf seine Augen geheftet. Einen Augenblick überkam ihn das fast unwiderstehliche Verlangen, sie zu küssen. Doch sie lebten in verschiedenen Welten: Sie war eine normale Bürgerin, er ein Spion. Trotzdem, sie war Arvis Schwester, sie besaß die gleiche innere Courage wie er; und die kehrte jetzt zu ihr zurück, trotz all ihrer Schwächen. Er zögerte. »Also gut. Aber morgen müssen wir in aller Frühe aufbrechen. Sullivan wird seine Spezialtrupps hierher entsenden.«

»Wieso?«

»Weil die Verschwörer wollen, dass Oswald für sie arbeitet.« Sie standen so dicht nebeneinander, dass sie sich fast berührten. »In Mother sind bestimmte Codes versteckt. Jetzt, da Sullivan den Vorsitz hat, wird er sie entdecken. Die Leute um Sullivan brauchen Oswalds Hilfe, um die Codes zu entschlüsseln.«

»Und wenn ihnen das gelingt?«

»Dann decken sie die Identität der übrigen von Lars' Assistenten auf, beispielsweise meine, die von Mother geschützt wird.«

»Was passiert dann?«

»Dann werden sie mich umbringen, genauso wie sie Ihren Bruder getötet haben.«

Obwohl es draußen warm war, fröstelte sie. »Esko, nein! Ich möchte nicht, dass Ihnen etwas zustößt.«

»Wieso?«, fragte er in halb spielerischem, halb neugierigem Ton.

»Weil Sie mir das Leben gerettet haben …«

Pia hielt inne. Worte waren überflüssig geworden. Der Augenblick der Entscheidung war gekommen. Zögernd streckte sie die Hand nach Esko aus und strich ihm über die Wange. Dann zog sie seinen Mund an ihre Lippen. Sie wusste kaum, was sie tat, es war der reine Wahnsinn. Trotzdem, sie begehrte ihn, sehnte sich nach einem gleichaltrigen Mann, nach jemandem, der echte Zuneigung für sie empfand, der ihre qualvolle Einsamkeit linderte. Sie spürte es im Herzen. Was sie gewesen war, eine Gespielin, was er war – es spielte keine Rolle mehr.

»Pia.«

»Sag nichts.«

Eine kleine Ewigkeit standen sie auf dem Balkon und hielten einander umarmt. Schließlich trat sie einen Schritt zurück. »Geh jetzt lieber zu Bett. Du siehst erschöpft aus.«

Er küsste sie innig, er wollte sie nicht verlassen. Wenn sie doch nur wüsste, wie viel sie ihm bedeutete. »Pia, bevor er starb, hat Lars Pedersen darum gebeten, dass du uns noch einmal hilfst. Würdest du das tun?«

Sie wandte sich ab, schmerzerfüllt, und blickte in die dunklen Bäume. Mochte Esko sie nur deshalb? Begehrte er sie einzig und allein deshalb – damit sie ein weiteres Bedürfnis befriedigte, noch eine Nachfrage erfüllte? Sollte das denn in ihrem ganzen unglücklichen Leben immer so weitergehen? In diesem Leben voller Lug und Trug? »Worum geht es dabei?«

»Darum, mir zu helfen.«

»Kann ich dabei umkommen?«

»Ja, das ist wahrscheinlich«, sagte er wahrheitsgemäß. »Sogar sehr wahrscheinlich.«

* * *

Während Esko in eines der Zimmer ging, um zu schlafen, blieb Pia tief in Gedanken versunken draußen auf dem Balkon stehen. Wie seltsam doch alles war. Alle Menschen versuchten ihr Leben lang herauszufinden, was das Schicksal für sie bereithielt, ja, ob sie überhaupt eines hatten. Und dennoch war ihre Bestimmung unabwendbar. Ob es ihnen nun bekannt war oder nicht – der Faden, aus dem ihr Leben bestand, wurde in einen Teppich gewebt, und auch wenn sie sich bewusst zu ändern versuchten, so waren sie doch nicht die Herren ihres Schicksals.

Sie war der »Faden«, den Lars Pedersen gewählt hatte. Wie sollte sie sich verhalten? Gegen das Schicksal rebellieren oder es akzeptieren? Pia blickte zum Mond und suchte nach Inspiration – aber dort würde sie sie gewiss nicht finden. Denn die Antwort lag in ihr selbst. Allein in sich konnte sie den wahren Sinn und den Zweck ihres Lebens entdecken.

Schließlich verließ Pia den Balkon und betrat ihr Schlafzimmer. Sie blieb kurz stehen, dann ging sie auf den Flur und von dort in das angrenzende Zimmer. Als sie sich Eskos Bett näherte, war sie tief im Inneren von Ängsten und Hoffnungen erfüllt. Konnte sie wirklich noch einmal von vorne anfangen? Die Art Person werden, die sie wirklich sein wollte, den Typ Mann suchen, den sie schon hätte suchen sollen, als sie das Haus ihres Vaters verließ? Konnte sie ein Leben führen, das auf Wahrheit anstatt auf Lügen beruhte? Noch einmal jung sein? Oder war es zu spät, sich zu ändern? Und was bedeutete der Traum, in dem ihr Vater ihr erschienen war? Würde Esko sie am Ende verraten? Würde auch er davongehen und sie verlassen, so wie alle anderen?

»Esko?«

Er schlief. Pia traf ihre Entscheidung. Sie hob die Seidendecke und schlüpfte neben Esko ins Bett. An der Seite dieses Mannes würde sie, wenn nötig, sterben. Es war ihr Schicksal.

46

Gut ist, was den Willen zur Macht erhöht.
Friedrich Nietzsche

Reedon und seine Leibwächter landeten auf demselben Militärflugplatz, von dem aus ihre Maschine nach Wales gestartet war. Nun mussten sie nur noch nach London und zur Downing Street zurückkehren.

»Herr Premierminister, wir haben Ihnen einen Helikopter bereitgestellt. Aber wir machen uns Sorgen um Ihre Sicherheit.«

»Was ist das Problem?«, begrüßte Reedon den Major des Heeres, sowie er das Flugzeug verlassen hatte.

»Nach Downing Street zurückzufliegen ist zu gefährlich. Die Londoner City steht unter Belagerung, außerdem haben die Terroristen Flugabwehrraketen in ihren Besitz gebracht. Unsere Soldaten halten eine der großen mautpflichtigen Straßen offen, damit Panzer und schweres Gerät in die City gelangen können. Ich schlage deshalb vor, dass wir Sie in einem gepanzerten Fahrzeug in die Stadt bringen, begleitet von einer großen Militäreskorte.«

»Hat der Oberkommandierende seine Genehmigung dazu erteilt?«

Der Major zögerte. »Ja, Sir.«

»Fahren wir.«

Die Militärs begleiteten den Premierminister zu seiner Limousine und fuhren los, der Rest der langen Fahrzeugkolonne direkt vor und hinter dem Wagen. Während sie sich mit hoher Geschwindigkeit London näherten, verschaffte sich Reedon per Monitor einen Überblick über die Lage. Es war kurz vor Tagesanbruch, und nichts deutete darauf hin, dass die Unruhen an Intensität nachlassen würden.

Unterdessen hatte sich ein erzürnter Anthony Stone endlich Zutritt zur Downing Street verschafft. Er stand vor dem Chef der Streitkräfte. »Wo ist der Premierminister?«

»Ich weiß es nicht.«

Stone schürzte vor Zorn die Lippen. Besorgt fasste er den Stabschef am Arm. Es war höchste Zeit, ihm auf die Sprünge zu helfen. Er zog ihn ein wenig zur Seite, da mehrere Staatsbeamte und weitere Militärs in der Nähe standen.

»Tom, der Premierminister ist nach Nordwales geflogen, zur Zentrale von Mother. Er hat vor einer Weile Kontakt mit mir aufgenommen und mir davon berichtet.«

Der Chef der Streitkräfte war überrascht. Außer ihm hatte niemand darüber Bescheid wissen sollen. Aber wenn der Premierminister beschlossen hatte, den Außenminister zu informieren, dann sollte es eben so sein.

»Aber wie kommt der Premierminister nach Downing Street zurück?«, fragte Stone.

»In einer Kolonne mit gepanzerten Fahrzeugen, von einem unserer Militärflugplätze.«

Plötzlich war in Stones Miene tiefe Besorgnis zu lesen; er konnte das Spektrum der Gefühle besser als jeder Shakespeare-Darsteller ausdrücken. Nicht umsonst hatte er Jahre seines Lebens in der Politik verbracht. »Sind Sie sicher? Als ich mit dem Premierminister sprach, sagte er mir, dass er mit dem Hubschrauber zurückkehre. Wenn diese Eskorte also weder durch Sie noch durch mich autorisiert wurde, durch wen dann?«

Eine schmerzerfüllte Miene blickte in eine andere schmerzerfüllte Miene. Stone sonnte sich darin. Zeit für einen Szenenwechsel.

Er befahl: »Bleiben Sie hier. Ich fahre ihm entgegen.« Dann sagte er, und zwar laut und deutlich, damit die anwesenden ranghohen Beamten es mitbekamen: »Der Premierminister befindet sich in großer Gefahr. Dafür wird jemand zur Verantwortung gezogen werden.«

Damit verließ der Außenminister Downing Street und verschwand in der Nacht, während seine Gefolgsleute hinter ihm her eilten.

London brannte. Während James Reedon in seiner Limousine die einzige Brücke der Innenstadt überquerte, die die Armee noch unter Kontrolle hatte, blickte er flussabwärts. Gebäude auf beiden Seiten der Themse standen in Flammen, in den flackernden Schatten zeichneten sich Menschentrauben ab, die gegen Reihen von Soldaten kämpften. So sah es in ganz Großbritannien und Europa aus.

Bei den Demonstranten handelte es sich nicht um Terroristen, sondern um ganz normale Leute – A6er bis A9er –, die die Last ihrer Knechtschaft nicht mehr ertragen konnten. Sie kämpften nicht mit Waffen, sondern versuchten unter Einsatz von Händen und Füßen zum Zentrum der Macht vorzudringen, um Veränderungen zu fordern. Doch sie waren falsch informiert. Denn die wahre Macht lag nicht in der Downing Street. Auch nicht in den Händen des Mannes, der diese beängstigenden Szenen der Gewalt und der Anarchie von seiner geschützten Limousine aus beobachtete. Die Macht lag bei Mother und denjenigen, die sie letztlich kontrollierten.

Reedon lehnte sich in der Limousine zurück. Die Lügen, auf denen das System beruhte, trugen allmählich Früchte, sein Land riss sich selbst in Stücke. Endlich wusste er, wer die Verantwortung dafür trug. Die Schuld lag bei ihnen – den Politikern. Sie waren die Betrüger, die die Lügen ausstreuten. Die Folgen waren überall die gleichen. Reiche brachen zusammen, Regierungen stürzten, seit Jahrhunderten überzogen Krieg und Revolutionen kreuz und quer den Erdball – denn alle Systeme, die auf Unwahrheit und Täuschung beruhten, mussten zwangsläufig scheitern. Mother war nur der Höhepunkt dieser Entwicklung – der größten Zentralisierung von Macht, die die Welt je gesehen hatte. Der Untergang dieses Systems würde umso vernichtender und tiefreichender sein.

Reedon war von größtem Kummer erfüllt. Er erlebte den Zusammenbruch eines politischen Gefüges, dessen Erhaltung er Jahre seines Lebens gewidmet hatte. Wie beim Untergang Roms begannen nun die Säulen einzustürzen, und niemand konnte das verhindern. Es bereitete ihm unvorstellbare Qualen, mitzuerleben, wie dieser Bau direkt vor seinen Augen zusammenbrach. Im tiefsten Winkel seines Herzens rief er: »Warum ich? Wieso muss ich derjenige sein, über den das Urteil ergeht, dass er gescheitert ist? Ist mir durch den Tod meiner Frau nicht schon genug Leid geschehen?«

Stille. Für den Bruchteil einer Sekunde ließ das Geschrei und Gestöhne der Außenwelt nach, und er erkannte die Antwort auf seine Frage. Jetzt war ihm klar, was Pedersen getan hatte, nun wusste er, was der Satz »Die Wahrheit schneidet Holz« bedeutete. Aber es war zu spät.

»Da vorn ist etwas!«, rief sein Chauffeur.

Langsam kam die Kolonne zum Stehen. Binnen Sekunden begannen kleine Gruppen von Demonstranten zwischen den gepanzerten Fahrzeugen auszuschwärmen, die Leute kamen aus den Seitenstraßen gerannt, gleichgültig gegenüber den Gefahren, verzweifelt bemüht, irgendein Opfer zu finden, damit sie die nationale Tragödie rächen konnten.

»Umkehren! Umkehren!« Der Fahrer rammte den Rückwärtsgang ein und prallte in das hinter ihm stehende Fahrzeug. Die Kolonne begann sich aufzulösen, die Fahrer versuchten, vor dem wüsten Angriff zu fliehen. Während dies geschah, setzte sich Reedon über den Monitor, der sich im Wagen befand, mit seiner Tochter in Verbindung. Ihr sommersprossiges Gesicht erschien auf dem Bildschirm.

»Dad! Wann kommst du nach Hause?«

»Natalie.« Seine Stimme war erfüllt von Angst. »Natalie, hör mir gut zu! Ich muss dir etwas sehr Wichtiges sagen.«

»Wo bist du?«

»Hör mir zu! Merk dir folgenden Satz: ›Die Wahrheit schneidet Holz.‹ Sag Monica Dankwerts, sag der Präsidentin der Vereinigten Staaten, dass dieser Satz …«

Plötzlich traf ein Raketengeschoss die gepanzerte Limousine – sie wurde in die Luft geschleudert, als wäre sie ein Kinderspielzeug. Flammen schlugen daraus hervor, dann erschütterte eine gigantische Explosion die Luft. Einen Augenblick lang blieben die Menschen stehen, starr vor Schreck beim Anblick des alles vernichtenden Flammenmeers. Der Wagen stürzte auf die Erde zurück, die Schmerzensschreie setzten sich fort.

Hundert Meter entfernt gab Anthony Stone, der bequem in einem anderen Fahrzeug saß, seine Anweisungen. »Holt euch den Premierminister, koste es, was es wolle. Erschießt ihn, wenn nötig!«

Sein Wagen – und andere – beschleunigten und setzten ihren Weg fort, zermalmten Menschen, drückten Trümmerteile platt. In knapper Entfernung detonierten weitere Sprengladungen,

Maschinengewehre begannen ihr monotones Geknatter. Mitten durch dieses Blutbad bahnte sich Stones Limousine einen Weg und begrub gnadenlos jedes Hindernis unter sich. Was ihn aber dann in der Seitenstraße erwartete, war von einer wahrhaft überwältigenden Gewalttätigkeit und dramatischen Intensität. Gebäude standen in hellen Flammen, große Glasscheiben zerplatzten und stürzten als tödliche Scherben in die apokalyptische Hitze hinein. Überall Leichen, in grotesken Verrenkungen, verstümmelt, aber Stone war nur an einer interessiert.

Passanten hatten den sterbenden Premierminister aus seiner zerborstenen Limousine gezerrt. Eine Frau hielt ihn in den Armen und versuchte, ihn zu trösten und ihm die letzten Sakramente zu spenden. Stone drängte sie beiseite und nahm ihren Platz ein.

»James, kannst du mich hören?«, schrie er wie wild, während Reedons arterielles Blut sein Maßhemd rot zu verfärben begann. Gleichzeitig kramte er in dessen Jacketttaschen. Überall nichts als Aufruhr, Schüsse, Flammen, Schreie.

»James, Hilfe ist schon auf dem Weg.« Da entdeckte er ein Foto. Mit einer geschickten Bewegung steckte er es sich in die Tasche. Dann rief er lauthals: »Holt einen Arzt!« Soldaten hatten den Premier und seinen Beschützer umringt und drohten jeden zu erschießen, der in ihre Nähe kam.

Langsam begann Reedons Blick zu brechen. Der Sterbende flüsterte nur ein Wort: »Wahrheit.«

Minuten später trat Anthony Stone vor die Kameras, zerzaust, blutüberströmt und weinend. Es war ein spektakulärer Auftritt, ohne weiteres Oscar-verdächtig. »Das Letzte, was der Premierminister sagte, war mein Name«, schluchzte er, völlig überwältigt.

Vielleicht weil die Geschehnisse einen solch großen Schock

ausgelöst hatten, flauten die Aufstände allmählich ab. Der neue Premierminister tat seinerseits, was dazu nötig war. Er hatte bekommen, was er wollte.

* * *

»Mrs. President!« Eine ihrer Beraterinnen schüttelte heftig ihren Arm. Schläfrig und desorientiert streckte sich Monica Dankwerts im Bett aus. Sie war mitten aus einem Albtraum hochgefahren und wusste nicht genau, wo sie war. »Was ist?«

»Mrs. President, der britische Premierminister ist einem Attentat zum Opfer gefallen.«

»Einem Attentat?«

»Ja.«

»Wo? Wie ist es passiert?«

»In London«, sagte die Frau. »Er befand sich gerade auf der Rückfahrt zur Downing Street. Terroristen haben seine Fahrzeugkolonne angegriffen. Sein Wagen wurde von einer Rakete getroffen.«

»Holen Sie mir etwas zum Anziehen.« Dankwerts liefen Tränen über die Wangen. »Und Schminkzeug.«

Sie kleidete sich an und eilte ins Oval Office. Dort aktivierte sie den Monitor und betrachtete schweigend die Bilder des Aufstands und den überaus emotionalen Stone, wie er, einsam und blutbespritzt, den Tod des Premierministers betrauerte. Zutiefst angewidert wandte sie sich ab. Dafür würde er zahlen. Alle Verschwörer würden dafür zahlen.

»Benachrichtigen Sie ein Kamerateam, und holen Sie mir ein schwarzes Kleid.«

Mitarbeiter des Weißen Hauses wurden geweckt, eine Filmcrew versammelte sich. Dankwerts machte eine gute Figur vor der

Kamera, was man von einer altgedienten Politikerin mit jahrelangem Coaching auch erwarten durfte. Sie beteuerte, wie entsetzt sie über das Ereignis sei und dass die Gedanken und Gebete des amerikanischen Volkes mit der britischen Nation seien. Außerdem hob sie hervor, dass James Reedon ihr Freund gewesen sei und dass man jede nötige Hilfe leisten werde.

»Das muss sofort rausgehen.«

Sie sah auf die Uhr. Hatte Reedon den Code aktiviert, um Mother abzuschalten? Das ließ sich nur auf eine Weise feststellen. Es war an der Zeit, dass auch sie eine endgültige Entscheidung fällte.

Morgen würde sie nach Nevada fliegen.

47

Ich glaube, dass es einen Punkt gibt,
ab dem Geld, Einfluss und Macht die Leute
so blind machen, dass sie meinen,
sie beherrschten die Welt.
Iris Sawyer

Eine große, hagere Gestalt stand in der Lounge für A1er des Helsinkier Flughafens. Die Presseleute waren in den palastartigen Bereich vorgelassen worden, der normalerweise für die Superreichen reserviert war. Doug Sullivan hatte es arrangiert, um sie zu beeindrucken, was ihm auch gelungen war. Jetzt hielt er kurz inne, um die richtigen Worte zu finden.

»Die Nachricht von der Ermordung des britischen Premierministers hat mich *zutiefst erschüttert.*«

Ja, das waren die richtigen Worte; sie hatten etwas Kraftvolles, klangen nach tiefer persönlicher Betroffenheit. Er war mit seinem Privatjet wieder in Finnland eingetroffen, und nun ließ er die Schar der versammelten Journalisten an seinen Weisheiten teilhaben.

»Der Rat unterstützt die britische Regierung bei allen Maßnahmen, die erforderlich sind, um die Verantwortlichen zur Rechenschaft zu ziehen.« Er hob mahnend den Finger. »Dies verleiht der Notwendigkeit, die gesamte Weltbevölkerung in Mother registrieren zu lassen, noch größeren Nachdruck. Terroristen und all jene, die unsere demokratische Lebensform zu untergraben trachten, dürfen keinen Ort finden, an den sie fliehen können.«

»Was haben Sie vom britischen Premierminister gehalten?«, rief ein Journalist.

Sullivan hielt kurz inne. Er hätte gern wahrheitsgemäß geantwortet – nämlich dass Reedon ein Schwächling gewesen war, ein Mann, der ihm immer aus dem Weg ging, ein miserabler Manipulator der Macht. Aber die Toten zu verunglimpfen war nicht die beste Art, sie zu besiegen. Nein, um einen Mann unschädlich zu machen, musste man ihn in den höchsten Tönen loben. »Ich kann mich den Worten des neuen britischen Premierministers nur anschließen: ›James Reedon hat darum gekämpft, die Freiheit in seinem Land zu bewahren, er hat darum gekämpft, die Demokratie zu beschützen, und er hat darum gekämpft, Mothers Offenheit und Freiheit zu sichern.‹«

Sullivan lächelte, das berufsmäßige Lächeln eines Leichenbestatters. Auf Anthony war Verlass, nur er kam auf eine derart aalglatte Formulierung und brachte es fertig, zum Schluss auch noch eine glatte Lüge unterzubringen.

»Und der neue Premierminister?«

»Das Land ist bei ihm in sicheren Händen.«

Damit wandte er sich zum Gehen. Er hatte genug gesagt. Reedon war ein Verlierer, und solche Leute gerieten in der Regel schnell in Vergessenheit.

Die Fahrt vom Flughafen zur pyramidenförmigen Zentrale von Mother verlief ohne besondere Vorkommnisse. Sullivan lehnte sich zurück; die jüngsten Entwicklungen stimmten ihn zufrieden. Die Entscheidung, Reedon zu liquidieren, war richtig gewesen. Wer würde je dahinterkommen? Niemand. Würde der Leiter der britischen Geheimdienste einräumen, dass er mitgeholfen hatte, seinen eigenen Regierungschef aufzuspüren und in den engen Straßen Londons einzukreisen? Würde das britische Militär eingestehen, dass es bei dem Attentat seine Hand im Spiel gehabt hatte? Nicht alle von den ranghohen Militärs waren daran beteiligt gewesen, das stimmte. Aber spielte das eine Rolle? Um ein politisches System zu stürzen, musste man nur mit wenigen Leuten in Schlüsselpositionen konspirieren. Mit denen, die einen auf keinen Fall verraten konnten, weil dies bedeuten würde, dass sie ihr eigenes Todesurteil unterschrieben. Und überhaupt – wo waren die Beweise?

Im Fall von Susan Reedon lagen die Dinge nicht anders. Wer konnte nachweisen, dass man Dynamitladungen im Schnee angebracht hatte, um die Lawine auszulösen? Wer konnte belegen, dass einer der Leibwächter ihnen verraten hatte, dass sie an jenem Morgen oben in den Bergen Ski laufen würde? Niemand. Eine kleine Gruppe reichte, jeder tat das Seine, und schon war die Sache erledigt, geschehen war die blut'ge Tat. Und der unbedeutenderen Akteure, die mitgemacht hatten, würde man sich später entledigen, wenn sie unzuverlässig wurden. Das war der Weg der Macht, und man benutzte eben ihre Instrumente: den Dolch und den Knüppel.

Was ihn auf Oswald brachte. Vielleicht sollte er in dieser Hinsicht etwas unternehmen. Aber die Sache hatte einen Haken – denn Oswald wusste eine Menge über die Art und Weise, wie Mother finanziert und entwickelt worden war. Am besten löschte man alle Spuren.

Während sein Wagen mit hoher Geschwindigkeit durch das Eingangstor auf das Gelände der Zentrale von Mother fuhr, warf Sullivan einen Blick zu dem riesigen Werbeplakat hinauf, das verkündete: »Mother bringt Freiheit.« Bald würde er den Slogan in »Mother *ist* Freiheit« umändern lassen. Am besten gewöhnte man die Leute so schnell wie möglich an die neuen Realitäten.

»Guten Morgen, Sir.«
Er nickte herablassend und schritt weiter durch das Gebäude, während die Angestellten in ihren Dienstuniformen ihn begrüßten und umschwänzelten. Vielleicht sollte er die Leute auffordern, sich vor ihm zu verbeugen? Die Sklaven taten das vor Oswald Plevy im *Marybelle*, und beim reichsten Mann der Welt funktionierte das bestens. Warum sollte er, der mächtigste Mann der Welt, sich mit weniger begnügen? Er trat aus dem Fahrstuhl. Seine Privatsekretärin stöckelte auf ihn zu.
»Der britische Premierminister versucht schon seit einiger Zeit, Sie zu erreichen, Sir.«
Fast hätte er gewitzelt und zurückgefragt: »Welcher?«, aber er konnte sich gerade noch beherrschen. Er musste jetzt unbedingt ernst bleiben. Das wurde erwartet, wenn jemand unter tragischen Umständen ums Leben kam. Wieso eigentlich? Was für den einen eine Tragödie darstellte, bedeutet für einen anderen doch oftmals Glück. Sullivan betrat sein Büro und verschloss die Bronzetür. Dann loggte er sich in seinen Monitor ein.
»Anthony.« Der Bildhintergrund verriet, dass sein Mitverschwörer allein im Kabinettssaal in der Downing Street saß, und zwar am Kopfende des Tisches, nicht an der Seite. Stone hatte bereits begonnen, jegliche Zurückhaltung aufzugeben, und das war gut so. »Übrigens, die Hiobsbotschaft hat mich *zutiefst erschüttert.*«
»Mich auch.« Der neue Premierminister kam sofort zur Sache. »Auf einer Krisensitzung des Kabinetts heute Morgen haben wir beschlossen, die Zwangsregistrierung einzuführen, und zwar mit sofortiger Wirkung; ich möchte deshalb, dass Sie etwas zu deren Gunsten sagen.«
»Das habe ich bereits getan. Ich habe auf dem Flughafen eine Ansprache gehalten. Ich bin Ihnen zuvorgekommen.«

»Wie freundlich. Die Trauerfeier für unseren kürzlich verstorbenen Premier wird in zehn Tagen stattfinden. Sie sind selbstverständlich eingeladen.«
»Ich glaube, das kann ich einschieben, wenn Sie mich dazu drängen.«
Nach diesem Austausch von Höflichkeiten hielt Anthony Stone ein Foto in die Höhe. Es war blutverschmiert. »Wissen Sie etwas hierüber?«
Sullivan beugte sich vor. »Sollte ich?«
»Ich weiß nicht so recht. Ich habe es Reedon aus der Jacketttasche gezogen, als er im Sterben lag«, bemerkte Stone leichthin. »Ich erkenne Pedersen und auch Oswald Plevy auf dem Foto, aber wer sind die beiden anderen – der alte Mann und das Mädchen?«
»Wen interessiert das? Spielt das eine Rolle?«
»Ja. Mein Gefühl sagt mir, dass es wichtig ist«, fuhr Stone fort. »Reedon war gerade aus der Zentrale von Mother in Wales zurückgekehrt. Warum hatte er dieses alte Foto bei sich? Dass sowohl Pedersen als auch Plevy darauf zu sehen sind, muss eine Bedeutung haben.«
»Ja, das stimmt.« Sullivan bekam ein flaues Gefühl in der Magengrube. »Haben Sie schon den gesicherten Raum des Vorsitzenden überprüft?«
»Nein.«
»Das sollten Sie aber – nur für den Fall, dass sich irgendwelche unangenehmen Überraschungen darin verbergen.«
Sullivan nickte knapp. »Ich melde mich bei Ihnen, sobald ich dort nachgesehen habe.« Aber er musste sich keine Gedanken machen, oder? Reedon war tot, und Tote zeigten gemeinhin keine großen geistigen oder körperlichen Aktivitäten. Trotzdem, es war wohl das Beste, auf Nummer sicher zu gehen und

jedes Schlupfloch zu verschließen. Das war schon immer seine Methode gewesen, und er sollte sie beibehalten, wenn er an der Macht war. Ein neuer König hat viele Feinde. Sullivan schlenderte aus seinem Büro. Seine Sekretärin blickte von ihrem Schreibtisch auf.

»Sind die Codes geändert worden, so wie ich es angeordnet habe?«

»Ja, Sir, sowie Ihre Ernennung vom Rat bestätigt wurde.«

»Ich möchte den gesicherten Raum des Vorsitzenden aufsuchen. Übrigens – hat Pedersens Sekretärin Ihnen ihre Unterlagen vollständig übergeben?«

»Ja, Sir.«

»Alles?«

»Ja, Sir. Wir haben ihr sogar verboten, dass sie ihre Handtasche mitnimmt.«

»Wie weitsichtig.«

Sullivan betrat seinen persönlichen Aufzug; er machte sich zu viele Gedanken. Es war doch alles in Ordnung. Zwölf Stockwerke unter dem Gebäude des Rates verließ er den Lift. Nach einem Augen-Scan und einem Fingerabdruck betrat er einen Raum, dessen Wände aus dicken Stahlplatten bestanden. Ähnlich wie in der britischen Zentrale, musste man erst einen Steg überqueren, bevor man in den Hochsicherheitsraum gelangte, zu dem ausschließlich der Vorsitzende von Mother Zutritt hatte oder jemand, der die mehrheitliche Einwilligung der Mitglieder des Rates besaß. Jeden Notfall hatte man eingeplant. Nichts, was Mother betraf, war dem Zufall überlassen worden. Sullivan hatte mitgeholfen, das sicherzustellen; er kannte die Funktionsweise seines Babys besser als jeder andere Mensch auf der Welt.

Sowie er sich in dem gesicherten Raum befand, setzte er sich vor den Monitor. Er war ziemlich aufgeregt, denn gleich würde er hinter die wenigen Geheimnisse kommen, die Pedersen, in seiner Eigenschaft als Vorsitzender des Rates, für sich behalten hatte. Er konnte sich schon denken, worum es dabei ging: Sexskandale, in die Regierungsoberhäupter verwickelt waren, Pannen im Bereich Bio- und Gentechnik, die man unter den Teppich gekehrt hatte. Solche Sachen eben und, wie immer, Korruptionsskandale – der Grundstock der Welt. Nichts allzu Problematisches. Schließlich öffnete sich der Tresor. Sullivan beugte sich vor und blickte hinein.

Unvermittelt stieß der neue Vorsitzende einen lauten Wutschrei aus. In dem Safe lagen überhaupt keine Dokumente. Pedersen hatte die ganze Zeit über die Verschwörung Bescheid gewusst.

48

Das Schicksal des Menschen scheint wie ein Faden zu sein,
der sich in einem endlosen Labyrinth verliert.
Marcel Marceau

Oswald begann, sich allmählich wieder für das Weltgeschehen zu interessieren.

»Der britische Premierminister ist gestern Abend einem Terroranschlag zum Opfer gefallen. Die Staats- und Regierungschefs aller Länder haben das Verbrechen scharf verurteilt …«

Sullivan und Stone hatten also eines der letzten Hindernisse auf dem Weg zur Machtergreifung beiseite geräumt.

»An den Kapitalmärkten kommt es weiterhin zu umfangreichen Käufen von Regierungsanleihen der ärmsten Länder. Die Vorstände der großen Globalcoms in den Vereinigten Staaten verweisen jedoch darauf, dass es sich lediglich um ein vorübergehendes Phänomen handele und dass es keinen Grund zur Besorgnis gebe …«

»Demonstrationen.«

»Über achtzig Demonstranten kamen vor dem Präsidentenpalast der rechtsgerichteten brasilianischen Regierung ums Leben, die vor kurzem die Zwangsregistrierung eingeführt hatte. In Südafrika hat die

Staatsführung eingewilligt, all jene, die Terroristen auf irgendeine Weise unterstützen, ohne Gerichtsverfahren zu internieren.«

Alles stand jetzt auf Messers Schneide. Der gesamte politische Prozess drohte zusammenzubrechen, und das Militär und die Globalcoms schickten sich an, die Macht zu übernehmen. Dies würde zu einer globalen Diktatur führen, die durchaus zwei- oder dreihundert Jahre dauern konnte. Was sollte er tun?

Bekleidet mit seinem kostbaren Leopardenfell-Morgenmantel, blickte Oswald aus dem Wintergarten auf den Swimmingpool hinunter, auf dessen Wasser das frühmorgendliche Licht glitzerte. Einige Minuten später traf der Seniorpartner seiner Treuhandgesellschaft ein, erschöpft, außer Atem und schlecht gelaunt. Er war es nicht gewohnt, den Botenjungen zu spielen, doch bei diesem Mandanten waren alle Regeln außer Kraft gesetzt.

»Wie viel habe ich noch übrig?«

Der Anwalt suchte nach einem Stuhl, auf dem er Platz nehmen konnte, aber Oswald bot ihm keinen an. »Weniger als 500 Millionen Global, Sir. Alles andere haben wir zum Kauf von Regierungsanleihen verwandt.«

»Wie viel insgesamt?«

»102 Milliarden Global.« Der Seniorpartner umklammerte die Papiere, die er in Händen hielt. »Sir, die Märkte kollabieren. Nach der Ermordung des britischen Premierministers sind die Aktienkurse noch tiefer gefallen. Viele Marktteilnehmer sind Ihrem Beispiel gefolgt und haben Regierungsanleihen gekauft. Es könnte jedoch gefährlich sein, die Anleihen zu lange zu halten. Möglicherweise kommt es zum Kollaps …«

Oswald schnaubte. Was gab es denn, was er nicht über Geld wusste? Inzwischen versuchten sogar Vollidioten, ihm in Finanz-

angelegenheiten Unterricht zu erteilen. Er kehrte dem Swimmingpool den Rücken zu und sah seinem Berater ins Gesicht. »Ich will, dass Sie noch eines erledigen.«
»Und das wäre, Sir?«
»Verkaufen Sie sie, verkaufen Sie sämtliche Anleihen.«
Es dauerte eine Millisekunde, bis der Satz den Hörkanal und von dort den Gehirnstamm des cleveren Anwalts erreicht hatte. Nach einigen weiteren Millisekunden nahm sein Gesicht eine violette Färbung an. Sein Herz hatte offensichtlich Mühe, diese schlechte Nachricht zu verkraften.
»Das geht nicht«, stammelte er. »Das würde ja bedeuten, alles zu verlieren.«
»Tun Sie, was ich Ihnen sage«, befahl Oswald.
»Aber«, der Anwalt schnappte nach Luft, als wäre er ein Fisch auf dem Trocknen, »das könnte einen Kurssturz am Anleihemarkt verursachen. Das hätte katastrophale Folgen.« Er selbst hatte Anleihen in großen Mengen gekauft, im Glauben, dass ihm der Wiederankauf durch die G12-Staaten einen geruhsamen Lebensabend ermöglichen würde. Schließlich konnte man der Insiderinformation des reichsten Mannes der Welt in Gelddingen doch trauen, oder? Was hatte er also falsch gemacht?
Oswald freute sich diebisch, als er sah, dass der Anwalt nervös wurde. »Tun Sie genau, was ich Ihnen sage. Lösen Sie sämtliche Depots auf. Morgen Abend haben Sie zu verkünden, dass alle Anleihen verkauft sind.«
»Aber warum, Sir?«
»Weil ich mich dazu entschlossen habe … zu wohltätigen Zwecken.«
Die Knie des Seniorpartners fingen an zu zittern, wie bei einem Drogensüchtigen. Seit wann war der gierigste Mann der Welt zum Philanthropen geworden? Was hatte er übersehen? Hatte

er sich wieder einmal überarbeitet? Zu viel in Rechnung gestellt?

»Aber ...!«

»Tun Sie, was ich Ihnen sage, sonst bekommen Sie kein Geld.«

Der Anwalt schwankte davon; manche Dinge waren schlimmer als der Tod. Oswald schlenderte vom Wintergarten zum Hotel. Der Direktor folgte ihm auf dem Fuße.

»Wo ist Pia?«

»Sie schläft, Sir.«

»Seien Sie auf der Hut. Sullivan wird bald wieder im *Marybelle* auftauchen.«

»Das habe ich vermutet«, erwiderte Henri. »Ein junger Assistent von Lars Pedersen ist gestern Abend eingetroffen, er will die junge Dame nach Hause bringen. Sie ist im Hotel nicht mehr sicher.« Er machte eine Pause. »Planen Sie abzureisen, Sir?«

Oswald schüttelte den Kopf. Er hatte viele Laster, aber ein Feigling war er nicht. »Das hat keinen Sinn, Sullivan wird mich sowieso finden. Und Pia? Sie fährt morgen ab, ja? Fliegt zurück nach Finnland?«

»Ja, Sir.«

Henri und Oswald waren zum Swimmingpool zurückgekehrt. Diener kamen herbeigelaufen, doch mit einer Handbewegung bedeutete Oswald ihnen zu verschwinden. Die Zeit der Schauspielerei war fast zu Ende. Nachdem er sich seines Leopardenfellmantels entledigt hatte, watschelte er ins Flache seines Pools mit olympiareifen Ausmaßen. »Dieser Assistent, den Pedersen zu ihr geschickt hat – ist er Finne?«

»Ja, Sir.«

»Jung?«

»Ja.«

Oswald rieb sich die Nase. »Bedeutet sie ihm etwas?«

»Ich glaube schon. Aber vielleicht hatte Lars Pedersen das gar nicht beabsichtigt.«
»Wird er sich um sie kümmern?«
»Ja, Sir, bis zum Ende.«
»Hmm.« Oswald hielt den Kopf gesenkt und patschte mit den Händen auf das Wasser. Er versuchte, nicht allzu sentimental zu werden; dafür war er zu alt. »Ich verabschiede mich morgen von ihr.« Dann schritt er weiter in das warme Wasser hinein. »Sorgen Sie dafür, dass meine Anwälte die Diener bezahlen. Und dass sie einen Bonus bekommen.«
»Sehr gern.«
Oswald griff ins Wasser und ließ es durch die Hände rinnen. Bald würde der Vorhang fallen, doch er war seltsam ruhig und gelassen. Er schickte sich an, sich mit den Meistermanipulatoren der Macht anzulegen, und er würde verlieren. »Weiß Pia, wer sie ist?«
»Nein, Sir.«
»Am besten, man belässt es dabei, vorerst.«
Ein massiger Körper tauchte ins Wasser; Oswald ließ sich auf dem ruhigen Wasser treiben. Bald war alles vorbei. Wer würde siegen? Doug Sullivan oder Lars Pedersen? Jetzt wusste er es. Nur eins stimmte ihn traurig: Er würde das Ende nicht mehr erleben; er hatte seinen Part fast zu Ende gespielt.
Aber welch ein Leben er geführt hatte, was? Hey, was für einen Auftritt er gehabt hatte.

49

Macht, sagte ich.
Die Fähigkeit, sich in die Goldkammern der Nationen zu begeben, in die Geheimnisse von Königen, in das Allerheiligste.
Robert C. Sherriff

Der Flug nach Nevada verlief ohne Zwischenfälle. Die Präsidentin der Vereinigten Staaten war keinerlei Risiko eingegangen. Sie hatte ihre Bodyguards selbst ausgewählt, und kein Politiker, kein ranghohes Mitglied der Regierung war über die Reise informiert worden – außer Vizepräsident Pat Doherty, der aus Gründen der Staatssicherheit ständig über ihren Aufenthaltsort auf dem Laufenden sein musste.

»Möchten Sie etwas zu essen oder zu trinken, Madam?«

»Nein.«

Sie versuchte, die Fäden möglichst schnell zusammenzubringen. Doch die Verhältnisse arbeiteten gegen sie. Sowohl Pedersen als auch Reedon waren tot, sie konnte nicht mehr auf ihren Rat und ihre Unterstützung zählen. Schlimmer noch: Stone war britischer Premierminister und Sullivan Vorsitzender von Mother. Außerdem würde sich der Rat zweifellos auf die Seite der beiden Männer schlagen. Damit war sie die Einzige, die noch gegen sie kämpfte. Wer würde ihr dabei helfen? Ihr fiel niemand ein. Die Globalcoms, das Militär, die Geheimdienste – sie traute keinem von ihnen über den Weg, und bestimmt lauerten noch mehr Schlangen im Dunkeln. Was war mit Pat Doherty? Auf ihren Vizepräsidenten konnte sie sich verlassen, oder? Aber sollte sie ihn zu diesem Zeitpunkt ins Vertrauen ziehen?

Dankwerts stöhnte innerlich auf. Ihre Zeit war begrenzt; inzwischen hatte man wahrscheinlich schon entdeckt, dass Pedersen über die Verschwörung Bescheid gewusst hatte. Das war der springende Punkt. Seltsamerweise hing immer noch alles von Lars Pedersen ab. Er war der Meisterstratege. Die Frage war nur: Konnte er nach wie vor die Schlacht leiten, aus dem Grab heraus? Sie hatte ihre Zweifel. Aber noch gab sie nicht auf. Das war nicht ihr Stil. Und sie würde es nicht zulassen, dass man sie umbrachte.

»Bitte bereiten Sie sich auf die Landung vor.«

Das Präsidentenflugzeug verlor langsam an Höhe und beschrieb einen weiten Bogen, dann flog es in eine schmale Bergschlucht hinein.

Die Amerikaner hatten sich selbst übertroffen, als sie das Versteck ihrer Version von Mother anlegten. Sie hatten nicht nur mehrere Attrappen errichtet, von Alaska bis Florida, sondern darüber hinaus die echte Anlage inmitten eines ehemaligen Atomtestgeländes angesiedelt, von dem der Kongress erklärt hatte, dass wegen der hohen Radioaktivität niemand dort leben könne. Auf der Grundlage dieser weithin publizierten Unwahrheit hatte das US-Militär das Areal in einem Umkreis von mehr als hundert Kilometern abgesperrt und sämtliche Gebäude wie auch alle anderen Möglichkeiten, Schutz zu finden, zerstört. In dieser Wüste hatte man anschließend alle nur erdenklichen Überwachungsgeräte versteckt, die allesamt mit Mother vernetzt waren. Und als ob dies noch nicht ausreichte, hatte man die Gebirgskette selbst mit Sensoren überzogen und darüber eine Satelliten-Überwachungsanlage installiert, um das gesamte Gebiet zu kontrollieren. Ein Gespenst wäre vielleicht imstande, in die Anlage einzudringen, ein Mensch dagegen nicht.

Dankwerts betrachtete die öde Berglandschaft, während das Flugzeug zur Landung ansetzte. Kein Terrorist hatte das hier jemals gesehen, aber über Tausend von ihnen waren bei Angriffen auf andere militärische und zivile Einrichtungen ums Leben gekommen, und zwar im irrtümlichen Glauben, dass Mother darin untergebracht sei. Die Anlage war ein Triumph der Desinformation. Nie würde sie zerstört werden können. Hier hatte Amerika eine wahrhaft uneinnehmbare Festung errichtet.

Unmittelbar nach der Landung wurde Dankwerts von einer Gruppe von Wissenschaftlern und von Soldaten einer Spezialeinheit in Empfang genommen. Wie Reedon das auch hatte tun müssen, unterzog sie sich einer Kontrolle des Augen- und des Fingerabdrucks. Nachdem sichergestellt worden war, dass es sich tatsächlich um die Präsidentin handelte, brachte man Dankwerts in einem Militärfahrzeug zum Eingang der Anlage, die in einen Berghang geschlagen war. Rings um Dankwerts, auf beiden Seiten der einspurigen Betonstraße, waren auf freistehenden Pylonen Überwachungskameras installiert, die sich ständig drehten und jede Bewegung aufzeichneten. Ein trostloses Spektakel, das Neueste in Sachen Technik, aber im Grunde völlig seelenlos. Sogar die Luft war still, und weit und breit war kein Vogel, kein Baum zu sehen. Pflanzen, die Deckung hätten bieten können, hatte man ausgerissen oder vergiftet. Streng genommen war die Gegend so öde wie der Mars.

»Herzlich willkommen, Mrs. President.«

Anders als sein britischer Amtskollege trug der Leiter der amerikanischen Anlage keinen Vollbart, doch seine Unfähigkeit, Konversation zu treiben, war kaum weniger ausgeprägt. Er hatte früher einmal bei einem der führenden US-Forschungsinstitute als Wissenschaftler gearbeitet und beschäftigte sich seitdem ausschließlich mit dem Streben nach technischer Perfektion. Zwar unterschied sich die amerikanische Anlage in Form und Grundriss von der britischen, doch im Wesentlichen glichen sie sich. Nachdem Dankwerts und der Leiter der Anlage mehrere Kontrollpunkte passiert hatten, fuhren sie in einem Fahrstuhl tief in den Berg hinab.

»Wer ist nach meinem letzten Besuch sonst noch hier gewesen?« Dankwerts hatte wenige Tage nach ihrem Amtsantritt der Anlage einen Besuch abgestattet.

»Abgesehen von Lars Pedersen niemand.«

»Wann war das?«

»Vor drei Monaten. Er war eine Stunde lang hier.«

»Sonst niemand?«

»Nein, Madam.« Die Frage verwunderte den Direktor. Nur die US-Präsidentin und der Vorsitzende von Mother hatten uneingeschränkten Zutritt zum Gelände, und zwar gemäß der geheimen internationalen Abkommen in Bezug auf das Gesamtsystem, die die Staaten untereinander geschlossen hatten. Ohne die schriftliche Genehmigung dieser beiden Personen durfte kein anderer Politiker oder Staatsbeamter die Anlage betreten.

»Hat es Versuche gegeben, unbefugt aufs Gelände zu gelangen?«

»Keinen einzigen seit dem Bau der Anlage.« Der Leiter gestattete sich ein selbstgefälliges Lächeln. Alles war perfekt.

Nachdem sie zweitausend Meter tief in die Erde hinabgefahren waren und drei Kontrollpunkte passiert hatten, kamen sie endlich zum Kernbereich des Systems. Vielleicht lag es am amerikanischen Genius für Größe und Präsentation – aber die amerikanische Mother wirkte sogar noch beeindruckender als die britische. Als sie an den Großrechnern entlanggging, kam sich die Präsidentin klein und verloren vor.

»Läuft alles?«

»Einwandfrei. Seit Inbetriebnahme hatten wir keinen einzigen technischen Ausfall. Außerdem erhöhen wir laufend die Speicherkapazität.«

Sie blieben vor der Brücke stehen.

»Mrs. President, ich darf Sie nur bis hierher begleiten.«

Dankwerts ging über den schmalen Steg. Minuten später schwang die titangepanzerte Tür zum gesicherten Raum auf. Bald war sie darin eingeschlossen und öffnete einen Briefumschlag.

Darin fand sie, wonach sie gesucht hatte. Ein Foto und eine schlichte Mitteilung: »Die Wahrheit schneidet Holz.«

Die Präsidentin verlor jedes Gefühl für Zeit. Mit der ganzen Kraft ihres Intellekts konzentrierte sie sich auf diese beiden Informationen. Das Foto war sicher ein Fingerzeig auf die dritte Person. Pedersen war tot, aber offenbar wollte er ihr mitteilen, dass Oswald Plevy Bescheid wusste. Doch was für eine Bewandtnis hatte es mit den beiden anderen Personen auf dem Foto – dem Angler und dem Mädchen? Wie passten die ins Bild? Und die Botschaft – »die Wahrheit schneidet Holz«? Vermutlich handelte es sich um einen Code, der auf den Namen der dritten Person hinwies. Oder bedeutete der Satz etwas ganz anderes? Hatte Reedon in *seinem* gesicherten Raum eine ähnliche Nachricht und ein ähnliches Foto vorgefunden? Wahrscheinlich, dachte Dankwerts. Wenn dies der Fall war, besaß Anthony Stone, als neuer Premierminister, inzwischen sicherlich Zugang zu dem Foto und zu der Nachricht, weshalb sie schleunigst etwas unternehmen musste. Die Verschwörer waren ihr bereits auf der Spur.

Der Augenblick der Entscheidung war gekommen. Nun musste die Präsidentin der Vereinigten Staaten, im Namen ihres Landes, entscheiden, ob sie Mother zerstören sollte oder nicht. Ihr blieb kaum noch Zeit. Sie stand am Rande des Abgrunds und starrte in die Leere, die sich dahinter auftat.

Hastig öffnete sie ihre persönliche Datei und gab einen Geheimcode ein, den sie dem Zettel in ihrem Safe entnommen hatte. Wie der britische Premierminister war auch sie mit einer Nachricht konfrontiert, die besagte, dass drei Personen den Betrieb von Mother beenden konnten. Außerdem wurde ihr darin mitgeteilt, dass eine von diesen dreien dies bereits getan hatte. Der britische Premierminister hatte sich entschlossen, das System abzuschalten. Diese Information bereitete Dankwerts großes Kopfzerbrechen. Woran hatte der ermordete Reedon gedacht, ehe er seine Entscheidung fällte? Ihm mussten die kolossalen Konsequenzen für die Welt bewusst gewesen sein. Hatte er gewusst, wer die dritte Person war, bevor er den Entschluss fasste? Sie blickte auf das Foto. Um welche der drei Personen handelte es sich? Warum hatte Pedersen sich bis zum Ende geweigert, ihre Identität preiszugeben?

In der Stille und in ihrem Herzen manifestierte sich langsam die Wahrheit.

Pedersen hatte niemandem vertraut, weder Reedon noch ihr. Er hatte es ihnen auf den Kopf zu gesagt und ganz offen und ehrlich erklärt, dass alle Politiker Lügner seien. Sie seien innerlich blind, sie könnten die Wahrheit nicht erkennen. Darum dürften sie nicht die endgültige Entscheidung fällen, wenn es um Schicksalsfragen der Menschheit ging. Man konnte ihnen nicht *vertrauen*. Wie alle Politiker handelten sie letztlich aus Eigeninteresse und nicht im Namen aller Menschen. Wenn sie die Identität der dritten Person kennten, würden sie versuchen, die-

se Person zu beeinflussen. Letzten Endes waren die Politiker die Verräter der Menschheit, und nicht ihre Hüter.
Dankwerts blickte noch einmal auf das Foto. Dann legte sie es beiseite. Sie musste über die Zukunft von Mother entscheiden, im Namen der mächtigsten Nation der Erde. Ein anderer, der viel größer war als sie, würde im Namen der Menschheit entscheiden.
Langsam näherten sich ihre Finger der Tastatur. Es war an der Zeit, dass sie ihre endgültige Entscheidung traf.

50

Wo die Liebe herrscht, da gibt es keinen Machtwillen,
und wo die Macht den Vorrang hat, da fehlt die Liebe.
Das eine ist der Schatten des anderen.
C. G. Jung

Mächtige Männer sind keine glücklichen Menschen. Mürrisch überquerte der Premierminister Anthony Stone den Steg, über den man in den gesicherten Raum von Mother in Nordwales gelangte. Es war eine halsbrecherische Fahrt gewesen, die er am späten Nachmittag angetreten hatte, außerdem hatte er noch ungeheuer viel zu erledigen; aber die Miene von Sullivan, als dieser feststellte, dass der Tresor im Rat leer war, hatte ihn davon überzeugt, dass die Dinge vielleicht doch anders lagen, als sie beide geglaubt hatten.

Dennoch konnte es sein, dass sie sich irrten. In den letzten Tagen vor seinem Tod hatte Pedersen keinen Schritt mehr aus seinem Landhaus getan; möglicherweise hatte er Top-secret-Dokumente dorthin geschafft. Während Doug Sullivan sich vor Ort um diese Frage kümmerte, hatte sich Stone ebenfalls auf den Weg begeben. Er musste der Anlage von Mother ohnehin einen Besuch abstatten und sich mit Großbritanniens intimsten Geheimnissen vertraut machen. Eigentlich hatte er das Ganze ein, zwei Tage auf sich beruhen lassen wollen. Aber das Wichtigste war das Timing. Das war ihm schon seit langem klar. Nachdem der Safe im gesicherten Raum sich mit einem Klicken geöffnet hatte, begann er sofort, das hochvertrauliche Material durchzulesen. Darunter befanden sich auch ein paar kleinere Überraschungen – der Mord an politischen Feinden des Staates, Experimente an menschlichem Genmaterial, biologische Waffen, die nie an die Öffentlichkeit gelangt waren, geheime Militärbündnisse – das waren alles ganz normale Aktivitäten staatlicherseits, von denen die Bevölkerung allerdings nicht die leiseste Ahnung hatte. Aber die Leute mussten ja nicht alles wissen, vor allem nicht das, was die politische Ordnung gefährden könnte. Pedersen hatte das nie begriffen.

Plötzlich stieß er auf ein Dokument, das ihm völlig neu war – und das genügte, um seinen normalerweise beherrschten Gesichtsausdruck in eine wütende Fratze zu verwandeln. Ihr alter Freund, Oswald Plevy, hatte sie belogen. Er hatte ein Geheimnis, und zwar ein großes.

»Ich bring dich um«, entfuhr es Anthony Stone, dem neuen Premierminister.

Nachdem er, mit zunehmender Besorgnis, das Dokument durchgelesen hatte, öffnete er den Monitor auf dem Schreibtisch. Mit Hilfe seines Codes als Staatsoberhaupt verschaffte er sich Zugang zu Oswald Plevys persönlicher Datei. Es war nichts Außergewöhnliches darin. Kurz darauf loggte er sich in die persönliche Datei seines Amtsvorgängers James Reedon ein. Sie verriet ihm, dass sein Opfer die Entscheidung, Mother zu beenden, gefällt hatte.

Als er das gelesen hatte, wurde seine Laune noch schlechter.

* * *

»Alle zweihundert Systeme weltweit funktionieren normal. Keine technischen Ausfälle, keine Stromunterbrechungen.«

Doug Sullivan saß im Konferenzsaal in Helsinki und hörte sich die Litanei des Tagesberichts an.

»*Das finnische System von Mother ist vollständig in Betrieb … Die Staaten Tibet und Sibirien haben sich auf den Austausch von Informationsprotokollen geeinigt … Am Montag kündigte Island die volle Registrierung aller Bürger an. Tansania will die Registrierung der Nomadenvölker gesetzlich vorschreiben.*«

So ging das immer weiter. Unvermittelt beschloss Sullivan, ein paar von jenen Dingen zu enthüllen, die er lieber für sich behalten hätte. Aber sie hatten ein Problem.

»Alle mal zuhören«, unterbrach er in schroffem Ton.

Die Sektionschefs im Konferenzsaal und jene auf der ganzen Welt, die über den riesigen Computerbildschirm zugeschaltet waren, verstummten.

»In meiner Eigenschaft als neuer Vorsitzender bin ich auf mehrere höchst besorgniserregende Dinge gestoßen. Vor allem sind verschiedene Unterlagen im Besitz von Lars Pedersen verschwunden. Sie befinden sich nicht mehr in seinem gesicherten Safe. Außerdem enthält Pedersens persönliche Datei in Mother verschiedene versteckte Codes, für die es keine Erklärung gibt. Das sind sehr schwerwiegende, sehr beunruhigende Entwicklungen. Ich möchte deshalb, dass Sie – als Angelegenheit von höchster Priorität – die kombinierten Rechnerkapazitäten Ihrer nationalen Systeme dazu verwenden, diese Codes zu entschlüsseln.«

»Sollten wir dafür nicht die Genehmigung des Rates einholen?«, wollte ein Sektionschef wissen.

»Ich habe Ihnen soeben erklärt«, herrschte Sullivan sie alle an, »was Sie tun sollen. Als Vorsitzender erteile ich Ihnen allen den Befehl dazu. Das System wird akut bedroht.«

Allen stockte vor Bestürzung der Atem. Irgendetwas stimmte da nicht, und zwar nicht nur draußen in der Welt, mit ihren Ausschreitungen und Demonstrationen, der Volatilität der Finanzmärkte, den Attentaten auf Politiker. Nein, etwas stimmte hier nicht, innerhalb des Systems. Selbst der Chef machte sich Sorgen.

Sullivan erhob sich vom Stuhl. »Machen Sie sich an die Arbeit.« Damit verließ er den Konferenzsaal und fuhr im Aufzug in den obersten Stock. Währenddessen unterhielt er sich mit seinem amerikanischen Sicherheitschef. »Haben Sie Pedersens Haus gründlich durchsucht?«

»Ja, Sir. Aber die Leute von der Spurensicherung haben bislang noch keinerlei Dokumente gefunden.«

»Lassen Sie sie noch einmal suchen. Stellen Sie, wenn nötig, das Haus auf den Kopf. Und schaffen Sie Pedersens Sekretärin her.«

»Sie ist verschwunden, Sir. Sie hat vor zwei Tagen das Haus verlassen.«

»Finden Sie sie«, herrschte Sullivan ihn an. »Nutzen Sie Mother, um sie aufzuspüren.«

Sie traten aus dem Lift. Sullivan eilte mit langen Schritten zu seinem Büro. »Ich will, dass Oswald Plevy hierher geschafft wird. Lassen Sie ihn verhaften, aus Gründen der internationalen Sicherheit. Töten sie jeden, der Sie daran zu hindern versucht.«

Er betrat sein Büro. Die Inneneinrichter waren schon dabei, die Pflanzen und das Mobiliar seines Amtsvorgängers hinauszutragen. »Gehen Sie«, sagte er zu ihnen.

»Sonst noch etwas, Sir?«, fragte der Leiter des Sicherheitsdienstes.

»Ja, ersetzen sie sämtliche finnischen Wachleute, die im Gebäude Dienst tun. Und nun verschwinden Sie.«

Sullivan setzte sich an seinen Schreibtisch.
»Der britische Premierminister ist auf Ihrem Monitor, Sir.«
Er aktivierte den Bildschirm. Ein Blick auf Anthony Stones Miene reichte, und er wusste, dass die Dinge gar nicht gut liefen.
»Wo sind Sie?«
»Im gesicherten Raum in Wales.« Stone zog ein wenig aufgeregt an seiner Hemdmanschette. »Oswald Plevy hat uns angelogen, Doug. Er hat einen Code in Mother eingebaut, um das System zu zerstören. Und zwar bevor die Regierungen die Kontrolle über das System übernahmen. »Warten Sie mal ...« In ängstlichem Tonfall fuhr er fort: »Da ist noch etwas. Bevor Reedon ermordet wurde, ist er hierher gekommen und hat den Code aktiviert.«
»Aber das System funktioniert einwandfrei. Heute Morgen ...«
»Das weiß ich«, schnitt Stone ihm das Wort ab. »Aber Reedon allein konnte das System nicht abschalten, daran waren auch noch andere beteiligt. Doug, es geht hier nicht nur darum, den britischen Ableger von Mother abzuschalten, sondern darum, das gesamte System zu beenden, es zu vernichten.«
»Aber das ist nicht möglich. Vor einigen Jahren ist Mother von oben bis unten überprüft worden. Es kann diesen Code nicht geben.«
»Doug!« ... Stone schob sein Gesicht näher an den Monitor heran. »Es gibt ihn!«
Sullivan schluckte. Speicheltröpfchen traten ihm auf die Lippen. Die Leute gingen ihm allmählich ganz gehörig auf die Nerven.
»Wir müssen Plevy zu fassen bekommen, damit wir wissen, was es mit diesem Code auf sich hat«, fuhr Stone fort.
»Ich habe bereits seine Verhaftung angeordnet.«
»Außerdem müssen wir überprüfen, mit wem Reedon vor seinem Tod gesprochen hat.«

»Dankwerts?«
»Ja, es ist wahrscheinlich, dass sie und der Premierminister in dieser Sache unter einer Decke gesteckt haben. Ich werde ein paar Leute darauf ansetzen, sämtliche Botschaften der letzten Wochen in Reedons persönlicher Datei zu überprüfen. Aber jetzt muss ich nach London zurück. Wir sprechen uns später.«
Sullivan schaltete, schneller als sonst, den Monitor ab; er musste nachdenken. Er stand vom Schreibtisch auf, trat ans Fenster und sah hinaus: ein großartiger Ausblick, aber seine Gedanken kreisten um etwas ganz anderes. Jahrelang hatten sie mit Pedersen ihre Spiele getrieben, hatten ihn immer wieder heimlich ausmanövriert und überlistet. Sie hatten gewonnen, er hatte verloren. Er war tot. Das war offensichtlich. Und dennoch … Konnte es sein, dass, umgekehrt, Pedersen *mit ihnen* gespielt hatte? Konnte er es noch immer, über den Tod hinaus?
Nein, das war nicht möglich.

51

Wenn wir nur den Mut aufbrächten, unser Schicksal dem Zufall zu überlassen und das grundlegende Mysterium unseres Lebens anzunehmen, dann könnten wir vielleicht auch jener Art von Glück näher kommen, das mit Unschuld einhergeht.
Luis Buñuel

Pia, es ist Zeit zu gehen. Wir können nicht mehr hier bleiben.« Der Morgen zog herauf. Esko stand neben ihr im Schlafzimmer, während das chinesische Zimmermädchen ihr beim Ankleiden half.

»Müssen wir wirklich los?«

»Ja. Du solltest Oswald jetzt Lebewohl sagen.«

»Weiß er, dass du hier bist?« Pia küsste ihren selbstgewählten Freund mit der Leidenschaft einer jungen Frau, die endlich mit einem Mann geschlafen hatte, den sie liebte. Ihre Wangen waren von einem rosigen Hauch überzogen, in ihrem Blick lag tiefe Zufriedenheit.

»Henri hat es ihm gestern ausgerichtet. Er hat ihm erklärt, dass einer von Lars Pedersens Assistenten kommt und dich mit zurück nach Finnland nimmt. Mehr muss dazu nicht gesagt werden. Du musst ihn verlassen, damit er seine eigene Entscheidung fällen kann.«

Allerdings verschwieg er ihr, dass ihrer beider Leben davon abhing. Ihm war aufgefallen, dass Pia glücklich war, und deshalb wollte er ihr nicht sagen, was die Zukunft für sie bereithielt. Hatte

Pedersen geahnt, dass sie beide am Ende ein Paar werden würden? Hatte er die Wünsche in seinem Herzen gelesen?

Pia verließ ihre riesige Suite ein letztes Mal. Der Hoteldirektor kam ihr an der Tür entgegen. »Es war uns ein Vergnügen, Sie hier im *Marybelle* als Gast begrüßen zu dürfen.«

Sie schlenderten über den Flur in Richtung Oswalds Suite. Henri sah blendend aus in seiner viktorianischen Kluft und war, wie immer, unbeeindruckt von der Welt und den Launen des Schicksals. Pia wandte sich lebhaft zu ihm um: »Sie arbeiten für Lars Pedersen, nicht wahr?«

»Ja, Madam.«

»Und Lars Pedersen hat Sie gebeten, sich um mich zu kümmern, oder? Sie haben von Anfang an gewusst, dass er mich hierher geschickt hat, nicht wahr? Sie wussten, dass er mich zur Multimillionärin machen wollte.«

Henri lächelte. »Ja.«

Sie lachte entzückt. Pedersen passte also doch auf sie auf. Alles würde gut, genau wie er es versprochen hatte. Er verfügte über eigene Streitkräfte, die sie beschützten. »Und Oswald? Auf welcher Seite steht er?«

»Das wissen wir nicht. Mr. Plevy muss erst noch enthüllen, was er vorhat. Aber«, Henri hielt inne, »ich meine, dass Sie Mitleid mit ihm haben sollten.«

»Wieso?«

»Weil Menschen sich ändern. Und weil er sie sehr gern mag. Wenn er eine Tochter gehabt hätte, hätte er gewollt, dass sie so ist wie Sie.«

Pia war perplex. Sie hatte nichts mit Oswald gemein, oder? Sie beide waren einfach nur zwei Menschen, die der Zufall zusammengeführt hatte, der eine ganz oben im System, der andere ganz weit unten. »Warum sagen Sie das?«

»Weil Sie die Einzige sind, die je sein Geld zurückgewiesen hat, und weil Sie versucht haben, ihm zu helfen.« Henri blieb stehen, sie waren in Oswalds Wintergarten angekommen. »Er ist im Garten.«

»Werde ich Sie wiedersehen?«

»Nein, Madam.« Er verbeugte sich tief und küsste ihr die Hand. »Es war mir eine Freude, Ihnen zu dienen.«

»Ich danke *Ihnen*.« Sie spürte einen Kloß im Hals. »Leben Sie wohl, Henri.«

Der Direktor des *Marybelle* sah ihr nach, als sie zum Garten ging. Betrübt wandte er sich zum Hotel um; seine Tage hier waren gezählt.

Oswald bummelte in der Morgensonne in seinem Englischen Garten umher. Seltsam, dass die Dinge erst am Ende des Lebens Klarheit gewannen. Alles dazwischen war das reine Chaos – das Gewirbel der rauschenden Fluten, die Schlangen der Begierde und der Selbstsucht, die sich in der menschlichen Psyche wanden und sie mit Angst und Unzufriedenheit erfüllten, ganz gleich, wie viel sie in ihre Fänge bekamen. Aber wenn der Tod nahte – dann ließ all das Kurzlebige, das Verlangen, die dunkle, unbewusste Angst nach, und am Ende gewann der Geist ein tieferes Verständnis dafür, wie es wirklich um ihn bestellt war. Der Patient entdeckte, dass er zugleich sein Arzt war. Er konnte sich heilen, aus sich selbst heraus; er musste nur jenen Kräften widerstehen, die ihn zu moralischer Blindheit verführt hatten.

Warum hatte er so viele Jahre damit vergeudet, das Wichtigste zu vernachlässigen, und sich stattdessen für das Banale interessiert? Wieso hatte er den größten Teil seines Lebens damit zugebracht, Geld zu verdienen und Menschen zu beherrschen? Weshalb hatte er dem Willen zur Macht gehuldigt anstatt dem

Willen zur Liebe? Er wusste es nicht, aber vielleicht war es ja noch nicht zu spät, sich zu ändern.

Pia kam ihm auf dem Rasen entgegen. Sie trug eine Jeans und ein weißes Seidentop. Nichts Teures. Doch obwohl sie schlicht gekleidet war, strahlte sie eine natürliche Anmut und Schönheit aus, das konnte er jetzt endlich erkennen. Und plötzlich gefiel sie ihm, so wie sie war, mit ihren Fehlern und allem. Wäre er nur schon vor langer Zeit so weise gewesen; dann hätte er viel mehr aus seinem Leben machen können.

»Ozzy, ich reise heute ab. Hat Henri es dir schon gesagt?«

»Ja.« Seine Antwort sollte unbekümmert klingen, was ihm aber kläglich misslang.

»Was hast du denn da gemacht?«

Seine Hand war zerkratzt und blutete, weil er versucht hatte, einen Stiel von einem Rosenbusch abzubrechen. Er bot ihr eine Rose dar.

»Oswald.« Impulsiv nahm sie die Blume entgegen und gab ihm einen Kuss. Er war so sonderlich.

Der reichste Mann der Welt erwiderte ihren Blick, im Herzen zutiefst bewegt. Er wollte ihr noch so vieles sagen, aber er brachte es einfach nicht über sich. »Wohin geht die Reise?«, fragte er schroff.

»Ich fliege nach Finnland zurück.«

»Warum?«

»Weil ich bestimmte Dinge anders machen möchte.«

Diesen Wunsch konnte er verstehen.

»Und du?«

»Ich bleibe hier, natürlich. Scheffle noch mehr Geld.«

Sie zuckte deprimiert mit den Schultern. Er würde sich nie ändern, er konnte es einfach nicht, das war das Problem. Zweifellos würde sie in ein paar Monaten lesen, dass er an einem seiner

zahlreichen Leiden verstorben war. Es war so traurig; ein Mann, der in seiner eigenen Traurigkeit versank.
»Vielleicht sehen wir uns eines Tages wieder.«
»Kann sein.« Es sollte neutral klingen.
»Mach's gut, Ozzy.« Sie gab ihm einen Abschiedskuss.
»Du auch, Pia.«
Sie ging weg. Plötzlich rief er: »Hast du gefunden, wonach du gesucht hast?«
Verblüfft drehte sie sich um. Hatte Henri ihm gegenüber Esko erwähnt? Oder spielte er auf etwas anderes an? »Ich glaube schon«, erwiderte sie unsicher.
»Das freut mich.«
Er schaute ihr nach, während sie den Garten verließ. Dann warf er einen kurzen Blick auf seine Rosen. Tränen liefen ihm über die fülligen Wangen. Warum hatte Pedersen Pia zu ihm geschickt? Jetzt wusste er es. Um das zu erfüllen, was er, Oswald, sich am sehnlichsten gewünscht hatte.
Endlich erkannte er die Wahrheit in all ihrem Glanz.

52

Der Demagoge ist meist schlau, ein Verleumder der anderen,
ein Meister der Demut und Uneigennützigkeit …
ein Mann, der im Dunklen agiert und offene,
mannhafte Darlegungen seines Weges vermeidet.
James Fenimore Cooper

In der Miene von Anthony Stone spiegelte sich tiefstes Mitgefühl. Vielleicht hätte er selbst Buddha in dieser Zurschaustellung größter Ruhe übertroffen. Doch es war alles Lüge. Einen solchen Ausdruck konnte Stone mühelos aufsetzen, weil er es schon vor langer Zeit in der schwierigen Kunst der Täuschung zur Meisterschaft gebracht hatte. Sie war ihm förmlich ins Blut übergegangen: die Folge eines Lebens, das unbeirrbar dem Streben nach Macht gewidmet war. Macht und Lüge waren unwiderruflich miteinander verknüpft: Brüder, die gemeinsam den breiten Weg in dunklere Regionen hinabstiegen.

Der neue Premierminister saß auf einem dick gepolsterten Sofa in der Downing Street, in dem Arbeitszimmer, in dem bis vor kurzem noch ein nun Ermordeter die Amtsgeschäfte geführt hatte. Neben ihm saß ein Mädchen von fünfzehn Jahren. Einträchtig wie ein liebevoller Onkel mit seiner Nichte, betrachteten sie eine Fotografie. Stone wiederholte seine Frage.

»Bist du sicher, dass du dieses Foto noch nie gesehen hast?«

»Ja.«

Der Mörder ihres Vaters verzog enttäuscht das Gesicht. »Wie

schade. Weißt du … wie soll ich es ausdrücken, Natalie? Wir müssen wissen, wer diese beiden Menschen sind.« Er entschied sich für eine glatte Lüge, die ihr ans Herz gehen sollte. »Unserer Ansicht nach stehen diese Menschen möglicherweise in Verbindung mit dem Tod deines Vaters. Das Foto befand sich in seiner Jackentasche am Tag, als er starb. Du bist ganz sicher, dass du es noch nie gesehen hast?«

»Ja.«

»Also gut.« Gekonnt wählte er eine andere Tonart, wie ein Pianist. Er musste das Thema behutsam, verstohlen angehen.

»Dein Vater und ich waren sehr gut befreundet.« Er rollte dramatisch die Augen, was er sich jedoch hätte sparen können, denn seine Zuhörerin war völlig arglos. »Er war in vielerlei Hinsicht mein Held, und ich schulde ihm sehr viel. Aber in den Wochen vor seinem Tod war dein Vater nicht mehr er selbst. Er war erschöpft, ausgebrannt nach all dem, was draußen in der Welt geschah.«

»Ja.« Natalies Hände, die auf ihrem Schoß lagen, zuckten vor Nervosität.

»Der Tod deiner Mutter war ein furchtbarer Schlag, von dem er sich nie mehr erholt hat.«

Tränen liefen ihr die Wangen hinunter.

Stone hob die Hand, ließ sie wieder fallen. »Ich habe ihm mehrmals vorgeschlagen, dass er von seinem Amt zurücktreten soll, aber das wollte er nicht. Er wollte unbedingt diesem armen Land, seinem Volk helfen.«

Stille.

In dieser Stille glitt Stone, wie eine Schlange, seinem Ziel entgegen. »Kurz vor seinem unglückseligen Ableben hat dein Vater dich aus einer Limousine angerufen. Wir wissen das, weil Mother all seine Telefonate in seiner persönlichen Datei aufzeich-

net. Wir haben jedoch noch keine Aufzeichnung dessen, was er gesagt hat. Was hat dein Vater dir gesagt?«
»Er hat gesagt, dass ich bleiben soll, wo ich bin.«
»Rührend«, murmelte Stone und wischte sich eine Träne aus dem Auge. Er musste ein Staubkörnchen darin haben. »Und?«
Natalie zögerte mit der Antwort.
»Lass dir ruhig Zeit, ich weiß, wie schwierig diese Dinge sind. Es war etwas Wichtiges, nicht wahr?«
Ihr Gesicht war ein Bild der Verwirrung.
»Ging es dabei um mich?«
Sie schüttelte den Kopf.
»Hat dein Vater dir gesagt, dass du es nur einem Menschen verraten darfst?« Er begann, seine Rute auszuwerfen, ein geschickter Angler.
»Ja.«
»Verstehe. Und diese Person war ich?«
»Nein.«
Er beugte sich zu ihr, während sie sich dem Köder näherte. »Ich verstehe ja, wie schmerzhaft das alles für dich sein muss. Aber vielleicht kann ich dir helfen, wenn du mir zumindest sagst, an wen du auf Wunsch deines Vaters diese Botschaft weiterleiten solltest.«
Mit äußerstem Widerstreben flüsterte Natalie: »An die Präsidentin der Vereinigten Staaten.«
Stone betrachtete die Stuckdecke. Als betete er zu Gott. »Wenn es jemand anders gewesen wäre, wäre es vielleicht nicht recht, es mir zu verraten, Natalie. Aber ich kann dir erklären, *warum* dein Vater die Präsidentin ausgewählt hat.« Seine Stimme troff vor Aufrichtigkeit. »Er hat sich gesorgt, er könnte sterben, und hatte keine Vorstellung, wer sein Nachfolger werden sollte. Deshalb hat er an den wichtigsten Menschen gedacht, der ihm

einfiel, und mit dem er außerdem befreundet war und dem er vertrauen konnte.«

»Meinen Sie?« Ein Hoffnungsstrahl fiel in Natalies Herz.

»Ja, da bin ich ganz sicher.« Er tätschelte ihr liebevoll die Hand. »Du kannst mir also ruhig verraten, was er dir gesagt hat.«

Wieder zögerte Natalie. Wenn Stone die Wahrheit erführe, indem er sie erdrosselte, er hätte es mit Freuden getan.

»Er hat mir etwas sehr Seltsames gesagt.«

»Ach ja, was denn?«

»Dass ich der Präsidentin einige Wörter, einen Satz ausrichten soll.«

»Tatsächlich?« Stone rückte an die Kante des Sofas.

»Er hat gesagt, ich soll ihr den Satz ›Die Wahrheit schneidet Holz‹ ausrichten.« Natalie sah ihn zweifelnd an. »Ein komischer Satz. Was bedeutet er, was glauben Sie?«

Stone schloss die Augen.

Dann öffnete er sie, triumphierend. »Das ist ein Code. Er gehört zu dem Foto.« Er stieß einen Seufzer des Glücks aus. »O Natalie, du weißt ja nicht, wie sehr du uns damit hilfst. Dein Vater wäre sehr stolz auf dich.«

»Glauben Sie?« Sie sah ihn ängstlich an.

»Er hätte geweint«, erwiderte der Mörder.

* * *

»Möchten Sie erst die gute oder die schlechte Nachricht hören?«

»Die schlechte«, antwortete der britische Premierminister. Er blickte in das Gesicht von Doug Sullivan, das ihm aus dem Monitor auf seinem Schreibtisch entgegensah.

»Dankwerts ist nach Nevada geflogen, sofort nachdem sie über Reedons Tod benachrichtigt worden war.«

»Glauben Sie, dass auch sie sich entschlossen hat, Mother abzuschalten?«

Doug Sullivan zog heftig an seiner Zigarette, legte sie sorgfältig in den Aschenbecher. »Davon sollten wir ausgehen. Was bedeutet, dass wir Dankwerts' und Reedons Entscheidung rückgängig machen müssen. Ich setze unsere Kryptographen hier in Helsinki auf die Sache an. Außerdem müssen wir herausfinden, wer sonst noch das System zerstören kann. Anscheinend reichen hierfür nicht nur der britische Premierminister und die amerikanische Präsidentin, sondern es muss noch jemand dazukommen.«

»Was mich zum entscheidenden Punkt bringt«, rief Anthony Stone triumphierend aus. »Die Toten sprechen. Lazarus ist wieder zum Leben erweckt.«

»Was soll das heißen?«

»Dass wir im Besitz eines Fotos sind, das zeigt, wer diese Person ist. Und wir verfügen über einen Code.«

»Code? Was für einen Code?«

»Kurz bevor unser ehrenwerter Premier umgebracht wurde«, höhnte Stone, »hat er seine Tochter angerufen und ihr gesagt, dass sie Dankwerts etwas ausrichten soll, und zwar den Satz: ›Die Wahrheit schneidet Holz.‹«

»Und was bedeutet er?«

»Es handelt sich um einen Code. Meiner Ansicht nach war Lars Pedersen, als Vorsitzender, die einzige andere Person, die Mother beenden konnte. Aber als er merkte, dass er im Sterben lag, hat er diese Befugnis aus der Hand gegeben. Das Foto und der Code verraten uns, wer diese Person ist. Wir müssen nur dafür sorgen, dass Mother den Code knackt und die betreffende Person identifiziert. Oswald Plevy hat da bestimmt eine Idee.«

»Er steht kurz vor der Verhaftung.«

»Gut. Welche Strategie wollen wir also einschlagen?«, fragte der Premierminister in teilnahmslosem Ton. Sie waren wieder einmal obenauf. Sie beide. Doug und Tony. Ein tolles Team. Unschlagbar.
»Kümmern Sie sich um das Foto. Ich befasse mich mit Plevy.«
»Und die US-Präsidentin?«
»Das Problem Dankwerts sollten wir schnell lösen.« Sullivan nahm die Zigarette wieder zur Hand und inhalierte tief. »Ich arrangiere da irgendetwas. Bestimmt rechnet sie nicht damit, dass wir schon so bald aktiv werden.«
»Sind Sie sicher? Vielleicht sollten wir noch ein wenig damit warten. Allzu viele Unfälle könnten uns schaden.«
»Ach, ich dachte da nicht an einen Unfall, sondern an etwas Subtileres.«
»Gut.« Stone fasste ihren Angriffsplan zusammen. »Dankwerts entfernen, herausfinden, wer die dritte Person ist und sie töten. Mehr müssen wir nicht tun.«
Sullivan strich mit dem Finger auf dem schwarzen Marmorschreibtisch entlang. »Ist doch gar nicht schwierig, oder? Und dann gehört alles uns. Alles.«
Der Vorsitzende des Rates schob den Stuhl in seinem Büro im obersten Stock der Zentrale von Mother in Helsinki zurück. Er begann allmählich, sich allmächtig zu fühlen. Die Macht eines Gottes. Ein ekstatisches Gefühl, das mit all der Entspannung eines Orgasmus einherging.

53

Macht ist nicht nur etwas, was man besitzt,
sondern auch etwas, von dem der Feind glaubt,
dass man es besitzt.
Saul Alinsky

Monica Dankwerts stand neben ihrem Vizepräsidenten. Sie hatte ihn zu sich gebeten, damit er sich die neuesten Meldungen in Mother ansah. Ein enger Freund, der Chef der Nachrichtenagentur StarWorld, hatte sie fünf Minuten im Voraus gewarnt. Die Nachricht war ebenso unerwartet, wie ihr Inhalt schockierend.

»Anwälte haben im Auftrag von Oswald Plevy, dem reichsten Mann der Welt, dessen Entscheidung bekannt gegeben, sein gesamtes Vermögen – über 102 Milliarden Global – dafür zu verwenden, viele der ärmsten Länder der Erde zu entschulden.«

»Er ist verrückt geworden«, rief Pat Doherty entsetzt.

»Wie es heißt, handelt es sich hierbei um die größte Schenkung, die jemals getätigt wurde. Nach Spekulationsgeschäften in großem Stil hat sie jedoch einen Kollaps der Preise von Staatsanleihen ausgelöst, und die Aktienmärkte befinden sich in freiem Fall …«

»Was schließen Sie daraus?« Pat Doherty war anscheinend ehrlich überrascht. »Warum macht er das? Er wirft sein ganzes Geld zum Fenster hinaus.«

Auch Dankwerts war von der Meldung völlig verblüfft. Sie war Plevy noch nie begegnet und hatte keine Ahnung, was ihn zu dieser Handlungsweise bewogen haben mochte. Sie kam ihr vor wie ein privater Kreuzzug, um die globale Wirtschaft genau in dem Augenblick an die Wand zu fahren, da sich das politische System ebenfalls in einer schweren Krise befand. Versuchte Plevy, Mother zu Fall zu bringen? Das würde zeigen, auf welcher Seite er stand. Doch bewies es auch, dass er von den Verschwörern wusste und Schutz suchte? Lars Pedersen hatte ihr gesagt, sie solle sich von ihm fern halten. Was sollte sie also tun? Sie konnte ihrem Vize doch trauen, oder? Aber das musste sie auch, denn es war kein anderer Vertrauter mehr übrig.

»Pat, ich habe Ihnen etwas Wichtiges mitzuteilen.«

»Können Sie sich *vorstellen*, wie sich das auf die Globalcoms und die Anleihenkurse auswirken wird?« Während Doherty im Oval Office auf und ab schritt, kamen ihm die wildesten Szenarien in den Sinn. »Wir müssen die Märkte stabilisieren.«

»Bringen Sie Oswald Plevy her.«

»Plevy?«

»Ja. Lassen Sie ihn bis morgen ins Weiße Haus schaffen. Ich muss mit ihm sprechen.«

Doherty blieb abrupt stehen. »Da könnte es Schwierigkeiten geben. Ich habe keine Ahnung, wo er sich aufhält …«

»Ich habe mich in seine persönliche Datei eingeloggt. Er wohnt im Hotel *Marybelle* in Florida. Entsenden Sie ausschließlich Leute, in die Sie vollstes Vertrauen haben. Holen Sie ihn hierher, mit dem Flugzeug. Ich möchte, dass die Sache absolut geheim bleibt.«

»Und wenn er nicht mitkommen will?«
»Dann lassen Sie ihn festnehmen. Ich unterschreibe einen Haftbefehl. Der Grund spielt keine Rolle.«
»Aber warum?« Dohertys harte Gesichtszüge zeigten, dass er absolut anderer Meinung war. Nicht Plevy war das Problem, sondern der Tumult an den Kapitalmärkten.
»Weil er in großer Lebensgefahr schwebt. Ebenso wie ich.«
»Ja, Mrs. President.« Was sollte er anderes sagen? Schließlich musste der Vizepräsident ihren Anordnungen immer noch Folge leisten.
»Wissen Sie, was der Satz ›Wahrheit schneidet Holz‹ bedeutet?«
»Nein«, antwortete er verärgert. Was war denn heute in Dankwerts gefahren? Was sollten die ganze Geheimniskrämerei und diese absurden Fragen? Er fuhr sich mit der Hand durch die Haare, die inzwischen noch länger geworden waren. »Sollte ich?«
»Das ist ein Code, und meiner Meinung nach bekommt man damit Zugang zu einer bestimmten Datei in Mother. Ich möchte, dass Sie die Kryptographen darauf ansetzen.«
»Ich schicke den Satz nach Helsinki.«
»Nein! Lassen Sie das«, antwortete Dankwerts scharf. »Setzen Sie Leute aus den Forschungsinstituten hier in Washington ein. Ich möchte nicht, dass das Militär oder der CIA in die Sache eingeschaltet wird.« Sie zog ein Foto aus ihrer Kostümtasche. »Wissen Sie, wer diese Menschen sind?«
Doherty nahm das Foto entgegen. »Nun, das hier ist Pedersen. Viel jünger natürlich. Und das ist Oswald Plevy.«
»Woher wissen Sie, dass es sich um Plevy handelt?«
»Ich bin ihm vor Jahren einmal begegnet, bei einer Militärkonferenz. Das ist er, ganz eindeutig.«

»Und die anderen?«
»Keine Ahnung.«
Dankwerts nickte; Doherty sagte offensichtlich die Wahrheit. »Der Satz ›Die Wahrheit schneidet Holz‹ bezieht sich auf das Kind oder den dritten Mann auf dem Foto. Meiner Ansicht nach verweist er auf den Namen von einem der beiden.« Kaum hatte sie das ausgesprochen, wurde sie nervös. Vielleicht hatte sie zu viel verraten, aber nun gab es kein Zurück mehr. »Kümmern Sie sich sofort um die Sache. Und vergessen Sie nicht: Alles muss geheim bleiben. Es geht um die strategischen Interessen unserer Nation.«
»Ja, ja, natürlich. Ich lass das überprüfen.« Doherty schritt zur Tür. Allmählich wurde ihm klar, womit das alles zusammenhängen könnte.
Er verließ das Oval Office und ging wieder zurück durch die dunklen Gänge. Seine Leibwächter schlossen sich ihm an. Loyalität gegenüber der Präsidentin oder Loyalität gegenüber der neuen Ordnung? Er war bei klarem Verstand, nichts verstellte ihm die Sicht, er wusste, was die Pflicht gebot. Dankwerts hatte sich ihm soeben ausgeliefert; verwundbarer als jetzt konnte sie nicht mehr werden. Was sollte er tun?
Es war an der Zeit, eine Entscheidung zu treffen.

* * *

Die zauberische Ruhe im Hotel *Marybelle* wurde jählings durchbrochen, als mehrere Militärlastwagen die mit Kies bestreute Auffahrt heraufdonnerten. Kurz darauf bremsten sie auf dem makellos gepflegten Rasen, wobei sie tiefe Furchen darin hinterließen. Hundert schwer bewaffnete Männer eines Sondereinsatzkommandos der Vereinigten Staaten sprangen heraus.

Schwarze Hubschrauber tauchten Unheil verkündend am Himmel auf und donnerten über das Hotel hinweg. Überall Lärm, Befehle wurde geschrien, das Knirschen von Stiefeln auf dem Kies. Wie zu erwarten, reagierten die Gäste und das Personal des Hotels auf die Ankunft der Soldaten völlig fassungslos. Alle, bis auf den Direktor. Henri wartete oben an der Treppe. Er hatte schon seit einiger Zeit damit gerechnet.

»Willkommen im Hotel *Marybelle*, Sir«, sagte er leise zu dem befehlshabenden Offizier.

Der Oberst stürmte, in vollem Kampfanzug, an ihm vorbei und schnarrte: »Ich habe einen internationalen Haftbefehl gegen Oswald Plevy.«

»Bitte folgen Sie mir. Es wird keinen Ärger geben.«

Die Soldaten, mit geschwärzten Gesichtern, MPs in den Händen, schwärmten aus. Noch nie im Leben hatten sie etwas so Opulentes gesehen, und sie staunten nicht schlecht, als sie durch die üppig ausgestatteten Flure und Nebenzimmer liefen. Während ihres letzten Auftrags hatten sie Drogenbosse in Peru liquidieren müssen; jetzt waren sie hier, um einen einzelnen Mann festzunehmen. Er musste der Boss aller Bosse sein.

»Sie sind da, Sir.«

Oswald saß wie üblich in seinem Liegestuhl am Pool. Wie schön das Wasser doch aussah, wenn es im Sonnenlicht glitzerte, ging ihm durch den Sinn; das war etwas, was er seit, oh, so vielen Jahren nicht mehr richtig gewürdigt hatte. Nicht mehr seit seiner Kindheit, als ihn diese einfachen Erscheinungen der Natur fasziniert hatten und er voll Ehrfurcht über das Mysterium des Lebens nachgesonnen hatte.

»Oswald Plevy? Stehen Sie auf!«, befahl der Oberst. »Ich habe hier einen internationalen Haftbefehl, ausgestellt auf Ihren Namen. Sie sind als Kategorie A1-Terrorist eingestuft und stellen eine Bedrohung für die internationale Sicherheit des Rates und für dieses Land dar.«

Oswald erhob sich aus dem Liegestuhl und fragte den Offizier von oben herab: »In wessen Namen verhaften Sie mich?«

Der suchte in seiner Brusttasche und reichte ihm einen roten Haftbefehl mit einem gebührend beeindruckenden Siegel darauf. Den Haftbefehl hatte der Vorsitzende des Rates, Doug Sullivan, ausgestellt. Er ignorierte den Wisch. »Ich bin amerikanischer Staatsbürger. Sie benötigen zusätzlich die Vollmacht eines hochrangigen Beamten der amerikanischen Regierung.«

Der Soldat zog weitere Papiere aus der Tasche. »Hier!«

»Wer hat das unterschrieben?«

»Der Vizepräsident der Vereinigten Staaten Pat Doherty.«

»Ah.« Das versetzte ihm einen Dämpfer. Doherty war also der Mitverschwörer von Sullivan und Stone. Jetzt war ihm alles klar; Dankwerts würde bald stürzen. Er blickte sich nach Henri um, aber der war nirgends zu sehen. Die Soldaten packten ihren Gefangenen und führten ihn ab. Er wandte sich um. Als er nach hinten sah, erhaschte er einen letzten Blick auf den Pool, auf dessen Wasser die Sonne glitzerte.

Vor dem Eingang des *Marybelle* hatte Henri alle Angestellten in Reih und Glied Aufstellung beziehen lassen. Als die Männer des Spezialkommandos mit dem Gefangenen aus dem Hotel kamen, verlas der befehlshabende Offizier die – mit einer Drohung verbundene – Anklage.

»Dieser Mann wird aus Gründen der nationalen und internationalen Sicherheit gemäß Abschnitt 2.5 der Internationalen Verordnung zum Schutz vor Terrorismus in Schutzhaft genommen. Es ist verboten, diese Festnahme irgendjemandem gegenüber zu erwähnen. Bei Zuwiderhandlung kann gemäß Abschnitt 7 dieser Verordnung eine

Gefängnisstrafe von bis zu sieben Jahren ausgesprochen werden. Alle hier Versammelten haben zu vergessen, was geschehen ist.«

»Unserem Gast, Mr. Plevy, geht es nicht gut«, versuchte Henri den befehlshabenden Offizier aufzuhalten, wurde jedoch brüsk zur Seite gedrängt. Weitere Hubschrauber landeten auf dem Rasen. Der Abwind, den die riesigen Rotorblätter erzeugten, ließ die Diener niederkauern. Schließlich wurde der Gefangene auf die Treppe vor dem Hotel eskortiert. Einen Augenblick lang standen Oswald und Henri fast Seite an Seite.

»Leben Sie wohl, Henri«, sagte Oswald. »Ich bezweifle, dass wir uns wiedersehen werden.«

»Ja, Sir.«

Er riss sich zusammen. »Danke, dass Sie sich um mich gekümmert haben.« Dieser bescheidene Diener war sein einziger echter Freund im Leben gewesen.

Sichtlich bewegt flüsterte Henri: »Adieu, Sir.«

Die Eskorte stieg die Treppe hinunter, in Richtung der gepanzerten Militärfahrzeuge. Als sie unten angekommen war, rief Henri allen Mitarbeitern des Hotels zu: »Verneigt euch!« Als Oswald an ihnen vorbeiging, verbeugten sie sich tief vor ihm. Aber diesmal taten sie es nicht, um sich ihm zu unterwerfen. Sie wussten, wie er war: stolz, selbstsüchtig, überheblich, mit großen Schwächen. Das alles ließ sich nicht bestreiten, denn es war die Wahrheit. Doch Henri hatte ihnen noch etwas anderes gesagt: nämlich dass Oswald Plevy ihnen Geld überwiesen hatte, um sie aus der Lohnsklaverei zu befreien.

Deshalb verneigten sie sich in größter Dankbarkeit vor ihm.

54

So leb denn wohl, bis wir uns
unter einem schönren Himmel wiedersehen …
John Ashberry

Es war spätabends, als Oswald erwachte.
Er befand sich in einer Isolationszelle, halb nackt und mit Handschellen an ein Bett gefesselt. Man wollte keinerlei Risiko eingehen. Er schien zwar ein recht harmloser Zeitgenosse zu sein, doch für die nationale und internationale Sicherheit stellte er eine nicht geringe Bedrohung dar. Das hatten jedenfalls die Leute in den Chefetagen gesagt, und die Männer amerikanischer Sondereinsatzkommandos stritten nie mit ihren Vorgesetzten. Sie hatten ihn in ein geheimes Verhörgefängnis in Florida gebracht, in dem man Terroristen bearbeitete, und alles Weitere den Verhörexperten überlassen, was diese auch getan hatten.
Oswald ging es nicht gut, seine Nieren verursachten ihm starke Schmerzen. Was nicht heißen sollte, dass das erste Verhör höflich verlaufen wäre. Ein kleiner Mann, gekleidet wie ein Akademiker, mit schmaler Fliege und säuberlich gestutztem Schnauzbart, hatte sich eine Stunde neben ihn auf ein bequemes Sofa gesetzt und immer wieder gefragt, was der Satz »Die Wahrheit schneidet Holz« bedeute.
Oswald antwortete dem Mann, er habe nicht den leisesten Schimmer, und behandelte ihn sofort mit derselben Verach-

tung und Herablassung, die er stets für seine Untergebenen reservierte. Außerdem verlangte er erstklassiges Essen und einen Lightning Strike. Nachdem mehrere Stunden verstrichen waren, gaben der Verhörexperte und seine Kollegen schließlich auf. Ganz klar, sie hatten es hier mit einem stinkreichen Größenwahnsinnigen zu tun, der auf einem anderen Planeten lebte und keinerlei Neigung verspürte, sich mit unbedeutenden Leuten wie ihnen zu unterhalten. Abgesehen davon, sagte er ganz offensichtlich die Wahrheit.

Deshalb versuchte man es mit einer anderen Taktik. Ein leitender Beamter, der auf Anordnung von Doug Sullivan geschickt worden war, betrat den Raum, in dem Oswald festgehalten wurde. Jetzt war Schluss mit dem freundlichen Geplauder. Der Vernehmungsbeamte war äußerst ernst, vertraulich.

»Mr. Plevy, ich wurde gebeten, Ihnen im Namen des Vorsitzenden des Rates eine Nachricht zu übermitteln. Er kennt inzwischen Ihr Geheimnis. Er würde gern wissen, wer die dritte Person ist.«

Oswald lächelte maliziös. Wollte Sullivan ihn mit seinen eigenen Mitteln schlagen? Aber er hatte es mit einem Exinvestmentbanker zu tun, einem der größten Lügner der Welt, einem Mann, dessen ganzes Leben Show, Theater gewesen war. »Ich diskutiere berufliche Dinge nicht mit Abschaum«, schnauzte er den Mann an. »Verschwinden Sie!«

»Mr. Plevy, ich bin der Leiter der amerikanischen Spionageabwehr.«

»Wie gesagt, Abschaum. Ich spreche nur mit Vorsitzenden. Ich bin Oswald Plevy.«

»Wir sind bereit, Ihnen für die Kooperation eine substanzielle Summe anzubieten. Millionen Global.«

Oswald spuckte ihm ins Gesicht. Verärgert und gekränkt zog

sich der Chef eines der amerikanischen Nachrichtendienste zurück. Wieder verging eine gewisse Zeit, und man ließ Oswald mit seinen Gedanken allein. Ihm war klar, dass die Verschwörer über ihre nächsten Schritte beraten würden. Außerdem wusste er genau, wer die endgültige Entscheidung fällen würde. Aber das spielte keine Rolle mehr. Es war ihm inzwischen egal. Denn sein Denken, das sich bisher ausschließlich um Materielles gedreht hatte, war verändert. Die ganze Kraft seines Geistes wie auch seines erstaunlich zähen Willens konzentrierten sich nun auf eine Person. Lars Pedersen hatte für ihn gekämpft und Jahre seines Lebens auf den Kampf gegen seine Feinde verwandt, das heißt, genau die Leute, von denen er fälschlich angenommen hatte, dass es sich um seine Freunde handelte. Deshalb wollte Oswald jetzt kämpfen. Die Schlachtlinien waren gezeichnet, und er würde die Stellung halten – für Pia.
Es war spät am Abend, als man ihn aus der Zelle holte und ihm eine Kanüle in den Arm stach. Kurz darauf noch eine. Erst wurde ihm schwindlig, dann bekam er einen trockenen Mund. Schließlich begannen die Verhöre, bei denen auch Hiebe eingesetzt wurden, aber er wurde binnen Minuten ohnmächtig. Eine schlechte Gesundheit hatte eben doch Vorteile. Als er wieder in seiner Gefängniszelle saß, begann er, wirre Selbstgespräche zu führen, und seine Gedanken schweiften ab. Der Vorhang senkte sich schnell, bald würde sein Auftritt zu Ende sein.
»Er kooperiert nicht.«
»Holen Sie ihn raus, und setzten Sie Drogen ein.«
»Dann stirbt er«, meinte Sullivan.
»Das ist mir egal«, antwortete Anthony Stone, während sie sich gegenseitig auf den Monitoren ansahen. »Ihnen nicht?«
»Doch.«
»Gibt's etwas Neues über das Foto?«

»Es wurde vor zwölf oder mehr Jahren aufgenommen«, erwiderte Sullivan. »Im Hintergrund sind ein Steg und ein See zu erkennen. Wir sind sicher, dass die Aufnahme in einem der skandinavischen Länder gemacht wurde.«

»Warum?«

»Wegen der Kleidung des Fischers, vor allem aber wegen der Angeltasche. Außerdem wirkt das Gras im Vordergrund ziemlich spärlich. Unserer Einschätzung nach handelt es sich um Finnland. Pedersen hat seine Heimat sehr geliebt und da oben oft Urlaub gemacht.«

»Gab es Hilfe von Mother?«

»Nicht viel.« Sullivan verzog das Gesicht; er war mit dem Fortgang der Ermittlungen sehr unzufrieden. »Sie hat Plevy und Pedersen sofort identifiziert, aber weder den Fischer noch das kleine Mädchen. Sie liefert uns auch keinerlei Informationen hinsichtlich des Satzes ›Die Wahrheit schneidet Holz‹. Was bedeutet, dass sie bestimmte Leute schützt. Das muss Pedersen ausgeheckt haben. Wir haben allerdings seine alte Sekretärin ausfindig gemacht. Sie wird gerade in einem Militärstützpunkt außerhalb von Helsinki bearbeitet. Sie wird reden.«

»Uns bleibt nicht mehr allzu viel Zeit«, entgegnete Stone.

»Ich weiß.«

Sie schwiegen. Stone wollte das Ganze schnell hinter sich bringen; er musste schließlich ein Land regieren. »Sonst noch etwas?«

Sullivan runzelte die Stirn. »Doherty hat mir gesagt, dass die Präsidentin ihm befohlen hat, Plevy zu ihr zu schaffen.«

»Ist sie dahinter gekommen, dass wir ihn haben?«, fragte Stone erschrocken und zupfte etwas beunruhigt an seiner Manschette. Die Sache erwies sich als schwieriger als erwartet. Die Verschwörer hatten damit gerechnet, dass mit dem Tod von Lars

Pedersen und des britischen Premierministers alles gelaufen wäre.

»Noch nicht, aber wir dürfen nicht zulassen, dass Oswald mit ihr redet. Uns bleiben also zwei Möglichkeiten: Entweder wir treffen mit ihm eine Abmachung, oder wir bringen ihn heute Abend um und behaupten ihr gegenüber, er sei auf dem Weg hierher gestorben.«

»Was können wir ihm anbieten?«

Sie dachten angestrengt darüber nach.

»Ich probiere es erst mal mit der persönlichen Methode«, sagte Sullivan schließlich. »Danach brechen wir seinen Willen.« Er wusste ja, was Oswald antrieb; er konnte in diese hässliche kleine Hülle, in der sein früherer Freund steckte, mühelos hineinsehen.

Als man Oswald aus dem Bett holte, tat man reuig und untertänig. Es habe da ein furchtbares Versehen gegeben; es sei ihnen ein Rätsel, wie so etwas passieren konnte. Der Vorsitzende des Rates von Mother habe ihn die ganze Zeit unbedingt, *unbedingt* sprechen wollen. Aber die Botschaft sei nicht angekommen. Könne man sich so etwas vorstellen? Sie hatten den großen Mann völlig grundlos unter Drogen gesetzt und geschlagen. Wie schrecklich! Wie respektlos! Man hoffe, er nehme ihnen die Sache nicht übel. Die Gehirnwäscher krochen zu Kreuze – und schauspielerten. Natürlich fluchte Oswald und schrie sie an, was sie hinnahmen. Dann verlangte er nicht einen, sondern zwei Lightning Strikes, die er sofort hinunterkippte. Sie spielten Theater, genau wie er, aber das Ende kam rasch näher. Er wurde in einen Raum gebracht, in dem ein Metallschreibtisch mit einem Monitor darauf stand, und dort, auf dem Bildschirm, erblickte er seinen alten Freund. Der jetzt vollständig das Sagen hatte.

»Oswald!«
»Hallo, Doug!«
Sullivan betrachtete Oswalds zerschundenes Gesicht, seinen malträtierten Körper, die Striemen und blauen Flecken, die ihm die Verhörexperten zugefügt hatten. Aber das hatte sich Oswald selbst zuzuschreiben. Er hätte beim letzten Treffen, als Sullivan ihn im *Marybelle* besucht hatte, eben nicht so unhöflich sein sollen. Doug Sullivan ließ sich nichts gefallen. »Tut mir leid, was da passiert ist.«
»Mir auch.«
»Oswald, es geht auch anders. Ich möchte mit dir eine Abmachung treffen. So wie in den alten Zeiten.«
»Okay.«
Sullivan nickte. Sie waren beim Finale angelangt, endlich konnten sie übers Geschäft reden. Er befahl allen unwichtigen Leuten, die Zelle zu verlassen, damit er mit Plevy unter vier Augen sprechen konnte.
»Wie geht's einem denn so, da ganz oben, Doug?«
»Ich kann nicht klagen.« Sullivan hielt kurz inne. »Oswald, wir alle haben, was wir wollten. Du, Anthony und ich. Es gibt da nur noch eine kleine Schwierigkeit. Bevor er starb, hat Pedersen die Zerstörung von Mother angeordnet, und wir glauben, dass Dankwerts die Anweisung befolgt hat. Was bedeutet, dass ich wissen muss, wer die dritte Person ist.«
»Verstehe, Doug.«
»Gut. Das hatte ich mir auch gedacht. Also, was verlangst du, damit du den Namen preisgibst? Wie viel verlangst du?«
Oswald schwieg und beobachtete die Natter, wie sie ihre übliche Show abzog. Sullivan ließ nicht locker.
»Nenn mir den Namen, Oswald. Du kannst wieder ganz gesund werden. Wir können dich mit Ehrungen *überhäufen*. Wenn du

amerikanischer Vertreter im Rat werden möchtest, abgemacht. Wenn du Kongressabgeordneter werden willst, kein Problem. Alles ist möglich.«

»Du hast die Globalcoms in der Tasche?«

»Jaah. Und die Außenministerien, das Militär, die Geheimdienste – wir haben alle im Sack. Die tanzen nach unserer Pfeife. Endlich können wir gemeinsam die Probleme der Welt lösen. Wir müssen nur noch die Namen des Alten und des Mädchens erfahren.«

»Du hast auch das Foto?«

»Ja.« Sullivans Augen funkelten vor lauter Selbstgefälligkeit. »Ich dachte mir schon, dass dich das überraschen würde. Es ist alles vorbei, Oswald. Es ist nur eine Frage der Zeit, bis wir die beiden gefunden haben.«

Oswald dachte einen Augenblick nach und wischte sich etwas Blut von der gebrochenen Nase. »Okay, Doug, du hast gewonnen. Ich verrate dir den Namen der dritten Person.«

»Ozzy, du bist ein Freund.«

»Unter einer Bedingung.«

»Sag sie mir, Oswald. Was sie auch sein möge.«

»Die Wahrheit.«

»Die was?«

Oswald lächelte. »Komisch, nicht? Sie ist das Einzige, was du mir nicht geben kannst.«

»Was soll das heißen? Also, lass jetzt diese Mätzchen. Du weißt doch, was sonst passiert.«

»Ja, na klar«, sagte Oswald. »Die Wahrheit, Doug. Du hast mich schon seit langem umbringen wollen, oder? Es war Pedersen, der mich geschützt hat.« Er trat von dem Tisch, auf dem der Monitor stand, zurück. »Und selbst wenn ich dir die Namen verriete, du würdest mich trotzdem ermorden. Damit alles geheim bleibt.«

»Oswald, das würde ich nie tun. Das schwöre ich dir! Mach jetzt kein Spektakel.« Die Stimme des ehemaligen CIA-Mannes klang abwechselnd klagend und drohend.

Sein Opfer wischte sich eine blutverkrustete Träne von der Wange. »Es ist gut, einen Freund wie dich zu haben, Doug«, sagte Oswald. »Ich weiß, was ›Die Wahrheit schneidet Holz‹ bedeutet, aber du musst selbst dahinter kommen.«

»Wachen! Führt ihn ab!«, brüllte Sullivan fuchsteufelswild in den Monitor.

Oswald schwankte. Dass er ein wenig betrunken war, trug einiges dazu bei. Dann zielte er mit seinem Kopf auf die Kante des Metalltisches und kippte um.

Stille.

Als er wieder in seiner schalldichten Isolationszelle lag, wusste er, dass er noch lebte – aber nur gerade so eben. Nicht lange, dann würden sie ihn abholen und die Wahrheit aus ihm prügeln, selbst wenn sie ihn dafür umbringen mussten. Sie würden ihn derart mit Drogen vollpumpen oder foltern, dass er sie ihnen verriet.

Doch die Wahrheit, hinter der diese Leute her waren, lag nicht an der Oberfläche; das war das Problem. Sie hatten die gleiche Schwierigkeit wie Oswald. Sie konnten nicht *sehen*, waren innerlich blind, und deshalb konnten sie die Wahrheit nicht erkennen, obwohl sie jeden Tag ihres Lebens direkt vor ihnen lag. Sie würden sie nie sehen. Aber schließlich würde sie ans Licht kommen, denn die Welt war ein großes Schlachtfeld, auf dem der Kampf zwischen dem Willen zur Macht und dem Willen zur Liebe ausgefochten wurde. Sein ganzes Leben lang hatte Oswald dem Ersteren gehuldigt und nichts unversucht gelassen, ihn zu befördern. Doch inzwischen war er sich über die Auswirkungen dieses Willens völlig im Klaren – es ging um die

Nummerierung, die Normierung des Menschengeschlechts selbst. Auch Lars Pedersen hatte um diesen Willen zur Macht gewusst – und ihn zurückgewiesen. Dennoch hatte der weise Finne seine wahren Gefühle verborgen und – anstatt den Mächtigsten offen entgegenzutreten, was zum Scheitern verurteilt gewesen wäre – geduldig gewartet, bis das System seinen Scheitelpunkt erreicht hatte. Dann aber hatte er eine Hand voll Fäden zusammengefasst und zu weben begonnen. Reedon … Dankwerts … Oswald … Pia.

Oswald hörte Schritte von Stiefeln auf dem Flur; sie wollten ihn abholen. Im selben Augenblick, in seiner Zelle, sprang sein Herz schließlich auf. Und in diesem Moment *sah* er die Wahrheit.

Denn die Wahrheit war ein großer Spiegel, in dem die menschliche Seele sich spiegelte. Sie enthielt keine Lüge, und man konnte ihr nicht ausweichen. Oswald erkannte, dass er einer der gierigsten Männer seiner Generation gewesen war. Und er sah auch die Übel, die seine Lügen hervorgebracht hatten: Stolz, Arroganz, Grausamkeit, Torheit. Jetzt sah und erlebte er all diese Übel in ihrer nackten Intensität, denn das Kreuz, das er trug, war aus dem Holz seines eigenen Herzens geschnitzt. Doch inmitten seines Leidens nahm er etwas Merkwürdiges wahr. Alle Menschen, denen er im Leben begegnet war, hatten auf etwas hingewirkt. Die Guten und die Bösen, jeder hatte dazu beigetragen, ihn auf den Pfad der Wahrheit zu führen, auch wenn es nicht so ausgesehen hatte. Und da sah Oswald Plevy, dass er, so wie alle Menschen, in die Ewigkeit eingehen würde. Doch bevor dies geschah, musste er eine Entscheidung treffen. Ganz allein.

Was sollte er mitnehmen? Was immer es war, es würde bestimmen, ob er ins Himmelreich käme oder nicht; und sein »letztes

Kleid« würde er selbst weben, durch einen Akt des eigenen Willens – des Willens zur Macht oder des Willens zur Liebe. Was tun? Sollte er mitnehmen, was mit seiner Hilfe auf Erden etabliert worden war, ein System der Unterdrückung, das auf Lügen und Gier gründete? Oder sollte er es hier zurücklassen, diese nicht gewollte Bürde, am Eingang zur Ewigkeit?

Als er starb, allein, in seiner Isolationszelle, wünschte Oswald sich von ganzem Herzen, dass es Mother nie gegeben hätte.

55

Die Demut … offenbart das himmlische Licht.
Henry David Thoreau

Nachdem sie Oswald Lebewohl gesagt hatte, verließ Pia zusammen mit Esko das *Marybelle*.

Eine Limousine mit Chauffeur brachte sie zu einem kleinen Flugplatz außerhalb von Florida. Dort charterte Esko einen Privatjet für den Rückflug nach Finnland. Er hatte alles im Voraus organisiert, so dass es keine Probleme gab. Außerdem stieß er auf nichts, was seinen Verdacht erregt hätte. Die Anmietung einer Privatmaschine war eigentlich das Vorrecht von A1ern und A2ern, und Pia fiel auf, dass er sich zu diesem Zweck in einen Multimillionär verwandelt hatte. Mother schützte ihn also nach wie vor; sein Code war noch nicht geknackt.

Im Flugzeug sank Pia in einen tiefen, festen Schlaf. Sie war entspannt und zufrieden, denn sie wusste ihren Freund neben sich. Sie war glücklich mit Esko, empfand tiefe Zuneigung für ihn. Nur das zählte, oder? Sie kuschelte sich ins Kissen und träumte von einer rosigen Zukunft. Ihre Leiden waren vorbei, ihr Leben würde sich zum Besseren wenden.

»Pia?«

Esko weckte sie auf. Es war dunkel.

»Wo sind wir?«

»Über der Nordsee. Hast du gut geschlafen?«

»Wie ein Murmeltier.« Sie strich sich durch die blonden Haare,

und als sie sich zu ihm herüberbeugte, um ihn auf den Mund zu küssen, lagen in ihrem Blick Zärtlichkeit und wiedererwachte Liebe. Aber obwohl Esko ihren Kuss erwiderte, wirkte er traurig.
»Ich habe eine Nachricht für dich.«
»Worum geht's?«
»Kurz nachdem wir das *Marybelle* verlassen haben, wurde Oswald in Gewahrsam genommen. Ein Sondereinsatzkommando hat ihn in ein Verhörzentrum für Terroristen in Miami gebracht.«
»Wer hat dir das gesagt?« Erschrocken setzte sie sich auf.
»Henri. Er hat mich benachrichtigt.« Dann sagte er, langsamer: »Pia, wir haben die Bestätigung erhalten, dass Oswald tot ist.«
Ihre Gesichtszüge erstarrten, sie war tief getroffen, aber Esko konnte keine Rücksicht darauf nehmen. »Oswald hat dich fortgeschickt, weil er wusste, was passieren würde, und er nicht wollte, dass du in die Sache hineingezogen wirst. Sie haben ihn gefoltert, um an eine Information heranzukommen, die Sullivan benötigt. Oswald ist später am Abend einem Herzinfarkt erlegen.« Er hielt inne. »Am Ende hat er das Ungeheuer, zu dessen Geburt er beigetragen hat, zurückgewiesen. Er hat all diese Regierungsanleihen nicht gekauft, um Geld damit zu verdienen, sondern um den Kapitalmarkt zu destabilisieren. Lars Pedersen hat mir gesagt, er sei immer davon überzeugt gewesen, dass Oswald ihm eines Tages helfen würde.«
Sie legte die Hände vors Gesicht. »Warum geschieht das alles?«
»Es ist Zeit, dass du die Wahrheit erkennst.« In die Wand der Flugzeugkabine war ein Monitor eingelassen. Esko aktivierte ihn per Augen-Scan. Dann gab er mit Hilfe der Tastatur unten am Bildschirm einen Code ein. »Pia, jeden Tag siehst du dir, so wie alle anderen, die 24-Stunden-Nachrichten an. Aber das sind nicht die wahren Meldungen. Dies sind die wahren Nach-

richten.« Und damit verließ er die Kabine und begab sich in den hinteren Teil der Maschine.

»Mehrere südamerikanische Regierungen haben sich auf ein Abkommen hinsichtlich der eugenischen Sterilisierung von A8- und A9-Mädchen geeinigt, bei der ein von dem Globalcom UniversalDrug hergestelltes Medikament verwendet werden soll. Das Projekt läuft drei Jahre, die Umsetzung erfolgt in staatlichen Krankenhäusern und Schulen. Mindestalter der Probanden: zehn Jahre. Geschätzte Kosten: fünf Milliarden Global. Siehe auch Indien.«

»Indien.«

»Die großen Globalcoms haben sich auf die Einführung eines neuen A10-Ratings für eine dauerhafte ›Sklaven‹-Schicht geeinigt. Vorbereitende Tests werden in Indien durchgeführt. Der geplante Zeitraum beträgt fünf Jahre, die geplante Anzahl der Probanden 300 Millionen. Die Bezeichnung für das neue Rating soll lauten: Arbeiterschicht.«

»Kriminelle Elemente.«

»Die Regierungen von China und Russland haben sich auf die Nutzung der Leichname von zum Tod verurteilten Strafgefangenen geeinigt. Der Tod wird durch die Injizierung eines vom Globalcom JiaZhen bereitgestellten Produkts herbeigeführt. Die Injizierung erfolgt direkt ins Gehirn. Die Entnahme der Organe und des Gewebes wird unmittelbar vor dem Tod vorgenommen. Voraussichtlicher jährlicher Umsatz: 50 000 Personen. Geschätzter Jahresgewinn aus dem Organanbau: 600 Millionen Global.«

»Terroristen.« Pia sprach das Wort sehr laut und mit wachsender Besorgnis aus.

»Auf der Internationalen Konferenz über Terrorismus ist die Definition des Begriffs erweitert worden, so dass er auch Verweigerer umfasst. Um die politischen Folgen zu begrenzen, wird die Umsetzung im amerikanischen und europäischen Sektor schrittweise erfolgen. Im asiatischen Sektor werden die gesetzlichen Vorschriften geändert, um die Möglichkeit zu schaffen, Terroristen in die Kategorie ›kriminelle Elemente‹ einzuordnen, um auf diese Weise Organernten zuzulassen.«

»Gespielinnen und Gespielen.«

»Zwischen dem europäischen, amerikanischen und afrikanischen Sektor wird der freie Transitverkehr von Gespielinnen und Gespielen gestattet. Die Altersgruppe soll die 16- bis 25-Jährigen umfassen, wobei in einigen Ländern des afrikanischen Sektors auch jüngere Altersgruppen zugelassen werden. Nach Erreichen der Geschlechtsreife wird eine Zwangszuweisung zur A8-Schicht vorgenommen. Die Allokationsquoten der Länder werden modifiziert, und es wird eine Zertifizierung eingeführt. Die Globalcoms PlanetGambler und FreeWorld verhandeln derzeit über ein Abkommen zur Beschaffung männlicher und weiblicher Personen.«

»Finnland.«

»Termin zur Einführung der Zwangsregistrierung der Zivilbevölkerung in Mother: Dezember 2020. Termin für die Abschaffung des nationalen Parlaments: Juni 2021. Termin für die regelmäßigen ärztlichen Zwangsuntersuchungen der Gesamtbevölkerung: August

2021. Termin für die Einweihung exklusiver Schulen für A1er bis A5er: November 2021. Siehe auch geschützte Zonen.«

»Geschützte Zonen – Finnland.«

»Geschützte Zonen – Landesplan. In Finnland wird den Erwartungen zufolge bis 2023 der Anteil der geschützten Zonen an der Landesfläche vierzig Prozent betragen. Ein großer Teil von Nordfinnland wird zum Gebiet von besonderem landschaftlichem Reiz erklärt, in dem ausschließlich A1er bis A4er Wohnrecht haben werden. Die Einfuhr von Angehörigen der Diener- und der Arbeiterschicht wird gestattet, bei einer voraussichtlichen Allokation von vier Dienern pro Familie. Konzessionen für den Transit der Personen werden World-Airlines und SpeedRail erhalten. Sondereinsatzkommandos der nordischen Länder werden sämtliche Sicherheitsaspekte regeln. Geschätzter Jahresumsatz: 200 000 Personen. Zeitraum des Projekts: vier Jahre. Geschätzte Kosten: drei Milliarden Global.«

Und so ging das immer weiter: Der Mensch galt als bloße Ware und wurde wie ein x-beliebiges Produkt bestimmten Märkten zugeteilt. Nach einer halben Stunde kam Esko zurück.

»Nun weißt du es. Man ist dabei, zwei getrennte Welten zu erschaffen, Pia, die Welt der Herrschenden und die Welt der Beherrschten. Die Registrierung aller Menschen in Mother ist nur ein erster Schritt. Die Folgemaßnahmen sind schon vor langer Zeit in allen Einzelheiten festgelegt worden, in Geheimabkommen zwischen dem Militär, den Globalcoms und den herrschenden Eliten zahlreicher Länder. Die offizielle Absicht – an die man die Menschen in den 24-Stunden-Nachrichten schon bald immer wieder erinnern wird, bis sie diese bedingungslos akzeptieren – besteht darin, eine globale Gesellschaft zu schaffen, damit Krieg, Verbrechen und Gewalt vernichtet werden. Die *wahre* Intention ist jedoch sehr viel unheilvoller: Es geht um Totalitarismus und die ökonomische Ausbeutung des Menschen.«

»Aber warum tragen die Politiker dazu bei?«

»Warum?« Esko setzte sich neben sie. »Weil sie berufsmäßige Lügner sind. Sie erschaffen und erhalten Systeme, die ihr Eigeninteresse widerspiegeln: Geld und Macht. Aber wenn die Macht absolut wird, werden Politiker arbeitslos. Indem sie, ohne Absicht, zur Förderung der Tyrannei beitragen, machen sie sich selbst überflüssig.«

»Wer steckt dahinter? Leute wie Sullivan?«

»Ja, aber er ist nur der Kopf einer sehr großen Gruppe. Die Globalcoms, das Militär und die Geheimdienste haben ihre Kräfte gebündelt, um ein gemeinsames Ziel zu erreichen.«

»Aber wieso schreiten die Menschen nicht dagegen ein?«

Esko lachte, ein sanftes und gleichzeitig bitteres Lachen. »*Wieso*, Pia? Weil man nur das stoppen kann, wovon man *weiß*. Die Perfektionierung der Macht wird durch die Kontrolle der Informationen erreicht. Wenn man die Nachrichten kontrolliert, die Wahrheit zurechtbiegt, die öffentliche Meinung manipuliert, dann wissen die Menschen nicht einmal, dass sie in einer Welt der Täuschung leben. Und diejenigen, die versuchen, diese Illusion zu zerstören, werden vernichtet. Aber das Schlimmste steht uns noch bevor.«

Er gab einen weiteren Code in die Tastatur ein. »Das hier ist das neueste Projekt des europäischen Globalcoms ChildPlanet.«

Sie warteten, bis der Text erschien. Esko hatte sich Zugang zu einem internen Geheimreport verschafft. Der größte europäische Konzern für Kinderspielzeug und -bekleidung hatte seine neueste Geschäftsstrategie modifiziert. Zielgruppe waren nun

A1- bis A5-Kinder im Alter zwischen sieben und elf Jahren. Angestrebt wurde deren »Erwachsenmachung«. Durch eine Reihe von Comedy-Programmen sollten die Kinder mit der »wirklichen Welt« vertraut gemacht werden. Themen wie Ernährung, kosmetische Chirurgie, die Vorstellung von Nahrungsmitteln und Bekleidungsmarken, die Verwendung von Kinderdeodorants und -lippenstiften sowie gepolsterten Büstenhaltern sollten unter Einsatz von Comicfiguren den Kindern näher gebracht werden. Fromm & Terror sollte sämtliche Fragen der Werbung regeln; UniversalFood würde sich um das Branding kümmern, die DMU (die Ärztegewerkschaft) um die Bereiche Ernährung und kosmetische Chirurgie sowie die großen französischen Globalcoms um Bekleidung und Parfüms. Es würde Rechte zur Aufteilung der Gewinne sowie Exklusivarrangements geben, dazu eine Zusammenlegung der Ressourcen und Gewinne. Die wahre Absicht wäre jedoch die geheime Sexualisierung von Kindern aus Gründen des Kommerzes.

»Oder wie findest du dies?«

Nach der Zwangsregistrierung der Bevölkerung in Mother würden die Länder im nächsten Schritt bei allen Menschen die obligatorische Implantation von Überwachungsgeräten vornehmen, die unter der Haut getragen werden. Eine globale Werbekampagne würde gestartet, um die Vorzüge der Geräte bei der Aufklärung von Straftaten, Kidnapping und dem Verschwinden von Personen herauszustreichen. Große Steueranreize würden eingeräumt. Die wahre Absicht aber wäre, die Bewegungen aller Menschen weltweit per Computer zu erfassen. Das Militär und die führenden dreißig Globalcoms würden für sämtliche Aspekte zuständig sein. Die erwarteten Gewinne wären riesengroß. Zudem würden Programme zur Liquidierung von allen unerwünschten Elementen eingeleitet.

»Oder das?«

Durch finanzielle Anreize und gefälschte medizinische Ratschläge sollten europäische Erwachsene und Jugendliche dazu ermutigt werden, Eizellen und Sperma in speziellen Samenbanken zu deponieren, die angeblich Wohltätigkeitsorganisationen unterstanden. Die Samenbanken würden jedoch insgeheim von Spezialeinheiten und Sicherheitsdiensten kontrolliert, um so die Erzeugung von Kindern mit einer verstärkten Neigung zu Aggressivität und einem größeren Durchhaltevermögen zu ermöglichen. Die Spender würden nie etwas davon erfahren.

»Oder das hier?«

In allen Staaten sollten spezielle Universitäten zur Fortpflanzung der Verwaltungselite gegründet werden. Die Studenten würden eine intensive Indoktrinierung erhalten, Führungspositionen in Staat und Wirtschaft ständen nur ihnen offen, sie allein erhielten unbeschränkten Zugang zu Mother. Die Universitäten würden in speziellen Zonen liegen. Die Herrschenden und die Beherrschten würden allmählich völlig getrennte Existenzen führen. Eine globale Herrenrasse entstände.

»Ich möchte nichts mehr davon sehen.«

»Pia, es kommt noch viel schlimmer. Es sind Genexperimente geplant, von den Regierungen unterstützte so genannte Lebensbeendigungen, Kolonien zur selektiven Zuchtwahl. Es geht hier um das regelrechte Züchten von Menschen ...«

»Ich möchte nichts mehr davon sehen.«

Pia wandte sich vom Monitor ab und blickte aus dem Flugzeugfenster. Esko spürte, dass sie zutiefst verängstigt war. Sie hatte in einer Welt gelebt, die eine einzige Lüge war, doch wie tief diese reichte, hatte sie noch immer nicht begriffen. Schließlich wandte sie sich, einen gequälten Ausdruck in den Augen, zu ihm um.

»Ich verstehe das immer noch nicht: Warum wollte Sullivan Oswald umbringen? Hat Oswald gewusst, dass alles hierauf hinauslaufen würde?«
Esko strich ihr ein paar blonde Haarsträhnen aus dem verweinten Gesicht. »Nicht Oswald hat Mother ausgeheckt, Pia«, sagte er ruhig. »Sondern das Militär und die Geheimdienste. Aber er hat ihnen geholfen, weil er so gierig war. Doch zum Schluss hat sogar Oswald erkannt, was für ein Monster er da geschaffen hatte, womit er sowohl sich selbst als auch das System meinte. Außerdem wollte Sullivan ihn gar nicht umbringen. Er suchte vielmehr nach dem einen großen Fehler im System.«
»Fehler?«
»Ja, es gibt darin einen winzigen Haken. Gleich zu Beginn hat Oswald aus Gründen der Selbsterhaltung einen Code in Mother implementiert. Dieser Code ermöglicht es, das gesamte System – Mother als Ganzes – zu zerstören.«
»Das gesamte System?« Pia war fassungslos. »Wie, als Ganzes?«
»Ja, komplett. Als Pedersen Vorsitzender des Rates wurde, hat er das herausgefunden. Man beschloss, den Code geheim zu halten, die Identität der Personen, die Mother zerstören konnten, jedoch zu ändern. Drei Personen wurden ausgewählt: die Präsidentin der Vereinigten Staaten, der britische Premierminister und Pedersen selbst. Die ersten beiden haben vor kurzem ihre Entscheidung getroffen, das System zu zerstören. Sie waren sich völlig darüber im Klaren, wohin dieses soziale Engineering führen würde – das die Menschen wie Waren behandelt, die benutzt und dann beseitigt werden, sobald sie abgeschrieben sind. An diesem Punkt sind wir fast angekommen, Pia, einer Entwicklung, die du, zum Teil, bereits erlebt hast. Aber es wird noch viel schlimmer kommen. Es wird eine kalte Welt entste-

hen, bar jeden Mitgefühls. Die Natur des Menschen selbst wird sich ändern.«

»Aber was ist mit Pedersen? *Wieso* hat er nichts unternommen?«, herrschte Pia Esko empört und wütend an. »Es war seine Pflicht, uns zu beschützen. Er war der Vorsitzende. Er hat uns verraten.«

»Er hat durchaus etwas unternommen«, antwortete Esko und ergriff ihre Hand. »Er hat schon vor vierzehn Jahren gewusst, wie sich alles entwickeln würde, und schon damals nach jemandem gesucht, der Mother zum Einsturz bringen kann. Dann hat er auf den richtigen Moment gewartet. Kurz vor seinem Tod hat er seine Macht, diese ungeheure Macht, im Namen der Menschheit zu handeln, einer anderen Person übertragen.«

»An wen?«

»An jemanden, den niemand in Verdacht haben würde. Nicht an einen Politiker, nicht an den Chef eines Globalcoms, nicht an einen Intellektuellen.«

»Wer ist es?«

Esko packte ihre Hand. In seinen Augen standen Tränen. »Pia, er hatte sich entschlossen, diese Macht dir zu übertragen.«

56

*Das Schicksal des Menschen scheint wie ein Faden zu sein,
der sich in einem endlosen Labyrinth verliert.*
Marcel Marceau

»Ozzy ist tot.«

Der britische Premierminister Anthony Stone dachte einige Sekunden lang über das Ableben seines früheren Freundes nach. Dann ließ er den Gedanken fallen. Freunde kamen und gingen, das Leben war wie ein großer Fluss, der altes Holz und abgebrochene Zweige mit sich führte. Man freundete sich an, wenn es nützlich war, und man entledigte sich seiner Freunde, wenn dies nicht mehr der Fall war. So war das Leben nun mal.

»Wie ist es passiert?«

»Herzversagen.« Sullivan hustete, während er in den Monitor sprach; er fühlte sich müde und abgespannt. »Wahrscheinlich ausgelöst durch Angst, aber seine gesundheitliche Verfassung war sowieso erbärmlich. Außerdem hatte er nie die Absicht, uns zu verraten, um wem es sich bei der dritten Person handelt. Wir sind ohne ihn besser dran.«

»Das stimmt.« Stone strich sich über die rot-blaue Krawatte. Inzwischen waren die Dinge so weit gediehen, da durfte man einfach nicht zulassen, dass der Tod eines weiteren Menschen einen bekümmerte. Oswald hatte sich nicht an die Regeln gehalten, deshalb musste man ihn vom Spiel ausschließen. »Und nun? Was ist mit dem Foto?«

»Wir sind sicher, dass es im Norden Finnlands aufgenommen worden ist. Ich habe eine Luftaufklärung der Region angeordnet, um alle Blockhäuser zu identifizieren, die an einem See liegen. Außerdem habe ich Kopien des Fotos anfertigen lassen, sie werden in den Städten und Dörfern verteilt. Irgendjemand wird den Mann und das Kind schon erkennen. Ganz bestimmt.«
»Wir könnten Mother einsetzen, um die Fotos der Öffentlichkeit bekannt zu machen.«
»Nein.« Sullivan schlug seinen »definitiven« Ton an. »Ich halte das nicht für klug. Erst müssen wir uns mit Dankwerts befassen. Wenn sie herausfindet, was wir wissen, wird sie das Mädchen benachrichtigen.«
»Das Mädchen? Warum meinen Sie, dass es sich um das Mädchen handelt und nicht um den Angler?«
»Weil ich glaube, dass der inzwischen tot ist.« Sullivan stand auf und begann in seinem Büro im 55. Stock, das inzwischen vollständig neu eingerichtet war, auf und ab zu gehen.
»Ja, das könnte sein«, erwiderte Stone zurückhaltend. »Und wenn wir das Mädchen aufgespürt haben?«
»Bringen wir sie um, bevor sie sich in irgendetwas einmischt.«
»Okay.« Stone zuckte mit den Achseln. Er wollte in dieser Sache nicht allzu zimperlich sein. Eines Tages würde er auf dem Stuhl sitzen, den jetzt Sullivan einnahm. Am besten wartete er den richtigen Moment ab. »Und wie steht's damit, die Befehle, die Reedon und Dankwerts in Mother eingegeben haben, rückgängig zu machen?«
»Das erweist sich als schwierig, der Code ist tief im System verborgen, und Mother blockiert unsere Bemühungen, ihn auszugraben. Wenn wir allzu tief schürfen, könnte dadurch etwas Unerwünschtes ausgelöst werden. Es ist einfacher, die dritte Person ausfindig zu machen.« Sullivan setzte sich wieder.

»Und die anderen Codes?«, fragte Stone.

Der Vorsitzende von Mother gähnte und änderte seine Haltung auf dem Schreibtischsessel, der größer und breiter war als der seines Amtsvorgängers. Er hatte das ausladende Sitzmöbel schon vor einigen Wochen bestellt, ohne dass Lars etwas davon gewusst hatte. »Da haben wir Fortschritte gemacht. Pedersens Sekretärin hat preisgegeben, dass Pedersen in seiner persönlichen Datei ein System installiert hatte, in dem Mother die Identitäten verschiedener Personen versteckte, aber sie hatte keine Ahnung, um wen es sich dabei handelt.«

»Was wollen Sie mit ihr tun?«

»Mit wem? Mit Pedersens Sekretärin? Ach, Spezialeinheiten haben sie bereits beseitigt; sie wusste ja nichts mehr.« Er hatte die Frau ohnehin nie leiden können. Ihr derangiertes Gesicht war bereits aus seinem weiträumigen Gedächtnis gestrichen.

»Und die Märkte?«

»Ich habe für nächste Woche eine Krisensitzung des Rates einberufen. Bis dahin setze ich mich mit den Globalcoms und den G12-Ländern in Verbindung. Wir könnten ja ein Paket mit Stand-by-Maßnahmen schnüren«, sagte er spöttisch. »Oswald meinte, er könne Mother zu Fall bringen, aber das System ist viel mächtiger geworden, als er dachte. Er hat zu lange an seinem Pool gelegen. Seine Zeit ist abgelaufen.«

»Dann müssen wir uns also nur noch um Dankwerts kümmern«, sagte Stone und erhob sich von seinem Stuhl im Büro des britischen Premiers. Natürlich musste es ebenfalls neu eingerichtet werden. Eiche und irgendein anderes Holz wären angemessen. So teuer wie möglich. »Was planen Sie?«

»Eine schöne Bescherung.« Sullivan grinste sardonisch. »Überlassen Sie nur alles mir.«

* * *

Die amerikanische Präsidentin Monica Dankwerts konnte nicht einschlafen. Ihr blieb nichts anderes übrig, als zu warten. Pat Doherty hatte sie darüber informiert, dass man Oswald Plevy ins Weiße Haus holen würde; morgen früh könne sie mit ihm sprechen. Und was die Bedeutung des Satzes »Die Wahrheit schneidet Holz« betreffe, nun ja, daran arbeite man noch.
Unruhig drehte sich die Präsidentin im Bett um. Die ganzen Probleme lasteten auf ihrem Gewissen wie eine Grabplatte. Gott sei Dank war morgen Sonntag. Zumindest würde sie sich ein wenig ausruhen können.
Was sollte sie tun, wenn sie hinter die Identität der dritten Person gekommen war? Was würde sie ihm oder ihr sagen? Sie war sich nicht sicher. Aber es musste eine Möglichkeit geben, die Verschwörer zu enttarnen, ehe man die endgültige Entscheidung fällte, Mother zu zerstören.
Die Auslöschung des Systems könnte die Welt ins Chaos stürzen, würde eine Quantenverschiebung in der Lebensweise der Menschen nach sich ziehen. Nein, nach wie vor gab es Teile von Mother, die gerettet werden konnten – zum Nutzen der Menschheit. Man müsste sich etwas überlegen. Beispielsweise das Kreditrating-System modifizieren, wenn man es auch nicht völlig abschaffen konnte.
Trotzdem hatte sie das Gefühl, unzulänglich zu sein. Sie durfte sich nichts vormachen: Sie hatte ihr Volk im Stich gelassen. Was nun geschah, hätte mit ihrer Hilfe gestoppt werden können. Aber sie alle hatten dazu beigetragen, oder? Die Staats- und Regierungschefs aller Länder. Während sie Demokratie und Freiheit predigten, hatten sie Schritt für Schritt die zunehmende Versklavung ihrer Bevölkerungen gebilligt. Natürlich hatte am Anfang alles ganz fabelhaft geklungen – die Registrierung der Menschheit in einem einzigen Computersystem, die Verringe-

rung der Bürokratie, die Vernetzung der Welt. Doch Idee und Wirklichkeit klafften weit auseinander. Warum nur?

Weil es so gekommen war, wie Lars Pedersen ihr gegenüber einmal geäußert hatte: Entscheidend war das Diktat der Macht. Letztlich war Macht eine amoralische Kraft, die – und das war geradezu unausweichlich – denjenigen zufloss, die selbst amoralisch waren. Das System erzeugte und prägte den Tyrannen an seiner Spitze, nicht umgekehrt.

Dennoch hatte sie törichterweise vorausgesetzt, dass diejenigen, die Mother kontrollierten, sich stets um das Wohl ihrer Bürger sorgen würden. Doch das war eine Lüge. Das System hatte immer mehr dazu getan, Menschen wie Sullivan und Stone hervorzubringen. Für diese Leute hatte Macht einen unwiderstehlichen Reiz, sie weckte in ihnen ein tief sitzendes Verlangen, und zwar um ihrer selbst willen.

Natürlich trugen auch andere Schuld an dieser Entwicklung, und dennoch konnte sich Monica Dankwerts nicht von jeder Verantwortung freisprechen. Obwohl sie das höchste politische Amt der Welt innehatte, hatte sie den Lauf der Dinge nicht aufhalten können, sie hatte sogar dazu beigetragen, ihn voranzutreiben. Aber sie konnte die Verschwörer hoffentlich noch immer besiegen. Zusammen mit Plevy und Doherty würde sie kämpfen; sie war kein Drückeberger. Man könnte ein Geschäft verabreden. So machten es alle Politiker. Der Deal, der Kompromiss, der Handschlag, der zarte Kuss des Judas.

Dankwerts fiel in einen unruhigen Schlaf und begann zu träumen. Es war ein unangenehmer Traum. Jemand war in ihr Schlafzimmer eingedrungen, ihren privatesten Zufluchtsort, und zerschnitt ihre Bekleidung, ihre Kostüme und Kleider, die Insignien ihrer Macht. Sie hatte nichts mehr zum Anziehen, lag nackt und bloß da. Und niemand scherte sich darum. Alle, die um sie herumstanden, lachten nur und wandten sich von ihr ab. Plötzlich, im Dunkeln, schlug Dankwerts die Augen auf. Ihr Traum war Wirklichkeit geworden. Neben dem Bett stand eine ihrer Mitarbeiterinnen, ganz außer sich.

»Was ist?«

»Die Wachen sind ersetzt worden.«

Sie setzte sich auf. »Was? Wie spät ist es?«

»Drei Uhr. Spezialeinheiten halten die Tore besetzt«, die Worte sprudelten ihrer Mitarbeiterin nur so über die Lippen, »Ihre Leibwächter sind nicht mehr da, Sie müssen hier raus.«

Einen Augenblick lang saß Dankwerts regungslos im Bett, während ein gewaltiger Strudel der Angst ihr Inneres erfasste. Sie klammerte sich an ihre Autorität. »Aber ich habe diesbezüglich keinerlei Anweisungen erteilt.«

»Man organisiert bereits ein Treffen – mit Ihnen.«

»Wer, verdammt noch mal?«, fragte Dankwerts, die aus dem Bett gesprungen war und sich hastig ankleidete.

»Der Sprecher des Repräsentantenhauses, der Oberste Richter und der Vizepräsident. Mr. Doherty hat eine Nachricht für Sie hinterlassen, aber er hat gesagt, dass man Sie erst am Morgen darüber in Kenntnis setzen solle.« Die Präsidentin entdeckte einen Briefumschlag in der Hand ihrer Sekretärin, nahm ihn und riss ihn auf.

»Wir haben Oswald Plevy im Hotel Marybelle *aufgespürt. Er weigerte sich, meine Leibwächter zu begleiten. Spezialeinheiten haben ihn in Gewahrsam genommen, aber niemand ahnte, dass sein Herz so schwach ist. Er hat einen Herzinfarkt erlitten und ist gestern Abend verstorben, obwohl ihm jede zur Verfügung stehende medizinische Hilfe zuteil wurde. Pat Doherty.«*

Die Verschwörer hatten Plevy ermordet. Und ihr Vize steckte mit ihnen unter einer Decke.

»O nein!« Sie drehte sich zu ihrer Sekretärin um. »Die planen einen Staatsstreich! Die wollen mich umbringen; Sie müssen Hilfe holen.«

Ihre Sekretärin gab ihr keine Antwort. Sie folgte ihrem Blick. In der Tür standen zwei Geheimdienstleute. Ihre Tage im Amt waren gezählt.

57

Irgendwann einmal kommt für jeden Menschen,
jede Nation der Augenblick, da es gilt,
sich im Kampf der Wahrheit gegen die Lüge auf die Seite
des Guten oder des Bösen zu schlagen.
J. R. Lowell

Wenn die Welt voller Lügen war, was konnte man dann tun?

Henri hatte die Angestellten des *Marybelle* um sich versammelt. Wie nicht anders zu erwarten, waren sie besorgt und ängstlich, da noch immer Gerüchte und Spekulationen kursierten, die das System weiter schwächten. Gerüchte über die Festnahme von Oswald Plevy, Spekulationen über einen möglichen Kollaps der globalen Märkte, Mutmaßungen über die Zensur der Nachrichten, Vermutungen darüber, dass die Welt da draußen immer gewalttätiger und instabiler wurde. Niemand wusste, was er davon halten sollte. Die Menschen zweifelten sogar an Mother selbst. Konnte es sein, dass alles ganz anders war, als man ihnen hatte weismachen wollen? Aber das war doch unmöglich, oder?

Die Angestellten schauten Henri an, ihm vertrauten sie. Der Hoteldirektor hob an: »Gestern wurde, wie Sie wissen, Mr. Plevy von amerikanischen Spezialkräften festgenommen. Er ist gestern Nacht in deren Gewahrsam verstorben.«

Nach einer kurzen Pause fuhr er fort: »Mr. Plevy war kein Terrorist. Er wurde gesetzwidrig getötet.« Unter den Mitarbeitern brach eine große Unruhe aus. Ein gewaltiger Zorn stieg in ihnen auf.

Henri übertönte den Aufruhr: »Das *Marybelle* wird schließen. Am besten fahren Sie jetzt alle nach Hause. Es stehen bedeutende Ereignisse bevor, und es ist an jedem von Ihnen, zu entscheiden, was er zu tun gedenkt.«

»Warum ist Plevy verhaftet worden?«, fragte eine Mitarbeiterin.

»Weil Mother nicht von ihm erschaffen wurde, sondern vom Militär und den Geheimdiensten. Oswald Plevy hat absichtlich Regierungsanleihen gekauft, um das System zum Einsturz zu bringen. Am Ende hat er nicht mehr an Mother und alles, wofür sie steht, geglaubt. Er wollte das System der Kreditratings aufbrechen und wünschte, dass Sie alle frei wären.«

Ein Tumult brach aus. Binnen Minuten würden die Angestellten diese Nachricht ihren Familienangehörigen und Freunden überbringen, und anschließend würde die ganze Welt davon erfahren. Henri überließ es seinen Mitarbeitern, über ihr Schicksal zu entscheiden, und machte sich auf den Weg zu Oswalds Suite; seine eigene Aufgabe war fast beendet. Ein Botenjunge holte ihn ein.

»Ein großes Spezialkommando ist am Haupttor eingetroffen, Sir, die Männer werden in Kürze hier eintreffen.«

»Danke, dass du mich darüber informiert hast.«

Als der Direktor Oswalds Suite erreicht hatte, ging er durch das leere Wohnzimmer auf den Balkon und von dort zum Wintergarten. Dabei fiel sein Blick auf den Pool, dessen Wasser im Sonnenlicht glitzerte. Alles war ganz ruhig, still. Welch seltsame Atmosphäre, jetzt, da Oswald nicht mehr hier war, seine korpulente Gestalt nicht mehr den Liegestuhl am Pool füllte. Eine Ära war zu Ende gegangen. Und die Menschen mussten nun entscheiden, was sie wollten. Ein letztes Mal, bevor die Demokratie zusammenbrach.

Henri aktivierte Oswalds vergoldeten Monitor per Augen-Scan. Dann loggte er sich in dessen persönliche Datei ein und verschickte mehrere Nachrichten, alle des gleichen Inhalts. »Die Wahrheit schneidet Holz.« Und plötzlich wurde ihm klar, was der Satz bedeutete. Wenn die Wahrheit Holz schneidet, *was* ist dann die Wahrheit? Ein Zimmermann. Und wenn die Wahrheit Holz schneidet, *wer* ist dann die Wahrheit? Pias Vater. Wenn die Wahrheit Holz schneidet, *wo* befand sie sich? Die Wahrheit war in der persönlichen Datei seiner Tochter versteckt. Aber wer würde die Wahrheit *verteidigen*, wenn die ganze Welt von Lügen und Korruption verseucht war?

Eines der chinesischen Zimmermädchen kam ins Zimmer gelaufen. »Die Soldaten sind da. Sie suchen nach Ihnen.«

Henri neigte den Kopf; sie hatten also seinen Code geknackt. Er versendete weiter seine Nachrichten. *Wer* würde die Wahrheit am letzten Bollwerk verteidigen? Diejenigen, die die Menschheit liebten, nicht die Macht. Es war immer das Gleiche.

Nicht lange, und das Zimmermädchen stand wieder in der Tür, diesmal noch besorgter. »Die Soldaten stehen vor der Tür von Mr. Plevys Suite. Fliehen Sie!«

»Gehen Sie ins Hotel zurück. Nehmen Sie den unterirdischen Service-Gang.«

Der Hoteldirektor schrieb noch ein paar letzte Nachrichten, dann deaktivierte er den Bildschirm und wischte ein paar imaginäre Flusen von seinem makellosen Anzug. Schließlich verließ er den Wintergarten und begab sich ins Freie. Er hatte seine Pflicht erfüllt. Als loyaler Diener hatte er an Lars Pedersen geglaubt und getan, was er konnte, um zu helfen.

Er betrat den Garten. Zeit seines Lebens hatte er der Liebe, nicht

der Macht gehuldigt. Und jetzt, da seine letzte Stunde geschlagen hatte, würde er das nicht mehr ändern. Seine Gedanken kreisten um Pia und ihren Vater.
Die Soldaten der Spezialeinheit schossen Henri neben Oswalds weißen Rosen nieder.
Er starb allein, doch ohne Furcht.

* * *

Die amerikanische Präsidentin Monica Dankwerts saß in einem Sitzungsraum des Weißen Hauses und wartete darauf, dass die Verschwörer zu ihr kamen.
Laute Stimmen ertönten an diesem schicksalhaften Sonntagmorgen auf den Fluren. Eine Tür ging auf. Mehrere Personen erschienen. Erst die Chefs der größten Globalcoms, dann verschiedene Angehörige des Militärs und der Leiter des CIA, schließlich der Vizepräsident Pat Doherty, der Führer des Repräsentantenhauses und der Oberste Richter. Endlich hatten die Verschwörer sich versammelt; die Wölfe hatten ihre Deckung verlassen, um zu fressen. Unaufgefordert nahmen sie Platz. Eine angespannte Stille breitete sich aus.
Doherty ergriff das Wort. »Monica, es tut mir leid.«
»Warum?«, antwortete sie, und in ihrer Stimme lagen Zorn und Gehässigkeit. »Was sollten Sie denn bedauern?«
»Es tut mir leid, dass alles vorbei ist.« Er musterte sie, die Präsidentin, in ihrem gedeckten blauen Kostüm. Autorität ohne Macht, herausgeputzt, doch ohne Ort, an den sie fliehen konnte. Er hätte gern Mitgefühl mit ihr gehabt, aber diese Neigung hatte er schon vor einiger Zeit ausgemerzt. Die Puppenspieler hatten die Macht übernommen. »Wir«, er machte eine weit ausholende Armbewegung, die alle im Raum Anwesenden mit ein-

schloss, »können mit Ihnen als Präsidentin nicht mehr zusammenarbeiten.«

»Und was ist mit dem Volk?«, herrschte Dankwerts ihn an. »Hat es nicht das Recht, sich zu der Sache zu äußern? Hat es nicht das Recht, den Präsidenten zu wählen, den es will?«

Unbeeindruckt schüttelte Doherty den Kopf. »Monica, es geht nicht darum, was das Land wünscht, sondern darum, was es braucht. Die Vereinigten Staaten brauchen einen Wechsel an der Spitze. Sie brauchen frisches Blut.«

»Was Sie meinen, ist, dass das Land Sie bekommt, weil Sie es verraten haben.«

Der Vorstandsvorsitzende von PlanetGambler rief sarkastisch dazwischen: »Die Tage der Politiker sind gezählt; sie sind der Aufgabe nicht gewachsen.«

Dankwerts nahm die Chefs des Militärs und der Geheimdienste ins Visier. »Wie fühlt man sich, wenn man die eigene Nation verrät?« Als sie ihren vernichtenden Blick ignorierten, wandte sie sich um und sah den Obersten Richter an – und da wurde ihr beklommen zumute. Er war ein älterer Herr in den Sechzigern, den sie, wie Pedersen, als Freund angesehen hatte. Aber auch er hatte sich den Verschwörern angeschlossen. Das war eine bittere Pille. Was die Menschen um der Macht willen alles taten … Sie hätte es wissen müssen, aber sie war blind gewesen.

»Also? Was wollen Sie jetzt tun?« Blanker Hass verzerrte ihre dunkelbraunen Gesichtszüge. »Auch mich ermorden, so wie die anderen?«

»Nein.« Doherty lächelte ein wenig amüsiert. »Fürs Erste haben Sie sich entschlossen zurückzutreten.«

»Niemals.« Sie schlug derart wütend mit der Hand auf den Tisch, dass sie mit ihrem Brillantring ein Stückchen Holz aus der Platte herausriss. »Ich werde niemals zurücktreten.«

»Aber das müssen Sie. Auf Anraten Ihrer Ärzte haben Sie beschlossen, Ihr Amt auf mich zu übertragen, solange Sie sich von den Strapazen erholen; Sie leiden an übermäßiger Erschöpfung.«

»*Niemals*.« Sie spuckte das Wort förmlich aus.

»Aber Sie haben unterschrieben«, erwiderte der Chef von PlanetGambler. Er hielt ein Blatt Papier hoch, auf dem ihre Unterschrift in Kopie zu sehen war. »Jeder hier im Raum hat gesehen, wie Sie soeben dieses Papier unterzeichnet haben. Wir alle sind Zeugen.«

»Verräter. Lügner. Betrüger.«

Eine Tür öffnete sich. Mehrere Leibwächter betraten nacheinander den Raum. Doherty fuhr fort: »Monica, in wenigen Minuten verlese ich Ihre Erklärung aus dem Oval Office, die hier Anwesenden werden sie bezeugen. Ich werde der Öffentlichkeit mitteilen, dass Sie sich in ein Krankenhaus in einer geschützten Zone begeben haben. Sie verschwinden von der Bildfläche; Ihre vorübergehende Abwesenheit wird dauerhaft werden, das Leben wird weitergehen. Sie werden bald vergessen sein. Mother vergisst die Menschen schnell. Ach ja – es gibt da noch jemanden, von dem Sie sich verabschieden sollten.«

Während die Verschwörer nacheinander den Konferenzraum verließen, wartete Dankwerts darauf, dass auf dem Wandmonitor ein Bild erschien. Schließlich erblickte sie Doug Sullivans hageres Gesicht vor dem Hintergrund seines Helsinkier Büros. Seine Miene wirkte kalt und abschätzig. »Ich war sehr enttäuscht, als ich erfuhr, dass Sie und Reedon beschlossen hatten, Mother zu beenden. Diese Entscheidung hätte immensen Schaden angerichtet, vor allem in der globalen Wirtschaft.«

Dankwerts zuckte mit den Schultern. Aber eines musste man den Verschwörern lassen: Sie hatten das Ganze unglaublich professionell angepackt. Gegen keinen von ihnen hielt sie einen stichfesten Beweis in der Hand, wer würde ihr also ihre Version der Geschichte abnehmen? Inzwischen kontrollierten diese Leute alle Organe des Informationswesens und der Regierung. Sie befanden darüber, was die Wahrheit war; sie erklärten sie. Lars Pedersen war also doch gescheitert, genau wie sie. Die Ära der globalen Diktatur hatte begonnen, und sie war ihren Job los.

»Es hat …« Sullivan suchte nach dem passenden Wort. »Es hat mich *betrübt*, von Ihrem Rücktritt zu hören. Aber ich bin davon überzeugt, dass Pat Doherty einen angemessenen Ersatz darstellen wird.«

»Ja, das wird er ganz bestimmt.« Dankwerts hielt inne, ihre Miene war gezeichnet von der Erkenntnis, gescheitert zu sein. »Ich hoffe, dass Sie das Spiel verlieren werden.«

»Das werde ich wohl kaum.« Sullivan lehnte sich überaus selbstbewusst in seinem Schreibtischsessel zurück. »Aber davon einmal abgesehen – wir haben die dritte Person identifiziert.« Er hielt ein blutbeflecktes Foto hoch. »Reedon hat vergessen, es zu vernichten. Es handelt sich um eine junge Frau, etwa zwanzig Jahre alt, die im Norden Finnlands lebt. Wir haben ihren Code geknackt. Wir sind gerade dabei, sie aufzugreifen.«

Dankwerts Herz setzte für einen Augenblick aus.

»Aber ich habe noch eine Frage«, fuhr er fort. »Und wenn Sie mir dabei helfen, könnten wir eine Abmachung treffen. Schließlich, Monica, stehen wir ja nicht in Konkurrenz. Ich möchte nicht Präsident der Vereinigten Staaten werden. Das Amt des Vorsitzenden von Mother reicht mir.«

»Was für eine Art Abmachung?«

»Ich möchte, dass Sie Präsidentin bleiben.«

»Und was ist mit Doherty? Den Globalcoms?«

Er zuckte unverbindlich mit den Schultern. »Pat ist ein guter Vizepräsident, aber er muss darauf warten, bis er an die Reihe kommt. Die Globalcoms werden sich beruhigen, sobald sich die Märkte stabilisiert haben. Das ist kein Problem.«
»Und Ihre Frage?«
»Was bedeutet ›Die Wahrheit schneidet Holz‹?«
»Dachte ich mir doch, dass Sie das fragen würden.« Konnte man auch sie kaufen? Dankwerts blickte auf ihre verkrampften Hände.
»Arbeiten Sie mit uns zusammen.« Sullivan verströmte sein Gift. »Verraten Sie mir, was der Satz bedeutet oder was Ihre Kryptographen bisher herausgefunden haben. Ich garantiere Ihnen, dass wir uns um Sie kümmern werden.«
Sie schüttelte den Kopf. »Nein.«
»Warum nicht?« Er war tatsächlich verwundert.
»Weil ich mit Leuten wie Ihnen nicht zusammenarbeite und weil ich keinen Verrat übe.«
»Wie schade.« Sullivans Gesicht klappte zu wie eine Stahlpresse. Dankwerts hatte sich soeben selbst überflüssig gemacht. »Ihr Problem, Monica, ist, dass Sie kaum etwas von Macht verstehen.«
»Mag sein, aber ich weiß viel über Loyalität.«

* * *

Die Geheimdienstleute eskortierten Monica Dankwerts über die Flure, zurück in ihre Wohnung im Weißen Haus, wo sie so lange unter Hausarrest stehen würde, bis man sie in ein Militärkrankenhaus flog. Es war vorbei. Um sie herum herrschte geschäftiges Treiben, denn die neuen Mieter zogen ein. Auf einem der Gänge stand der Oberste Richter der Vereinigten Staaten

und scherzte mit dem Vorstandsvorsitzenden von PlanetGambler. Als Dankwerts näher kam, trat Letzterer einige Schritte zur Seite; er wollte nicht mit Versagern in Verbindung gebracht werden.
Sie betrachtete den Obersten Richter. Dass auch er am Tisch der Verschwörer gesessen hatte, war ein zusätzlicher, vernichtender Schlag gewesen. Wenn die Justiz an dem Betrug teilhatte, dann war alle Hoffnung zunichte. Wie konnte er seinem Land das nur antun – das furchtbarste Verbrechen von allen: Hochverrat. Besaß er denn gar kein Ehrgefühl, gar keine Scham? Dankwerts funkelte ihn böse an, voller Abscheu. Im selben Augenblick warf er ihr einen kurzen Blick zu, aus dem tiefes Mitgefühl sprach. Die Expräsidentin ging weiter. Am Ende des Gangs brach sie in Tränen aus. Jetzt war ihr alles klar.
Pedersens Angriff stand noch bevor.

58

Doch Furcht erregend ist die Macht des Schicksals.
Weder Reichtum noch Ares, weder Türme noch dunkle
Schiffskörper vermögen ihr zu entrinnen.
Sophokles

Pia blickte aus dem Flugzeugfenster. »Das ist nicht Helsinki.«
»Ich habe der Flugsicherung mitgeteilt, dass sie die Maschine umleiten soll.«
»Warum?«
»Weil Helsinki zu gefährlich ist«, antwortete Esko. »Sullivan hat angeordnet, in allen Häfen und auf allen Flugplätzen Spezialeinheiten zu stationieren. Sie suchen nach einer Frau, auf die deine Beschreibung passt. Aber ich habe noch eine andere Nachricht.«
»Und die wäre?«
»Soldaten eines Spezialkommandos haben vor wenigen Minuten Henri im Hotel *Marybelle* erschossen.«
Pia schloss die Augen vor Schmerz. »Wohin fliegen wir?«
»Der Flugplatz, auf dem wir landen werden, liegt etwas außerhalb von Inavi. Wir müssen so schnell wie möglich zum Häuschen deines Vaters kommen.«
»Wieso?«
»Das sage ich dir später.«
Sie musterte Eskos ausdruckslose Miene. Beunruhigende Gedanken schossen ihr durch den Kopf. Arbeitete er immer noch

für Lars Pedersen? Waren Oswald und Henri tatsächlich tot? Wurde sie womöglich hinters Licht geführt?

»Esko?«

»Ich muss jetzt mit dem Piloten sprechen.«

Die Maschine landete auf dem Flugplatz von Inavi, der fast menschenleer war.

Während sie die Gangway hinuntergingen, fuhr ein Wagen vor, aus dem ein Flughafenmitarbeiter ausstieg. Pia zögerte. »Das ist in Ordnung.« Esko drückte ihr beruhigend die Hand. »Er hat für Lars gearbeitet.«

Sie stieg ein, während Esko rasch ein paar Worte mit dem Mann wechselte. Dann setzte er sich hinters Steuer. Der Angestellte blickte ihnen hinterher, als sie das Gelände verließen; dann lief er über das Rollfeld zurück. Pia und Esko bahnten sich im Auto einen Weg durch eine große Menge von Demonstranten.

»Esko, was geht hier vor?«

»Die Leute streiken, gegen Mother. Die A6er bis A9er erheben sich. Die Welt ist in Aufruhr.«

Pia blickte durch die getönte Scheibe auf die Demonstranten. Sie hatte große Angst. Alles änderte sich, selbst hier im Norden Finnlands, wo früher fast Stillstand geherrscht hatte. Esko fuhr schneller und sagte: »Die amerikanische Präsidentin ist ersetzt worden. Ihr Vize, Pat Doherty, hat sie abgelöst. Man hat es nach außen als Nervenzusammenbruch dargestellt. Aber sie ist nicht krank. Doherty steckt mit Sullivan unter einer Decke. Es war ein Staatsstreich.«

»Bist du sicher? War Pedersen klar, dass das passieren würde?«

»Ich weiß es nicht.«

Vor lauter Angst schnürte sich ihr der Magen zu. »Esko, du arbeitest doch immer noch für Pedersen, oder?«

Er lächelte beruhigend. »Ja.« Aber er spürte, dass sie allmählich

das Vertrauen in ihn und Pedersens Leute verlor. Die Schatten kamen näher, und sie alle steuerten auf den Abgrund zu.
»Wie viele von Lars Pedersens Assistenten sind noch übrig? Ich möchte die Wahrheit wissen.«
Er schwieg einen Augenblick. »Ich bin der Letzte, Pia.«
»Der Letzte?«
»Ja, außerdem gibt es noch einige Helfer, hier in Finnland.«
»Der Letzte?« Sie sah ihn an, entsetzt und ungläubig. »Aber, Esko, du hast keine Chance. Sieh doch, wie mächtig Sullivan ist. Er hat gerade Oswald und Henri umbringen lassen und die amerikanische Präsidentin abgesetzt.« Sie fasste ihn am Arm. »Du musst fliehen, bevor sie dich umbringen.«
»Nein.«
»Esko.« Pia war verzweifelt. »Hör zu, du hast getan, was du konntest, aber du kannst sie nicht besiegen. Nicht einmal Oswald mit seinem ganzen Geld hat das geschafft. Ebenso wenig wie Pedersen, als Chef des Rates. Oder die Präsidentin der Vereinigten Staaten. Niemand von uns kann das. Alles ist schon zu weit vorangeschritten. Diese Leute sind zu mächtig.«
Einen Moment lang hätte Esko am liebsten den Wagen gewendet und wäre zusammen mit Pia geflohen. Er liebte sie, liebte ihre Zartheit, ihre Normalität, aber sie begriff einfach nicht, dass in dieser Gesellschaft – mit ihren Lügen, den Masken, dem Schein – Zartheit wertlos war. Wenn er doch nur in einem stillen Winkel der Welt mit ihr zusammenleben und zulassen könnte, dass Sullivan und die anderen Mächtigen dieser Welt sich nahmen, was sie wollten. Aber was für eine Welt wäre das? Eine, in der die Wahrheit selbst gestorben war. Doch wenn er Pedersen bis zum Ende Folge leistete, würde das mit an Sicherheit grenzender Wahrscheinlichkeit zu Pias und seinem Tod führen. Esko zögerte. Dann drückte er den Fuß fest aufs

Gaspedal. Nichts würde ihn aufhalten. »Ja, Pia, du hast Recht. Sie sind zu mächtig.«
»Aber …, aber …« Sie tappte wieder im Dunkeln, so wie damals, als sie Lars Pedersen begegnet war. »Was heißt das? Was willst du damit sagen?«
»Dass ich dich liebe und dir vertraue. Und du? Liebst du mich und vertraust du mir?« Er sah sie an.
Sie brachte es nicht fertig, ihn anzulügen. »Ich bin mir nicht sicher. Ich glaube schon.«
»Das genügt mir«, erwiderte er, eine Spur niedergeschlagen.
Einige Minuten lang sprachen sie kein Wort. Dann fragte Pia: »Wer hat meinen Bruder ermordet?«
»Wir sind gleich in Inavi.«
Sie kamen in die Stadt. Neben einer Tankstelle verkündete eine große Neonleuchtreklame: »Mit Mother verbunden!« Inzwischen war also selbst der hohe Norden Finnlands mit dem System vernetzt. Mother und all das, wofür sie stand, war angekommen. Wie traurig ihr Vater und Arvi darüber gewesen wären, dachte Pia. Es gab keinen Ort mehr, an dem man vor der Welt und ihren Launen Zuflucht finden konnte.
»Ist alles in Ordnung?«
»Ich bin erschöpft.« Sie versuchte zu lächeln, aber es gelang ihr nicht. Benutzte Esko sie, so wie all die anderen, um irgendein Ziel zu erreichen, das sie nie wirklich verstehen würde? Allein konnte sie die Teile des Puzzles jedenfalls nicht zusammenfügen. Alles war Lüge, Tod und Geheimnis.
»Du musst etwas essen.«
Vor einem kleinen, fast leeren Café hielten sie an. Eine Kellnerin kam an ihren Tisch und fragte, was sie wünschten. Pia bestellte ein Sandwich und etwas zu trinken. Esko wollte nichts; er hatte keinen Hunger. Pias Blick schweifte durch den hell

erleuchteten Raum. Vor langer Zeit, als sie klein war, hatte sie mit ihrem Vater in diesem Restaurant gegessen. Sie entsann sich, wie es früher einmal hier ausgesehen hatte – die Tapeten, die Landschaftsbilder, die dicke Frau hinter dem Tresen, der Duft von Kaffeebohnen. Die Erinnerung war derart deutlich, dass sie glaubte, sie müsste nur die Augen schließen und könnte sie durch eine einzige Berührung zum Leben erwecken. Wenn sie doch nur in die Vergangenheit zurückkehren könnte, zurück in eine unkomplizierte Welt. Wenn sie doch nur vor sich selbst fliehen könnte. Die Kellnerin kam mit ihrer Bestellung zurück.

»Kommen Sie von weit her?«

»Aus Miami.«

»Na, dann werden Sie hiermit wohl nichts anfangen können.« Die Frau zog aus ihrer Tasche die Kopie eines Fotos und legte sie auf den Tisch. »Sie suchen nach diesem Mädchen; es müsste inzwischen eine junge Frau sein. Es heißt, dass sie früher mal hier im Norden gelebt hat.«

»Warum wird denn nach ihr gesucht?«, fragte Esko.

»Weil sie ein Vermögen gewonnen hat. Und wissen Sie was?«, fuhr die Frau fort. »Eine Freundin von mir ist sicher, dass sie den Mann kennt. Sie glaubt, dass er früher mal im Sägewerk hier im Ort gearbeitet hat. Er war so eine Art Einfaltspinsel.«

Pia blickte auf das verblichene Foto. Sie hatte es noch nie gesehen. Aber da waren sie: Oswald, Pedersen und ihr Vater. Und ein Kind, das ein Stofftier im Arm hielt. Das war *ihr* Teddy. Tränen stiegen ihr in die Augen, eine fiel neben das Foto. Die Kellnerin musterte sie neugierig.

»Das ist alles, danke«, sagte Esko.

»Ich bringe Ihnen noch etwas Kaffee.« Die Kellnerin eilte davon.

»Das bist du«, sagte Esko zärtlich. »Als du klein warst, zusammen mit Oswald und Lars. Pedersen hat nicht gelogen, er hat deinen Vater tatsächlich gekannt. Am Tag, als dieses Foto aufgenommen wurde, vor vierzehn Jahren, sind Oswald und Lars zu dem Häuschen gefahren, um sich mit deinem Vater zu treffen, und dorthin musst du zurückkehren.«

»Warum?«

»Bevor er starb, hat Pedersen seine Macht übertragen, um Mother zu vernichten, und zwar fort vom gesicherten Raum im Rat und hin zu einem Monitor, den ich in dem Blockhaus installiert habe. Pedersen war klar, dass Sullivan den Monitor dort nie finden würde. Alles wurde sorgfältig geplant. Dein Vater war nie in Mother registriert, dafür hat Pedersen gesorgt. In deiner Datei ist der Name deines Vaters versteckt. Wenn du dich einloggst, wird der Satz ›Die Wahrheit schneidet Holz‹ erscheinen, zusammen mit einer Botschaft. Sie wird dir erläutern, dass Mother sich auf deine Entscheidung hin selbst zerstört.«

»Aber was wird aus dir? Du kommst doch mit mir, oder? Ich weiß doch nicht, was ich machen soll.«

»Ich habe dir gesagt, was du tun sollst, aber die endgültige Entscheidung liegt bei dir.« Seine Stimme klang ein wenig rau. »Pia, ich kann nicht mit dir zu dem Blockhaus fahren. Kurz bevor wir das Flugzeug verließen, habe ich festgestellt, dass man auch meinen Code entschlüsselt hat. Spezialeinheiten sind mir auf der Spur, so wie sie hinter Oswald und Henri her waren. Meine Zeit ist fast abgelaufen.«

Pia sah ihn entsetzt an. Plötzlich erinnerte sie sich an den Traum über ihren Vater – denjenigen, in dem Esko sie im letzten Augenblick verlassen hatte. Er würde sterben, *das* hatte ihr Vater ihr mitteilen wollen. »Esko, nein!« Verzweifelt ergriff sie seine Hand.

»Wir müssen los.« Pia stand kurz vor einem Nervenzusammenbruch. Er wollte nicht, dass das jemand mitbekam.

Sie verließen das Restaurant und gingen zum Wagen. Es goss in Strömen. Mitten im Regen blieb Pia stehen. »Esko, ich gehe keinen Schritt weiter. Du hast mir nicht alles verraten. Ich muss es wissen. Warum?«

»Warum?«

»Ja! Warum ich? Wieso hat Lars Pedersen gerade mich ausgewählt, diese Entscheidung zu fällen? Und weshalb meinen Vater?«

Er blieb stehen. Sie schauten sich an. »Ich verrate es dir. Pedersen hat mir aufgetragen, dass ich es dir erst ganz am Ende erklären soll.« Der Augenblick der Wahrheit war gekommen. »Pia, wenn ich überlebe, komme ich zurück zu dir. Das verspreche ich dir. Ich liebe dich.«

»Warum ich, warum ich?«, schrie sie ihn an, schluchzend vor Schmerz und Verzweiflung.

»Weil du unter Mother gelitten hast; du hast die Auswirkungen des Systems am eigenen Leibe erfahren und weißt, was es den Menschen antut.«

»Na und? Das wissen Millionen andere auch.«

»Weil es Doug Sullivan war, der befohlen hat, deinen Bruder zu ermorden.«

Schweigen. Da standen sie, zwei einsame Menschen, die das Schicksal eine Zeit lang zusammengeführt hatte und die nun getrennt würden.

»Da ist noch mehr, oder?«, fragte Pia leise.

»Ja. Sehr viele Menschen sind gestorben, damit du hierher kommen konntest. Heute steht die Demokratie selbst vor dem Untergang, ein neues Reich ist im Begriff aufzusteigen, eine Tyrannei, die auf der Kontrolle der Information beruht. Sie wird

Jahrhunderte dauern und unvorstellbares Leid und eine ungeheure Sklaverei mit sich bringen, wie es die Welt noch nie gesehen hat. Sullivan und Stone sind die Vorreiter dieses Willens zur Macht, aber sie werden schon bald von sehr viel übleren Leuten ersetzt werden. Das ist die Zukunft der Menschheit – wenn Mother nicht zerstört wird.«

»Aber Pedersen konnte die Zukunft doch nicht *sehen*. Sondern nur ahnen, was, *wie er glaubte*, geschehen könnte.« Sie packte Esko, er würde sterben, ganz umsonst, und sie auch.

»Pia, hör mir zu! Lars hat es mir auf dem Sterbebett gesagt. Er hat nach dem demütigsten Menschen gesucht, den er finden konnte, und der sollte die endgültige Entscheidung fällen, weil er nicht einmal sich selbst vertraute. Aber erst nachdem er deinen Vater kennen gelernt hatte, begriff er, was Wahrheit wirklich ist.«

»Was willst du damit sagen?«

»Lars ist auf etwas so Außergewöhnliches gestoßen, dass es ihn völlig veränderte. In deinem Vater, so glaubte er, hätte er jemanden gefunden, der ihm helfen könnte, den Mastercode zu verstecken. Doch dann stieß Lars auf etwas, von dem er angenommen hatte, dass es auf Erden gar nicht existiert.«

»Was hat er gefunden, Esko?«

»Einen *Anawim* – einen im Geiste reinen Menschen –, jemanden, der nicht vom Willen zur Macht beseelt ist, sondern vom Willen zur Liebe. Darum konnte er die Zukunft und das Schicksal anderer sehen.«

»Die Zukunft?«

»Ja, Pia. Dein Vater wusste, was aus dir werden würde, er hat es Pedersen schon vor vierzehn Jahren gesagt. Es war dein Vater, nicht Lars, der alle Fäden zusammenwob.«

59

Macht korrumpiert … wenn die Schwachen sich zusammenschließen, um die Starken zugrunde zu richten … der Wille zur Macht zählt, weit davon entfernt, eine Eigenschaft der Starken zu sein, wie Neid und Gier zu den Lastern der Schwachen und ist möglicherweise sogar ihr gefährlichstes.
Hannah Arendt

Als die Bürgerinnen und Bürger rund um den Globus an diesem Sonntagmorgen ihre Monitore aktivierten, sprang ihnen als Erstes der neueste Werbespot von Mother ins Auge.
»Mother *ist* Freiheit.«
Es handelte sich um den vielleicht großartigsten Werbespruch von Fromm & Terror, und er war von einer klassischen, klaren Schönheit. Einfach und prägnant, verwies er auf eine so offensichtliche Wahrheit, dass nur ein Dummkopf sie bestritten hätte. Mother und Freiheit waren eins. Mother war ein unverzichtbares Instrument der Technik: um die Menschen unterschiedlichster Länder über die Grenzen hinweg zu vereinigen, um eine Verständigung in einem Umfang zu ermöglichen, von dem man bis dahin nur geträumt hatte, um die Reichen und die Armen zu erfassen, um die Kriminellen aufzuspüren und zu bestrafen. Die meisten Bürgerinnen und Bürger stimmten diesem Slogan so gut wie zu. Denn die Wahrheit war zur Lüge geworden, die Lüge zur Wahrheit. Sie waren ununterscheidbar geworden, so geschickt hatte man sie miteinander verschmolzen.

Die Hauptnachricht war natürlich traurig. Doch Leid hatte es schon immer gegeben, und es lieferte immer gute Schlagzeilen.

»Die amerikanische Präsidentin Monica Dankwerts ist schwer erkrankt. Woran genau, ist nicht bekannt. Wie aus gut unterrichteten Kreisen jedoch verlautete, leidet sie an Erschöpfung. Die Ärzte haben der Präsidentin eine Phase völliger Ruhe verordnet. Ihr Büro wird vorübergehend vom Vizepräsidenten Pat Doherty geleitet.«

Die Bürgerinnen und Bürger der Welt sahen ein Bild aus dem Inneren des Weißen Hauses, einem Ort, den sie in der neuen Weltordnung nie zu Gesicht bekommen würden. Entspannt und lächelnd saß Doherty am Präsidentenschreibtisch, umgeben von den Supermächtigen und Superreichen. Alles nur, um dem Betrug einen Anstrich von Glaubwürdigkeit zu verleihen. Seine Hautunreinheiten hatte man selbstverständlich wegretuschiert, natürlich hatte er sich das Haar etwas länger wachsen lassen, damit es nicht zu militärisch wirkte, natürlich trug er einen schlichten schwarzen Anzug (mit wattierten Schultern, damit er noch kräftiger wirkte), und natürlich hatte er sein vertrauenswürdiges Lächeln lange vor dem Spiegel geübt. Aber war das alles eine Lüge? Nein! Es handelte sich nur um eine geringfügige Korrektur der Wahrheit, denn eine Lüge *wird* zur Wahrheit, wenn sie unbestritten bleibt.

Wie auch immer, warum sollten die Leute diese Meldung in Zweifel ziehen? Wenn es in den Nachrichten hieß, dass der ehemalige britische Premierminister von Terroristen ermordet worden sei, wer waren sie, dem zu widersprechen? Wenn es hieß, die Kapitalmärkte würden sich stabilisieren, und sie sollten wieder Aktien kaufen, um ein Vermögen zu verdienen, wer waren sie, anderer Meinung zu sein? Und wenn die Nachrichten verbreiteten, die amerikanische Präsidentin habe einen Nervenzusammenbruch erlitten, dann war es das Beste, einen Augenblick Anteil daran zu nehmen und mit dem eigenen Leben weiterzumachen. Denn was konnte man dagegen tun? Mother wusste alles am besten und würde sie auch weiter, von der Wiege bis zur Bahre, belehren und prägen. Die Menschen kannten ihren Platz in der Gesellschaft, sie waren Bürger zweiter Klasse, gehörten zur Arbeiterschicht. Um zu herrschen, dazu waren andere geboren.

»Wir hoffen, dass Monica in wenigen Wochen in ihr Amt zurückkehren kann«, sagte Pat Doherty abschließend. »Wir wünschen ihr alles Gute während der Phase der Rekonvaleszenz. Gott segne Amerika!«

Die amerikanische Nationalhymne erklang, die Kameras wurden abgeschaltet.

»Ooh, das war ganz wunderbar.« Der hermaphroditische Direktor des Nachrichtensenders des Weißen Hauses stolzierte zwischen den Anwesenden umher, wobei er fast ins Straucheln geraten wäre. »Vielen Dank, vielen Dank an alle.«

Pat Doherty erhob sich hinter dem Präsidentenschreibtisch, die Filmcrew verließ den Raum, Champagner wurde gereicht, und die Verschwörer gestatteten sich eine Feier in kleinem Rahmen. Minuten später versammelten sie sich erneut, in einem der kleineren Sitzungssäle. Auf dem Bildschirm erschien das Gesicht von Doug Sullivan. Er wirkte ausnahmsweise entspannt. Sorgfältig legte er seine Zigarette in den Ebenholzaschenbecher.

»Es ist an der Zeit, die volle Kontrolle über das System zu übernehmen. Das hier sind die Leute, mit denen Sie gefahrlos kommunizieren können.«

Endlich sahen die Verschwörer die komplette Schlachtordnung: Staatsoberhäupter, Vorsitzende von Globalcoms, oberste

Militärs, Geheimdienstchefs, Mitglieder des Rates. Das waren die neuen Oligarchen – diejenigen, die gegenwärtig und noch für lange Zeit regieren würden. Die Aufstellung war nicht nur beeindruckend, sie war unschlagbar. Eine riesige, geheime Clique, welche die ganze Macht und den ganzen Pomp der Regierungen einsetzen würde, damit sie – und die von ihnen Abhängigen – an der Macht blieben. Zum Wohle der Menschheit selbstverständlich.

Eine neue Diktatur war entstanden, und zwar eine globale.

Das Herz des Ganzen würde Mother sein, und der Kopf desselben Doug Sullivan, als Vorsitzender des Rates. Eine neue Ära des Friedens, der Privilegien und der Knechtschaft würde heraufziehen. Denn diejenigen, die die Quelle aller Informationen – Mother – kontrollierten, konnten, wen immer sie wollten, befördern oder vernichten. Mit Hilfe von Mother konnten Sullivan und seine Mitverschwörer über Nacht jeden Menschen auf den Status eines A1er, eines Milliardärs, erheben. Mit ihrer Hilfe konnten sie dieselbe Person aber ebenso in die Armut treiben, zum A9er herabstufen. Doch wer würde, wer *könnte,* sich ihnen widersetzen? Geld, Macht, Gespielinnen, Sklaven – der Zauberkreis der Unterdrückung des Menschen hatte sich fast geschlossen. Ah, wenn Lars Pedersen das noch erlebt hätte.

»Die politischen Veränderungen sollten in den nächsten zwei, drei Monaten schrittweise eingeführt werden«, erinnerte Sullivan seine Mitverschwörer. »Diejenigen, die in den gleichen Ländern leben, sollten sich miteinander verbünden und den Kreis erweitern.«

Mit der Autorität eines Oberbefehlshabers erteilte er seinen Untergebenen weitere Anweisungen, Leuten, die Mother heute Morgen entsprechend seinem Masterplan zu A1ern und A2ern befördert hatte. Kurz darauf verließen die amerikanischen Verschwörer den kleinen Sitzungssaal, um alle Spuren des Putsches zu tilgen. Nur drei Personen blieben zurück – verbunden per Videokonferenz. Sullivan, Stone und Doherty. Die Troika, die herrschen würde.

»Ich will, dass Dankwerts noch heute in ein Militärkrankenhaus eingewiesen wird«, erklärte Sullivan. »Sie darf zu niemandem Kontakt haben, ohne dass Sie die Einwilligung dazu geben.«

»Und langfristig?«, fragte der neue Präsident der Vereinigten Staaten.

»Wie bereits besprochen.« Sullivan strich sich durch das pechschwarze Haar; er hatte es am Morgen toupieren lassen. »Es könnte nicht schaden, wenn sich ihr Gesundheitszustand nach und nach verschlechtern würde.«

»Verstehe.« Pat Doherty begriff diesen Euphemismus für Mord sehr wohl.

»Gibt es etwas Neues über das Mädchen?«, fragte der britische Premierminister.

»Dankwerts wusste nicht, was ›Die Wahrheit schneidet Holz‹ bedeutet«, erwiderte Sullivan. »Aber wir setzen Mother ein, um alle Finninnen im Alter von Anfang zwanzig aufzuspüren. Alle Flugplätze, Häfen und mautpflichtigen Straßen werden überwacht. Überall sind Kameras installiert worden. Wir werden ihr auf die Spur kommen.«

»Und wenn sie außer Landes ist?«

Sullivan zuckte sorglos mit den Schultern. »Selbst wenn – sie wird nach Finnland zurückkehren. Ich bin sicher, sie hat Zugang zu Mother, und zwar mit Hilfe des gesicherten Raums im Rat hier in Helsinki. Wir warten auf sie. Sie hat keine Chance.«

»Ist sonst noch etwas für mich zu tun?«, fragte Pat Doherty und kratzte sich das Kinn. Sein Visagist hatte zu viel Puder aufgetragen.

»Ich schlage vor, Sie fliegen sofort nach Nevada. Als Präsident bekommen Sie Zutritt zum gesicherten Raum von Mother. Möglicherweise finden Sie dort Geheimnisse, die uns weiterhelfen können. Sehen Sie nach, ob Dankwerts dort irgendetwas vergessen hat.«

»Gut.« Doherty hatte schon immer mal diese geheimste aller militärischen Anlagen besuchen wollen. Das war schon lange sein Traum gewesen.

»Sonst noch etwas Neues?« Anthony Stone hatte es eilig. Er musste ein Land regieren.

»Wir haben noch einen Code geknackt. Einer von Pedersens Assistenten hat als Direktor im Hotel *Marybelle* gearbeitet«, sagte Sullivan. »Er ist heute Morgen liquidiert worden.«

»Ah, das *Marybelle*, ein wunderschönes Hotel.« Stone erinnerte sich und lächelte versonnen.

»Ja«, pflichtete Sullivan ihm bei. »Obwohl, bei meinem letzten Besuch war es dort nicht mehr ganz so angenehm. Oswald wurde ausfallend. Er dachte, ich wollte ihm seine kleine Gespielin wegnehmen …«

»War sie hübsch?« Stone kannte diese Schwäche seines Waffenbruders. Eines Tages würde er sie sich zunutze machen.

Sullivan lächelte selbstgefällig. Plötzlich beugte er sich vor und packte die Kante des Marmortischs in seinem Büro. »Ich weiß, wer es ist!«

»Wer?«

»Das Kind. Das Kind auf dem Foto ist Oswalds Gespielin.«

»Sind Sie sicher?« Stones wie auch Dohertys Miene verrieten absolutes Erstaunen.

»Ja!«, schrie Sullivan, Speicheltröpfchen spritzten auf den Computermonitor. »Pedersen hat sie geschützt. Der Hoteldirektor ebenso.«

»Pedersen hätte niemals eine so unbedeutende Person dafür ausgewählt«, meinte Stone abfällig.
»Sie irren sich! Sie war der Mittelsmann zwischen Oswald und Pedersen. Pedersen hat sie an einen Ort gebracht, wo wir nicht nach ihr suchen würden. Sie ist Finnin, ich bin mir ganz sicher.«
»Aber warum sie?«
»Ich weiß es nicht.« In Sullivans Gesichtszügen spiegelte sich eine intensive Bosheit. Dann richtete er das Wort an den neuen Präsidenten der Vereinigten Staaten. »Schicken Sie ein paar Männer zum *Marybelle,* sie sollen die Frau umbringen.«

60

Der große Mann bewahrt sein kindliches Herz.
Meng-tzu

Was ist Wahrheit?

Bereits vierzehn Jahre zuvor, als ihm klar wurde, dass Mother auf einer Lüge beruhte – dass das System vom Militär und den Geheimdiensten der Vereinigten Staaten und Großbritanniens finanziert worden war –, hatte Lars Pedersen geahnt, dass aus diesem Betrug Unterdrückung und Diktatur in einem globalen Maßstab erwachsen würden, da die Wurzeln des Baums der Politik von Anfang an vergiftet waren.

Außerdem begriff er schon damals, dass die meisten Politiker keinerlei Interesse an der Zerstörung von Mother hatten. Das System war ihr Lebenselixier, es bescherte ihnen das Geld, das Prestige und die Macht, die sie begehrten. Wenn er versucht hätte, sich ihnen zu widersetzen, hätten sie ihn umgebracht. Pedersen hegte keinerlei Zweifel, dass die Hardliner im Militär und in den Geheimdiensten ihren Aufstieg bereits begonnen hatten – und jeden liquidieren würden, den sie als Bedrohung für ihre Ziele ansahen.

Dann war da noch Oswalds großes Geheimnis. Aber würde Pedersen, der Vorsitzende von Mother, letztlich den Mut aufbringen, sie im Namen der Menschheit zu zerstören? Und was würde geschehen, wenn er zurücktrat oder starb?

Er hatte lange über diese Fragen nachgegrübelt. Er war auch nur ein Mensch; er konnte nicht allein gegen ein ganzes System der Unterdrückung kämpfen. Er verfügte nur über eine Fähigkeit – die Wahrheit klarer zu sehen als diejenigen, die sich im Netz der eigenen Täuschungen verstrickt hatten. Unterdessen wuchs und gedieh Mother wie eine gigantische Spinne, gepäppelt von den Mächtigen dieser Welt. Die Öffentlichkeit blieb unwissend. Die Menschen, die in einer zunehmend materialistischen Kultur aufgewachsen waren, verhielten sich gleichgültig gegenüber der Tatsache – oder wollten nichts davon wissen –, dass das System allmählich auf den Abgrund zusteuerte: die Versklavung der Menschheit.

Was war zu tun?

Nacht für Nacht, wenn er allein in seinem Ferienhaus saß, dachte Pedersen über die – beängstigende – Zukunft der Menschheit nach. Ein Zeitalter der Grausamkeit und Herzlosigkeit würde heraufziehen, eine Ära der technologischen Diktatur und der eisernen Unterdrückung. Woraus entsprang all dieses Elend? Aus der Macht und ihrer Konzentration. Macht, die sich windende Schlange in den Eingeweiden der Menschen – die Nemesis der Menschheit. Und da erkannte er, dass man die endgültige Entscheidung, Mother zu beenden, niemals einem Politiker, einem Staatschef oder dem Chef eines Globalcoms überlassen durfte. Niemals durfte sie einer Person an der Spitze des Systems überlassen werden, vielmehr musste man sie jemandem ganz unten in der Hierarchie der Gesellschaft übertragen.

Als ihm dies klar wurde, entdeckte er in seiner Traurigkeit eine Wahrheit über sich selbst. Auch ihn hatte die Macht beschmutzt. Wenn man ihn auf die Probe stellte, würde er außerstande sein, die endgültige Entscheidung im Namen der Menschheit zu fällen, denn die Macht hatte ihr feines Gift auch in seiner Seele gesät. An der letzten Brücke würde auch er kapitulieren.

Wer würde also der letzte Wächter der Menschheit sein? Eines stand dabei fest: Ebenso wie der Stolz der eindeutigste Beweis für den Willen zur Macht war, so war die Demut der klarste Beweis für den Willen zur Liebe. Aber was war Demut? Das Vermögen, ohne den geringsten Zweifel zwischen Wahrheit und Lüge zu unterscheiden. Wer besaß diese seltenste aller menschlichen Eigenschaften? Wer war wirklich frei in einer Welt, die gefesselt war?
Pedersen begann zu suchen.
Ein Jahr später, als der Frühling ins Land zog, machte er sich auf den Weg in den Norden Finnlands. Es war ein wunderschöner Tag: Lebendigkeit und Frische lagen in der Luft. Pedersen durchfuhr eine kleine Stadt nach der anderen, folgte einer Schnellstraße Richtung Norden. Am späten Nachmittag drosselte er das Tempo und hielt an. Rechts von ihm führte ein kurvenreicher, unebener Sandweg in die Wildnis. Er bog ab. Schließlich gelangte er an sein Ziel, ein kleines, aus Holz gebautes Haus.
Vor dem Häuschen lag ein See mit einem Ruderboot darauf. Der Vorsitzende von Mother schlenderte zum Ufer. Das Boot erreichte vor ihm den Steg, und während Pedersen die kleine Rampe aus Erde hinaufging, erklomm ein Jugendlicher die Eisenleiter. Kurz darauf erschien der Kopf eines kleinen Mädchens. Schließlich betrat ein Mann, eine Angel in der Hand, den Steg. Pedersen wartete, bis sie näher kamen, und sah den nachmittäglichen Sonnenstrahlen zu, wie sie auf dem Wasser glitzerten. Dann standen die drei vor ihm: Arvi, Pia und ihr Vater. Der Fischer bedeutete seinen Kindern weiterzugehen. Pedersen musterte sein Gesicht. Müde, zerfurcht, ledrig, die Züge eines Mannes, der sein Leben lang körperlich gearbeitet hatte. Knotige Hände, tiefblaue Augen. Ein Arbeiter. Warum sollte so jemand ihm hilfreich sein?

»Sie haben einen herrlichen Ausblick«, sagte Pedersen und blickte auf den See hinaus.

»Ja, das stimmt.«

»Ich frage mich, ob Sie mir vielleicht helfen könnten.«

Pias Vater zuckte mit den Achseln. Sie verließen den Steg und setzten sich auf zwei Baumstümpfe in der Nähe. Was er vorhatte, war Irrsinn, das wusste Pedersen, aber andere hatten ihm von der natürlichen Demut des Mannes berichtet. Nachdem sie ein wenig geplaudert hatten, kam der Vorsitzende von Mother in seiner erklärenden und ausführlichen Art auf den Zustand der Welt zu sprechen, auf die Erfindung von Mother, seine eigene Arbeit. Schließlich schüttete er, veranlasst durch eine innere Stimme, diesem einfachen Arbeiter sein Herz aus. Er erzählte ihm von seinen tiefsten Ängsten, von einer Entscheidung, die nicht einmal er als Vorsitzender des Rates fällen könne, von einer ehernen Welt des Leids, die im Begriff sei, über die Menschheit herabzusinken, schlimmer, als man es jemals erlebt habe. Unvermittelt brach er ab. Der Fischer blickte auf den See hinaus und betrachtete die untergehende Sonne. Dann sah er wieder Lars an. In diesem Moment, in einem Blitz der Einsicht, erkannte Pedersen, dass auf Erden nichts so war, wie es schien, dass alle menschliche Weisheit nichts anderes war als Eitelkeit. Denn der einfache Angler, der dort vor ihm saß, hatte ihn zu sich gezogen, und nicht umgekehrt.

Nun redete Pias Vater.

Eine Stunde darauf fuhr Pedersen auf dem unebenen Sandweg zurück. Er war tief erschüttert. Es gab viele Facetten der Wahrheit, die er nicht wahrgenommen hatte. Eine war: Je mehr ein Mensch die Wahrheit erkannte, umso tiefer *lebte* er sie, und je mehr er die Wahrheit lebte, desto eher *wurde* er sie. Eine andere, dass er zwar sein Leben lang nach der Wahrheit gesucht hatte, jedoch stets am falschen Ort. Er hatte in rationalen Betrachtungen danach geforscht, aber dort war sie nicht. Am Ende hatte er sie gefunden, im Verborgenen. Denn sie lag nicht in dem, was Pias Vater gesagt hatte, sondern in dem, was er war.

Vier Wochen später kehrte er zusammen mit Oswald Plevy zu dem kleinen Holzhaus zurück. Natürlich verspürte Oswald nicht die geringste Neigung, in so ein abgelegenes finnisches Kaff zu fahren. Der Multimillionär war noch weniger begeistert, als sie abbogen, um zu einer runtergekommenen Bruchbude zu gelangen. Sie stiegen aus. Oswald blickte missmutig umher. Weit und breit war keine Menschenseele zu sehen, abgesehen von einem Jungen und einem kleinen Mädchen, die am Seeufer spielten. Er beachtete sie gar nicht. Er konnte Kinder nicht ausstehen, sie hatten kein Geld.

In dem Häuschen nahm Pedersen am Küchentisch Platz. Dann berichtete ihm der Fischer, was sich ereignen würde – von Ereignissen, die weit in der Zukunft lagen. Dies schilderte er so klar und einfach wie jemand, der in einen Spiegel schaute. Pedersen wurde demütig. Es kam ihm vor, als habe man leise einen Schleier beiseite gezogen, denn er erlebte die Wirkung einer ungeheuren Kraft – die der Wahrheit selbst –, die weder von der Zeit noch von Lügen begrenzt war. Alles in der Welt war kristallklar, sie war ein Teich mit durchscheinendem Wasser: Vergangenheit, Gegenwart und Zukunft waren eins. Nicht der Teich hatte zuvor die Verzerrung bewirkt, sondern die Blicke derjenigen, die hineinschauten.

Noch etwas Merkwürdiges begriff Pedersen. Zu allen Zeiten gab es auf der Erde zumindest einen Menschen, der die Wahrheit im Herzen bewahrte, um zu verhindern, dass die Menschheit in einen Abgrund der Täuschung stürzte. Pedersen blickte in das Gesicht eines Mannes, der viel bedeutender war, als er es selbst jemals sein würde. Eines Mannes, der die Entscheidung gefällt hatte, sich zu offenbaren, damit der Wille zur Macht durch den Willen zur Liebe herausgefordert wurde.

»Wer sind Sie?«

Pias Vater schüttelte langsam den Kopf. »Das ist nicht wichtig.«

»Sie werden diese Entscheidung nicht treffen?«

»Nein.«

»Wenn die Zeit kommt – wie wird Ihre Tochter davon erfahren, was sie zu tun hat?«

»Mein Sohn macht ein Foto von uns. Das wird genügen.«

Sie stellten sich vor dem kleinen Holzhaus auf, um sich fotografieren zu lassen. Im Hintergrund waren ein Teil des Häuschens und der Steg zu sehen. Es war ein seltsames Bild. Oswald stand, unglücklich und aufsässig, in seiner teuren Kleidung da. Neben ihm der Fischer. Vor ihnen kniete Pedersen, der einem kleinen Mädchen einen Stoffteddy schenkte. Im Moment der Aufnahme wandte sich Pia halb zur Seite und sah ihren Vater an. Sein Blick ruhte auf ihr.

Einige Minuten darauf fuhren die beiden Gäste ab, holperten in ihrem Auto über den unebenen Sandweg. Es begann, in Strömen zu regnen. Oswald machte seinem Ärger Luft. »Wieso sind wir eigentlich hierher gekommen? Das war doch reine Zeitverschwendung. Und was hat dieser Kretin da zu mir auf Finnisch gesagt, als wir losfuhren?«

»Er hat Sie gebeten, sein Kind zu beschützen.«

»Sein Kind? Ich passe auf niemandes Göre auf.« Er kümmerte sich immer nur um sich selbst.

»Gewiss«, erwiderte Pedersen leise. »Aber ich sage Ihnen: Eines Tages werden Sie es tun.«

61

Es ist eine seltsame Begierde, nach Macht zu streben und seine Freiheit darüber einzubüßen; oder nach Macht über andere zu streben und die Herrschaft über sich selbst zu verlieren.
Francis Bacon

Die ehemalige Präsidentin der Vereinigten Staaten Monica Dankwerts saß allein in ihren Privaträumen im Weißen Haus.

Sie war all ihrer Macht entkleidet. Man hatte ihr das Regierungsmandat, die Bediensteten und Bürokraten und sogar den Monitor genommen; Geheimdienstleute bewachten die Tür zu ihrer Wohnung. Erst jetzt wurde ihr in aller Deutlichkeit klar, wie einsam das Leben von Lars Pedersen gewesen sein musste. Obgleich er lange Zeit das höchste Amt bekleidet hatte, das ein Mensch innehaben konnte, war er doch nur ein Gefangener in seinem Häuschen gewesen, außerstande, irgendjemandem zu vertrauen, während rings um ihn herum Politiker, Staatsdiener, Generäle, Geheimdienstchefs und Globalcomvorstände darum kämpften, das zu ergreifen, was so süß schmeckte, aber ein tödliches Gift enthielt. Macht – das verhängnisvolle Gift der Menschheit.

Während ihr diese Gedanken durch den Kopf gingen, strömten in ihrer Seele mehrere unangenehme Wahrheiten zusammen. Gewalt war das Mittel, durch das die Macht ihr Haupt erhob, wie eine Schlange, die zum Schlag ausholte. Doch wenn die

Macht unumschränkt herrschte, gab es keine Gewalt mehr, denn der Staat hatte alle Feinde, die inneren wie die äußeren, besiegt. Dadurch hatte der Staat den Zustand der vollkommenen Moralität oder der vollkommenen Amoralität erreicht. Der entscheidende Faktor hierfür war die Freiheit. Wenn der Einzelne nicht mehr wirklich frei entscheiden konnte, war Freiheit nichts weiter als ein leeres Wort, eingeschlossen in den Geschichtsbüchern. Die Freiheit der Privatsphäre, die Freiheit der Meinungsäußerung, die Freiheit, dort zu leben, wo man wollte, die Informationsfreiheit – jede dieser gewaltigen Säulen war gestürzt worden. Im Zusammenbruch der Demokratie lag allerdings eine bittersüße Rache. Denn die Säulen begruben auch die Politiker unter sich – genau die Menschen, die diese Rechte so wortreich verteidigten, durch ihre Taten aber verrieten.

Monica Dankwerts zog eines ihrer lilafarbenen Kostüme an. Ihr blieb noch eine Stunde Zeit, dann würde man sie zu einem Militärkrankenhaus eskortieren. Anschließend würde sie dem Vergessen anheimfallen – eine Unperson. Sie hegte keinerlei Illusionen, dass Sullivan und Stone sie aus dem Amt kippen würden, wie eine Schachfigur, die man vom Spielbrett fegte. Ihr Versagen bestand darin, nicht erkannt zu haben, dass man gegen völlig amoralische Menschen nur auf zweierlei Weise gewinnen konnte. Entweder man musste noch amoralischer handeln als sie oder man musste von Grund auf moralisch sein. Jedes Lavieren zwischen diesen beiden Extremen war etwas Relatives – gegenüber einem Absoluten –, und daher zum Scheitern verurteilt.

Dankwerts wischte sich eine Träne des Zorns und der Niederlage aus dem Gesicht und ging zum Ankleidezimmer, um ihre Toilette zu beenden. Ihren Status als A1er hatte sie verloren; manches würde sie jetzt wieder selbst erledigen müssen. Denn

die Wahrheit hatte einen hohen Preis – Demut. Oh, wenn sie doch nur mehr auf Lars Pedersen gehört hätte.
Sie wollte eben das Ankleidezimmer betreten, da hörte sie vom Gang her Lärm. Eine Mitarbeiterin kam ins Zimmer gelaufen.
»Kommen Sie sofort!«
Dankwerts sah sie entgeistert an. »Wohin?«
»Ins Oval Office, Mrs. President.«
»Was soll das heißen?«
»Beeilen Sie sich!«
Sie fielen in Laufschritt. Dabei bemerkte Dankwerts, dass in den Gängen keine Geheimdienstleute mehr zu sehen waren. Im Oval Office hatten sich mehrere Personen versammelt. Sowie sie den Raum betreten hatte, löste sich der Oberste Richter aus der kleinen Gruppe. Sein Gesicht war wie versteinert vor Anspannung.
»Mrs. President, wir müssen Sie wieder ins Amt einsetzen. Sie müssen eine Rede an die Nation halten.« Kameras wurden ins Zimmer gerollt, von Leuten, die sie nicht kannte.
»Aber … ich verstehe nicht.«
»Nachdem Sie aus dem Amt entfernt worden waren, hat Sullivan seine Schlachtordnung offenbart. Dies ist der Augenblick, auf den Pedersen gewartet hat. Lesen Sie das hier.«
Sie nahm die Liste entgegen. »Aber ich dachte, Sie wären einer von denen.«
Der Oberste Richter schüttelte den Löwenkopf. »Ich würde mein Land niemals verraten. Lars hat das gewusst.«
Dankwerts blickte sich um. Vier weitere Personen befanden sich im Raum: der Chef der Air Force, ein ranghoher General, ein Kommandant der Marine sowie ihr Freund von StarWorld, dem Nachrichtendienst-Globalcom. Fünf loyale Menschen, mehr nicht. Sie las die Liste – und schüttelte den Kopf. »Das

geht nicht; es ist zu spät. Wir haben nicht genug Leute, wir können sie nicht besiegen.«

»Das stimmt, *wir* werden es nicht schaffen.« Die Stimme des Obersten Richters klang heiser vor Erregung. »Wir nicht, aber das amerikanische Volk.« Er trat einen Schritt auf sie zu. »Mrs. President, wir stehen kurz vor der Errichtung einer globalen Diktatur. Sie müssen eine Rede an die Nation halten. Sie *müssen* die Bevölkerung auffordern, sich zu erheben, noch heute, bevor es zu spät ist.«

»Sich zu erheben?«

»Ja. Lars Pedersen wusste, dass wir an diesen Punkt kommen würden. Nur das Volk kann jetzt noch die Demokratie verteidigen.«

Sie musterte die verunsicherten Mienen der Umstehenden. Sie hatten, so wie sie selbst, Angst. Sie waren vor der letzten Brücke angekommen. Nur noch wenige Augenblicke, dann könnten sie sich der drohenden Diktatur nicht mehr widersetzen. Ein neues Reich würde entstehen. »Wo ist Doherty?«

»Er ist nach Nevada geflogen. Zu Mother.«

Sie wandte sich ihrem Luftwaffenchef zu. »Werden Sie meine Befehle befolgen?«

»Ja, Mrs. President.«

»Dann zwingen Sie die Maschine umzukehren. Falls nötig, gebe ich sie zum Abschuss frei.« Sie drehte sich zu ihrem General um. Sie kannte ihn kaum; nicht einmal im Traum hätte sie daran gedacht, dass er sie und sein Land verteidigen würde, wenn es hart auf hart käme. »Wie verteidigen wir das Weiße Haus?«

»Ich habe die Sondereinheiten durch Männer ersetzt, die mir treu ergeben sind, Mrs. President; aber sobald Doherty darüber informiert ist, wird er den Befehl rückgängig machen. Sie müssen zum Volk sprechen, die Menschen hierher beordern.«

»Es wird ein Blutbad geben, wenn die Spezialtruppen das Feuer eröffnen.«

»Das Risiko müssen wir eingehen, Madam. Wir haben keine andere Wahl.«

Dankwerts zögerte. »Was bedeutet der Satz ›Die Wahrheit schneidet Holz‹?«

»Er identifiziert die dritte Person«, antwortete der Oberste Richter, »diejenige, die das gesamte System zerstören kann. Lars Pedersen hat die Identität dieser Person nur sehr wenigen Menschen gegenüber enthüllt, einschließlich meiner Person. Die Antwort auf die Botschaft lautet ›Ich weiß‹, das heißt, ›Ich weiß, wer die dritte Person ist‹.«

»Wer ist Mothers Kind?«

»Eine junge Finnin.«

»Das Mädchen auf dem Foto?« Dankwerts stockte der Atem. »Aber ich muss mit ihr sprechen. Wie soll sie über genügend Erfahrung verfügen, um eine Entscheidung im Namen der Menschheit zu fällen? Das geht nicht. Sie braucht meinen Rat, unseren Rat.«

»Nein«, der Oberste Richter ließ sich nicht beirren. »Sie müssen ihr die Sache überlassen. Einer von Pedersens Assistenten hat soeben Kontakt mit ihr aufgenommen. Sie wird die Entscheidung in Kürze treffen.«

»Aber ich …«

Der Oberste Richter schrie sie an: »Mrs. President, Sie müssen *auf der Stelle* handeln, bevor diese Leute anfangen, die Übertragung zu blockieren. Wenn Sie jetzt nicht handeln, geht die Demokratie zugrunde.«

Sie ging zum Präsidentenschreibtisch, wie im Traum, und nahm dahinter Platz. Kameras wurden nach vorn gerollt. Sie holte tief Luft. Plötzlich war sie wieder die Präsidentin. Aber diesmal hielt sie keine vorbereitete Rede, sondern eine, die wahrhaft live war: ohne Make-up, ohne die Kommunikationsberater und die Stimmlehrer, ohne die Wortklauber, ohne die Tricks und die Scharlatanerie der modernen Politik. Nur sie und einige andere, die versuchten, die Demokratie zu retten. Sie standen auf der letzten Brücke – und kämpften. Sie begann ihre Rede an die Nation:

»Amerikanische Bürgerinnen und Bürger, Völker der Welt. Hier spricht Monica Dankwerts, die Präsidentin der Vereinigten Staaten. Ich bin weder krank, noch bin ich vorübergehend von meinem Amt zurückgetreten. Ich muss Ihnen, dem Volk, die Wahrheit über Mother sagen …«

62

Die da Frevel pflügten und Unheil säten, ernteten es auch ein.
Buch Hiob

Die Sitzung des britischen Kabinetts war in vollem Gange. Anthony Stone saß am Kopfende des Tisches. Das nur fünfzehn Mitglieder umfassende Kabinett spiegelte die Verpflichtungen wider, die er auf seinem Weg zur Macht eingegangen war. Der Geheimdienstchef war zum Minister aufgestiegen, ebenso die Chefs zweier britischer Globalcoms, die ihre Posten in den Vorständen ihrer Unternehmen jedoch behalten hatten. Oppositionelle, Dissidenten, freie Geister, sie alle waren aus dem Tempel verbannt worden.

»Nächster Tagesordnungspunkt.« Anthony strahlte sein Publikum an, er zeigte ein breites Grinsen und bleckte die Zähne, die ihm sein Zahnarzt am Morgen gereinigt und gebleicht hatte.

»Zwangsregistrierung.«

»Ah ja.« Er fasste die Position zusammen. »Die Registrierung verläuft einwandfrei; bis zum Ende des Jahres wird die gesamte Bevölkerung erfasst sein. Kindergärten, Schulen, Krankenhäuser, Gefängnisse, Unternehmen, sie alle helfen mit. Unsere Aktion ist äußerst nützlich gewesen, die Kriminalität ist dadurch um acht Prozent gesunken.« Er hatte sich die Zahl ausgedacht, aber sie klang richtig – und schließlich ließ sich jede Statistik so manipulieren, dass sie in jeden Kontext passte. »Also, wir müssen eine Änderung des britischen Antiterror-Gesetzes einbringen hinsichtlich der Definition, wer als Terrorist einzustufen ist.« Er seufzte. »Ich will den Gesetzestext hier nicht vorlesen, er ist etwas kompliziert. Sie wissen ja, diese globalen Anwaltskanzleien.«

Die Kabinettsmitglieder lachten verhalten, tranken Earl-Grey-Tee und bissen in Ingwerkekse. »Gibt es Einwände?«

Schweigen. Kein Gemurmel, also stimmten alle zu; das war doch sehr schön. »Nächster Tagesordnungspunkt. Ausweitung der geschützten Zonen. Der Vorschlag lautet, die Anzahl der geschützten Zonen für A1er bis A5er im Norden Englands um dreißig Prozent zu erhöhen. Ein hübsches Fleckchen Erde, um Urlaub zu machen …«

Stone blickte über den Tisch hinweg einen seiner Minister an. Es war schon nützlich, den Vorstandschef von LandWorld im Kabinett zu haben. Er würde sie hinsichtlich dieses heiklen Themas sicherlich unvoreingenommen beraten.

Es klopfte.

»Herein«, sagte Stone.

Ein ranghoher Ministerialbeamter betrat den Kabinettssaal und zeigte sein übliches, beflissenes Lächeln – wie ein alter Hund, der auf die Gnadenspritze wartete. »Der Präsident der Vereinigten Staaten hält eine Ansprache auf Mother, Sir.«

»Ja und, was ist damit?«

»*Sie* hält die Ansprache, Sir.«

Teetassen verharrten mitten in der Luft, Krümel blieben auf Zungen liegen. Anthony Stone verzog keine Miene, nur seine Augen verengten sich. »Wenn Sie mich bitte entschuldigen wollen«, sagte er sehr leise zu seiner Clique. Draußen, auf dem mit Holz verkleideten Gang, an dessen Wänden die Porträts seiner Amtsvorgänger hingen, zischte er dem Beamten zu: »Was geht hier vor sich?«

»Sehen Sie selbst, Sir.«

Mit langen Schritten eilten sie zum Amtszimmer des Premierministers. Maskierte Männer traten aus den Schatten und schlossen sich ihnen an. Stone marschierte in sein Büro; es musste noch neu eingerichtet werden, jemand schloss die Tür.

»Was machen Sie hier?«

Außer dem Generalstabschef Großbritanniens standen da noch drei weitere Männer. Die Anklage wurde vorgelesen. »Sie haben Hochverrat gegen den britischen Staat begangen. Sie haben den Mord an James Reedon und seiner Frau befohlen.«

»Machen Sie sich nicht lächerlich. Das ist doch absurd.« Stone tat das Ganze leichthin ab, aus seiner Antwort klangen Herablassung und Verachtung. Dennoch lag ein leises Zittern in seiner Stimme.

»Schauen Sie mal auf den Monitor.«

Monica Dankwerts verlas gerade die Liste der Verschwörer. Stone biss sich auf die Lippe. Was war da schief gelaufen? Wo steckte Doherty? Er musste ihn und Sullivan unbedingt zu fassen bekommen. Stone grinste. »Sie spinnt, sie ist krank. Das sind Lügen. Nichts als Lügen.«

Stille breitete sich aus. Behutsam legte einer der Männer eine Pistole auf den Schreibtisch des Premierministers. Der Generalstabschef sagte: »Fünf Minuten.«

Stones Miene verhärtete sich sichtlich. Warum hatte er den Mann nicht sofort nach der Machtübernahme entfernt? Das war ein kapitaler Fehler gewesen. Aber mit ein wenig Schönrednerei ließen sich die Probleme sicherlich aus der Welt schaffen.

»Gentlemen, ich versichere Ihnen, das ist alles erlogen. Es gibt keinerlei Beweise. Meine politischen Feinde wollen mir an den Kragen. Setzen Sie sich mit dem Vorsitzenden von Mother in Verbindung. Rufen Sie die Chefs der Globalcoms zusammen.«

Die Botschaft wurde ignoriert. Der Generalstabschef hüstelte.
»Fünf Minuten.«
»Ich muss mit dem Kabinett sprechen.«
»Es steht unter Bewachung.«
»Ich verlange einen Anwalt.«
»Nein.«
Wenn sie ihm die geringste Chance boten, hatten sie verloren, ihre Feinde waren zu mächtig. Er wusste es, und sie wussten es auch.
Stille. In ihr werden die schicksalsträchtigsten Entscheidungen überhaupt getroffen.
Die ungebetenen Gäste verließen das Zimmer und warteten. Stone ging zum Schreibtisch hinüber. Schließlich nahm er, abfällig seufzend, die Waffe zur Hand. Die Zeit für Verhandlungen war vorbei, das war ihm klar. Er hätte ihnen gegenüber keine Gnade gekannt; warum sollte er also erwarten, dass sie Erbarmen mit ihm hatten? Das war nicht der Weg der Macht. Er seufzte. Der Besuch beim Zahnarzt war reine Zeitverschwendung gewesen.
Einige Minuten später erklang ein gedämpfter Schuss. Die Teestunde war zu Ende.

* * *

Pat Doherty hatte ein wenig gedöst und war nun aufgewacht. Er befand sich in der Air Force One, und einen Augenblick lang hatte er fast vergessen, welches Amt er innehatte. Er hatte geträumt, er sei der Vizepräsident der Vereinigten Staaten und nicht ihr Präsident. Aber noch im Aufwachen wurde ihm dieses Versehen sofort bewusst. Komisch, was für Streiche einem der Verstand manchmal spielte. Aber offenbar passierte es Politikern immer wieder, dass sie nicht mehr wussten, wer sie eigentlich waren. »Wo sind wir?«

»Wir überfliegen gerade die Sierra Nevada, Sir. In zwanzig Minuten landen wir.«

Doherty seufzte erleichtert auf. Es blieb also noch genügend Zeit, sich mit seiner Gespielin zu amüsieren. Er hatte sie mitgenommen, damit sie ihm Gesellschaft leistete. Als er sich von seinem Sitz erhob, eilte der Pilot auf ihn zu. Er machte einen gehetzten Eindruck. »Mehrere Militärmaschinen fliegen neben uns her, Sir.«

»Eine Begleitstaffel.«

»Nein, Sir. Ich habe den Befehl erhalten umzukehren. Wir bekommen keine Landeerlaubnis.«

»Wer hat die verweigert?« Doherty verzog wütend das Gesicht. »Ich gebe hier die Befehle. Ich bekleide das Amt des Präsidenten.«

»Wie es scheint, hat Monica Dankwerts Ihnen Ihre Befugnisse entzogen.«

»Das ist gelogen. Landen Sie.«

»Ich habe auf Befehl von Monica Dankwerts hin von meinem Vorgesetzten die Anweisung erhalten umzukehren.«

»Ich gebe hier die Befehle!« Doherty schrie jetzt mit Paradeplatz-Lautstärke und reckte sich zu voller Größe. »Ich sage Ihnen, was Sie zu tun haben!«

»Sir, die Jets entfernen sich soeben von uns.«

»Sehen Sie!«, rief Doherty triumphierend. »Ich habe Ihnen doch gesagt, dass es sich um ein Versehen handelt. Landen Sie.«

Er spähte aus dem Fenster. Unter ihm erstreckten sich die Wüstengebiete Nevadas. Als er sich aufrichtete, sah er gerade noch die Luftrakete, die mit hoher Geschwindigkeit direkt auf seine Maschine zuflog.

63

Bisweilen, und dies sind die erstaunlichsten Augenblicke in der Weltgeschichte, fällt der Faden des Schicksals in die Hände eines völligen Niemand – doch nur für einen zuckenden Augenblick.
Stefan Zweig

Pia stand im Türrahmen des Blockhauses.

Nichts hatte sich verändert. Erst einige Wochen zuvor hatte Lars Pedersen zusammen mit Esko am Küchentisch gesessen. Einer der Stühle stand schräg, genau wie sie ihn hinterlassen hatten. Sie ging in das kleinere der beiden Zimmer, in dem Arvi geschlafen hatte. Alles war fast so, wie es immer gewesen war. Doch es gab einen Unterschied.

Auf Arvis Tisch stand ein nagelneuer Monitor.

Pia schaute ihn an. Wieder stand sie an einem entscheidenden Wendepunkt in ihrem Leben. Mit sechzehn hatte sie ihren Vater schnöde verlassen, entschlossen, die Welt in die Kategorien ihrer Wahrnehmungen und Wünsche zu pressen. Doch nach und nach hatte sie sich gezwungen gesehen, denselben Weg zurückzugehen und das, was falsch war, zurückzuweisen. All das, was in ihrem Leben geschehen war, hatte sie, zusammengenommen, zu einer schlichten Erkenntnis gebracht: dass sie nicht führte, sondern geführt wurde, dass der Zweck ihres Lebens vor langer Zeit bestimmt worden war und dass sie, wie jeder andere, einen Faden des Schicksals verkörperte, wenngleich einen wichtigen. Und ihr Vater und Arvi? Pedersen und Oswald? Henri und Esko? War ihr Leben umsonst gewesen? Oder waren auch sie von entscheidender Bedeutung, Fäden, die, wenn man sie miteinander verwob, einen Teppich von atemberaubender Schönheit ergaben?

Sie aktivierte den Monitor per Augen-Scan, loggte sich in ihre persönliche Datei ein und klickte auf die Daten über ihren Vater. Wer war er, oder besser gesagt, wer war er gewesen? Ein Niemand, ein unbedeutender Mensch: der Letzte, an den irgendjemand gedacht hätte. Und doch war alles wahr, was Pedersen und Arvi zu ihr gesagt hatten. Auf dem Bildschirm erschien eine Meldung und ein leicht vergilbtes Foto. Die Nachricht besagte, dass ihr die Entscheidung zufiel, ob Mother, dieses Meisterwerk der Technologie, beendet werden sollte oder nicht.

Dann betrachtete sie das Foto eingehender. Oswalds Gesicht, ein Spiegel der Langeweile und des Ekels. Pedersen, der in die Kamera schaute, voller Glauben an Dinge, die er selbst nie erleben würde. Und ihr Vater? Er sah auf sie hinunter, ein kleines Mädchen, in seinem Blick die offensichtliche Liebe zu seiner Tochter. Einer Liebe, die keine Macht der Welt zerstören konnte.

Schweigen.

In der Stille begann ihr Herz sich zu öffnen. Der Wille zur Macht war blind. Ein Zyklop. Er lernte nichts aus der Vergangenheit, er konnte die Zukunft nicht sehen. Doch der Wille zur Liebe sah alles. Alle Menschen blickten in denselben Teich. Für den einen war er schlammig, für einen anderen kristallklar. Jetzt war ihr klar, wonach ihr Vater beim Fischen gesucht hatte. Nach der Wahrheit. Und er hatte sie gefunden. Er hatte entdeckt, was die Reichen und Mächtigen nie erkennen konnten. Nachdem er die Wahrheit gefunden hatte, war er zu ihrer Verkörperung geworden. Der unbedeutendste Mann in der Welt war der bedeutendste, und umgekehrt.

Sie schloss die Augen. Sie war wieder ein Kind und saß mit ihrem Vater in einem Boot. Fasziniert beobachtete sie ihn. Seine kräftigen Hände führten die Ruder; er wusste damals, was zu tun war. Pia erkannte, dass ihm auch jetzt klar war, was er unternehmen musste – er würde sie abermals führen. Sie wartete.

Plötzlich begann das Innere ihres Herzens, ihr innerstes Sein zu erblühen und sich zu erweitern. Nun wusste sie, worin ihre Bestimmung lag, was sie immer gewesen war: an diesem einen, alles entscheidenden Augenblick anzukommen. Geborgen und beschützt von einer Liebe, die viel größer war als die ihre, war ihr klar, welche Entscheidung ihr Vater getroffen hätte. Und sie war seine Tochter, sie war zu sich selbst zurückgekehrt. Seine Kraft würde sie durchströmen.

Langsam näherten sich ihre Hände der Tastatur. Wie *drehte* sich die Welt? Sie bewegte sich, so wie sie sich schon immer bewegt hatte – dank einer überwältigenden Kraft der Liebe.

64

Keine Lüge wird alt.
Sophokles

Im Konferenzraum lehnte sich Doug Sullivan bequem im Sessel zurück.

»*Alle zweihundert Systeme funktionieren einwandfrei ... Die finnische Datenbank verzeichnet keinerlei Fehlfunktionen ... Island hat als erstes Land die gesamte Bevölkerung in Mother registriert ... Es werden dort große Feiern begangen ... Deutschland wird in drei Tagen dem Beispiel folgen ...*«

Als Vorsitzender brauchte er sich nicht mehr mit solch technischen Dingen zu befassen. Aber Mother war sein Baby, und in seinem Leben war es ihm immer darum gegangen, andere Menschen und Dinge zu kontrollieren; er konnte nicht einfach etwas abschwören, das schon so lange ein Teil von ihm war.

»Sir?«

Nachdem man den leitenden Kryptographen in den Konferenzraum geführt hatte, blieb er respektvoll in einiger Entfernung stehen. Sullivan blickte vom Computermonitor auf. »Ja?«

»Wir haben den Mastercode entziffert, Sir. Er bezieht sich auf den Letzten von Pedersens Assistenten. Sein Name lautet Esko Niemela. Er ist in Inavi.«

»Inavi?«

»Eine Kleinstadt im hohen Norden Finnlands. Überwachungskameras an den Straßen haben ihn vor zehn Minuten aufgenommen. Mother hat ihn aufgespürt.«

Triumph flackerte über Sullivans aschgraues Gesicht. Nicht mehr lange, dann wären die Kloaken von den Ratten gesäubert; und schon bald würde er die ganze Welt zur Rechenschaft ziehen. »Lassen Sie ihn auf der Stelle von einem Sonderkommando liquidieren.«

»Ja, Sir. Wir haben auch das Blockhaus ausfindig gemacht.«

Rasch erhob sich Sullivan vom Tisch, die tägliche Litanei war vergessen. »Wo?«

»Es liegt unmittelbar außerhalb von Inavi. Die örtliche Polizei hat bestätigt, dass es einem gewissen Jari Sahanen gehörte, einem Mann, der in einem nahe gelegenen Sägewerk arbeitete. Er ist vor drei Jahren gestorben. Er hat einen Sohn und eine Tochter.«

»Sahanen?« Sullivan stöberte in seinem weitläufigen Gedächtnis. Der Name kam ihm vage bekannt vor, aber er war ziemlich verbreitet in Finnland. »War der Mann jemals in Mother registriert?«

»Nein, Sir, aber seine Kinder.« Der Kryptograph war ganz aufgeregt. »Sein Sohn Arvi hat mit Lars Pedersen zusammengearbeitet. Er ist vor zwei Monaten bei einem Verkehrsunfall in Deutschland ums Leben gekommen.«

Sullivan bekam einen trockenen Mund. Arvi Sahanen war der Maulwurf, dessen Ermordung er nach dem Treffen in München angeordnet hatte. »Und das Mädchen, seine Schwester?«

»Sie heißt Pia. Sie ist mit der Gespielin von Oswald Plevy identisch. Der Nachname Sahanen beinhaltet einen Hinweis auf Holz, ›saha‹ bedeutet im Finnischen ›Säge‹. ›Die Wahrheit schneidet Holz‹, das muss ein Hinweis auf ihn sein.«

Sullivan packte seinen Untergebenen am Arm und drängte ihn zur Tür des Konferenzsaals hinaus. Draußen, auf dem breiten Marmorgang eilten die Angestellten in ihren Dienstuniformen hin und her. Sie verbeugten sich respektvoll, als sie an ihrem neuen Vorsitzenden vorbeikamen. Aber er nahm von nichts Notiz, sondern sammelte in Gedanken die zahlreichen Fäden zusammen. »Ist Inavi an Mother angeschlossen?«, zischte er.
»Erst seit letzter Woche. Gemäß Ihren Anweisungen, die gesamte finnische Bevölkerung schnellstmöglich zu registrieren ...«
Sullivan stieß einen Entsetzensschrei aus. Jetzt war ihm alles klar. So deutlich, als blicke er in einen Teich, dessen einst brackiges Wasser plötzlich auf wundersame Weise durchscheinend geworden war. »Die Wahrheit schneidet Holz«, das war ein Code, er identifizierte den finnischen Nachnamen der Person, die die endgültige Entscheidung fällen würde. So einfach, doch unmöglich zu entdecken ohne das Foto, den Wortlaut und den Namen des Mädchens. Pedersen hatte das ausgeheckt – und ihn überlistet.
»Sir?«
»Es ist das Mädchen. Pedersen hat seine gesamte Macht auf sie übertragen, in dem Blockhaus. Begreifen Sie nicht? In ihrer Datei ist der Befehl enthalten, Mother zu zerstören.«
»Mother zu zerstören?«, stammelte der Kryptograph. Davon wusste er nichts.
Plötzlich öffnete sich hinter Sullivan die Tür zum Konferenzsaal mit einem heftigen Ruck. Der Chef der Operativen Abteilung erschien. »Dankwerts hat ihr Amt wieder aufgenommen, Sir.«
Beunruhigt durch das laute Spektakel, blieben die Sklaven des Systems auf dem Gang stehen. Im Nu breitete sich das Gerücht im ganzen Gebäude aus. Über eine außergewöhnliche Rede,

die die Staatschefin der mächtigsten Nation der Welt gehalten habe. Sullivan wandte sich zum Leiter der Einsatzabteilung um und flüsterte mit kehliger Stimme: »Schicken Sie sofort mehrere Kampfhubschrauber nach Inavi. Zerstören Sie die Gebäude, und töten Sie die Frau.«

Damit begab er sich im Sturmschritt, Angestellte zur Seite stoßend, zu seinem privaten Lift. Im 55. Stock stieg er aus. Die Miene, in die er blickte, verriet ihm alles. Vor ihm stand seine bildhübsche Sekretärin. Diesmal war in ihrem Gesicht allerdings nicht das Lächeln einer willigen Bettgespielin zu lesen. Sondern Angst. »Die Briten haben versucht, Sie zu erreichen. Der Premierminister hat Selbstmord begangen.«

Sullivan eilte durch die mächtige Bronzetür in sein Büro, aktivierte seinen Monitor und schickte seinen Mitverschwörern eine Nachricht. »Besetzen Sie das Weiße Haus und töten Sie Dankwerts. Blockieren Sie alle Übertragungen.« Später würde man alles erklären können, die Nachrichten würden ihre Version der Wahrheit verkünden.

Währenddessen betrat ein Hauptmann der Spezialtruppen des Rates das Allerheiligste der Macht. Sullivan gab seine Anweisungen. »Räumen Sie umgehend dieses Stockwerk. Holen Sie Panzer und gepanzerte Fahrzeuge aufs Gelände. Leisten Sie niemandem außer mir Folge.«

»Ja, Sir. Draußen versammelt sich eine Menschenmenge.«

Sullivan lief ans Fenster. Was er da sah, war erschreckend. Demonstranten rissen das Werbeplakat von Fromm & Terror neben dem Eingang herunter, das verkündete: »Mother ist Wahrheit.« Hunderte Bürgerinnen und Bürger strömten die Hauptallee auf den Turm von Babel zu. »Treiben Sie die Leute zurück. Töten Sie ein paar von ihnen, um den anderen Angst einzujagen.«

»Jawohl, Sir.«
Sullivan verließ das Büro und betrat erneut seinen privaten Aufzug. Er würde sich sein Baby von niemandem kaputtmachen lassen. Niemandem. Zwölf Stockwerke unter der Pyramide stieg der Vorsitzende von Mother aus. Am Ende eines Gangs gelangte er vor eine große Stahltür. Sie öffnete sich auf seinen Augen-Scan hin und schloss sich dann wieder. Kein Mensch konnte ihn hier erreichen; es würde Wochen dauern, bis man zu seinen Zufluchtsort vorgedrungen wäre, außerdem müsste man dazu die modernsten Bohrmaschinen einsetzen. In der Vorkammer schritt er über eine schmale Brücke, bis er die Titantür des gesicherten Raums erreichte. Nach wenigen Minuten war er drin und in Sicherheit. Er setzte sich vor den Monitor. Jetzt war es an der Zeit, den Sieg generalstabsmäßig aufzubauen; das Militär und die Geheimdienste würden ihre ganze, erbarmungslose Macht unter Beweis stellen.
Er drückte eine Taste. Nichts passierte. Er drückte noch einmal. Ein Foto erschien, mitsamt einer Nachricht. Er las die Worte mit dem Ausdruck völligen Unverständnisses. Dann begann er, unbeherrscht und wütend, den Monitor mit Händen und Füßen zu traktieren. Währenddessen hörte man zwei leise Klickgeräusche. Das eine, als sich die Metallbrücke zurückzog. Das andere, als sich die Titantür zum gesicherten Raum schloss.
Es dauerte Monate, bis man Sullivan gefunden hatte.

* * *

Im Oval Office des Weißen Hauses blickte eine kleine Gruppe auf den Monitor der Präsidentin. Dankwerts' Rede wurde in die ganze Welt übertragen. Kurz darauf flackerte das Bild und riss ab. Dann verschwand es und wurde durch eine geschönte

Version der 24-Stunden-Nachrichten ersetzt. Dankwerts stöhnte auf. »Sullivan muss die Anweisung gegeben haben, die Übertragung zu blockieren. Die Globalcoms haben ihm dabei geholfen.«

Ein Mitarbeiter platzte in den Raum. »Spezialeinheiten sind erneut auf das Gelände des Weißen Hauses vorgedrungen. Sie töten jeden, der sich ihnen in den Weg stellt.«

Sie blieben schweigend stehen. Es war alles vorbei, die Ansprache der Präsidentin war ein Misserfolg gewesen, die Demokratie stand kurz davor, ausgelöscht zu werden. Dankwerts wandte sich an den Obersten Richter. »Warum hat die junge Frau nicht die endgültige Entscheidung gefällt?«

»Ich weiß es nicht«, antwortete er. »Sie muss sich dagegen entschieden haben.«

»Wir haben verloren.«

»Noch nicht.« Der Oberste Richter führte Dankwerts zum Fenster. Sonderkommandos drangen gewaltsam auf das Gelände vor. Die Bürgerinnen und Bürger der Vereinigten Staaten hatten sich erhoben und versuchten, sich den Soldaten mit allen ihnen zur Verfügung stehenden Mitteln in den Weg zu stellen. Binnen Minuten würden erst Hunderttausende und dann Millionen auf der ganzen Welt auf die Zentren der Macht zumarschieren. Denn ebenso wie die Politiker die Demokratie verraten hatten, so war es das Volk, das die Demokratie verteidigte – und an der letzten Brücke das letzte Gefecht schlagen würde.

Da erschien auf allen Computermonitoren auf der ganzen Welt ein Gesicht. Das Gesicht eines jungen Mädchens, jung und zerbrechlich. Daneben die Worte: »Die Wahrheit schneidet Holz.« Der Satz war wie eine Frage, die zu einer Antwort herausforderte: eine, die jeder Mensch für sich selbst finden musste, bevor sie weitergereicht wurde, bis in alle Ewigkeit. Der Wille zur

Macht oder der Wille zur Liebe? Welchen Willen würden die Menschen aus freiem Entschluss ins Holz ihrer eigenen Herzen schneiden? Weitere Sätze tauchten auf. Pias endgültige Entscheidung. Die Worte »Ich weiß«.
Eine Sekunde später bestätigte Mother, dass sie im Begriff war, sich selbst zu zerstören. Sämtliche Informationen in ihren Datenbanken weltweit wurden gelöscht. Der Vorgang war unumkehrbar.
Ein Holzfäller hatte obsiegt. Allein im Willen zur Liebe liegt die Wahrheit.

EPILOG

Gott ist ein Schriftsteller,
und wir sind sowohl die Helden
als auch die Leser.
Isaac Bashevis Singer

Esko schlitterte mit einem *power-slide* von der Hauptstraße auf den Feldweg.

Die Spezialtruppen waren ihm dicht auf den Fersen. Doch in den vergangenen Minuten war es ihm gelungen, sie abzuhängen – was nur eines bedeuten konnte: Mother lag im Sterben. Der Jeep preschte über die Schlaglöcher, aber er drückte noch mehr aufs Gaspedal, ließ den Motor aufheulen, im verzweifelten Bemühen, sein Ziel zu erreichen. Plötzlich bog er um eine Kurve – und da sah er das Blockhaus. Es stand in hellen Flammen. Die Kampfhubschrauber hatten ganze Arbeit geleistet. Einen Verzweiflungsschrei ausstoßend, fuhr er nahe an das Gebäude heran, bremste und sprang heraus. Das Häuschen brannte lichterloh, niemand, der darin gewesen war, konnte das Feuer überlebt haben. Pedersen und seine Leute hatten Pia nicht mehr helfen können, aber sie hatte sie nicht im Stich gelassen.

Atemlos und verzweifelt ging Esko auf den Anlegesteg zu und blickte in seiner Not auf den eisigen See. Warum? Pedersen hatte ihm doch gesagt, dass *alles* gut würde. In gewisser Weise stimmte das sogar, denn Mother gab es nicht mehr. Zweifellos würde die Welt eine Zeit lang in Chaos versinken, aber in den Herzen der Menschen würde die wahre Demokratie wieder auferstehen. Doch was würde mit ihm geschehen? Was sollte aus *seinem* Kampf werden, die Welt zu einem besseren Ort zu machen? Bekam *er* denn keine Belohnung?

Esko stand neben dem Steg, hinter ihm lag der Wald. Sein Herz fühlte sich leer an. Er hatte törichterweise gehofft, Pias Vater hätte auch seinem geliebten Kind ein glückliches Ende vorherbestimmt. Eines, bei dem er, Esko, an diesem See fischen und mit einer Frau, einem Sohn und einer Tochter zusammenleben würde. Aber es sollte nicht sein. Das Leben war lediglich ein Schmelztiegel des Leids. Eine Frau, die er liebte, war gestorben.

»Esko.«

Er drehte sich um. Hinter ihm stand Pia.

Gib den Narren ihr Gold und den Schurken ihre Macht,
Lass die Seifenblasen der Fortuna aufsteigen und niedersinken.
Wer ein Feld bestellt oder eine Blume wachsen lässt
Oder einen Baum pflanzt, ist mehr als all das.
John Whittier

Die Mächte der Finsternis
und eine dunkle Verschwörung

Scott McBain

Der Judasfluch

Thriller

Dreißig Silberlinge waren einst der Lohn des Judas für seinen Verrat an Jesus. Doch nur 27 Münzen liegen sicher verwahrt in den Gräbern der Päpste Petrus und Silvester. Die letzten drei sind verschollen. Sollte ein solcher Silberling im Vatikan in falsche Hände gelangen, so heißt es, wird die heilige römische Kirche fallen. Als der kalifornische Gerichtspsychiater Paul Stauffer bei einer Wette von einer flüchtigen Bekannten einen Kuss und eine Silbermünze empfängt, hält er das Ganze für ein amüsantes Gesellschaftsspiel. Doch dann gehen merkwürdige Veränderungen mit ihm vor …

Lesen Sie auf den nächsten Seiten
eine Kostprobe aus diesem Thriller –
Hochspannung garantiert!

Leseprobe

aus

Scott McBain

Der Judasfluch

Thriller

erschienen im

Knaur Taschenbuch Verlag

Ein gellender Schrei hallte durch den gesamten Gefängnisblock. Er klang wie der Schrei eines wilden Tieres, das in eine Falle geraten war. Die reine Angst. Paul erhob sich schlagartig von dem Tisch, an dem er saß. »*O nein!*«

In den folgenden Minuten herrschte ein wirres, panisches Durcheinander. Von einem der Wärter durch ein elektronisches Signal aktiviert, krachte die massive Stahltür auf halbem Weg des Ganges zu Block D ins Schloss. Nun konnte niemand mehr den Block betreten oder verlassen. Sie saßen in der Falle.

Zwei Wärter rannten in den Kunstsaal und trennten hektisch die Studenten und Ausstellungsbesucher von den Gefangenen. Erstere wurden in dem Kunstsaal eingeschlossen, letztere hinaus auf den Korridor gedrängt. Gleichzeitig wurden auf allen Treppen Stahlgitter ausgefahren, um jedes Geschoss in Block D abzuschotten.

Unterdessen war Paul in den ersten Stock gelangt, dorthin, wo sich Suzanne befand. Während er dort oben entlang hastete, sah er die Gesichter seiner Studenten, die aus dem Erdgeschoss mit angsterfüllten Gesichtern zu ihm hinaufspähten. Ein Wärter folgte ihm auf dem Fuß. Aber sie kamen zu spät. Am anderen Ende des Ganges stand Kramer. Er hatte Suzanne eine selbst gebastelte Drahtschlinge um den Hals gelegt.

»So sieht man sich wieder, Professor«, rief er gut gelaunt. »Ich habe gerade eine Ihrer Studentinnen getroffen.«

Nach dem Freispruch im Mordfall Melanie Dukes hatte man Kramer wieder in die Anstalt eingeliefert, damit er seine Strafe für den Kneipen-Mord absaß. Bald sollte er in ein anderes Gefängnis verlegt werden. Aber er war nicht glücklich. Laura Dukes' Selbstmord hatte ihn tief getroffen. Sie war ihm entkommen, und das ärgerte ihn gewaltig, da er die Details ihrer künftigen Beziehung nach seiner Entlassung sorgfältig arrangiert hatte.

Für Laura war es das Beste, zu diesem Zeitpunkt zu sterben, denn die Folterungen und der Tod, die Kramer für sie plante, überstiegen jede menschliche Vorstellungskraft. Kramer hatte Gift und Galle gespuckt. Jetzt, da er vom Mord an ihrer Schwester freigesprochen war, brauchte er nicht mehr, wie in den vergangenen Monaten, den Schein zu wahren, und die Schattenseite seines Wesens war in den Vordergrund getreten.

Ein paar Wochen hatten genügt, um den anderen Insassen seinen Willen aufzuzwingen, denn sie wussten besser als jeder Richter oder schlaue Psychologe, was für ein Mensch der echte Karl Kramer war. Sie spürten die Gewalttätigkeit, die von ihm ausging, und manche hatten sie am eigenen Leibe erfahren.

Da er noch eine lange Zeit im Gefängnis verbringen würde, fand Kramer, er könne sich ebenso gut auch hier schon amüsieren. Und es war nett, seinen alten psychiatrischen Gutachter, Paul, zu treffen, der ihm geholfen hatte freizukommen. Bestimmt hatte er das inzwischen bereut oder würde es bald bereuen. Kramer erinnerte sich nie an die Hilfe anderer und zeigt sich auch nie erkenntlich – das war einfach nicht sein Stil.

»Bleiben Sie, wo Sie sind«, rief Paul dem Gefängniswärter zu und ging langsam weiter. Der Anblick ließ ihm das Blut in den Adern gefrieren. Kramer stand mit dem Rücken vor einer Wand und hielt Suzanne fest an sich gedrückt. Um ihren Hals war ein dünner Draht geschlungen, den er gestrafft hatte, so dass ihr Kinn nach rechts oben gezogen wurde. Wie ein Huhn, dem im nächsten Augenblick die Kehle durchgeschnitten werden sollte.

Kramer spähte hinter dem Kopf seines Opfers hervor, seine Augen leuchteten aggressiv und voller unterdrückter Erregung. Bis auf drei Meter ließ er den Psychiater und den Wärter an sich herankommen. Dann sagte mit ruhiger Stimme: »Das ist nahe genug.« Und straffte die Drahtschlinge.

Vollkommene Stille. Die Häftlinge fühlten, dass im nächsten Augenblick etwas Gewalttätiges passieren würde. Sie spürten die Atmosphäre von Angst und Schrecken, und waren entzückt darüber. Es bescherte ihnen Erinnerungen an vergangene Zeiten. Sie warteten gespannt.

»Karl?« Paul musterte den Mörder. Es musste ihm völlig klar sein, dass es keine Fluchtmöglichkeit gab. Was machte er da also? Vermutlich wollte er mit dem Mädchen seine Spielchen treiben, aber wie weit würde er gehen?

Tief im Inneren gestand er sich ein, einen schlimmen Fehler begangen zu haben, was diesen Mann betraf. Ben hatte Recht gehabt. Er hatte sich eben doch von Kramer täuschen lassen; aber dieser war auch unglaublich clever gewesen. Seit Monaten hatte es keinen Hinweis auf etwas Derartiges gegeben, dennoch spürte man jetzt förmlich die Gewalttätigkeit, die wie Hitze von ihm ausging.

Es würde eine Weile dauern, Kramer dazu zu bringen, sein Opfer freizugeben; aber noch während Paul ihn musterte, wusste er, dass der Gefängnisdirektor einem Scharfschützen den Befehl geben würde, sich in Block D zu begeben und, wenn nötig, Kramer zu töten. Und falls dabei eine Geisel im Weg sein würde – na ja, dann war das eben auch nicht zu ändern. Man musste den Häftlingen eine deutliche Lektion erteilen.

»Okay, Karl, ich denke, das reicht jetzt«, fuhr Paul in mildem Tonfall fort. »Das Mädchen ist eine meiner Studentinnen. Sie heißt Suzanne. Sie ist zu Tode erschrocken. Bitte lassen Sie sie jetzt frei.« Da Suzannes Gesicht zur Seite gewandt war, konnte er ihre Augen nicht sehen, aber er konnte sich vorstellen, welch große Angst sie litt.

»Ja, sie hat Angst«, sagte Kramer ganz ruhig. »Große Angst. Das fühle ich.« Er drückte seine Bartstoppeln an ihr Gesicht und drückte ihr einen langsamen, feuchten Kuss auf. »Es macht mich scharf.«

»Was haben Sie vor?«

»Wer weiß?«, sagte Kramer und warf den Zuschauern anzügliche Blicke zu. Mit der freien Hand öffnete er Suzannes Büstenhalter, dann riss er ihr mit einer brutalen Bewegung die Bluse vom Leib. So viel Vergnügen, so viel Spaß hatte er seit langem nicht mehr gehabt.

Mit nacktem Oberkörper, allen Blicken dargeboten, stand Suzanne da, eng an ihn gepresst. Kramer betrachtete die Zuschauer mit spöttischer Belustigung. Er wusste, was Paul und der Wärter dachten. Trotz ihrer Angst und ihrer Sorge starrten die Männer auf die Brüste des Opfers und hatten, genauso wie er, erotische Gedanken. Er wusste das; er spürte es. Sie sollten empfinden, was er empfand – die Gewalt, die Grausamkeit. Seine Lust, Suzannes Schmerz.

Aus den Zellen ertönte ein grausiger Chor, die Schreie klangen schrill und rau, fast wolfsartig. Die Häftlinge konnten weder sehen noch hören, was hier passierte, aber sie spürten es, als ob sie eine Quelle atavistischer, irrationaler Grausamkeit angezapft hätten, die unbewusst zwischen ihnen floss. Sie schrien aus schierer Freude und riefen Kramer zu, was er mit seinem Opfer machen sollte.

Die Studenten in dem Gebäude hörten die Rufe und erschauderten. Binnen Sekunden war der dünne Firnis der Zivilisation abgetragen, und die darunter liegende dunkle Seite der Menschheit kam zum Vorschein: der grausame, irrationale, amoralische, animalische Instinkt unserer Vorfahren, fremdartig und Furcht einflößend, den jedoch alle in dem Gebäude, Insassen wie Besucher, tief im verstecktesten Winkel ihrer Psyche kannten und bis zu einem gewissen Grad teilten. Einige spürten die greifbare Präsenz des Bösen, stark und mächtig. Nur Paul nicht, der solche Vorstellungen ablehnte.

»Bitte lassen Sie sie jetzt los.«

In der Ferne hörte man, wie sich eine Stahltür öffnete. Ein Scharfschütze des Gefängnisses hatte sich auf den Weg gemacht. Paul wusste es. Kramer ebenso. Er krähte triumphierend. Und in diesem Moment war sich Paul sicher, dass Kramer Suzanne töten würde.

»Na ja«, sagte Kramer und streckte den erschrockenen Leuten vor ihm die Zunge heraus. »Es war sehr freundlich von Ihnen, Professor, sich die Ausstellung anzusehen. Aber es macht doch immer mehr Spaß, sich die Sachen gemeinsam anzusehen, oder? Dann wissen wir beide genau, was wir empfinden.«

Langsam nahm er die Hand von Suzannes Brust, dann begrapschte er sie. Die Umstehenden starrten auf den zarten Oberkörper in den Armen des Monstrums. Sie waren zugleich abgestoßen und angezogen von diesem bizarren menschlichen Ausstellungsstück. Es war wie ein Gemälde des englischen Malers Francis Bacon, die dargestellten Personen waren Gefangene ihrer eigenen Grausamkeit und Unterwürfigkeit.

Auf der Treppe erklangen Schritte. Kramer kicherte, seine Zähne blitzten im grellen Neonlicht. Mit der freien Hand löste er den Knopf an Suzannes Jeans und zog sie ihr fast bis zu den Knien

herunter. Er wusste, was die Leute – sein Publikum – dachten. Ihr Schrecken war echt, aber voyeuristisch, das Mitgefühl für das Mädchen hatte sich mit lustvoller Erregung vermischt. Jetzt verstanden sie, was sich auch in seinen Gedanken abspielte.
Paul hörte ein leises Klicken. Aus dem Augenwinkel sah er, wie der Wärter ein Gewehr hob. Er würde sich bestimmt für einen Kopfschuss entscheiden.
Da der Mörder allerdings ahnte, was man vorhatte, hielt er seinen Kopf sehr nahe an den des Mädchens. Wenn der Wärter jetzt abdrückte, hätte er leicht sie beide töten können. Also würde der Wärter nicht schießen. Das wusste Kramer. Der hätte zu viel Angst. Wäre bestimmt das erste Mal. Er leckte weiter an Suzannes Hals, wie ein Wolf, der seine Beute liebkoste, bevor er sie fraß. Die Wölbung in seiner Hose drängte hart gegen ihren Rücken. Mit der freien Hand griff er an den Reißverschluss seiner Hose und öffnete ihn. Vergewaltigung in der Öffentlichkeit – so etwas hatte er noch nicht ausprobiert.
Der Scharfschütze löste den Sicherungsbügel. Auf der Metalltreppe ertönten Schritte. Noch ein Wärter war eingetroffen, der Direktor hatte ihm den Schießbefehl erteilt.

Alles kam anders, als Paul erwartet hatte. Er wirbelte herum, wollte den Scharfschützen bitten, nicht zu schießen. Dabei tat sein Herz einen Sprung. Denn hinter der schwer gepolsterten Gestalt war noch jemand – die Person, mit der er am wenigsten gerechnet hatte.
Sie stand da und richtete den Blick auf Kramer. Dann sah sie zu Paul hin. Es war die geheimnisvolle Frau, die er am Abend nach seinem Vortrag auf dem Flur vor seinem Büro getroffen hatte. Wie hieß sie noch? Helen. Er war total verblüfft. Sie trug einen

weißen Arztkittel, musste also hier im Gefängnis als Psychiaterin arbeiten. Aber warum war er ihr noch nie begegnet?
Rasch wandte Helen den Blick wieder Kramer zu. Auch Pauls Blick fixierte erneut den Serienmörder; alles spielte sich im Bruchteil einer Sekunde ab.
Dann geschah etwas höchst Außergewöhnliches.
Kramers selbstzufriedene Miene änderte sich. Er begann zu schwitzen, seine Gesichtszüge verzerrten sich – wirkten zuerst verwirrt, dann angstvoll. Schließlich erstarrte seine Miene, und sein Blick schien sich auf einen Punkt jenseits der gegenwärtigen Szene zu richten.
Langsam zog er seine freie Hand, die Suzannes Beine von hinten spreizen wollte, über seine Leistengegend zurück. Die Hand war verkrampft, die Muskeln traten aus dem Fleisch, als würden sie Zentimeter um Zentimeter von einer ungeheuren Kraft in die gewünschte Haltung gezwungen. Die andere Hand, die die Schlinge hielt, erschlaffte, und die Faust öffnete sich. Es war ein bemerkenswerter Anblick, und der Psychiater schaute völlig verwirrt zu, ohne das Geringste zu begreifen.
Weil die Schlinge sich öffnete, konnte Suzanne nach vorn blicken, und ihr angsterfüllter Blick erfasste die Zuschauer. Als ihre panische Angst geringfügig nachließ, wurde sie sich ihrer Nacktheit bewusst und versuchte sich mit den Händen zu bedecken.
Paul sah, wie Kramer sein Opfer widerstrebend losließ. Das Gesicht des Mörders verzerrte sich vor Schmerz, die Augen waren blutunterlaufen, als bohrten sich unsichtbare Stacheln tief in seine Augenhöhlen hinein. Da erkannte Paul, was geschah: Die Medikamente hatten im Zusammenspiel mit seiner Erregung bei Kramer eine massive katatonische Reaktion ausgelöst.

Sobald sich die Schlinge ganz geöffnet hatte, rannten zwei Wärter los. Sie warfen Suzanne zur Seite, stürzten sich auf Kramer und zwangen ihn zu Boden. Sein Widerstand war gebrochen. Suzanne beugte sich vor, um die Jeans wieder hochzuziehen, und brach in Tränen aus. Emma Breck lief zu ihr, um sie zu trösten.

Paul stand da: wie verloren. Was er soeben gesehen hatte, kam ihm irreal vor. Als hätte er einen Film in Zeitlupe gesehen. Doch was geschehen war, war real. Er sah es vor sich – das Handgemenge, Kramers wilde Gegenwehr, als man ihm eine Spritze in den Arm gab, um ihn ruhig zu stellen, Suzannes herzzerreißendes Weinen. Es war passiert. Das war die Realität. Das war diese Welt.

Er wandte sich ab, um Helen nach ihrer Erklärung für Kramers Reaktionsweise zu fragen.

Aber sie war verschwunden.